COLECCION ALLCA ARCHIVOS

11

BAJO LOS AUSPICIOS DE LA UNESCO

ALCIDES ARGUEDAS

RAZA DE BRONCE

WUATA WUARA

A. Arguedas

Alcides Arguedas

RAZA DE BRONCE

Wuata Wuara

Edición Crítica

Antonio Lorente Medina
Coordinador

COLECCION  ARCHIVOS

ARGENTINA

BRASIL

COLOMBIA

ESPAÑA

FRANCE

ITALIA

MEXICO

PORTUGAL

PRIMERA EDICIÓN, 1988

DISEÑO DE LA COLECCIÓN
MANUEL RUIZ ÁNGELES (MADRID)

ILUSTRACIÓN DE CUBIERTA
GIL IMANA. PINTOR BOLIVIANO

FOTOCOMPOSICIÓN
EBCOMP. BERGANTÍN, 1. 28042 MADRID
FOTOMECÁNICA
ARTE GRÁFICO FERT
SOLANA DE OPANEL, 3. MADRID
IMPRESIÓN
GRÁFICAS URPE, RUFINO GONZÁLEZ, 14. 28037 MADRID

EDICIÓN SIMULTÁNEA
ARGENTINA (MINISTERIO DE RELACIONES EXTERIORES)
BRASIL (CNP_q)
COLOMBIA (PRESIDENCIA DE LA REPÚBLICA)
MÉXICO (SEP)
ESPAÑA (CSIC)

I.S.B.N.: 84-00-06897-1

DEPÓSITO LEGAL: M. 32846-1988

IMPRESO EN ESPAÑA

HAN COLABORADO EN ESTE VOLUMEN

Juan Albarracín Millán (Bolivia)

Presidente de la Asociación de Historiadores Bolivianos y vice-presidente de la Asociación de Historiadores de América Latina y el Caribe.

Carlos Castañón Barrientos (Bolivia)

Secretario de la Academia Boliviana de la Lengua.

Teodosio Fernández Rodríguez (España)

Catedrático de Literatura Hispanoamericana de la Universidad Autónoma de Madrid.

Antonio Lorente Medina (España)

Doctor en Filología. Profesor titular de Literatura Hispanoamericana de la Universidad Nacional de Educación a Distancia (UNED).

Julio Rodríguez Luis (Bolivia-Estados Unidos)

Profesor de Literatura Comparada y Estudios Latinoamericanos de la State University of New York at Binghamton.

ÍNDICE GENERAL

I. INTRODUCCIÓN

II. EL TEXTO

III. HISTORIA DEL TEXTO

IV. LECTURAS DEL TEXTO

V. DOSSIER

I. INTRODUCCIÓN

LIMINAR

Carlos Castañón Barrientos

Raza de bronce, *del boliviano Alcides Arguedas, es una de las novelas más destacadas de Sudamérica. Publicada en 1919, inició la corriente literaria denominada* indigenismo, *por la defensa que cumplió del indio de las regiones andinas, esclavizado sin ningún escrúpulo por patrones blancos, feroces dueños de la tierra, y sus empleados mestizos.* Raza de bronce *es la hermana mayor de* El mundo es ancho y ajeno, *del peruano Ciro Alegría, y* Huasipungo, *del ecuatoriano Jorge Icaza, novelas de la misma orientación, que se escribieron después.*

El mundo sabía muy poco de la servidumbre reinante junto al Lago Titicaca, a 3.800 metros sobre el nivel del mar. Fue Arguedas quien la dio a conocer por primera vez, literariamente, en su libro, poniendo en evidencia amargos detalles de la misma y mostrando, de paso, la estupenda belleza del paisaje en las regiones altas bolivianas. El novelista es un censor implacable de las injusticias que muestra, y al mismo tiempo, un artista que da rienda suelta a su pluma. Cuando denuncia, habla con la energía de un escritor comprometido, y cuando describe el paisaje, nos impulsa a decir que un poeta no lo habría hecho mejor.

Señalemos algunos puntos interesantes de la novela.

El espacio o lugar donde ocurren los hechos narrados es tan importante que la estructura externa del libro está acomodada a la zona geográfica. «El valle» y «El yermo» son los capítulos en que se divide la obra. Y aunque pudiera parecer lo contrario, ese espacio no es un elemento meramente decorativo de la narración. Se diría que, con su impresionante belleza primitiva, agreste por momentos, el Lago Sagrado de los Incas y los parajes aledaños son la áspera pero hermosa fuente de donde han brotado con naturalidad, por una parte, el dulce y atrayente personaje llamado Wata Wara, y por otra, los varones del lugar, sumisos en apariencia y pacíficos, pero capaces de levantarse con increíble rigor contra sus opresores, si éstos han llegado a extremos intolerables, que es precisamente lo que ocurre en la novela.

El narrador omnisciente parece despojarse de tal condición para trocarse en historiador, sociólogo y ensayista cada vez que se ocupa, con cierta extensión, de las circunstancias que han dado lugar a los hechos narrados. En otras ocasiones, con la satisfacción de un investigador social, gusta de introducirse dentro de la realidad mágica, entretejida de supersticiones, ritos y brujerías, en que se halla encajado el indio, así como en sus leyendas y tradiciones, de un evidente sabor romántico. De esta actitud nacen las páginas más pintorescas y exóticas de la novela. Mas, cuando se pone a narrar, no cabe la menor duda de que lo hace sueltamente, con claro dominio del oficio. En este orden, son dignos de citarse todo el primer capítulo y las tensas escenas postreras: la violación de Wata Wara, la reacción que el suceso provoca entre los indios, y la consiguiente venganza. Notable es, igualmente, el efecto que logra el narrador sobre el ánimo de los lectores cuando, por única vez, se aleja de los hechos narrados y opta por solamente verlos y oírlos a la distancia, a través de Choquehuanka, en las dos últimas páginas del libro.

Digamos, para terminar, que ninguno de los varios personajes se eleva a la calidad de protagonista. Quien alcanza ese papel es la colectividad india en su conjunto, la asentada en la hacienda Kohahuyo y, en el fondo, toda la raza aimara —de color broncíneo—, vecina del Lago Titicaca. Ello no es de extrañar, porque en los grupos sociales similares a éste, la persona individual no cuenta. Vale la colectividad, la comarca, el ayllu. El personaje que más impresiona es el jefe espiritual del grupo, el sorprendente anciano Choquehuanka. Su discurso del final de la novela sólo ha podido concebirse por un hombre que es el representante indiscutible de su pueblo y sabe, por una suerte de revelación divina, cuál es el camino *que en los momentos críticos ha de seguir el grupo humano del que forma parte. En esta categoría de personas se alínean solamente los profetas y los patriarcas del tipo bíblico. Por eso, el discurso de Choquehuanka llamó la atención del propio Miguel de Unamuno, según carta que escribió a Arguedas luego de conocer la obra.*

Raza de bronce *merece la reedición que ahora se hace bajo la coordinación de Antonio Lorente Medina.*

INTRODUCCIÓN DEL COORDINADOR

Antonio Lorente Medina

La considerable bibliografía sobre Alcides Arguedas y sobre algunas de sus obras literarias está marcada, en gran medida, por inexactitudes o imprecisiones, que esbozan un perfil estereotipado del escritor boliviano y lo desvirtúan, hasta tal punto que nos obligan a circular por los *datos conocidos* como en un terreno de arenas movedizas. De ahí que considerara sumamente interesante —desde sus orígenes— el ideario que inspira esta Colección, y que aceptara la coordinación de los diversos trabajos que componen esta edición de *Raza de bronce,* la obra literaria más perdurable de Alcides Arguedas. Dichos trabajos conllevan pautas metodológicas de aproximación y desbrozamiento a las múltiples interrogantes que todavía suscitan su vida y sus obras.

Éste era (y sigue siendo básicamente) el estado general de los estudios arguedianos. *Raza de bronce,* obra esencial del quehacer literario de Alcides Arguedas, tampoco se libraba de estos inconvenientes. Rodeada de numerosos lugares comunes que la crítica filológica había aceptado más o menos pasivamente, su situación documental podía resumirse en una edición primitiva y olvidada de su embrión *(Wuata Wuara),* diversas ediciones comerciales póstumas, fácilmente asequibles, y las tres ediciones que Arguedas realizó en vida, poco menos que inaccesibles. [1]

Por eso quiero resaltar, por encima de cualquier precisión crítica que se pueda realizar, la novedad esencial que presenta esta edición. Y es que ofrece al lector el texto definitivo de *Raza de bronce,* tal y como lo estableciera el propio Arguedas, depurado de las escasas erratas de la edición bonaerense (1945), y, junto a él, las numerosas lecturas divergentes de las dos primeras ediciones de la novela (La Paz,

[1] Baste decir, al respecto, que no existe un ejemplar de la edición definitiva de *Raza de bronce* en España, o que la segunda edición, Valencia, 1924, es prácticamente desconocida fuera de España. En cuanto a *Wuata Wuara,* hay una edición boliviana del año 1980 (La Paz, Edics. El Sol), pero su difusión es tan escasa que sigue siendo desconocida para la inmensa mayoría de la crítica arguediana. Aprovecho la ocasión para agradecer aquí la amabilidad de los profesores Claude Cymerman y Julio Rodríguez Luis por proporcionarme las copias de las primera edición bonaerense de *Raza de bronce* (1945).

1919; Valencia, 1924), y las perturbaciones de las ediciones comerciales póstumas que podrían resultar significativas (la de Luis Alberto Sánchez, por ejemplo).

Otra novedad digna de ser reseñada, vinculada estrechamente con la anterior, es que por vez primera se sistematiza la documentación conocida sobre la confección de *Raza de bronce,* con una verificación escrupulosa de los datos, para descartar, o, cuando menos, poner en tela de juicio verdades incontestables hasta ahora. A esto responden la incorporación del texto primitivo de *Wuata Wuara* y el intento de cuantificación de su aportación real al texto original de *Raza de bronce.* A partir de esta edición la crítica mundial podrá determinar con precisión el cambio de orientación estética de Alcides Arguedas, desde una posición primitiva titubeante entre un romanticismo epigonal (contra el que sin embargo quiere reaccionar) y un naturalismo descarnado y feísta, hasta un realismo literario, matizado por el crisol del modernismo, del que paradójicamente siempre abominó. Y paralelamente analizará su evolución ideológica en un tema de vital interés, cual es el de su particular concepción del «problema del indio» en Bolivia.

No se quiera ver en esto ningún tipo de autosatisfacción o vanagloria. Todos sabemos que los esfuerzos realizados en el aparato crítico de cualquier edición obtienen unos resultados provisionales y tienen una finalidad única: servir de instrumento de trabajo a investigadores futuros para que perfeccionen la actual edición y consigan la auténtica edición crítica, de la que ésta no es más que una muestra aproximada.

Quizá no hayamos sido tan afortunados con la vida del autor (1879-1946), todavía insuficientemente estudiada, que ofrece una dificultad inicial con la que todo investigador debe de contar, como indicábamos al comienzo de este trabajo: los numerosos datos biográficos que se manejan ofrecen frecuentes errores o imprecisiones que se han venido repitiendo sin tamizarlos con una crítica serena, debido en gran parte a las actitudes preconcebidas, cuando no ignorancia o despreocupación, de los investigadores que nos hemos acercado a ellos. [2] Es éste un momento oportuno para recordarlo y entonar nuestro propio «mea culpa», porque su figura, en cambio, a medida que pasa el tiempo va adquiriendo ciertos perfiles que le confieren un carácter paradigmático, en un doble plano: 1) nacional; y 2) continental.

1) Nacional, porque su vida abarca prácticamente la andadura del liberalismo boliviano como proyecto político de gobierno viable y ejemplifica, como pocas, sus limitaciones y su fracaso final ante la realidad social que emerge de la desastrosa Guerra del Chaco (1932-1935). [3]

[2] Una buena muestra de ello —y por citar tan sólo un ejemplo— lo ofrece el libro recopilado por Mariano BAPTISTA GUMUCIO, *Alcides Arguedas.* (*Juicios bolivianos sobre el autor de «Pueblo enfermo»*), La Paz-Cochabamba, Editorial Los Amigos del Libro, 1979, que como reza el subtítulo recoge los «juicios» apasionados de sus compatriotas.

[3] De la mano del liberalismo boliviano inicia su actividad periodística, como corresponsal de guerra; de su seno emerge para denunciar los males que lo aquejaban (corrupción, caciquismo, amiguismo, etc.); y con él muere identificado sin comprender el alcance social de las fuerzas políticas que surgen en Bolivia tras la Guerra del Chaco. Cfr. las opiniones del profesor Teodosio Fernández de este libro (Apartado III. 1.B).

2) Continental, porque forma parte de la pléyade de escritores hispanoamericanos radicados en París (Manuel Ugarte, Rufino Blanco Fombona, Francisco García Calderón, Hugo Barbagelata, etc.), en la que se perciben con claridad sus afanes «regeneracionistas», mezcla de fórmulas europeístas importadas, y, en muchos de ellos, de «tics» autoritarios, que a última hora divinieron en filo-fascistas.

Con el riesgo de ser simplificadores en extremo, creemos encontrar en la formación del carácter de Alcides Arguedas algunos factores radicales (nacimiento en el seno de una familia castiza, blanca y terrateniente), ambientales (crisis moral derivada de la derrota en la Guerra del Pacífico, fuerte influjo de la ideología positivista) y temperamentales (huraño y con tendencia a la depresión) que lo moldean básicamente.[4]

Su obligado viaje a Europa, para él cuna de la cultura y trampolín de todo intelectual que se preciara de ello, y su larga radicación en París, por cualquiera de las causas que alegan los críticos arguedianos (o por todas ellas a la vez), supusieron para Arguedas el estímulo necesario para continuar la «enorme» tarea de «regenerar» a su país y «colocarlo» en el camino de la modernidad. Y, desde luego, terminaron de configurar sus pautas de comportamiento, que no abandonaría jamás.

Su vida profesional, paradigmáticamente versátil (periodista, ensayista, novelista, diplomático, político e historiador), está pespunteada por los continuos vaivenes y zigzagueos personales, a veces contradictorios y todavía insuficientemente esclarecidos. Las tajantes acusaciones de sus adversarios de servir a la «causa patiñista», basadas en mínimos indicios circunstanciales, están todavía por demostrarse o por ser refutados definitivamente. Su actividad política remunerada, en primer lugar como diputado y después como Jefe del Partido Liberal y ministro, presenta numerosos perfiles oscuros, a pesar de los meritorios esfuerzos de Albarracín, Marcos Dómic o Fellmann por esclarecerlos. Sus numerosos artículos periodísticos, en vías de catalogarse en su totalidad, están por analizar siguiendo un orden cronológico y causal. Su biblioteca sigue siendo desconocida para la crítica mundial. Su ingente obra historiográfica, que indudablemente supone una aportación considerable al conocimiento de la realidad histórica de la república boliviana, con todas las objeciones que se le quieran poner, carece aún de un estudio profundo e iluminador que la valore en su justa dimensión. Es, pues, todavía fácil caer en estereotipos esclerotizantes o en los «partie pris» iniciales, teñidos fuertemente de prejuicios ideológicos, como ha ocurrido con la mayor parte de los críticos que nos hemos acercado a conocer la vida y obras de Alcides Arguedas. Y de esos estereotipos no se han salvado ni siquiera *Pueblo Enfermo* y *Raza de bronce*.

La novela que editamos y estudiamos con detenimiento, *Raza de bronce*, representa, desde el punto de vista personal del autor, su madurez como escritor de ficción y a la vez sus limitaciones como tal, debido a la actitud de compromiso inicial que adopta y a las distintas posiciones estéticas de que parte para confeccionarla. Y, desde luego, constituye el correlato narrativo de su ensayo fundamental,

[4] Este aspecto ya lo hemos desarrollado en nuestro artículo «El trasfondo ideológico en la obra de Alcides Arguedas. Un intento de comprehensión», en *ALH*, Madrid, 1986, t. XV, pp. 57-73, y más concretamente, pp. 57-59.

Pueblo Enfermo, como ya se ha señalado en diversas ocasiones. Desde el punto de vista histórico-literario, resulta un lugar común la afirmación de que *Raza de bronce* supone el punto de arranque de la novela indigenista en nuestro siglo, y, en verdad, su contenido incluye indudablemente ya temas fundamentales de la ulterior novela indigenista: la opresión del indio por blancos (o cholos); el odio de castas, consecuencia en este caso de una desigualdad fundamentalmente económica; religiosidad efectista con mezcla de elementos cristianos y precolombinos; maleabilidad del clero serrano; presentación estereotipada de los diversos personajes como representantes de un «status» socio-racial-económico concreto; espacio novelesco que puede ser opresor del individuo; etc.

En cualquier caso, de lo que no cabe duda es de que *Raza de bronce* supone el mayor esfuerzo del escritor boliviano por conseguir una obra literaria perdurable. Y numerosos testimonios de Alcides Arguedas —señalados por nosotros mismos en la *Nota Filológica Preliminar* y en la *Historia del Texto*— avalan esta afirmación; pero un rápido análisis de *Raza de bronce* los hace innecesarios. Tras una primera lectura se nos impone con rotundidad la voluntad de estilo del escritor, que se manifiesta en variados recursos estilísticos, tales como la búsqueda deliberada de cultismos; el cromatismo de las descripciones (con sus simbólicas alternancias de luces y sombras); la ágil presentación de numerosas escenas costumbristas, en las que Arguedas lleva a la práctica «los hábitos de observación y análisis» que exigía a todo escritor original; la lenta depuración de los motivos que caracterizan a los personajes principales, que, desgraciadamente, no llevó hasta las últimas consecuencias ni hizo extensiva al resto de los personajes; el sabio aprovechamiento de las supersticiones indígenas, si bien lastrado éste por la posición ideológica del narrador; y la creación de una cierta atmósfera fatalista que condiciona el desenlace final de *Raza de bronce.*

Todas estas características y muchas más las encontrará el lector ampliamente pormenorizadas en los apartados referidos a la *Lectura temática, Lectura intratextual (los contenidos ocultos)* y, sobre todo, *Texturas, formas, lenguajes,* espléndidamente analizados por los profesores Julio Rodríguez Luis y Teodosio Fernández Rodríguez. Con todo, sirvan estas palabras de anticipo de lo que más adelante va a encontrar el lector, y como botón de muestra del interés por una novela, que, como el propio Arguedas dijo:

> «no ha sido escrito en tres meses, ni en tres años siquiera. Ocupó los mejores momentos de una vida, aquéllos en que todo hombre de letras cree que ha nacido para algo muy serio y el escritor de tierras interiores y donde la pluma es lujo que no sustenta, tiene la candidez de imaginarse que puede producir algo que, por lo menos, tenga alguna duración en el tiempo...»

No quisiéramos concluir esta *Introducción* sin ofrecer una breve noticia de los investigadores que han colaborado eficazmente en la elaboración del libro, con sus atinados trabajos (ni olvidarnos del autor del *Liminar*, actual Secretario de la Academia Boliviana de la Lengua quien amablemente aceptó elaborarlo). Dichos colaboradores, colocados por orden alfabético, son: Juan Albarracín Millán; Teodosio Fernández Rodríguez y Julio Rodríguez Luis.

El profesor *Juan Albarracín Millán*, compatriota de Alcides Arguedas, ha desarrollado a lo largo de su ya dilatada vida profesional, una amplia actividad científica en los campos de la historia, la sociología, la filosofía y la literatura bolivianas. Entre otros muchos cargos, ostenta la Presidencia de la Asociación de Historiadores Bolivianos y la Vice-Presidencia de la Asociación de Historiadores de América Latina y el Caribe. Numerosos son sus estudios que podríamos traer a colación aquí, pero quiero destacar solamente dos por la estrecha relación que guardan con lo que constituye su colaboración en este libro. Me refiero, claro está, a sus libros *Armando Chirveches. La creación de la literatura boliviana del siglo XX* (1979) y *Alcides Arguedas. La conciencia crítica de una época* (1979), del que esperamos con interés su segunda parte (1920-1946).

Su colaboración, polémica y original, sitúa a *Raza de bonce* y a su precedente, *Wuata Wuara,* en el marco nacional para entender con exactitud la recepción de estas obras y su impacto en el público boliviano (y mundial). En consonancia con otros críticos, que consideran a Arguedas iniciador de la novela indigenista, Juan Albarracín Millán lo conceptúa como el auténtico punto de partida del indigenismo boliviano, en su triple vertiente: costumbrista; telurista; y neo-indigenista. Los numerosos datos que aporta, en algunos casos discutibles, abren amplios caminos para la crítica mundial e incrementan nuestra comprehensión del indigenismo boliviano.

El profesor *Teodosio Fernández Rodríguez* es Catedrático de Literatura Hispanoamericana en la Universidad Autónoma de Madrid, y ha sido Vocal de la Mesa Directiva del *Instituto Internacional de Literatura Iberoamericana* durante los años 1983-1985, y Secretario General del XXIIIº Congreso del citado *Instituto,* que se celebró en Madrid, (junio de 1984). Tiene ya una obra crítica considerable, dedicada exclusivamente a grandes autores hispanoamericanos, entre los que destaco a Bello, Mármol, A. Arguedas, Huidobro, Borges y Sábato; una extraordinaria monografía sobre *El teatro chileno contemporáneo* (1982); y una reciente síntesis sobre *La poesía hispanoamericana del siglo XX* (1987), tan concisa como esclarecedora.

Su colaboración —como la del resto de los colaboradores— se distribuye en dos apartados diferentes. En el primero, «Momento histórico y político...» (III. 1.B), describe con agudeza los antecedentes político-culturales que posibilitaron la obra de Alcides Arguedas y las deudas contraídas por éste con otras circunstancias no nacionales, fundamentalmente con la literatura regeneracionista española, sin duda fuente esencial de la que Arguedas está literalmente empapado. En el segundo, «Tensiones ideológicas...» y «Análisis estructural y...» (IV.2 y IV.3), se nos expone, de forma unitaria, las motivaciones profundas que llevaron a Arguedas a realizar *Raza de bronce;* y el conflicto permanente entre éstas; su propósito deliberado de indagar en la realidad nacional y las limitaciones mentales e ideológicas del autor, consecuencia de su origen y de sus actitudes. Este conflicto es planteado, a mi juicio, de manera acertada y explica con claridad el porqué del planteamiento del problema indígena en términos morales y el alcance exacto de sus reivindicaciones. A partir de ahí, el profesor Teodosio Fernández analiza los recursos compositivos, estructurales y estilísticos, así como los defectos, de *Raza de bronce,* como correlato formal de lo expuesto en la «*Lectura intratextual*», y como consecuencia de las tensiones sufridas por la novela en su largo proceso de elaboración.

El profesor *Julio Rodríguez Luis* ha desempeñado con eficacia y brillantez su labor profesoral en diversas universidades estadounidenses y ha sido numerosas veces Chairman en Congresos de Literatura. Actualmente es Professor of Comparative Literature and Latin American Studies, de la State University of New York at Binghamton. Sus campos de especialización oscilan entre la Literatura Española del Siglo de Oro y Decimonónica y la Literatura Hispanoamericana Contemporánea, como muestran sus numerosas publicaciones en diversas editoriales y revistas internacionales. Aunque no se me olvidan sus múltiples trabajos sobre *La poesía negra,* Borges, Rulfo, Fuentes, Cabrera Infante, Rivera o Gabriela Mistral, por citar algunos nombres egregios, quiero destacar dos libros por su proyección práctica inmediata sobre su colaboración en éste, que están en el ánimo de todos: *Hermenéutica y praxis del indigenismo. La novela indigenista, de Clorinda Matto a José María Arguedas* (1980); y *La literatura hispanoamericana entre compromiso y experimento* (1984).

Su colaboración aborda incisivamente la cuestión indígena en *Raza de bronce* y su catalogación como novela social, «dentro de la tradición de la novela indigenista». En estrecha relación con el profesor Teodosio Fernández, el profesor Rodríguez Luis ha incidido también en el conflicto irresoluble en *Raza de bronce,* entre la crítica social que sobre el problema indígena hay inserta en la novela y el fondo racista y elitista que subsume en la ideología de Alcides Arguedas. Tras analizar el origen histórico del problema, tal y como se contempla en *Raza de bronce,* y las relaciones que se establecen entre el blanco, el cholo y el indio (y documentarlo en las distintas obras de Arguedas que tocan este problema), dilucida con sagacidad el alcance real de *Raza de bronce* como novela de protesta social y su engarce final en la novela indigenista, con su contradictoria situación de pionera y a la vez caso aislado, casi anti-indigenista en su intención.

El APARTADO Vº está compuesto por un «Dossier», en el que se recogen textos de Alcides Arguedas difícilmente asequibles, de diverso interés para *Raza de bronce,* tales como el «Prólogo» de Rafael Altamira, o la «Advertencia» de Arguedas a la segunda edición de la novela. Completan este apartado un «Índice» de nombres históricos o legendarios y otro de lugares geográficos, con sus correspondientes notas explicativas (siempre que ha sido posible).

La BIBLIOGRAFÍA final ha sido elaborada básicamente por los profesores Julio Rodríguez Luis y Juan Albarracín Millán, y revisada por el coordinador. Consta de dos subapartados que abarcan los siguientes aspectos:

I) La propia producción del autor. [5]

II) Estudios sobre Alcides Arguedas y su obra. (El lector encontrará separados los libros de los artículos).

---

5 Al margen de ofrecer sin errores todas las citas de los libros de Alcides Arguedas, quiero destacar el importante aporte documental que supone la *HEMEROGRAFÍA* remitida por el profesor Juan Albarracín Millán, hemerografía que será fuente indispensable para toda la crítica arguediana del futuro.

NOTA FILOLÓGICA PRELIMINAR

Antonio Lorente Medina

Génesis de *Raza de bronce*

Como ya explicara en un trabajo anterior al que nos ocupa, desconocemos la existencia de manuscritos (en el hipotético caso de que existan) de *Raza de bronce* que nos permitan analizar el largo proceso de elaboración de esta novela, [1] ya que el propio Arguedas depositó voluntariamente sus *Memorias* [2] en diversas bibliotecas del mundo para que no se publicaran hasta cincuenta años después de su muerte. No obstante, estas dificultades se pueden soslayar en parte con los datos que Arguedas dejó desperdigados sobre la génesis de *Raza de bronce* y, sobre todo, con el cotejo de las tres ediciones aparecidas en su vida, porque, si bien constituyen otros tantos textos independientes, las dos primeras (La Paz, 1919 y Valencia ¿1923?) son por, otra parte, auténticos pre-textos de la edición definitiva (Buenos Aires, 1945).

Es de todos conocido que *Raza de bronce* se realizó sobre el molde de una novela de juventud: *Wuata Wuara* (1904). Sin embargo sorprende constatar que la crítica mundial la haya relegado al olvido y se haya limitado a repetir que dicha novela supone un primer boceto de *Raza de bronce*, [3] influida, quizá por el testimonio que el propio Arguedas nos dejó en *La Danza de las Sombras*, (1934), en el que se funden en un todo indivisible ambas novelas: [4]

> No obstante el convencimiento de la grandeza de este mi libro, desde el primer momento vi que algo faltaba, algo indefinible, pero que encerraba la materia de una obra... aceptable.

---

[1] «Problemas de crítica textual en la edición de *Raza de bronce*», en el *Seminario Internacional* patrocinado por la UNESCO, titulado *Metodologia e Prática de Edição Crítica dos Autores Contemporâneos*.., celebrado en Oporto, durante los días 26-29 de marzo de 1986, cuyas *Actas* están en prensa.

[2] Un extracto de las mismas las puede encontrar el lector interesado en el libro titulado *Etapas de la vida de un escritor*, La Paz, Talleres Gráficos Bolivianos, 1963 (con prólogo de Moisés ALCÁZAR).

[3] Hasta la fecha toda la bibliografía sobre Arguedas ha omitido el análisis individualizado de *Wuata Wuara*, con la excepción de las breves referencias del libro de Juan ALBARRACÍN. *Alcides Arguedas. La conciencia crítica de una época*, La Paz, Empresa Editora Universo, 1979, pp. 94-99 y 283-285.

[4] En *Obras completas* (Ed. de Luis Alberto Sánchez), México, Edit. Aguilar, 1959, t. I, pp. 635-636.

Este es el libro que más me ha preocupado y me ha hecho trabajar, pues desde ese año de 1904, en que se publicó el bosquejo, hasta que volvió a aparecer en 1919 bajo otro título, no he dejado de pensar en él con una angustia dolorosa que se hizo obsesión en mí y que habría durado todavía si ciertas circunstancias de inoportuna recordación no me hubiesen obligado a publicarlo cuando menos lo pensaba. Quince años he madurado el plan de esta obra. Durante quince años la he venido arreglando dentro de un plan de ordenación lógica, encajando en él episodios de que fui testigo o que me refirieron. Cada una de esas páginas ha sido escrita en diversas circunstancias de mi vida...»

Y, en efecto, en cuanto que se analiza *Wuata Wuara* se descubre con facilidad que constituye el embrión de *Raza de bronce,* como también de parte de su fundamental ensayo *Pueblo Enfermo.* [5] Con todo, las transformaciones posteriores a que fue sometida por Alcides Arguedas fueron tan grandes que una novela y otra suponen dos discursos narrativos diferentes, incluso desde el punto de vista estructural, de una temática similar y de ciertos personajes o ciertas situaciones concretas que se repiten. La lectura de la ADVERTENCIA que coloca Arguedas al comienzo de *Wuata Wuara* es suficientemente ilustradora de la posición mental de que parte, todavía deudora del romanticismo y del costumbrismo decimonónicos (el propio título, *Wuata Wuara,* también lo es). Deudas que en *Raza de bronce* ya no son tan evidentes: [6]

«En una excursión que hace dos años hice al lago Titicaca y cuyo recuerdo perdura en mí, me fue referida esta historia por uno de los que en ella jugó importante papel. Más tarde cuando en mi memoria había tomado los *borrosos contornos de la leyenda,* la casualidad puso en mis manos *el proceso donde consta,* y pensé que con sus incidentes bien podría escribirse una interesante *novela de costumbres indígenas.* Seducido por la idea, quise darme este lujo y hasta creo que

---

[5] El texto de *Wuata Wuara* que publicaremos a continuación se corresponde con el ejemplar de la primera edición existente en la Biblioteca Nacional de Madrid (Barcelona, imprenta de Luis Tasso, s. a., aunque con toda seguridad de 1904). Sobre los débitos de *Raza de bronce* respecto de *Wuata Wuara,* el lector puede encontrar un primer acercamiento en mi artículo «Algunas reflexiones en torno a *Raza de bronce*», en *Castilla,* (Valladolid), n°s 2-3, 1981, pp. 121-133, y más exactamente, pp. 122-124, y, sobre todo, el resumen que dedicamos a ello en el apartado III. 1.a («Génesis del texto»). Para los débitos de *Pueblo Enfermo,* véase mi artículo «El trasfondo ideológico en la obra de Alcides Arguedas. Un intento de comprehensión», en *ALH* (Madrid), t. XV, 1986, pp. 57-73, y más exactamente, pp. 65-67, que se corresponde casi literalmente con el cotejo que ofrecemos en la «INTRODUCCIÓN» de *Wuata Wuara* de esta edición.

[6] *Op. cit.,* pp. 7-8. El subrayado es mío e incide en los rasgos románticos y/o costumbristas que Arguedas siguió como modelo en el desarrollo de *Wuata Wuara.* Ello no obsta para observar en esta novela el intento de un nuevo punto de partida para una literatura que pretendía romper con los programas americanistas decimonónicos. La misma ADVERTENCIA nos ofrece un ejemplo claro de las tensiones del escritor entre el rechazo de una novela «costumbrista» y «legendaria» y la pretendida objetividad de un libro, cuyos hechos, paradójicamente, «se precipitan sin desviaciones a su *término fatal e irremediable*». Y por si quedara lugar a la duda, el epílogo de *Wuata Wuara* es otra muestra evidente de las deudas decimonónicas de su autor. El aura de leyenda que lo traspasa se concreta claramente en sus palabras finales:

«Hoy los indios pescadores, cuando cruzan con sus balsas por el pie del barranco en cuya cima abre sus fauces de monstruo la caverna, creen oir sollozos y gemidos y aseguran reconocer en ellos la voz de Wuata Wuara, y es sólo el rumor de las olas que se estrellan en los peñascos y revientan en una lluvia alba.
No es más...»

Para más información al respecto, véase la breve «Introducción» a *Wuata Wuara.*

diseñé la trama que habría de hacerla más sugestiva, pero francamente, sentí miedo. No me conceptuaba, ni ahora me conceptúo, capaz de ahondar en *los sufrimientos de la raza aymara, grande en otros tiempos y hoy reducida a la más triste condición*. Así que en el presente libro sólo *me he limitado a consignar los hechos tales como constan en el proceso* y que, como todos los de la vida, se precipitan sin desviaciones a su término fatal e irremediable».

En «La historia de mis libros o el fracaso de un escritor» Arguedas refiere el origen de *Wuata Wuara*, el tiempo, lugar y modo de realizarla [7] y el poco éxito editorial que tuvo cuando apareció. Estas confesiones pueden parecer, en el caso del fracaso editorial, una excusa ingeniosa; pero hemos de convenir que se corresponden, en cambio, con el lugar y el tiempo explicitados por el novelista al final de su novela: «*La Paz, 1903 - Sevilla, 1904*».

Quince años después de la publicación de *Wuata Wuara* aparece en La Paz la primera edición de *Raza de bronce* (1919), mientras Arguedas se encontraba en misión diplomática por Europa [8] y, si creemos su propio testimonio, «Cuando menos lo pensaba». En ese lapso de tiempo Arguedas fue «madurando» su novela, a la par que adquiriendo nuevos influjos literarios y experiencias, y «encajando» numerosos episodios en la primitiva *Wuata Wuara*, con el fin de realizar el cuadro «objetivo» que pretendía sobre la vida del indio aymara. Y posiblemente hubiera seguido perfeccionándola [9] —como afirma Arguedas— si no hubiera tenido lugar el concurso que la casa González y Medina organizó para recompensar, a través del Círculo de Bellas Artes, a la mejor novela boliviana, lo que motivó la presentación de Arguedas y la publicación subsiguiente de *Raza de bronce*. Alcides Arguedas da cuenta extensamente de las razones que lo movieron a presentarse en la ADVERTENCIA que coloca al frente de la segunda edición, razones corroboradas por su correspondencia particular. La carta que envía desde La Paz a Blanco Fombona, el

---

[7] En cuanto a la génesis de *Wuata Wuara*, dice en *La Danza de las Sombras*: «El nombre no es exótico: lo compuse leyendo ese libro raro, *Capacabana de los Incas*, de mi deudo el padre Jesús Viscarra. (...) Ya de niño me habían atraído las aguas divinamente puras de nuestro legendario Titicaca; y alguna vez, de estudiante, yendo de expedición cinegética (...) había tropezado con una india linda y huraña (...): en las veladas del valle le había oído referir a mi padre la crueldad con que los indios costeros castigaron y vengaron las tropelías de unos patrones sin entrañas.

Estos tres elementos —belleza, emoción y drama— hicieron la obrita». En cuanto al lugar de composición: «la escribí casi en su totalidad en Sevilla,...» Del modo de realizarla: «...oyendo (...) las cristalinas carcajadas de una rozagante moza rubia de ojos azules que consolaba (...) nuestra lejana morriña del terruño». (t. I, p. 634).

[8] Sobre la índole de su misión diplomática y sus consecuencias para Arguedas, véase el libro de Juan ALBARRACÍN, *cit.* en nota nº 3; pp. 264-270.

[9] En la edición definitiva de *Raza de bronce* quedan suficientes errores de composición (descuidos de Arguedas) que matizan la afirmación que coloca en *La Danza de las Sombras*, acerca de su «minuciosa» dedicación a la novela. Algunas de ellas ya las he subrayado en trabajos anteriores. Otras las puede encontrar el lector en las notas que coloco en la presente edición y en el estudio introductorio realizado por el profesor Teodosio FERNÁNDEZ (Apartado IV. 3). Unas y otras inciden en la discontinuidad del proceso de elaboración de *Raza de bronce* y en la falta de una cuidada revisión final.

16 de junio de 1918 (es decir, un año antes de la publicación de *Raza de bronce*) se expresa en términos semejantes: [10]

> «Quizá pronto le dé noticias mías literarias. Se ha abierto aquí un concurso de novelas con un regular premio metálico y voy ordenando los apuntes de una novelilla campestre que desde hace muchos años vengo pensando. Ya le diré el resultado».

Dos datos resultan significativos —por la machacona insistencia con que los repite Arguedas— desde la aparición de *Raza de bronce:* el primero destaca la alta estima que Arguedas tiene de su propia novela; el segundo, su preocupación por las numerosas erratas de impresión. Las cartas que envía el 20 de agosto de 1919 a Unamuno, Blanco Fombona y Hernández Catá desde París constituyen una buena prueba de la importancia de ambos: en las tres resalta tanto el valor literario que para él encierra *Raza de bronce,* a la que califica de "seria", "fuerte", "sólida" o "definitiva", como el temor a que las múltiples erratas [11] la conviertan en «un libro detestable». Lamentablemente ese temor se convirtió en triste certidumbre y Arguedas, descontento con la edición, [12] obligó a los editores a introducir una fe de erratas, con la que intentó paliar sus consecuencias negativas, y un vocabulario «indispensable para la mayor comprensión de la obra». En verdad el número de erratas y de faltas de ortografía y de acentuación es tan elevado que la primera edición resulta francamente desmerecida, pero el texto narrativo no difiere esencialmente de la edición definitiva, si exceptuamos algunos aspectos breves relacionados con su evolución ideológica y la inexistencia aquí de la leyenda intercalada del capítulo XI, *La justicia del Inca Huaina Capac.*

---

[10] *Epistolario de Alcides Arguedas. La generación de la amargura.* La Paz, Bolivia, Fundación «Manuel Vicente Ballivián», 1979, p. 219. De aquí he obtenido las referencias a las diversas cartas relacionadas con las dos primeras ediciones de *Raza de bronce.* En adelante pondré sólo la página, lo que notifico para todo el estudio.

[11] Concretamente la carta que dirige a Rufino Blanco Fombona desde París, el 20 de agosto de 1919 dice:

> «Pronto he de enviarle *Raza de bronce* que acaba de aparecer en mi tierra donde supieron pagarme muy bien. Es un libro definitivo y que me ha preocupado muchos años, pero creo que ha sido muy mal impreso si he de atenerme al folletín de *El Tiempo* de La Paz que lo transcribe sin mi consentimiento. ¡Qué de cosas feas voy leyendo allí! Pero le aseguro que la estructura del libro, su intención, sus proyecciones, son cosas que le han de dar una solidez y una durabilidad muy superior a otro libro mío que Ud. conoce y que tuvo éxito en América. *Raza de bronce* es obra que ha de quedar y tengo el presentimiento de que ha de ser *mi libro.* En una posterior edición sustituiré los nombres de dos personajes principales que desfiguré algo para desorientar a mis paisanos con los verdaderos nombres indígenas, y trataré de hacer las correcciones que el precipitado viaje a Europa me impidió hacer». (p. 222).

No me ha sido posible hacerme con los folletines de *El Tiempo,* en donde apareció (según Arguedas) *Raza de bronce.* Como el lector podrá comprobar, he partido de la primera edición para la fijación del texto definitivo.

[12] Además de lo anunciado en las cartas, puede verse lo que dice Arguedas en la ADVERTENCIA de la edición definitiva, que se corresponde bastante con lo que ya había afirmado en *La Danza de las Sombras (Obras completas, cit.,* t. I, p. 674): «...Además, es tal la plaga de errores tipográficos que muchos cambian o desvirtúan sustancialmente el concepto de las frases. Tanta es mi contrariedad que a poco recibo con verdadera fruición la frase de un crítico oriental (...)» ¡Lástima que obra de tan consciente labor —dijo Juan Antonio Zubillaga,— no haya tenido la corrección que merecía!... Y duele que obra tan noble haya sido impresa con tanto descuido! ...»

Postergado de la vida pública boliviana de forma poco ortodoxa, Arguedas se dedica de lleno a la confección de sus libros de historia; pero no relega al olvido *Raza de bronce*. En el tiempo que le dejan sus trabajos históricos inicia con toda seguridad diversos contactos para reeditarla, desechando al parecer una segunda edición en Bolivia. Eso es, al menos, lo que dice Arguedas en *La Danza de las Sombras* (t. I, pp. 701-702), que se corresponde plenamente con su originaria intención de volver a editarla y con la situación que refleja la carta que envía a Blanco Fombona, en agosto de 1922. Ya en París, y en expectativa del cargo diplomático que poco después se le concederá, realiza algunas gestiones en España, a través del cónsul de Bolivia, Alberto Ostria Gutiérrez. Desgraciadamente para Arguedas Rafael Altamira no está en Madrid (14 de diciembre de 1922) y Ostria no puede entregarle la carta de que es portador. Pero poco después —Arguedas dice que «Meses más tarde»— Altamira y Arguedas se encuentran en París y, tras una breve charla, el español se ofrece para publicarla. Nada más regresar a España, Altamira inicia rápidamente las gestiones necesarias para reeditar *Raza de bronce*, y el 13 de marzo de 1923 escribe a Arguedas notificándole el éxito de su gestión y le solicita el original corregido de la novela, para escribir, a su vez, el prólogo con la mayor prontitud posible:

> «A mi regreso de Valencia, tengo la satisfacción de decirle que la gestión referente a su libro ha tenido el más completo éxito. Por lo tanto, hágame el favor de enviarme el original con la corrección que Ud. ha acordado para la nueva edición, con objeto de que yo refresque su lectura y pueda escribir lo más pronto posible el prólogo». (p. 168).

Gracias al *Epistolario de Alcides Arguedas* podemos seguir con cierto detenimiento las vicisitudes por las que pasó la impresión de *Raza de bronce*, que amplían la información suministrada por Arguedas en *La Danza de las Sombras*. Por las cartas que Altamira envió a Arguedas sabemos de la celeridad de éste en enviar su original corregido; de la intención del editor de publicar *Raza de bronce* en octubre de 1923, coincidiendo con el «regreso del veraneo» y con «la reintegración de la vida intelectual de nuestras ciudades»; y de las observaciones de crítica textual que le sugirió Altamira. Y son precisamente las noticias que nos aportan estas cartas las que nos hacen cuestionarnos la fecha exacta de la publicación. Ninguno de los tres ejemplares de la segunda edición manejados contiene el año exacto de publicación, y sus fichas biblioteconómicas recogen: «(s. a., 1923)». [13] De los datos obtenidos del *Epistolario* se desprende la casi imposibilidad de que *Raza de bronce* fuera publicada en 1923. Y desde luego, de serlo, debió aparecer muy a finales del mes de diciembre, porque el diecisiete de este mismo mes Altamira envía una carta a Arguedas en la que le notifica que le ha mandado «varios paquetes de pruebas certificados» y que le ha reiterado al editor «se los remita a Ud. directamente» (p. 170). Difícilmente podrían llegar las pruebas a París, ser corregidas por Arguedas y enviarlas al editor valenciano, llegar a Valencia y publicarlas éste —con las

---

[13] De los tres ejemplares de esta edición a que he tenido acceso, dos corresponden a la biblioteca del I. C. I., y el tercero a la Biblioteca Nacional de Madrid. Sus fichas biblioteconómicas recogen respectivamente: «(s. a.)»; «(s. a., 1923)»; y «(s. a., 1923?)».

correciones pertinentes— en un período de tiempo tan exiguo (catorce días), coincidente además con las fiestas navideñas. Por tanto me inclinó a creer que *Raza de bronce* apareció definitivamente en enero o febrero de 1924. [14]

Fuera publicada cuando fuera —en 1923 o, como nosotros pensamos, en 1924, lo cierto es que la segunda edición de *Raza de bronce* salió en tamaño cuarto, papel de mala calidad y «con tipo minúsculo y ceñido», como dice Arguedas; pero muy cuidada en su impresión. Hasta tal punto esto es así que son casi inexistentes las numerosas erratas y faltas de la primera edición. Su difusión debió ser muy escasa, a juzgar por el desconocimiento casi generalizado de la crítica mundial hacia ella, (superior al ocurrido en la edición de 1919) y si bien parece exagerada la afirmación que Arguedas coloca en la ADVERTENCIA de la edición definitiva, [15] no cabe duda de que tampoco esta vez *Raza de bronce* tuvo la repercusión que su autor esperaba. No obstante, —y según Arguedas— críticos de la envergadura de Gabriel Alomar, Ernesto Martinenche, Buylla, Díez-Canedo y Veslasco Aragón le dedicaron artículos elogiosos. [16] En cualquier caso, el revés sufrido y las ocupaciones diplomáticas e historiográficas de Arguedas relegaron *Raza de bronce* a un segundo plano, [17] aunque no cayó nunca definitivamente en el olvido. El mismo Arguedas cuenta, en la ADVERTENCIA citada unos renglones más arriba, que un «periódico semanal» de París, «hecho por y para suramericanos», [18] ocupó su folletín con

---

[14] Sin olvidar que el propio Arguedas afirma en la tercera edición de *Pueblo Enfermo* (1937) que la «última» edición —en 1937— es de 1924 (*Obras completas*, cit., t. I, p. 433), otra carta de Rafael Altamira a Arguedas, fechada el 27 de febrero de 1924, avala nuestra conjetura. En ella Altamira le informa de que «hace pocos días la editorial Prometeo me ha enviado dos ejemplares de su libro de Ud.» (p. 171).

[15] «...y ese silencio de críticos, eruditos y profesores es prueba concluyente de que el libro se ha podrido —cual me imaginaba—, en los sótanos del despreocupado editor valenciano».

[16] ¿Es cierto lo afirmado por Arguedas en la *ADVERTENCIA* a la edición definitiva? ¿O citaba de memoria y confunde los vagos datos aportados? No me ha sido posible verificarlo. Desde luego he comprobado que Alomar no escribió «un cálido elogio» de *Raza de bronce* en ningún lunes del *Imparcial*, entre 1919 y 1928. ¿En qué conocida revista de París escribió Martinenche el «breve y caluroso comentario» de *Raza de bronce*? Por supuesto que no lo hizo en la *Revue de l'Amérique Latine*, de la cual fue co-director. Tampoco he tenido más fortuna con el hipotético artículo de Luis Velasco Aragón, aunque es evidente —como veremos más adelante— que conocía, al igual que Martinenche, la novela.

[17] En la edición definitiva de *Pueblo Enfermo* (1937) habla de todas las ediciones de *Raza de bronce*, y por lo que dice, podemos pensar que aún no le había pedido Max Daireaux los folletines del «periódico semanal» parisino para una edición francesa: «...El esbozo del libro apareció imperfecto, en 1904 la primera edición definitiva se hizo en 1919, y la última en 1924. Veinte años trabajó el libro para su obra...» (t. I, cap. II, -IV, p. 433). La proposición de Daireaux debió tener lugar en el verano de 1937, coincidiendo con las última visita de Alcides Arguedas a París para visitar la Exposición Universal, pero tampoco poseemos información precisa al respecto.

[18] Según Mariano BAPTISTA GUMUCIO, (*Alcides Arguedas. Juicios bolivianos sobre el autor de «Pueblo Enfermo»*, La Paz-Cochabamba, Edit. Los Amigos del libro 1979, p. 13) dicho semanario es *Amérique Latine* y la fecha, 1932; según Stela ARGUEDAS, (carta personal), debió ser *France-Amérique* y «hacia 1928». Suponemos que la revista citada por BAPTISTA GUMUCIO sea en realidad la *Revue de l'Amérique Latine*, puesto que no existe otra con ese nombre o parecido en aquellas fechas, y, desde luego ninguna de las dos reúne esas características (ni son «periódicos», en sentido estricto, ni son semanales; sino mensual y trimestral respectivamente). Tampoco me ha sido posible localizarlo, puesto que no figura en el *Catalogue collectif des périodisques du début du XVIIe siècle à 1939*, Paris, Bibliothèque Nationale, 1967, ni en la *Histoire Générale de la presse français*, Paris, Presses Universitaires de France 1972 (t. III: de 1871 à 1940). La única traducción que conozco (en vida de Arguedas) de parte de *Raza de bronce* la realizó Francis de Miomandre en la *Revue de l'Amérique Latine (fevrier, 1924, vol. VII, Nº 26), sección »Anthologie américaine»*, pp. 144-152, y se reduce a *La justice de l'Inca Huaina Capac*.

Raza de bronce, que dichos folletines, coleccionados «por manos cariñosas», le fueron solicitados por Max Daireaux para volver a publicarlos en una editorial parisina, y que el marasmo bélico de la Segunda Guerra Mundial dio al traste con este proyecto.

La tercera —y definitiva— edición de *Raza de bronce* apareció en la Biblioteca Contemporánea de la Editorial Losada, S. A., de Buenos Aires, el año 1945. El origen de esta edición hay que buscarlo en el viaje que realizó Arguedas a la ciudad del Plata, en noviembre de 1944, «por problemas de salud». Aunque no tenemos datos aclaradores al respecto, es seguro que previamente establecería contactos para publicar *Raza de bronce,* lo que concuerda plenamente con su carácter y con sus pautas de conducta. Y desde luego, el 13 de enero de 1945 entregaba personalmente a Guillermo de Torre un ejemplar de su novela corregido, como aclara el propio Arguedas en sus *Memorias:*

> »*Esta mañana, antes de mediodía, he tomado un coche y, a carrera, he ido a entregar al gerente de la editorial Losada, Guillermo de Torre, el ejemplar corregido de Raza de bronce* para una nueva edición en la colección barata de Contemporáneos...» (*Etapas..., cit.,* p. 155).

Las ediciones comerciales aparecidas con posterioridad a su muerte siguen literalmente esta edición, con las erratas propias de la sucesiva reimpresión de un texto, [19] si exceptuamos la edición de Luis Alberto Sánchez, en lo que hoy reza indebidamente como sus *Obras Completas,* que si en rasgos generales le es fiel presenta algunas ultracorrecciones del editor que desvirtúan [20] en parte el texto que Arguedas consideró definitivo.

Descripción

Una breve descripción de las tres ediciones publicadas en vida del autor nos ofrece los siguientes resultados:

— La primera edición (La Paz, 1919) resulta tipográficamente la mejor, por el tamaño de su letra impresa. Pero esa primera impresión desaparece en cuanto que se penetra en la lectura del texto. Ya hemos señalado en el transcurso de este trabajo que las frecuentes faltas de ortografía y acentuación, las numerosas erratas, la relajación de los signos diacríticos de puntuación y la unión indebida de palabras sin su espacio separador son rasgos negativos y nada deseables que saltan a la vista de cualquier lector. Los nombres de la heroína y de su amado —Wata Wara y Agiali— aparecen transmutados por los de Maruja y Agustín (a veces, María y Austina) para que el «jurado» calificador «no pudiera reconocer» al autor, como aclara la ADVERTENCIA que Arguedas pone al frente de la segunda

[19] He podido constatar estas erratas desde la sexta edición de *Raza de bronce,* de Buenos Aires, Losada, 1976. Las ediciones posteriores que conozco siguen fielmente esta edición; y en el caso de la de Barcelona, Planeta-Agostini, (1986) es un mera reproducción fotostática.

[20] Al parecer Luis Alberto Sánchez debió pensar que era más conveniente dejar en el texto narrativo solo los vocablos quechuas en cursiva y colocar su equivalente español en la parte inferior de cada hoja, e introdujo esta variación (aunque no la mantuviera siempre).

edición[21] En cuanto a la utilización del léxico, se percibe mayor número de vocablos quechuas que en las siguentes ediciones y mayor despreocupación por aclarar su significado (a pesar del vocabulario colocado por Arguedas «para la mayor comprensión de la obra»), despreocupación justificada, ya que iba dirigida al público lector boliviano, conocedor de la mayor parte de esos vocablos y de los regionalismos que aparecen en *Raza de bronce* o, al menos, familiarizado con ellos.

— La segunda edición (Valencia, 1924) contrasta con la anterior, como ya indicamos, por sus caracteres tipográficos y por la pulcritud de su impresión, y presenta una novedad que se mantendrá en la edición definitiva y en las ediciones comerciales póstumas (salvo la de Aguilar): los vocablos quechuas aparecen generalmente con su equivalente español, aunque en el caso de esta edición el vocablo antepuesto es el castellano y el subrayado en cursiva y entre paréntesis es el quechua, y en las demás es al contrario. Dicha «ordenación» le fue sugerida por Rafael Altamira, en su carta del 7 de abril de 1923, porque la consideraba más «apropiada» para el público lector a que iba dirigida:

> «Segunda. Con frecuencia pone Ud. el nombre indio en muchas cosas a continuación del nombre castellano, pero sin coma ni paréntesis.
>
> ¿No cree Ud. que convendría *uniformar*[22] *esta correspondencia y poner el nombre indio entre paréntesis, puesto que el texto es castellano?*
>
> Aguardó su respuesta...» (p. 169).

La novela se abre con un prólogo de Rafael Altamira, que adjuntamos en el Apéndice II de nuestra edición, y una ADVERTENCIA de Alcides Arguedas explicando las circunstancias que rodearon la publicación de la primera edición de *Raza de bronce*. El texto es prácticamente el mismo de la edición definitiva —incluida la leyenda intercalada del capítulo XI, *La justicia del Inca Huaina Capac*— y las variantes que presenta son irrelevantes, si exceptuamos las relacionadas con la disputa central entre Suárez y Pantoja (capítulo X). Al respecto, y volviendo a la leyenda intercalada *La justicia del Inca Huaina Capac,* hay que destacar un hecho importante, que ha pasado inadvertido por la crítica arguediana hasta ahora: la leyenda circuló autónoma como cuento[23] antes de aparecer defini-

---

[21] «...Y presenté al concurso de la casa González y Medina esta *RAZA DE BRONCE*, moldeada en un trabajo de la primera juventud, pero para que el jurado calificador no pudiera conocer al autor, me vi precisado a cambiar los nombres de dos principales personajes, algo difundidos merced a ese primer trabajo de la precoz adolescencia».

Estrechamente relacionada con la afirmación anterior está la suministrada por Arguedes en la carta que envía a Blanco Fombona, transcrita en la nota nº 11 del presente trabajo.

[22] El subrayado es mío. En cada una de las tres ediciones Arguedas dio una solución distinta al problema de los vocablos quechuas y sus equivalentes españoles, y ello podría hacer pensar en que, quizá, Arguedas evolucionara hacia una asunción descomplejada del americanismo, eliminando el lastre que supondría la explicación de su significado en castellano. Pero más bien creo que se trata de la adaptación de cada uno de los textos a los diferentes públicos lectores a que fueron dirigidos.

[23] Esto es, al menos, lo que se desprende de las palabras de Velasco Aragón, en su artículo «Reflexions sur les Incas» (*Revue de l'Amérique Latine*, vol. VI, nº 21, septiembre de 1923, pp. 37-43). En el apartado III del citado artículo, «Le quechuisme littéraire», (pp. 41-42) dice:

> «Abel Alarcón et surtout ce Gorki américaine qu'est Alcides Arguedas nous donnent des contes incasiques, pleins de vérité, de vie, d'art, comme celui de «La Justice de Huaynabcapac», et je les considére comme les plus beaux de la littérature américaine». (p. 42).

tivamente dentro del capítulo XI de *Raza de bronce,* aunque desconocemos si fue publicada como cuento aparte o sólo constituyó un adelanto de Arguedas al grupo de escritores hispanoamericanos residentes en París. De cualquier manera —y las palabras de Velasco Aragón parecen indicar su publicación autónoma— es una muestra indudable de la estima que Arguedas tenía a este tipo de género y nos pone en guardia sobre su propia crítica respecto del movimiento modernista, porque si bien numerosos textos de Arguedas atestiguan su rechazo, otros presentan evidentes huellas del mismo (y las frecuentes descripciones paisajísticas y coloristas de *Raza de bronce* nos eximen de mayores explicaciones). Ahora bien, esto no explica completamente la paradoja que supone el hecho de que *La justicia del Inca Huaina Capac* constituya una pequeña joya literaria y de que Arguedas pretendiera con su inserción una clara refutación del indianismo «lírico» de Suárez. Richard Ford [24] considera que en esta leyenda Arguedas pone al descubierto su afición oculta —y casi prohibida— de escritor modernista. Dicha afirmación resulta a nuestro entender excesiva, por que conlleva ignorar la idea que Arguedas tenía de la Literatura y de su misión social. Más bien creemos que esta aparente contradicción hay que encuadrarla en el largo proceso de composición del texto definitivo de *Raza de bronce,* desde la temprana aparición del «personaje-poeta» en *Wuata Wuara* hasta la edición definitiva de 1945, que refleja de rechazo la evolución del pensamiento arguediano, y que incide directamente en la tensión dialéctica que se establece entre la sátira que el narrador-autor hace del «personaje-poeta» (ya sea Darío Fuenteclara o las distintas versiones de Suárez) y su relativa identificación con él. Y ello sin olvidar las influencias literarias a que estuvo sometido Arguedas durante su vida, que en último extremo podrían explicarla.

La edición definitiva (Buenos Aires, 1945) presenta el texto depurado con escasísimas erratas. La novela se abre con una ADVERTENCIA de Arguedas en las que se nos describen las desventuras de las dos ediciones anteriores, se nos informa de una traducción al francés para un semanario parisino y se inscribe a *Raza de bronce* entre dos importantes novelas hispanoamericanas: *La Vorágine* (1924) y *El mundo es ancho y ajeno* (1941). Nos sugiere con ello Arguedas su doble vinculación con la denominada «novela de la tierra», por un lado, y con la novela indigenista, por otro. Al final de la novela aparece una NOTA epilogal que aclara y matiza el alcance exacto de la «revindicación indigenista» de Alcides Arguedas.

Collatio

En nuestra edición el lector podrá observar los cambios significativos que se produjeron a lo largo de las diferentes ediciones que nos han precedido, y muy especialmente de las tres ediciones publicadas en vida del autor. Las conclusiones de este cotejo fueron adelantadas por nosotros en el *Seminario Internacional* que, bajo el patrocinio de la UNESCO, se celebró en Oporto durante los días 26-29 de

[24] FORD, Richard: «La estampa incaica intercalada en *Raza de bronce*», en *Romance Notes,* XVIII, 3, 1978, pp. 311-317.

marzo de 1986. [25] Con todo, hemos creído conveniente sintetizarlas aquí por el interés que (a nuestro juicio) poseen y por la dificultad que entrañaría al lector la ordenación lógica de tal cúmulo de variantes.

En una primera aproximación podemos precisar que el número de variantes entre la primera edición *(P)* y la tercera *(BA)* excede con mucho de las dos mil y que ese número queda reducido a menos del 15 % si se cotejan las dos últimas *(V* y *BA)*. En un segundo escalón más concreto se observa que dichas variantes responden, en el mayor de los casos, «a una selección de vocablos, sintagmas o incluso frases por parte de Arguedas, con el afán de mejorar el texto final». En otros casos esta selección corresponde «al lento proceso de elaboración y depuración con el que se eliminan errores de composición existentes en la primera edición ,[6] o se suprimen textos meramente descriptivos que el autor consideró superfluos».

Mucho más «significativas resultan aquellas variantes que, si bien encajan en el lento proceso depurador del texto, responden estrictamente a la evolución del pensamiento arguediano. Nos referimos, claro está, a las que inciden de forma directa en la caracterización de los personajes. Obviando el cambio de nombres de Agustín y Maruja» merecen resaltarse ciertos rasgos de la tercera edición que «conceden verosimilitud al carácter y, sobre todo, a la actuación de los patrones, estructurados en función de la discusión central entre Suárez y Pantoja». [26] La tensión dialéctica que se establece entre «la sátira que el narrador autor hace del personaje poeta y su relativa identificación con él», [8] concluye con el «rechazo final de su literatura» y «de sus ideas sobre el problema indio» Y es en relación con esta actitud ideológica de Arguedas como podemos comprender «la supresión paulatina (en la 2ª y en la 3ª edición) de los rasgos positivos de Suárez, el incremento de los negativos, la intercalación de la leyenda *La justicia del Inca Huaina Capac*, y el proceso contrario de relativa revalorización de la figura de Pablo Pantoja».

Y otro tanto se puede decir de la figura patriarcal de Choquehuanka. Su personalidad aparece desde la primera edición caracterizada de todas las excelencias. «Y si ello resulta obvio, ¿por qué introduce Arguedas variantes en el texto definitivo?, y ¿cuál es el sentido último de las mismas?». Sin ninguna duda este personaje atrajo siempre la atención del autor, como lo muestra el hecho de que «la ascendencia moral que ejerce sobre su comunidad» quede reflejada ya en *Wuata Wuara.* [27] Ahora bien, «hasta la edición definitiva Arguedas no aclaró nunca la genealogía de

[25] Cfr. nota nº 1 del presente trabajo. Los párrafos que a continuación estrecomillamos corresponden literalmente a lo que expusimos en dicha comunicación. lo que notificamos para el resto del trabajo.

[26] BROTHERSTON. Gordon: «Alcides Arguedas as a «Defender of Indians» in the first and later editions of *Raza de bronce*». en *Romance Notes*, XIII, University of North Carolina, 1971, pp. 41-47. Para la tensión dialéctica entre el narrador-autor y el personaje-poeta (Suárez) de *Raza de bronce*, véase mi artículo «Alcides Arguedas y la «literatura nacional» boliviana». en *Epos*, II Madrid, 1986, pp. 177-185.

[27] Aunque en tono diferente a *Raza de bronce*, en *Wuata Wuara* queda explicitada ya la ascendencia moral de Choquehuanka sobre el resto de la comunidad. A modo de ejemplo recordemos el siguiente texto. que. de alguna forma. será reutilizado en *Raza de bronce:*

> «...entregado a sus lecturas. Choquehuanka solía hablar de cosas nunca oídas, de aquéllas que son buenas para soñadas pero no para sabidas (...) Y por eso. porque comprendían que siendo de los suyos por el corazón era de los otros. de los blancos por el espíritu. que es lo único que de bueno tienen. era por lo que le veneraban». (p. 32).

Choquehuanka. «Esta aclaración resulta» de vital importancia «para comprender las motivaciones profundas» que lo movieron a «acumular» en este personaje tantas cualidades. Con ella Arguedas «pretende resaltar el carácter excepcional de la figura de Choquehuanka frente a los patrones, sí, pero también frente a su propia comunidad, para evitar que el lector pudiera hacer extensivas sus extraordinarias cualidades morales a todos los indios». En una palabra, «Arguedas invalida, con la introducción de este texto, los posibles argumentos en pro de la igualdad de todos los hombres, subrayando precisamente lo excepcional, lo irrepetible de Choquehuanka». El texto en cuestión es el siguiente: [28]

> «Choquehuanka era el jefe espiritual incontestable de la comarca, y su fama de justo, sabido y prudente *la traía por herencia, pues era descendiente directo del cacique que cien años atrás había saludado en Huaraz al Libertador con el discurso que ha quedado como modelo de gallardía y elevación en alabanza de un hombre, y esa su fama* había cundido en las haciendas costeras, trasmontando las islas y aun llegando a los pueblos de Aygachi, Pucarani, Laja, Peñas, Huarina,...» (p. 165).

Nuestra edición

Para la fijación del texto de la presente edición hemos partido del que el propio Arguedas consideró definitivo, que constituye el texto-base de las ediciones posteriores a su muerte. Me refiero, claro está, a la edición bonaerense de 1945. La hemos seguido fielmente y sólo hemos presentado lecturas divergentes en los casos específicos relacionados con las escasas erratas que contiene [29] y en la modernización acentual que hemos llevado a cabo, de acuerdo con las normas ortográficas actualmente imperantes. Junto al texto-base, y continuamente cotejados con él, hemos utilizado las siguientes ediciones:

1. *Raza de bronce*. La Paz, González y Medina, 1919. Es copia del ejemplar existente en el «Instituto Gonzalo Fernández de Oviedo» (C. S. I. C.), que está dedicado autógrafamente al historiador D. Carlos Pereyra ***(P)***. [30]

2. *Raza de bronce*. Valencia, Editorial Prometeo, (s. a.). Con toda certeza es de 1924. Es copia de uno de los dos ejemplares existentes en la Biblioteca del I. C. I. (Madrid), por ser el que se conserva en mejor estado. Al ejemplar de la Biblioteca

[28] Resulta altamente curioso el hecho de que en la arenga final Choquehuanka —el «excepcional» personaje, como indica su propio nombre— coincida básicamente con los argumentos utilizados por Pablo Pantoja para plantear el «problema indio» y rebatir a Suárez. En ambos personajes encontramos el «profundo abismo de sangre» irresoluble, creado por el odio de razas, que no desaparecerá hasta que una de ellas se imponga totalmente (y extinga) a la otra. Al lector interesado, aconsejamos el cotejo de las pp. 272-276 y 344 de la presente edición.

[29] Hemos contabilizado casi una cincuentena de erratas, seis de las cuales responden a errores de concordancia gramatical. No las voy a especificar ahora, ya que están aclaradas en el aparato crítico.

[30] Al final de cada edición hemos colocado en negrita y subrayadas las siglas abreviadas por las que citamos a lo largo del aparato crítico. Lo notificamos en este trabajo, pero lo hacemos extensivo para los demás.

Nacional le faltan algunas páginas prologales, aunque contiene el texto completo. *(V)*.

3. *Raza de bronce.* en *Obras completas,* México, Editorial Aguilar, 1959 (t. I, pp. 215-387; prólogo y edición a cargo de Luis Alberto Sánchez). *(OC).*

4. *Raza de bronce.* Buenos Aires, Edit. Losada, S. A., 1976, 6ª edición *(L_1).*

5. *Raza de bronce.* La Paz, Gisbert y Cía., 1980. *(GC).*

6. *Raza de bronce.* Barcelona, Planeta-Agostini, 1986. *(Pl).*

Y por supuesto que siempre tuvimos presente la edición original de *Wuata Wuara,* Barcelona, Lus Tasso, (s. a), aunque con toda seguridad de 1904. No la hemos cotejado porque las variaciones son tan enormes y numerosas que tendríamos que haber editado dos textos diferentes.

Como puede comprobar el lector, el aparato crítico de nuestra edición cuenta con más de dos mil variantes,[31] y se completa con más de doscientas **notas explicativas,** que aclaran diversos aspectos etimológicos, semánticos, histórico-culturales o estrictamente compositivos de *Raza de bronce.* Para ello hemos consultado constantemente los siguientes libros:

Diccionario de la lengua española, Madrid, R. A. E., 1984, 20ª edición.

LIRA: Jorge A.: *Diccionario Kkéchuwa-español,* Universidad Nacional del Tucumán, 1945.

BERTONIO, Ludovico: *Vocabulario de la lengua aymara.* Iuli, Chucuito Francisco del Canto 1612.

SANTAMARÍA, Francisco: *Diccionario General de Americanismos,* México, Imprenta Pepe Robredo, 1942-1943.

MORÍNIGO, Marcos A.: *Diccionario de Americanismos,* Barcelona, Pérez Muchnik, 1966.

FERNÁNDEZ NARANJO, Nicolás: *Diccionario de Bolivianismos,* La Paz-Cochabamba, Editorial «Los Amigos del libro», 1980.

SAAVEDRA, Bautista: *El ayllu,* La Paz, Librería Edit. «Juventud», 1971, 4ª edición.

— Y la *Enciclopedia Ilustrada Española e Hispanoamericana,* Madrid, Espasa Calpe, s. a., de donde he obtenido las casi setenta aclaraciones geográficas incluidas en los Apéndices finales.

---

[31] Dichas variantes se ofrecen al lector en la margen derecha de la hoja, coincidiendo con el renglón del texto base a que hacen referencia, salvo cuando excepcionalmente su considerable extensión nos obligue a colocarlas numeradas y a pie de página.

II. EL TEXTO

RAZA DE BRONCE

Alcides Arguedas

INTRODUCCIÓN A WUATA WUARA

Antonio Lorente Medina

WUATA WUARA

Alcides Arguedas

ADVERTENCIA [1]

La primera edición de este libro apareció en mi tierra, hace veinticinco años, en 1919 y en momentos en que una misión diplomática me alejaba de ella sin darme lugar a corregir las pruebas. Los impresores descuidaron este detalle y la mala presentación del libro arrancó un grito de indignada pena a un autorizado crítico oriental: «Lástima que obra de tan consciente labor no haya tenido la corrección que merecía y duele que obra tan noble haya sido impresa con tanto descuido» —escribió don Juan Antonio Zubillaga.

La segunda edición, con prólogo de D. [2] *Rafael Altamira, no fue más afortunada. La hizo en 1923 un popular editor valenciano a instancias del propio prologuista, y el libro volvió a aparecer, modesta y oscuramente, en papel de periódico, con tipo minúsculo y ceñido, con ordinaria presentación, como libro paria hecho por favor y condenado de antemano a podrirse* [3] *en el más recóndito sitio de los sótanos editoriales.*

Naturalmente el libro no tuvo lectores y contados fueron los que, venciendo sabe Dios qué suerte de repugnancias, pusieron los ojos en él. Algunos se dejaron ganar, sin embargo. Y Gabriel Alomar, ilustre comentarista de Don Quijote, *escribió un cálido elogio del libro en un lunes del entonces famoso* Imparcial *de Madrid. Poco después, otro ilustre profesor de literatura española en la Soborna, don Ernesto Martinenche, publicó un breve y caluroso comentario en una conocida revista de París y le dedicaron sendos artículos el profesor Buylla, el escritor Díez-Canedo y el penetrante crítico peruano Luis Velasco Aragón, entre otros.*

Entonces un periódico semanal de la incomparable urbe latina, hecho por y para suramericanos, quiso ocupar su folletín con esta Raza de Bronce *y encomendó su versión al francés a un joven escritor mexicano que se entregó con fervor a la tarea,* [4] *acaso porque en el libro se describe la vida de una raza autóctona emparentada con la que predomina en su gran país. Y el mozo, al volver a su tierra para disfrutar de unas cortas vacaciones, desapareció envuelto quién sabe en qué torbellino y largas semanas quedaron los lectores pendientes de las andanzas de mis monigotes. Al fin se cansaron de esperar y reclamaron. Entonces la dirección confió la traducción de los dos o tres capítulos finales a otros menos hábil o menos entusiasta que el mozo*

---

[1] *OC:* **ADVERTENCIA A LA TERCERA EDICION**».

[2] *OC, L_1, GC y Pl:* «don Rafael...»

[3] *OC:* «pudrirse».

[4] *BA:* «tarea acaso...» Las ediciones posteriores recogen acertadamente, a mi juicio, «...tarea, acaso...»

mexicano, y pudieron los lectores hispanos de París enterarse de la suerte y del destino de mis personajes.

Esos folletines, cuidadosamente coleccionados por manos amorosas en un volumen especial, me fueron pedidos más tarde por un gran escritor bilingüe y buen amigo mío, Max Daireaux, [5] *para confiarlos a un editor de París; pero entonces sobrevino la tragedia de la gran Francia inmortal y ya no supe más de mis folletines...*

Entretanto, [6] *y posteriormente a la aparición de* Raza de Bronce, *otros libros se han publicado en nuestra América, desde* La Vorágine [7] *de José Eustasio Rivera hasta el último de Ciro Alegría, libros que han alcanzado merecida fortuna y ruedan hoy con algún estruendo por el mundo.*

Muchos estudios también han aparecido en América, serios, meditados y hechos algunos por profesores de literatura [8] *en conocidas y renombradas universidades de Europa y Estados Unidos, y en ninguno he leído nada sobre esta* Raza de Bronce *que, no por méritos literarios, ciertamente, sino por su ubicación en el tiempo y, por el tema, tiene algún derecho para figurar en libros donde se habla de literatura americana, y ese silencio de críticos, eruditos y profesores es prueba concluyente de que el libro se ha podrido —cual me imaginaba—, en los sótanos del despreocupado editor valenciano...*

Ojalá esta nueva edición le traiga suerte al libro que, debo confesarlo, no ha sido escrito en tres meses, ni en tres años siquiera. Ocupó los mejores momentos de una vida, aquellos en que todo hombre de letras cree que ha nacido para algo muy serio y el escritor de tierras interiores y donde la pluma es lujo que no sustenta, tiene la candidez de imaginarse que puede producir algo que, por lo menos, tenga alguna duración en el tiempo...

ALCIDES ARGUEDAS

Buenos Aires, diciembre de 1944.

---

5 *L1, GC* y *Pl:* «Max Raireaux...»

6 *L1, GC* y *Pl:* «Entre tanto y...» *BA:* «Entretanto y...»

7 *OC, L1, GC* y *Pl:* «La vorágine».

8 *OC:* «...de Literatura en...».

LIBRO PRIMERO

EL VALLE

I

El rojo dominaba en el paisaje.

Fulgía el lago como un ascua a los reflejos del sol muriente, y, tintas en rosa, se destacaban las nevadas crestas de la cordillera por detrás de los cerros grises que enmarcan el Titicaca poniendo blanco festón a su cima angulosa y resquebrajada, donde se deshacían los restos de nieve que recientes tormentas acumularon en sus oquedades.

P y *V*: «una ascua».

P: «cerros que enmarcan de gris al»

De pie sobre un peñón enhiesto en la última plataforma del monte, al socaire de los vientos, avizoraba la pastora los flancos abruptos del cerro, y su silueta se destacaba nítida sobre la claridad rojiza del crepúsculo, acusando los contornos armoniosos de su busto.

P: «de pie,»

GC: «flaco», por errata de imprenta.

Era una india fuerte y esbelta. Caíale la oscura [a] cabellera de reflejos azulosos en dos gruesas trenzas sobre las espaldas, y un sombrerillo pardo con cinta negra le protegía el rostro requemado por el frío y cortante aire de la sierra. Su saya de burda lana oscilaba al viento que silbaba su eterna melopea en los pajonales crecidos entre las hiendas de las rocas, y era el solo ruido que acompañaba el largo balido de las ovejas.

P. «Su oscura cabellera de reflejos azulosos caía...»: V: «obscura».

P: «sobre sus espaldas»

P: «oscilaba al vesperal vientecillo»

Inquieta, escudriñaba la zagala.

[a] La segunda edición siempre recoge este vocablo y otros con el grupo *bs* ("substancia", etc.), frente a su variante "oscura", "sustancia", etc.

No ha rato, al reunir su majada para conducirla al redil, había echado de ver que faltaba uno de sus carneros; y aunque no temía la voracidad de ninguna fiera ni la rapacidad de malhechores, recelaba que fuese incorporado a los hatos de la hacienda colindante, hechos a merodear en los flancos de la colina a orillas del lago, o a la vera de los linderos marcados por hitos de adobes o pircas [b] de rocalla, y ya harto conocía el ingrato rondar por entre gente agriada con pleitos, a cada instante suscitados por la posesión de ejidos que los terratenientes aún no habían deslindado.

P: «ninguna fiera,»

La noche se echaba encima y pronto se haría difícil ordenar la marcha del rebaño. Al pensar en esto, dejó la zagala sus ovejas bajo el ojo vigilante de *Leke,* el lanudo y pequeño can, y se dirigió a las rocas que en gradiente coronaban la cima del cerro, cuyos flancos se bañan por un lado en la transparente linfa del lago, y del otro se tienden con suave declive hacia la llanura, limitada a lo lejos por colinas chatas y altozanos y surcada en medio por la quiebra de un río.

P: «la ordenada marcha del»

Volvió a trepar a lo alto de una empinada roca, y desde esa atalaya tendió los ojos en torno.

El lago, desde esa altura, parecía una enorme brasa viva. En medio de la hoguera saltaban las islas como manchas negras, dibujando admirablemente los más pequeños detalles de sus contornos; y el estrecho de Tiquina, [c] encajonado al fondo entre dos cerros que a esa distancia fingían muros de un negro azulado, daba la impresión de un río de fuego viniendo a alimentar el ardiente caudal de la encendida linfa. La llanura, escueta de árboles, desnuda, alargábase negra y gris en su totalidad. Algunos sembríos de cebada, ya amarillentos por la madurez, ponían manchas de color sobre la nota

P: «una brasa viva».

P: «manchas negras dibujando».

P: «encuadrado al fondo»

P: «negra en partes y gris en su totalidad».

P: «de cebada ya amarillentos»

---

[b] **pircas.** Del quechua «pirca»; pedriza, tapial rústico, muro rudimentario para rodear corrales, campos, etc. El *Dic. RAE* lo recoge con este mismo significado.

[c] **estrecho de Tiquina.** Estrecho fronterizo con Perú, donde se encuentra la población del mismo nombre, del dep. de La Paz, provincia de Omasuyos. Separa las dos penínsulas (Copacabana y Huato) que dividen el lago Titicaca. Su paso más angosto alcanza apenas 40 metros de ancho; su parte más ancha 300 metros y su profundidad sobrepasa los 150 metros.

triste y opaca de ese suelo casi estéril por el perenne frío de las alturas. Acá y allá, en las hondonadas, fulgían de rojo los charcos formados por las pasadas lluvias, como los restos de un colosal espejo roto en la llanura.

Un silencio de templo envolvía la extensión. Todo parecía recogerse ante la serenidad del crepúsculo, y diríase muerto el paisaje, si de vez en cuando no se oyese a lo lejos el medroso sollozar de la *quena* (flauta) de un pastor, o el desapacible repiqueteo de los *yaka-yakas,*[d] apostados ya al margen de sus nidos cavados en las dunas del río, o en las quiebras de las rocas.

P: «Parecía que todo se recojía ante» Esta es una de las múltiples faltas de ortografía de P.

P: «quena de un»; V: «flauta *(quena)*»; *OC: «quena»* [1].

Avizoró la pastora el paisaje, indiferente a la infinita dulzura con que agonizaba el día, y al punto dejó su atalaya, porque le pareció haber oído un solitario balido hacia el final de esa dominante plataforma, adonde rara vez conducía su rebaño, porque, a más de ser pobre en pastos, llevaba en el país la fama de albergar a los espíritus malignos en una caverna cuya boca se abría mirando al lago, a pocos pasos del flanco que cae, casi a pico, sobre las inquietas aguas.

Era una cantera de berenguela[e] y mármol verde, largo tiempo abandonada, y que hoy servía de cómodo y seguro refugio a las lechuzas y *vizcachas* (liebres). Los *laikas* (brujos) de la región habíanla convertido en su manida, para contraer allí pacto con las potencias sobrenaturales o preparar sus brebajes y hechizos, y rara vez asomaban por allí los profanos. Los pocos animosos que, por extrañas circunstancias, se atrevían a violar su secreto, juraban por lo más santo haber oído gemidos, sollozos y maldiciones de almas en pena y visto brillar los ojos fosforescentes de los demonios, que danzaban en torno a los condenados...

P: «hoy sería de cómodo»

P: «lechuzas y vizcachas»; V: «lechuzas y liebres *(vizcachas)*»; *OC:* «lechuzas y *vizcachas* [2].

V: «brujos *(laikas)*; OC: «*laikas* [3].

P: «brevajes y hechizos y rara vez»

---

[d] **yaka-yaka.** (¿Del quechua «yákka yákka», «casi-casi»?). Es una avecilla del porte de un mirlo, con plumaje a rayas horizontales negras y amarillas.

[e] **berenguela.** Piedra de alabastro, por lo que se desprende de lo afirmado en la *Enciclopedia Universal...:* «Cantón de la provincia de Pasajes (La Paz) que recibe su nombre por la piedra de alabastro, de la que existen grandes canteras en la localidad».

Alguna vez, en horas de tormenta, cuando el rayo hiende las rocas, aúlla el viento y se desatan cataratas de lluvia sobre las alturas, Wata-Wara[f] había profanado su misterio, para expulsar a sus bestias refugiadas en el pavoroso antro; y aunque nunca había visto ni oído lo que otros juraban ver y oír, no se atrevía, sólo por capricho o curiosidad, a provocar el enojo de los *yatiris* (adivinos) poniendo planta insolente en sus dominios.

P: «Maruja». Al respecto aclaro que P siempre recoge "Maruja" y "Agustín".

P: «brujos y *yatiris*»; V: «brujos *(yatiris); OC:* «*yatiris.*»

—¡Jaú-u-u-u! —gritó Wata-Wara avanzando con miedo hacia el boquerón oscuro e informe de la entrada. Su grito penetrante y agudo metióse en el antro y a poco salió en forma de eco, que ella, por extraña ilusión, tomó por el balido de su extraviada res.

Y quiso adentrarse en la caverna, y la detuvo el miedo; pero la codicia fue más fuerte en ella. Con paso furtivo y resuelto, tendidos hacia delante los brazos, dilatados los ojos, avanzó lentamente, cual si tantease en la penumbra, y a pocos pasos quedó inmóvil, oyendo solamente los latidos tumultuosos de su corazón.

P: «entre la penumbra»

Grande y ancha era la caverna. Su piso irregular estaba cubierto con el cascajo que al romper las piedras dejaran los ignorados canteros que allí labraron quizás la piedra blanca con transparencias opalinas para la fontana que otrora se erguía en el hoy destruido Prado de La Paz, y en los rincones se veía la huella del fuego encendido para cocer su yantar o dar filo al cincel. Las paredes se componían de enormes bloques rectangulares y sobrepuestos por capas en espontánea colocación: parecían los materiales dispuestos y abandonados allí por descuido para una enorme y gigantesca construcción.

P: «la caverna, y su piso irregular estaba»

[f] **Wata-Wara.** Puede significar tanto «estrella, lucero del año» como «año gozoso» o «gozo del año», ya que «Wata» significa «año» y «Wara» es sinónimo de «Kkóylur», «estrella; lucero», o de «Kússi», «alegre, festivo, gozoso». Arguedas utiliza «Wara» con significado similar al de «estrella» en el capítulo XI de la novela para aclarar el significado de Wara-Jaiphu. No es tan ocioso, como puede parecer a primera vista, la traducción de los nombres quechuas de los personajes, ya que, al menos de algunos de ellos, se desprende un simbolismo que está en estrecha relación con su actuación en la novela.

En las paredes laterales y del fondo, sobre el nivel del suelo, se abrían las bocas de otras tres galerías, oscuras, misteriosas, por donde corrían las vetas de la piedra blanca, y su vista llenó de pavor el ánimo de la zagala, que salió huyendo de las sombras, pasmada aún de su audacia. Ya fuera, y con voz temblorosa por el miedo, lanzó su penetrante grito, y otro cercano repercutió a sus espaldas. Volvióse vivamente la pastora, y vio con alegría que un mozo avanzaba por la plataforma cargando en su *poncho* la descarriada oveja.

P: «un poco más alto del suelo,»

Era el mozo alto, ancho de espaldas y de vigoroso cuello. Tenía expresión inteligente y era gallarda la actitud de su cuerpo. La cabellera le caía enmelenada sobre los hombros saliendo por debajo del gorro amarillo, cuyas aletas le cubrían las orejas con parte de las mejillas. El chaleco escotado, sujeto por cuatro botones de metal, y la camisa abierta, dejaban ver su pecho robusto y moreno.

*L*1, *GC y PL:* «Era un mozo alto,»
P: «y mostrábase gallarda»

P: «robusto y moreno:»

—¿Dónde hallaste a este diablo, Agiali? —demandó la moza, sin responder al saludo del gigantón.

P: «Austina», por error de imprenta. Sobre los nombres de Agiali y Wata-Wara, véase la nota referida a Maruja de este capítulo (p. 8).

—Vagaba por la pampa y lo recogí de ella.

—¡Tanto que me ha hecho penar el malo!

Y alzando un guijo dio con él a la bestia, que escapó camino de la majada, cuyos balidos anunciaban impaciencia.

P: «a la bestia que escapó»

—Dime, ¿entraste a la cueva? —preguntó el mozo, con acento receloso y desconfiado.

—Sí.

—¿Y para qué?

La india hizo un gesto vago y se encogió de hombros.

Agiali, asustado de veras, le objetó:

—Ya verás; seguro que te ha de suceder algo... Como al Manuno.

Callaron ambos, miedosos. El recuerdo, inoportunamente evocado, produjo honda impresión en la pastora.

—¿Y sabes dónde está ahora?

—No sé. Alguien me dijo que se murió.

—¡Pobrecito! El patrón fue malo con él.

—Lo es con todos. Habría bastado, por castigo, los azotes que le hizo dar; pero quemó su casa.

—Dicen que le debía y no podía pagarle.

—¿Y qué?... Le habría pagado poco a poco, como le pagamos todos... ¡Cómo si fuera capaz de perdonarnos una deuda!...

Y una sonrisa agria borró la placidez de su rostro.

Quedaron en silencio.

Agiali parecía preocupado, y ella creía conocer la causa de su congoja. Días antes, como castigo a una falta, había recibido orden del administrador para ir, con otros cuatro compañeros castigados como él, a comprar granos al valle, y ella sabía que esas excursiones eran siempre peligrosas, no tanto para los hombres como para las bestias.

P: «Parecía Agustín preocupado, y ella sospechaba conocer».

¡Cuántas veces las pobres bestias quedaron inutilizadas para el trabajo por las mataduras de sus lomos cruelmente dañados por la carga! ¡Y cuántas los hombres, presas de extraños males, se la pasaron en casa, inútiles para las diarias faenas, o quedaban tullidos y enfermos hasta la muerte!

P: «bestias habían tenido que quedar inutilizadas»

—¿De veras vas mañana de viaje? —preguntó Wata Wara, echando a andar camino de la majada, cuyos insistentes balidos era lo único que se oía en la alta cumbre, libre todavía de las sombras.

P: «María».
P: «majada cuyos insistentes validos»

P y *V:* «cumbre, ya anegada en sombras».

—Mañana —repuso Agiali con aire preocupado.

—¿Con quiénes vas?

—Con Quilco, Manuno y Cachapa.

—¿Tardarás mucho?

P: «¿Tardarán mucho?».

—Lo menos dos semanas.

Enmudecieron otra vez, y ambos caminaban como cohibidos.

Decíase de ellos en la hacienda haberse comprometido en proyectos matrimoniales, y eran frecuentes las bromas que en las faenas del campo recibían de sus compañeros; pero, hasta entonces, el mozo no había arrebatado ninguna prenda de la zagala, como signo formal de amoroso pacto, y sólo se

P: «hacienda que acariciaban proyectos matrimoniales».

P: «en las faenas comunes del»

había limitado a usar con ella de pequeños favores que mostraban su deseo de agradarla, vehemente en él, y que no trataba de ocultar. Ayudábale a recoger por las tardes el ganado del cerro donde tenía por costumbre pastorear la moza, o aumentaba de su cosecha la carga de *chango* (algas) recogidas en el lago para el consumo de las bestias. Verdad es, y quizás esto fuera lo más significativo, que ambos tenían los mismos sitios predilectos para divertirse en los días de reposo; que en las siembras y cosechas los dos labraban el mismo surco, y que en vísperas de las grandes fiestas, cuando de noche ensayaban los mozos sus danzas al luminoso claror de la luna llena, ambos se colocaban juntos e iban cogidos de las manos en las ruedas, y las miradas y sonrisas de ella eran sólo para él; pero de ahí no habían pasado las cosas. Agiali se mantenía reservado en palabras y ademanes, y no por timidez, ya que con las otras jóvenes de la comarca gastaba idénticas licencias que los demás, sino porque la riqueza de los padres de Wata-Wara y la decidida protección que le dispensaba el viejo Choquehuanka [g] ponían siempre a raya sus sentimientos. Si departía con ella, gastando ademanes parsimoniosos, sus palabras eran medidas, y sólo hablaba de lo que ellos hablan de ordinario, es decir, del tiempo, de las labores campestres y de sus bestias. Alguna vez, como los demás, al hacerle una broma, había acompañado sus palabras con un recio empujón o una intentona de pellizco; mas de ahí nunca había pasado su camaradería servicial y comedida.

*L*1, *GC* y *PL:* «agradarle»; *P:* «agradarla, deseo que él no trataba de ocultar ciertamente». *P* hace a continuación punto y aparte.

V:«algas*(chango)*»;*OC:*«*chango* [5]. *P:* «*chango* (algas) recogido»

P: «Y de ahí nunca había pasado su camadrería»

Así se acostumbró a verlo la joven, y por eso su actitud encogida de esta tarde la llenó de cierta

[g] **Choquehuanka.** Es un personaje clave en *Raza de bronce*. Arguedas sintió predilección por él desde su primitiva *Wuata Wuara*. Lo que no podemos asegurar es si desde el comienzo pensó en el párroco de Pukára, notable por su elocuencia, que pronunció para Bolívar «el más grande elogio», o le fue dando cuerpo paulatinamente hasta concretarlo en la edición definitiva (1945, cap. IVº, 2ª parte). En cualquiera de los casos su nombre nos remite inmediatamente a una idea de excelsitud, ya que «Chókke» significa «oro puro» y «Chókke wánka» «canción religiosa de factura clásica». A lo largo de *Raza de bronce* hay una ambigüedad en torno a su hipotética paternidad sobre Wata-Wara, pues junto a los textos que lo presentan como padre hay otros en los que se incide sólo en su carácter protector.

perplejidad. Lo notaba serio, callado, caviloso, y supuso que algo anormal le ocurría. Probablemente no habría cogido mucho pescado en la jornada de la noche precedente... quizás estaba enferma de cuidado alguna de sus bestias.

—¿Te apena el viaje? —le dijo por decir algo y ocultar la turbación que a ella también le embargaba.

P: «ocultar su turbación»

Agiali rió, mirándola detenidamente en los ojos con infinita codicia.

—¿Por qué me miras así?

En vez de responder, el mozo aproximóse aún más a ella, y riendo siempre, con risa trémula, alargó con rapidez la mano y le dio un fuerte pellizco en el brazo redondo y de carnes duras...

Wata-Wara comprendió al punto las intenciones del galán, e inclinó la cabeza, confusa y casi aturdida. Jamás él se había permitido esas libertades a solas y era la primera vez...

Retrocedió un paso, con el corazón palpitante de alegría. El avanzó otro, extendió la mano, y cogiéndola por la punta de su *pullo* [h*] (mantilla), la atrajo hacia sí.

P: «corazón latiendo de alegría»

OC: «*pullo* .[6]

—¡Déjame! —gimió ella, volviéndole la espalda. Su voz era desfalleciente, infantil, insinuante.

P: «volviéndole las espaldas pero sin huir»; *V:* «volviéndole las espaldas».

P: «desfalleciente, menuda,»

—¿Y si no quisiera? —suplicó el otro, también con voz queda.

Y, por segunda vez, ahora con calma, la pellizcó en el hombro, reteniendo la carne entre sus dedos.

P: «Y, otra vez, ahora con calma, la pellizcó cerca del homóplato»,

Tembló Wata-Wara, y un estremecimiento de dolor y voluptuosidad sacudió su cuerpo.

L_1, *GC* y *Pl* omiten el siguiente fragmento: «Tembló Wata-Wara, y un estremecimiento de dolor y voluptuosidad sacudió su cuerpo».

—¡Déjame! —dijo con voz más apagada aún, trémula de dicha inesperada y osando mirarle brevemente en los ojos, radiantes de la más pura alegría.

P: «más apagada aún, temblorosa por la dicha inesperada.

Entonces el mozo cogió con sus manos callosas

[h*] **pullo.** «Pequeño tejido de lana de forma rectangular» (A. Arguedas). Lira lo recoge como «phúllu», mantilla felposa que las jóvenes usan prendida del cuello y que cae hasta los codos. Suele ser de variados y atrayentes colores.

y duras las de su amada, ásperas también pero de piel más fina; le tomó el dedo anular, donde un anillo de cobre había dejado su marca negra en la piel, y, suavemente, le quitó el anillo.

P: «Entonces el mozo extendió las manos callosas y duras y cogió las de su amada,»

Ella dejó hacer, turbada, sin voluntad ni fuerzas para simular resistencia. ¡Al fin se le había declarado el mozo y le significaba su intención de desposarse con ella!

P: «radiante, sin voluntad»

Agiali, riendo siempre, pasó el aro tosco al menor de sus dedos y colocó el suyo entre los de la zagala, cuya redonda carita iluminóse con el fulgor de una sonrisa plácida.

—Le voy a decir a mi madre que vaya a pedirte mi anillo —amenazó ella con melindre.

P: «ella con voz melindrosa».

—Si lo haces —repuso el galán fingiendo creer en la amenaza—, me voy de la hacienda y no vuelvo más.

P: «repuso el otro».

—¿Y adónde te irías?

P: y *V:* «¿Y donde te irías?»

—Donde no me vean más tus ojos...

P: «Donde haya doncellas que no desdeñen a sus galanes».

—Quédate con él, entonces...

Se tendieron ambos las manos y se miraron en lo hondo de las pupilas, sonriendo con dicha.

P: «en lo hondo de los ojos»

—¿Me ayudarás a conducir mis ovejas? Ya es de noche y en casa han de estar esperándome.

P: «a llevar mis ovejas?»

P y *V:* «han de estar cuidadosos».

—Vine a eso.

P: «A eso he venido».

Y quiso la zagala desprender sus manos de las del galán, mas éste las retuvo con fuerza y siguió mirándola detenidamente y en silencio, pero con aire receloso. Al fin, casi hosco, habló:

P: «Y quiso desprender»

P: «con aire marcado de preocupación. Al fin»

—Oye.

—¿Qué?

—Desde hace tiempo he notado que te mira mucho el administrador de la hacienda.

P: «Desde hece mucho»

—Yo también —repuso la otra, indiferente.

—Sé que se ha quejado a tu madre porque no vas a su casa a escarmentar lanas ni servir de *mitani* [i] (sirvienta).

V: «sirvienta *(mitani)*; *OC:* «*mitani* [7]

—Iré la otra semana.

[i] **mitani.** Niñera, criada que cuida a los niños. Semanera, muchacha que sirve por semanas en una casa.

Al oír esto, núblose el rostro del mancebo. Y dijo con tono imperioso:

—Yo no quiero que vayas. Ese *khara* [j] (mestizo) es malo y me da miedo...

P: «Ese *Khara*»; *V:* «mestizo *(Khara); OC:* «*Khara* [8].

—A ti nunca te hizo daño. Una sola vez te pegó.

P: «te hizo nada».

—Varias, di; pero eso apenas me importa... Tengo miedo por ti.

P: «eso me importa poco Tengo miedo de ti».

—Nunca pega a las jóvenes.

—Pero las seduce.

P: «las seduce y»

Se detuvo, indeciso. Y bruscamente, añadió:

—Bueno, si vas de servicio, lleva a tu madre y no te quedes nunca a solas con él.

—Así lo haré.

La noche había caído con rapidez y el rebaño balaba, inquieto y deseoso de volver al aprisco. El mismo *Leke,* sentado sobre las patas posteriores y los ojos clavados en la dueña, ladraba de rato en rato como para anunciar corrida ya la hora del regreso.

P: «Entretanto la noche caía con»

P: «anunciar que era pasada ya»

—¡Wara!... —llegó hasta los enamorados la voz sonora de un muchacho resonando en las faldas del cerro.

P: «Ujáaa!»

—Me llaman; ¡vámonos! —dijo la pastora. Y al mismo tiempo lanzó un penetrante grito, y, colocando una piedra en su honda, arrojóla sobre el rebaño, el cual, al escuchar el zumbido, púsose en marcha camino del sendero. Avanzaba el grupo en un solo pelotón pardusco, y el polvo que levantaba a su paso parecía espesar aún más la sombra del cielo.

P: «lanzó un grito,»

P: «por sobre el rebaño».

P: «Avanzaba en grupo, formando un solo pelotón parduzco,»

P: «esperar aún más las sombras del cielo.»

Entonces, la novia, cogida siempre de las manos de Agiali, entonó, quedo primero, luego en voz más alta, uno de esos aires tristes de la estepa que imita el monótono gemir del viento entre los pajonales de la pampa. Le siguió en el canto el mancebo, y las dos voces formaron un dúo lento como una melopea, cuyas notas se diluían al pálido claror de la *celistia*...

P: «entonó, bajo primero,»

P: «y los dos formaron»

---

[j] **Khara.** Del quechua «Khára», «barro de los corrales, mezcla de estiércol y tierra». Como vemos, es un insulto curioso dedicado a los mestizos que recalca su origen híbrido.

En medio camino se les reunió el zagalillo enviado en busca de la pastora, y a poco llegaron todos a la casa, situada en media vertiente del cerro, sobre una especie de estrecha plataforma. Se componía de cuatro habitaciones, adosadas al cerro, y su corral, entre cuyos muros de piedra bruta crecían locamente las ortigas de flor roja y haces de paja dura, en las que el viento arrancaba lamentables y extrañas concertaciones.

P: «especie de plataforma estrecha».

P: «hortigas de flor»

Al tropel del ganado salieron tres chiquillos del lar, uno como de siete años y los otros dos un poco mayores y al parecer gemelos; corrieron los palos que cerraban el aprisco y se colocaron a ambos lados de la entrada, para la faena del apartado, que ejecutaron los pequeños, separando a las ovejas madres de sus crías, que bien pronto formaron a sus espaldas un grupo bullicioso y temblante. A los balidos angustiosos de las hembras respondía el desfallecido lamento de la prole, y todo junto, coreado por el viento, formaba la armoniosa canción del campo...

P: «chiquillos de la casa».

P y *V:* «descorrieron».

P: «proceder a la faena del apartado, fácil para los pequeños»,

P: viento, formaban la»

Concluida la tarea se dirigieron los pastores a la cocina.

P: «Concluida la faena».

Era una habitación estrecha, larga y de paredes renegridas. Frente a la puerta angosta y baja estaba el fogón de barro, en cuyo fondo ardía un macilento fuego alimentado por la bosta seca de las ovejas. De las vigas barnizadas por el hollín pendían canastos de mimbre oscuro, sogas, cabestros, algunos instrumentos de labranza y retazos de carne seca. A ambos lados de la entrada, ocupando todo el ancho de las paredes dos tarimas de barro, los *patajatis*[k*] servían de lecho. Eran huecos por debajo y en el uno dormían las gallinas sobre perchas y el otro estaba destinado a los pequeños conejos de Indias, manchados de color y que ahora también, en la noche, discurrían silenciosamente por el suelo y alargando sus sombras cuando se deslizaban frente al fogón y mirando sin recelo a la vieja Coyllor-

P y *V:* «renegrecidas. Frente a»

P: «por el huano seco de las ovejas».

P: patajatis huecos por debajo hacían de lechos». *V:* «huecos por debajo servían de lechos».

P y *V* no recogen el siguiente párrafo. «Eran huecos por debajo y en el uno dormían las gallinas y el otro estaba destinado a los pequeños conejos de Indias, menchados de color y que ahora también, en la noche discurrían silenciosamente por el suelo

[k*] **patajati.** «Poyo hueco de adobe que sirve de lecho» (Arguedas). Y desde luego, «pata» significa «parte alta de alguna cosa, eminencia de un cerro, casa, etc. Poyo, grada, releje de edificio...»

Zuma,[l] madre de Wata-Wara y a otros dos viejos arrugados y de encorvada talla que estaban de cuclillas junto al fogón. Practicaban el *acullico,*[m] es decir, mascaban coca los tres y permanecían silenciosos, impasibles y mudos, como abstraídos en honda cavilación. La moribunda llama del mechero doraba sus rostros acusando con vigor los perfiles mientras el lado opuesto se borraba completamente sobre el fondo de la covacha oscurecida por el hollín y las sombras...

—Buenas noches nos dé Dios, ancianos —saludaron los mozos al entrar.

—Tarde vienes —dijo Coyllor-Zuma a la pastora.

—Se me perdió una oveja y estuve buscándola. Agiali la encontró en la pampa.

La anciana, sin responder, se volvió al pretendiente de su hija:

—Dicen que estás de viaje.

—Sí; me envían al valle a traer semillas.

—Cuida de tus bestias y no les pongas carga pesada.

—¡Si yo pudiera! —repuso el otro con pena.

Y añadió:

—Pero llevamos más de las precisas y nada les pasará.

—Cuídate también tú. No comas fruta recién cogida del árbol ni seas imprudente al atravesar los ríos. Aún no han cesado las lluvias, y deben estar crecidos por el valle.

—Van con Manuno, y ése ya conoce bastante esos sitios —dijo uno de los viejos, tomando parte en la charla.

—¿Cuándo concluirá esta pesada obligación? —preguntó el otro viejo taciturno—. Todos están cansados con semejantes correrías.

y alargando sus sombras cuando se deslizaban frente al fogón» Y el párrafo siguiente lo recogen así: «Junto al fogón y de cuclillas, estaban la dueña Coyllor-Zuma, madre de Wata-Wara (Maruja, en P) y dos viejos arrugados y de encorvada talla. Mascaban coca los tres y permanecían silenciosos como abstraídos en honda cavilación».

BA: «dorada», por errata de imprenta.

P y *V:* «los jóvenes al entrar».

P: «Austina», por errata de imprenta.

P y *V:* «volvió al novio de»

P: «con pena. Y añadió:»

P: hartos de semejantes»

[l] **Coyllor-Zuma.** «Estrella, lucero, astro, cuerpo celeste luminoso»; puede significar también «Kússi», (Cfr. nota (f)). «Súma» expresa siempre «cualidades estéticas de bondad, belleza, gusto, etc., ya moral o físicamente». Y «Súmakk» es un adjetivo que significa «bello, hermoso, esbelto».

[m] **acullico.** Procede del quechua «akullíku», que es sinónimo de «Akúlli», «porción reducida de coca o de harina que se halla en la boca. Cantidad de esas materias que llevan en la bolsa los que la usan de costumbre». En cuanto a «Akúlliy» significa «acto y efecto de masticar coca, harinas, etc.».

—Cuando el hermano del patrón venda sus haciendas del valle, o nosotros nos vayamos todos de ésta —repuso el primero.

—¿Y adónde iríamos que no tengamos que servir?

P. y *V:* «¿Y dónde iríamos»

—Así es...

Y cayó el silencio letal, únicamente interrumpido por el lento masticar de los jóvenes, que yantaban la merienda fría preparada para la pastora, y se componía de *chuño* [n*] y maíz cocido con algunos retazos de charqui [ñ] y bolillos de Kispiña. [o]

P y *V* acaban aquí el capítulo primero y no recogen el párrafo final: «y se componía de *chuño* y maíz cocido con algunos retazos del charqui y bolillos de *Kispiña*».

[n*] **chuño.** «Patata seca al hielo y al sol». (Arguedas). El *Dicc. RAE* lo recoge con el mismo significado.

[ñ] **charqui.** Es un barbarismo de «ch'arki», «carne salada y seca al sol»; es decir, «cecina».

[o] **Kispiña.** Del quechua «K'ispiñu», masa elaborada de harina de Kinuwa a medio tostar, o bien de Kkañiwa. Familiarmente se considera «panecillo de K'ispiñu».

II

Al amanecer del siguiente día emprendieron marcha al valle los viajeros.

Llevaban doce bestias, entre burros y mulas, cargadas con carnes y pescados secos, patos cocidos y curados al hielo, habas y arvejas [a] tostadas, quesos frescos y otros productos del yermo, e iban casi de buen humor porque Manuno, el jefe de la caravana, hubo de asegurarles que esos artículos alcanzaban precios fabulosos en el valle, donde las gentes, por la relativa facilidad con que ganan el dinero, se mostraban pródigas. Y les seducía la expectativa del negocio lucrativo.

P: «quesos y otros productos.»

P: «pródigos. Y»

P: «la espectativa del»

Era Manuno un hombre entrado en años, seco, anguloso, bastante alto y de nariz larga y afilada.

Viajero infatigable, conocía todos los rincones de Yungas [b] y de los valles cercanos a La Paz, donde debiera realizar positivos negocios, porque a la vuelta de cada uno de sus viajes casi nunca dejaba de aumentar el caudal de su hacienda, comprando ropas de gala, una yunta, o por lo menos algunas cabezas de ganado lanar, lo que demostraba hasta la evidencia no ser exageradas las relaciones que hacía del país al que iban ahora por primera vez dos de sus compañeros, y del que se traían los almibarados higos, las sabrosas *tunas,* el buen maíz y tantos otros frutos, demasiado costosos para ser adquiridos con frecuencia.

P: «grandes negocios»

P: «por la primera vez dos»

P: «gustados con frecuencia.»

Llegaron de noche a la ciudad, a casa del patrón; y allí, el compañero, que hacía su semana

---

[a] **arvejas.** «Algarrobas» *(Dic. R. A. E.).*

[b] **Los Yungas.** «Valles calientes». Yunga es el nombre con que se conocen los valles bajos y cerrados próximos a La Paz

de servicio *(pongueaje)* les dio la noticia de que el amo se había marchado la mañana de ese mismo día a su hacienda de Yungas. La recibieron con placer, pues podían entregarse de inmediato al reposo exigido por sus piernas fatigadas con el peso de setenta kilómetros recorridos en menos de catorce horas, de claro a oscuro y a buen trote.

P: «el compañero que servía de *pongo* (sirviente)»; *V:* «servía de sirviente *(pongo)*».

P: «al reposo que harto necesitaban sus»

Descargaron las bestias, y luego de saludar a la esposa del patrón, que en nombre de éste les entregó cuarenta pesos para la compra de ocho cargas de cebada en grano, fueron a tenderse en el zaguán, sobre las sudadas caronas [c] de la recua. Manuno hizo un fajo con los billetes, envolvió el fajo en un trapo, el trapo en un pañuelo, y añudóse el pañuelo a la garganta con cuatro apretados ñudos. Para despojarle en su caudal sería menester degollarlo antes.

P: «caronas de la recua, pero antes Manuno»

L1, GC y *Pl:* «anudóse el pañuelo»

Al otro día, despuntando la aurora, prosiguieron el viaje.

Ya desde extramuros comenzó a cambiar al paisaje. El camino de Miraflores se quebraba en la cuesta de Karahani, seguía en un corto trecho la vera del río, se metía en la aldea de Obrajes y luego rastreaba la falda de cerros gredosos, hoscos, [1] pelados y de ásperas o suaves quiebras y ondulaciones, orillando a veces pequeños huertos de duraznos, campos de alfalfares entre los que pastaban pequeños hatos de ovejas y vacas lecheras, casitas de indios diseminadas en las faldas de los cerros, entre el verde follaje de arbolillos enclenques.

P: «Ya desde las goteras de la población comenzó a»

P: «El camino seguía primero el plano de Miraflores,»

P: «campos verdes de alfalfares, entre»; *OC:* «campos de ovejas y vacas lecheras,»

P: «y casitas de indios diseminadas»

Salía el sol cuando llegaron a la playa pedregosa del río Calacoto, tendida al pie de altísimos cerros de greda, cortados como por cuchillo.

Las aguas turbias y algo verdosas, confundidas

[c] **carona.** Pedazo de tela gruesa acojinado que, entre la silla o albarda y el sudadero, sirve para que no se lastimen las caballerías». *(Dic. R. A. E).*

[1] *P:* «hoscos y pelados en suaves quiebras y ondulaciones,»; *V:* «hoscos, pelados y de suaves quiebras.»; *OC:* «hoscos, pelados y de ásperas quiebras unas veces y de suaves ondulaciones en otras, orillando en ocasiones pequeños»

en ese punto con las del río de La Paz, se arrastraban con violencia, y parecían perforar el cerro que al fondo cerraba el horizonte, alzándose rojo y quebrado en sus flancos destrozados como una entraña.

P: «las de los ríos de La Paz, se»

Arremangáronse los calzones y luego de vadear la corriente quisieron componer sus ropas; pero Manuno les aconsejó no hacerlo, porque de allí en adelante, habrían de seguir siempre la playa, atravesando con frecuencia el río, acrecentado por el caudal de los que se le reúnen.

P: «pero Manuno les advirtió que no lo hicieran, porque de allí en adelante, siempre habrían de seguir la playa atravesando»

—Y si no, miren cómo vienen ésos —les dijo el guía mostrándoles una pequeña caravana de vallunos, que en ese momento llegaba por la banda opuesta a la orilla de la corriente.

P: «O si no, miren como»

Los hombres traían las piernas desnudas y las mujeres mantenían soliviantadas hasta el muslo las faldas, mostrando sus carnes sólidas, musculosas, morenas y limpias de vello. Muchas bestias llevaban huellas de barro seco en ancas e ijares, como si hubiesen caído en hondos atolladeros.

P: «en las ancas y los hijares,».

En Aranjuez comenzó a molestarles el sol. Tocaban ya las regiones cálidas, y ellos venían de las alturas rodeadas por montes que jamás se despojan de su manto de nieves.

P: «el sol, pues tocaban»

—Esto no es nada todavía ¡Ya verán más adelante! —les amenazó Manuno, dándose tono y poniendo autoridad en sus palabras.

Ganada la cuesta de Aranjuez, en la pampa de Mallasa, gozaron la primera fruición del viaje.

A ambos lados del camino, enmarcados por vivos cercos de verdura, se extendían campos de vistosas chumberas, con las pencas cuajadas de frutos maduros o por madurar; arbolillos de duraznos rendidos por el fruto, álamos de hojas lustrosas y de un verde tierno.

P y *V:* «vistosos tunales, con las pencas»
L_1, *GC* y *Pl:* «arbolitos de duraznos»

Los ojos de los pampeños brillaban de codicia.

P: «de los puneños brillaban»

—¿Y si cogiéramos algunas? —consultó Agiali a los compañeros, mostrando las pencas.

—Estos sujetos —advirtió Manuno— son malos;

P: «Estos indios»

y si nos cogen, nos sacuden una paliza o nos quitan una carga.

Pasaban en ese instante por un punto en que sobre el cerco de espinos ralo y bajo dejaba asomar hacia la ruta la paleta de una penca cuajada de grandes *tunas* sazonadas y cubiertas de pelusilla. Manuno echó un vistazo por el camino, y sólo vio venir a lo lejos un viajero conduciendo una yunta.

P: «en que el cerco ralo y bajo»; *V:* «sobre el cerco ralo y bajo».

—Entra y coge las que puedas.

Y deteniendo a un asno con el arnés flojo, se puso a tirar de la cincha, en tanto que Agiali, encaramado sobre la punta de los pies, cosechaba con ahinco los frutos de la penca, y los depositaba en su sombrero, sin cuidarse de los espinillos que se le incrustaban en las manos, produciéndole un cosquilleo desagradable.

—¡Cuidado! ¡Ahí viene el dueño! —le gritaron sus amigos con voz baja y temerosa.

Un hombre alto y corpulento había surgido casi de repente al otro lado del cerco, y avanzaba por el camino silbando una tonada alegre. Venía con reposado andar, y se apoyaba en un recio palo de *kuphi*, [d*] fuerte como el hierro. Al llegar a la altura de los viajeros acortó el paso, y mirándoles con atención dijo en voz alta, como para hacerse oír:

—Estos *sunichos* [e*] (habitantes del yermo) suelen ser ladrones.

P: «Estos *sunichos* (habitante del yermo)»; *OC:* «*sunichos* [9]

Cuidaron de darse por aludidos y fingieron no haber oído la ofensa. Estaban lejos de sus pagos y tenían que soportar toda clase de insultos. Además, no llevaban limpia la conciencia.

Se alejó el valluno, haciendo sonar su *kuphi* contra las piedras de la ruta.

—Si te coge, Agiali, te mata —le dijo Quilco.

P: «Austina», por errata de imprenta.

El joven se sintió lastimado en su vanidad de hombre fuerte:

—¡Hubieras visto si me toca un pelo!

—Pero él tenía un palo.

[d*] **kuphi.** «Arbolillo de madera dura en extremo». (Arguedas).

[e*] **sunicho.** «Soez, ordinario. Dan este nombre los habitantes del valle a los de meseta». (Arguedas). Con idéntico significado lo recoge Fernández Naranjo.

—¿Y esto? —dijo el mozo mostrando el cabo de su látigo pendiente en las espaldas.

—¿Cuántas has cogido? —preguntó Manuno, para cortar la discusión.

Agiali levantó la bufanda de encima del sombrero y contó. Había doce cabales, y se repartieron a tres, que devoraron en el acto, allí mismo.

Les supieron a gloria. Estaban dulces, frescas y jugosas.

P y *V:* «Estaban dulces, jugosas, perfumadas.»

—Se me han quedado en los dientes —dijo Quilco relamiéndose los labios y volviendo los codiciosos ojos al tunal.

P: «quedado el los dientes», por errata evidente.

P: «los angurriosos ojos al tunal.»

—¿Si pudiéramos coger otras? —repitió Manuno.

—No podemos. El dueño nos está espiando —repuso Cachapa, que había visto sacar la cabeza al hombre procaz por encima de las pencas.

—Quizás más adelante; vamos —ordenó Manuno.

Se pusieron en marcha. Y entonces, el guía, alardeando conocimientos de la comarca, comenzó a ilustrar a sus ignorantes compañeros sobre las particularidades de esa pampa de Mallasa, donde los indios, sin tener ni las más remotas noticias del cultivo de secano, aplicaban, desde tiempos inmemoriales, por rutina, los procedimientos aconsejados por los modernos tratados de agricultura.

P: «noticias del cultivo de terrenos de secano,»

La charla instructiva se prolongó hasta el momento en que llegaron a un punto en que el camino hacía recodo. A la vera, sobre una pequeña altura, se alzaba una alegre morada de indio, con sus arbolitos de durazno junto a la rústica galería, y trepando por sus ramas un *tumbo,* cuyas guías habían saltado al techo, y de él caían, formando una especie de cortinaje, a la galería. Entre sus hojas triangulares saltaban el rojo de las flores acampanadas y de suntuoso cáliz y los frutos amarillos, como yema de huevos cocidos, largos y redondos, y de pulpa azucarada y deliciosa al paladar.

P: «un tumbo, cuyas»

P: «Entre sus hojas recortadas»

P y *V:* «no recogen la frase final: «y de pulpa azucarada y deliciosa al paladar.»

Bajo la sombra estaba sentado un indio. Tejía una canasta de carrizo y mimbre, y algunas gallinas picoteaban el suelo cerca de él. A su lado había una canasta volcada, y encima de la canasta un balay [f] rebosante de *tunas*.

P: «había una canasta parada»

—¿Y si comprásemos? —propuso Agiali, entusiasmado a la vista de la fruta.

P: «repuso Agustín»; *L1*, *GC* y *Pl:* «preguntó Agiali».

—Ponemos a un real —opinó Quilco.

P: «a medio».

—Con un real tenemos para todos; ya verán —dijo Manuno.

P: «Con medio tenemos»

Desvíose del grupo en dirección al cestero, y le saludó con humilde inflexión de voz y con el tono bajo y servil que emplean los indios cuando se dirigen a un extraño a quien desean pedir favor, cualesquiera que sean su casta y condición.

P: «al canastero, y»

—Buenas tardes, *tatito;* ¿quieres venderme un realito de *tunas*?

P: «un mediecito de tunas?»

Levantó la cabeza el valluno, y al medir con los ojos a su interlocutor, supo al punto su procedencia. Y viva alegría iluminó su rostro.

P: «punto que venía del lago.»

—Vienes del lago, ¿verdad?

—Sí, *tatito*.

—Entonces no quiero venderte nada; pero te cambio con lo que traes ¿Qué llevas en tu carga?

P: «venderte nada a tí,»

—*Chalona*, [g*] quesos, patos, pescado.

L1 y *Pl:* «quesos, patios, pescado.»

Los ojos del valluno se encendieron.

—Dame pescado y te doy *tunas*.

—¿Y cuántas me das por un pescado?

—Cinco; pero si traes *hispi*, [h*] por un plato *(chúa)* [i*] lleno de doy veinte *tunas*.

P: «*chúa* (plato)».

Ahora le brillaron los ojos a Manuno, pero dominó su emoción. Y fingiendo conocer la superioridad de su producto, regateó mintiendo:

—En otra parte nos han querido dar cuarenta *tunas* y dos platos de maíz por uno de *hispi*, y no hemos querido.

P: «cuarenta y dos chúas de maíz.»

—Yo te doy tres —dijo el valluno, dispuesto a no perder tan bella coyuntura.

P: «tan bella ocasión.»

---

[f] **balay.** «*Amér.* Cesta de mimbre o de carrizo». *(Dic. RAE)*.

[g*] **chalona.** «Carnero degollado, salado y curado al sol y al hielo». (Arguedas). El *Dic. R. A. E.* lo recoge con el mismo significado.

[h*] **chispi.** «Pequeño pescado de río, secado al sol». (Arguedas).

[i*] **chúa.** «Plato pequeño y hondo de barro cocido, y a veces enlozado». (Arguedas).

Los compañeros de Manuno oían la charla y sudaban de espanto por el cínico aplomo del bribón; nunca imaginaran que se pudiera conseguir tan bella cosa con un puñado de pescadillo seco, y creían que el valluno iba a emprender a palos con el bellaco, dándoles inmerecida parte a ellos, y no les pesaba que tal aconteciese para escarmentar la desfachatez del granuja.

BA, L_1 y *Pl:* «desfachez del granuja.»

—Dame cinco —repuso el ladino, aumentando así la consternación de sus compañeros, que ya creían ver levantarse el palo del cestero.

P: «ver elevarse el palo»

—¡Eres un pillo! —saltó éste, exasperado. Y añadió en el colmo del enojo—: ¡Vete al diablo con tu pescado podrido y ojalá te cargue el río!...

—No te enojes, *tatito,* y adiós —repuso cachazudamente el muy zorro.

Y componiéndose el chal de alpaca con un movimiento de hombros, dio media vuelta y largó dos pasos.

—¡Te doy cuatro! —gritó el valluno, con la cólera de lo irremediable, pero sin voluntad para moverse de su posición cómoda e indolente.

Manuno, sin responderle, volvióse a sus compañeros, que estaban decididos a darle una paliza por su grosería, y guiñándoles los ojos les consultó:

—¿Qué dicen ustedes? Recuerden que las *tunas* del otro eran grandes y estaban frescas...

—¿Y crees que las mías están podridas, cara de momia *(chulpa)* [j] vieja? —le gritó, fuera de sí, el valluno. Y cogiendo una se la arrojó con rencor a la cara—: ¡Métela ésa a tus ojos, que deben de estar podridos, para no ver!...

P: «*chulpa* (momia) vieja»

Y como el pillo no se tomase la molestia de recoger la fruta que rodaba por el suelo, aunque los ojos se le fueran detrás, transigió el malhumorado valluno:

---

[j] **chulpa.** Del quechua «ch'ullpa», «sarcófago, túmulo cónico, torre funeraria construida por los inkas para sepultar». Bautista Saavedra dice en su libro *El ayllu,* cuando habla de los procedimientos de enterramiento llevados a cabo por los aymaras: «El culto de las sepultaciones llegó hasta el empleo de procedimientos perfectos, cual lo demuestran los *chullpas,* procedimiento parecido al de los enterramientos egipcios». (p. 36).

—Ya sé que me están robando, pero acepto. Te doy las cinco.

Largos fueron los regateos del negocio. De una parte y otra aparentaban mostrarse descontentos de la mercancía ofrecida en trueque; y si los *sunichos* cogían una a una las *tunas*, las examinaban con ojos de anatomistas para rechazar las que ofrecían la menor huella de desperfecto, el valluno, perezosamente inclinado sobre el *tari* [k*] donde había vaciado la *chúa* de pescado menudo, revolvía la fritura con la palma de la mano, ponía a un lado los muy menudos, separaba los aplastados, y así se pasaron cosa de diez minutos, en que los *sunichos* aspiraban con deleite y voluptuosidad el perfume de las frutas, que por primera vez en su vida las veían tan numerosas en su poder.

P: «y así se pasó cerca de media hora, en que»

Al fin, uno y otro hubieron de darse por satisfechos con el cambio, no sin haber antes desechado casi la mitad de lo ofrecido; y fue solemne el instante en que los puneños distribuyeron en cuatro porciones iguales las *tunas*, y el maíz, y cogiendo cada cual la que le correspondía, reanudaron la marcha, devorando, más que comiendo, las frutas que llevaban en sus bufandas, sobre el pecho.

—La gente se muere con cólico si después de comer *tunas* bebe leche— advirtió Manuno, con la boca llena.

Los otros siguieron devorando la jugosa fruta, sin poner mientes en lo oído. No conocían el sabor de la leche y no sería ése el momento de probar a lo que sabía.

P: «momento que se antojasen probar a lo que»

—¿Verdad que se hacen buenos negocios por aquí? —preguntó Manuno, ostentando aires de superioridad y satisfechísimo del éxito que habían alcanzado sus imposturas.

P: «les dijo Manuno, dándose aires de»

—¡Ca!... ¡Yo creí que te iba a romper las costillas!

—¡Si los conozco! Aquí no hay que acobardarse en pedir ¡Ya lo viéramos si ellos fueran por nuestras pampas llevando sus productos! Por cada grano de maíz nos hacían dar un *hispi*, y por cada

P: «acobardarse para pedir.»

L1, GC y *Pl:* «nos harían dar»

[k*] **tari.** «Tejido de lana un poco más grande que un pañuelo». (Arguedas).

durazno, una *papa* (patata).

Entretanto, la playa iba ahondándose al pie de los cerros y el sol picaba más, conforme ascendía por los altos cielos. A eso de las doce ganaron la cuesta de Lipari y entraron otra vez en la playa, que se estrechaba unas veces y se abría otras, pero siempre amurallada por altísimos cerros desnudos.

—Ahora llegamos a las huertas de duraznos, peras y manzanos; pero, lo ven, el camino es difícil.

Manuno llamaba camino a una huella blanquizca en la playa, señalada, entre pedrones de granito, por el huano de las bestias, y que caracoleaba de un lado para otro, siguiendo los caprichos del torrente, que iba trazando curvas y rompiendo en retazos la senda.

Las aguas, considerablemente engrosadas por los arroyos y riachuelos de las abras abiertas en el vértice de los cerros, se deslizaban dando tumbos contra los pedrones de granito, y su ruido monótono era coreado por el viento que soplaba playa arriba, sacudiendo los árboles, cuyo ramaje, inclinado en una misma dirección, hablaba de la persistencia y regularidad con que el viento discurría por el valle.

Temprano estuvieron en Mecapaca, y allí resolvieron pasar la noche y aun quedar el día siguiente, caso de que no pudieran vender parte de su carga con objeto de aliviar la fatiga de las bestias, para ellos más dolorosa que la suya propia.

Mecapaca era un poblacho mísero y en ruinas, alzado en la orilla izquierda del río, sobre una plataforma tendida al pie de cerros pelados y altísimos, color de greda y llenos de grietas y rugosidades. Se llegaba por una especie de calleja con pobres casuchas de planta baja y techo de paja, y huertas de duraznos llenas de salvajina [1] y otras plantas parásitas. Los solares de paredes desmoronadas abundaban; y aquí y allá, surgiendo del suelo, aparecían retazos de muros cubiertos por enredaderas silvestres con flores blancas, rosas y azules en forma de campanillas.

P: «una papa.»; *OC:* «una *papa*» [10]

P y *V:* «carga para aliviar la»

P: omite 'Mecapaca': «Era un poblacho mísero»

P: «de calleja formada en retazos por pobres casuchas de planta baja y de techo de paja y por huertas de duraznos llenas»

[1] **salvajina.** «Aplícase a las plantas silvestres». *(Dic. R. A. E.).*

Manuno explicó:

—Antes era este pueblo rico y alegre; pero una noche entró la *mazamorra*, [m*] enterró las huertas y se llevó las casas. Desde entonces sólo viven gentes desgraciadas.

P: «Dicen que antes era este»

—¿Cuándo fue eso? —inquirió Agiali, que, de entre todos, era el más interesado en conocer las cosas del mundo.

Manuno se encogió de hombros:

—No sé; pero debiera ser hace mucho, porque hasta los solares se han desmoronado.

—Entonces no debemos quedarnos aquí. No ha de haber quien nos compre nada, si son tan pobres como aseguras —reflexionó prudentemente Cachapa.

—Pierde cuidado. Los del pueblo no han de comprarnos gran cosa, pero vendrán de las haciendas...

P: «han de venir de las haciendas»

Manuno sabía lo que decía.

Así que tocaron los *sunichos* las primeras casas del burgo, salieron a sus puertas los moradores, y les brindaban su techo para quedar en él, la noche o todo el tiempo de su permanencia, pues sabían que el hospedaje iba a traerles el beneficio de unos cuantos puñados de comestibles, y no querían desperdiciar la ocasión de variar su yantar de una noche con frutos preciados a su gusto. Pero Manuno defraudó todas las esperanzas, porque fue a alojarse a casa de Choque, [n] antiguo conocido suyo, hombre honesto y de comodidades, incapaz de ninguna mala acción, aunque con la singularísima particularidad de ser extremadamente locuaz y comunicativo.

P: «casas habitadas del burgo, salieron a las puertas de calle y de tiendas los moradores indios y les brindaban»

P: «tiempo que quisiesen. Sabían que el hospedaje»

P: «Pero el guía defraudó»

Descargaron, pues, sus bestias en casa de Choque, les sirvieron unas buenas brazas de pienso, y echando sobre los hombros parte de su carga, fueron a instalarse en media plaza, donde extendie-

---

[m*] **mazamorra.** «Lodo espeso que se escurre de los cerros sin vegetación cuando llueve seguido por algunos días». (Arguedas). De idéntica manera lo define Francisco Santamaría: «lodo en estado muy líquido que cae sorpresivamente de los flancos de ciertas montañas en avenidas o aludes, causando estragos».

[n] **Choque.** Del quechua «chókke», «oro fino». ¿Pensó Arguedas en la utilización de nombres propios, cuyo simbolismo retratara al personaje que lo lleva? Parece probable. Cfr. nota (f) del capítulo I°.

ron sus ponchos y *manteos,* para lucir encima los allí codiciados frutos del yermo.

La plaza, fea y triste, era de regulares dimensiones. La circundaban casitas romas con techo de paja y ventanas enrejadas. En un ángulo se erguía la iglesia, dentro el cementerio, y era el único edificio descollante. Un triste silencio reinaba en el pueblo, interrumpido únicamente por el viento y el monótono rumor del río. De vez en cuando se veía cruzar un perro flaco y lanudo, y entonces los ojillos negros de *Supaya* [ñ] se animaban con súbito y extraordinario fulgor; pero tampoco se atrevía a dejar la compañía de su amo, para correr en pos de galantes aventuras, o de peligrosas querellas.

P: «reinaba en ella interrumpido»

P y *V* no recogen la frase final: «o de peligrosas querellas.»

Los puneños se miraban cariacontecidos, pensando que esta vez habían fallado del todo los cálculos de Manuno, y hasta opinó Quilco que se recogiese la carga y se la llevara a ofrecer al buen hombre que tan galantemente los había albergado en su casa; mas en ese momento, y, como para dar siempre razón al guía, una india apareció en un ángulo de la plaza, yendo hacia donde ellos se encontraban; a poco, un indio; luego otro y otro. Diríase que recién se hubiesen enterado de la llegada de los costeños y acudían a divertirse con la heteróclita exposición de sus artículos. Cada uno, sin embargo, traía oculto entre el *(pullo)* mantón, o bajo el poncho, el *tari* en que se llevarían las cosas compradas, pero pasaban frente a los vendedores con gesto desdeñoso, fingiendo no interesarse por los comestibles. Algunos cogían los pescados y patos secos, los olían y los arrojaban fingiendo disgusto: parecían estar hartos de todo eso y nada dispuestos a dejarse coger el dinero, ganado con tan rudos esfuerzos.

L_1, GC y *Pl:* «que recogiese la carga»

P: «*pullo*»; *V:* «mantón» *(pullo); OC:* «*pullo*[11]».

L_1, GC y *Pl:* «en que llevarían las cosas»

P: «arrojaban como con disgusto:».

Pero pronto tuvieron que apresurarse en abandonar su estudiado desdén. Se habían anoticiado los peones de las haciendas comarcanas del arribo de los costeños, y comenzaban a llegar en grupos,

P: «en dejar su fingido desdén.»

ñ **Supaya.** Del quechua «supay», «demonio, satán, el mal genio». Con ese significado lo usa Arguedas al comienzo del capítulo XII° de *Raza de bronce.*

trayendo bolsas llenas de maíz seco y tostado, mazorcas *(choclos)* [o] cocidas y sin cocer, canastas de higos y de duraznos, manojos de *quirquiña* [p*] y todo aquello por lo que se muestran codiciosos los habitantes de las regiones frías.

P: «choclos cocidos y» *OC:* «*choclos.* [12]»

Sólo que ahora los tales estaban decididos a no dejar sus productos sino por dineros contantes y sonantes. Acaso al volver, y siempre que no se les cansase ninguna de sus bestias, se proveerían de esos buenos artículos, pero, por lo pronto, era inútil ofrecerles ninguna permuta, porque iban a comprar semillas por cuenta del patrón y ciertamente no iban a cargar ellos en hombros los productos que se les ofrecían en cambio. Que desatasen, por tanto, las bolsas y no diesen paz a las manos. De no, cargaban con sus productos y se iban a venderlos en las haciendas del interior, donde seguramente les pagarían buenos precios.

P: «que se les ofrecía»

Este discurso de Manuno, dicho con gesto compungido y gran aire de sinceridad, surtió efectos sorprendentes, porque en un abrir y cerrar de ojos, casi a rebatiña, dieron fin con los productos de los costeños, que de fijo acabaran al punto con su cargamento, entusiasmados por la venta, si Manuno no les disuadiese de la idea. Que no fueran cándidos y fiasen a su experiencia y conocimiento del país. ¿Acaso era la primera vez que él andurriaba por esas regiones? Allí había que vender todo lo susceptible de dañarse con el calor, como los patos cocidos y los huevos; pero más adentro, por cerca de Tirata, desaparecería el resto de la carga en un santiamén y sacarían buenos precios.

L_1, GC y *Pl:* «de fijo acababan al»

P: «experiencia y su conocimiento del país.»

Así les habló a solas camino de la casa hospitalaria; y como encontrasen los otros atendible su razonamiento, limitáronse a echar un vistazo a los asnos, para lanzarse en seguida a merodear por las huertas.

Iban en fila los tres, deleitándose ante las ramas

---

[o] **choclos.** Del quechua «chókkllo», «maíz verde en mazorca y sin desgranar, elote, jotote».

[p*] **quirquiña.** «Hierba silvestre aromática y agradable». (Arguedas). Fernández Naranjo lo recoge como «yerba aromática usada en culinaria popular».

rendidas por la abundancia del fruto, oyendo el incansable rumor del río y el perenne sollozar del viento, maravillados de que hubiese tantas aves de vivos colores y cuya armoniosa algarabía llenaba de alegre rumor los espacios rutilantes y de los que caía una luz tibia, alegre, que encendía los tonos de las hojas, ya amarilleadas por el otoño, doraba con reflejos cambiantes las lejanas cimas de los cerros e iluminaba intensamente las grietas de los montes. Respiraban con fruición el aire impregnado con todos los perfumes de las flores silvestres que brillaban en el suelo, entre la hierba de los pastales, se enroscaban a los árboles, trepaban por sus ramas y pendían sus flores azules, moradas, blancas, rosadas, bicolores, con lujo de matices, y tan frescas, tan lozanas, cual si acabasen de abrir su capullo.

L_1, GC y *Pl:* «rosadas, bicolor,» *P* y *V:* «con lujo de gamas y tan»

Un trueno surgido de una nube negra que apareció de pronto sobre los altos cerros del poniente les hizo tornar a la casa de Choque, quien les dio la bienvenida con una olla llena de *choclos* cocidos, y, como postre, un gran manojo de *(huiros)* [q*] cañas de maíz tiernas, de duraznos y de manzanas pintadas.

P: «*huiros* tiernos»; *V:* «maíz tiernas *(huiros)*»; *OC:* «*huiros* [13]».

Comieron vorazmente, sin hablar, atentos a su ración y sin quitar los ojos de la olla. Choque los miraba devorar, sin decir nada, arrojando a tiempo en tiempo codiciosas ojeadas a la carga de los costeños.

Al fin habló:

—¿Quieren venderme un poquito de *hispi*?

Manuno puso aire compungido:

—¡Ay, tata! Lo vendimos casi todo, y ya no nos queda sino un poquito, para nuestro uso solamente.

—¿Y qué necesidad tienen ustedes de comer lo que comen todos los días? Es como si yo fuera a su tierra y sólo me alimentara de maíz...

Manuno deshizo uno de los *tercios*, introdujo con tiento la mano, y, tras largo hurgonear, cual si

---

[q*] **huiro.** «La caña verde del maíz». (Arguedas). Con similar significado lo recoge Lira: del quechua «wíru»; es la «caña dulce del maíz».

le costase trabajo encontrar lo que buscaba, sacó un puñado de pescado y se lo alcanzó a Choque:

—Toma este poco, y es lo único que podemos ofrecerte...

El valluno se deshizo en mil promesas de amistad:

—Ustedes pueden venir cuando quieran y alojarse en mi casa. Yo no voy a explotarles, como los otros; tampoco les voy a pedir paga por el pasto que coman sus bestias: me basta que me den alguna cosita del lago, —les dijo con tono despreocupado, sin hacerles sospechar que su beneficio lo obtenía del huano dejado por sus bestias y que hacía producir las cebollas monstruosas, los repollos o coliflores de cabeza enorme y dura que vendía a muy alto precio en los mercados de la ciudad.

P y *V*: «me basta que me den alguna cosita del lago. Llegó la noche. Una»

Llegó la noche. Una noche oscura, perfumada y tibia. Los viajeros descaronaron las bestias, y luego de manearlas, tendieron mantas y albardas en el suelo, y echándose encima, de espaldas, estiraron los pies a lo alto, apoyándolos contra el muro de la casa. Luego se colocaron en fila, a fumar un cigarrillo, arrebujándose en sus ponchos, y a poco se elevaban sus ronquidos fuertes y nada acompasados.

P: «bestias y les pusieron maneas a las patas tendieron las albardas en el suelo y echáronse encima.»

P: «arrebujáronse en sus»

P: «ronquidos fuertes y acompasados.»

Despertaron a eso de media noche, tiritando de frío. Una oscuridad profunda e impenetrable rodeada todo y se oía caer con fuerza el ruido de una lluvia torrencial. Despertaron mojados, y se dieron prisa en colocar la carga bajo el alar del techo, del que caían hilos de agua tibia.

—Es una tempestad —dijo Manuno.

—Son las últimas lluvias de otoño, las más peligrosas —respondió Choque desde lo hondo de su covacha, en medio de la cual brillaba, como un rubí, el ascua del fogón.

Y añadió en seguida:

—Seguro que mañana entra la *mazamorra*.

Los puneños, sin saber por qué, estremeciéronse con la noticia. Las bestias pateaban en el corral, impotentes para defenderse de la picadura de los

L_1 y *Pl*: «Los puñeros. sin»
P: «extremeciéronse con»

murciélagos, cuyas sedosas alas rozaban de vez en cuando el rostro de los viajeros.

—¡Es terrible la *mazamorra*! —dijo Manuno.

—Sí; hay que tener cuidado.

—¿Y qué es preciso hacer para defenderse?

—Nada; contra ella no se puede nada. No hay más que resignarse y dejar que haga lo que quiera, hasta que se le pase la cólera.

—¡Es terrible la *mazamorra*! —dijo Manuno.

—Sí; hay que tener cuidado.

—¿Y qué es preciso hacer para defenderse?

—Nada; contra ella no se puede nada. No hay más que resignarse y dejar que haga lo que quiera, hasta que se le pase la cólera.

—¿De veras este pueblo ha sido enterrado por la *mazamorra*? —preguntó Agiali, que había retenido la breve relación de su compañero.

P: «pueblo ha sido cubierto por»

—Sí, ¿No viste acaso las ruinas al llegar al pueblo?

—Vimos; pero Manuno no supo explicarnos cómo había pasado la cosa. ¿Viste tú?

—Pasó de noche, como ahora, y nadie vio nada; pero todos sentimos la desgracia.

—¿También tú?

—Yo también.

—¿Y cómo fue?

El valluno se calló. La ascua roja ensanchó su círculo, alzóse una llamita azul del fogón, a su resplandor se vio que Choque encendía un cigarrillo. Y de pronto surgió su voz tranquila y gruesa.

—Era, como ahora, una noche oscura y hacía calor. Estábamos en el mes del Carnaval, y las gentes que habían venido de la gran ciudad *(marca)* se divertían bailando en la plaza a la luz de la luna, que brillaba entre nubarrones negros. Todas las noches precedentes habían bailado hasta el amanecer, pero en ésta, ya porque estuviesen rendidas o se sintieran amedrentadas por el aspecto del cielo, se recogieron temprano a descansar. Entonces era yo muchacho y había corrido casi toda la semana en pos de las pandillas de los patrones que discurrían

P: «y la gente que había venido de la gran marca (ciudad) se divertía bailando»

P: «las noches anteriores»

por las huertas, arrojándose flores y *romaza,* que nosotros les alcanzábamos talando acequias y jardines. [r] No sabiendo qué hacerme, también me fui a dormir en el momento en que del cielo comenzaban a caer torrentes de agua tan grandes como jamás viera ni espero ya ver. Era una masa compacta que se desgajaba de las alturas: parecía que allí arriba el cielo era un lago desfondado y que la masa de agua caía precisamente sobre este pueblo...

«Entonces, repito, era yo un muchacho, y para volver al campo [s*] *(sayaña)* de mis padres, tenía que atravesar un arroyo casi siempre seco, menos cuando llovía en las alturas; pero al aproximarme esa noche, su ruido me anunció que había crecido hasta desbordarse. Las aguas, salidas de un cauce empinado y hondo, invadían gran parte del camino y se entraba por las calles, llegándome hasta el tobillo. Me detuve: no iba a ser tan loco de atravesarlo. ¿Qué hacer entonces? Yo estaba mojado de pies a cabeza y tiritaba, no tanto de frío como de miedo: miedo de la noche, miedo del ruido, miedo de encontrarme solo y hasta de recibir al día siguiente una paliza de mis padres, a los que ya no debía volver a ver nunca.

P: «a la *sayaña* de mis»

«Entretanto, el ruido del río crecía, más y más. Era como si cajones enteros de cohetes reventasen en el espacio, y ese ruido no provenía del arroyo, a cuya orilla temblaba yo de espanto, sino de otros que, convertidos en ríos, se precipitaban sobre el pueblo desde lo alto de los cerros vecinos.

«De repente me pareció sentir que el agua entre mis pies tomaba mayor violencia e iba aumentando de caudal. Al mismo tiempo, hacia la playa, sentía

P: «el agua bajo mis pies tomaba»

---

[r] **«las pandillas de los patrones (...) arrojándose flores y** *romaza*» Esta escena, desarrollada en la ficción narrativa de Arguedas, puede verla el lector interesado en *Vida criolla*, cap. II, pp. 99. *(Obras completas*, t. I).

[s*] **sayaña.** «Parcela de suelo que un terrateniente cede al indio en pago de sus servicios y sólo con carácter temporal». (Arguedas). Bautista Saavedra profundiza en el origen aymara del vocablo y su significado psico-social: «*Sayaña* quiere decir, *estar de pie, representar* (...) Significa representar el hecho mismo del cultivo y el goce de la parcela; representar la familia a la que se pertenece, y estar dispuesto a cumplir con las obligaciones que nacen de la propiedad al frente del *ayllu* en general. La *sayaña* no es tampoco divisible por sucesión del padre de familia...» (*Op. cit.*, pp. 102-103).

ruidos intermitentes y poderosos, como disparos de las camaretas [1] en el día de nuestra fiesta parroquial. ¡Cómo! ¡Yo conocía de sobra ese ruido! Una vez que se le oye, ya no se le confunde jamás con ningún otro... ¿Se nos venía acaso la *mazamorra...*? Eché a correr con todas mis piernas por entre los árboles de las huertas, tropezando con los troncos, resbalando entre los charcos, levantándome, pero siempre ganando instintivamente las alturas...

P: «las alturas En esto oí gritos:»

«En esto oí gritos: demandaban socorro, y eran gritos de angustioso espanto, y sentí temblar la tierra cual si todos los montes se viniesen abajo... Corrí, corrí desesperado, camino de la rinconada; y conmigo corrían muchos, y detrás de nosotros oíamos aullidos de perros en pena, gritos de gentes como esos mismos aullidos y que de pronto cesaban cual si una mano les tapase la boca, y otros mil ruidos terribles que expresaba el espanto, el terror más bien...

«Al amanecer no quedaba casi nada del pueblo: la *mazamorra* se lo había llevado y cubierto. Las huertas estaban enterradas y sólo surgían sobre el lodo las copas de los árboles. Aquí y allá se veía algun cadáver rígido... Era el castigo de Dios contra un pueblo que sólo sabía pecar...

P: «mazamorra se lo había llevado. Las huertas»

«Desde entonces ya no vienen las gentes de la gran ciudad a divertirse, y el pueblo está abandonado...

P: «gentes de la gran marca a divertirse»

Al oír la relación, los *sunichos* se estrechaban unos contra otros, como si ya sintiesen venir la *mazamorra;* pero el ruido de la lluvia fue calmando poco a poco y cesó por completo.

Volvieron a dormirse.

---

[1] **camaretas.** Pequeño cañón que se dispara en algunas fiestas de los indios o los criollos. Con ese significado lo recoge El *Dic. R. A. E.*, aunque circunscribiéndolo a la Argentina y Perú.

III

A la mañana siguiente comenzaron a acaronar sus bestias para proseguir el viaje.

Enormes nubarrones oscuros manchaban por retazos el cielo azul, y en la playa reventaba el río con voz hasta entonces desconocida por los costeños.

P y *V:* «el azul del cielo, y en la playa»

—Tengan cuidado, el río está de avenida. Será mejor que se queden —les aconsejó el valluno, entre interesado y compasivo.

Los viajeros no hicieron caso. Desde el albergue de Choque se veía la playa, y por ella caminaban algunos viandantes.

Partieron.

Ya en la playa, les impresionó el aspecto de la corriente.

Las aguas, ahora lodosas, corrían vertiginosamente, chocando con los enormes pedrones de granito y alzándose en tumbos altos y de siniestro aspecto. En sitios parecían amansarse y se deslizaban formando ondulaciones; pero era imposible seguirlas en su precipitado curso, porque pronto se cansaban los ojos.

Los *sunichos* tomaron el partido de incorporarse a un grupo de viajeros vallunos que de la ciudad iban camino de sus pagos, y eran los solos que llevaban su ruta, porque los demás marchaban playa arriba, en opuesto sentido; pero bien pronto se quedaron los amigos sin compañía, porque los vallunos conducían mulas avezadas en esos caminos, y los menguados borricos de los puneños, acostumbrados a caminar por la pampa, no podían igualarles

P y *V:* «nuestros amigos sin compañía».

P: «puneños, hechos a la pampa»

en el paso, aunque se había disminuido considerablemente el peso de su carga.

P: «paso, aunque había disminuído considerablemente su carga».

Al alejarse, uno de los vallunos se volvió hacia los puneños y les gritó, dominando el ruido de las aguas:

—Si se quedan, tengan cuidado. Puede cogerlos la *mazamorra*.

Serían, poco más o menos, las nueve de la mañana. El cielo se había limpiado de nubes y el sol lucía con extraordinario esplendor sobre la osamenta rocosa de esos cerros, que tan pronto caían escarpados sobre la playa, estrechando al río en angostos callejones, como se abrían indolentes, presentando sus flancos fecundos al brazo del hombre, que los había cubierto con viñedos y huertas de árboles frutales.

Llegaron a un vado. El río mostrábase dividido en diversos brazos, reunidos entre sí por la huella de los viajeros, húmeda todavía, y fácil les fue a los *sunichos* atravesar los primeros, mas en el último, uno de los asnos fue cogido por una piedra y cayó al agua. Manuno corrió a levantarlo antes de que los arrastrase la corriente que a los pocos metros volvía a juntarse, y, tras largos esfuerzos, pudo ponerlo en pie y ayudarle a ganar la orilla.

Andaba apenas el borriquillo: la piedra le había desgarrado la piel del corvejón, y el hueso blanqueaba entre el rojizo pelaje.

Le quitaron la carga y se la repartieron entre Quilco y Agiali. Manuno les dijo:

—Sigan caminando. Yo me quedaré a vendarle y déjenme los burros cansados. Si no los alcanzo de pronto, me esperan. Ustedes no conocen esto y pueden caer en algún mal paso.

P: «Sigan yendo. Yo me quedaré»

Así lo hicieron, y a la media legua se les reunió un valluno.

Era un hombre entrado en edad, alto, seco, de nariz afilada, labios delgados y airoso continente. Vestía con cierta elegancia y sus ropas hablaban del buen estado de su bolsa.

Al ver a los costeños, detuvo el paso y los saludó con inusitada cortesanía.

P: «los saludó cortésmente».

—Buenos días, *tatai* [a*] —respondieron humildemente los *sunichos*, con esa humildad del indio cuando se encuentra lejos de su comarca.

P: «lejos de sus pagos».

—¿Dónde?

—A Usi.

—¿Y de dónde?

—Del lago.

—Dicen que allá no andan bien las cosechas.

—Hace tres años. En éste creo que ni las semillas hemos de sacar. ¿Y por aquí?

—¡Psh! Las heladas cayeron cayeron a destiempo y secaron las flores primerizas; pero hubo algo. Son los pájaros, que nos ocasionan mayores daños. En ese mundo también hay hambre.

P: «ocasionan los mayores daños».

—Lo mismo que allá arriba; los gusanos se lo comen todo.

—¿Y han de tardar mucho?

—Según. Si no encontramos granos en Usi, pasamos a Cohoni.

—Van lejos. Seguramente llevarán carnes saladas y quesos para cambiar.

—Un poco de pescado y *charqui* [b] y casi nada de chalonas. Este año tampoco hubo ganado para degollar: el *muyumuyu* [c*] ha acabado con él.

—Dicen que es un mal terrible. Felizmente, no lo conocemos por acá.

—Es contagioso y ataca en grupo. A lo mejor, las ovejas comienzan a girar sobre las patas, dan algunas vueltas y caen como fulminadas.

—Será alguna maldición.

—Seguro. Por eso no comemos su carne; pero... ¡ja, ja, ja!... los otros, no.

[a*] **tatai.** «Equivale a señor, caballero». (Arguedas). Su significado es tan suficientemente conocido que me parece ocioso aclararlo más.

[b] **charqui.** «Chalona». Cfr. notas (ñ) del cap. Iº y (g) del cap. IIº, respectivamente.

[c*] **muyumuyu.** «Muyu-muyo. Enfermedad aun desconocida que ataca en la cabeza al ganado». (Arguedas). Del quechua «múyu» «redondo, circular, giro, movimiento». De ahí la locución «múyu-múyu», «con tornos o con varias vueltas». Como veremos un poco más adelante, Arguedas define la enfermedad a través de una locución que se identifica, en su significado, con los síntomas de la misma.

Los «otros» eran los blancos, y así lo comprendió el valluno.

Ahora seguían por un angosto sendero que caracoleaba entre peñascos de granito, blancos y rojos, y aspirando el áspero perfume de unas plantas de hoja clara y flor amarilla.

P y *V:* de hoja algodonada y flor».

El valluno, que dijo llamarse *Cisco* (Francisco), abrió su bolsa, cogió algunas hojas de coca, quitóles de un pellizco el rabo, hizo con ellas la señal de la cruz sobre su boca y las mordió, haciendo crujir sus dientes blanquísimos, agudos y limpios como los de un perro joven. Luego cascó un retazo de lejía, y sosteniendo con ambas manos la bolsa abierta, presentó su ofrenda a sus compañeros.

OC: «*Cisco*[14]».

P: «boca y allí las introdujo entre sus dientes»

—Luego ¿no conocen estos parajes? —inquirió cerrando la bolsa y colgándosela de la faja.

—Nosotros, no; pero sí Manuno —repuso Agiali.

P: «pero sí el Manuno-».

—¿Y dónde está ese Manuno?

—Se ha quedado atrás, con los burros cansados. No tardará en darnos encuentro.

—¡Hum! Burro que se cansa, no corre ni apura en playas. Yo les aconsejo no adelantarse mucho.

—¿Por qué?

—Porque estos caminos no son como los de allá arriba. Allá todo es parejo, limpio, claro. El cielo se extiende a lo lejos y caso de venir la tempestad, se la esquiva o se la soporta, pero sin riesgo. Acá, no; hay que aguantarla. En la pampa, cuando se tropieza con una ciénaga o un mal paso, se rodea, se busca otro camino; acá hay uno solo que corre junto a las aguas, y éstas lo borran cuando vienen un poco gruesas, y entonces hay que abrírselo por entre las peñas y los troncos secos. Esto no es como aquello. Es más difícil... Pero vayan a atajar la recua; me parece que el vado no está practicable.

P: «y si se ve venir la tempestad» *L1, GC* y *Pl:* «se la esquiva o se le soporta».

P: «y los troncos. Esto no es»

Agiali corrió y detuvo a los asnos al borde de las aguas.

Corrían tumultuosas y habían cambiado de color: eran ahora negras.

El valluno tenía razón; un repentino cambio

había reunido la corriente en un solo brazo. Aún se veía el húmedo lecho de los otros, y las piedras, sin tiempo para secarse todavía, presentaban una capa de fino lodo en su superficie.

P: «piedras no habían tenido tiempo de secarse todavía».

Estos cambios son rápidos, casi bruscos. Una piedra arrastrada al arranque de dos brazos, un tronco que se cruza, aumentan la presión de las aguas, que al punto se vuelcan del lado que ofrece menos resistencia.

La playa seguía desigual y multiforme; pero en partes se ensanchaba, y entonces la luz caía en triunfo de las alturas y bañaba las vertientes de los montes implacablemente alzados contra el alto cielo.

Cortados a pico y acribillados de rajaduras, en la cumbre solitaria y altísima, parecían florecer en un hacinamiento de rocas y pedruscos inclinados sobre el abismo, cual si eternamente amenazasen caer desde su cima, aplastar al caminante, pulverizarlo.

P: «aplastar al viajante,»

Allí, en las oquedades, anidan los cóndores. Veíaseles revolotear lentamente por bajo de las cumbres, en tanto que otros, parados en las aristas, avizoraban la playa, buscando la presa sobre la que han de caer o la carroña que las tumultuosas aguas arrojaron en el intersticio de los pedrones, y celebrar su festín junto a los cuervos, que, más atrevidos, no se apartan de la playa y se pasan posados horas de horas en los pedrones, piojosos y cavilosos.

P: «Se les veía revolotear»

P: «playa y se la pasan posados»

—¿De veras crees que entrará el río? —preguntó Quilco al comarcano.

P: «Quilco al viajero».

Detúvose éste, volvió los ojos hacia el Norte, y levantando el brazo en esa dirección, repuso:

—Cuando llueve allá arriba, seguro. Y ahora está lloviendo a torrentes; basta ver esas nubes. Pudiera que nos ataje la *mazamorra*, de Huanuni, y en ese caso, no hay más que dormir al aire, en el campo, o retroceder para buscar abrigo en Guaricana o en cualquier otra finca.

—¿Y qué hacemos?

—Deben apurarse. En estas cercanías no hay

ningún caserío, y, por lo que veo, ustedes no llevan bastante forraje para sus bestias. Para encontrarlo, aún tienen que andar unas dos leguas, y creo que hasta entonces les coge el agua.

P: «nos coge el agua».

Al oír esto, volviéronse los otros para ver si llegaba Manuno, y el camino estaba vacío. Se sentían tímidos, acobardados, cual si estuviesen frente a enemigos invisibles e implacables. Adivinó su perplejidad Cisco, y les propuso:

—Páguenme un poco de pescado y yo los conduzco. Soy de la región, y conozco todo esto como mi casa.

L₁ GC y *Pl:* «y conozco esto como»

—Que venga Manuno y él lo diga; ha viajado mucho por acá.

—Le esperaremos entonces, porque tampoco podríamos seguir adelante. Oigan: está entrando la *mazamorra* —les dijo señalando con el dedo a lo largo del camino.

Un ruido sordo y profundo parecía surgir de las entrañas de una planicie gris y desnuda abierta entre dos cerros elevados, cortada en medio por el cauce hondo y estrecho de un torrente, [1] amurallado en la superficie por albergadas de piedras y troncos.

P: «entrañas de una planicie abierta a la derecha entre dos».

Llenando el fondo del cauce, casi manso por su densidad y sin ruido, corría un barro líquido, embadurnando las piedras del angosto alfoz.

L₁, GC y *Pl:* «piedras del angosto alfoz».

—¿Pasamos? —preguntó Agiali al valluno.

Este le miró con expresión de burla.

—Ni el demonio pasaría a pie en este instante.

---

[1] El siguiente párrafo, recogido en *P*, está omitido en las restantes ediciones: «de un torrente, y hacia el cual se aproximaba en ese momento la caravana. Prolongábase el cauce hasta chocar con el álveo del río de La Paz; estaban en la región comprendida entre Huaricana y Millocato, temible por los cenagales que se desbordan y salen de lecho en primavera y otoño y habían convertido en yermo lo que antes fuera verde prado.

Los atribulados estuvieron al borde del cauce amurallado por albergadas de piedras y troncos en el momento preciso en que entraba la mazamorra.

Corría por el fondo del cauce, sin ruido, casi mansa por su densidad y no era sino un barro líquido que teñía las piedras».

El agua es poca, pero tiene mucha fuerza. Además, miren: viene la *mazamorra.*

Una masa terrosa avanzaba, llenando el cauce hasta tocar con los *reparos* de piedra y troncos levantados en lo alto. Avanzaba lentamente, como con cautela, rodando sobre sí misma, deteniéndose breves segundos, cual si se replegase para dar un salto, y de pronto se deshacía con un estallido breve y rotundo. Entonces corría la masa con alguna rapidez, hasta que tornaba a calmarse para volver a rodar en tumbos, y de su interior surgía el ruido sordo de piedras que se aglomeran y chocan al juntarse. A veces, detenida por su misma densidad o por algún saliente del terreno, suspendía del todo su lento caminar, y entonces nuevas capas de lodo venían a acumularse sobre la quieta superficie, para luego volver a estallar y correr. Y temblaba el piso con vibraciones repetidas, como si dentro trabajase una caldera en ebullición.

P: «avanzaba por el cauce llenándolo hasta»
P: «reparos de piedra y troncos. Avanzaba»
Li. y *Pl:* «detenido», por errata evidente.

Los viajeros se retiraron con espanto del cauce cuando la masa estaba por llegar a su altura, dándose prisa en alejar a sus bestias del borde de ese caos siniestro.

P: «se retiraron horrorizados del cauce»

Llegó Manuno.

Venía bañado en sudor porque, para seguir el camino, le había sido forzoso aliviar la carga de uno de los burros echándosela, y ya no podía más. Las acémilas, también sudorosas, temblaban sobre sus débiles patas.

P: «forcoso», por errata evidente.

—Han avanzado mucho; parece que están muy apurados —dijo torvamente y sin saludar a Cisco, pues traía endiablado mal humor.

P: «un endiablado mal humor».

—No podemos seguir; ha entrado la *mazamorra* dijo Agiali, sin responder directamente al colérico.

—Y eso los ha detenido. Si no, me dejan —insistió el otro, arrojando la carga en el suelo y echándose encima.

P: «Eso los ha detenido».

Las nubes habían desaparecido completamente y el sol lucía en lo alto con todo esplendor, cual en invierno, pues el cielo era azul como una turquesa.

P: «esplendor, como en mitad del invierno; el cielo era azul».

—¿Y qué hacemos ahora? No podemos quedarnos en esta pampa, porque las bestias se morirían de hambre. —dijo Manuno al ver que los otros no respondían nada a sus quejas.

P: «dijo al ver que»

—Este hombre —y Quilco señaló al valluno— nos pide un poco de pescado para llevarnos por buen camino. Es de Millocato.

P: «dijo Quilco, señalando al valluno, nos»

Manuno se volvió hacia Cisco:

—¿Y por donde nos llevarías si no podemos atravesar la *mazamorra*?

—Hay un puente más arriba, pero se paga peaje, porque es de la hacienda.

—¿Y cuánto se paga?

—Un real por cada bestia.

—Prefiero volver a Huaricana.

Cisco se alarmó.

—Es que yendo conmigo no pagarán nada.

—¿Y es lejos?

—Una lengua corta.

—Mucho es. Sería mejor esperar a que baje el río, y entretanto, descansarían un poco nuestras bestias; ya no puedo más.

—Como quieran; pero a veces hay que esperar hasta la tarde o todo un día... Yo me voy, ¿no quieren ofrecerme un poco de pescado? Si pasan el río, pueden llegar a casa: está sobre el camino.

Manuno dijo que se le dieran unos cuantos pescados y el valluno se fue contentísimo. Al partir les advirtió:

P: «Al partir les dijo:»

—Ya va cesando la corriente y puedan pasarla en la tarde. Después, sigan el camino hasta otra *mazamorra* y bajen por el lecho, que es seguro, hasta encontrar el río, pero sin abandonar la orilla. El agua es siempre menos peligrosa que el barro.

—¿Y cuánto dista de aquí al río de Palca?

—Una lengua corta.

Despidióse Cisco y se fue.

Los *sunichos* descargaron las bestias, les dieron

el resto de la cebada seca que traían sobre las cargas y se tendieron a merendar.

El ruido del río menguaba de sonoridad, y ya no se oían los fuertes estampidos de la *mazamorra.*

Quedaron allí hasta que el sol estaba por esconderse tras los altos cerros, y emprendieron otra vez la marcha, reconfortados con la merienda y el reposo.

—Deben de ser las tres, y llegaremos temprano a la casa de Cisco —dijo Manuno mirando el sol.

Atravesaron sin incidente el lecho de la *mazamorra,* lavado por las aguas turbias, y salieron a otra llanura cortada también en medio por el cauce de una nueva *mazamorra.*

P: «Atravesaron sin ningún incidente»; *L_1, GC* y *Pl:* sin incidentes».

P: «a una llanura parecida a la que dejaban y cortada por el cauce de otra mazamorra. Ha dicho que»

—Ha dicho que bajemos por la orilla, hasta encontrar el río grande...

—No hay que creerle —repuso el guía—. Lo dijo porque tenemos que atravesar algunas huertas, y los vallunos temen que les roben su fruta.

—¿Y si no fuera por eso? —arguyó Quilco.

—Por eso es. El camino por la huerta es más corto; pero si quieren, sigamos la *mazamorra:* lo mismo me da.

P: «la mazamorra: no me opongo».

Así lo hicieron, sin más discusión. Y para no sufrir mayores contratiempos ni correr el riesgo de extraviarse, Agiali, el más ágil, se puso a la cabeza del convoy.

P: «no sufrir ningún desventurado contratiempo».

Se fue abriendo la playa. Las vertientes de los cerros estaban talladas en plataformas donde verdeaban huertas de duraznos y viñedos, pero en sus cumbres peladas sólo florecían las chumberas o los cardos enhiestos y agudos.

BA: «cumbrse», por errata evidente.

Al fin, treparon a una ancha llanura que se extendía sin ondulaciones hacia el fondo de la playa. Los rebalses de sus *mazamorras,* esparcidos en una gran extensión, aprisionaban las aguas al fondo del mismo cerro contra la roca viva; pero éstas habían vuelto a ganar terreno, carcomiendo la espesa muralla y llevándosela retazo a retazo, hasta

P: «playa, cual si se hubiese abierto campo entre los montes».
P: «desparramadas en una».

convertir el callejón en un pasaje ancho y de poco pedrusco.

Sobre el suelo de la llanada, duro como la piedra, no medraba ni la más pequeña hierba. Hecho de argamasa, arena, y lodo batido y rodado por muchas pendientes, su tierra no lleva ninguna virtud germinativa, y tienen que caer sobre ella muchas lluvias y el polen de muchas flores para recubrirse en partes con el verdor de plantas inútiles, que en su afán de vivir, serían capaces de echar raíces sobre el mismo hierro batido.

P y *V:* «no crecía ni la más»

P: «pendientes, en sí no lleva ninguna virtud germinativa y tienen que caer sobre él».

P: «recubirse en partes con el verde de plantas»

P: «sobre hierro batido».

A poco andar sobre la meseta, Agiali se volvió hacia sus compañeros. Estaba azaroso, inquieto.

—Por este camino hace tiempo que no ha venido nadie; no hay rastro fresco y debe de conducir a malas partes.

Manuno halló justa la observación de su compañero. Ni polvo tenía la senda, y sólo guardaba sobre el lodo seco la antigua huella de una tropa de ovejas.

P: «Manuno halló que era justa la».

—¿Qué será?

—No sé. Bueno sería preguntar a alguien, pero a nadie se ve. A no ser que fuéramos hasta aquella casa —opinó Quilco, señalando el confín de la meseta, donde verdeaba una huerta.

P: «ve. Solo que fuéramos»

P y *V:* «señalando hacia el confín»

P: «una huerta. Por entre los»

Por entre los árboles se alzaba una derecha columna de humo tenue y azulado.

P y *V:* «columna de humo. Los borricos avanzaban»

Los borricos avanzaban con paso ligero sobre ese terreno llano, parecido al de la querencia, y el mismo *Supaya* se mostraba locuaz con sus alegres ladridos.

De repente, los asnos se detuvieron formando grupo Quilco se alzó de puntas, y lanzando una exclamación de angustia corrió hacia las bestias. Sus compañeros, presintiendo una desgracia, corrieron tras él.

P: «se puso de puntas».

¡Lo de siempre!

La planicie, rellenada con los rebalses de una *mazamorra* que se había endurecido por encima con el sol, presentaba una superficie lisa y, al parecer, compacta; pero en lo hondo el lodo perma-

P: «La planicie estaba rellenada por los rebalses de una mazamorra que al endurecerse por encima».

necía fresco y cedía con facilidad a cualquier presión de encima, sobre todo en las primeras semanas de su estancamiento.

Y al lodo había caído una mula de Agiali, la delantera, y se debatía metida hasta el pecho en el atolladero, sin poder arrancarse de él, y antes hundiéndose más a cada nuevo movimiento que intentaba para zafar de la traidora sima. Con la cabeza levantada, las orejas rígidas, inmensamente dilatadas las fosas nasales por el terror, daba resoplidos como demandando pronto socorro.

Manuno, más previsor que sus compañeros, sacó de su faja un cuchillo y se lo pasó a Agiali, ordenándole cortar la cuerda que sujetaba la carga; mas el mozo, dolido por la pérdida, no se atrevió de pronto a ejecutar la orden.

P: «más advertido que sus compañeros, sacó un cuchillo de su faja y se».

Antes su vacilación, Manuno gritó, colérico:

—¿No ves que ya no puede tu animal? Si no cortas, lo pierdes.

Ciertamente, la mula ya no podía. Los continuos esfuerzos agotaron pronto sus bríos, y ahora, inmóvil, paciente, manteníase quieta, como resignada a su suerte, en santa humildad. Las otras bestias, muertas de hambre, vagabundeaban bajo la vigilante mirada de uno de los puneños, lejos del peligro. *Supaya,* sentado sobre sus patas traseras y el hocico al cielo, ladraba sin reposo.

P: «Los continuos esfuerzos la habían agotado y ahora,»

P: «manteníase inmóvil, como»

P: «Leque». [d]

P: «y el hocico dirigido al cielo.»

—Voy a pedir ayuda a aquella casa —dijo Agiali, confundido con su desventura.

Y sin esperar respuesta ni ver dónde ponía los pies, se lanzó por la traidora llanura, andando de puntillas, como para aligerar el peso de su corpacho.

En la casa topó con Cisco. Yacía sentado sobre una piedra, al pie de un peral, y departía con otros tres vallunos, al parecer dueños de la vivienda.

P: «sentado en una piedra, al pie»

P: «dueños del lugar».

—¿A qué vienes? —le preguntó.

—Una mula... ¡mi mula se ha hundido! —repuso, sofocado.

—¿Dónde?

[d] Error de Alcides Arguedas que no advirtió que Leque era el perro de Wata-Wara, y, por lo tanto, no podía ir en la expedición.

—Allí, en la *mazamorra*... ¡Ayúdennos, por Dios!

Se levantaron los vallunos con piadosa diligencia, y, armándose de picos, azadas, cuerdas y algunas vigas, se fueron al lugar del accidente.

P: «azadas, lazos y algunas»

El lodo estaba acuoso y deleznable.

Cruzaron los maderos en torno de la bestia atollada, y cavando un círculo en su derredor, pasáronle dos cuerdas bajo el pecho, atáronle otras a la cola y al hocico, y, a una mano, tiraron unos de los lazos y otros introdujeron las vigas bajo el cuerpo de la mula, la cual, poniendo de su parte alguna buena voluntad y tras pocos esfuerzos y gritos y algunos varazos bien aplicados en las ancas, pudo saltar a lo seco, cubierta de sudor y de lodo.

L1, GC, Pl: «cavando en círculo».

P: «algunos barazos». Es ésta una de las múltiples faltas de ortografía de la primera edición.

—¿No les dije? Esto no es lo mismo que la pampa. Aquí hay que andar con cuidado.

Engulló Cisco unas hojas, mordió un retazo de lejía, [e] y añadió con acento distraído:

—Pero tienen suerte. El otro día, aquí mismo, se hundió un burro y se fue adentro, como si los demonios lo jalasen por las patas.

P: «aquí mismo, un poco más adelante, se hundió».

—¡Y no hubo manera de sacarlo?

P: «como sacarlo?»

—Se podía; pero el mestizo quiso obligarnos a trabajar por la fuerza, y lo dejamos...

L1, Pl: «abligarnos», por errata evidente.

Comenzó a reír con malicia, coreado por los otros que rompieron en unánime carcajada.

Y añadió luego:

—Otro día, más lejos, se hundió toda una recua, y los dueños, para salvarse, tuvieron que ganar la orilla pisando sobre los cadáveres de sus mulas... Ustedes anduvieron felices... El susto, y nada más.

Y viendo que los puneños se disponían a emprender la marcha, les dijo:

—Vayan con cuidado y no sean muy atrevidos. Si se deciden al pasar el río, pregunten por mí y quédense en casa. Está sobre el camino.

P: «Si se animan a pasar»

Y añadió, insistiendo en sus consejos:

---

[e] **lejía.** Se obtienen de las cenizas de la quinua. Equivale al quechua «llukta».

—Es preferible marchar con la corriente, meterse en ella, porque el agua, aunque traicionera, no lo es tanto como el lodo... Yo sé eso y les advertí: ¡pero no me han hecho caso!

P: «Yo sé eso y se los he dicho:»

Se encogió de hombros y se puso a maldecir del río, lleno de rencor.

¡Cómo era condenado el maldito! En invierno, cuando no hay nada para conducir a la ciudad y el sol luce y la tierra es yesca seca, apenas unas cuantas gotas para refrescar el casco de las bestias y sólo la playa desnuda y polvorienta. En otoño, rico en frutos y pródigo en verdura, diluvios de agua, avenidas, tempestades, el desplome incontenible de los cerros trocados en lodo...

P y *V:* «cuando hay poco que conducir»

El río es traicionero, veleidoso, implacable. Hay que arrojarlo palmo a palmo, sin reposo ni desfallecimientos. Hoy corre por aquí, socava el terreno y lo derrumba. En vano se ponen muros a su veloz corriente; vanamente se construyen a fuerza de paciencia y dinero esas grandes albergadas de troncos y asentadas con piedra acumulada en largos días de trabajo porfiado; de pronto se encapricha, toma nuevo rumbo y las deja en seco, para mostrarse allí donde no existen, cuando no las ataca por detrás, para cargárselas con toda su complicada trabazón, después de haberlas despojado de su armadura de piedra.

P: «sin reposo, sin desfallecer,»; *LI, GC* y *Pl:* «*desfallecimiento*».
P: «socaba».
LI, GC y *Pl:* «y le derrumba».
P: «albergadas hechas con troncos y asentadas con piedra»
P: «rumbo y les deja»
P: «con todo su complicada trabazón»

¡Oh, ellos bien conocían el río! Toda su vida no era sino una perpetua lucha con él. Lucha tenaz, porfiada, perenne, eterna... ¡pero él siempre triunfante, siempre devastador, siempre terrible!

De padres a hijos, era la misma cosa. El río es peor que la peste y que cualesquiera otras calamidades. La peste viene, calienta, y se va, llevándose a algunos. Otros nuevos los reemplazan, y se vuelve a recomenzar la lucha. El río ataca la tierra, la carcome y la derrumba. Una vez caída, se convierte en playa, y la playa es estéril como vientre de momia...

¡Y cómo mata el perverso!

En los ríos mansos, aunque hondos, se puede

flotar, nadar, tocar tierra, asirse a cualquier cosa, salvarse; aquí nada es posible. Las aguas, sobre un lecho inclinado de rocalla, corren encrespadas, furiosas, chocando contra peñascos, dando tumbos, y ¡guay del que se deje coger por las cochinas!...

P: «aquí nada de eso es posible».

Y Cisco, lleno de rencor, lanzó un escupitajo al lodo.

L₁, GC y *Pl:* «al lado», por errata de imprenta.

Caía dulcemente la tarde cuando los viajeros llegaron a la orilla del río.

Las aguas negras y lodosas, pero divididas en varios brazos, se arrastraban con violencia, y de sus entrañas surgían ruidos sordos producidos por el choque de las piedras. Rodaban éstas alzando tumbos que caían desflecándose como las barbas de una pluma, daban con otras y se detenían, avanzaban otra vez, volvían a pararse...

P: «piedras: rodaban»: *V:* «piedras: rodaban»

En la playa no había viajeros. Habíanse detenido en la opuesta orilla, sobre tierra firme, cabe las huertas, y se les veía formar grupos al lado de sus bestias descargadas, que ramoneaban en los bordes de la escarpa por entre floridos retamales. Yacían sentados junto a su cargamento, mirando la corriente negra y siguiendo los andares de esos nuevos caminantes que serían tan locos de atravesar esa corriente enfurecida.

P: «al canto de las huertas y se les»

P: «corriente negra y los andares de»

—¿Qué hacemos? No podemos pasar —dijo Quilco, mostrando las aguas barrosas.

—¿Y cómo pasaron aquéllos? —repuso Manuno señalando a los viajeros de la banda opuesta.

—Acaso fue antes, cuando no entró la avenida.

—Yo creo que sería preferible volver —opinó prudentemente Agiali.

Manuno se enojó:

—Ustedes no parecen hombres. Ya está cerrando la noche, y no sabríamos dónde dirigirnos para encontrar forraje, cuando de dos saltos podremos llegar a la orilla opuesta, alojarnos en casa de Cisco y hartarnos con *choclos* y buena fruta...

P: «a la orilla del frente».

Al oír esto brillaron los ojos de los *sunichos* [f] y se les cayó la baba. Tenían un apetito devorador, y era inhumano hablarles de cosas suculentas.

En ese momento llegó junto a ellos un hombre alto, delgado, musculoso, amojamado, de piernas redondas, finas, llenas de nervios. Traía completamente remangados los calzones y se sostenía en una percha de más talla que él, nudosa, recta y fuerte: un *kuphi* [g] magnífico, endurecido y dorado al fuego.

P: «delgado, musculoso, de piernas redondas.»

P: «magnífico y ennegrecido al fuego.»; *V:* «magnífico y dorado al fuego».

Salúdoles con urbanidad, y echando una rápida ojeada a los brazos del río, como para ver por dónde podía atravesarlos, comenzó a despojarse de sus ropas.

—¿Ven cómo ha de pasar éste? No tenemos sino que seguirle —dijo Manuno aflojándose los calzones.

Le imitaron los otros, contagiados por el ejemplo.

El valluno les miró y no dijo una palabra. Se había despojado de los calzones, la chaqueta y el chaleco, con los que formó un paquete, que se lo puso sobre los hombros sujetándolo con la correa del calzón alrededor del cuello; luego se soliviantó la camisa hasta las axilas, hundió con un golpe el palo en la corriente y se metió en ella.

El agua le llegó hasta la cintura, y se levantó al chocar con el cuerpo del hombre, en brusco salto, con furia crispada; mas no pudo derribarlo. Avanzaba el indio con rapidez, siguiendo al sesgo el curso de la corriente, pero sin perder de vista el punto de arribo de la orilla opuesta.

P: «rapidez, de sesgo con la corriente, pero»; *V:* «rapidez, siguiendo el curso de la corriente, pero»

Le imitó Agiali, con valentía, halando del ronzal al más débil de sus asnos, y detrás de Agiali se metió al agua *Supaya* el perro. Tras él lanzáronse los demás, colocándose al lado de las bestias, para recibir ellos todo el choque de las aguas y quitarles algo de su fuerza, oponiendo la frágil resistencia de sus cuerpos.

P: «Le siguió Agustín».

P y *V:* «la débil resistencia de sus cuerpos».

---

[f] **sunicho.** Cfr. con nota (e)*, cap. IIº.

[g] **kuphi.** Cfr. nota (d)*, cap. IIº.

Estaban en medio vado, cuando se oyó el sordo choque de una piedra y uno de los burros de Manuno fue envuelto por la corriente. Alzóse otro tumbo negro, y desapareció la bestia un instante; mas al llegar a un punto en que se explayaba la turbia onda, probó ponerse en pie, pero era tal la violencia de las aguas, que sólo alcanzó a erguir la cabeza. Y río adentro, se fue dando tumbos, en alto las patas rígidas o mostrando el combo de la carga, que iba alejándose a una angostura, donde las aguas corrían en anchas ondulaciones por un cauce desigual y lleno de agujeros.

P: «rígidas o el combo de la carga que iba».

Manuno prorrumpió en un grito desolado. Y, ciego ante el peligro, atento únicamente a su desgracia, dejó la recua y se lanzó corriente adentro, en auxilio de su bestia; pero, a unos cuantos pasos, perdió el equilibrio y también cayó.

Las aguas dieron otro salto.

—¡Hú-u-u! —aulló el indio, sacando al aire la mano crispada, como en busca de un asidero.

—¡¡Choy!! [h]— gritó Agiali, sin atreverse a soltar el ronzal de su asno!

P: «de su asno»: y a su grito»

Y a su grito de sin igual espanto volvió la cabeza el valluno, y al ver rodar el cuerpo de Manuno, vaciló un segundo, cual si quisiera prestarle socorro; pero siguió avanzando, con más presteza aún, pues bien sabía que detenerse era morir.

P: «el cuerpo del afligido».

Llegó a la ribera, y sin preocuparse del náufrago, gritó a los otros, indicándoles el camino:

—¡Avancen! ¡Avancen sin parar!... ¡Por aquí!... ¡Por aquí!— y con palo mostrábales el punto en que las aguas saltaban entre las piedras y por el que acababa de ganar la banda.

L1, GC y *Pl* omiten el segundo sintagma exclamativo «¡Por aquí!»

Los otros, pálidos, despavoridos, con los ojos fuera de las órbitas, seguían avanzando. Agiali fue el primero en llegar, y apenas hubo tocado tierra firme, diose a correr playa adentro con los ojos fijos en su compañero, que seguía luchando con la corriente, irguiéndose a veces hasta ponerse en pie,

P: «irguiéndose en veces»

[h] **¡Choy!.** «Exclamación de origen aymara —«chhuy»— que se emplea para llamar a alguien». (Fernández Naranjo).

queriendo nadar otras para ganar la orilla; mas las aguas lo derribaban a cada intento, arrastrándolo cual frágil rama de árbol seco.

P: más las aguas» Es una de las frecuentes faltas de acentuación u ortógraficas de *P*.

Uno de esos momentos quedó, sin embargo, atravesado contra un peñasco que en medio del cauce hacía saltar las aguas y probablemente hubo de asirse de alguna arista, porque en la base de la turbia onda aparecía la redonda forma de su cabeza como una bola de lodo, en la que blanqueaban los ojos con expresión de infinito terror... Y hasta ellos, por sobre el ruido impetuoso y cóncavo de las aguas, llegó su aullido horrendo que nada tenía de humano. Pero eso apenas duró un corto instante, porque resonó un postrer alarido, ahora de dolor, y el cuerpo desprendióse de la piedra para ir a reunirse al de la bestia, que seguía rodando, informe...

P y *V:* «de alguna de sus aristas».

P: «postrer aullido».

P: «ir a unirse al de la bestia»

Se agruparon en la orilla, despavoridos, con los ojos agrandados por el más profundo de los espantos...

P y *V:* «orilla, lívidos»

—¿Qué hacemos, *tatai*? —preguntó Quilco al valluno, llorando.

P: «llerando», por errata evidente.

—Nada —repuso éste con acento triste. Y añadió:— Seguir avanzando o quedarse. Lo que es a su compañero ya no lo encuentran vivo.

—¿De veras? —interrogó Agiali ansiosamente.

—Seguro. Si no se ha ahogado, lo han destrozado las piedras... Pero ahora ustedes no pueden quedarse aquí. Pasen de una vez el río, y ya verán mañana si encuentran el cuerpo de ese desgraciado. La noche se viene.

P: «el cuerpo de su amigo».

Efectivamente, se espesaban las sombras y en la orilla brillaban los fuegos encendidos por los viajeros. Las aguas ya se veían negras, y en la penumbra parecía resonar más rabioso su hueco mugir.

P: «parecía más rabioso su hueco mugir».

—Yo sigo, y si quieren, vengan tras mí —dijo el valluno.

P: «dijo el valluno. Y partió».

Y partió.

Siguiéronle, doloridos y sin voluntad. Todo su temple se había aflojado como un resorte roto, e

P y *V:* «Todo su coraje se»

iban ahora ganados por el miedo a la muerte, avasallador, terrificante.

Pasaron otro brazo menos fuerte, luego algunas ramificaciones dispersas, hasta llegar a un islote ancho y largo como de treinta metros, que tenía la forma cabal de un hierro de lanza. Arroyuelos de agua limpia lo cruzaban por tres puntos, y una enorme mole de granito detenía todo el ímpetu de la corriente, obligándola a dividirse en diversos brazos para formar en medio el dicho islote.

Los viajeros acampados en la banda opuesta habían corrido al borde del acantilado, para seguir con miedo las terribles peripecias de esa travesía.

Muchos gritaban a los *sunichos*, aconsejándoles se volviesen; pero su voz se perdía en el tumulto de las aguas, y los cuitados iban llorando, no tanto al muerto como al caudal que con él se perdiera, e iban sin quitar los nublados ojos de sus bestias ni perder una sola pisada del valluno.

El cual, llegando a la orilla, se detuvo, con los pies metidos en el agua y los ojos fijos en la corriente, a esperar que se le reuniesen los desolados caminantes. Cuando los vio juntos, hablóles a gritos:

P: «los desolados sunichos».

—Mejor es que ustedes no sigan y me vean pasar. Este brazo es más fuerte que los otros y les dará muchos trabajos, porque ustedes no saben atravesar un río. Si ven que el agua me llega hasta el pecho, mejor es que no pasen y se queden la noche en este sitio, que no ofrece ningún riesgo, porque mañana la corriente habrá disminuido.

—Sí, *tatai*, y gracias —repuso Quilco, dando diente con diente a la vista del río y lleno de un terror indefinible.

El valluno hizo una cruz y, santiguándose, volvió a meterse en las aguas negras. Los viajeros acampados en las huertas prorrumpieron en una serie de alaridos, que más parecían de amenaza que de súplica:

¡Locos!... ¡Estúpidos!... ¡Condenados!...

—¿Nos quedamos? —consultó Agiali a Quilco, cuando vio arribar a la orilla al audaz caminante.

—Sí; ¿no viste acaso que casi se lo lleva? —dijo señalando con los ojos al mozo, que, sentado sobre una piedra, se ponía los calzones.

L₁, GC y *Pl*: Sí; ¿no viste que casi»

—Mejor; porque yo no vuelvo.

—Tampoco yo.

P: «Ni yo tampoco»

—¿Y les quitamos las cargas a las bestias?

P: «la carga a las».

—Les quitamos. ¿Cómo nos abrigaríamos si no?

P: «abrigaríamos sino.», por errata evidente.

Así lo hicieron. Y con las cargas formaron en medio del islote, en la parte más seca, un círculo, dentro del cual se instalaron hombres y bestias, enloquecidos por el terror: los hombres se juntaron en un solo grupo temblante y las bestias doblaron las patas dando grupas a la corriente, como si quisiesen evitar espectáculos de miseria.

P: «se metieron hombres»

P: «los hombres se reunieron»

V: «rindieron las patas»

Cayó, densa la noche; dejó de soplar el viento y los pobres, apretados entre sí, yacían inmóviles, mudos, sombríos, en.tanto que el río mugía bravamente y su ruido, en la oscuridad de las tinieblas, llenaba todo el valle. A veces —cosas de la ilusión— parecía que su rumor cambiaba de rumbo; entonces los viajeron sentían un estremecimiento de gozo en sus corazones ateridos de miedo y de frío... Pensaban en el compañero desaparecido quizás por siempre... Nada veían a su alrededor; la oscuridad impenetrable les envolvía. Para darse un poco de tibieza, se habían cubierto con sus ponchos y mantas; pero la humedad de la playa subía hasta ellos, pegándoles la ropa a las carnes, y las salpicaduras les bañaban el rostro con gotas lodosas y de sabor extraño.

P: «oscuridad profunda los envolvía. Para darse un poco de calor se».

P, V, BA, L₁, GC y *Pl*: «*les bañaba*». Error de concordancia gramatical subsanado en *OC*.

Pasaron las horas.

P: «Pasaron dos horas».

Chispas luminosas brillaban con intensidad en las tinieblas densas, y los cuitados no sabían si eran luciérnagas o los otros viajeros que fumaban... ¡Qué les importaba a ellos, después de todo, lo que fuera! Sólo anhelaban que viniese la luz, se hiciese el día

P: «en las tinieblas impenetrables y».

o que engrosase de veras la corriente y se los cargase... ¡Perra vida!

—¿Sientes? —gritó Agiali a oídos de Cachapa.

—¿Qué-é-é?

—Tengo los pies mojados: el agua se nos viene...

Cachapa se estremeció. Y extendiendo las manos, palpó el suelo para convencerse. El perro aullaba sin reposo.

—No; son las piedras frías. Me parece más bien que se oye menos la corriente.

Y así era. El ruido parecía alejarse poco a poco y cual si las aguas hubiesen tomado otro rumbo.

—¿Sabes? Estaba escrito. La *Chulpa* [i] (bruja) lo ha predicho.

—¿De veras? —preguntó, ansioso y temblando de espanto.

—Sí; dijo que moriría de mala manera... Así...

Su voz profunda temblaba de pavor, y al extraño eco, *Supaya* se dolía con largos gemidos. Cachapa se estrechó aún más contra su compañero, que repitió:

—Sí, cierto; lo ha dicho la *Chulpa*. El diablo ha de estar contento. Tengo miedo.

Se callaron; sus pechos latían, tumultuosos.

—También ha muerto mal su padre. Recuerda que lo cogió una avalancha en la *opacheta;* [j*] no se pudo encontrar su cadáver, y la *Chulpa* dijo que el diablo se lo había llevado.

—Sí; y también el tío; se ahogó una noche cogiendo *suches.* [k]

Volvieron a callar sin fuerzas ni ánimo para seguir evocando recuerdos de muerte.

Al fin, el alba se anunció en las alturas.

Una franja violácea lució primero sobre el fondo oscuro de los montes, empurpuró después, y poco a

P: «que venga la luz, se haga el día o que engrose de veras la corriente y se los cargue ¡Perra vida!». Ruptura de los «consecutio temporum», inexistentes en las restantes ediciones.

P: «se extremeció».

P: «piedras que están frías».

P: «y como si las aguas».

P: «*Chulpa*»: *OC:* «*Chulpa* [15]».

P: «una noche que fue a coger suches».

P: «a callar sin ánimo para».

---

[i] **chulpa.** Cfr. nota (j) del cap. IIº.

[j*] **apacheta.** «La parte más elevada de un camino que cruza una cordillera o una cadena de montes». (Arguedas). Lira recalca «apachíta y no apachéta». «Hacinamiento de piedras sobre sepulcros provisionales que se hacían para los fallecidos en los viajes: tumba rústica». El *Dic. R.A.E.* lo recoge con un significado ritual similar.

[k] **suche.** «Del quechua «such'i», pescado de piel atigrada que abunda en algunos ríos y lagos de la sierra peruana. La carne del such'i es muy nutritiva, exquisita y fina. *Obs.* No debe decirse súche.»

poco se fue extendiendo y cambiando de tonos, yendo del púrpura al anaranjado, en tanto que la cuenca del río permanecía ahogada en sombras impenetrables. Las estrellas comenzaron a languidecer y el oscuro aterciopelado de la ancha bóveda se fue haciendo más claro.

Allá, en lo hondo, al parecer entre la espesa sombra de la huerta, apareció el parpadeo brillante e intenso de una hoguera. De lo lejos, vino el rebuzno de un pollino. Y, por el hueco del cauce profundo pasó zumbando un cuerpo opaco.

A poco, se diseñaron sobre la claridad vespertina las cimas de los montes como grupas de camellos enormes, y las aristas dibujaron sus picos sobre la opaca tonalidad del cielo. Luego viose esparcir un resplandor rojo, y, en el fondo de la playa, saltó el blanco de un muro de granito cortado a pico.

P: «un resplendor rojo y.»

L1, GC y *Pl:* «salió el blanco».

Agiali fue el primero en ponerse de pie, sobre el grupo hecho un ovillo. Diestro en sondear las tinieblas, investigó la corriente, cuyos tumbos lodosos parecían espesar las sombras del valle. Y vio que, como lo presintiera Cachapa, gran parte de la corriente se había volcado a la banda opuesta, cual si se apiadase de la tribulación de los hombres.

P: «que, como lo había dicho Cachapa».

Pasaron el río, en medio de la expectación de los viajeros acampados sobre el talud, que los vieron ganar la plataforma con curiosidad y conmiseración pero sin dirigirles la palabra; y fueron a alojarse a la vivienda de Cisco, alzada sobre el camino, al amor de viejos árboles de peros ya cosechados.

—¿De veras se ha llevado el río a uno de sus compañeros? —les preguntó el dueño apenas los hubo visto.

P: «se lo ha llevado el río a uno de sus compañeros? —les preguntó el dueño así que los hubo visto».

Los cuitados contaron, gimiendo, la escena de pavor. Y no bien aseguraron sus acémilas en el corral del caritativo valluno, se dieron prisa en cumplir su piadosa e interesada tarea de buscar a su compañero.

P: «contaron, gimiendo, la escena. Y no bien»

Playa adentro, siguieron la corriente, investigando en el hueco de los pedrones, deteniéndose

P: «adentro se fueron siguiendo la corriente».

allí donde las viscosas aguas formaban remansos, para hurgonear el fondo con las perchas de que se habían provisto. Descendieron así más de una legua, sin hallar rastro del desaparecido. Y Quilco aventuró la sospecha de que quizás haya podido salir en alguna distante orilla... Cisco, que iba con ellos, meneó la cabeza negativamente.

—Inútil. Cuando el río lleva, mata.

Pero no se dejaron convencer y siguieron buscando hasta la hora de la merienda, en que mutuamente se obsequiaron ofreciéndose sus comestibles. Se habló de las cosechas, de los malos años, y poco de Manuno. Al final, fue Cisco quien dio su parecer en frase breve:

—¡Inútil! No hay más que irse. Se ha perdido...

—¿Y el dinero? —exclamó Agiali—. Si no lo encontramos, han de creer que nos lo hemos repartido.

Cisco hizo un gesto y no repuso nada. Subido sobre una piedra, con las manos sobre los ojos miraba el fondo de la playa, en actitud pensativa. Al fin interrogó:

—¿Cuánto llevaba?

—Cuarenta pesos.

Hizo otro gesto vago, y añadió:

—Inútil. Las aguas se los han quitado: son ladronas ¿Los llevaba en la ropa?

—No; atados al cuello, en un pañuelo.

Escupió el valluno con cólera y dijo:

—¡Cochinas aguas! ¡Todo lo tragan!...

Aún buscaron dos horas, hasta el atardecer, y la playa arriba, porque Cisco les juró no haber visto jamás que los cadáveres fuesen arrastrados más de una legua. Cuando llegaron a la casa, les esperaba la consorte de Cisco, con una bandeja de *choclos* reventados y otra de manzanas y duraznos recogidos del suelo y caídos por maduros de la rama.

Comieron con apetito y sin hablar. Estaban

P: «pero no hallaron rastro del desaparecido».
L1, GC y *Pl:* de que quizá haya»

P y *V:* «mutuamente se halagaron»

P: «en actitud pensativa. Interrogó: ¿Cuánto?»

P: «Las aguas se lo han quitado».

P: «No: atado al cuello».

P y *V:* «atardecer y playa arriba».
P: «les juró que jamás había visto que»

entontecidos de dolor, no tanto por el compañero como por el dinero perdido... ¿Cómo llenarían su misión? ¿Qué responderían a los patrones...?

P: «¿Qué responderían al administrador?»

Acordaron, unánimes, la última tentativa. Irían playa adentro, hasta la vega, si posible, y si no daban con los despojos de Manuno, no tornarían a la hacienda, fugarían lejos, donde nadie pudiera verlos más. Así lo declaró Quilco rotundamente.

—¿Y tu casa? ¿Tus bueyes? ¿Y tu mujer y tus hijos? —aventuró Agiali.

Quilco se alzó de hombros, desolado.

—¡No importa! ¡Pero el patrón nos mata!...

Y llorando con el miedo del castigo por venir volvieron a emprender al día siguiente la búsqueda. Del amanecer al mediodía, recorrieron toda la orilla del río hasta su encuentro con el de Palca; pero cuando se vieron en ese sitio desolado y salvaje, perdieron toda esperanza de encontrar el cadáver de Manuno.

P: «siguiente la investigación. Del amanecer a medio día, recorrieron toda la vera del río».

Tornaron al alojamiento. Estaban rendidos, fatigados, y se echaron a reposar al pie de los árboles, donde quedaron adormecidos con profundo sueño.

Durmiendo los encontró Cisco, al caer la tarde. Y dijo a su mujer:

—El muerto llevaba cuarenta pesos, y sé dónde está.

P: «y sé dónde está?»

—¿Dónde?

—Allá abajo, cerca la toma.

Y señalando el confín de la playa que en ángulo se perdía en la falda del cerro, añadió:

—¿Ves revolotear allá abajo a los cuervos? Pues en aquel sitio está.

P: «Pues está ahí».

—¿Y por qué no vas a cogerle el dinero? —le interrogó la hembra.

Cisco no respuso. Y ella insistió:

—No seas tonto. Con ese dinero tenemos para comprar una yunta joven, y la tuya está ya vieja: no puede más ¡Cuarenta pesos! No los ganas en un año...

P: «una yunta y la tuya está ya vieja:»

P: «en un año...

Cisco no puso mayor resistencia: el argumento le pareció convincente y decisivo.

No puso mayor resistencia:»

Se encaminó hacia sus huéspedes, que acababan de despertar, y les dijo:

—Voy a regar mi huerta, y les ruego cuidar de la casa, porque llevo a mi mujer.

Hizo una seña a la consorte, empuñaron las herramientas y se internaron en la fronda del arbolado.

La tarde estaba serena y tibia. El viento había cesado y reinaba profunda calma en el follaje. Las aves, por bandadas, revoloteaban en torno a sus madrigueras, gorjeando a plena garganta. Había mirlos canoros de rojo pico, azulejos, gorriones, jilgueros negros, de alas y pecho amarillos, torcazas cenicientas. En la fronda se oía el aleteo de las medianas; el silencio estaba poblado de trinos, y la tierra exhalaba vaho tibio y perfumado. En el éter triunfaba el azahar.

Anduvieron algunos minutos por un sendero abierto al borde del acantilado, sobre la playa rumorosa y pedregosa y por entre los altos perales cargados de fruto, y cuyas ramas pendían sobre el abismo. Iban silenciosos, mascando hojas de coca y rumiando halagüeños pensares. Al doblar un recodo bruscamente se detuvieron y se miraron azorados. En sus rostros se pintó una viva inquietud: una víbora acababa de atravesar el camino por la siniestra, y ésa era señal de mal agüero.

P: «por entre los perales cargados».

P: «pendían en veces sobre el abismo».

P: «vívora acababa de»

—¿Has visto? —preguntó Cisco con acento inseguro.

—Sí. No hay remedio. Tenemos que regresar; algo nos pasaría si seguimos.

—¡Hay que regresar!...

Dieron media vuelta, y sin volver la cabeza, a paso lento, deshicieron lo andado.

—¿Y qué les decimos? —inquirió el esposo cuando estuvieron por llegar a la casa.

—La verdad. Si mentimos, puede que nos pase algo.

No hablaron más. Pero al día siguiente y cuando los forasteros acaronaban sus bestias para emprender el interrumpido camino, Cisco, simplemente, sin conceder gran importancia a sus palabras, les dijo:

—Habría que ir a ver lo que rondan los cuervos allá abajo; pudiera que sea *él*.

BA, *L1* y *Pl*: «lo qué», por errata evidente.

Se consultaron los otros. Cachapa arguyó:

—¿No será un perro muerto?

—Puede; un perro o un hombre muertos. Los cuervos no revolotean en torno de las rosas.

Resolvieron ir. La distancia quedaba corta, y no era inútil intentar la última prueba, pues lo más que podría ocurrirles era perder una media jornada, y ellos la recuperarían andando de noche, ya que las bestias estaban reposadas y comidas y había en el cielo anuncios de una luna nueva.

P: «prueba. Lo más que»

Les acompañó el valluno.

L1, *GC* y *Pl* han omitido la frase siguiente: «Les acompañó el valluno.»; *OC*: «Los acompañó»

Al acercarse al sitio en que revoloteaban los cuervos, tuvieron que buscar cosa de una hora para dar con el cadáver, y acaso no lo habrían conseguido si por indicación del Cisco no tomasen la precaución de seguir la dirección en que miraban los voraces animales, que en sus revuelos pesados y lúgubres se cernían en torno de un solo punto, sobre las aguas del río.

Fue Agiali quien, detrás de un peñón, en una especie de remanso, vio una piedra lodosa con la forma de pie. Dio con el suyo una patada, y sintió una masa blanda y elástica que le hizo correr un temblor por el cuerpo...

P: «remanso, vio surgir del suelo una piedra lodosa que ostentaba la forma de un pié».

Se pusieron al trabajo, y a la media hora retiraron el cadáver de Manuno. La única preocupación de los dolientes fue ver si aún llevaba el rotobo [1] de dinero. Allí estaba fuertemente anudado alrededor del cuello, y tan fuertemente que hubo necesidad de cortar a cuchillo el pañuelo.

Trasladaron el cadáver y lo enterraron esa misma tarde, en el cementerio de hacienda, sobre una colina que dominaba el valle, pelada de verdura.

---

[1] **rotobo.** ¿Retobo? Si fuera «retobo» en Chile, y Bolivia es «arpillera, tela basta».

A Cisco le obsequiaron un cuarto de carnero seco *(chalona)* y algunos puñados de pescadillo asado [m] *(hispi)*, y partieron casi tranquilos y con el corazón más ligero, pues habían dado con el caudal, lo más precioso para ellos, y ninguno sufrió quebranto de fortuna yendo todo el daño a la cuenta del difunto...

P: «un cuarto de chalona y algunos puñados de hispi y partieron».

P y *V:* «lo más preciso para ellos.»; *OC:* «lo más preciado para ellos.».

[m] **hispi.** nota (h)* del cap. IIº.

IV

El terror al río ganó de lleno el corazón de los viajeros.

P: «El terror hacia el río ganó de lleno el corazón de los sunichos».

Iban ahora intranquilos, miedosos.

Cuando tenían que atravesar la corriente, todavía más gruesa con la junción del río de Palca, quedaban en la orilla, a esperar que algún viajero de la comarca se aventurase en sus aguas turbias, y la atravesaban con miedo, cogidos los tres de las manos para sostenerse mutuamente en caso de peligro.

P: «más engrosada todavía con la reunión del...»
P: «viajero de la región».

La playa, siempre idéntica, ofrecía a los ojos el mismo espectáculo imponente y hosco: a ambos costados, cerros altísimos que se echaban hacia atrás, mostrando sus faldas verdes y pobladas de huertas, o se estrechaban, cayendo a plomo sobre el río, para enseñar la estructura de sus rocas rayadas horizontalmente, como las perforadas hojas de un libro. Y siempre el ruido bravo de la linfa opaca, combinado con el del viento incansable, tenaz, formando todo un concierto de voces duras, que los puneños escuchaban con el corazón encogido de angustia...

P: «cayendo verticalmente sobre el río».
P: «estractura», por errata evidente.
P y *V:* «Y siempre también el ruido bravo».

Hacia el atardecer llegaron a Tirata, donde vendieron el resto de su carguío, pero sin obtener los precios indicados por el difunto. Comenzaban a cansarse de veras del viaje riesgoso; y la playa sin camino, sin puentes, calentada como plancha por el sol, les causaba una indefinible angustia. Unicamente anhelaban llegar a su destino, comprar el grano y tornar a sus pagos, para no alejarse nunca de ellos ni a la fuerza.

P: «sin conseguir...»
P: «difundo», por errata evidente.
P: «...sin ningún puente».

En Tirata, la playa se abría con gesto pródigo, dejando en medio una extensa llanura fértil, toda

P: «con gesto de munificencia dejando...»

plantada de cañaverales que se mecían al soplo de la brisa, con rumor tenue de hojas frotadas entre sí, y los árboles adquirían gigantescas proporciones.

Las casitas de caña eran miserables, a pesar de las enredaderas silvestres que trepaban por el techo, festoneando su sordidez con flores de vivos colores y penetrante perfume. Algunas ostentaban un emparrado, o yacían a la sombra de añosos y retorcidos algarrobos, en cuyos troncos se colgaban con fuerte abrazo las *granadillas,* y los *lacayotes* [a] dejaban reposar sus enormes calabazas amarillas sobre el soporte de las ramas.

P: «Las casitas de caña de los indios eran»

P: «para festonear su sordidez»

Enjambres de aves de brillante y encendido plumaje picoteaban, entre silbos y trinos, la cosecha de los árboles. Diamantinos colibríes venían a libar la miel de los *tumbos,* [b] y revoloteaban, haciendo cabrillear al sol, como piedras preciosas, sus plumas metálicas y doradas; zumbaban las abejas silvestres en torno a sus colmenas colgadas de las ramas, y las mariposas —verdes, rojas, tornasoles, amarillas— iban por los campos floridos reflejando el polvo luminoso de sus alas tenues...

P: «Los picaflores venían a...». *V, BA, L1, GC* y *Pl:* colibrís». La acepción correcta del vocablo es 'colibríes', como recoge *OC*.

P: «revoloteaban por los...»

Pidieron hospitalidad en casa de un indio viejo, que hablaba con voz gangosa, apenas perceptible porque un enorme bocio le cubría toda la garganta, y era encorvado, canijo y de una palidez cadavérica.

Su casucha de carrizo medraba la benigna sombra de una opulenta higuera, la sola que se veía en la rinconada, a la vera del cañaveral rumoroso y ondulante.

P: «higuera, y era la sola que se veía»

Vino la noche: una noche serena, tibia, plácida y de infinita melancolía. La luna brillaba en el alto cielo, y de cada brizna de hierba se alzaba el canto de un grillo, monocorde e igual; de los charcos venía el largo croar de las ranas, y de lejos, el incesante rumor de la turbia onda, lento, regular, incansable. En el corral, los asnos pateaban impacientes el suelo para librarse de las picaduras de los

P: «el incesante rumor de la onda».

[a] **granadillas y lacayotes.** La granadilla es la «flor de la hierba pasionaria». En cuanto al lacayote es una «cucurbitácea comestible» (Fernández Naranjo).

[b] **tumbo.** «Nombre vulgar peruano de la (granadilla) pasiflora». «fruto que produce la pasionaria».

murciélagos, que a la luz de la naciente luna, se les veía revolotear en torno de la casa, agitando incesantemente las alas. Pequeñas chispas de luz se encendían y apagaban en el aire, y se oía el zumbido de los noctámbulos insectos...

Fatigados por el calor, molidos de cansancio, abrumados por la pena, los *sunichos* se tendieron en el suelo a descansar, junto el lugareño, que se había echado con pereza sobre su poyo y dormía con trabajosa respiración, medio ahogado por el bocio.

P: «descansar, sin deseos de sustentar charla con el lugareño que...»

—Oye —dijo Quilco a Agiali en uno de esos momentos—: vamos a coger cañas.

—¿Y si nos ven? —objetó Agiali de mala gana y deseando más dormir.

P: «repuso el otro de mala gana no obstante de ser fruto preciado para ellos y deseando...»

—No hay nadie por ese lado.

—Vamos conmigo —se brindó Cachapa.

Levantáronse cautelosamente y desaparecieron entre la maraña del cañaveral. De vez en cuando se oía el ruido de las cañas al quebrarse, y estuvieron de regreso a la media hora. Cada uno traía la bufanda llena de cañas cortadas, y pronto las hicieron desaparecer en el fondo de los costales vacíos.

P: «Levantáronse con mil precauciones y desaparecieron».

P: «desaparecer, guardándolas en los costales vacíos».

—¡Toma! Parecen de miel —dijo Quilco, ofreciendo una a Agiali.

—¿Comiste muchas?

—Hartado estoy de comer.

P: «Harto estoy de comer».

—Cuidado con enfermarse. Le oí decir a Manuno que hacían daño tomándolas en el sitio donde se producen.

P: «...decir al pobre Manuno que hacían daño tomándolas en el sitio mismo donde se producen».

—¿Y qué hacen?

—Traen las tercianas. Y en Tirata dicen que hasta las aves enferman.

—¡Demonio! ¡Si me hubiese acordado antes! —dijo preocupado Quilco.

P: «...preocupado Quilco y se tendió a dormir».

Y se tendió a dormir, en tanto que el otro guardaba prudentemente el fruto entre su chal.

Se levantaron al amanecer y emprendieron la marcha. Al pasar por la orilla de los cañaverales echaban una ojeada por todos lados, y de un tirón

P: ...por el canto de los cañaverales».

arrancaban desde raíz los frutos. Así lograron formar casi una carga.

El río había bajado mucho y las aguas ya no tenían el tinte lodoso que tanto impresionaba a los puneños. Corrían turbias por entre arroyuelos cristalinos, que se iban a perder a la sombra de los gramales y bejucos que crecían en medio de pantanos podridos.

P: «bajado mucho no obstante de recibir la contribución del río Blanco, que desciende del Illimani, las aguas».

P: «turbias encontrando arroyuelos cristalinos, que se deslizaban entre las piedras e iban a perderse».

El aire era tibio, a pesar de que el sol no doraba aún la playa, y en el alfoz de los cerros crecían enormes algarrobos de tronco atormentado, gigantescos cactos y otras plantas y arbustos cubiertos de salvajina [c] o de enredaderas. Bandadas de loros recorrían la playa, y sus gritos estridentes llenaban de salvaje ruido esas regiones desiertas y hoscas.

P: «atormentado, y gigantescos cactus».

A eso de mediodía echáronse a descansar un momento al pie de unos algarrobos que proyectaban espesa sombra en el suelo, formando ancho círculo. Pegadas al tronco había dos piedras puestas de filo y renegrecidas por el humo de los fogatas encendidas por los viajeros.

P: «su espesa sombra en el suelo, formando un ancho círculo. Cerca del tronco».

—No estoy bien —dijo Quilco cuando se disponían a emprender la marcha.

—¿Qué tienes?

—Me duele la cabeza y siento escalofríos —repuso estremeciéndose y dando diente con diente.

—¿No serán las tercianas?— [d] advirtió Agiali, mirándole con interés.

P: «el *chujcho*».

—Pudiera.

Estaba desencajado, pálido, y tenía los ojos acuosos y algo hundidos.

—Sigamos andando; acaso te mejores con la marcha.

Llegaron a Llujrata. Y un caminito empinado que subía por el talud les condujo a una estrecha plataforma encajada entre dos altos cerros y partida en medio por un riachuelo de lecho pedregoso y

P: «Y un caminito escarpado».

P: «plataforma que se internaba entre dos altos cerros y estaba partida...»

---

[c] **salvajina.** Cfr. nota (1) del cap. IIº.

[d] **chujcho.** Del quechua «chúhchu», «tercianas, fiebres intermitentes, malaria», y «chúhcuy» es «sacudimiento producido por las tercianas».

escarpado y en cuyas orillas medraban los algodoneros, ofreciendo al aire sus grandes flores amarillas y sus nueces reventadas, de las que emergían los copos blancos con los que estaba cubierto al suelo.

P: «estaban cubierto al suelo».

Vibraba de claridad el aire, y su tibieza hacía pensar en las emanaciones de una fragua. Zumbaban enjambres de hormigas aladas, grandes moscardones de cuerpo negro, peludo y alas tornasoladas, avispas de talle estrecho, y cuyos nidos se balanceaban pendientes de las ramas de los algarrobos altos y retorcidos; peligrosos e invisibles zancudos, zumbaban incansables a los oídos de los cansados y dolidos viajeros.

P: «el aire, y era tan tibio como si emanase de una fragua».
P: «Zumbaban en él enjambres».
P: «de cuerpos negros, peludos y alas tornasoles».
P: «se balanceaban en el aire, pendientes de las ramas».
P: «peligrosos zancudos que zumbaban incansables...»

A poco andar, buscaron el refugio de la sombra. Sentíanse sofocados por ese aire de fuego, y Quilco se quejaba de una sequedad terrible en la garganta. Las bestias, chorreando sudor, caminaban al paso, con las cabezas inclinadas, pendientes y yertas las orejas.

P: «sofocados en ese aire de fuego».
P: «caminaban paso, con las...»

Se internaron en un bosque de *pakaes* [e*] que encontraron a la izquierda del camino, al pie de una cuesta; descargaron los borricos bajo lo más espeso de la enramada y se tendieron a dormir la siesta.

Los elevadísimos árboles estaban agobiados por *granadillas*, cuyos sarmientos, cual cuerdas, se anudaban a las ramas; trepaban por ellas hasta la copa, y allí, entre las redondas y lustrosas hojas, verdes unas, rojas y amarillas otras por la vejez, colgaban sus flores moradas con pistilos en forma de cruz, y sus redondas frutas como huevos y de color que iba del verde y llegaba al rojo oscuro, pasando por el amarillo de tonos delicados.

Las bandadas de loros discurrían de un monte a otro incesantemente, y sus agudos chillidos resonaban con tal fuerza en el estrecho alfoz, que dejaban un sordo zumbido en los oídos. Se les veía posarse en las ramas altas, dar pico con pico, colgarse hasta quedar con el pecho blanco al cielo, morder los

P: «loros iban de un monte».

[e*] **pakaes.** «Árbol grande y elegante que produce un fruto dulce y algodonado encerrado dentro de vainas verdes». (Arguedas).

verdes frutos, pasando de unos a otros con rabia de destrucción, y los cuales, ya dañados, se pudrían y secaban, no quedando sino las vainas huecas, que al chocar entre sí con el viento producían extraño y triste rumor.

Los *sunichos* no pudieron dormir. Tábanos y zancudos se abatían sobre ellos con voracidad; la sed les torturaba las entrañas, y los loros no cesaban de atronar la encañada con sus chillidos.

P: «no cesaban un punto de atronar».

Quilco rogó a Agiali fuese a ver si en el riachuelo podía conseguir un poco de agua. Se moría de sed y no se sentía con ánimos de continuar el camino si no bebía algo que aliviase la sequedad de su garganta. Fue el mozo, pero el riachuelo estaba seco; se puso a cavar en el cauce, y las piedras quemaban.

P: «algo que le aliviase la sequedad».

Cuando volvió, Quilco deliraba. Creía encontrarse a orillas de su lago y que de las ondas mansas emergía la cabeza trágica de Manuno...

Agiali propuso a Cachapa —mozo ágil y listo— cosechar frutas. Acaso su jugo causaría algún alivio al enfermo y ellos mismos aplacarían su sed, porque no se atrevían a tocar las cañas, a las que atribuían el mal de Quilco. Aceptó Cachapa, y despojándose ambos de sus chaquetas, treparon a los ***pakaes*** izándose por los sarmientos de las ***granadillas,*** y luego de hacer una buena provisión de frutas, exprimieron el jugo de algunos limones dulces y se lo dieron a beber al enfermo.

P: «provisión de pakaes, granadillas y limones, exprimieron el jugo de éstos y se lo dieron»

Quedaron allí hasta la tarde, y emprendieron la marcha por la empinada cuesta cuando el sol había desaparecido tras el alto cerro.

Ganaron las alturas de Cotaña antes de que el sol se ocultase en el ocaso, y allí un nuevo espectáculo se presentó a los atónitos ojos de los viajeros.

Todo era color, perfume y ruido en aquellas alturas.

El verde, con sus infinitas gamas, ostentábase en la cimera de los árboles escalonados a lo largo de los montes. Los naranjos y limoneros lucían verde claro y lustroso; los granados, un verde oscuro que

P: «El verde, en sus infinitas...»

ponía de relieve la púrpura de sus flores; casi negros eran los eucaliptos, las ceibas, enormes y copudas, tenían color de esmeralda con flores de rubíes: los nísperos ondulaban a la brisa su apergaminado follaje oscuro, y los pinos araucaria recortaban su elegantísima silueta sobre la nieve de Illimani, que, allá arriba, sobre el esplendor de tanto follaje loco, señoreando cimas, se ostentaba por la primera vez, erguido, majestuoso, inaccesible.

P: «los eucaliptus»;

P: «su elegante follaje oscuro».

P: «sobre la nieve del Illimani».

Hicieron noche en la huerta de un montañés. Y al siguiente día, temprano, arribaron, por fin, al lugar de su destino; mas como si la desgracia le persiguiese, díjoseles en Usi que el patrón había vendido en la misma hacienda toda su cosecha de grano, y se les aconsejó ir a buscarlo en las alturas de Cohoni y de Palca, donde los colonos estaban recogiendo la cosecha.

L_1, GC y *Pl* omiten todo el fragmento narrativo contenido entre estas frases: «Hicieron noche en la huerta de un montañés. (...), donde los colonos estaban recogiendo la cosecha».

P y *V:* «Ursi».

P: «estaban haciendo la cosecha».

Muy a pesar suyo hubieron de permanecer dos días en Usi, porque Quilco deseaba mejorarse para emprender, de un tirón, el camino de sus pagos. Partieron al tercero por una cuesta de empinadísimos zigzag y de difícil acceso, allí donde por ningún lado reposan los ojos en línea serena de un plano, y llegaron a la cumbre de una montaña, sobre cuyos lomos de piedra se afirman las estribaciones del último pico de Illimani, que salta enorme sobre los montes, cubriendo todo el ancho cielo con su masa de nieve y de granito, acribillado de oquedades negras, de ventisqueros, de torrentes cristalinos que al juntarse caen en cascadas desde prodigiosas alturas, azotando con furia los muros de sus alfoces.

P: «Mal de sus agrado tuvieron que permanecer dos días en Usi»; *BA, L_1, GC* y *Pl:* Usi», cuando en nota anterior habían recogido Ursi.

P y *V:* «tirón, camino de sus pagos».

P y *V:* «de empinadísimos ziszás»; *OC:* «en empinadísimo zigzag».

P y *V:* «pico del Illimani».

P: «que al reunirse caen».

Tan fuerte era la visión del paisaje, que los viajeros, no obstante su absoluta insensibilidad ante los espectáculos de la Naturaleza, sintiéronse, más que cautivados, sobrecogidos por el cuadro que se desplegó ante sus ojos atónitos y por el silencio que en ese concierto del agua y del viento parecía sofocar con su peso la voz grave de los elementos, única soberana en esas alturas.

P: «de la naturaleza».

P: las voces graves de los elementos».

Era un silencio penoso, enorme, infinito. Pesaba sobre el ambiente con dolor.

El mismo trinar de mirlos y gorriones, el ajeo [f] estridente de las perdices, el bramar y el mugir de toros y llamas, dispersos en los hondos pliegues de la ladera, contribuían para hacer más sensible la insignificancia de la vida animal frente a aquella enorme mole blanca que cubría el cielo, desafiaba tempestades y parecía amurallar el horizonte infinito, ahogando sus voces sonoras.

P: «frente de aquella enorme...».

Y bajo el esplendor del sol, a la luz cruda del astro vivo, ¡cómo parecía muerto el enorme paisaje!

Únicamente los cóndores osaban mostrarse allí ensoberbecidos por el poder de sus recias alas. Se les veía cruzar a lo largo del monte siguiendo la conformación de sus salientes; pero ¡cuán insignificantes! ¡cuán pequeños! Diríase que aleteaban con trabajo, impotentes para escalar esas cimas, donde quizás nunca llegará a posarse planta humana...

P: «el poder de sus alas».

P: «impotentes de escalar esas cimas».

La tarde fue cayendo dulcemente, mansamente, y la cuesta no llevaba trazas de acabar nunca. A una loma se sucedía otra más alta, luego otra más alta todavía. Y así, trasmontando cumbres, habían viajado desde mediodía, reposando apenas de un cansancio que desde hacía días venían sintiéndolo, terrible, indominable.

P: «otra más elevada, luego otra más elevada todavía».

P: «venían sintiendo terrible». *L1, GC* y *Pl:* «indomable».

Todo allí era barrancos, desfiladeros, laderas empinadas, insondables precipicios. Por todas partes, surgiendo detrás de los más elevados montes, presentándose de improviso a la vuelta de las laderas, saltaba el nevado alto, deforme, inaccesible, soberbiamente erguido en el espacio. Su presencia aterrorizaba y llenaba de angustia el ánimo de los pobres llaneros. Sentíanse vilmente empequeñecidos, impotentes, débiles. Sentían miedo de ser hombres.

En este dulce atardecer, caminaban viéndolo de más cerca que nunca. Apenas les separaba una quiebra abrupta, rugosa y a medio rellenar con los

[f] **ajeo.** Es el ruido que emite la perdiz cuando se ve acosada.

peñones desgajados de los ventisqueros, quiebra que ellos dominaban, porque iban por la arista del monte opuesto, cuyas vertientes caían en saltos bruscos, pero cubiertos de algaidas, [g] y surcadas por arroyos, que al rodar sobre cauces angostos y empinados, se deshacían en espuma blanca y cantaban su enorme canción vibrante y cristalina.

P: «por la arista del monte, cuyas vertientes caían por el otro lado en saltos bruscos pero...»

L₁, GC y *Pl:* «en espuma y cantaban...».

Desde esa atalaya de montes, veían los viajeros extenderse las playas de todos los valles que van a verter sus aguas en el callejón de las *Juntas*. Primero, el valle de Mecapaca, que ellos acababan de dejar; luego, el de Caracato, unido al de Luribay; casi al frente, el de Araca. Esas playas blancas, de allí parecían senderos, y estaban enmarcadas por el verde jocundo de las huertas y viñedos, que atenuaba el gris y pardo de las sierras calvas, bañadas a esa hora de rosa y azul.

P: «en la angostura de las *Juntas*».

P: «Esas playas blancas de allí parecían senderos.— estaban enmarcadas por el verde»; OC: «playas blancas, desde allí».

En la quiebra no se veía vestigio de huella viviente. Sólo un senderito empinado y blanco rastreaba con timidez por entre el hueco de los peñascales caídos en las faldas inferiores del monte helado, al pie mismo de las nieves que avanzaban —dijérase ríos de leche— manchando de un blanco purísimo e inmaculado la negra roca de la montaña, y se detenía, cortada a pico, para verter en cascadas el purísimo cristal de sus aguas.

Únicamente los cóndores parecían vivir sin la angustia de lo grande en aquellos sitios, que otro día los poetas han de elegir para cantar alguna tremenda tragedia humana. Rayando la claridad divina del espacio, se les veía cruzar por el horizonte embermejado, rumbo de sus inaccesibles cubiles. Volaban lentamente, en línea recta, con el acollarado cuello erguido y la cabeza moviendo de derecha a izquierda, oteando la maraña de cumbres y de valles. A veces, trazaban un ancho círculo en el espacio, volvían sobre la ruta, daban una enorme vuelta alrededor de la caravana, descendían más bajo, hasta hacer oír el fuerte zumbido de sus alas,

P: «alguna gran tragedia humana».

P: «valles. En veces».

---

[g] **algaidas.** «Bosque o sitio lleno de matorrales espesos».

y entonces, en las parábolas que describían, se veía brillar su lomo blanco, encendido también de rosa por los reflejos de la nieve iluminada por el sol crepuscular...

Pronunciábase la noche cuando llegaron a media cuesta de Tamipata, a un punto en que el camino reposaba sobre el lomo de una montaña, a cuatro mil metros de altura, casi junto a las nubes.

Una pobre casucha de pastor, defendida por seto vivo de arbustos salvajes, erguía su negro y bajo techo de paja, y era el solo refugio en toda esa región alta y solemne. Pequeñas parcelas de tierra sembrada de cebada y empalidecida por los anuncios de los hielos invernales manchaban de dorado el fondo oscuro del cerro y aseguraban abundante pienso a las bestias rendidas y hambrientas.

P: «Una pobre casita de pastor».

P: «región alta y despoblada».

Fue Quilco quien propuso quedarse allí para pasar la noche. Ya no podía más con la debilidad de sus piernas. Se había arrastrado penosamente toda la tarde, y ahora, sus miembros, fatigados y doloridos, se negaban formalmente a servirle. La fiebre le devoraba las entrañas; sentíase cansado, roto, molido. Si sus amigos querían seguir adelante, que se fuesen solos. Él que se quedaba allí, y ojalá por siempre...

El enamorado Agiali, no obstante su empeño en llegar a los distantes pagos, aprobó la idea, no únicamente por piedad hacia su camarada, sino porque se le ocurrió que por allí podían conseguir el grano que faltaba, y opinó porque se descansase todo el siguiente día en ese punto, para dar reposo al enfermo y poder explorar la región, buscando lo menester. Cachapa, contra su deseo también, y aun sabiendo que, de negarse en complacer al maltrecho, tendría que seguirle aunque reventase, halló convincentes las razones de Agiali y aprobó la idea del reposo.

P: «que era el más empeñoso en llegar».

P: «se le puso que...»

Uno de ellos haló la caravana y enderezó el paso de las bestias perezosas hacia la, al parecer, abandonada casita de pastor; mas no bien asomaron a los muros, cuando saltó enfurecido sobre la vieja y carcomida pared del redil un perrillo canijo, lanudo y bullicioso, que hubo de callarse repentinamente al distinguir la faz hosca y malhumorada de *Supaya*. Detrás del menguado can, mostróse en los umbrales un indio de cara redonda, mejillas abultadas plor la coca y la expresión idiotizada y embrutecida.

—Buenas tardes nos dé Dios, *tatito* —saludó Agiali.

Repuso al saludo con una especie de gruñido malhumorado, pero sonriendo tontamente.

—¿Quieres ofrecernos hospedaje por esta noche en tu casa? Hemos de pagarte.

El pastor envolvióles en una mirada detenida y escrutadora, y al punto vio, por las trazas que esos viajeros venían de la puna y traían quizás en sus cargas la codiciada *chalona*, el pescado delicioso, el *acu* [h] perfumado y nutritivo.

—¿Y qué me han de pagar? —preguntó con recelo.

Agiali púsose a enumerar todos los productos de sus pagos. La experiencia del difunto Manuno le había enseñado que los nombres de los comestibles del yermo daban mejores resultados que los más rendidos ruegos, o las ofertas de pago, o las amenazas. Al nombre del *acu*, o de los ***hispis***, [i *] no había valluno que se negase a abrir las puertas de su casa. Soltó, pues, delante del entontecido pastor todos los buenos nombres de los comestibles. Y a medida que los enunciaba, una sonrisa enorme le abría más la boca estupenda; y, al fin, les dejó penetrar dentro el cerco del chiquero, que no era otra cosa la cuadra del pastor, y donde nunca debiera haberse guardado ganado, porque la dura paja crecía locamente entre las junturas de piedra de los muros y el desigual y rocalloso piso.

Descargaron las bestias y metiéronlas al corral, sobre cuyas tapias la yerba erguía también sus

P: «de la puna daban...»; *L1, GC* y *Pl:* «de yermo...».

P: «...comestibles, y a medida que los nombraba,»; *V:* «comestibles. Y a medida que los nombraba,».

---

h **Chalona.** Cfr. nota (g)* del cap. IIº. Acu* es «harina alimenticia proveniente de un grano llamado *kañahua*». (Arguedas). Cfr. nota (m) del cap. Iº.

i * **hispi.** Cfr. nota (h)* del cap. IIº.

salvajes tallos. El pastor les dejó un momento solos, y a poco estuvo de vuelta, trayendo en brazos dos pobres manojos de cebada, que distribuyó a las necesitadas bestias.

—Es un real —les dijo entrando al patio, donde los *sunichos* habían ya dispuesto la cama de Quilco bajo los aleros del techo.

—¿Cómo te llamas? —le preguntó Agiali, ofreciéndole su bolsa para que tomara algunas hojas de coca.

—¡Mallcu! [j*]— repuso con énfasis el idiota. Y su rostro se iluminó con una sonrisa de soberbia y orgullo.

P: «...el idiota, y su rostro».

Porque, en verdad, el solo sentimiento que animaba con su divina chispa esa alma dormida era el orgullo.

Estaba orgulloso de su nombre, o más bien, de su apodo, porque cuando algún habitante del otro lado le llamaba Kesphi, su verdadero nombre, se enojaba. Y quien le viera no alcanzaba a explicarse la analogía o relación que podía existir entre Kesphi —tuerto, canijo e idiota— y un *mallcu,* cóndor vejo, lleno de tretas, maligno y rapaz.

Fue un hecho notable en la región que le puso el sobrenombre que con tanta fiereza ostentaba.

Y sucedió así:

Profunda consternación reinaba en la montaña.

De años atrás, eran contados los días [1] que no se contase la desaparición de alguna res de entre los ganados que en los montes pastaban, y pronto cundió la noticia de que un cóndor viejo *(mallcu),* feroz y ladino, atacaba los rebaños, sin temor al colmillo de los perros ni a los certeros hondazos de los pastores.

Ll, GC y *Pl:* «dos años atrás».

P: «la noticia de que un mallcu feroz y ladino, atacaba».

Muchos de éstos, haciendo la cruz sobre el escupón, juraron haber visto al *mallcu* vencer las

---

j* **mallcu.** «Cóndor viejo». (Arguedas). Lira lo recoge como «numen, gran divinidad gentílica en el Inkanato». Con significación próxima a la de Arguedas lo recoge Bautista Saavedra cuando habla de la cooperación agrícola y de la relajación de los lazos sanguíneos del ayllu: «...Por lo demás, es simplemente el gobierno político de los mayores, *mallcus,...*» (P. 113).

1 *P* y *V:* «eran pocos los días».

reses viejas y bravas, sirviéndose de una treta diabólica y audaz. Desde la cima del risco virgen e inaccesible a planta de bestia o de hombre, y donde tenía su habitual morada, o de lo alto de las nubes, escrutaba las laderas de los montes, y al descubrir una res al borde de un barranco emprendía el vuelo en descenso, y al llegar a la altura de su víctima, de un fuerte aletazo la precipitaba despeñadero abajo, y luego, soberbiamente, se iba a dormir la siesta a su cubil insondable, para tornar de noche a regalarse con abundante y fresco festín...

P y *V*: «donde era su habitual...».

P: «abundante, fresco festín...»

Así había desolado la montaña.

Alarmáronse los indios, y en ellos surgió la creencia de que el mismo demonio se ocultaba bajo la piel del *mallcu*. Y fue repetido con tanta insistencia el absurdo, que aun los hacendados concluyeron por participar de esta opinión y a cobrar viva inquietud por la presencia de la feroz ave de rapiña. Para ahuyentarla, organizáronse batidas en regla. Valle y montaña se poblaron con el hórrido fragor de descargas de fusilería y el ladrido de los perros incitados a la lucha; se hicieron conjuros y los brujos *(yatiris)* pusieron las mañas de sus artes mágicas para destruirla; pero todo en vano. Al día siguiente, o al otro, o al tercero, se echaba de menos la desparición de un buey, de una vaquilla, o por lo menos, de una oveja, porque la muy socarrona ave estaba ya enviciada y no quería alimentarse sino de carne fresca y tierna.

P: «Y fué repetida con tanta insistencia la versión, que...».

P: «ave de rapiña.
Para ahuyentarla».

P: «Se poblaron el valle y la montaña con el...».

P: «...conjuros y los yatiris pusieron...».

L₁, *GC* y *Pl*: «socorrona», por errata de imprenta.

Un día... ¡Oh, fue el gran día!... Un día un pastor joven y aguerrido llevó al patrón de una hacienda la noticia de que el *mallcu* merodeaba en torno a un majada instalada en una loma vecina al caserío. Armóse el patrón de una carabina, llamó en su ayuda a varios colonos, los colonos llamaron a sus perros, y todos fueron al encuentro del audaz *mallcu*, que volaba con el ojo pegado a la majada aterrorizada. Volaba lentamente, describiendo fantásticas parábolas sobre el fondo luminoso y purísimo de los cielos, y su plumaje negro era como un

P: «llamaron los colonos a sus perros».

P y *V*: «majada enternecida».

punto en la vasta planicie rutilante del dombo azul. [k]

El patrón, perito en el manejo de las armas, echóse la carabina a la cara, hizo fuego, y el ave, en línea oblicua, abatióse pesadamente en tierra.

Hombres y perros se lanzaron sobre el caído.

El primer perro que llegó, anheloso de hacer presa, rodó a los pies del *mallcu* con el cráneo hendido de un picotazo. Los hombres, medrosos, hicieron llover descomunales pedradas sobre el duro plumón del herido, que se defendía de unos y otros repartiendo aletazos, que hacían crujir su sólida armazón y abatían al ser que tocaban.

P: «llover sendas pedradas».

El patrón, entusiasmado por el bello plumaje del bicho y sabiendo que se habitúan pronto a la esclavitud, ordenó se respetase la vida del cóndor, al que cogieron tras porfiada lucha y lo llevaron a la casa de hacienda, donde lo encerraron en un vasto granero, a la sazón desocupado.

P: «por la belleza del plumaje del bicho».

No fue larga la convalecencia del cautivo. Cuando acudió el curandero [l*] *(kolliri)* para examinar la herida, constató con sorpresa que tenía vacío el buche y coligió que su caída fue más efecto de la vigilia que de la avería leve.

P: «acudió el *Kolliri* para examinar».

El hacendado, gozoso con su presa, ciñó el desnudo y arrugado cuello del ave, encima de su albo collar de plumas tiernas y sedosas, con otro artificial de lana hecho con los colores de la patria enseña, y dispuso que se le mirase con gran acatamiento. Y no había títere que pasase por sus dominios que no oyese de sus labios la fantástica relación de la captura del cóndor, ni fuese invitado a admirar los dos bestias que más halagaban su vanidad: primero un magnífico marrano de raza inglesa, expresamente traído para progenitor y mejora de la menguada raza porcuna, y luego el temible *mallcu*, cautivo merced a su coraje y a la invencible firmeza de su pulso.

---

[k] **dombo.** «domo, cúpula». «Dombo azul» es el cielo, la cúpula celeste.

[l*] **kolliri.** «curandero». (Arguedas).

Y pasaron los días, las semanas y aun los meses.

Humillada la dignidad del cóndor con la oportuna y necesaria mutilación de las guías de sus alas, se le dejó en libertad, y pronto pareció establecerse cordiales relaciones entre el monarca cautivo y los demás ordinarios y vulgarísimos bichos de corral. Terneros, ovejas, gallos, patos y gansos pasaban orondamente a su vera, sin experimentar temor ni respeto alguno por el destronado rey de los aires y como burlándose más bien de la esclavitud del solitario, quien los miraba discurrir, indiferente y desdeñoso a sus ademanes confiados y altaneros, que sólo revelaban su índole plebeya y su bajo instinto de servidumbre.

P: «orondamente por su delante sin experimentar».

P: «y su instinto bajo de servidumbre».

Desde lo alto de una pared que había elegido por morada, quizás porque era el sitio más culminante de toda la vivienda, pasaba horas y horas contemplando la vasta extensión rutilante de los cielos, tranquilo y resignado al parecer, pero en realidad nostálgico de espacio.

Y distraía su nostalgia siguiendo los pesados andares del puerco señor y vil, por el que parecía sentir particular afección, pero que no era sino pura codicia, porque un día, fuertes ya sus alas, y sin que nadie sospechara siquiera tamaño desaguisado, lanzóse sobre la pesada bestia, hincó las fuertes garras en su lomo graso, y sin arredrase por los horrendos gruñidos del marrano ni las desoladas blasfemias del burlado dueño, testigo impotente del asalto, escaló los aires con su presa y desapareció raudo en el azul, para recomenzar, días después, sus rapiñas, pero más feroces, más arriesgadas, pues ya conocía a los hombre y había llegado a adquirir una falsa idea de su bondad...

P: «arredarse», por errata evidente.

P y *V:* «dueño, impotente testigo del asalto,».

Volvió a cundir el abatimiento entre los moradores de la montaña; pero fue de corta duración, porque a los pocos días sucedió la catástrofe definitiva.

Era una tarde hibernal, clara y vibrante de luz. Ni una nube, ni la menor sombra en los cielos. Arriba, fulgurando, las cumbres eternamente neva-

P: «una tarde de Junio, clara y vibrante de luz arrogante»; *V:* «...de luz arrogante».

das del Illimani; abajo, las cimas de los montes; y en lo hondo de la vega, el verde de los trópicos en las huertas de sabrosos frutos y flores de turbador perfume. Ningún ruido humano en la quieta extensión de las alturas, y sólo el golpear de las cascadas, que descienden, espumosas, por el granito de su angosto alfoz, y el gemir del viento en los ralos pajonales, donde pastan pobres y ariscos rebaños de llamas y alpacas.

Kesphi vigilaba aquella tarde su majada.

De bruces sobre el plano de una roca, cuyas yendas ennegrecía el musgo, soplaba en su zampoña los aires melancólicos de la sierra.

OC: «cuyas hendeduras ennegrecía...»
P y *V:* «en su zampoña agreste los aires».

De pronto oyó zumbido de alas y una sombra colosal se proyectó en el suelo. Las ovejas, juntando las cabezas, hicieron un montón de carne palpitante por la angustia. El perrillo buscó refugio al lado del pastor y se puso a ladrar medrosamente, con el hocico husmeando el cielo. Kesphi levantó la cabeza y vio cernirse el bravío *mallcu* en lo alto, a unos treinta metros del suelo. Traía las patas extendidas y abiertas las aceradas garras, listas a hacer presa. Su plateado lomo brillaba al sol en sus raudos vuelos, y sobre el cuello se veía lucir los colores de la bandera nacional, paseados por las luminosas alturas...

P y *V:* «vió cernerse el...»; 'cernerse' y 'cernirse' son sinónimos.

P y *V:* «se veía deslucirse...»; *BA*, *L1*, *GC* y *Pl:* «se veía lucir los colores...» La concordancia gramatical exige «se veían lucir», como recoge *OC*.

Lento, lento, a cada parábola de su enorme vuelo se aproximaba con desfachatez y sangre fría al montón gimiente de las bestias; y cuando hubo hecho su elección, precipitóse en medio, enredó las garras en el vellón de una *maltona,* [m] y dando un fuerte aletazo cargó con su presa, sin tomar en serio el ladrar desesperado del menguado can, ni las pedradas inútiles de Kesphi, que parecía más espantado todavía por la sin par audacia del *mallcu*, quien, en brusco impulso, trepó a un lugar vecino al del pastoreo y depositó sobre la roca su presa, yerta por el feroz picotazo que le había hendido y abierto el cráneo.

P: «sin tomar a lo serio...».

P: «con un feroz picotazo».

---

[m] **maltona.** *Perú y Chile*. Espigado, algo crecido de cuerpo (...) *Ecuad.* Cabrón pequeño». *(Dic. R.A.E.)*.

Kesphi, atolondrado de estupor, de cólera bravía pero impotente, al verle posar tan junto a la majada, supuso que, no satisfecho aún con su víctima, tornaría al ataque para cargar con otra; y entonces su despecho tocó las lindes de la desesperación.

Ll, *GC* y *Pl*: «los lindes de la desesperación».

Cogió su cayado, y deslizándose y trepando por entre las quiebras del barranquerío, llegó a unos veinte pasos del glotón, puso un afilado guijo en su honda, y dándole dos vueltas silbantes sobre la cabeza, lanzó el proyectil en dirección al ave con todas sus fuerzas y al mismo tiempo prorrumpió en tremendo alarido, deseoso de que, sorprendida el ave por la insólita acometida, huyese, dejando por lo menos la presa... Pero ¡cómo fue de enorme su consternación cuando vio que el *mallcu* se lanzó barranca abajo, no al impulso y abandono de sus fuertes alas, sido rodando con estrépito en franco sacudón de su plumaje, hasta dar en el fondo, con las alas rotas, las patas al aire y bañado en lodo y sangre el blanco pulmón de su collar intocado!...

Kesphi, aturdido, sin saber aún fijamente lo que había hecho, pero presistiendo la catástrofe, se lanzó barranco abajo también, y tuvo que emplear no pocos minutos hasta llegar a la sima del despeñadero y encontrar allí el tibio cadáver del aguerrido *mallcu*, que se agitaba aún en leves convulsiones, con el cráneo magullado por el fenomenal hondazo.

P: «sin saber aún de fijo»

P y *V*: «se lanzó barranca adentro».

P: «hasta llegar la sima».

Aquella tarde, contra su costumbre, llegó temprano al caserío, conduciendo sobre sus hombros, orgullosamente, los despojos del ave y de la bestia.

Al verle llegar así, acudió la indiada al establo, consternada de veras por la inaudita proeza del canijo pastor; y todos reconocieron tener delante los despojos del audaz *mallcu*.

Las mujeres se precipitaron sobre el cadáver y se pusieron a arrancar el plumón para ahuyentar de sus casas las aves de mal agüero; los hombres le arrancaron los hígados y los pulmones, y se los comieron para adquirir la fortaleza y la perspicacia del ave simbólica.

P: «...del ave extinta».

—¿Y cómo fue? —preguntó el *hilacata*, [n*] haciendo uso de su autoridad.

Kesphi abrió la boca y enseñó su fuerte dentadura de lobezno; pero no articuló palabra. No sabía razonar y era impotente para coordinar algunas frases con lógica ilación.

P y *V*: «y puso a claras su fuerte dentadura».

—¿A palo? ¿A piedra?

Kesphi comprendió, y mostró su honda anudada alrededor del talle.

—Eres un valiente: has matado al *mallcu*. Eres más que el *mallcu*.

A estas palabras volvió a sonreír Kesphi; pero ahora había orgullo y vanidad en su sonrisa.

Y articuló, apoyando la mano sobre el pecho:

—Sí; yo, Mallcu.

Le quedó el apodo. Y desde entonces todos le llamaron así, y al que por descuido o por olvido le llamaba Kesphi, su nombre, torcíale los ojos y le sacaba la lengua, manifiesto signo de profundo desprecio.

P y *V*: «magno signo de profundo desprecio».

Y nadie se hacía despreciar.

Esta proeza les refirió con torpe frase y media lengua el tonto, cuya vida era simplemente animal, porque no la movían sino los apetitos de la carne.

La montaña y la soledad habían aplastado completamente su espíritu. Jamás se ponía en comunicación con ningún ser dotado de palabra. De tarde en tarde cruzaba por allí algún viajero; pero pasaba de largo, como huyendo de la vecindad de los agentes naturales que allí se ostentaban con toda su grandeza. Y él se quedaba solo con sus pocas ovejas, solo frente a la montaña, solo con sus ruidos, con el viento y la tempestad.

L1, *GC* y *Pl*: «completamente el espíritu».

P: «Jamás entraba en».

P: «cruzaba por ahí algún viajero: pero se pasaba de largo».

P: «solo con sus cuantas ovejas, solo en frente a la montaña».

Había cerrado la noche, y una vaga claridad comenzó a dorar las cumbres de los montes sumidos en silencio y oscuridad: era la luna que surgía detrás de un pico del Illimani, rielando en un cielo

L1, *GC* y *Pl*: «comenzaba a dorar».

[n*] **hilacata.** «Primera autoridad indígena de una hacienda». (Arguedas).

limpio y tachonado de estrellas. Lejos, en las cuencas de los valles y en la falda de los montes, se encendieron algunos fuegos, como para anunciar la presencia del hombre en esos parajes, cuya grandeza y soledad angustiosa oprimían dolorosamente el corazón.

Los viajeros se dieron a la faena de preparar su merienda.

Uno de ellos, Cachapa, cogió una pequeña *chonta* [ñ*] que encontró sobre una piedra plana que servía de muela al pastor y, con disimulo, salióse a cosechar en una chacra de patatas que había visto crecer detrás de la casa, a la vera del camino; y a poco regresó llevando en su poncho una buena porción de ellas. Agiali fue en busca de leña, porque el pastor se mostraba huraño y permanecía de pie a la entrada de su covacha, mirando con gran curiosidad los andares de sus huéspedes.

En uno de ellos Agiali alargó el cuello en el interior de la vivienda de Mallcu, iluminada por un pabilo puesto sobre grasa en roto cacharro, y dijo en voz baja a sus compañeros:

P y *V*: «Uno de esos momentos».

—Este es más pobre que el Leque. (Era el tal un miserable sin más bienes en el mundo que los andrajos con que se cubría).

P: «en el mundo que la ropa que llevaba puesta.».

Cachapa, curioso, se asomó al agujero negro.

Casi nada había en la desamparada vivienda. Un poyo de barro por lecho, y encima dos cueros carcomidos y casi pelados sobre los que el idiota dormía abrazado a su perro; un fogón con una olla desportillada encima, un cántaro con el cuello roto, y, colgados de los muros, una *chontilla* vieja y dos lazos. Era todo...

P: «...casi pelados sobre los que dormía abrazado de su perro;».

Quilco, acurrucado contra el ángulo de las dos habitaciones que componían la casa, temblaba encogido bajo su poncho. Hicieron los otros un lecho con las caronas sudadas de las bestias, se arroparon con mantas, agruparon en su torno los costales de

P y *V*: «le arroparon con mantas».

[ñ*] **chonta.** Ya lo recoge el *Dic. R. A. E.* como quechuísmo: «árbol, variedad de la palma espinosa, cuya madera, fuerte y dura se emplea en bastones y otros objetos de adornos por su hermoso color obscuro y jaspeado».

semilla, dieron un último vistazo a sus animales, y luego de sorber su caldo y mascar un poco de coca, tendiéronse a dormir.

P y *V*: «engullir un poco de coca».

La luna, en su plenitud, brillaba en lo alto del cielo, limpio de nubes, y velaba el fulgor de las estrellas, que parecían agonizar en ese horizonte de claror indefinible.

Repentinamente, en medio del silencio infinito de la montaña, agrandado quizás por el lento y perenne golpear de las cascadas, surgió un largo fragor de trueno, que despertó sobresaltados a los *sunichos*. *Supaya* y el perrillo del pastor, apoyadas las patas delanteras contra el cerco de piedra, ladraban con la cabeza tendida hacia la blanca montaña.

El trueno, largo, sordo e inacabable, parecía surgir del seno mismo del nevado. Volvieron hacia allí los ojos, y vieron diseñarse sobre la inmaculada albura de su flanco una brecha oscura, que poco a poco fue creciendo y ensanchándose por su base, en forma de ángulo, a la vez que las negras faldas se vestían de blanco; era como si un lienzo se desprendiese del cuerpo de la montaña y rodase por sus pies para mostrar la conformación de su recia musculatura de piedra.

Li, *GC* y *Pl*: fue creciendo, a la vez que las negras...».

P y *V*: «de su recia musculatura.
—¡Es una avalancha!— dijo el...»

—¡Es una avalancha! —dijo el tonto desde el fondo de su agujero, con la tranquilidad del que está habituado a los accidentes de la Naturaleza.

Al día siguiente, Quilco amaneció peor y tuvieron que demorar en casa de Mallcu hasta mediodía, hora en que, a paso de procesión, emprendieron la marcha por las alturas para dirigirse a la hacienda de Phinaya, al pie mismo del nevado, donde les dijeron unos viajeros que habrían de encontrar grano a precio relativamente bajo, por ser abundante en esa región.

Llegaron al anochecer y se alojaron en casa de un indio de holgada apariencia, que prometió proveerles de todo lo que necesitaban; pero al otro día, al distribuir el pienso a la recua, Agiali echó de ver que faltaba una de las mejores bestias de carga, y

P: «recua, echaron de ver que faltaba una de las mejores bestias de carga, justamente la mula de Agustín.

puso el grito en el cielo creyendo que se la habían robado, mas Kalahumana, su casero, le aseguró que en la comarca no había ladrones y que debiera haberse soltado en noche para ir a ramonear [o] por los campos vecinos.

Este puso el grito en el cielo creyendo que se la habían robado; más le aseguró su casero que en la...»

—¿Y cómo era tu mula? —le preguntó, demostrando tomar parte en su infortunio.

P: «en su desventura».

—Era... ¡No; yo la he de encontrar! Lo único que les pido es que me ayuden —repuso evasivamente y mirando con afán el suelo.

—Como quieras —contestó Kalahumana sin dar importancia a la evasiva de Agiali.

P: «Como quieras; todos hemos de ayudarte,— contestó el casero sin dar importancia a...».

—Quilco puede quedarse con las bestias, Cachapa que vaya a buscar los alrededores, y tú, si eres bueno, sígueme, porque aquí veo las huellas de mi mula—, dijo sin levantar los ojos de la tierra.

P: «Quilco puede quedarse a cuidar las bestias;».

Se dispersaron.

Agiali, siempre con los ojos en el suelo, como un sabueso, iba delante, cerro arriba, sin detenerse, cual si en tierra hubiese descubierto alguna señal conocida para él. En los trechos rocallosos se detenía, al parecer desorientado, se bajaba, iba a un lado, luego a otro, volvía a su punto de partida, y al fin echaba a caminar al cabo de algún tiempo, seguro de sí mismo.

P: «...se detenía indeciso,».

—Pero ¿dónde crees que haya ido por acá? —le preguntó el casero con cierta desconfianza.

—No sé, pero por acá ha ido; conozco sus huellas.

—Será mejor preguntar por aquí —dijo, señalando una casita levantada a la orilla del empinado sendero y dirigiéndose a ella.

P: «—Será mejor que preguntemos aquí.—».

A poco apareció sonriendo socarronamente:

P: ...a ella. A poco apareció sonriendo con socarronería:»

—Tienes razón. Dicen que esta mañana, al amanecer, ha pasado un pastor conduciendo una recua a la apacheta. [p*] Llevaba consigo una bestia desconocida: negra, frontina...

---

[o] **ramonear.** «Pacer los animales las hojas y las puntas de los ramos de los árboles, ya sean cortadas antes o en pies tiernos de poca altura». *(Dic. R. A. E.).*

[p*] **apacheta.** Cfr. nota (j)* del cap. III°.

—¡Mi mula! —le interrumpió Agiali, radiante—. ¡Si ya sabía que vino por acá!...

—Entonces ya no tienes necesidad de mí. Sigue el rastro, y si lo pierdes, pregunta por el pastor Walpa, que es quien lleva tu mula... Tienes que andar un poco: es lejos, allá arriba...

P: «allá arriba...— y con el brazo...»

Y con el brazo señaló la blanca montaña que se erguía serena, majestuosa y radiante, bajo el cielo azul.

—¿Y por qué no vienes conmigo?

—Si me dieras algo...

—Me queda un poco de ***hispi***, ¿quieres?

¡Que si quería! Al fin del mundo iría él por tan preciada cosa...

Llegaron a un plano, en la coronación de una lomada que servía de era a los montañeses de la hacienda. Sus vertientes, suaves de un lado, caían hoscas al costado hasta perderse en la hondura donde estaba la casa de hacienda, parda y chata, a la sombra de negruzcos eucaliptos, sobre un campo verde de alfalfa.

P: «hacienda, y sus vertientes, suaves de un lado, caían hoscos...»; todas las ediciones recogen 'hoscos'.

P: «...verde de alfalfa en torno».

En la era esperaban las hacinas; y las aves —tórtolas, gorriones, *Kellunchos,* [q*] torcaces y jilgueros— pillaban abatiéndose por bandadas sobre el grano, impávidas a la presencia de los peones, que, sentados en un desmonte, mascaban coca esperando el mediodía, hora en que el viento sopla con fuerza sobre esas alturas, para aventar el grano batido que el sol tostaba en la parva. Yacían mudos, silenciosos, graves, y cada uno tenía junto así, recogidos en canastos de mimbre y carrizo, los pequeños enseres de madera fabricados por sus propias manos.

L1, GC y *PL:* «Kelluncos».

OC: «piaban abatiéndose...» Es la acepción correcta.

P: «esperando la llegada de mediodía».
P: en esas alturas para»

L1, GC y *Pl:* «de mimbres y carrizo».

Se detuvieron un instante para juzgar la calidad de la cosecha y ver si la espiga había alcanzado su total madurez, y luego de cambiar frases breves con los peones, prosiguieron, monte arriba, su ruta, a cada instante más penosa por la sutileza del aire, cada ver mayor a medida que ganaban la altura.

[q*] **kelluncho.** «Avecilla amarillenta del porte de un gorrión». (Arguedas). Del quechua «Kéllu». «amarillo. de color del oro. de la retama. del canario».

—¿Está lejos todavía? —preguntó Agiali deteniéndose en un recodo para respirar con algún desahogo.

El montañés señaló con el dedo la región de las nieves.

—Todavía. Pero no mucho. Cerca de la nieve, en una hondonada.

P y *V*: «Cerca la nive».

El mozo ya no podía más. Latíale el pecho con fuerza inusitada, zumbábanle los oídos y le parecía que el aire había huido de esas alturas, desalojado por la gigantesca masa del nevado.

La soledad era impresionante allí. No había huella de habitación humana ni rastro alguno de vida animal. Por todas partes la roca viva a flor de tierra, el musgo renegrido, [1] y haces de paja en las yendas de la piedra calva y casi brillante a los rayos del sol.

P, *V* y *OC*: «hiendas».

El más pequeño ruido insólito adquiría una sonoridad extraña y patética en las oquedades. La atmósfera era de una transparencia indescriptible. Los objetos más lejanos destacaban nítidos sus contornos, y la mirada se extendía hasta tropezar con la curva del cielo y la bruma de la tierra, confundida en una línea azul. Y bajo la bóveda, jalonando el horizonte, alzábanse las cumbres de los cerros —rojas, pardas, amarillas, ocres, azules— hasta atenuarse y diluirse en los confines, junto a una raya rutilante, más allá de una enorme mancha roja salpicada de puntos blancos y brillantes.

P: «transparencia divina. Los objetos lejanos destacaban...»

P: «jalonando la línea».

P: «raya rutilante, y más allá...»

—¿Sabes lo que es aquello, allá, en el confín? —preguntó el montañés apuntando esa mancha.

Agiali volvió los ojos hacia el punto señalado, y dijo sin vacilar:

—Es la ciudad.

Kalahumana le miró con asombro.

P: «Kalahumana —que así se llamaba el casero,— le miró con asombro:».

—¿Y aquello? —añadió, mostrando la raya diamantina que era pincelada de luz en el espacio.

—¡Toma! El lago... ¡Mi tierra! —suspiró el mancebo con el pecho palpitante de amor.

---

1 *P*: «el musgo ennegrecido y haces...»; *V*: «el musgo renegrecido».

—¡Qué ojos tienes!

Y Kalahumana, que a un centenar de metros solía distinguir, sobre la negra peña, las garras negras de un cóndor, sintió, por la primera vez, envidia de otro hombre.

Agiali, sonrió y le dijo que había nacido al horizonte sin fin de sus pampas, donde los ojos, como ahora, no tropiezan sino con el azul.

Al cabo de una hora llegaron por fin al límite de las nieves perpetuas, un vasto *glacier* que avanzaba por las faldas del monte, hasta detenerse al borde de la roca cortada casi a pico sobre el lomo de la última cumbre, en que venía a morir el infinito escalonamiento de montes, cuyas cimas alborotadas iban a rendirse todas a los pies del nevado inaccesible.

Allí vio Agiali un fenómeno extraordinario, cuya causa nunca pudo explicarse, porque jamás llegó a sospechar que los ventisqueros, a semejanza de los ríos, tuviesen su movimiento de avance y la fuerza suficiente para trasladar peñascos, de lo alto de las cumbres a lo hondo de los valles.

Vio, y apenas podía dar crédito a sus ojos, posados sobre finos pilares de hielo azulado y casi transparente enormísimos peñascos de pizarra negra. Estos pilares, así coronados o simplemente lisos, que a veces tomaban esbeltez de columnas, yacían en toda la extensión del ventisquero, menos en las orillas de un laguito circular, cubierto por una capa de nieve que, derretida en sus bordes por el sol, oscilaba rítimicamente con el viento como un péndulo.

El ventisquero, visto desde lejos, daba la impresión de un río de leche petrificado; pero de cerca, era un caos de cosas blancas, cerrado en los costados por dos murallas de granito. En su ondulada superficie se abrían grietas insondables, y la nieve adquiría coloraciones azuladas y verdosas, por donde chorreaba el agua transparente. Y ruidos extraños, ruidos como de cristal que se quiebra, surgían de los abismos de esas grietas, que parecían palpitar

P: «¡Qué ojos tienes!— le dijo sinceramente, él, que a un centenar de metros solía distinguir, sobre la negra peña, las garras de un cóndor.
Agustín sonrió y le dijo que estaba acostumbrado al horizonte sin fin de sus pampas,».

P: «a la línea de las nieves perpetuas,»
OC: «un vasto glaciar que avanza por...»

P: «llegó a sospechar siquiera que los ventisqueros,».

P y *V:* «y casi transparentes, enormísimos penazcos».

P: «que enveces tomaban las proporciones de columas yacían».

P: «con el viento, de un canto a otro, como un péndulo».

P: «El ventisquero, a primera vista,».

P: «insondables y entonces la nieve adquiría»

con una vida vigorosa y que fuera hostil a la vida humana.

—¿Y dónde pueden pastar las bestias por aquí? —preguntó Agiali repentinamente, invadido de un miedo incontenible, frente a la grandeza de esa masa blanca y viva.

El otro, sin responder, le señaló el muro lateral que cerraba el ventisquero, indicándole que al otro lado de él se encontraban las bestias.

P: «le señaló el muro que cerraba».

Así era, en efecto.

Un poco más abajo de las nieves, en otra vasta ondulación, surcada en medio por un torrentoso arroyo de aguas cristalinas, había un prado verdoso, donde pacían numerosas majadas de alpacas, llamas y ovejas. Pequeños remansos y laguitos de fondo esmeraldino servían de refugio a bandadas de gaviotas y gansos silvestres, cuyo albo plumaje parecía retazos de nieve rodados de la montaña.

L1, GC y *Pl:* «en medio de un torrentoso arroyo...»
P: «se explayaba un prado verdoso...»

P: «y laguitos de lecho de color esmeralda,».

P: «cuyo albo plumaje parecían retazos...»; *L1, GC* y *Pl:* «cuyo plumaje parecía» *OC:* «cuyos albos plumajes parecían».

Allí, entre una recua de asnos y caballitos de pelaje lanoso, estaba la mula de Agiali, quien tornó al lado de sus compañeros, radiante por el hallazgo y por huir de la vecindad de esos parajes, en que el hombre ni aun alcanza a tener traza de gusano.

P: «quien tornó radiante al lado de sus compañeros, muy gozoso de huir de la...»

Cinco días anduvieron Cachapa y Agiali por las haciendas comarcanas, sin poder completar su cargamento de grano, pues los colonos preferían venderlo en la ciudad, donde alcanzan precios subidos, ya que nada significa para ellos las fatigas del viaje si han de obtener algunos céntimos de beneficio.

P: «ya que nada cuenta para ellos...»

—Vayan a Collana —les aconsejó Kalahumana—, y allí conseguirán lo que necesitan. Esos indios siempre tienen buenas cosechas y prefieren venderlas en plaza.

Y como Agiali repusiese que no conocían la región, el montañés les dio detalles sobre el camino que debían de seguir.

Era fácil. Bajar, cuesta adentro, hasta el valle de Quilihuaya, tomar la otra banda del río y subir la

P y *V:* «hasta el riente valle de...»

cuesta de Tacachía. En las alturas estaba el pueblo, en las faldas de una lomada, y del pueblo a la ciudad la jornada era cómoda y corta: apenas medio día de viaje.

P: «estaba el pueblo. Y del pueblo»; V: «estaba el pueblo, y del pueblo».

Los *sunichos* temblaron a la sola idea de meterse otra vez en la garganta de los montes, y sobre todo, atravesar ríos, ahora que el cielo volvía a encapotarse hacia el poniente. Ya estaban verdaderamente hartos de aventurarse en peripecias riesgosas, y llenos llevaban los oídos con el ruido de los torrentes enfurecidos. Ellos anhelaban el horizonte desnudo de sus pampas, la claridad indefinible de su cielo vasto...

P: «de sufrir la angustia de peripecias...»

Kalahumana les tranquilizó. Sólo debían atravesar una vez el río, y el valle no quedaba lejos.

P: «El casero les tranquilizó».

Con esta seguridad partieron los cuitados, satisfechos de acortar la distancia que los separaba de sus pagos, e hicieron jornada breve, porque llegaron a Tacahía cuando el sol se hundía tras los elevados montes del poniente.

P: «partieron los sunichos satisfechos...»

La playa era relativamente angosta, y la hacienda ocupaba las faldas de los cerros, que en ese punto se echan atrás, dejando un gran plano sobre el río, lleno de huertas de duraznos, manzanos y un viñedo.

P: «se echaban atrás.».

El río había roído el terreno de las huertas, que en algunos puntos quedaban a quince y veinte metros de altura, y los árboles colgaban en medio del acantilado, con las raíces prendidas en tierra y la cimera volcada hacia la corriente.

P: «El río había carcomido...»

P: «volcada hacia las aguas».

Un senderito discretamente abierto en un hueco del acantilado conducía a la huerta de manzanos, y tomaron por él los viajeros, decididos a pedir hospedaje en el primer rancho que encontrasen.

P: «en el primer caserío que encontrasen».

La huerta, baja y enmarañada, ofrecía aspecto de abandono e indolente descuido. Los árboles, cubiertos de salvajina, inclinaban sus copas chatas al peso del parásito. Parecían viejos, enanos. Entre las luengas crines o surgiendo de ellas brillaban al sol los colores encendidos de las pomas. El piso, plano, igual y gredoso, mostrábase en partes desnu-

P: «ofrecía un aspecto de abandono.»

P: «crines, surgiendo de ellas,».

do de vegetación y empedrado del fruto que el viento había arrancado de los árboles y se pudría allí abandonado. Entre la salvajina y la fronda colgaban nidos de aves y los bolsones blancos de una casta de mariposas de cuerpo ventrudo y afelpado, alas bicoloras, rojo y negro, y patas gruesas. Eran tantos, que los árboles parecían producir insectos, pues cada bolsón, hecho de hojas enroscadas y cubiertas de una gasa de hilos de seda blanca, contenía una asquerosa larva...

Casi toda la huerta estaba invadida por los voraces insectos. Se les veía revolotear sueltos o acoplados en crisis de amor, alrededor de las flores silvestres, penderse de los frutos para devorar la miel que contenían las deyecciones de las aves, avanzar por las ramas con las alas temblorosas [1] y convulsas.

P: «de las flores, prenderse»; *V:* «de las flores, penderse».

En medio del pomar, en un claro de la maraña, encontraron los viajeros una casucha de barro, con techo de paja y rodeada por un maizal alto, que en partes se había acamado por el grosor desmesurado de las mazorcas. En la cocina, con paredes de cañahejas recubiertas de barro y con techo de paja, sobre el que un *zapallo* [r] había colgado sus hojas redondas y amplias, y sus frutos verdosos, merendaba la familia; el padre, alto, grueso y viejo; el hijo, mozo y enclenque, dos muchachos casi desnudos y la mujer, blancona y opulenta.

P: «En medio pomar,...»

P: «se había acamado en el suelo por el grosor...»

P y *V:* «redondas y amplias, merendaba la familia:».

Adelantóse Quilco, y con tono humilde y rendidas maneras, pidió hospedaje por esa sola noche, pues se sentía empeorar y deseaba descanso.

P: «Adelantóse el enfermo,...».

El valluno los recibió de mala manera. Estaba ocupado en las vendimias de la hacienda y no le hacía gracia ofrecer hospitalidad a tipos de la

[r] **zapallo.** Del quechua «sapállo o sapállu». El *Dic. R. A. E.* lo recoge ya con su significado de calabaza.

[1] L_1, *GC* y *Pl:* «con alas temblorosas»; *P:* «con las alas temblorosas y batiendo en incesante movimiento, cual si estuviesen poseídos de convulsiones»

calaña de los *sunichos*, pobres, codiciosos y ladrones.

P: «pobres, angurriosos y ladrones».

—¡Y qué traen ustedes? —les preguntó, rascándose la cabeza de muy mal humor.

—Un poco de semillas, *tata*.

—¿Y me han de comprar manzanas?

LI, GC y Pl: «¿Y no me han de comprar manzanas?»

—No podemos. Hemos venido por cuenta del patrón...

—Entonces no me convienen —dijo el valluno con sequedad.

LI, GC y Pl: «—Entonces no me conviene— dijo el valluno...»

—No seas malo, *tata* —rogó Agiali—. Nos bastará un rincón de tu corral para nuestras bestias y el alero de tu techo para nosotros. Si no quieres alojarnos en tu casa, déjanos dormir en la huerta.

P: «Nos basta un rincón...»

P: «quieres tenernos en tu casa,...»

El valluno volvió a rascarse la cabeza indeciso, y repuso tras breves momentos de vacilación:

—Sus bestias harían daño y ustedes robarían manzanas de mi huerta, y eso no me hace gracia.

P: «Tus bestias harían daño».

P y V: «...no me hace cuenta.»

—No, *tata* —repuso Agiali humildemente—; nosotros mismos hemos de segar hierba para la recua y no te hemos de robar fruta como crees.

P: «hemos de cegar la hierba».

La hembra grasa tomó aparte a su esposo, y le dijo:

—No los eches. Que uno de ellos te supla dos o tres días en el trabajo, y tú puedes ir a la ciudad a cobrar tu deuda.

P: «No los votes. Que uno de ellos...».

El valluno encontró razonable el consejo de su consorte, y volviéndose hacia los viajeros les dijo, cambiando de tono:

—Si quieren pueden quedarse aquí en casa, pero a condición de que entraben sus bestias y uno de ustedes me supla en el trabajo de mañana. Es fácil; no hay más que cortar uvas y trasladarlas al lagar. Estamos vendimiando y pueden atracarse de ellas y trasladar el resto al lagar...

P: «de que maniaten sus bestias»

P: «vendimiando y hasta pueden atracase a su gusto en el camino, cuidando de no hacerse ver con el patrón, porque si los coge, les mide las costillas. Aceptaron el trato...».

Aceptaron el trato los *sunichos;* y esa misma noche, conseguida la licencia, partió el valluno en pos de su atrasada deuda.

V

Rayando el alba despertóles la mujer del valluno, para pedirles fuesen a cosechar mazorcas en un maizal algo distante de la casa, pues los pequeños debían de estar antes del amanecer en la viña, donde llenaban faenas [1] de espantajos, y el mayor había marchado con su padre a la ciudad. Recibieron con agrado la comisión y se encaminaron al través de la huerta, por entre un almarjal, [a] al maizal lejano.

P: «cosechar choclos».

P: «pues las pequeños»

P: «antes de la salida del sol en la viña,».

P: «mayor se había marchado con su padre».

Hacía frío y era la hora en que cuaja el aljófar. Aún chirriban los grillos y la brisa estaba saturada con hálitos de flores silvestres.

P: «saturada de hálitos».

Ya, al marchar por la huerta, se dieron los *sunichos* un buen atracón de duraznos y manzanas, que un insólito viento de tempestad había hecho caer en la noche. Y aprovecharon su aislamiento para reunir en un poncho una buena provisión de frutos, sin más trabajo que bajarse y recoger los del piso. Llegados al maizal fue un segundo atracón de cañas. Arrancábanlas con glotonería insaciable, y después de despojarlas de sus mazorcas chupaban las varillas, apretujándolas con sus fuertes dientes de lobos, y bebían el azucarado líquido con fruición indecible. Les parecía que una vez en la huerta tenían derecho a saciar su apetito, romper sus privaciones de toda la vida, ya que esas cosas deliciosas estaban al alcance de sus manos y no había alma viviente que les privase de gustarlas.

P: «Y aprovecharon de su aislamiento para».

P: «y recoger, porque el piso estaba literalmente cubierto».

P: «derecho a hartarse a más no poder, cumplir sus privaciones».

Volvieron a la media hora, después de haber ocultado su rapiña en lo espeso de un cañahejal que

L1, GC y Pl: de un cañaveral que crecía».

---

[a] **almarjal.** «marjal»: «terreno bajo y pantanoso».

[1] *P:* «llenaban la faena»; *V:* «donde llenaban faena»

crecía, impenetrable, al borde de una acequia. La dueña les dijo:

—Han tardado mucho; probablemente se han atracado de huiros. Hacen mal; puede que los atrape la terciana.

P: «—Se han tardado mucho,— les dijo la dueña—; probablemente».

Cocidos los *choclos,* los ató en su *tari* [b] y entregó el retobo [c] al que debía suplir al amo ausente.

P: «en su *aguayo* y entregó».

Fue Agiali quien se prestó voluntariamente para la faena del día, y por consejo de la casera Cachapa, porque le aseguró que como había mucho trabajo, el mayordomo le pagaría tres reales por la jornada. Marcháronse, pues, los dos, y cuando llegaron a la viña, vieron que eran los primeros en llegar.

P: «Fuéronse, pues, los dos».

El sol, ausente todavía del valle, doraba los picos de los cerros de occidente. Las aves cantaban bullangueras y había rumor de alas en la floresta. Una escarcha fina perlaba las hojas de los alfalfares y humedecía los pies de los pasantes. El viñedo, inmenso y empalidecido, estaba desierto. En medio se erguía la atalaya de los pajareros, hecha de carrizos, junto a la choza de paja y mimbre, que ocupan los pastores desde que endulza la uva hasta el momento de la vendimia; de su cono se alzaba una columna de humo recta y fina, como el tronco azulado de una palmera.

P y V: «El sol, ausente del valle, doraba».

P: «se alzaba la atalaya».

L1, GC y Pl: que ocupaban los pastores».
P: «vendimia, y de su cono se alzaba un columna de humo tan recta y fina como».

Una chicuela, de pie sobre la atalaya, agitaba su latiguillo haciendo restallar el ñudo que lo remataba, hecho con la fibra de agave, sedosa y blanca.

Los *sunichos,* al verse tan al alcance de la codiciada fruta, sufrieron una especie de atolondramiento.

Las cepas empalidecían al sol, cuyos besos ardientes arrancan fuego de las piedras, y ya sus hojas amarilleaban por el largo estío. Colgaban los racimos pesadamente, rindiendo las débiles ramitas, o descansando en el suelo, y ostentaban sus granos

P: «empalidecían a la acción del sol».

P: «doblegando las débiles ramitas»; *V:* «retorciendo las débiles»; *OC:* «rindiendo a las débiles».

---

[b] **tari.** Cfr. nota (k)* del cap. IIº.

[c] **retobo.** Cfr. nota (l) del cap. IIIº.

opacados por una especie de polvo. Las higueras agitaban sus grandes y elásticas ramas, cargadas de fruto, sobre el que se abatían las aves con feroz insistencia, picoteándolo todos sin acabar ninguno... Cuando la bandada crecía hasta poblar el espacio con sus gorjeos, el pastor dirigía un hondazo a las cimeras desde su atalaya, y entonces las glotonas bestezuelas remontaban el vuelo para buscar refugio en la huerta lindante, interrumpían su gritería y tornaban a poco, más tenaces y más destructoras.

P: «grandes y débiles ramas, cargadas».

L, GC y Pl: «cimeras de su atalaya, y entonces».

—¡Higos! Yo creí que se daban en árbol bajo —dijo Cachapa, que era expansivo y no sabía disimular sus impresiones.

Agiali, sin responder, estiró la mano, curvó una rama y arrancó un higo, el más grande, el más negro, el más lucio; mas apenas hubo mordido en el fruto lo escupió haciendo un gesto.

P y *V:* «haciendo un gesto de asco».

—¿Malo?

—Quema; parece de fuego.

En ese momento apareció el primer jornalero.

P: «En ese momento aparece el primer trabajador».

Traía pendiente de su brazo una canasta, y dentro las tijeras de podar. A poco llegaron los restantes.

P: «de podar.
A poco llegaron los restantes».

Eran como cuarenta, y venían mascando coca o engullendo retazos de carne con maíz tostado. A eso de las siete, y cuando el sol descendía al valle, apareció el administrador. Montaba una yegua zaina, y de la muñeca le pendía un grueso y flexible rebenque.

P: «...venían algunos mascando coca, y otros engullendo retazos».

P y *V:* «el sol llenaba todo el valle».

P: «muñeca le colgaba un grueso».

—¡A la faena! ¡A la faena! —ordenó—; hoy acabamos de vendimiar.

P: «acabamos la vendimia».

Los peones se despojaron de sus ponchos, se ajustaron al talle las fajas y empuñaron sus herramientas.

—¿Son ustedes los que han venido en lugar de José? —interrogó el empleado viendo a los dos puneños, que permanecían aún emponchados y medio corridos por la malicia con que los miraban los comarcanos.

—Sí, *tata*.

—¿Y saben vendimiar?

—No, *tata*.

El empleado se molestó:

—Si se les deja a estos animales, han de estropear la viña; más vale hacerles pisar uva.

Fueron enviados al lagar; pero a eso de mediodía ya estaban deshechos los novicios. El calor les sofocaba, y dentro del lagar no sabían qué hacer. El caldo pegajoso de la uva les producía mareos y un malestar indefinible en la cabeza.

Las moscas revoloteaban incansables alrededor del torno, muchas caían, borrachas, sobre la pegajosa masa. Del techo pendían anchas cortinas de telarañas, cuajadas con los despojos de moscardones, cucarachas y gusanillos, en medio de los cuales yacían inmóviles las arañas, ventrudas y con sus patas gruesas y peludas. Una luz indecisa y escasa se cernía por una ventana, guarnecida de sólidos barrotes, abierta en el grueso muro, sin conseguir ahuyentar las sombras adueñadas de los rincones.

Chirriaba el torno al aprensar la masa; cantaba el mosto cayendo sobre los anchos y robustos tinajones de cinc, y se oía fuera el alborotado cacareo de las aves caseras, sueltas en el vasto patio de la casa, donde jugueteaban los chicos de la servidumbre arrastrándose sobre el suelo cubierto de verde pelusilla.

—¿Tienes hambre?— interrogó a su compañero Agiali, apenado porque su calzón nuevo [1] había cogido miel.

—Me estoy muriendo.

Llegó la hora de la merienda, y fue una fruición para los maltrechos *sunichos* el poder estirar sus enmeladas piernas a la vera de un arroyo que corría murmurador, besando las robustas raíces de una vieja ceiba, cuyas flores habían tapizado de rojo el jugoso césped...

Frugal fue la merienda: cuatro *choclos* cocidos, un poco de *chuño*, manzanas e higos; mas no bien hubo devorado Cachapa su ración, huyó a la huerta,

P: «han de destrozar la viña; más vale hacerles pisar la uva asoleada».

P: «sofocaba y dentro el lagar no sabían qué hacerse».

P: «La melosidad del jugo, el caldo pegajoso de la uva».

P: «del torno, y muchas caían,»

L₁, GC y *Pl:* y con patas gruesas y peludas.»

P y *V:* «Una luz plácida y escasa»

P: «zink, y se oía el incoherente parloteo de las»; *V:* «incoherente cacareo de las».

P: «—interrogó al pasar Agustín»

[1] *L₁, GC* y *Pl:* «porque su calzón había cogido».

sin ánimo de cobrar su jornal, y decidido a pagarse con la fruta de cercado ajeno su trabajo de medio día.

Encontrábase el rebelde verdaderamente nostálgico del limpio horizonte de las llanuras. Ese aire cálido e impregnado de perfume de azahares no cuadraba a sus pulmones, ni era grato a sus oídos el sordo mugir del río, que le recordaba incesantemente el fin trágico del pobre Manuno.

Quedó en la huerta, oculto en la maraña y hartándose con fruta, hasta el atardecer, y distrajo su ocio interesándose con rara obstinación en las aves, en las plantas y en los insectos. Le entusiasmó seguir los afanes del pico *(carpintero)*, ave de fuerte garra y recio pico, que vive mal golpeando y taladrando los troncos, barrenándolos con suprema habilidad.

P: «carpintero (pico)».

P y *V:* «que vive golpeando y taladrando.»

Entretanto, había vuelto al trabajo Agiali de muy mal talante y llenaba su faena con pereza, furiosamente arrepentido de haberse prestado a suplir a su casero, cuando bien podía a esa hora estar merodeando por las huertas, libre de fatigas y ahito de frutas escogidas y abundantes.

LI, GC y *Pl:* «a estas horas estar merodeando».

—¿Qué tiene ese hombre? Parece que está enfermo —dijo en ese momento el patrón entrando al lagar.

Era un hombre de cuarenta o más años, alto, grueso, moreno, de nariz aguileña, ojos pequeños y ceniciento, bigote y ceja poblados.

P: «de cuarenta y pico años»

P: «bigote poblado.»

—No sabe trabajar, señor; es la primera vez que viene al valle.

El patrón, con el entrecejo fruncido, se volvió hacia Agiali.

—¿De dónde eres?

—Del lago.

—¿Quién es tu patrón?

—El caballero Pantoja.

—Entonces tú has de saber servir, porque conozco a tu patrón y sé que nunca gasta servidumbre fuera de sus *pongos*. Anda, pues, a ayudar a la

P: «tu patrón: nunca gasta servidumbre»

señora, y que el *pongo* de casa venga a reemplazarte en el lagar.

Agiali se fue a la galería, donde la esposa del terrateniente— esbelta, pálida, de ojos infinitamente tristes y piadosamente dulces— desmochaba maíz acompañada de algunas indias, sentadas en torno a una enorme hacina de mazorcas secas; y recibió la orden como una liberación, que bien pudo ser su sentencia de muerte, si la fortuna no se le hubiese mostrado propicia en esa tarde, indeleble en su memoria

P: «donde la patrona-esbelta»

P: «esa tarde, de hoy más indeleble en su memoria.

La aventura que hasta su muerte no pudo volvidar aconteció así:

P: «La aventura que hasta su muerte contó.»

Días atrás, concluido el yantar, la familia del terrateniente había dejado el comedor y fue a sentarse en los poyos circundantes de largo patio, embellecido por un jardín central, donde un frondoso naranjo, un ciprés de copa torcida y un pimiento cuajado de fruto ofrecían cómodo reposo a las torcaces y a los mirlos, que aun entre las luces del crepúsculo ensayaban sobre el techo de paja sus últimos gorjeos. De barro eran los poyos, pero en los ángulos estaban cubiertos de grandes y anchas losas sin pulir, o pulidas por el uso, sobre las cuales, en tiempo de cosecha, se ponían a secar las frutas mondadas, o se muele el maíz tierno para las *humintas* [d] después de borrar de su superficie las huellas que dejan las aves del corral, en sus devaneos amorosos, o sus querellas con odio aunque sin rencor.

P: «Días antes, concluido»

P: «poyos que circundaban el largo patio»

P: «De barro eran los poyos y únicamente en los ángulos»

P: «se hacen mondar las frutas»

La madre, como de costumbre, ocupó su asiento, tibio aún por los rayos del sol, junto a la puerta de la sala, al pie de un limonero cuajado de azahares y de frutos verdes y maduros a la vez; púsose a la diestra su primogénito, bachiller en letras, mozo de quince años, alto paliducho y de rostro serio; a la siniestra, el del medio, que daba ocupación a las manos tallando el mango de un bastón de *jamillo,* [e*]

P: «a la diestra el primogénito de los hijos, bachiller en»

---

[d] **humintas.** Del quechua «huminta»: «tamal con dulce que se cuece envuelto en hojas de maíz».

[e*] **jamillo.** Planta parásita muy resistente». (Arguedas). Fernández Naranjo lo define como «arbusto parecido a la loga o muérdago, *mimulus gluteus*, de cuyos frutos, verdes, ovalados y del tamaño de granos de trigo, extraen los niños un aglutinante con que cazan pájaros».

y fuese el más pequeño, del brazo del padre, al establo, para ver la distribución de alfalfa a las bestias de servicio y ayudar, si cabe, el recuento de las aves, reacias [f] siempre a cobijarse bajo de techo, donde quedan libres de la garra del gato montés, ávido de carne fresca.

P: «al recojo de las aves, rehacias siempre»; *V:* aves, rehacias»
LI, GC y *Pl:* «bajo el techo, donde quedan»

Tarde tranquila y de indefinible dulzura. Del follaje de las huertas aledañas venía el postrer gorjeo de las aves, cuyos fuertes aletazos se eschuchaban entre el incesante trinar de gorriones instalados ya entre la espesura de la querencia; zumbaba en el aire el élitro de los insectos nocturnos; los gusanos de luz, «gotas de luna», rayaban las sombras con el brillo de sus alas, y los murciélagos vagabundeaban por el cielo, en vuelo bajo, rozando con sus alas de pergamino el ramaje de los limoneros y haciendo caer lluvia de azahares marchitos... A lo lejos, el río cantaba su enorme y larga canción de espumas.

P: «huertas aledañas a la casa venía»
P: «de gorriones izados ya»
P y *V:* «por el cielo, bajo, rozando»

—¡Un cuento, mamá, un cuento!

Y en tanto que la pálida matrona, de aire modesto y enfermizo aliviada por entretenidas lecturas, [1] urdía algún cuentecillo inocente con que colmar la despierta imaginación del rapaz, el mayor de los mozos, perito ya en la lectura de Julio Verne, dirigía los ojos por sobre la colina arboleada, a cuyas faldas parecía soñar la casa de hacienda, para fijarlos, ya en el cielo enrojecido por el crepúsculo, o en el monte alto y desgarrado que se alzaba al fondo, como una muralla, y entre cuyos peñascales hallaban reposo los cóndores y cómoda guarida las vizcachas.

P: «con que holgar la despierta»
P: «y los fijaba ya en el cielo enrojecido por el crepúsculo, o ya en el monte alto»
P: «peñascales buscaban reposo»

Era este cerro el último eslabón de una cadena de montañas cortadas en medio por el río de Palca, angosto como un sajo. Uno de sus costados moría en saltos bruscos sobre el río; el centro se desgajaba, casi perpendicular, sobre una planicie, al pie de la

P y *V:* «cadena de montañas cortada»

---

[f] Es una de las frecuentes faltas de *P*, que pasó inadvertidamente a *V*.

[1] *P:* «un cuento!— y en tanto que la pálida matrona. ahíta de entretenidas lecturas»; *V:* «matrona,aliviada por entretenidas lecturas.»

cual se erguía la casa de hacienda en medio de huertas de higos, limoneros, granadas, *pakaes* y duraznos, y el otro costado se cortaba también en sajo sobre un callejón de paredes rectas, por el fondo del cual corría un arroyo de aguas escasas en invierno, dividiendo en dos partes el plano lleno de oteros, altozanos y plataformas que constituían la hacienda.

P: «costado se volvía a cortar en otro sajo sobre»; *V:* «cortándose también en»

L1, GC y *Pl:* el plano de oteros, altozanos»

Mirando la cumbre del cerro desde las honduras del valle, se le veía a una distancia fantástica, cual si allí concluyese el espacio o estuviesen asentadas las bóvedas del horizonte; pero por el callejón, y poniendo raya negra en la púrpura del cielo crepuscular, volaban los cóndores, o se posaban en las crestas de los peñascales, inmóviles, hasta que las sombras se hacían densas.

P: «la cima del cerro»

P: «estuviesen asentadas bóvedas del»

Decían los indios de Collana, famosos montañeses hechos a trepar riscos, que desde el otro lado de la cuesta veíase en medio del despeñadero alzado sobre el abismo una honda cueva donde anidaban los rapaces bajo la protección de un *mallcu*, y la noticia traía caviloso al estudiante, que en las tardes, desde el poyo de su casa, se la pasaba con los ojos fijos en la cuenca, siguiendo el vuelo lento de los animales y con el propósito firme, que llegó a poseerle con la cruel fijeza de una obsesión, de matar algunos para disecar sus pieles y venderlas a los indios, que las buscan con interés y les pagan a buen precio, para disfrazarse con ellas en las festividades de su devoción.

P y *V:* «lado de la cuenca»

—Papá, regálame el *Zorro* —le dijo, al fin, un día el bachiller a su padre.

El *Zorro* era un asno envejecido en servicio de la hacienda. Durante diez años, una vez por semana, había trillado los cuarenta kilómetros que separan el fundo de la ciudad, cargando en sus lomos la fruta de las cosechas en primavera, la dorado uva de las vendimias en otoño y el maíz seco, o el vino mosto en invierno, y el propietario lo conservaba en gratitud de sus humildes servicios, dejándole vegetar junto con las demás bestias útiles de la recua.

P: «de la hacienda.
Durante diez años.»

P: «había fatigado los cuarenta»

P y *V:* «en sus lomos la fruta de las vendimias y cosechas en primavera, y el maíz»

L1, GC y *Pl:* «su humilde servicio.»

P: «dejando que medrase junto con»

Tenía el *Zorro* un color indefinible, entre pardo y rosillo, como si el polvo del camino hollado en diez años de ajetreo, se hubiera infiltrado en su piel, dándole ese color raro de las cosas viejas.

P y *V*: «y se diría que el polvo del»

—¿Y qué has de hacer con el *Zorro*? —preguntó con indolencia el terrateniente.

—Una cosita, papá. Regálamelo, pues ya no sirve, y no me preguntes más.

P: «pues que ya no sirve,»

—Te lo regalo.

No lo dijera el caballero, pues al punto lanzóse el bachiller a la sala y a poco apareció cargado de su enorme escopeta de dos cañones y de atacar por la boca, traía al costado la bolsa de municiones fabricada por su madre, y una jáquima con lazo en la diestra.

P: «la boca, al costado la bolsa»

P: «y un jaquimón con lazo»

—¿Qué has de hacer con todo eso? —preguntó el padre, un poco intrigado y pesaroso ya de haber consentido en el obsequio.

P: «y haciéndose ya pesar de haber consentido»

—Una cosita, papá... Te lo diré mañana.

Y huyó el demonio para evitar indiscretas preguntas, ansioso de sorprender a todos con sus hazañas.

P: «evitar más indiscretas y deseoso de sorprender»; *V*: «indiscretas preguntas, deseoso de»

A la salida del callejón, bajo la sombra de un emparrado y junto a la acequia, encontró a su pequeño hermano, que se entretenía en poner diques a la corriente. Le dio la jáquima y se lo llevó consigo al alfalfar.

P: «y cabe la acequia, encontró al pequeño que»; *V*: «encontró al pequeño que»

P: «poner reparos a la corriente.»

Allí pastaban las bestias en grupo, bajo el ojo vigilante de dos harapientos rapaces provistos de hondas, que prorrumpían en grandes gritos cada vez que las bestias avanzaban más allá de la línea indicada por el patrón. Holgaban en medio alfalfar o entre retamales fraganciosos, con las panzas hinchadas; y muchas, ahítas de rumiar, dormían la siesta a la sombra de una coposa y corpulenta ceiba, cuyas flores encarnadas tapizaban el suelo ahora pelado e igual.

P: «vigilante de los pastores, dos descamisados rapaces provistos»; *V*: «dos descamisados rapaces»

P: «línea trazada por el patrón.»

P: «o entre los retamales»

P y *V*: «el suelo mondo e igual.»

El *Zorro* reposaba bajo esta sombra. Como su edad ya respetable y la hinchazón de sus patas no le

P: «medraba bajo de esta sombra.»

permitían quedar mucho tiempo en pie, dormitaba con la cabeza yerta y recogidas bajo del vientre las nudosas patas. Se le aproximaron sin que intentase huir, como las demás bestias; le pusieron la jáquima y le obligaron a levantarse.

El asno se puso en pie perezosamente, y a los jalones que el muchacho daba del ronzal comenzó a moverse, paso a paso, lentamente con la cabeza inclinada, las orejas gachas, el continente cansado y humilde.

P: «La bestia se puso»

P: «comenzó a caminar,»

Era el atardecer. El sol brillaba en el cielo, próximo a esconderse tras el elevado monte; a lo lejos se escuchaban los gritos de los pastores, que en huertas y viñedos ahuyentaban a las aves, sacudiendo tambores o haciendo reventar sus fuetes estrepitosamente.

P: «que en las huertas y los viñedos ahuyentaban»

Atravesaron una huerta de manzanos, y cerro arriba, tomaron la cuesta que en pronunciados zigzags va hasta la lejana y alta cumbre. *Zorro*, al notar que le conducían por un camino distinto al de la querencia, se detuvo y probó empacarse,[g] como para advertir a sus conductores que se equivocaban de ruta; pero un par de fuetazos dados con la espinosa rama de un algarrobo[1] le hizo doblar el lomo como un arco y lo redujo a la obediencia. Siguió adelante, mustio y perezoso; y como ya no tenía costumbre de subir cuestas, a poco andar comenzó a ponerse más pesado y más flojo. Estiraba con tiento las patas, como para ver dónde iba a ponerlas; el sudor le bañó los flancos huesudos; sus ijares, de tanto resoplar, parecían fuelles, y se detenía a tomar aliento cada diez pasos.

P: «Atravesaron los jóvenes primero la orilla del río y después una huerta de manzanos,»

L1, GC y *Pl:* «par de fustazos dados»

P: «los hijares, de tanto»; *V:* «sus hijares»

L1, GC y *Pl:* «se detenían»

Una hora o más duró la pesada caminata, y llegaron a la meseta cuando el sol se había escondido tras la montaña y el valle estaba iluminado con los últimos reflejos del astro, que aún doraba los cerros de la banda opuesta del río.

P: «Una hora y más duró la pesada»; *L1* y *Pl:* «le pesada caminata»

Al ver el estudiante que *Zorro* ya no podía más y considerando que de intentar subir el primer tramo del monte les cogería la noche, que en los

---

[g] **empacarse.** «*Amér.* Plantarse una bestia». *(Dicc. R. A. E.).*

[1] *P:* «un algarrobo, que de la vera del camino arrancara el bachiller, le hizo doblar»

valles hondos de la sierra se viene apenas puesto el sol, hizo el que rapaz se desviase un poco del camino hacia la rinconada, donde los flancos del cerro caen como paredes sobre la meseta —y se internaron por en medio de los cactus y espinos gigantescos, que crecen en ese suelo torturado. por peñones y lastras rodados de la hosca muralla—. Se detuvieron junto a un cerco de piedras, en cuyas junturas crecían plantas silvestres de vistoso aspecto y penetrante perfume, y sólo se oía el canto armonioso pero estridente de las calandrias... *Zorro*, molido por el paseo insólito, [1] dobló las temblorosas y deformes patas y se dejó caer pesadamente en tierra. Estaba bañado en sudor y las fosas de su nariz se dilataban y recogían con el resuelto.

P: «apenas se pone el sol, hizo que el muchacho se desviase.»

P: «hacia la rincodada del monte, cuyos desmesurados flancos caen»

P y *V:* «cardos y espinos»

Ll, GC y *Pl:* «suelo torturados»

P y *V:* «en tierra: estaba bañado»

P: «se hinchaban y recogían»

Sentóse el mozo sobre un cerco de piedras y cebó su vieja escopeta. Cuando hubo atacado la doble carga de perdigones, echósela a la cara e hizo puntería bajo la oreja del asno. *Zorro*, como si adivinara la intención matadora del estudiante, volvió en ese momento la cabeza y se quedó inmóvil, mirándole fijamente con sus ojos hundidos y cansados. Se estremeció el mozalbete, pues era algo sentimental; creyó leer en la mirada de la bestia vieja una súplica, y bajó su arma, [2] turbado de un miedo y de una piedad que hasta entonces jamás habia sentido por las bestias.

P: «De sentado cebó el mozo su vieja escopeta y cuando hubo atacado»

P: «instante la cabeza en su dirección y se quedó»

Ll, GC y *Pl:* «de la bestia una súplica.»

—No; no puedo. ¡Pobrecito!

—¿Quieres que le mate yo? —pregunto el minúsculo hombrecillo, lleno de atrevimiento inconsciente.

P: «minúsculo hombrecito, lleno de atrevimiento inconsciente y decidido.»

—¡Qué disparate! Lo harías sufrir.

—¡Sí, sí, yo le mato! —repuso el pequeño dándoselas de hombre hecho y derecho.

—No; hazlo parar más bien.

Descargó el rapaz una patada en las costillas de *Zorro*, y éste se alzó de pie, dio dos perezosos pasos y se puso a pastar la hierba que crecía entre la rocolla derrumbada. Al ver esto enternecióse más el bachiller; y dominado por la pena, pensó desistir

P: «sintió más compasión el bachiller;»

---

[1] *P:* insólito. y viendo que sus conductores. cansados. reposaban. sobre las piedras del cerco. dobló»

[2] *P:* «bajó la escopeta turbado».

de sus fatales propósitos si la idea de la segura ganancia no le decidiera a mostrarse valeroso y despiadado. Apuntó por segunda vez, y ésta, sin esperar mucho tiempo, dio un firme apretón al gatillo; mas el tiro no partió. Se había olvidado amartillar el arma, y tomó el olvido como un anuncio de la providencia para respetar la vida de un ser que en luengos años de trabajo había adquirido el incontestable derecho de morir cuando buenamente le llegase su hora.

P: «despiado. Apuntó otra vez, y ésta,»

P: «olvidado preparar el arma»

—¡Yo le mato! ¡Yo le mato! —insistía el rapaz frente a la indecisión de su hermano.

—¡No, hombre! —repuso el otro con cierto mal humor por la crueldad del pequeño.

P: «del pequeño. Y seguramente.»

Y seguramente dejara con vida al menguado pollino, si por desgracia para él no acudiesen en ese instante a la memoria del colegial [h] las ideas generales de una teoría aprendida en uno de sus libros, y según la cual la vida no era sino un combate rudo e incesante en todos los elementos de la Naturaleza y entre todos los seres vivos de la creación; una cruel y enorme carnicería en que los más fuertes vivían a costa de los menos fuertes. Y pensó (acababa de pasar su examen de filosofía escolástica): los cóndores se comen a las reses útiles y son dañosos; para matar cóndores hay que ofrecerles carroña, luego...

P: «para él, es decir para el burro, no acudiesen»

P: «teoría que había leído en uno de sus libros,»

Preparó el arma, hizo puntería parapetándose en el cerco de piedras, cerró los ojos y apretó el gatillo.

P: «puntería apoyándose en el cerco».

Una fragorosa detonación turbó la paz del crepúsculo e hizo huir de espanto a las aves que gorjeaban quedamente en sus nidos. Abrió los ojos el desalmado y vio al viejo borrico caído de costado, con las patas temblantes y rígidas, tendido el cuello. Un hilillo de sangre le corría a lo largo del hocico y

P: «ojos el estudiante»

[h] **«...a la memoria del colegial las ideas generales de una teoría...».** Si todo el cuento está impregnado de un fuerte sabor autobiográfico, este párrafo ofrece las mayores paralelismos entre el joven Alcides Arguedas y el joven bachiller. Y por si quedara lugar a dudas, el propio Arguedas lo especifica en *La Danza de las Sombras* (OC, t. I, p. 702): «Cada uno de esos cuadros cuadros me ha tenido por testigo, *y yo, finalmente, fui el estudiante cazador de cóndores...*» (El subrayado es mío).

un grueso lagrimón se desprendía de sus ojos enormemente abiertos...

El estudiante huyó sollozando.

Al día siguiente, al atardecer, fue a ver su víctima. Estaba allí, con los ojos turbios mirando al cielo. En lo alto volaban los cóndores sin atreverse a descender al valle.

Volvió al otro. Tampoco nada; pero al olor penetrante de la carne descompuesta comenzaban a acudir los hambrientos canes de los colonos: se les veía agazapados contra los gruesos pedruscos o a la sombra de algarrobos.

Y por los perros fue devorada la carroña, pues los cóndores, intimidados de bajar al valle, cerca del camino, se contentaban con voltear en lo alto, los ojos fijos en la hondonada.

P y *V*: «valle, cerca el camino, se contentaban»

—¿Y qué has hecho con el *Zorro*? —le preguntó esa tarde, la de nuestra historia, el padre, sonriendo socarronamente.

El estudiante enrojeció, reacio a la confesión.

P y *V*: «rehacio a la confesión.» Falta de ortografía frecuente en *P* que pasó inadvertidamente a *V*.

—Me han dicho —prosiguió el caballero— que ibas a matar cóndores; ¿dónde, están?

—Esperáte, papá; ya verás. ¿Quieres prestarme al *pongo* por algunas horas? —repuso súbitamente iluminado por una idea y resuelto a conseguir por la audacia lo que con la astucia no había podido alcanzar.

P: «y con deseos de conseguir por el coraje,»; *V* «y resuelto a conseguir por el coraje,».

—¿Para qué? Tiene que hacer.

—Quisiera que me acompañe [i] un momento...

L1,*GC* y *Pl*: «me acompañase.»

—¿Pero adónde?

—No; ahora no te lo digo... después.

—Al *pongo* no te lo presto. Si quieres, llévate a ése digo— dijo el padre señalando a Agiali, que acababa de salir de la cocina, donde había ido a beber un trago de agua.

El mozo le llamó, y entregándole su venerable escopeta se lo llevó consigo...

[i] **acompañe**». La «consecutio temporum» exige «acompañase»; pero muy probablemente Arguedas cediera inconscientemente a este rasgo dialectal andino y escribiera «acompañe». Así reza, al menos, en las restantes ediciones. aunque no sea descartable del todo una ultracorrección del redactor de la editorial.

¡Sí; qué diantre! Había que salirles al encuentro. Ya que ellos no tenían el coraje de descender al valle, él iría a sus riscos y los atacaría, como hombre, junto a sus cubiles...

P: «Ya que ellos no descendían al valle, él»

Y esgrimía con fiereza un gran cuchillo de monte, de que se había provisto el bachiller, imaginándose luchas feroces entre él y los rapaces con pico y garras de hierro.

P: «Y esgrimía con valor un»

P: «entre él y los rapaces aguerridos.»; *L₁*, *GC* y *Pl:* «feroces él y los rapaces con pico y garras de hierro.»

Eran próximamente las tres de la tarde. [1] El camino, llano en lo hondo, se levantaba en empinadísimos zigzags por los flancos riscosos de la motaña, y estaba obstruido en partes por los derrumbes que habían producido las recientes lluvias; y a medida que ganaban la altura, la masa del Illimani crecía y se achataban las de los montes arremolinados a sus plantas.

P y *V:* «en empinadísimos zizzás»

L₁, *GC* y *Pl:* «lluvias; a medida que»

P: «Illimani se agigantaba»

Llegaron a un punto bravío. Metíase el camino a un recodo de tierra amarilla bautizado por los indios de la región con el nombre de *kellu-kelluni*, [j] y dieron frente a un cerro cortado a pico sobre el riachuelo de Collana, que corre al fondo de la sima profunda, invisible desde el camino por las rocas

P: «Llegaron a un punto hosco. Doblaba el camino por un recodo de tierra que los indios de la región llaman *Kelu-Kelluni*, y dieron el frente a la pared casi vertical de un cerro cortado a pico por el riachuelo de Collana,»

P: «cima oscura»; el resto de las ediciones recoge «cima profunda». En cualquiera de los casos el sentido exige 'sima', vocablo por el que me inclino. Parece que hubiera habido una confusión fonética |c|/|s|, tan frecuente, por otra parte, en toda América.

---

[j] **Kelu-kelluni.** ¿Del quechua «Kellu», «amarillo»? Cfr. nota (q)* del cap. IVº.

[1] *P:* «la tarde, y el sol, abandonando las huertas, doraba aún las piedras de la playa por donde el río, todavía grueso por las rezagadas lluvias del otoño agonizante, corría dando tumbos y llenando de un gran rumor la angostura del valle.

El camino, llano en lo hondo.»

que sobresalen del despeñadero liso.[1]

P: «camino por las impostas de roca que sobresalen.»

Cuando los cazadores llegaron a este punto comenzaron a caer de la bóveda menudas piedrecillas, y un hilo de arena amarilla se deslizó con blando ruido por la pared tosca.

P: «Llegaban a este punto los cazadores, cuando comenzaron a caer»

—¡Vizcachas, señor, vizcachas! —exclamó Agiali radiante de contento.

P: «—¡Viscachas, tata, viscachas!».

—¿Crees?

—Sí, señor; son vizcachas.

P: «—Sí, tata; son»

El estudiante y el indio levantaron los ojos y sólo tropezaron con las paredes toscas y rajadas, inclinadas sobre el camino, limpio de toda huella animal.

—Espérame aquí, niño; voy a ver lo que es.

Y Agiali, andando sobre las puntas de los pies, se alejó del borde del precipicio, yendo hacia el final superior de la zeta, desde donde se dominaba el peñón amarillo.

El mozo quedó bajo la bóveda, los ojos levantados a la pared, y en las manos la escopeta amartillada, lista a hacer fuego.

P: «quedó bajo de la bóveda, los ojos»

—¿Qué hay? —preguntó por señas cuando Agiali hubo llegado al final de la zeta.

P: «cuando Agustín hubo llegado al ángulo del camino.»

Agiali levantó la mano a la altura de la cara e indicó que nada veía.

El mozo se puso en marcha: mas no bien hubo salido de debajo de la bóveda, cuando un ruido

P: «mas no bien húbose salido de debajo de la bóveda y alejádose algunos pasos fuera de ella, cuando un ruído»

[1] P: «despeñadero liso, que era otra pared vertical.
Entre estas dos paredes angostas, apoyado en la masa principal de la montaña, seguía el camino por un corto trecho tallado a dinamita y en forma de bóveda y luego continuaba rastreando la falda del monte, cubierta de cardos, paja, molles y otras plantas de penetrante perfume.»

sordo que hizo temblar el suelo le obligó a volver la cabeza.

P: «suelo le hizo volver la cabeza.»

Al punto nada pudo distinguir. Una densa polvareda se había alzado entre él y los objetos, pero sintió crujir el piso a la fuerza irresistible con que los peñascos rodaban precipicio abajo, hasta saltar en el vacío e ir a chocar en la pared del otro cerro, a no menos de treinta metros, para volver a rebotar al primero, contra los peñones incrustados en la pendiente y desgajarlos, para rodar todos hasta el riachuelo en medio de un ruido espantoso.

P: «pero sentía crujir el piso.»

El mozo echó a correr cuesta arriba, pálido y despavorido, en alcance de su compañero, y cuando llegó junto a él, daba diente con diente, con el rostro lívido y desencajado de horror.

Agiali se había sentado en una piedra y cascaba la argamasa de su *llucta*, [k*] al parecer impasible, pero mudo de angustia y de sufrimiento...

P: «y cascaba su llucta, al parecer»

[k*] **Llukta.** «Lejía hecha con las cenizas de una planta llamada *quina*». (Arguedas). Cfr. nota (e) del cap. IIIº.

VI

BA: confunde la numeración del capítulo, que es VI, por XI.

Bravo amaneció el tiempo al siguiente día. El cielo, encresponado, mostraba hosca faz, y un viento de huracán curvó la copa de los árboles, arrojando al suelo la fruta a medio madurar, que los vallunos miraban con solicitud, por las ganancias que se prometían vendiéndola en la ciudad, en meses en que la fruta de los valles es poca y fuera de sazón.

P: «Malo amaneció el tiempo al día siguiente.»

A mediodía se anunció la lluvia. Una lluvia torrencial, de gotas gruesas y pesadas, con gran acompañamiento de truenos, rayos y relámpagos.

Se suspendió la cosecha de la uva, y la peonada fue enviada a las huertas a recoger la fruta desgajada por el viento, para reblandecerla al sol antes de ser pisada en el lagar; y el trabajo, hecho de prisa y bajo la vigilancia inmediata del patrón, resultó demasiado duro para el comedido Agiali y su compañero Cachapa, que había tornado a la faena para no perder su jornal del día anterior.

BA, L1, GC y *Pl:* «reblandecerlas». La concordancia gramatical exige 'reblandecerla'.

P: «a la faena para no perder su jornal.
Cuando se recogieron en la noche,»

Cuando se recogieron, en la noche, estaban molidos. Ninguno podía levantar los brazos, y un sudor copioso y caliente bañaba sus miembros.

Apenas comieron. Quilco, no obstante su malestar creciente, los recibió con bromas.

—Parecen burros derrengados —rió, viéndoles entrar con las manos en las adormecidas caderas y los rostros descompuestos.

—¿Mucho trabajo? —interrogó la patrona, afanándose por dar de comer a sus conejos.

P: «afanándose en dar de comer»

Los otros hicieron un gesto como de rencor y cansancio, sin responder, casi furiosos contra el enfermo.

P: «de rencor y de cansancio, sin responder»

Se echaron a dormir al pie de los aleros para resguardarse de la lluvia que creyeron iba a caer, porque aún colgaban del cielo oscuros nubarrones y el viento no cesaba de sacudir el follaje.

L1, GC y *Pl:* «que creyeran iba a caer».

Se hizo la noche, y en la espesura de las sombras sólo brillaba la llama del fogón que atizaba la hembra, para alistar la merienda del día siguiente.

P: «atizaba la dueña, para»

De pronto ladraron los perros corriendo hacia la fronda lindante con la playa, y eran sus ladridos desesperados e inquietos. La dueña creyó que era un gato montés que venía a rondar las gallinas encaramadas en la rama de un viejo manzano, y armándose de una azada, salió de la cocina en dirección a la espesura, y a pocos pasos de ella, de frente a la luz del hogar, vio a un hombre que manejaba un grueso bastón y tenía en jaque a los enfurecidos canes.

—¿Quién es?

—Oye, mamita; están bravos tus perros; has de guardar mucho dinero.

P: «están malos tus perros:»

La dueña reconoció al punto la voz del *hilacata* y comenzó a castigar a las bestias, que se perdieron entre los árboles, quejándose.

—¿Qué te trae a rondar por aquí y a estas horas?

—Me ha enviado el patrón a ver la playa, y eso da miedo... ¿No oyes el ruido del río?

—Sí; revienta como camaretas. [a]

—Está horrible. Se ha llevado los dos *reparos* de la toma, y cambiando de curso ha dejado en seco al más fuerte y se ha metido al pie de la viña. Si esta noche no se la lleva, puede que no se la cargue nunca.

—¿Y sabe el patron?

—Voy a decírselo.

—Estará sufriendo la huerta de Tomás.

—Y también la tuya.

—¿De veras?

—Por eso he venido. No sería inútil que cosechases los árboles de la orilla, porque si se los ha de

P: «Por eso he venido a decírtelo. No sería»

[a] **camaretas.** "cañoncitos". Cfr. nota (t) del cap. IIº.

cargar el río, vale más que el fruto se quede en casa. Puede que te dé algo.

No se lo hizo repetir la dueña. Despertó a sus dos pequeños y llamó en su ayuda a sus huéspedes, y todos cinco se encaminaron a la playa.

La noche, oscura, se hacía tenebrosa en la huerta por el espeso follaje del pomar. Nada se podía descubrir en medio de tanta negrura; pero los muchachos tenían tal potencia de visualidad, [1] que, como los nictálopes, andaban con absoluta confianza y sin apartarse en punto de la senda ni chocar con los troncos retorcidos de los manzanos.

P: «huerta ensombrecida por el espeso follage de los manzanos. Nada»

Conforme se acercaban a la playa crecía el rumor del torrente, que chocaba contra las indefensas paredes del acantilado, carcomiendo su base y echando abajo la tierra de labor junto con los árboles cargados de fruto maduro. El piso temblaba, amenazando abrirse, y se sentía correr el aire agitado por la fuerza de la corriente.

P: «temblaba cual si fuera abrirse y se sentía»

De pronto, entre el hórrido fragor del río desbordado, oyóse repicar la campana de la casa de hacienda llamando a la peonada. La huertana, oyéndola, gritó a uno de los muchachos:

P: «del río enfurecido,»

P: «La dueña, oyéndola,».

—Si quieren, que vengan; nosotros no vamos.

Y volviéndose a sus huéspedes, espantados por el fragor del río:

—¡Ligero! Trepen a los árboles de la orilla y recojan cuanto puedan del fruto.

Los puneños protestaron. ¡Esò sí que no! En tierra, bueno, todo lo que se les pida; pero nada en los árboles y sobre el agua.

Los muchachos se colgaron del cuello su *aguayo,* [b] y como simios subieron a los manzanos, inclinados ya sobre el rugiente abismo.

P: «inclinados ya sobre el abismo.»

A poco, entre la espesura de las tinieblas brillaron lucecitas rojas. Eran los peones, encabezados por el patrón y el *hilacata,* que venía a instalar *reparos* sobre la corriente misma para echarla, si posible, a la opuesta orilla. Los indios estaban

P: «entre la espesara», por errata evidente.

P: «intentar echarla, si posible,».

[b] **aguayo.** Cfr. nota (K)* del cap. II°.

[1] *P:* «negrura: pero eran tan diestros los muchachos, sus ojos tenían tal potencia de visualidad, que, como»

provistos de hachas y cuerdas. Llegados al punto amenazado, el patrón dio orden de derribar todos los árboles que bordeaban la orilla del talud, pues ya que se hacía difícil guardar el terreno, por lo menos que se salvasen la madera y frutos de los árboles: la fruta, para hacer aguardiente, y los troncos, para alimentar la hoguera de la falca y construir albergadas.

P: «hachas y lazos. Llegados al punto comprometido, el patrón»

P: «talud. Puesto que se hacía difícil.»

P: «que se salvase la madera y frutos.»

P: «de la falca y hacer reparos.»

Se pusieron a la faena los peones. Algunos ataron cuerdas en los troncos de los árboles distantes de la orilla, el cabo a su cintura, y animosos emprendieron con los árboles amenazados por el torrente.

P: «Los hacheadores ataron el cabo de una cuerda en el tronco de un árbol distante de la orilla y el otro a su cintura, y animosos»

¡Blum! Un golpe seco y rápido. [1] Vióse inclinarse un retazo del suelo y desaparecer entre el oscuro cauce del río. Tembló el piso bajo la planta de los peones y todos emprendieron atropellada carrera de recule hacia el interior de la huerta. Un grito de angustia brotó del fondo del abismo, dominando el ruido de las aguas, y alguien, al correr, tropezó con una cuerda tendida y tirante que vibraba a punto de romperse.

L₁, *GC* y *Pl:* «¡Bum!».

P: «suelo y desaparecer al punto entre el obscuro cauce»

P: «carrera hacia el fondo de la huerta.»; *V:* «carrera hacia el interior de la huerta.»

—Alguien ha caído al agua— gritó el que había tropezado con ella y tomándola entre las manos.

P: «Alguien hay en el agua —gritó»

El patrón, refugiado al pie de un corpulento manzano y a buena distancia del peligro, ordenó tirasen de ella.

Hízose así, y remontaron el cuerpo inanimado de un peón. Como no había nada a mano para volverlo en sí, tuvo que correr un indio hasta la casa patronal en busca de una botella de alcohol, árnica y suturas.

P: «Así se hizo; y remontaron.»

P: «hasta la casa de hacienda en busca.»

—¿Y ustedes? —preguntó el *hilacata* a los puneños, que todo lo veían con el mayor de los espantos y sin atreverse a prestar ninguna ayuda—. ¡A ver, a las hachas!...

P: «que veían todo con el mayor»

No lo oyeron segunda vez. Al avanzar hacia el torrente de sus espantos, fingiendo obedecer, dijo Agiali a Cachapa:

—Corre a acaronar las bestias y yo escapo más

[1] *P:* «Fué un golpe seco y rápido.»

luego. Si Quilco no puede o no quiere, que se quede...

Algunos minutos después se habían eclipsado los *sunichos*.

Partieron con el alba; y cual si quisieran hacerse pago por los jornales no cobrados al valluno, [1] se pusieron a cosechar los frutos que les caían en las manos, desgajando de intento las ramas, pues bien sabían que el pomar estaba deshabitado y a merced de quien se diese el trabajo de venir a cosechar en él, lo que no sucedía nunca.

P: «y como si quisieran»

P: «sabían que la huerta estaba deshabitada y a merced»

P: «venir a cosechar en ella, lo que»

Cantaban los grillos entre las piedras del camino y las luciérnagas vagaban por los árboles rayando de luz las sombras; el río decía entre la rocalla su canción de espumas, y de vez en cuando surgía el canto arrogante de algún gallo. Y era todo el ruido que oía en el valle.

P: «de algún gallo; y era todo»

Les salió el sol cuando ganaban la altura, y a la luz radiante de su lumbre vieron sus ojos el último paisaje, que se llevaron prendido en la retina.

P: «Les amaneció al trepar la última zeta de la cuesta y les salió el sol»

El valle se abría a sus pies en ancha zanja ribeteada de verde, y al otro lado se escalonaban los montes jocundos y llenos de huertas y de flores en su base, y cuyas cimas, desnudas, atormentadas, y de color de gamas variadísimas, desde el negro hasta el rojo encendido, iban a morir todas a los pies del Illimani, cubierto hasta las faldas con su alba vestidura de nieve. Una nube parda ceñía el cuerpo de la montaña con una banda tenue, y sus picos, dorados por el sol, tenían un borde cristalino, cual si la nieve de la cumbre floreciese en diamantes o se orlase de una diadema en honor del astro alegre y fecundo.

P: «ancha zanja bordeada de verde,»

P: «del astro alegre y prolífico.»

Salieron al llano de Collana, extendido en las faldas de unos cerros altos cubiertos de pajonales, y dejaron a la izquierda el poblacho que se veía a lo lejos, sobre una lomada. Las casas con techos de paja, cuadradas unas y redondas las más, en forma de conos, se derramaban por la vertiente en torno a

P: «Collana, que se extendía en las»

[1] *P:* «no cobrados y por la tacañería del valluno, al atravesar las huertas de manzanas para salir al encuentro del camino, se pusieron a»

la iglesia, cuyo rojo techo era la sola nota riente en esa mancha gris del caserío.

Desde que los viajeros dejaron sus pagos, era la primera vez que podían abarcar con los ojos el ancho cielo sin tropezar con las líneas duras de los montes hostiles; y fue tanta su alegría, que se les ocurrió hallar cierto parecido entre su comarca y esa en que ahora estaban, con el corazón ligero de penas y sobresaltos. Ancho era el horizonte, pelado y gris el suelo, y los ojos podían extenderse por el lado del pueblo hasta tropezar con la línea del espacio.

Desistieron de tocar en el poblacho. Quilco, acaso únicamente en fuerza de ilusión, se sentía más aliviado, y como temía que le atacase el mal, que lo sabía caprichoso, con mayor fuerza, prefirió seguir viaje a la urbe, acortando así la distancia que lo separaba de su hogar.

P: «Desistieron de asomar al poblacho.»
P: «se sentía aliviarse y como temía»
P: «con más fuerza,»
P: «seguir viaje a la ciudad, acortando»

No opusieron ningún reparo los otros y aun acogieron con alegría la súplica del enfermo. Sentíanse cansados y con grandes deseos de verse en sus casas, más que por ellos mismos por sus bestias. Casi todas llevaban desollados y purulentos los lomos: caminaban con pereza y doblándose cada vez que al subir o bajar esos escarpados senderos les oprimía el lomo la carga.

P: «otros. Más bien acogieron»
P: «esos caminitos imposibles, les oprimía»

Arribaron a la ciudad pasado mediodía; y como el patrón aún no había vuelto de su hacienda de los Yungas, devolvieron a la esposa el dinero sobrante de las compras, descansaron un día, y al siguiente, con luz de aurora, emprendieron, felices, la última etapa del viaje.

P: «un día proveyéndose de ciertos artículos y, al siguiente,»

Llegaron con el crepúsculo a la hacienda e hicieron su entrada llevando sobre las espaldas la carga de dos asnos rendidos por la fatiga y empujando por la grupa a las que ya no podían más con el desarreglo que les había producido la fresca hierba de los valles.

P: «Llegaron a la hacienda hacia el anochecer e hicieron la entrada a sus pagos, llevando»
P: «grupa a los otros que ya no»
P: «producido la hierba fresca, pasto ajeno a sus estragados paladares.»

Muchos colonos, al divisarlos en la lejanía de la

P: «en lo lejos de la ruta,»

ruta, acudieron para recibirlos en la casa de hacienda, donde era obligación deshacerse del cargamento. Allí encontraron, de las primeras, a sus familias los viajeros. La mujer de Manuno, en espera desde hacía muchos días, fue la más empeñosa en correr a la casa patronal. En la puerta topó con Agiali, que se ocupaba en alflojar la cincha a sus bestias.

P y *V:* «recibirlos a la casa de hacienda,»
P: «cargamento, y allí encontraron, de las primeras, a las familias de los viajeros.»

P: «se ocupaba de aflojar la cincha.»

—¿Y mi marido?

El mozo, con pretexto de que un asno tomaba camino de la querencia, corrió a detenerlo, dejando sin respuesta a la viuda. Ella se volvió a Quilco, flaco y pálido:

P: «Agustín, con pretexto de que un asno se le iba camino de la»

—¿Y mi marido?

Quilco no pudo hallar una respuesta. Y púsose a temblar con todos sus miembros, apoyándose contra la pared para no dar en el suelo con los sacudimientos de la fiebre.

P: «Quilco no supo qué decir. Y púsose a»

—Se ha quedado.

—¿Dónde?

—Allá, en el valle.

—¿Y por qué? No veo su mula; [c] seguramente se cansaría. Yo le dije que no la llevara... ¿O ha perdido el dinero y tiene miedo de volver?

P: «No veo su burro;

P, V, BA, L_1, GC y *Pl:* miedo volver.» La lectura correcta es la que recoge OC: «miedo de volver.»

Quilco permanecía silencioso, dando diente con diente.

Entonces ella comenzó a gimotear, presintiendo una desgracia:

—¿Está enfermo quizás?...

—¡Ha muerto; se lo ha llevado el río! —repuso brutalmente el enfermo, sin ánimos para fingir.

Un alarido estridente rasgó el silencio del crepúsculo. Los perros de la casa comenzaron a ladrar con furia, irritados por la brusca irrupción del grito, y al punto respondieron los de las casas vecinas, agrupadas en torno a la de la hacienda, como pollos al regazo de la madre. Uno de los asistentes, temeroso de que se encolerizara el administrador y

P y *V:* «en torno a la de hacienda,»

---

[c] *P:* «Las demás ediciones corrigen 'burro' por 'mula'. Sin embargo ello se debe a un lapsus del autor, que en el capítulo 3º ha hablado de «uno de los burros de Manuno» y, poco después, de «asno».

emprendiese a palos con los intrusos, cogió a la viuda por el brazo y se la llevó campo adelante, sin conseguir que la desolada cesase de poblar la calma del crepúsculo con sus alaridos inconsolables...

—¿De veras? ¿Y cómo? —inquirió uno de los circunstantes.

Entonces Quilco, a pesar de la fiebre que le devoraba, narró la escena con lujo de detalles y haciendo correr libre la fantasía. Desfiguró los hechos, rodeándolos de siniestro aparato; dijo de cosas que nunca habían pasado con asentimiento tácito de los otros, y juró por su vida, y juraron Agiali y Cachapa, haber visto al diablo la noche de la fatal tormenta.

P: «la noche de la avenida.»

La concurrencia quedó sumida en silencio meditativo y grave.

—¡Estaba previsto! —exclamó uno, solemnemente.

Los demás inclinaron la cabeza y, temblando, se separaron sin decir nada, y cada uno, por distinta senda, se perdió en la borrosidad de la noche... Sólo quedó con los viajeros Tokorcunki, el *hilacata,* y estaba mudo, con el ceño fruncido.

P: «Los demás agacharon la cabeza,»

Apareció Troche, el administrador. Acababa de comer y venía alegre fumando su cigarrillo.

—¡Ah! ¿Son ustedes? Me alegro. ¿Han conseguido semillas?

—Sí, *tata;* traemos.

—¿Y cuánto?

—Cinco cargas.

—¿Y por qué cinco? Por perezosos, sin duda.

P: «Solo cinco cargas.» ¿Y por qué eso? Seguro que por flojos.»

—No, *tata;* no pudimos conseguir más.

—¡Quítate con eso, pillo! Seguro que en vez del grano han traído fruta para vender.

Calláronse los viajeros con la confesión de la culpa.

—¿Y tú qué tienes? —le interrogó Troche a Quilco viéndole temblar incesantemente y sin poder tenerse en pie.

P: «a Quilco, viendo que temblaba incesantemente.»

—Está enfermo, señor —repuso por él Tokorcunki.

—Son las tercianas... ¿Y Manuno? —preguntó, queriendo desviar la conversación y evitar reproches.

—Ha muerto...

Troche se echó atrás bruscamente, cual si delante se le hubiese erguido una sombra acusadora.

P: «cual si delante los ojos tuviesen una sombra acusadora.»

—¡Cómo! ¿Ha muerto dices? —preguntó con voz opaca.

—Sí, señor; se lo ha llevado el río.

—¿Y cómo fue? ¡Pobrecito!

Agiali volvió a contar brevemente la escena y Troche la escuchaba alelado, sin interrumpirle. Al fulgor de su cigarrillo se le veía pálido y ceñoso.

Cuando Agiali dejó de hablar, les dijo:

—Bueno, váyanse a dormir y vengan mañana temprano a entregar la carga...

LIBRO SEGUNDO

EL YERMO

I

La noticia de la trágica muerte de Manuno cundió con pasmosa celeridad en el disperso caserío de la hacienda y de los contornos, y fue recibida con sordo encono por los peones, que atribuyeron a la codicia del terrateniente y sus servidores mestizos las irreparables desgracias que sobre ellos y sus bestias se abatían, periódicamente, cada año.

P: «en el disperso caserío de la hacienda y de los contornos con pasmosa celeridad, y fue recibida con sordo rencor por los peones, que achacaron a la angurria del terrateniente y de sus servidores mestizos»

Ellos, los amos, por economizar unos céntimos [1] y poner a prueba su mansedumbre, urdían ardides para hacerles caer en faltas, y luego, por castigo, enviarlos a esas regiones malditas, donde atrapaban dolencias a veces incurables, sin recibir ninguna recompensa y más bien utilizando sus bestias, que a raíz de cada viaje resultaban enfermas por meses de meses, y a veces definitivamente; ellos...

P: «con pretexto de castigo o reparación, enviarlos»

P: «y antes gravándose con el daño de sus acémilas, que a raíz»
P: «resultaban inutilizadas meses de meses.».

En todas las casas, de todas las bocas se elevó, en secreto, un coro de anatemas contra los criollos detentadores de esas sus tierras, que, por tradición, habían pertenecido a sus antepasados, y de las que fueron desposeídos, hace medio siglo, cuando sobre

P: «tradición, en centenares y centenares de años, habían pertenecido.»
P: «y de las que últimamente fueron desposeidos, hace»

---

1 *P:* «por ahorrar unos céntimos y con el manifiesto deseo de molestarles y poner a prueba su mansedumbre, inventaban ardides.»

el país, indefenso y acobardado, pesaba la ignorante brutalidad de Melgarejo. [a]

Entonces, so pretexto de poner en manos diligentes y emprendedoras la gleba en las suyas infecunda, arrancaron, con mendrugos o a balazos, la tierra de su poder, para distribuirla, como gaje de vileza, entre las mancebas y los paniaguados del mandón, cayendo así en su aridez de ahora, porque el brazo indígena, que por interés, codicia y sarcasmo, dieron en llamar inactivo los congresales de ese año triste de 1868, resultó más pobre, más ocioso, que el de los improvisados terratenientes, que sólo tuvieron la habilidad de encontrar en el indio un producto valioso de fácil explotación y el talento de inventar nuevas cargas, sin osar ningún esfuerzo de modernización, inhábiles del todo para emprender...

P: «Entonces, con pretexto de poner»

P: «que solo supieron tener la habilidad de»

La familia ilegítima del caudillo bárbaro fue la primera en acaparar, aunque sin provecho, extraordinarias extensiones de tierras feraces a orillas del lago; y el despojo se consumó vertiendo a torrentes la sangre de más de dos mil indios que rehuyeron aceptar los mendrugos señalados como precio de su heredad.

P: «La familia bastarda fue la primera en»

P: «que rehuyeron los mendrugos que se les señaló como precio»

Fueron los propios miembros de la fatal familia los encargados de poner en ejecución el decreto presidencial autorizado por el servil Congreso. El hermano de la manceba, casado con la hija legítima del presidente Melgarejo, estrenó las insignias de su generalato yendo a balear montoneras de indios armados de palos y de hondas. [b]

P: «por el triste Congreso.»

P: «con la hija legítima de Melgarejo.».

L1, GC y *Pl:* «de palos y hondas.»

Entonces se improvisaron fortunas y se vieron cosas inauditas.

P: «cosas enormes.»

---

[a] **Melgarejo.** Presidente de Bolivia (1864-1871) que gobernó de forma despótica y cruel. Entre otros desmanes, despojó a los indígenas de las tierras comunitarias en favor de sus allegados políticos. Su presencia en la obra de Alcides Arguedas, quien vio siempre en él la condensación de todas las lacras de la humanidad y de «las cualidades degeneradas» del mestizaje, es constante. Y *Pisagua, Pueblo Enfermo* y *Los Caudillos Bárbaros* nos ofrecen suficientes muestras de lo afirmado. Aún en la actualidad historiadores bolivianos lo motejan de «tirano orgiástico y bestial».

[b] **«de palos y hondas»:** Desde este párrafo Arguedas utiliza textos que reproducirá con calcos textuales, o prácticamente idénticos, en *Los Caudillos Bárbaros* (*OC*, T. II. libro 1º, cap. IX, pp. 972-973), como ya señalara Teodosio FERNÁNDEZ en su artículo «El pensamiento de Alcides Arguedas y la problemática del indio: para una revisión de la novela indigenista». (Véase *BIBLIOGRAFÍA*).

El incendio, el robo, el estupro, la violación, el asesinato, campearon sin control en los campos de Taraco, Guaycho, Ancoraimes y Tiquina, a la vera del lago azul y de leyendas doradas. Y el frío mes de junio de 1869 fue testigo del furor bestial que a veces gasta el hombre para con otros que considera inferiores en casta y estirpe.

P: «cambos de Taraco,», por errata evidente.

P: «con otros que se imaginan inferiores»; *V:* «que se imagina inferiores»

Se cogía a los adolescentes de ambos sexos, para fusilarlos en presencia de los padres, atrincados como fieras, con lazos y grillos, a pilares de barro o madera; los soldados infantes se hartaron con forzadas caricias de doncellas, y llegaron a sentir asco por la pegajosa humedad de la sangre tibia; los de a caballo ataron a los principales indios a la cola de sus brutos y con el trote duro de sus corceles hollaron, como otrora los guerrilleros de la independencia, pero innoblemente ahora, la grave calma de la estepa, tiñéndola de sangre, y todos se mostraron cínicamente crueles y heroicos...

P: «ligados, como fieras,».

P: «los soldados de a pie se hartaron.»

P: «se mostraron crueles y heroicos.»

Así, a fuerza de sangre y lágrimas, fueron disueltas, en tres años de lucha innoble, cosa de cien *comunidades* indígenas, que se repartieron [1] entre un centenar de propietarios nuevos, habiendo no pocos que llegaron a acaparar más de veinte kilómetros seguidos de tierras de pan llevar. De este modo, más de trescientos mil indígenas resultaron desposeídos de sus tierras, y muchos emigraron para nunca más volver, y otros, vencidos por la miseria, acosados por la nostalgia indomable de la heredad, resignáronse a consentir el yugo mestizo y se hicieron colonos para llegar a ser, como en adelante serían, esclavos de esclavos...

P: «más de cien comunidades.»

P y *V:* «más de cien Kilómetros seguidos»

P: «cosa de medio millón de indígenas»

P y *V:* «nunca más tornar.».

P: «indominable de la heredad.».

P: «el yugo patronal y» Es significativa la variante en el resto de las ediciones, en las que se elude el calificativo «patronal» y se incide en el de «mestizo».

Con estos procedimientos había logrado entrar en posesión de la comunidad de Kohahuyo don Manuel Pantoja, el padre del actual poseedor de la hacienda en que servían nuestros maltraídos viajeros.

---

[1] L_1, *GC* y *PL:* «que repartieron entre»

Asociado a un general favorito de Melgarejo,[c] hombre de instintos feroces, cobarde pero traidor y malo, borrachín y sucio, había asolado las regiones de Chililaya, Aigachi y Taraco, lanzando a la soldadesca iletrada contra los comunarios, que, no obstante su pavor, apercibiéronse para la defensa de sus tierras, adjudicadas a don Manuel por un alto precio nominal, pero casi de balde, porque sólo alcanzó a cubrir menos de un tercio del valor estipulado; y su hazañas, silenciadas entonces por la prensa servil, sólo llegaron a conocerse tarde ya, cuando se hubo disipado con la muerte la sombra del soldado audaz y nuevos hombres se hicieron cargo de los destinos de la nación agonizante.

P: «Asociado a su compadre y amigo el general Leonardo Antezana, favorito de Melgarejo,»

P: «Chililaye,», por errata evidente.

P: «tierras, que don Manuel se había hecho adjudicar, como tantos otros, por un alto precio nominal,».

P: «obscurecidas entonces por la prensa envilecida, solo»

Entonces apareció la figura de don Manuel en toda su fea desnudez moral.

Incondicional partidario de Melgarejo, le había servido con decisión inquebrantable, primero en calidad de escribiente, y luego como su secretario de Hacienda; y su labia fácil aunque vulgar, que se desbordaba cálida y humilde en los orgiásticos banquetes servidos con cualquier motivo en palacio, le valieron la singular estima de Melgarejo, que le placía verse comparado con las más grandes figuras de la Historia por sus ministros juguetes y sus demás obedientes servidores, civiles y militares, quienes sabían que adular al amo era conseguir sus favores y, con ellos, fortuna y honores.

P: «primero como oficial, y luego como subsecretario de hacienda,».

P: «le placía en extremo verse»

P: «que sabían que adular al amo».

Aduló como nadie don Manuel; fue obediente y comedido; supo ser feliz y bastante cínico en sus discursos de bacanal y sus escritos de prensa, y Melgarejo lo premió concediéndole enormes extensiones de tierras comunarias y pasando por alto su morosidad de deudor insolvente.

Hizo más.

Le prestó la ayuda de uno de sus generales para

P: «ayuda del general Leonardo Antezana, para»

[c] ¿Omitiría el nombre del general, cuyo crudo retrato aparece suficientemente en *Los caudillos bárbaros*, para evitar la identificación del terrateniente que aparece en *Raza de bronce* con el nombre de Manuel Pantoja?

reducir a la obediencia a los comunarios rebeldes y castigar a aquellos que se negasen a entregar su suelo fecundado con el sudor de interminables generaciones de indios, agotadas en el cultivo de esas tierras magras y frías.

L₁, GC y *Pl:* «comunitarios rebeldes.»

L₁, GC y *Pl:* «fecundo con el sudor.»

OC, L₁, GC y *Pl:* «agotados en el cultivo» La concordancia gramatical exige «agotadas», como recogen las restantes ediciones.

Y estos dos hombres, el uno alto, jetón y ventrudo, y el otro rechoncho, grueso y picado de viruelas, se entendieron a maravilla, ganando en crueldad el militar al abogado, y en beneficios el abogado al militar, porque mientras el uno entablaba apuestas por botellas de cerveza con sus oficiales [d] para ver quién presentaba en la tarde de una cacería más cabezas de indios, el otro ponía pilares de piedra y barro a los terrenos robados, yéndose de las lindes de Huarina hasta Guaqui, a orillas del lago, y de los ríos Cullucachi, Batallas, Sehuenka y Colorado, que bajan de la cordillera nevada y se pierden en la linfa azul.

Tamaño latifundio, que de subsistir habría hecho de don Manuel uno de los más poderosos hacendados de que se tenga memoria, fue reparado en parte por la Asamblea de 1871, formada a la caída de Melgarejo, que en su ley de 21 de julio anuló todo lo realizado por los Congresos del 68 y 69 en materia de tierras; pero, así y todo, fue lo bastante hábil para quedarse con una parte de su expoliación, mostrando títulos de apariencia legal, que parecían justificar su dominio sobre las valiosas tierras de la comunidad de Kohahuyo, deshecha por rivalidad de los mismos poseedores, y una de las más grandes y ricas en la región ribereña.

P: «que de haber subsistido, habría hecho»

Así había llegado a constituir la valiosa hacienda don Manuel Pantoja, y ahora era su hijo quien la explotaba, haciendo caer sobre los colonos, siempre descontentos, su sed inmoderada de lucro que con la sangre había recibido por herencia.

Isaac Pantoja [e] era avaro, y se mostraba brutal, como su padre con el indio.

---

[d] En **Los Caudillos Bárbaros** dice: «...y uno de sus jefes apostó con sus camaradas, por algunas botellas de cerveza, quién sería el que abatiese mayor número de cabezas ...»

[e] **Isaac Pantoja.** Es otro error de composición de *Raza de bronce*, que se mantiene en la edición definitiva. ¿Quién es este Isaac Pantoja?

El indio carecía para él de toda noción de sentimiento y su única superioridad sobre los brutos era que podía traducir por palabras las necesidades de su organismo. No sabía ni quería establecer distinción alguna entre los servicios de la bestia y del hombre. Sólo sabía que de ambos podía servirse por igual para el uso de sus comodidades. Y así como se mostraba indiferente al trabajo de los brutos, le dejaban frío las penas de los hombres, bien que en él unos y otros no entraban casi nunca en el marco de sus preocupaciones, que se reducían a amontonar caudales y a llevar una vida de diversiones y de frivolidad mundana en la ciudad. [1] Indolente para realizar ninguna tentativa que rompiese con la secular rutina, y menos para innovar, se contentaba con recoger cada año el producto de las cosechas y suplir con desgana los menesteres que su empleado le decía indispensables para mantener la renta de la propiedad en el pie en que la había dejado su padre. [f]

P: «El indio para él carecía de toda noción»

P: «Y así como era indiferente al trabajo de los animales, le dejaban»

P: «bien que unos y otros»

P: «dentro del marco de sus preocupaciones»

L₁, GC y *Pl:* «con desgano»

P: «que el empleado les decía indispensables.».

Era el administrador quien dirigía el fundo. El joven Pantoja se contentaba con visitarlo de tarde en tarde, para las cosechas o siembras, en compañía de sus amigos. Entonces, si de algo se ocupaba, era de perseguir a cuanta ave se ponía al alcance de su fusil, que no erraba pieza, y de probar el temple de sus puños en las espaldas de los peones que incurriesen en falta.

P: L_1, *GC* y *Pl:* «con visitarle»

Y los peones le odiaban y le temían, porque nunca supieron encontrar apoyo en él contra los abusos inauditos del bravucón, exprofesamente puesto para hostilizarles. Encontraba Pantoja que en Kohahuyo había demasiados colonos y deseaba aumentar los terrenos de hacienda que, por falta de inteligente actividad, descansan los siete años de rotación estilados en las grandes e incultivadas estancias del yermo.

P: «abusos inauditos del empleado,».

P: «Kohahuyo había sobra de colonos, y»

P: «descansa los siete años»

De ahí sus exigencias cada día renovadas, su

---

[f] Estas mismas ideas, y con texto prácticamente idéntico, se encuentran en *Pueblo Enfermo,* (1909), capítulo IIº.

[1] *P:* «ciudad. Era, en suma, uno de tantos melindrosos terratenientes, que con proveer de un empleado a sus haciendas, creen haber cumplido de sobra sus deberes de patrón.»
Indolente»

imposibilidad egoísta ante las quejas de los esclavos y su tolerancia culpable y desmedida por Troche, el administrador, cholo grosero, codicioso y sensual, y al que pagaba un sueldo mezquino a trueque de permitirle carta blanca en sus manejos con los colonos.

Troche supo aprovechar a maravilla la terrible concesión. Instaló en la casa de hacienda un tenducho de comestibles y licores, e impuso a los indios la obligación de comprarle sus artículos, que él los vendía al triple de su valor, castigando con saña [1] a quienes no acudían al puesto. Prefería siempre cederlos al fiado, para cobrar intereses de judaica usura y pagarse, a la postre, con las prendas retenidas en su poder, o sea, ponchos finos, raros objetos de plata vieja y quizás bestias de labor.

P y *V:* «vendía en triple su valor,».

P: «al fiado, porque eso le permitía cobrar»

P: «prendas que les retenía, o sea, sus ponchos finos, sus raros objetos de plata vieja y quizás sus bestias de labor»

Su casa resultó con el tiempo un almacén de telas sólidas y bellamente tejidas, que él las enviaba a la ciudad, donde las vendía en muy buen precio. Y como no tardase en ver que eran grandes los beneficios del negocio, estableció un campo de tejer e hilar en uno de los espaciosos corralones de la casa patronal, y éste fue un pretexto para llamar junto a él a todas las muchachas jóvenes de la hacienda, que tornaban a sus hogares mancilladas y con el gusto del pecado en la carne.

P y *V:* «donde las realizaba en muy buen precio.»

P: «corralones adheridos a la casa patronal, y éste»

P: «tornaban a sus casas con la virginidad rota y el gusto del pecado en la carne.»; *V:* «a sus hogares con la virginidad rota y el gusto del pecado»

Y tuvo muchos hijos, renegados todos, a vista y paciencia de la esposa, únicamente anhelosa de negociar en el tenducho, sorda a las tímidas reclamaciones que alguna vez intentaron las familias ofendidas, creyendo que al provocar un conficto doméstico podrían moderar los arranques amatorios del Don Juan mestizo.

P: «esposa, que solo se preocupaba de negociar».

P: «podían moderar»

Y todo esto, agravado sin cesar, traía en extremo disgustados a los colonos de Kohahuyo, los cuales inútilmente discurrían la manera de romper sus cadenas de esclavitud, ya que cualquier esfuerzo de liberación lo pagaban, no sólo con la pérdida de sus

P: «los cuales no sabían de qué manera romper sus»

[1] *P:* «con seña», por errata evidente.

bienes, sino de su sangre, derramada en diversas ocasiones estérilmente, cual si hubiese una suerte de confabulación oculta para mantenerlos en un estado de servidumbre o exterminarlos sin remisión y de un modo implacable.

Li, GC y *Pl*: «sangre, derramaba en», por errata evidente.

Y su conciencia sobresaltada les decía que tamaña falta de equidad se hacía indispensable enmendar por cualesquiera medios, si todavía alentaban el instinto de vivir, elemental de todos los seres...

... ...

Los más de los colonos desfilaron por la casa de Agiali, unos para pedir detalles sobre los desgraciados incidentes de la excursión, y otros para enterarse del contenido de su cargamento, pues se sabía que el mozo había retenido prendas a la hija de Coyllor-Zuma y esperaban el inmediato noviazgo, con su cortejo de danzas locas y abundantes libaciones, que se realiza tan luego como los parientes se enteran del suceso.

P: «prendas de la hija de»

P: «el inmediato ceremonial del noviazgo,».

P: «que realizan tan luego»

Ni Coyllor-Zuma ni su hija aparecieron por casa del viajero, y esto quería decir que no miraban con desagrado las intenciones de Agiali, ya que de lo contrario habrían sido de las primeras en acudir a casa del pretendiente a recuperar la prenda cogida a la zagala.

P: «y esto era una prueba de que no miraban con desagrado»

Así lo comprendió el enamorado, y se hallaba gozoso de su suerte. Se había echado de espaldas sobre la tarima [g] *(patajati)*, con las piernas apoyadas en la pared, tendidas a lo alto, y pensaba con dolor en sus bestias, cual si en sus propios lomos llevase las contusiones y mataduras que se habían producido en dos semanas de viaje, por caminos abiertos en las atormentadas entrañas del valle.

P: «de espaldas sobre el *patajati*,»

Una dulce languidez se fue apoderando de sus cansados miembros. Sentíase a gusto en su casa, con los suyos, oyendo balar en el establo a los corderos, cuyas menudas coces se percibían a través de las delgadas paredes, saboreando el acre olor del

P: «Sentíase bien en»

P: «coces se escuchaba a través»

---

[g] **patajati.** Cfr. nota k*, cap. I°, 1ª parte.

estiércol y oyendo gemir incansable el viento en los aleros de la casucha. ¡Qué bien estaba allí, después de haber visto tantas veces cara a cara la muerte!

P: «gemire», por errata evidente.

P: «tantas veces de cerca la muerte.»

Pero en esto de la muerte pensó de pasada, porque jamás para él constituía una preocupación. Se muere en cualquier parte, de cualquier modo. Lo esencial era vivir en cómoda holganza y satisfaciendo las necesidades del cuerpo frágil; que las bestias no sufriesen nunca ningún accidente; que las cosechas le permitiesen vivir sin hambre, que en las fiestas de común devoción hubiese mucha cosa buena de comer y beber y dinero para comprar un disfraz recamado de plata, o salir airosamente en los ineludibles compromisos del alferazgo...

P: «cosechas les permitiese vivir sin»

P: «en las grandes fiestas de común»

Entró su madre, una viejecita de cara redonda y arrugada, todavía fuerte a pesar de sus cincuenta y pico de años.

Se acordó de la vaca que adquiriera en la feria de Laja, días antes de partir, y la dejara a punto de tener su cría. No la había visto en el establo, y un prolongado mugido le anunció su presencia.

—¿Y ha parido la *Choroja*?— preguntó con vivo interés.

L₁, *GC* y *Pl:* «*Charoja*».

—Ayer de mañana.

P y *V:* «Ayer mañana.»

—¿Hembra o macho?

—Hembra.

Hizo un gesto de contrariedad. El habría preferido un macho, para formar yunta con el ternero que ya tenía tratado con el viejo Leque, huérfano a los pocos días de nacer.

Salió fuera de casa para ver la bestia. Estaba tendida junto al muro del aprisco, y la cría dormitaba hecha una bola, blanco y negro, pegada a sus flancos. Acarició el testuz de la madre y dio dos palmadas sobre el lomo enflaquecido de la bestezuela, y volvió a la cocina. Sentíase de veras fatigado, con ganas sólo para dormir. Aflójose la correa que le sujetaba el calzón, tendióse sobre la

P: «cabe el muro del aprisco,».

P: «fatigado, sin ganas para nada a no ser para dormir.»; *L₁*, *GC* y *Pl:* «y volvió a la cocina. Aflojóse la correa»

tarima, encima los gastados cueros que le servían de colchón, y cerró los ojos. En ese momento oyó entrar a su madre.

Pensó en Wata-Wara, su novia. Y con voz soñolienta, fatigada, preguntó.

—¿Ha venido Coyllor-Zuma?

Hacía rato que la madre esperaba la pregunta, y repuso haciendo un gesto de malicia:

—No ha venido...

Sonrió apenas el mozo, volvióse hacia la pared, y a poco roncaba apaciblemente.

Tuvo pesadilla. Soñó con montañas que se desgajaban, con ríos caudalosos y de corriente tumultuosa, con barrancos de insondable sima. Y en todas partes creía ver el cadáver de Manuno, con el trágico gesto de espanto helado en el rostro.

Se levantó con el alba y corrió a ver sus bestias. Los burros habían botado en la noche las caronas y mostraban enormes hinchazones en el lomo desollado y purulento. ¡Lo de siempre! Ahora los trabajos eran para él. Quedarían inutilizados por algún tiempo o tendría que acabarlos de rematar usándolos en ese estado, sin que nadie le resarciese los perjuicios que sufriera.

Meneó la cabeza con desaliento y fue a ver el ganado.

Los toros, amarrados en sus estacas y tendidos en el suelo; rumiaban gravemente y en silencio; en sus pieles erizadas había congelado el rocío y de sus flancos se escapaba un vapor ligero y tenue; las ovejas hacían grupo en medio del corral, y dormitaban pegadas unas a otras formando un solo montón.

El cielo tenía un color pálido y estaba limpio de nubes. El sol comenzaba a dorar las lejanas cimas de los cerros alzados en la banda opuesta del lago, hacia el estrecho de Tiquina.

Enfrente a ese horizonte vasto y limpio, respiró Agiali con satisfacción ¡Cómo era bella su tierra, plana, luminosa, infinita! Allí nada de cuestas, de horizontes cerrados, de precipicios, de cimas. Verdad que sus frutos no destilaban miel y aroma, ni se

P: «sobre el *patajati*,»

P: «oyó que volvía a entrar su madre.»

P: «insondable cima, y en todas»

P: «tendría que acabarlos de matar»; *V:* «tendría que acabarlos de rematar». La concordancia gramatical exige 'tendría', como recogen *P* y *V*.

P: «En frente a ese»

P: «¡Cómo su tierra plana, luminosa, infinita, era bella!»

daban en ella el buen maíz o las sabrosas tunas, pero latía el lago, abundante en pesca y en huevos de aves marinas, y en el cielo ancho se respiraba aire fresco, sin gérmenes de malignas fiebres.

P: «y que no se daban en ella ni el buen maíz ni las sabrosas tunas; pero»

P: «fresco aire, sin gérmenes»

Fue hasta el río, y al acercarse a uno de sus remansos levantó el vuelo un bandada de patos salvajes.

Apareció el sol. Un sol claro, rutilante, pero frío. De las casitas comenzaron a elevarse columnas de humo azulado; y era tanta la serenidad del ambiente, que se alzaban rectas, para confundir en el cielo su penacho desleído.

Siguió andando hasta el lago, deseoso de ver sus balsas. A lo lejos bogaban los pescadores nocturnos en dirección de la tierra y las velas de sus balsas blanqueaban nítidas a la luz del sol.

P: «lago para ver sus balsas.»

Un pescador se abrió paso entre los *totorales* [h] y tomó uno de los canales, que venía a morir en el sitio mismo donde se encontraba Agiali.

—Buenos días nos dé Dios —saludó el marino, saltando sobre el lodo de la orilla.

P: «saludó éste entrando algunos pasos en el lodo de la orilla.»; *V:* «saludó el marino, entrando algunos pasos en el lodo de la orilla.»

—Buenos días, Agiali.

—¿Qué tal la pesca?

El pescador se alzó de hombros, apenado:

—Mal, y todos los días peor. Yo no sé adónde se van ahora los peces. Por aquí ya tenemos pocos; creo que pasan el estrecho. Mira lo que he cogido en toda la noche.

P y *V:* «no sé dónde se van»; *OC:* «no sé adónde van».

Con el pie empujó hacia la proa un montón de algas que había en medio de la balsa, y puso al descubierto unos veinte *carachis,* [i] de cabeza grande, cuerpo menudo, amarillentos. Algunos aún se estremecían con las últimas convulsiones de la agonía.

P: «Empujó con el pie hacia la proa»

—¿Nada más?

—Nada más; y entré a media noche...

Despidióse Agiali y siguió andando hasta el sitio en que tenía por costumbre dejar sus balsas.

P: «acostumbraba dejar sus balsas.»

---

[h] **totoral.** «*Amér. Merid.*, paraje poblado de totoras». Y «totora» procede del quechua «tutura» y es una «especie de anea», «que se cría en terrenos pantanosos o húmedos». *(Dicc. R.A.E.).*

[i] **carachis.** Del quechua «kkarácha», «pez escamoso que se coge en el lago Titikáka».

Estaban allí, atracadas a la salida de un canal. Eran nuevas y aun no habían perdido su color de paja seca. Las acarició con los ojos, y luego de probar la firmeza de las amarras, volvió a casa, donde su madre le esperaba con el yantar preparado, simple y burdo: una sopa de *quinua* y un poco de pescado cocido.

P: «su color amarillo claro.»

P: «con la mirada y luego de»

Comió de prisa, ansioso de operar cuanto antes la primera curación en sus bestias, en lo que puso esmerosa diligencia, gastando más de dos horas en reventar las hinchazones, lavar las llagaduras, cubrirlas de orines podridos y sal... Cuando hubo concluído la ingrata faena, deshizo las *chipas,* [j] desempaquetó la lata de alcochol y los abundantes comestibles de que se había provisto en la ciudad, cogió algunas manzanas de las mejores, las anudó en una de las extremidades de su chal, y fuese en busca de Wata-Wara, al cerro Cusipata, donde la moza tenía por costumbre apacentar su ganado.

P: «anheloso de operar.»

P: «deempaquetó», por errata evidente.

Iba sonriente, dichoso, deteniéndose como nunca en las particularidades del paisaje, atento a los ruidos de la pampa. Todo le parecía nuevo y seductor.

P: «fijándose como nunca.»

Al llegar a media cuesta, se detuvo para mirar el caserío de la peonada, agrupada en torno a la casa de hacienda, construida en el lomo de un altozano. Su portalón se abría mirando al lago y los muros bajos de los *(aijeros)* apriscos que la rodeaban se extendían hasta el río Colorado, que en ese punto hacía una ancha curva y luego iba a morir pausadamente en el charco.

P: «se detuvo a mirar»

P: «hacienda situada en las últimas suaves ondulaciones de un altozano.»

P: «*aijeros*»: V: «apriscos *(aijeros)*; *OC:* «*aijeros* [17]».

Constaba de un solo piso la casa, y sus paredes enjalbegadas de blanco eran la única nota de color limpio en el yermo. Uno de sus lados, libre de habitaciones, comunicaba con los corrales, hechos a tapialera; los pesebres ocupaban el fondo, al abrigo de los vientos de la costa. Las casitas de los indios agrupábanse en torno, sin orden, unas a lo largo del muro del aprisco y otras a entrambas orillas del río.

P: «color alegre en el yermo.»

P: «corrales construidos a tapialera, y los pesebres»

P: «sin orden. Estaban unas, a lo largo del muro del *aijero* y otras a entrambas»

---

[j] **chipas.** Rodillos o cestos de paja que se emplean para recoger frutas y legumbres.

Eran chatas, de puertas angostas y sin ventanas, y todas tenían un corralito de paredes bajas. Había algunas adosadas al cerro o erguidas en la ladera; y al amor de sus muros y entre las hiendas de la roca, medraban arbolillos de olivos silvestres, los fuertes *kishuaras,* [k] budleya de follaje oscuro por encima y casi blanco en el dorso, mostrando con el viento el contraste armonioso de sus dos colores. Se veían agitarse en los corrales las majadas de ovejas, bueyes y vacas rumiaban en el campo, junto a los corralones, atados a sus estacas de piedras; cerca de ellos había pequeñas hacinas de estiércol seco, por entre los que vagabundeaban perros y aves de corral, en amable consorcio.

P: «Kishuaras (budleya) de follaje»

P: «majadas de ovejas, y los bueyes»

P: «los perros y las aves de corral.».

Agiali siguió trepando por el angosto sendero, y a medida que ganaba la cumbre, el paisaje se dilataba y aparecía el lago más ancho, más abierto.

P: «se ensanchaba, y aparecía»

Los menudos ruidos llegaban hasta él nítidos y en toda su sonoridad: el ladrido de algún perro, el cacarear de las gallinetas en la orilla del lago, el estridente repique de los *yaka-yakas,* [l] y, de cuando en cuando, dominando todos estos ruidos, el bramido de un toro en celo; pero la paz del cielo era infinita.

Ya en la cuesta, volvió a detenerse el mancebo para engullir unas cuantas hojas de coca. Abrió su bolsa, y, al hacerlo, difundió gozosamente la mirada en torno del paisaje, pues traía los ojos horrorizados con el espectáculo de la montaña, y sentía la necesidad de reposarlos en la sedante contemplación de un panorama familiar y plácido.

P: «para tomar un poco de respiro y engullir unas cuantas hojas de coca.»

P: «montaña, con sus hondos precipicios y sus profundas quiebras, y sentía»

P y *V:* «de un paisaje familiar y plácido.»

La pampa, surcada en medio por el río, se alargaba hasta el fondo de la rinconada en multitud

P: «río, iba a morir al pie del cerro en el lago, y se alargaba al fondo de la rinconada en multitud de colinas y oteros, como si fuesen rebalses»

---

[k] **kishuaras. Del quechua «kiswára»**. Arbusto espinoso de climas frígidos. Sus flores en cocimiento se emplea[n]contra las tercianas.

[l] **yaka-yakas.** Cfr. nota (d), cap. I^{o}, 1ª parte.

de colinas y oteros, parecidos a rebalses petrificados de la cadena de montes que en serranía áspera y rocosa se ostentaba a la derecha como una muralla, perfilando vigorosamente los contornos de su arista sobre la nevada masa de la cordillera, que quedaba detrás de esta cortina de montes, y cuyas nevadas cumbres, partiendo del Illimani, se sucedían —combas unas, romas otras, rotas y agudas las más— a lo largo del lago, yendo a tropezar con el Illampu, gallardamente erguido en el horizonte, allá, en el lejano confín de las aguas azules, y cual si de ellas surgiese.

P: «allá al otro lado, en el lejano confín»

El lago brillaba a los rayos del sol temprano, terso como un cristal, roto en primer término por los cerros ásperos de la isla Ampura, que dejaban ver por entre sus huecos las islas de Pakawi, Paco, Taquiri, Sicoya, Suani, y los islotes de Cumana, Quevaya, Kachilaya, Mercedes y otros cercanos al estrecho de Tiquina; a la derecha y en el fondo, dando la ilusión de estar en tierra, el cerro de la isla de Sojata, erguida entre el verde de los *totorales;* a la izquierda, en un rincón, la isla Ampura, y, avanzando en forma de fierro de una lanza, la punta de Taraco, en la dirección de Guaqui; al frente mismo, en la azul lejanía, el estrecho de Tiquina por fin, amurallando entre la roca de sus paredes cortadas casi a pico las aguas cristalinas y puras, que en la tarde, cuando el sol crepuscular las tiñe de rojo, parecen un río de sangre irrumpiendo en el caudal fecundo del lago de las sagradas leyendas incásicas.

P: «El lago, terso como un cristal, brillaba en ascua a los rayos del sol temprano,»

P y *V:* «cerros hoscos de la isla»

P: «de Tiquina, que separa y divide el lago en dos porciones desiguales; a la derecha, en el fondo, dando»

P: «avanzando, cual el fierro de una lanza,» *BA:* «fiero», por errata evidente.

P: «y, por fin, al frente mismo, en la azul lejanía, el estrecho de Tiquina amurallando entre»

Difundió Agiali la mirada en torno, respiró con ansias ese aire frío y puro, y siguió su marcha por la meseta, hasta llegar junto al rebaño de Wata-Wara.

P: «cerca el rebaño de Maruja.»

Estaba la pastora sentada en el suelo, al abrigo de unas rocas, y se entretenía en zurcir una red de pesca. Había enganchado uno de los extremos en el dedo mayor de su pie, y los de la mano se movían ágiles con el manejo de las agujas enhebradas con hilo blanco.

P: «en el suelo al socaire junto a unas rocas, y»

P: «en hilo blanco.»

—Buenos días, Wata-Wara —saludó Agiali, risueño.

La joven, sin responder directamente al saludo ni alzar la cabeza de la empeñosa labor, preguntó con acento tranquilo y como si se hubiesen separado la víspera:

P: «sin responder al saludo ni alzar»

P: «se hubiese separado solo la víspera:»

—¿Has traído semillas?

—Sí.

—¿Y frutas?

—También.

—Habrá algunas para mí —dijo, siempre con la cabeza inclinada a la tarea.

Cogió el otro las manzanas y se las entregó.

P: «y se las alcanzó.»

—¡Ay, qué lindas! ¡Y cómo huelen bien! —dijo Wata-Wara cogiendo el presente y respirando con fruición el aroma de las frutas.

P: «las frutas. Luego las puso en su regazo»

Luego las enfiló en su regazo, sobre la red, y se entretuvo en hacer una imaginaria distribución, comenzando por la más gorda:

P: «en hacer la distribución colocándolas en fila, comenzando.»

—Esa para mi madre; esta otra para Choquehuanka; esta para mi hermanito menor y ésta para mí.

L[1], GC y Pl: «Choquehuami».

Y cogiendo la dedicada a su madre, hincó en ella los dientes con glotonería, haciendo crujir la lustrosa y encendida piel.

P: «Y cogió la dedicada a su madre e hincó en ella»

Agiali la contemplaba en silencio, con codicia, y parecía placerle su voracidad. ¡Cómo hubiese querido, él también, devorarle la carita redonda y linda con sus rudas caricias de amor y de deseo!

P: «y parecía contentarle su voracidad.»

—¿De veras ha muerto Manuno?— interrogó, con la boca llena y los labios humedecidos por el jugo.

P: «muerto el Manuno?»

Al recuerdo de la desgracia, se nubló el rostro del enamorado. Y púsose a contar con detalles la desgracia.

P: «Y se puso a contar»

¡Pobrecito! —dijo la joven con indiferencia; y calló.

—Y tú, ¿qué has hecho? Mi madre me dijo que fuiste a servir de *mitani*.

P: «que fuiste siempre a servir»

La zagala suspendió su trabajo y miró por primera vez a su novio, fijamente.

P: «La joven suspendió»

—Sí. Me hizo llamar el mayordomo, al día siguiente mismo de tu marcha, y tuve que ir.

—¿Y quedaste muchos días?

—Toda la semana.

—Te trataría mal.

P: «Te habría tratado mal.»

Hizo un gesto vago la moza, sin responder. Luego metió las manos al seno por entre la ajustada chaqueta, y sacando una bolsa menuda, nueva y tejida de mil colores, se la alargó al enamorado, casi temblando de congoja:

P: «vago la india, sin responder.»

P: «entre la avertura de la ajustada chaqueta y»

P: «se la alcanzó al enamorado con lágrimas en los ojos y temblando de»

—Me ha dado esto.

Tomóla Agiali y la sintió tibia. En el suave tejido dibujaban la monedas sus contornos circulares.

Una gran zozobra penetró como una cuchillada en el corazón del mozo a la vista del obsequio. Jamás Troche se mostraba dadivoso con nadie, y aquello era el pago de un favor...

P: «penetró en el corazón»

P: «Jamás regalaba Troche impunemente y aquello era»

—Entonces —dijo con voz alterada—, tú te has quedado a dormir en la casa de hacienda...

—Sí —confesó con voz débil y lenta la pecadora.

—¿Todas las noches?

—Todas... pero...

Agiali no la dejó disculparse. De un brinco estuvo a su lado, cogióla por los cabellos, y con la diestra púsose a descargar fuertes golpes en la cabeza de la joven. Wata-Wara abandonó los hilos de la red y las manzanas, y con ambas manos se cubrió el rostro humildemente, sin quejarse y con la mansedumbre de su perrillo, que ladraba con recelo, dando vueltas alrededor de la pareja por lo insólito de la escena.

P: «lado, la cogió con la izquierda por los cabellos, y con la diestra»

—¡Eso no más, Agiali, basta! —imploró con voz suplicante y cuando le hubo parecido que ya estaba bien castigada su culpa.

Al oír el quejido miróla fijamente un rato, y sin proferir palabra se alejó algunos pasos, sentóse sobre una saliente roca, apoyó la cabeza en la palma de las manos y se quedó inmóvil, mudo,

P: «su culpa. Al oír el quejido detúvose el mozo y sin»

mirando el paisaje. La cólera le ahogaba. No por el acto, sino porque le había desobedecido yendo a dormir a la casa de pecado...

L₁ y Pl: «y quedó inmóvil, mudo, mirando el pasaje.»

La maltrecha no se movió de su sitio. Lloraba con la cabeza inclinada sobre el regazo, dulcemente, sin quejarse, lloraba de alegría, porque al conocer el enamorado su falta, no le había pedido su anillo, ni la despreció como una bestia del campo, y sus golpes, pocos y casi leves, [m] revelaban su amor y su bondad.

P: «La pecadora no se movió»

Al verle inmóvil, le dijo:

—Yo no tengo la culpa. Agiali; me ha forzado...

El otro, sin alzar la cabeza, repuso con voz sorda y baja:

—Mientes...

—No miento, Agiali, créeme; Dios nos escucha.

El mozo se puso en pie y se aproximó a la cuitada.

—Eres malo; me has lastimado... —dijo ésta con los ojos húmedos y frotándose las heridas del rostro.

P: «Me has pegado. —repuso»

Agiali se sentó a su lado y abrió la bolsa. Contenía ocho monedas de a diez céntimos...

—Ya tienes para comprar cuatro gallinas o un cordero, cuando nos casemos —dijo tranquilamente.

—No; he de reunir para comprarme un rebozo, pero no me voy a casar contigo. Me has lastimado —repuso la otra con zalamería y sonriendo al través de las lágrimas.

—Si me hubieses obedecido, no te habrías quedado en casa del patrón, y ahora estaríamos en paz —arguyó el mancebo evasivamente.

—¿Y lo hice acaso por mi gusto? —le interrumpió la joven, gozosa al ver la tribulación del enamorado—. Me puso fuerza, y si no cedo, nos arroja de la hacienda, como a otros, sin dejarnos sacar la cosecha, o cuando menos, lo manda a mi hermano

---

[m] «...y sus golpes, pocos y casi leves...». ¿Pero no había dicho el narrador unos párrafos antes que Agiali «descarga fuertes golpes en la cabeza de la joven»? Es éste otro de los descuidos de Arguedas en la composición de *Raza de bronce*.

al valle para que utilice sus bestias o vaya a morirse como el Manuno. Dicen, que a éste lo mandó porque no fue fácil su mujer...

P: «no fue complaciente su mujer»

El reparo era justo y así lo sabía Agiali. Y repuso mansamente, con humildad:

P: «justo y así lo vio Agustín.»

—Tienes razón; pero no soy malo. La sangre me ha subido a la cabeza...

—¿Y ya no me has de pegar por *eso*?...

Agiali frunció el ceño; pero al punto arregló el rostro.

—Nunca. Tú no tienes la culpa; pero a él, si pudiera, le comería el corazón...

—¡Y yo también! Le odiamos, ¿verdad?

Nada repuso Agiali. Con el entrecejo fruncido y el gesto duro, acariciaba la cabeza de *Leke* y parecía pensar en cosas lejanas.

P: «Con el entrecejo fruncido. acariciaba»

A poco se levantó para ir a su casa y contarle todo a su madre.

Choquela se puso furiosa.

—¿Y por qué quieres casarte todavía? —le dijo—. Seguro que has de tener hijo ajeno, y los hijos cuestan.

—Pero también ayudan.

—No, no; cuestan. ¡Si sabré yo, que te he tenido a ti y a los otros que se han muerto!

—Es que, si quiere, puede hacer como las otras: botarlo al lago o al río.

—Así, quién sabe. Pero es todavía muy tonta. Todo lo habla ¿Por qué te he contado eso, cuando bien pudo guardárselo?

P: «todavía mu sonsa.»

P: «cuando bien podía guardárselo?»; L_1, *GC* y *Pl*: «cuando pudo»

—Tendría pena la pobre. Y como no puede decirle nada a su hermano...

—¡Merece que la maten! —respuso Choquela, con esa inquina de las madres pobres que viven a expensas de los hijos solteros.

—A ella, no; a él... —repuso con indolencia el mozo.

P: «repuso sombríamente el joven.»; *V*: «sombríamente el mozo.»

Días después, y ya decidido a formalizar sus relaciones con la zagala, casi indiferente a las consecuencias de su pecado, le dijo a su madre:

—Olvida lo sucedido, como yo, y anda a ofrecer el *jichi* [n*] a los Coyllor. No han venido a reclamar el anillo de Wata-Wara y deben de estar esperando tu visita.

P: «y deben estar esperando»

—Como quieras; pero has de criar hijo ajeno —repuso la otra, rencorosa y suspicaz.

P: «la otra con rencor.»

—Te digo que no. Se lo comerán los cerdos. Crían muchos en su casa para que no dejen ni los huesos —contestó el joven interrumpiéndola.

Se encogió de hombros Choquela, hizo un gesto de despecho y se metió en la habitación donde guardaba las ropas y demás objetos preciosos, y a poco apareció vestida con traje de fiesta, trayendo en manos el *tari* [ñ] vistoso guarnecido con flecos de diverso color.

P: «de desprecho», por errata evidente.

El mozo le echó un vistazo y le dijo:

—¿Por qué no te pones tus zarcillos y tus prendedores de plata? Han de creer que los has venido y que ya no tenemos nada.

Tuvo que obedecer Choquela. El mozo le hablaba con tono imperativo, y, además, era razonable su advertencia. Los pobres siempre son desdeñados y ella debía evitar que se tenga en mal concepto a su hijo.

P: «desdeñados, y no debieran tenerle en mal concepto a su hijo.»

Fue recibida con mayores miramientos de los que se imaginara, y ésto calmó su inquina contra la presunta nuera. La vieja Coyllor le salió al encuentro hasta el patio, con los brazos tendidos al *tari*, que Choquela presentó abierto desde los umbrales de la casa. Cogió unas cuantas hojas y se las llevó a la boca...

P: «de los que ella se imaginara, y esto»

—Que sean felices y que nunca les falte ni el comer ni el vestir —dijo elevando los ojos al cielo.

Los mozos imitaron a su madre y también mascaron la hierba, en signo de aceptación y parentesco.

P: «también probaron la hierba en signo»

—Anda donde tu hermana, y dile que su no-

P: «Anda a traerla a tu hermana y dile»

[n*] **jichi.** «Puñado de coca que se ofrece para formalizar un contrato sea de venta o de matrimonio». (Arguedas).

[ñ] **tari.** Cfr. nota (k)*, cap. IIº, 1ª parte.

vio la espera —ordenó Coyllor a uno de sus pequeños.

P: «de los pequeños.»

Salió éste, y las dos comadres se entretuvieron en organizar el porvenir de los novios. Debían pedir un terreno *(sayaña)*, tomar la calidad de *personas*, y salir de la condición de agregados de familia, como es costumbre. Wata-Wara era laboriosa, económica y entendía bien el manejo de una casa. Habíase captado desde muy moza la afección del viejo Choquehuanka y recibido de él sabias lecciones de orden y prudencia. Nadie como ella para tejer *pullos* [o] y frazadas o agenciarse lo necesario para el arreglo de la vida. Seguramente lo haría feliz a Agiali. Nada le faltaba por el momento; era rica en ropas lujosas y su ganado había crecido mucho desde hacía algunos años. Dineros tenía pocos, como los más. Los malos años se comieron las economías, y era preciso bregar sin tregua para rehacer lo perdido.

P: «pedir una sayaña, hacerse personas y salir de»; *L1*, *GC* y *Pl*: «*suyaña*».

P: «Había merecido desde muy moza»

P: «y de él había recibido sabias lecciones»

P: «frazadas, así como agenciarse lo necesario. Seguramente»

P: «años se llevaron»

Choquela tampoco anduvo corta en alabar cumplidamente los merecimientos de su hijo.

Era, de entre todos hábil para las labores y animoso en los esfuerzos. ¿Quién como él para roturar un campo y matar los ocios recogiendo abundante pesca del lago? Envidia causaba a los demás por su actividad, tesonería y vida ordenada; y si por el momento no contaba con bienes de fortuna, ya sabría él arreglárselas para no morirse de hambre...

P: «Era, de todos, el más hábil en las labores y el más animoso en los esfuerzos.»

Así, intrigándose mutuamente, pasaron casi medio día.

A la caída de la tarde, Coyllor-Zuma y sus hijos se presentaron en casa de Agiali. Iban todos trajeados de fiesta y traían el *chimo*, es decir, otro *tari* lleno. Detrás seguía Wata-Wara luciendo su mejor ropa. Llevaba cubierta la cabeza con un pequeño manto *(pullo)* cuadrado y lleno de borlas, y andaba con actitud cohibida, gacha la cabeza, las mejillas encendidas.

P: «un pequeño *pullo* cuadrado»

---

o **pullo.** Cfr. nota (h)*, cap. I°, 1ª parte.

Agiali salió a recibirlas hasta el borde de la casa. Coyllor-Zuma abrió el *tari* y lo presentó al mozo. Cogió éste algunas hojas, hizo una cruz sobre la boca y se puso a mascarlas. Choquela imitó a su hijo.

P: «y le presentó al mozo.»

El patio del lar estaba limpio de basuras y cacharros. En medio se veía una pequeña mesa y, encima, una botella de licor y tres copas. Sobre los poyos se habían tendido mantas nuevas, cuyos colores gayos daban alegre aspecto a la vivienda gris.

P: «alegre aspecto a la vivienda.» Comenzaron a beber»

Comenzaron a beber.

A la entrada del sol, Agiali presentó al hermano de su novia un tambor, y plantó una bandera blanca en medio del patio junto a la mesa. El mozo salió a la vera del aprisco y rompió la dulce tranquilidad del crepúsculo batiendo el instrumento de una manera particular, primero con lentos y espaciados golpes, después más seguidos y sonoros. Tun... tun... tun... Tu, tun, tun, tun... Tu, tun, tun, tun...

P: «a la vera del corral y rompió»

En las casas aledañas hubo movimiento. Los peones, ya advertidos, aparecieron tras las tapias de los corrales o en las puertas de sus viviendas. Algunos, los más curiosos, subían sobre las paredes de los corrales para ver de dónde partía el redoble. A poco, contestó otro tambor de la casa más cercana a la de Agiali, otro de la más distante, en la opuesta orilla del río, a los pocos minutos, en cada casa latía un timbal, y la llanura se poblaba de un enorme y desconcertante fragor de tambores agitados con la alegría de un regocijante suceso. Luego surgió, lánguido, el sollozo de una flauta; contestó otra y otra. Y todas sonaban un mismo aire, y las nuevas que surgían iban a aumentar el concierto de las demás.

P y *V:* «río; y a los pocos minutos»

Comenzó el desfile de los peones. Venían en grupos de dos o más personas. Cada grupo batía su caja y soplaba en su flauta. Seguían las mujeres,

P: «personas, y cada uno batía su caja, y a la vez soplaba en su flauta.»

vestidas con sus prendas nuevas o poco usadas, y todos llevaban aire regocijado y malicioso. Al llegar al patio, saludaban las mujeres a Wata-Wara y a los padres de los novios, y se sentaban en los poyos, frente a los *taris* extendidos en el suelo; los hombres se destocaban, y con las manos juntas tendidas a lo alto, y armadas, la una con el sombrero y la otra con el tambor, el palillo y la flauta, avanzaban hasta medio patio, cerca la mesa, inclinaban el busto y se reunían al familiar grupo, congregado junto a las tapias del corral.

P: «las mujeres ataviadas con sus»

P: «poyos, detrás de los *taris*»

P: «los hombres se quitaban el sombrero y con»

P: «y se unían al familiar grupo, congregado cerca las tapias del corral.»

Se llenó la casa. Los retardados hubieron de esparcirse en sus contornos, donde les alcanzó la primera copa, bebida en honor de los novios, y que servía Agiali, pasándola de mano en mano. Sonaron flautas y tambores y organizóse el baile.

P: «casa, y los retardados»

P: «tambores y comenzó el baile.»

Estrecho como era el patio para contener tanta gente, desbordaron de él los bailarines, e invadieron la llanura cortada por el río. Iban en pandilla hombres y mujeres, cogidos por las manos. Agiali rompía la marcha prendido a su novia y dirigía la rueda, trazando, a su capricho, círculos y ángulos obtusos, ya a la vera del río, o en torno de las casas, y parecía de lejos la pandilla una enorme culebra roja arrastrándose por el llano yermo y gris.

P: «Estrecho el patio para»

P: «su novia y era el que dirigía la rueda.»

Cerró la noche. En el cielo profundo saltaron a lucir los astros; y la culebra seguía moviéndose en la sombra, incansable, y no se oía sino el tuntenear de los tambores, el quejido lamentable y doloroso de las flautas, y el grito triunfal de las doncellas: «*Huiphala! ¡huiphalita!*» [P]

P: «huiphala! huiphalita!».

De pronto, un grito unánime y regocijado resonó en la llanura quieta: «¡Ladrón! ¡Ladrón!...».

Cesaron a un punto los tambores y las flautas; se oyó chasquido de piedras y saltaron en la sombra las chispas de los guijos rotos al chocar.

Agiali, cumpliendo el rito ancestral, de un jalón brusco, había desprendido a su novia de la cuerda

---

[P] **¡Huiphala! ¡huiphalita!** Del quechua «wiphala», «baile que se danza dando vueltas y contravueltas al grito alborozado de ¡Albricias!».

y la arrastraba tras sí, fingiendo llevarla contra su deseo, y los otros simulaban perseguirlo para libertar a la cautiva.

Los gritos fueron cesando poco a poco, y el silencio cayó, letal, profundo, sobre la llanura. Sólo a lo lejos resonaba el canto triunfal del enamorado:

> Me llevo, me llevo,
> una blanca palomita me llevo...

Los novios llegaron a casa, ahora vacía y muda. Venían doloridos por las piedras que les habían alcanzado: Agiali traía la cabeza rota, y la novia se quejaba de dolores de espaldas; pero a ambos les latía el pecho de alegría.

P: «rota, y se quejaba la novia de dolores

Empujó el mozo a Wata-Wara a la alcoba, y se atrancó por dentro...

Venus fulgía intensamente en lo alto del cielo.

II

Pasó la fiesta de San Juan, y con las heladas de junio, en ese año rigurosas, desapareció toda huella verde en la estepa, que era inmensa sabana gris, por dónde vagaban las columnas de polvo levantadas por los ganados al trajinar por eras y senderos, y que el viento disolvía en el cielo de un azul bruñido, implacable, que daba más tonalidad al contraste entre el blanco purísimo de las montañas de la cordillera y el gris pardusco del yermo, pelado, inmenso y seco.

L1, GC y *Pl*: «en ese año riguroso.»

P: «huella de verde frescor en la estepa, inmensa sábana gris por»; *V*: que era inmensa sábana»

P: «de polvo que los ganados levantaban al trajinar»

P: «en el cielo azul, de un azul»

P: «montañas de la Real Cordillera y el gris»

Menguadas resultaron las cosechas, y ahora se hacían, sin entusiasmo, las labores de la matanza y de la elaboración del *chuño, tunta, caya* [a]* y otros productos exclusivos del altiplano, de fácil expendio en la meseta andina.

P: «Menguadas fueron las cosechas»

P: «altiplano, muy consumidos en las poblaciones de la meseta andina.»

Los encargados de hacer *tunta* y *caya* atravesaron los remansos del río con redes de eneales *(totora)*, cubrieron el fondo del lecho con un espeso tejido de paja sostenido por gruesas piedras, y echaron encima, en sitios diferentes, las patatas, y las *ocas*, donde quedarían hasta desprenderse de la cáscara, para luego exponerlas al aire, aprensarlas en seguida con los pies, y secarlas por fin al hielo de media noche y al sol meridiano. Se veían sus chozas de paja en las orillas del río, a entrambos lados, redondas, en forma de colmena, bajas y de puerta angosta, por donde se deslizaban de noche los vigilantes, arrastrándose como larvas, a reculones,

P: «hacer la *tunta* y *caya*»

P: «redes de totora, cubrieron»

P: «por fin al hielo y al sol meridiano.»

P: «lados, y eran redondas, en forma»

---

[a] **chuño, tunta, caya***. Para *chuño*, véase nota (n)*, cap. I°, 1ª parte. *Tunta* es «patata pasada por agua y secada luego al sol». Y *caya** es «el tubérculo *oca* pasado por agua y luego seco al sol y hielo». (Arguedas). El *Dic. R.A.E.* recoge *oca* como «planta anual (...) y raíz con tubérculos feculentos, casi cilíndricos, de color amarillo y sabor parecido al de la castaña, que en el Perú se comen cocidos».

para quedar tendidos allí, desvelados y con los ojos fijos en las aguas del río, silenciosas, mansas. Unos pingajos tapaban el redondo agujero de la puerta, y en el interior, sobre el suelo apelmazado, no había sino dos cueros esquilmados de carnero, sobre los que reposaban como en el más mullido de los colchones.

P: «silenciosas como muertas.»

P: «cueros carcomidos»

P y *V:* «de los lechos.»

Los encargados del *chuño* tenían sus chozas en torno a los enormes tendales de patatas, que formaban cuadros de colores variados —rojos, blancos, negros, amarillos, amoratados, según la familia del tubérculo—, y estaban tendidos parejo, sobre camas de paja dorada o fino césped, para recibir por igual el hielo y el sol, que en el yermo tuesta, y que, combinados, cuecen el fruto y lo secan después de que los peones han penado por arrancarles la cáscara estrujándolo con los pies desnudos, antes de que salga el sol, cuando el frío de la aurora, que los indios llaman *kalatakaya,* porque en verdad revienta las piedras, los ha convertido en guijos sonoros, tan duros como el pedernal.

P: «Los dedicados a la elaboración del *chuño,* tenían»

P: «igual el hielo de la noche y el sol de mediodía que en el»

P: «cuando el frío vesperal de Junio, que los»

Así se pasó el mes de las heladas crudas y de sol radioso, viendo venir a lo lejos el espectro del hambre, porque los más de los colonos habían recogido flaca cosecha, y muchos estaban decididos a marchar a la ciudad para conchabarse como jornaleros y poder reunir algún pequeño caudal, fondo que les permitiese comprar semillas y subvenir a sus exiguos gastos de vida diaria, que en el indio se suman por centésimos, dada la mediocridad de sus gustos y la inversosímil parquedad de sus necesidades.

El éxodo se hizo general en la región que los *yatiris* (agoreros indios) dieron en creer condenada, ya que el mismo lago, siempre pródigo en dones, ahora se mostraba esquivo con sus riquezas de peces, aves y *totoras,* explotadas sin medida ni control desde tiempo inmemorial, hasta el punto de agotarse día a día por falta de una rudimentaria legislación que resguardase el raro tesoro de su fauna y flora, únicas en el mundo.

P: «agoreros indios, los *yatiris,* dieron en creer demanda ya que el mismo»; *V:* «agoreros indios (*yatiris*)—; *OC: yatiris*[18]»

Las noticias de los pescadores, a este respecto, eran cada año más y más alarmantes. ¡El lago sagrado de la leyenda incásica se moría! Poco a poco se retiraba, los veranos, para dejar en seco a los *totorales*, que se les veía amarillear, mustiarse sobre sus flexibles tallos y acamarse, por fin, sin tentar el apetito de los bueyes, que pasaban hollándolos, desdeñosos, la cabeza alta, brillantes los ojos, y las astas levantadas hacia el cielo, a buscar su alimento de verdes algas y tiernas *totoras* allá dentro, cerca las libres aguas... Se pudrían en las orillas lodosas, al contacto del agua impura, e infestaban con sus miasmas ponzoñosas ese ambiente estremecido por los hálitos fríos de la cordillera, cuyas cumbres blancas y enormes soplaban sobre el lago el aliento de sus nieves eternas. Se veía enormes extensiones de tierras negras, resquebrajadas, secas por los bordes y lodosas en las márgenes, acribilladas de huellas animales, donde se estancaban las aguas de las lluvias, para congelarse de noche con una capa dura de cristal. En las hendiduras hormigueaban millares de sapitos negros y de patas amarillas, menudos, invisibles casi al primer golpe de vista, regalo de los pájaros bobos, de las gaviotas, flamencos y patos, que en numerosas y bulliciosas bandadas trazaban enormes parábolas en el aire, se detenían en las orillas, reflejando su plumón en las quietas aguas azules.

P: «se retiraba todos los veranos para»

P: «veía amarillea», por errata evidente.

P: «y tenderse, por fin.»

P: «desdeñosos, y se iban, la cabeza alta.»

P: «sobre las orillas lodosas.»

L1 y *Pl:* «cardillera», por errata evidente.

P: «Se veía en las orillas enormes»

P: «márgenes y acribilladas de huellas»

P: «cada opaca de cristal. En las rajaduras hormigueaban»

¡Se secaba el lago y se iban las *totoras*, que no solamente son alegre fleco de sus riberas, sino el más precioso producto de su limo, pues con ellas se construyen las balsas en que los costeños transportaban los productos de la tierra, sirven de alimento a los hombres y a las bestias, se cubren los techos del hogar y dan mullido colchón a los enfermos! Y con las *totoras* y las algas se iban también los finos peces: el *kesi*, de vientre blanco y lomo azulado, el *mantu*, sabroso, de plateadas escamas, el *suche* ágil y espinoso, pero de carne deliciosa, y sólo quedaba el ordinario *karachi*, el menudo *hispi* y el inútil *chajana*.

P: «son el alegre fleco»

Al amanecer, cuando los pescadores tornaban a sus hogares, luciendo al sol las velas de sus balsas, venían cabizbajos y entristecidos porque únicamente lograban coger algunos peces para la comida de una jornada a cambio de pasar toda la noche mecidos por el viento helado, azotados por la lluvia, mal comidos y sin dormir.

P: «volvían a sus hogares luciendo»

P: «únicamente lograron coger»

Y decían los *yatiris* que el lago de Wiñaymarka,[b] hogaño generoso de recursos, ahora expulsaba, enfermo de males hechiceros, el mundo vivo de sus entrañas, arrojándolo hacia el estrecho de Tiquina, a las cercanías de la isla de Watajata, o a la desembocadura del río Desaguadero; pero tampoco se veía pasar a los isleños, en viaje al mercado de la capital, con sus cargas de pescados frescos, y los indios *urus*,[c] que viven y mueren en el lago sobre sus balsas y alimentándose de peces, de poco a esta parte se hacían más insociables y más hoscos, porque disminuía su tribu, mermada por el hambre y las privaciones...

L1, GC y Pl: «las cercanías de Watajata.».

L1, GC y Pl: «desminuía», por errata evidente.

Era, pues, preciso poner algún remedio a tan grande aflicción. Urgía no descuidarse en ofrendar a las divinidades lacustres, quizás celosas por el abandono en que las tenía la incuria de los hombres.

P: «aflicción y urgía no»

BA, L1, GC y Pl: «las tenían». La concordancia gramatical exige 'tenía'.

Así lo pensó Choquehuanka. Y una mañana radiosa de julio en que el sol lucía con extraordinario esplendor, arrancando áureos destellos de las olas irisadas por la brisa, convocó a los moradores de la hacienda para advertirles que al siguiente día debían celebrar la fiesta del *chaulla-katu*,[d] casi perdida ya, con los afanes que demandan el cultivo diligente de la tierra.

Puntuales fueron los pescadores.

Presentáronse vestidos con sus trajes de gala y

---

[b] **Wiñaymarca.** «Siempre protector»; de «wiñay», «siempre», y «márka», «protector amparo». Es la parte meridional del lago Titicaca, tras su división en el estrecho de Tiquina. De él sale el río Desaguadero.

[c] **úrus.** «Primitivos habitantes en una isla del Titikaka. Créese haber sido una raza de la que surgió la Tiawanáku».

[d] **chaulla-katu.** Del quechua «chállwa», «pez, pescado» o «acto de sacar alguna cosa de dentro el agua»; y «kkhátu», «vendedor».

rematada la punta de sus largos remos por un rodelete de paja tejida. Eran sesenta, y formados en la orilla, cada uno delante de su balsa, daban la ilusión de una compañía de lanceros.

P y *V*: «la ilusión de un regimiento de lanceros.»

A una seña de Choquehuanka comenzaron a desfilar los balseros por el canal abierto entre la maraña de los *totorales*. Delante iba el anciano conduciendo la red, y le acompañaban el remero y dos músicos: el uno provisto de un tamboril engalanado con flecos de colores, y el otro de su flauta revestida de papeles plateados.

P: «de un tambor engalanado»

Y al redoble acompasado del tambor y al son gemebundo de la flauta, iban los pescadores en fila, apoyando sus enormes perchas en el limo del fondo, y a cuyo impulso las balsas se deslizaban lentas y silenciosas. A su paso, las gaviotas levantaban el vuelo lanzando agudos chillidos, los patos escapaban por bandadas, las *chocas*. [e] huían azotando el agua con sus cortas alas y produciendo un ruido de cascada, las *panas* [f*] zambullían o se ocultaban entre los gramadales, sacando sólo la cabeza negra, que brillaba como flores entre las verdosas algas.

P y *V*: «deslizaban ligeras y silenciosas.»

Salieron así del límite de los *totorales* verdes y llegaron a la planicie ondulante de las libres aguas, transparentes como cristal. Los remeros adoptaron otra postura, porque las perchas ya no tocaban el fondo, y tuvieron que sentarse a remar para impulsar a las balsas.

P: «otra postura. Las perchas ya no»

P: «sentarse y remar para»

El sol hería oblicuamente las aguas y se veía el fondo de su lecho en sus menores detalles. Estaba tapizado de musgo de un verde claro. Aquí y allá brillaban, cual perlas, los moluscos de relfejos rosas y plateados, y se veía huir en bandada los peces, cuyos vientres blancos centelleaban como puñales al perderse entre las algas o a la sombra de las embarcaciones, que con su proa quebraban en prismas el fino cristal de la onda.

P: «claro y aquí y allá»

Llegaron a los dominios de la isla Ampura o

---

[e] **chocas.** En Chile y Bolivia, al menos, perdices.

[f*] **panas.** No he podido localizar qué tipo de aves sea, aunque Arguedas las define como «aves zabullidoras de dorado y rojo plumaje».

Patapatani, y allí se detuvieron, pues era imprudente seguir avanzando en aguas ajenas y no deseaban enconar aún más la cólera de los isleños, con quienes de tiempo inmemorial estaban en constante guerra. Se reprochaban mutuamente robarse la *totora* y cosechar los huevos de las *panas* en sus jurisdicciones, y muchas veces, tras cruenta lucha, habían tenido que dejar unos y otros sus muertos flotando sobre el agua, en la precipitación de la derrota. Y pues de algún tiempo a esta parte diezmaba sensiblemente las fuerzas de los costeños, obligados a huir o a emigrar para librarse de las crueldades del patrón, no era prudente provocar nuevos conflictos que se resolverían a costa de sus propios intereses.

P: «Ampura o Patapani (!!) y como era imprudente seguir avanzando en aguas ajenas para no encornar aun más la cólera de los isleños, con quienes de tiempo inmemorial estaban en constante guerra, se detuvieron. Se atribuían mutuamente»

P: «jurisdicciones y muchas veces unos y otros habían tenido que dejar sus muertos»

P: «para zafar de las»

—Podemos detenernos aquí— dijo Choquehuanka, poniéndose en pie sobre su frágil embarcación.

P: «frágil embarcación. Los pescadores cesaron de remar y sus balsas se agitaron»
El remero»

Los pescadores suspendieron sus remos y las balsas se agitaron rítmicamente al impulso de la brisa mañanera.[1]

El remero de Choquehuanka cogió la red y la echó al agua, inclinándose luego sobre la borda para verla bajar horizontalmente, arrastrada por las piedras aseguradas en el tejido. Los demás pescadores se fueron apartando poco a poco para formar un círculo casi perfecto, cuyo vértice era la balsa del viejo Choquehuanka.

P: «la redonda red y la echó»

P: «inclinándose sobre la borda»

P: «aseguradas en torno al tejido.»

—¡Adelante y cuidado! —gritó éste.

Y los sesenta remeros, a un solo impulso, hundieron sus perchas hasta el fondo, bruscamente y

P: «remeros, como un solo hombre, hundieron»

[1] P: «brisa mañera.
El paisaje de este punto cautivaba.
El estrecho de Tiquina, amurallado al fondo entre dos altos cerros, parecía un canal y fulgía intensamente a la luz del sol. A la derecha se extendía la áspera serranía rematada por las cumbres nevadas de la cordillera, y al frente, lejos, surgiendo de las aguas, el Sórata, albo, puro, inmaculado, levantaba al cielo sus cimas eternamente canosas.

con seco golpe. Al punto, de la balsa inmóvil volvió a levantarse el brioso redoblar del tambor y el melancólico son de la flauta.

P: «y con golpe seco. Al punto,»

Remaban mansamente los pescadores hundiendo sus perchas en los flancos de sus balsas, [1] y las ondas se movían alborotadas cual si dentro ardiese una llama y las hiciese hervir.

P: «hiciese hervir.
El círculo se fue estrechando a medida que las balsas acortaban su distancia del centro e iban casi juntas. Cuando comenzaron a rozarse entre sí.».

Cuando sus balsas comenzaron a rozarse entre sí, quedábase uno y avanzaba el otro, y pronto formaron dos círculos concéntricos, luego tres, y por fin, cuatro. En medio quedaba la red, y a un lado la balsa de Choquehuanka.

—¡Arriba! —gritó el anciano cuando los quince remeros del primer círculo tocaron con sus proas las borlas de la red.

P: «tocaron las borlas de totora de la red.»

Soltaron al punto las perchas y cada remero empuñó un cable. Los otros seguían hiriendo el agua, y eran tan fuertes sus golpes que levantaban un agitado oleaje, haciendo danzar las balsas, mojadas con las salpicaduras. Los músicos habían dejado de tocar sus instrumentos, y sólo se oía el golpe de los remos y el resoplido de los pescadores, sudorosos, con los cabellos tendidos al aire, los brazos cobrizos desnudos, surcados de venas gruesas.

P: «y cada uno empuñó el cable de la red. Los otros»

P: los brazos cobrizos y desnudos surcados»

Lucía el sol ya en medio de su carrera, y sus rayos se quebraban en las ondas, arrancando de ellas destellos luminosos teñidos con los colores del iris; una fuerte brisa hacía mecer en la orilla los ***totorales***, que de lejos parecían sembríos de verde avena.

P: «destellos luminosos e irisados con los colores»

—¡Arriba! —volvió a gritar Choquehuanka.

Tiraron de la red los indios y fueron recogiéndola en sus balsas conforme salía del agua; en el fondo de movían los peces, chocando contra los hilos de la malla, sin poder escapar.

P: «contra los hilos de la trampa, sin»

—¡Alto! —ordenó Choquehuanka cuando la red hubo aparecido del todo y flotaba al ras de las agitadas ondas.

P: «y su malla flotaba al ras de las agitadas hondas.»

[1] *P:* «Remaban los pescadores con tiento y a cada instante hundían sus perchas a un lado y a otro de sus balsas, y las».

Aprisionados en el tejido estaban todos los moradores acuáticos del sagrado charco, hasta las repulsivas *kairas,* sapos enormes de piel lustrosa y granujienta; pero faltaban el *suche* y sus vecinos los *mauris,* que huyen del agua estancada y anidan en los remansos de los ríos.

P: «Aprisionados en ella estaban»

P: «*Kairas,* ranas enormes,»

P: «granujienta, menos el delicioso suche y sus»

Levantaron la red y la depositaron sobre la balsa de Choquehuanka. Los peces, al sentirse fuera de su elemento, comenzaron a saltar, agitándose con movimientos tan bruscos, que hasta la balsa parecía temblar, estremecida.

P: «fuera de su elemento vital.»

Cogieron los más gruesos de cada especie y los apartaron, aprisionándolos en una lata de alcohol mediada de agua, y volvieron a vaciar el resto al lago. Los que no estaban heridos desaparecían, rápidos como centellas, bajo la balsas de los pescadores, orientadas todas a la costa hacia el naciente, y los otros quedaban flotando en la superficie, maltrechos.

Entonces comenzó la ceremonia.

Cada una de las autoridades, según su rango, cogía de la lata, con preocupaciones, un pez, le apretaba por las agallas y le abría la boca, en la que el viejo Choquehuanka introducía una hoja de coca y vertía algunas gotas de alcohol, pronunciando las palabras mágicas forjadas al calor del común deseo y de iguales esperanzas:

—¡Vete, pez, y fecunda en el misterio de tu morada la prole que ha de matar en nosotros, los pobrecitos hombres, el hambre que nos devora!...

P: «la hambre que nos devora»

Cada especie recibió el estupendo encargo y su ración de coca y alcohol, mientras batía el tambor y se desgañitaba el flautista; mas no bien se retiraron los pescadores rumbo a sus moradas, que *mijis,*

P: «en tanto que latía el tambor y se»

keullas, patos y *macamacas* [g] revoloteaban lanzando agudos chillidos alrededor de los pobres peces ebrios y lastimados, y se abatían, con ruido de picos y alas sobadas, a devorar los pescados que llevaban la misión de reproducirse para aplacar el hambre de los «pobrecitos hombres»...

[g] **Keullas*, mijis y macamacas.** Para el primero de los significados, «gaviotas». (Arguedas). De los otros dos vocablos no he podido localizar su exacto significado. Al parecer no son voces de origen quechua, como la mayoría de los vocablos utilizados por Arguedas, y no los recoge Lira. Tampoco los recogen Fernández Naranjo ni Bertonio.

III

Orlaba el terciopelo de la noche la celistia, claror de astros que da a las tinieblas una transparencia misteriosa, dentro de la que se adivinan los objetos sin precisar sus contornos. Rutilantes y numerosas brillaban en el cielo las estrellas, tan vastas y tan puras, que aquello resultaba el apogeo del oro en el espacio, y para celebrarlo se había recogido la llanura en un enorme silencio, turbado de tarde en tarde por el medroso ladrido de un perro o el chillido de alguna ave noctámbula. Y después, nada. Ningún rumor, ni el del río; ningún susurro, ni el de la brisa. Aquel silencio era más hondo que el del sueño; parecía de la muerte.

P: «celistia, vaguedad de claror que emana los astros y da a las tinieblas esa traslucidez misteriosa que deja adivinar los objetos»; *V:* «tinieblas algo como una transparencia»

P: «estrellas, pero tan hartas y tan puras, que»

P: «ningún frotamiento, ni el»

P y *OC:* «sueño; parecía el de la muerte.»

Choquehuanka, abstraído en sus pensamientos, caminaba con paso cauteloso por la orilla del río, rumbo a la vivienda de Tokorcunki. La perspicacia de sus ojos, habituados a ver en la noche, y la costumbre de andar por ese suelo, lo llevaban con una seguridad absoluta por entre las sombras. Iba recto, sin titubear, evitando los obstáculos insalvables y traidores para los extraños, aun con luz de pleno día, aquí, una guarida de conejos; allá, un atolladero bajo el limpio terciopelo del musgo: más lejos, una grieta disimulada entre el pajonal o el montón de piedras defendido por punzantes espinos.

P: «paso quedo por la orilla del río, rumbo de la vivienda de»

P: «ojos hechos a ver en la»

P y *V:* «aun con la luz de pleno»

—¡Lek... lek... lek... lek!... ¡Lek [1]... lek... lek, lek!...

L1, GC y *Pl:* «¡Le»

Alzóse el *leke-leke* [a] de entre sus pies, y el estridente alarido del ave repercutió dolorosamente en el enorme silencio de las tinieblas.

Es ave noctámbula y vigilante. Al menor ruido

P: «vigilante que el menor ruído»

---

[a] **leke-leke.** Del quechua «lékke». Es una especie de avefría.

insólito en la noche profunda, levanta el vuelo y lanza su grito alerta, alborotando las sombras y encogiendo de angustia el corazón. Los indios la veneran y escuchan con gozo su ajeo, pues les anuncia el paso furtivo de alguien por la llanura o les señala el vagar premioso de las bestias que huyen del aprisco, causando desperfectos en los campos de cultivo.

P: «Los indios la veneran con particular cariño, pues»

Estremecióse Choquehuanka y se detuvo un instante para escuchar el latido de las alas del ave que huía, y prosiguió luego su marcha, investigando de tiempo en tiempo los fuegos encendidos todavía en los fogones de las cocinas o en los cerros de las islas, donde se confundían con las estrellas, rojizas unas, azuladas otras, albas y diamantinas las más.

P: «todavía en las cocinas de los hogares indígenas, o en los»

En la atmósfera hubo un soplo y repentinamente se alzó el viento, arrancando agudos y prolongados silbidos de las duras matas de paja que crecían en las orillas escarpadas del río, y temblaban, vibrantes, cual cuerdas de un sútil instrumento...

P: «a las orillas escarpadas»

Aquí y allá, entre la sombra, y como sombras de sombra, se levantaban en relieve las casas de los colonos.

P: «sombras aun más opacas, se levantaban.»

Al acercarse a la del *hilacata,* lindante con el río, fue detenido Choquehuanka por el desesperado ladrido de un perro. Requirió el viejo su cayado y quedó en espera del can. Este, acobardado, detúvose en seco, pero puso más concentrado furor en sus ladridos.

L_1 y *Pl:* «*hiacata*», por errata evidente.

¡Condenado animal! ¿Es que ya no conocía al viejo Choquehuanka, el consejero del amo, y había perdido la vista y el olfato hasta el punto de confundirlo con un vulgar ladrón de gallinas? ¡Qué palo le asestaría si se pusiese al alcance de su arma!...

Una voz soñolienta y dura surgió de improviso desde el interior de un cuartucho débilmente iluminado.

—¿Quién es?

—Soy yo, Tokorcunki, y ataja tu perro, que ya no me conoce.

—¡Ah! ¿Eres tú, anciano *(achachila)*? [b*] Espera, voy a castigar a este holgazán...

P: «¿Eres tú, achachila?»

Se oyó el zumbido de una piedra y un aullido de dolor. El can huyó quejándose, y sus lastimeras quejas provocaron el ladrido de otros perros.

—De balde le castigas. No es culpa suya si los años ya no le permiten reconocer a los amigos.

—A ti no debe ladrarte; eres más que amigo... Pero entra, corre frío esta noche.

Avanzó Choquehuanka, esquivando tropezar con los toros que estaban tendidos en el suelo, atados a las estacas, y rumiaban lenta y ruidosamente. Los dos hombres se metieron doblados por el angosto y bajo agujero de la puerta y entraron a la caverna, tenuemente alumbrada por los últimos centelleos del fogón.

P: «ruidosamente y los dos hombres»
BA: «de metieron», por errata evidente.
P: «a la habitación débilmente alumbrada»; *V:* «a la habitación, tenuemente»

Sobre el poyo de barro y encima de tejidos *(kesanas)* [c*] de totora, crujiente por lo seca, estaban recostados tres chiquillos de caras mugrientas, junto a la madre, que por lo ajada y fea parecía una momia o una bruja. El áspero cabello hacía maraña en su cabeza, y por la abertura de la camisa se le veían los senos, secos y pendientes como dos vejigas desinfladas. Sentada en el lecho, al lado de las crías, refregábase con una mano los ojos con gesto de fatiga y mal humor y con la otra se rascaba la crin hirsuta y sin brillo.

P: «encima de *Kesanas* de»
P y *V:* «una momia. El áspero»
P: «con gesto de malhumor»; *V:* con gesto de mal humor.»

En las paredes, ennegrecidas por el humo, había estacas clavadas, y en ellas pendían vestidos, aparejos, sogas, cabestros, canastillas y útiles de pesca. Metido en un agujero cuadrado hecho en la pared, la embocadura de cobre del *pututo* [d*] cuerno lucía y centelleaba al fulgor de la lumbre agonizante. Más alto, en posición horizontal, sostenido por dos estacas, se veía el bastón de *chonta* con empuñadura y anillos de plata labrada, instrumentos ambos que

P: «del pututo lucía»; *V* y *OC:* «cuerno *(pututo)*»
P: «de la lumbre chisporroteante, y, más alto»; *V:* «chisporroteante».

[b*] **achachila.** «Anciano venerable». (Arguedas). También puede significar antepasado.

[c*] **kesana.** «Tejido de enea de totora que se usa de colchón sobre los poyos». (Arguedas). Procede del quechua «kessana», «estera, esterilla, tejido de esparto para tender en el suelo».

[d*] **pututo.** «Bocina de cuerno». (Arguedas). Aunque me parece innecesaria la explicación del vocablo, recordemos que procede del quechua «putútu», y que Lira la define como «trompeta hecha utilizando la concha de los moluscos gasterópodos o de las volutas».

son insignia de los jefes y lo único de algún valor artístico en toda la vivienda.

P y *V*: «toda la casa.»

—Buenas noches, mamita —saludó Choquehuanka al entrar.

L₁ y *Pl*: «Buenos noches», por errata evidente.

La mujer contestó con un gruñido y siguió rascándose la cabeza. Los chicos miraron un instante con curiosos ojos al intruso y luego se tendieron sobre su dura *kesana*, y, como los perros, hicieron rosca, y a poco roncaban apaciblemente.

P: «con ojos curiosos al»

Tokorcunki acercó al fuego un cajón vacío y le invitó a sentarse.

—¿Traes algo, abuelo?

—Nada. Sólo vine a recordarte que mañana debemos consultar el tiempo. Yo iré al lago y tú al cerro.

—Me parece inútil. También este año ha de ser seco, como los otros.

—Así parece, pero pudiera que nos equivoquemos. Las bestias no se equivocan nunca.

P: «Creo lo mismo; pero»

P y *V*: «Las aves no se»

—Quizás...

P: «Ya veremos.»

Callaron. Afuera, el viento gemía entre los pajonales.

—¿Y viste a Quilco?

—Le vi en la tarde. Sigue mal. Le duelen los huesos y no cesa de tiritar.

P: «En la tarde. Sigue mal. Le duele el cuerpo y no cesa»; *V*: mal. Le duele el cuerpo y no cesa»

—Capaz de morirse.

—Como tantos: no sería el único...

—Es culpa de *ellos*. Se obstinan en traer las semillas del valle, cuando las tenemos en toda la comarca, abundantes.

P: «Se empeñan en traer»

—Es que cuestan menos en el valle, y *él* sólo piensa en economizar.

—Está resultando peor que el padre: más cruel y más avaro.

—Se ha de podrir, por miserable. Limachi acaba de llegar de *pongo* y ha traído las vituallas para los trabajos del barbecho. ¿Sabes cuánto? Admírate: algunas libras de coca y media lata de licor...

P, *V* y *OC*: «de pudrir.».
P: «El Limachi acaba»

—¿Y qué quiere que hagamos con eso?

—preguntó con rabia Choquehuanka—. Apenas ha de alcanzar para medio día de trabajo.

—El padre era más generoso: nos enviaba lo menos un cesto de coca y dos latas de alcohol.

—¿Y vendrá este año?

—Limachi dice que no; pero ha prometido venir para las cosechas. Hasta en eso es miserable.

—¡Cobardes ustedes que lo soportan! ¡Yo ya me habría levantado! —interrumpió la mujer, con voz agria.

P: «que le soportan; yo ya me»

Los dos viejos volvieron los ojos hacia la momia y la miraron en silencio. Y Choquehuanka, con voz lenta repuso:

P y *V:* «los ojos hacia ella y la»

—¿Y para qué? ¿Quieres que nos maten o nos pudramos años de años en los calabozos de una cárcel? Nosotros no podemos nada; nuestro destino es sufrir.

Y su acento se hizo triste.

—Además —agregó el marido—, recuerda lo que nos pasó la última vez que intentamos sublevarnos. ¿Lo has olvidado ya?

P: «marido.— acuérdate lo que nos pasó la última vez que quisimos sublevarnos.»

—¡Ay, no! —repuso la bruja con miedo. Y se estremeció.

P y *V:* «repuso la india con»

Y ellos, los hombres, temblaron también.

Es que el recuerdo latía, terrible y vivo, en su memoria.

Exasperados por las crueldades del patrón, se propusieron acabar con él, una vez que había ido, por excepción, solo a la hacienda. Reuniéronse una noche algunos de los más descontentos, rodearon la casa, atrancaron por fuera las puertas, le prendieron fuego por los cuatro costados y se fueron tranquilamente a la suya para contemplar el desastre, después de haberse prometido, con juramento, no revelar jamás a nadie el secreto de su fechoría.

P: «intentaron acabar»

P: «Se reunieron una»

Al fragor del incendio despertaron el patrón y el mayordomo, rompieron a martillazos las puertas, y en tanto que el empleado, con pretexto de salvar las bestias encerradas en el corral, se daba a la fuga en el caballo del patrón, éste, en calzoncillos y desarmado, buscaba refugio en un cebadal a orillas del lago, donde seguramente le dieran muerte sus colonos si por su buena fortuna no hubiese encontrado al alcance de su miedo una balsa de pescador con los remos encima, y en la que emprendió la huida con toda la salvaje energía de un coraje poderosamente estimulado. Amaneció en la isla de Patapatani, donde el empleado le procuró lo preciso para su viaje a La Paz.

P: «no hubiesen encontrado», errata evidente que rompe la concordancia gramatical.

Una vez en su casa y ya repuesto del susto, quiso tomar debida e inmediata venganza de los indios. Requirió de la autoridad un piquete armado que le fue concedido sin la menor dificultad, porque el prefecto, [1] a más de amigo íntimo, era su colindante y le convenía, como a pocos, que de tiempo en tiempo algún patrón ofendido mostrase de lo que eran capaces los blancos cuando se trataba de defender sus propiedades. Puso, pues, sin dilación y a su inmediata orden una veintena de gendarmes comandados por un oficial. Y con éstos y los diez o doce amigos que él y su heredero pudieron reunir, encamináronse todos, armados hasta los dientes, a la hacienda, donde llegaron de intento al amanecer.

P: «los indios y requirió de la»

P: «se trataba de la defensa de sus propiedades.»

Los revoltosos, aunque dispuestos para el ataque, fueron sorprendidos, pues nunca pensaron que de un día para otro tornase en armas el agraviado patrón. Alboreaba el día, y al oír el lejano ajeo de los *leke-lekes* aplicaron el oído al suelo, recelosos, y al escuchar tropel de bestias herradas, se dieron prisa en huir los diligentes, arrastrando sus familias, sus ganados y sus enseres y desaparecieron definitivamente, abandonando en manos del vengativo patrón sus chacarismos ya maduros y a punto de cosechar.

P: «porque nunca»

P y *V:* «el lejano chillido de los»

P: «herradas, los diligentes se dieron prisa en huir con sus familias,»; L_1, *GC* y *Pl:* «se dieron prisa en huir y los diligentes»

P: «y en punto de cosecharse;

[1] *P:* «porque, a más de haber hecho los periódicos, a insinuación del interesado y con los datos suministrados por éste, la relación fantástica y tremenda del atentado, el prefecto era amigo íntimo del patrón y, sobre todo, poseía en las proximidades del lago una hacienda, y no era de más que de tiempo»; *V:* «porque el prefecto era amigo íntimo y vecino del patrón, pues poseía en las proximidades del lago una hacienda, y no era de más que de tiempo»

Los perezosos o los confiados, sin tiempo para nada, huyeron, solos, de sus casas, dejando a su suerte padres, hijos, esposas y bienes y como la fuga era indicio de culpabilidad, ardieron las casas luego de ser saqueadas, las bestias fueron incorporadas a los ganados de la hacienda y padres, hijos y esposas fueron conducidos a rastras a la casa patronal, ayer limpià y alegre y hoy convertida en viejo y sucio solar ennegrecido por el humo del incendio, y arrojados, en montón, en medio del patio.

mas los perezosos»
P: «para tomar ninguna diligencia, huyeron.»

P y *V:* «de sus casas, que al punto ardieron, después de saqueadas, y abandonaron esposas, hijos y padres que, atados de pies y manos fueron conducidos a rastras a» (*P* recoge «a rastra»).

Ya claro el día, con el sol, repicó la campana de la capilla llamando a la peonada. Se dieron prisa en acudir los siervos; y entonces fueron testigos de una escena que puso espanto en sus almas y curó en ellas, de inmediato a lo menos, todo conato de venganza, aunque añadió recio combustible a la hoguera de su odio.

En el solar de la casa, los soldados, arma al brazo, formaban cuadro y yacían en actitud de fuerza confiada y de indomable serenidad, que en ellos resultaban cómicas porque casi todos ostentaban en el rostro cobrizo y en la áspera crin los signos de su procedencia genuinamente indígena, sin la menor gota de sangre extraña, diferenciándose de los otros únicamente en el uniforme militar, que en la imaginación de los indios despierta penosas remembranzas.

P: «arma en brazo.»; *L1*, *GC* y *Pl:* «armas al brazo.».

Entraban al solar los indios temblando como bestias enfermas, con los ojos fugitivos, y poniéndose de rodillas besaban la mano del patrón con rendida humildad y ciega hipocresía.

P: «como bestias, con los ojos»

Se llenó pronto el patio. Entonces, Pantoja, con severo continente y acento de profundo rencor, increpó a la consternada servidumbre:

P: «el vasto patio. Entonces.»

—Malagradecidos, yo nunca les he ocasionado ningún mal y han intentado matarme... Son ustedes unos desalmados; no saben respetar al patrón, que es el representante de Dios en la tierra, después de los curas... ¿Qué motivos de queja les he dado para

P: «Malagradecidos (sus ojos fulguraban) Malagradecidos, yo nunca les he hecho nada malo y han querido matarme»
P: «desalmados y no saben respetar»

que no estén contentos conmigo? ¿Les obligo acaso a trabajar como otros patronos?

P: «como otros patrones?»

Y dirigiéndose al viejo *hilacata,* que estaba allí, en primera fila, pálido y miedoso, le increpó:

—Di, tú, Choquehuanka, que eres el más racional de estos asesinos, ¿de veras soy malo con ustedes? ...

L₁ y *Pl:* «Coquehuanka», por errata evidente.
L₁, GC y *Pl:* «veras que soy malo con»

El indio irguió la cabeza por un segundo y clavó sus ojos, cansados de contemplar la tristeza de esa tierra en los ojos del patrón. Luego abarcó el grupo tembloroso de sus iguales, y volviendo a humillar la cerviz, repuso con acento balbuciente:

P: «inclinar la cerviz,»

—No, *tata,* no eres malo.

—¿Es que les pego sin motivo?

El viejo guardó silencio; estaba grave, y su rostro, como los demás, permanecía rígido e inmóvil. Pantoja, ante el silencio del viejo, volvió a repetir su pregunta. Choquehuanka tornó a mirar a los suyos y contestó con el mismo tono:

L₁, y *Pl:* «Coquehuanka», por errata evidente.

—No, *tata;* sólo nos pegas cuando tenemos culpa...

—¿Y de qué están descontentos entonces?

Tampoco habló el *hilacata.* Con los brazos cruzados sobre el pecho, en humilde postura, y los ojos bajos, miraba el suelo fijamente, sin moverse, duro como una estatua, igual a los otros. Todos guardaban el más profundo silencio, y hasta allí llegaban los menores ruidos del campo: una gaviota que crotaba siguiendo las curvas del río, el lejano castañetear de las gallinetas o el bufido de un toro en celo.

P: «Nuevo silencio del hilacata.»

P: «si moverse.», por errata evidente.

—Di: ¿por qué se quejan? —insistió Pantoja, ya medio irritado ante el silencio del viejo.

P: «del viejo. Entonces»

Entonces, éste, con voz más firme, habló:

—Bueno, señor, te lo he de decir... Cuando estos tus hijos —señalando con un gesto de la mano a la peonada— van de *pongos* a la ciudad, dicen que no les das bastante de comer y que la señora y los niños los castigan con rigor por cualquier cosa. Nos

P: «de cualquier cosa.»

exiges diez cargas de *taquia* [e*] semanales y dos pesos de huevos y apenas dan las bestias para seis cargas y los huevos los compramos nosotros a dos por medio para dártelos a ti por tres. En tiempos de siembras o cosechas, jamás nos regalas, como otros patronos, o como tu mismo padre, con licor, coca y merienda, y el avío nos los ponemos nosotros, sin merecerte nada a ti; cuando faltan semillas o tenemos la desgracia de incurrir en cualquier error, nos castigas enviándonos a los valles, donde atrapamos males que a veces matan y nuestras bestias se malogran, sin que haya quien nos indemnice de tanto daño... Esto nos apena el corazón, pues pase que nos pegues, que tu mujer y tus hijos nos rompan la cabeza o nos maltraten las espaldas; pero no nos obligues a perder nuestras bestias y a gastar nuestro dinero...

P: «para ocho cargas y»

P: «En los tiempos de»

P: «como otros patrones, con licor,»; *V:* patronos, con licor»

Se puso a sollozar, y los otros le imitaron. Y del grupo se levantó un gemido doloroso y profundo. Pantoja, que creyó que el miedo iba a atar la lengua de los cuitados, al ver revelada su tacañería a los ojos de sus amigos, se indignó de veras y, naturalmente, acudió al insulto y empleó el argumento de los terratenientes...

P y *V:* «se indignó de veras: —¡Mentira de»

—¡Mentira de ustedes, bribones!... Lo que ustedes quieren es vivir libres de toda obligación, haciendo su voluntad. Son flojos y no saben otra cosa que robar y mentir... Y es que yo he sido muy bueno; pero de hoy en adelante seré malo, ya que ustedes sólo obedecen a palos, como las bestias... ¡Nos pegan!... ¿Y cómo no se les ha de pegar si son perezosos y ladrones?... Se quejan de que se les pide *taquia* y huevos y se les manda al valle por semillas... ¿Y qué obligaciones quieren cumplir en pago de los terrenos que se les da? ¿Creen que nosotros compramos haciendas para que ustedes vivan de balde en ellas y sin trabajar?... ¡Bonita cosa! El que crea que no está bien conmigo, que se vaya, no lo

[e*] **taquia.** «Bosta seca de llama que se emplea como combustible». (Arguedas).

necesito. Al contrario. Yo no quiero gente ociosa ni asesina...

Hablaba con creciente cólera y era sincero en lo que decía: tenía gente de sobra. Con ciento cincuenta peones podía doblar el área de tierra cultivable, pero tenía trescientos, que acaparaban las mejores parcelas del fundo y le hacían vivir en constante inquietud y con la continua zozobra de ser fácilmente asesinado el mejor día de esos...

P: «Así hablaba con»

P: «gente demás»: V: «gente de más.»

—¡No; quien no esté contento conmigo, que se vaya; no lo necesito! Yo tampoco estoy satisfecho con ustedes: son mañudos, insolentes y levantiscos. ¿Acaso no intentaron asesinarme la otra noche? ¿Y quién me ha de pagar ahora lo que he perdido en el incendio de la casa?...

P: «Yo tampoco lo estoy con ustedes:»

Al recuerdo del atentado, tembló de coraje Pantoja.

Desde esa noche se sentía decaído, enfermo, con un dolor sordo en el costado. Y la tos que no le dejaba hablar siquiera... ¡Ejem, ejem, ejem!...

—¿Lo ven, pícaros? Estoy enfermo, y ustedes tienen la culpa. Huyendo de sus manos criminales cogí frío, y desde entonces...

P: «¿Lo ven ustedes, pícaros?»

No: eso merecía un castigo ejemplar...

Hizo una señal al sargento. Éste, de antemano ya instruido, casi ebrio con el vino del terrateniente, llamó a dos soldados, y juntos arrastraron por los pies a uno de los que Pantoja señaló como principal cabecilla, le desnudaron por completo y le tendieron sobre el césped chamuscado del patio, cogiéndole cada uno por un brazo, mientras que el sargento cabalgaba en el cuello del peón, manteniendo inmóvil la cabeza bajo el peso de su cuerpo.

P: «Hizo una seña al sargento, y éste, ya instruido de su misión, casi ebrio como los demás con el vino del»

Entonces, uno de los cabos desligóse de la de la cintura su látigo rematado en la punta por una porra de estaño y comenzó la azotaina, haciendo silbar su cuerda con fruición y hasta con entusiasmo.

P: «de este año y aproximándose al prisionero comenzó la azotaina haciendo»

Cada golpe marcaba surco azul con cabeza roja en la bronceada piel, y a poco brotó la sangre, salpicando la cara y la ropa de los soldados que

P: «y a poco apareció la sangre que salpicaba la cara y»

sujetaban al paciente, el cual se retorcía aullando de dolor e implorando la piedad del amo.

P: «la piedad de su verdugo.»

Pantoja, de bracero con el oficial, paseaba a lo largo del patio, fumando cigarrillos, y los dos acariciaban de tiempo en tiempo las cachas de sus revólveres puestos en evidencia, como para advertir a los indios que al menor signo de protesta harían uso de sus armas.

P: «acariciaban de rato en rato la cacha de sus»; V: «la cacha de sus.»

A los diez minutos el cabo dio signos de fatiga, y fue reemplazado por otro. Después vino un tercero; y así, por turno, fueron macerando las carnes de los infelices, ebrios de vino, de sangre y de placer, sin acordarse ninguno que la sangre derramada corría pura, sin mezcla, por sus venas...

P: «la sangre que derramaban, corría»

Entretanto, el hijo del patrón y algunos de sus amigos cazaban en el lago. Se oía el incansable traquido de sus armas, que llegaba hasta el patio, donde los indios, pálidos, descompuestos, miraban la feroz faena, sin decir palabra ni hacer un gesto; su inmovilidad era todavía más rígida y sólo se les veía pestañear con precipitación.

P: «en el lago y se oía»

—¡Perdón, *tata,* perdón, por Dios! Yo no he incendiado la casa... ¡Perdón!... —se quejaba y plañía dolorosamente el flagelado.

Aproximósele Pantoja, y ordenando a los cabos que se detuvieran un momento, interrogó al miserable:

—¿Y quién ha sido entonces?

—No sé, *tata* —gimió el otro debajo las nalgas del soldado.

P: «el otro de debajo las nalgas»

—Mientes, canalla; sabes. ¿Quién ha sido?

—No, sé, *tata*... ¡Por Dios, que no me atormenten más!...

P y V: «no me peguen más»

Se alzaban sus espaldas con sollozos y le temblaban las carnes de las piernas con temblores intermitentes y convulsivos.

P: «con los sollozos y le»

—¿Quién ha sido? —insitió Pantoja, testarudo y gozoso de mostrar semejante espectáculo a los indios, muchos de los cuales lloraban enternecidos y miedosos.

—No sé, *tata;* yo no he sido... Estaba pescando en el lago esa noche y no vi nada.

El patrón sonrió, incrédulo. El conocía bien a su gente, pues no en balde había vivido más de treinta años manejando fincas y tratando a los indios. Eran hipócritas, mentirosos, ladrones; sólo querían vivir a costa de los patrones, sacando de los bolsillos de éstos todos sus bienes.

P: «y no en valde había»

Hizo otra seña, y el cabo púsose a pegar con más ganas todavía, vanidoso de su habilidad consumada en el manejo del infamante instrumento, impasible ante el dolor ajeno.

P: «más ganas que antes, vanidoso.»

P: «del dolor ajeno.»

Un mocetón, alto, fornido, musculado, no pudo reprimir por más tiempo su angustia. Echóse a los pies del patrón y abrazándole las piernas, sollozó:

L, GC y *Pl:* «musculoso.».

—¡Perdón, *tata*! Es mi padre... Tiene sesenta años.

—Sí, ¿eh? Pues para que no sepa sublevarse otra vez.

P: «para que aprenda a no sublevarse»

Y de una patada echó a rodar al fornido labriego.

Los otros, aterrorizados, gimientes, cayeron en masa de rodillas:

—¡Perdón! ¡perdón!...

Pantoja, triunfante, paseó la mirada sobre esos trescientos esclavos humillados.

—¡Ah, pícaros! ¿Les duele?... ¡Me alegro! ¿Y por qué quisieron asesinarme?

—¡Perdón! ¡perdón! —gemía Choquehuanka, tembloroso y hundiendo en el suelo su rostro mojado por las lágrimas...

P: «humillando al suelo el rostro humedecido por las lágrimas»; *V:* «humillando al suelo el rostro mojado por las lágrimas»

—¡Ya no más, *tata;* te vamos a querer y a respetar siempre!... ¡Ya no más! —seguían gimiendo los otros, que sentían vehementes deseos de escapar para librarse del horroroso espectáculo, mas ninguno abrigaba la más remota intención de hablar y delatar a los compañeros; primero se harían matar todos a azotes, antes que traicionar a los suyos.

P: «pero sin abrigar ninguno la más»

Así lo comprendió Pantoja. Y en vez de deponer

su encono a la vista de la sangre y de las lágrimas, sintióse más enfurecido todavía y renovó su orden a los cabos, recomendándoles extremasen el rigor de sus músculos.

P: «comprendió el patrón. Y en vez de deponer su cólera a la»

Los soldados, excitados por la promesa de una buena prima y con el alma sorda a los sufrimientos de los indios, sus pares, así lo hicieron, y a poco blanquearon los huesos. El paciente no daba señales de vida. Sólo de rato en rato un ronco gemido se escapaba de su pecho.

—¿Cuántos van, sargento?

—Setecientos, teniente.

—Bueno, basta; ahora a otro.

Y así, uno a uno, fueron flagelados los sindicados, sin que uno solo de esos siervos hiciese un movimiento de protesta, atontados, embrutecidos por el terror y el espanto.

P: «de esos esclavos hiciese»

P: «entontecidos, embrutecidos»

Todo el día duró la azotaina; y el día entero también permanecieron los patrones como testigos exasperados pero impotentes ante la crueldad del agraviado y vengativo Pantoja.

P: «los otros como»

P y V: «impotentes a la crueldad»; OC: «importantes, ante la crueldad»

Cuando los soldados hubieron arrojado, desfallecido de dolor, al último sobre una manta deshilachada y lo dejaron en brazos de sus parientes, martirizados por la angustia. Pantoja, que desde hacía rato venía preparando un discurso, habló frente a los consternados peones.

P: «parientes enloquecidos por la»

—¿Lo han visto? Pero esto no es nada todavía. Si en otra tuvieran la desgracia de sublevarse, los hago matar a palos... El señor prefecto es mi amigo y puede mandar toda la tropa que yo quiera...

Luego repuso, con inflexible acento de mando:

—Ahora tienen que trabajar la casa, ponerla en el estado en que estaba y pagarme todo lo que allí se quemó... ¿Entienden?

—Sí, *tata;* entendemos —sollozaron los siervos, siempre de rodillas.

P: «sollozaron los otros, siempre»

Y se sometieron por el rigor, como las bestias; pero creció su odio hacia los blancos. El viejo Choquehuanka lo dijo frunciendo severamente la frente:

—Bien está. También las llamas andan cuando se las pega, pero saben patear. El camino de la vida es largo, y no todas las veces ha de haber tropas en la hacienda.

Volvieron los peones a sus faenas, aparentemente sometidos; pero muchos, después de sacar sus cosechas en verde, abandonaron para siempre la hacienda, sin ánimo de someterse a las exigencias del patrón. Pantoja, con pretexto de indemnizarse por los daños, reedificó la casa incendiada, y al lado hizo construir una nueva, con materiales gratuitamente transportados por los indios, más amplia que la antigua por la abundancia de corralones, pesebres, depósitos y *aijeros,* la dotó de algunos muebles, muchos de los cuales, no siendo posible llevarlos a lomo de bestia, fueron conducidos a pulso y en muchos días de viaje. Así pudo tener un pianito ordinario pero de regular aspecto, armarios con espejos, catres de hierro y de madera, una mesa enorme de comedor y otros muebles poco o nada conocidos en las haciendas del altiplano, donde la dificultad de los transportes, generalmente invencibles, y la miseria de los hacendados, hacen que la vivienda en el yermo sea pobre e ingrata. Los campos abandonados por los fugitivos se cosecharon para el patrón y luego se incorporaron al lote de la hacienda, que de mil hectáreas cultivables se convirtieron en casi el doble.

P: «patrón que con pretexto»

P: «indios y más amplia»

P y *V:* «de cien hectáreas cultivables se convirtieron en ciento veinte»

Todo, pues, recuperó su aspecto de costumbre. Sólo que ahora los peones dejaron de acudir a la casa patronal, cual si la hubiesen maldecido los brujos de la comarca *(laikas),* y si tenían que pasar cerca, lo hacían de prisa, tratando de esconderse entre los montones de piedras coronados de espinos, abundantes en los contornos, y que habían sido formados uno a uno, en barbechos sucesivamente labrados por muchas generaciones de labriegos indios.

P: «los brujos de la comarca, y si tenían que pasar por cerca, lo»; *V:* «los brujos de la comarca, y si»

Algo más hizo Pantoja. Mandó como administrador de la hacienda a uno de sus ahijados, Tomás Troche, cuyos puños conocía desde los no lejanos

L1 y *Pl:* «Pandoja».

P: «conocía de sobra desde»

tiempos en que, nombrado intendente de La Paz, hacía castigar a golpes y patadas las opiniones políticas de su adversarios, y eran los policiales sarta de forajidos ligados al mandatario imperante por lazos de parentesco espiritual.

Troche llevaba muchas víctimas a cuestas. Bruto, intemperante y sensual, se había ganado legítima fama de matón entre los de su partido por la solidez de sus puños y la ferocidad de sus hazañas. Hacía ostentación de sus crímenes con desconcertante desenvoltura y por el más insignificante motivo ofrecía dar de balazos y bofetadas, porque para él las únicas razones atendibles eran las que se dan con puñetazos, y tenía más confianza en la eficacia de sus golpes que en los más fundados razonamientos.

P: «déspota, se había»

P y *V:* «con puñetes y tenía»

Pero, como buen cholo, únicamente era audaz cuando estaba con sus amigos o contaba con el apoyo de alguien. Solo, era incapaz de alzar la voz a un chiquillo, no obstante la fortaleza de su brazo; de ahí que jamás aflojaba el bastón ferrado o el revólver.

P: «era audaz únicamente cuando»

Como en el tiempo que ejerciera su oficio de sayón se había concitado muchos y temibles enemigos, andaba disgustado de su puesto y buscaba una colocación más segura en alguna hacienda o pueblo apartado de la comarca. Y le vino de perlas la proposición de su compadre Pantoja para enviarlo como administrador a su hacienda de orillas al lago, donde —le dijo— podría hacer buenos negocios con los indios rescatando sus cosechas y vendiéndolas en la capital.

P: «la capital, y le vino de perlas la proposición que le hiciera su compadre Pantoja de enviarlo»

Troche puso en inmediata ejecución el consejo de su compadre; pero con tan buenas mañas, que en menos de dos años logró reunir un pequeño capital, con la ayuda certera de su mujer y de su hija Clorinda. Inventaban las hembras mil ardides para enriquecer a costa de los indios, quienes pronto hubieron de ver el poco acierto con que habían obrado levantándose.

P: «y, con tan buenas»

P: «ayuda inapreciable de su mujer y de su hija Clorinda que inventaban mil ardides»

Vanamente elevaron sus quejas al patrón, cre-

P: «Y vanamente elevaron»

yendo ser oídos. No les escuchaba o daba razón al administrador, feliz de haber encontrado un hombre de hígados, capaz de reducir a esos caníbales que le obligaron a fugar en calzoncillos y ocultarse, como bestia perseguida por hambrienta jauría, en el charco. Y agradecido, escribía a Troche aconsejándole no dejarse intimidar por ninguna queja, con lo que el cholo extremaba su tiranía y castigaba la más insignificante falta a golpes de puño y palo.

P: «creyendo que serían oídos.»
P: «administrador muy feliz»
P: «hambienta jauría». Es otra de las frecuentes erratas de *P*, de que ya se quejara Alcides Arguedas.

Los colonos, pese a su exasperación, no se atrevían a intentar ninguna demostración belicosa, aleccionados por los rigores que les había valido su hazaña de hacer dormir al patrón en el cebadal, bajo la lluvia y el viento.

P: «a pesar de su exasperación.»
P: «el patrón.»

Poco después murió Pantoja.

Entonces creyeron los colonos que disminuiría el duro peso de su yugo y bendijeron sinceramente la muerte del amo, pero bien pronto tuvieron que desengañarse, porque el hijo conservó la herencia del padre íntegra y mantuvo el empleado. Y pues vieron, a poco andar, que el joven Pantoja era aún más avaro y más cruel que el difunto, muchos buscaron *sayañas* en otra hacienda, y los demás, encariñados con su casa, resignáronse a sufrir todavía.

P: «yugo y se alegraron sinceramente de su muerte; pero»
P: «desengañarse. El hijo conservó»
P: «angurriento y más cruel que el difunto, muchos»

Soportaban, pues ahora, entristecidos, la dura esclavitud. ¿Para qué sublevarse a protestar, si estaban seguros de que iban a ser estériles sus esfuerzos y quedar inútiles sus quejas? ¿Qué podían ellos con sus primitivas armas de combate frente a los mortíferos instrumentos de muerte de los blancos? No; vano resultaba el consejo de la mujer de Tokorcunki. Eran vencidos y estaban condenados a sufrir en silencio, pasivamente. ¿Hasta cuándo? ¡Quién sabe! Acaso por siempre, hasta morir...

P: «esfuerzos o sus quejas? ¿Qué...»
P: «los mortíferos instrumentos que poseían los blancos? No; era, pues, vano el consejo»

—Sí; duro la hemos pagado —repitió el viejo Choquehuanka al recuerdo de estas crueldades; y quedó caviloso y mustio.

P: «quedó callado.»

Los otros no respondieron. Acaso repasaban en su imaginación las desdichas que de entonces a acá venían padeciendo.

Después de un momento de profundo silencio, Choquehuanka se puso en pie y dijo:

—Me voy; y no olvides lo de mañana: tú al cerro, y yo al lago.

Y salió.

Un gallo cantó en la lejanía saludando la media noche, le respondio otro.

El viento seguía silbando.

IV

Choquehuanka se levantó con el alba, cogió del patio una de las pértigas apoyadas contra el techo, echóse encima un manteo, y salió al campo.

Todavía parpadeaban las estrellas en un cielo turquesa, de placidez infinita, y las bestias aún no habían despertado de su sueño. Un silencio profundo pesaba sobre la llanura y los objetos ya perdían sus contornos en la tenue claridad de la aurora.

P y *V:* «pesaba sobre la llanura. Andaba el»

P: «con los ojos fijos en tierra.»

P: «algo empeñosamente, y otros muchos»

Andaba el anciano con los ojos empeñosamente fijos en tierra, cual si buscase algo. Otros muchos hacían lo propio; mas al verle, se le reunieron, y en grupo, se alejaron hacia la costa, sin dejar de examinar atentamente el suelo.

Al fin, uno se detuvo y llamó a Choquehuanka para enseñarle una piedra azulada, plana y de regulares dimensiones.

P: «Una vaga angustia»

P: «De esa piedra»

Vaga angustia oprimió el pecho del anciano, porque de esa piedra iba a recibir en esa aurora la revelación de un misterio que ni él con su sabiduría, ni otros antes que él, supieron explicarse jamás: si la piedra llevaba el dorso enjuto, era seña inequívoca de que el año sería seco; si escarchado, abundarían las lluvias y habría cosechas.

P: «seco; si húmedo, sería lluvioso y habría cosechas.»

Se inclinó, tómola cuidadosamente y miró el lado en que apoyaba en tierra. Estaba seco, y en sus asperosidades una araña había tejido su hilo. Hizo un gesto de contrariedad y la enseñó a los otros:

—¿Lo ven? Tenemos mal año.

—Ya lo sabemos; todas se presentan así.

P: «todas están así.»

Estaban tristes, afligidos, y callaron.

A poco se les reunieron los otros cateadores, y

P: «los otros que andurreaban con las siluetas inclinadas en la misma faena y todos traían»

todos traían idéntica convicción: el dorso de las lastras, seco en estos primeros días de agosto, anunciaba falta de humedad en la atmósfera, y por consiguiente, ausencia de grandes lluvias, es decir, año fatal.

Apareció Tokorcunki. Había salido al amanecer de su casa y venía del cerro, donde fue a ver si los gansos silvestres habían anidado en las alturas, que es otra señal de tiempo, y estaba desolado.

—¿Qué hay, Tokorcunki? —interrogó el viejo Choquehuanka—. ¿Encontraste nidos en los cerros?

—No; todos están en el plano.

P: «Nó: están en el plano.»

—Como el año pasado, entonces.

—Como el año pasado.

P: «—¡Como el año pasado!»

Guardaron silencio. Unos miraban el lago, mustios, y otros mascaban coca lentamente.

P: «Todos guardaron silencio.»

—Parece que los campos están *kenchas* [a*] (embrujados) —dijo uno, miedoso.

P: «*Kenchas*»; *V:* «embrujados (*Kenchas*)»; *OC:* «*Kenchas* [19]».

—Se habrá enojado Dios —repuso otro.

—Aún nos falta una prueba, la decisiva, y vamos a ensayarla —dijo Choquehuanka, encaminándose a la orilla del lago.

P: «hacia la orilla del lago. Cuando hubo llegado a ella se volvió»; *V:* «a la vera del lago.»

Una vez allí, se volvió hacia el *hilacata* y le ordenó:

—Anda a ver tú, pues yo ya soy viejo para meterme en el agua, y ojalá nos traigas más consoladoras noticias. Las aves no se engañan nunca y tienen mejor instinto que nosotros, los hombres.

L1, *GC* y *Pl:* «en el agua, ojaló nos»

—Anda tú, anciano. Conoces mejor que nadie el secreto de las cosas y entiendes su lenguaje, para nosotros impenetrable —repuso el *hilacata* con fervorosa deferencia.

P: «entiendes el lenguaje en que hablan, para»

Los otros aprobaron en silencio con un signo de cabeza, pues tenían ciega fe en la sabiduría y experiencia del anciano y nadie osaba nada sin su aprobación.

---

a* **kencha.** «khencha». «embrujado, endemoniado». (Arguedas). Lira lo recoge con significados similares: del quechua «'kkhéncha», «fatalidad, destino hado, fuerza irresistible y ciega que obra sobre los hombres y los acontecimientos, suerte mala».

Choquehuanka [b] era el jefe espiritual incontestable de la comarca, y su fama de justo, sabido y prudente la traía por herencia pues era descendiente directo del cacique que cien años atrás había saludado en Huaraz al Libertador con el discurso que ha quedado como modelo de gallardía y elevación en alabanza de un hombre y esa su fama había cundido en las haciendas costeras, trasmontando las islas y aun llegando a los pueblos de Aygachi, Pucarani, Laja, Peñas, Huarina y Achacachi, de donde venían a consultarle sobre diversos asuntos, no solamente los indios, sino los mismos cholos, y muchos decían que hasta ciertos patrones no desdeñaban nunca poner en práctica sus consejos.

P: «de la región, y»
P y *V:* «y su fama de justo, sabido y prudente había invadido las haciendas» *L₁*, *GC* y *Pl:* le traía por herencia»

Era un indio setentón, de regular estatura, delgado, huesoso y algo cargado de espaldas, lo que le hacía aparecer canijo y menudo. Su enmelenada cabellera mostrábase deslucida con los años y las canas le brillaban sólo entre los mechones que le cubrían las orejas. Su rostro cobrizo y lleno de arrugas acusaba una gravedad venerable, rasgo nada común en la raza. Era un rostro que imponía respeto, porque delataba corazón puro y serena conciencia.

P: «arrugas tenía una gravedad»

De todo hacía Choquehuanka en la región: era consejero, astrónomo, mecánico y curandero. Parecía poseer los secretos del cielo y de la tierra. Era bíblico y sentencioso.

P y *V:* «y de la tierra. No tenía»

No tenía envidiosos, émulos ni enemigos, salvo los curas de los pueblos donde corría la fama de sus bondades y de sus hazañas. Creían los buenos personeros del buen Dios que si no era sumisa, según sus deseos, la indiada de todos esos contornos, era porque oía de preferencia los consejos del anciano, no siempre favorables a sus intereses perecederos y terrenales, pero nunca desdeñados. Le acusaban de hechicero y de mantener secretos pactos con los demonios y otros seres malignos y perversos, sin sospechar, los inocentes, que tales

P: «salvo, naturalmente, los curas de»

P: «de sortílego y de mantener»

[b] **Choquehuanka.** Sobre el nombre del personaje y su función en la novela, estrechamente relacionada con este texto, véase la nota (g) del capítulo I°, 1ª parte.

imputaciones, en vez de concitarle la animosidad de los indios, ponía sólidos remaches a su veneración, porque le presentaban poseyendo cualidades negadas a los demás hombres, llámense sacerdotes o lo que se quiera.

Como curandero, hacía maravillas el viejo Choquehuanka.

De mozo, y cuando pastor, había aprendido a conocer en las bestias los males de los hombres, percatándose que era corta la diferencia entre unas y otros. Diestro *taliri* (masajista), sabía, en el primer golpe de vista, descubrir el miembro roto o dislocado. La anatomía humana no guardaba secretos para él. En el color de los ojos, en el pliegue de los labios, conocía los males, y sabía si provenían de la carne o de *allá adentro*.

P: «hombres, y a comprender que era»

P: «*taliri*»; *V:* «masajista *(taliri)*; *OC:* «*taliri* [20]».

P: «En la color de los»

Como astrólogo ya se sabía: nadie podía aventajarle en su penetración de los secretos del cielo. Hasta la forma y color de las nubes tenían para él su significación inviolada. Él sabía cuándo traían agua y cuándo nieve; cuándo rayo y cuándo trueno.

P y *V:* «agrónomo ya se»

—¡Esto no va bien! —decía mirando el cielo.

P: «cielo; y ¡cataplum!».

Y ¡cataplúm! se venía todo abajo, convertido en nieve o en rayo.

Tenía tal fuerza de previsión y presentimiento, que lo que él decía debía suceder, fatalmente, irremediablemente, con precisión casi matemática. Agudo, perspicaz, malicioso y zahorí, con una sola mirada leía, como en un libro, lo que pasaba en el fondo de un corazón, o de una conciencia...

P y *V:* «malicioso, con una sola»

P y *V:* «fondo de un corazón. Nada se»

Nada se ocultaba a sus ojos penetrantes e investigadores: ni acciones, ni sentimientos. Cuando abría la boca, eso sí, no había más que ponerse a temblar, porque el terrible anciano generalmente hablaba para anunciar desgracias. Alguna vez uno de sus admiradores se atrevió a preguntarle enternecido, la causa de su inexorable escepticismo. [1] El viejo sonrió con mansedumbre, y fijando sus ojos acariciadores y profundos en el curioso, respondió,

P y *V:* «a sus ojos maliciosos e»

P: «porque, cuando habla el terrible anciano, era generalmente para anunciar»

P: «con chocarronería y fijando»

1 *P:* «enternecido, por qué casi siempre que hablaba era para pronosticar sucesos desgraciados.»

sin añadir una sola sílaba en su frase rotunda y desolada:

—¡Es la vida!

Y pare usted de contar.

Para él la vida era eso: sufrir, llorar, luchar y morir. La alegría no entraba en sus cálculos, la alegría exenta de añoranzas o inquietudes. Consideraba cosa amable un buen trago de licor, una golosina cualquiera, un puñado de maíz, pero sin conceder gran valor ni importancia a eso, como los otros. Era parco en sus placeres. Comía poco, bebía poco también, dormía lo preciso y trabajaba mucho. Se podía asegurar que, a pesar de sus años, era el más trabajador de la hacienda y sus contornos.

Tenía una especialidad: hacer balsas. Él sabía, mejor que nadie, cuándo, cómo, dónde y en qué cantidad, hay que recoger la *totora* para hacerlas ni muy anchas ni muy flacas, ni pesadas ni frágiles.

En el cultivo de la tierra, sus andanzas servían de regla a toda la comarca. Cuando el viejo Choquehuanka uncía su yunta y, arado al hombro, se iba a laborar su terrón pedregoso y situado casi en medio de la colina coronada por rotos peñascos, todos le imitaban, y enganchaban sus bueyes, llamaban a sus ayudantes y se iban a roturar los campos, deshierbarlos y abonarlos.

Huraño y algo mañero, pero inofensivo, vivía parcamente el viejo, cultivando sus tierras, haciendo balsas, arreglando los aparejos de pesca, distrayendo a los hombres, viejos y niños, con sus narraciones de hechos sobrenaturales, en que los espíritus jugaban principal papel.

Como ninguno, conocía la comarca y las orillas del lago en todos sus accidentes. El sabía dónde era fácil coger el *hispi*, y dónde abundaba el *suche* de carne sabrosa y blanca como de algodón; conocía los sitios dilectos de los espíritus tenebrosos y las alturas donde se posan las aves de mal agüero, cuyos graznidos anuncian las desgracias que han de hacer llorar y padecer a los hombres.

P: «Y pare usted de ahí.»; *L₁* y *Pl:* «y para»

P: «no entraba en su concepción»

P y *V:* «pura de añoranzas o resquemores. Consideraba»

P: «a esto, como los»

P: «Tenía espacialidad en hacer balsas. El sabía»

L₁, GC y *Pl:* «que nadie, cómo,»

P: «su ejemplo servía de regla»

P y *V:* «Cuando el viejo uncía su»

P: «de rotos peñascos,».

P: «como hecha de algodón:».

P: «sitios morados por los espíritus»

Le querían los niños, le escuchaban las mujeres y le obedecían los hombres. Le obedecían con fe, ciegamente; y semejante sumisión era el motivo por el que los patrones y sus empleados le guardaban muchos miramientos y le permitían vivir a su arbitrio, sin exigirle servicios por el retazo de suelo que le dejaban cultivar en la vertiente de la colina y la casita que ocupaba, limpia y coquetona, a orillas del río...

P: «vivir a su guisa sin exigirle»

—Aproxima, entonces, una de esas balsas —ordenó el viejo cuando vio que todos esperaban de él la revelación de un secreto que pertenecía a las aves.

BA: «pertenecían»

Muchas balsas había en la ribera, con la proa hundida entre el lodo. Eligió una el *hilacata*, y ayudando a subir en ella al anciano, la empujó con el pie cuando Choquehuanka se hubo sentado en medio, con la pértiga apoyada en el piso. La frágil canoa comenzó a deslizarse con suavidad entre las escasas *totoras* del borde y bien pronto se perdió en los recodos del canal.

P: «Muchas había atracadas en la ribera.»; *V:* «Muchas había en la»
P: «hilacata. la atrajo aun más a la orilla y, ayudando a»
P: «entre las totoras ralas del borde»

A su paso, despertaban las aves. Y sin levantar el vuelo ni arredrarse, se alejaban moviendo de un lado a otro la cabeza lentamente.

P y *V:* «aves y, sin levantar»

Llegó a un claro en forma de plazoleta, de la que partían varios canales en distinta dirección. Choquehuanka, sin tomar ninguno, dirigió la proa de su balsa a lo más espeso del *totoral* y se internó en él.

Aquí las aves entumecidas aun por la vaguedad del crepúsculo dormían en bandadas, formando cada especie grupo aparte. Las *zalunquías* y *queñoqueyas* [c] ostentaban el blanco níveo de sus pechos aterciopelados; las *panas* desaparecían bajo el agua e iban a perderse lejos; las *chocas* apenas diseñaban en las sombras sus oscuras siluetas.

P y *V:* «Aquí las aves dormían en»
P: «pero cada especie formaba grupo aparte.»

Comenzó a aclarar.

Las cumbres de los cerros del estrecho y de la isla Patapatani o Pakawi, se encendieron de un

[c] **zulunquías y queñoqueyas.** No he podido localizar el significado exacto de estas aves acuáticas.

color anaranjado que saltaba discretamente y con divina suavidad sobre el azul pálido del cielo. Una gaviota chilló en lo alto dando revuelos lentos; los negros jilguerillos piaban entre las *totoras,* y era a su canto que prestaba oídos el viejo Choquehuanka, haciendo lo posible por apagar el ruido de su balsa, que, medio hundida entre las *totoras* avanzaba con pena, dejando tras sí leve rumor de tallos al doblarse y volver a recobrar su tiesura.

P: «y era a ese piar que únicamente prestaba oídos el viejo Choquehuanka.»
P y *V:* «los ruidos de su balsa.»
P: «tallos que se erguían al volver»

Al fin ya no pudo avanzar más el fatigado viejo. A sus esfuerzos, la balsa se movía entre la crujiente *totora* pero sin ganar un palmo.

Estaba Choquehuanka, en medio de una maraña inextricable, verde, jocunda y olorosa. Las frágiles varillas se entrelazaban sobre su cabeza, tupidas, y era imposible vencer su resistencia. Entonces hundió el remo para medir la profundidad del agua, y al ver que era poca, arremangóse los calzones y se metió en ella, lanzando un suspiro al contacto de su tremenda frialdad.

P: «varillas se erguían»
L_1, GC y *Pl:* «tupida.»

Diose a caminar lentamente, con tiento, agarrándose de su percha y mirando con profunda atención las *totoras,* altas y flexibles.

P: «Comenzó a caminar lentamente.»

Formaban fronda y florecían en la punta. Eran verdes, de un verde oscuro en lo alto y más claras en el medio, para tornarse blancas, de un blanco nítido, en la raíz suave, mantecosa, cuyo sabor de hongo tienta a los hombres y es delicado manjar de las bestias.

P: «y de sabor atrayente que tienta a»

Allí anidaban los jilgueros de plumaje negro, lustroso como el raso, y con fleco amarillo en el ala. Holgaban lanzando una especie de repiqueteo breve y agudo; y eran tan nutridas las bandadas, que el *totoral* parecía estremecerse al ruido de los chasquidos. Saltaban las bestezuelas de un lado para otro, pendiéndose a las *totoras,* engullendo al vuelo las moscas y otros insectos que en infinitos enjambres se movían como polvo sobre la superficie ondulante del eneal.

P: «Saltaban las lindas bestezuelas»

Pero Choquehuanka ponía poca atención al ruido. Eran los nidos lo que a él le importaba, construidos con maravillosa ingeniosidad y consumado arte en las *totoras*. Se movía de un lado para otro, mirándolos todos, metiendo los dedos en cada uno e inclinando los nuevos para medir la distancia en que estaban edificados sobre las aguas.

P: «todos de arriba a abajo, metiendo»

El sol le halló en estos afanes, y cuando creyó que ya nada tenía que hacer, porque todo estaba visto, volvió a su balsa, entristecido.

P: «descorazonado.»

Ahora tenía la profunda seguridad de que también ese año sería seco, al igual de los últimos pasados: se lo acababan de decir los nidos de las aves, cuyo instinto del tiempo jamás yerra. Cuando el año ha de ser lluvioso, cuelgan las aves sus moradas en lo alto de las *totoras*, para que al crecer el lago no mate la pollada... ¡Y ahora todos los nuevos estaban construidos al mismo nivel de los antiguos!...

Al salir de la maraña topó con los balseros que Tokorcunki había enviado a su encuentro. Lo recogieron en la más grande de las balsas y se lo llevaron a tierra, donde esperaban los demás, ansiosos, aunque sin alentar ninguna riente ilusión.

P y *V:* «Lo tomaron en la más»

—Podemos ir pensado en lo que hemos de ganar este año; el tiempo no ha de ser bueno —les dijo Choquehuanka al saltar en tierra.

P: «Podemos estar pensando en»

Los otros fruncieron el ceño, consternados.

Y, convencidos de su infortunio, pero resueltos a poner en su esfuerzo todo lo que humanamente fuera posible para no morirse de hambre, diéronse a barbechar sus campos sedientos y polvorosos; pero muchos, ganados por la idea de que Dios estaba dolido por los crímenes de los hombres y quería convertir en yesca el suelo en que delinquían, cifraron sus esperanzas en la pesca, y se metieron en la charca o echaron redes en los remansos del río donde se cría el *suche* y prospera el menudo *hispi*, que se come seco y tostado a la brasa...

P: «decididos a poner en sus esfuerzos todo lo»

P: «convencimiento de que Dios estaba sentido por los»

P: «y medra el hispi que se come»

Quilco tenía fe en la generosidad de la tierra, y las excursiones al lago le sentaban mal. Cada vez que pernoctaba en las duras faenas de la red veíase forzado a quedar varios días sin moverse de su casa,

P: «de la red tenía que permanecer varios»

consumido por la fiebre y con un dolor intenso y constante en los riñones.

Pero un día se sintió mejor, y viendo que el cielo tenía trazas de no cambiar su vestidura azul, se le ocurrió ir a barbechar su *sayaña,* que estaba en la vertiente rocallosa del cerro, a la media hora de camino de su casa.

P: «que se sentió mejor»

Pidió a su mujer que unciese la yunta, y cuando estuvieron los toros bajo el yugo, cogió su pica, echóse al hombro el arado y, casi a rastras, se fue a la distante *sayaña.*

Al llegar, se sintió fatigado como nunca, y hubo de sentarse un momento sobre una piedra para cobrar reposo mascando algunas hojas de coca. Después preparó el arado, enganchó las bestias y empuñó la pica:

—¡Nust, adelante!

Los toros, con la cabeza inclinada bajo el yugo, avanzaron firme y lento, rompiendo la costra endurecida del terrón. A veces, vencidos por la resistencia del suelo, se detenían de golpe. Crujía el arado al choque con la piedra y de la tierra seca se desprendía olor de azufre. Quilco, de un tirón sacaba el arado, e incitaba a la yunta con un grito corto y ahogado, y volvían a ponerse en marcha las enormes bestias, con los hocicos húmedos tendidos a lo largo, blanqueantes los ojos dirigidos al cielo y llenos de infinita dulzura y mansedumbre, cual si tuvieran conciencia de que sus esfuerzos servirían para prolongar la agonía de sus dueños los pobres esclavos...

P y *V:* «el arado, incitaba a la»

Trazó el primer surco en la tierra dura y seca, un surco ligero, donde se veían marcadas las pezuñas de las bestias; pero al comenzar el segundo y hacer fuerza para que la reja rompiese desde más hondo la costra endurecida, notó que las piernas le temblaban, que crujía la vasta armazón de su corpacho, ayer sólido y hoy en ruinas, y que un sudor frío y abundante bañaba sus miembros.

L_1, GC y *Pl:* «desde lo más hondo la costra»

Se aferró, con todo, a la labor e hizo otros dos surcos; pero al tercero dio un traspié y cayó desfallecido, sin ánimo ni aun para alzarse. La yunta, al sentirse libre, echó a andar sin rumbo en busca del misérrimo pasto que crecía junto a las pircas [d] de piedras. Y seguramente se habría quedado tendido bajo el cielo raso, si un vecino que logró pasar por allí, al ver vagar la yunta enganchada y reconocerla, no se hubiese preocupado de buscar al dueño.

Le encontró delirando y tembloroso. Le habló, y no fue reconocido. Entonces desunció la yunta, y llevándosela consigo, fue a dar parte al *hilacata* del accidente que había sufrido el enfermo.

Tuvieron que transportarlo en camilla hasta su casa, y sólo en la tarde volvió en sí.

Su primera pregunta fue para la yunta. ¿Dónde estaba? ¿La habrían recogido? ¿No se habrían quebrado los aparejos?

La respuesta de la esposa le tranquilizó.

—¿Y cómo te sientes?

Hizo un gesto triste y resignado.

No; no estaba bien. El lomo se le partía; las espaldas las llevaba rendidas por un gran peso, y dentro la cabeza, en lo hondo de las cuencas orbitales, un rumor sordo, incontenible, no le dejaba reposar.

P: y *V:* «se le figuraban rendidas por un gran peso»

Varios días quedó en cama, sin hacer nada; pero al fin hubo de levantarse porque la mujer, [1] hembra ágil, laboriosa, dura para sí y para los demás, siempre andaba recordándole sus deberes, cuando no le obligaba, con sus sarcasmos, a levantarse para dar pienso a la yunta, arrear las gallinas que se metían al troje y saqueaban el grano, cosechar algas en las orillas del lago, coser, lavar y aun cocinar.

P y *V:* «Varios días quedó sin hacer nada, por curarse.»

P y *V:* «deberes, obligándole con sus sarcasmos, a levantarse»

---

[d] **pirca.** Cfr. nota (a), cap. I[o], 1[a] parte.

[1] *P:* «Tampoco se lo permitía la mujer que era hembra ágil, dura para sí y para los otros y que siempre»; *V* «Tampoco se lo permitía la mujer, hembra ágil, dura para sí y para los otros, y que siempre»

Estas labores las realizaba el enfermo de buen grado, no obstante el enorme cansancio de sus músculos y el invencible aflojamiento de su voluntad. Le remordía la conciencia verse recostado e inmóvil, como un haragán. Le parecía que el tiempo avanzaba, trayendo de golpe todas sus estaciones, y que por su holganza se quedarían sin comer sus hijos. E iba, por matar el tiempo, de un lado para otro, atareado en labores menudas, limpiando sus herramientas, arreglando su arado, fregando el barro que en el hierro había prendido, hasta poder mirarse en él como un cristal, ordeñando la vaca, haciendo los quesos que la hacienda exigía de cada colono y rascando el suelo para los pequeños sembríos de papas primerizas.

P: «de buen talante no obstante»

P y *V:* «fregando el sarro que»

—¡Quilco: hay que ir a traer la yunta! —ordenaba la garrida hembra.

P: «hembra. Y se ponía un»

Y Quilco se ponía un doble poncho; cogía, cual si fuese viejo y con harta vergüenza para los vecinos, un cayado, y apoyándose en él, doblado en dos y tiritando con todos sus miembros, se iba al lago a recoger la yunta y conducirla al establo.

Al fin se puso de veras mal.

Estaba flaco, transparente, y su estómago no podía soportar ningún alimento. Sus manos huesosas parecían garras; se le habían hundido enormemente los ojos, afilado el mentón y descarnado las mejillas, en las que comenzaron a crecer algunos pelos. Al través de la piel amarillenta y bronceada se le adivinaba la calavera.

El *hilacata* se asustó, y fue un día, el último para Quilco, a ver al administrador, por si tuviera algún remedio maravilloso.

—*Tata:* Quilco está mal.

P: «el Quilco está»

—¿De veras?

—Sí, *tata;* está mal.

—¿Que tiene?

—No sé; pero está pálido como un muerto y tiembla mucho. No hace otra cosa que temblar y pedir agua.

—¡Ah! Ya sé; son las tercianas.

—Quizás; pero nunca he visto cosa igual. Da miedo.

—¿Y crees que muera?

—Choquehuanka lo cree. Tampoco ha visto mucho de esto; pero se acuerda de algunos que estaban atacados de ese mal, y dice que morían irremediablemente.

—¡Que no amuele muriéndose! Me debe diez pesos —dijo Troche, sinceramente consternado.

A mí también me debe, y no le queda gran cosa de sus bienes.

Troche, el cigarrillo entre los dientes, paseaba por el patio. La idea de perder sus diez pesos le traía de veras cariacontecido, y pensaba en la manera de cobrárselos al enfermo antes de su claudicación. Creyó encontrar la manera, pues guardaba entre la botillería del tenducho un frasco de quinina, y el remedio podía por lo menos prolongar el desenlace del mal. Llamó a grandes voces a su mujer para pedirle el frasco, y cuando estuvo en posesión de él, se encaminó a casa de Quilco.

Tendido en el apoyo sobre los gastados vellones de cordero, estaba allí de espaldas, pálido y transparente, rígido bajo el temblor de la fiebre, los dientes apretados, ahogada en sombras la razón, los vidriosos ojos como mirando por el agujero de la puerta la azul extensión del lago, la cabeza vendada en sucios andrajos y escapando por debajo de ellos mechones de cabello lacio y áspero.

No bien le viera Troche, supo que ese hombre se moría. Y juzgando inútil probar cualquier tentativa de curación, cuidóse bien de sacar a lucir su frasco, por temor de que los asistentes o la familia le pidiesen la droga, aumentando así la deuda del moribundo. Estaba allí, entre otros, Choquehuanka, y a su lado una agorera conocida con el sobrenombre de *Chulpa*, (momia), acaso por lo seca, vieja y repugnante. Al verla, Troche tembló de espanto, porque como los indios, era en extremo supersticio-

P: «es el *chujcho* (Tercianas).»

P: «Tampoco él ha visto mucho»

P: «el cigarro entre los»

P: «el remedio, pues guardaba entre la botellería»

P: «para que le alcanzase el frasco.»

P y *V:* «sobre gastados vellones de»

P: «Apenas le vió Troche supo.»

V: «*Chulpa*, momia»; *OC:* «*chulpa* [21]».

so, creía en toda laya de maleficios y se cuidaba mucho de no causar el menor daño a ninguno de los dos viejos. Se les llegó comedido y zalamero.

P: «Se les acercó comedido»

—¿Verdad que está mal? —interrogó a Choquehuanka. Este hizo un gesto vago y repuso, displicente:

—Ya lo ves; no dura hasta la tarde.

—¡Pobrecito!

Volvió el viejo la cabeza, y deteniendo los dedos cargados de coca a la altura del mentón, le miró profundamente en los ojos, como queriendo leer en el brillo de su furtiva mirada si era verdad la piedad de su alma. Troche esquivó los ojos del viejo. Y Choquehuanka, sonriendo imperceptiblemente, dijo:

—Deja dos hijos, mujer y su madre enferma.

—¿Y qué le han dado?

—Todo; pero inútil. La *Chulpa* [e] ha de intentar ahora su último remedio, porque los míos de nada sirvieron. Si con él no se alivia, ya no hay nada que hacer. Ayer probó algo, pero lo arrojó en seguida.

P: «Ayer probó algo, pero de valde.»

—¿Y qué hizo?

—Lo de siempre.

Y contó:

Había ordenado la *Chulpa* se degollase una oveja maltona, gorda y jamás parida, y que con la carne del cuello y las piernas, cortadas en tenues lonjas, se vendasen [f] los miembros doloridos del enfermo, colocando el resto en el punto exacto donde Quilco, el día del barbecho, había caído sin sentido, para que fuese devorado por los espíritus necesitados, quienes, por complacencia, habrían de volver la salud al paciente que... se moría.

P, V y *BA:* «vendase».

P: «y el resto se colocase en el punto»

P: «que por complacencia habrían de»

Hablaba con despego y ligeramente irónico.

—¿Y han ido a ver esta mañana si la carne estaba allí? —preguntó Troche, asustado y convencido.

—Allí estaba, y se la llevó ésta, que es la única

---

[e] **chulpa.** nota (j), cap. II$^{\underline{o}}$, 1ª parte.

[f] La concordancia gramatical exige 'vendasen', como recogen *OC*, *L1*, *GC* y *Pl.*

que puede tocarla —dijo señalando con los ojos a la *Chulpa*.

—¡Yo sola debo comerla! ¡Los otros se morirían! —afirmó la momia, con acento regañón.

P: «con acento angurrioso.»

—¿Y ahora?

—Le ha de dar su último remedio... Mira: lo trae la mujer.

Salía de la cocina la animosa y fornida hembra, toda desgreñada y con los senos robustos casi al aire. Al andar cojeaba un poco por un lastimadura que se había producido en la planta callosa de los pies, y el desacompasado movimiento la obligaba a mantener en equilibrio una taza de barro cocido repleta de una menjurje apestante y de horrenda fabricación, porque estaba hecho con orines podridos, sal y el polvo finísimo de vidrio molido.

P: «apestante y de horrendo aspecto hecho con orines»

Se llegaron al enfermo, hiciéronle sentar, le abrieron la boca con la ayuda de un cuchillo y le vaciaron en el gaznate la inverosímil cochinada. Quilco se agitó un momento con horribles convulsiones; estiró, rígidos, los enflaquecidos brazos, como para abominar de quienes le daban cosas tan sucias; dio una patada a la derecha, otra a la izquierda, abrió la boca con gesto amargo, fijó los ojos turbios e inmensamente abiertos en el cielo purísimo, volvió a caer de espaldas, y ¡brr! dando un último sacudón, agitó la cabeza, blanqueó los ojos y se quedó inmóvil, para siempre inmóvil.

P: «Se aproximaron al enfermo.»

P: «la inverosímil bebida.»

P: «se quedó inmóvil.
Estaba muerto.
Troche, despavorido.»

Troche, despavorido, huyó, poniendo a ocultas su frasco de quinina. Al través de la estepa resonaban los gritos de la madre del difunto. Cuando el cholo llegó a su casa, Clorinda [1] le esperaba con una estupenda noticia: la *Ñata*, una soberbia marrana inglesa, había parido seis cochinillos de aspecto gatuno...

P: «de quinina: al través de»

P: «Cuando llegó a su casa.»

P: «seis cachorros de aspecto gatuno»

[1] *L₁, GC* y *Pl:* «Florinda», por errata evidente.

V

Solemnes resultaron los funerales de Quilco, correspondiendo a su fama de *Kamiri* [a*] (adinerado), que ahora la familia, por decoro y vanidad, debía mantener en el entierro, aunque cayese, como cayó después, en esa miseria del indio aimara, sin igual en la tierra.

V: «adinerado *(Kamiri)*; *OC:* «*Kamiri*» [22].

P y *V:* «cayese, como caería, en» *P:* «miseria del aymara, sin»

Se vistió al difunto con su mejor ropa: en el mundo desconocido adonde iba, debía presentarse con decencia, para no merecer el despego de nadie. Calzósele con abarcas [1] sin estrenar y de triple suela, para que no sintiese los abrojos de la ruta misteriosa, debajo del gorro calado en la cabeza se puso un manojo de hierbas, para que absorbiese el sudor de la fatiga; ciñósele a un costado la *chuspa* [b*] (bolsa) con coca y maíz y al otro un lienzo atravesado por una aguja, para que no padeciese hambre ni fatigas, guardase las ganancias adquiridas y pudiese recoser sus ropas rasgadas entre los escollos del camino; diósele *quena* y *zampoña*, para que matase la murria modulando los aires aprendidos en la juventud; y, por último, púsosele en las manos algunas herramientas, para que una vez en su destino siguiese trabajando como en la tierra de donde había partido, y trabajase por siempre jamás.

P: «la *chuspa*»; *V:* «la bolsa (chuspa)»; *OC:* «*la chuspa*» [23]. *P:* «otro una bolsa atravesada por»

P: «escollos de la ruta;»

La viuda se proveyó con abundancia de toda suerte de licores y comestibles; hizo degollar, por esta única vez, un torillo, algunos corderos y todas

---

[a*] **kamiri.** «Hombre adinerado y de recursos». (Arguedas).

[b*] **chuspa.** «Bolsa tejida de lana para guardar la coca». (Arguedas). Lira lo recoge con el mismo significado (del quechua «ch'uspa»).

[1] *P:* «con abarcas nuevas para que en el largo trecho no sintiese los abrojos del camino; debajo de gorro calado en la cabeza se»

las gallinas, y preparó diligente y serena, una gran comilona para los amigos y parientes del difunto que asistirían al largo ceremonial del entierro.

P: «a todo el largo ceremonial»

Para hacer frente a todos estos gastos, viose constreñida a atacar las economías acumuladas por el matrimonio de varios años de ruda labor y vender las dos únicas vacas, que Troche se las llevó en menos de la mitad de su justo precio, pues el pobre Quilco tuvo la desgracia de morirse cuando no había un solo amigo que contase alguna reserva de capital en este año de miseria y abandono.

P: «le fué forzoso atacar a las economías reunidas por el»

P: «un solo indio que»

Dos días estuvo expuesto el cadáver en el patio sobre parihuelas, y fue velado en la casa mortuoria por casi toda la peonada de la hacienda, y a la que tuvo que atender la viuda obsequiándola con toda suerte de comidas, refrescos y licores.

P: «sobre las parihuelas y fué velado por casi toda la peonada de la hacienda, que no se movió de la casa mortuoria y a la»
P: «toda suerte de vituallas y bebidas.»

En la mañana del tercero, temprano, se formó el cortejo y ésa fue la hora de intensa fruición para la viuda, pues cada uno de sus numerosos compadres se presentó con su estandarte negro adornado de campanillas y blancas lágrimas de metal. Todos vestían fúnebremente, y sus negros pendones probaban la estima en que había vivido el difunto y los favores que hiciera.

P: «del tercero, se formó»

P: «de enorme fruición para la viuda, porque cada uno»

P: «metal, y su número probaba la estima en que había vivido el difunto y los favores que hiciera, ahora revelados por las banderolas fúnebres que iban a preceder las parihueln al cementerio.»

Hombres y mujeres estaban trajeados de luto. Las mujeres ocultaban la cabeza y parte del rostro en la mantilla negra, y la viuda iba absolutamente arrebujada en el manto, no descubriendo sino los ojos y la nariz.

P: «estaban vestidos de luto.»

Cuatro fornidos mozos levantaron las parihuelas; y como si fuese la señal, todas las mujeres lanzaron un tremendo alarido, que provocó en los perros del caserío un aullido lastimero y prolongado. Y, primero al trote, a carrera después, emprendió camino del cementerio la negra comitiva ebria, para que el alma del difunto llegase a su destino inmortal con la misma rapidez que ella ponía en ganar la mansión del reposo definitivo.

P: «mozos izaron las»

P: «y esa fue la señal para que todas las mujeres lanzasen»; *L1*, *GC* y *Pl:* «parihuelas y como»
P: «de la vecindad un aullido»

L1, *GC* y *Pl:* «trote, a la carrera después,»

Y corrió en carrera fantástica por el camino árido y largo, ofreciendo pavoroso espectáculo, pues la cabeza y los pies del muerto sobresalían de las parihuelas, y con el trote de los portadores balanceaban rígidos los pies y pendía la descoyuntada cabeza mirando de frente al sol.

P: «carrera lamentable por el camino»

P: «pies y pendía la cabeza mirando»

Hicieron dos descansos forzosos para vaciar colmadas copas de aguardiente y remudarse los portadores, En el tercero, de rito y al aproximarse al cementerio, comenzó la viuda a plañir su dolor.

P: «vaciar sendas copas»; *V:* «gruesas copas»
P y *V:* «y remudar a los porteadores.»

En esta parada depositaron las parihuelas en el suelo y la comitiva se puso de cuclillas en torno, con la mirada fija en el rostro del cadáver, medio descompuesto ya, con los ojos inmensamente hundidos en el cráneo, la nariz afilada y ennegrecidos los labios.

Los ayudantes, allí enviados con anticipación, se dieron a repartir copas de licor y puñados de coca, que los acompañantes consumían sin proferir palabra. Lanzó la viuda un prolongado suspiro, suspiraron los parientes cercanos y después los demás, ostensiblemente. Bebieron otra copa aún, y otros amigos echaron sobre sus hombros las parihuelas para salvar el postrer tramo de la ruta. Entonces la viuda púsose a prorrumpir en una especie de gimoteo canturreado, que se alargaba en notas sostenidas y monótonas, intercaladas de frases breves:

P: «ayudantes, enviados allí con anticipación, se pusieron a repartir»

P: «ostensiblemente; bebieron otra»

—¡Hi... Hiii!... hiiii... mi marido... ¡Hi... hiiii... hiiiii... tan bueno!... Hi, hiii... hiiii me ha dejado... ¡Hii... hiii... hiiii por siempre!

L₁, *GC* y *Pl:* «mi marido... ¡Hí... hiii.. tan bueno!»

Crecían de tono los gemidos y se alargaban las frases, mas al último trócose en doliente monólogo, que la comitiva escuchaba en silencioso recogimiento para saber hasta dónde era justificada su simpatía al muerto. Con voz monótona y modulada en lamentable canturreo, contaba la viuda toda la historia de sus amores, penas y desengaños. Era una especie de confesión pública y la postrera evocación de los hechos y andanzas del difunto;

P: «frases, hasta que al último»

L₁ y *Pl:* «conturreo», por errata evidente.

una dolorosa evocación de su vida ordinaria, hasta en sus partes más recónditas:

—¡Ay, era bueno no más mi marido!... Me pegaba algunas veces, pero era no más porque me quería... Tenía su concubina, pero nunca dejó sin dineros la casa... Sabía embriagarse, pero era tranquilo en su borrachera....

Toda la historia simple fue narrada hasta el cementerio, y allí se reprodujo el aullido desesperado de las mujeres cuando cayó la primera palada de tierra sobre los despojos del muerto.

Con la última comenzaron las libaciones hasta bien entrada la tarde, hora en que tomaron el camino de retorno.

Volvían en grupos dispersos y todos estaban abominablemente ebrios. Cantaban los hombres en lamentos y las mujeres aullaban detrás de sus mantillas negras; y aullidos y cantos resonaban tristemente en la estepa y hacían levantar el vuelo a las innumerables aves que poblaban la orilla del lago.

P: «negras que les cubría el rostro; y aullidos»

Caía la tarde y el sol brillaba en el ocaso, detrás de los lejanos cerros del estrecho, apareciendo y ocultándose entre inmensos nubarrones pardos que se extendían en todo lo ancho del horizonte e iban cubriendo poco a poco la vasta planicie rutilante: dijérase un velo que corría.

—Creo que el tiempo se compone; tendremos nieve —dijo Tokorcunki a su compañero señalando la altura, pues a pesar de la borrachera, no había podido vencer sus inquietudes respecto del tiempo.

Los otros no le hicieron caso. Iban cogidos de bracero, sosteniéndose mutuamente para no caer. Quienes no podían más con sus cuerpos tendíanse a lo largo del camino, en la vera, y quedaban allí a dormir de bruces el pesado sueño de la borrachera, para pasar algunos al hondo sueño sin ensueños de la muerte...

Choquela, la viuda, ebria hasta la idiotez, iba en brazos de dos mujeres, casi a rastras. Había cesado de llorar y lamentarse, pero no dejaba de lanzar su nota plañidera, ya ronca de tan gastada. Iban las tres tropezando con los guijos y escobajos [c] del sendero, en estado deplorable. Una de sus compañeras era la madre del difunto. La otra mujer, no mal parecida ni apersonada, no cesaba de interrumpir sus quejidos para hablarle de negocios:

P: «Marchaban las tres»

P: «y en los escobajos del sendero, en»

—¡Cuidado con vender el macho! Mi marido te ha de dar buen precio por él, y aun puede que te perdone la deuda del difunto. Se querían mucho los dos... ¡Hi, hi, hi!...

Al descender a una ondulación del camino tropezaron con un hombre caído en media ruta. Era el esposo de la negociante. Lo reconoció la mujer, y soltando el brazo de la viuda se acercó al ebrio e intentó despertarlo; pero el infeliz parecía muerto. Lo arrastró hasta la vera, penosamente, y con el esfuerzo que hizo para colocarlo en postura conveniente, cayó sobre él y se quedó dormida.

P: «Al entrar en una ondulación»

P: «Era el marido de la negociante.»

P: «acercó al hombre e intentó»

Las dos mujeres siguieron caminando, sin preocuparse de la compañera; pero su marcha era más trabajosa. Caían a cada paso y tenían que andar a rastras para ponerse en pie. En uno de esos movimientos rodó la viuda en un hoyo cubierto de grama fina al borde de la ruta, y al sentir la blandura del piso, se volvió de pechos contra el suelo y se durmió, con las piernas al aire y la cabeza baja, en tanto que la suegra rodaba también a los pocos metros, como inerte masa.

P: «siguieron avanzando sin»

P: «andar a gatas para»

P: «como una masa inerte.»

Las nubes avanzaban entretanto, macizas, sobre el cielo, y habían velado completamente al sol; sus sombras reflejaban en el lago, cuyas aguas parecían de plomo, y daban al paisaje un aspecto de desolación y tristeza infinitas.

Comenzó a oscurecer, y en el lejano horizonte, aun libre de nubes, parpadeó una estrella, tímida, indecisa.

Una solitaria flauta resonó en el camino. Venía por él un hombre alto, grueso, vigoroso. Pasaba junto a los hombres aletargados, dirigiéndoles ape-

P: «Una flauta solitaria resonó»

P: «vigoroso y pasaba junto a»

[c] **escobajos.** Raspas que quedan del racimo, después de quitarle las uvas.

nas una mirada indiferente; pero al llegar junto a la viuda y reconocerla, se detuvo, apartó de sus labios la flauta y algo como una llamarada de fuego pasó por sus ojos grises. Difundió la mirada en torno, y el camino estaba desierto. Entonces cautelosamente, se llegó a ella.

—¡Choquela! —gritó sacudiéndola por el brazo y clavando los ojos en el busto firme de la hembra.

P: «el busto firme de la viuda.»

La mujer apenas se movió, y creeríasela muerta sin la respiración pesada que hinchaba su pecho.

Y entonces el caminante se acercó a ella, bestialmente...

P y *V:* se bajó hacia ella, bestialmente»

A los pocos días Choquela vendió todas las bestias adquiridas por el difunto para pagar los gastos del entierro. Sabía que de no hacerlo desaparecerían los animales, atacados del mismo mal que había matado al dueño, y prefirió liquidar sus bienes antes que arrastrar una pobreza con deudas, que es dos veces miserable.

Y así, el muerto hundió en la miseria a los vivos, trágica, irremediable...

... ...

Según las previsiones de Tokorcunki, el tiempo comenzó a descomponerse al finalizar ese mes de agosto.

Masas de nubes negras se levantaban por detrás de la cordillera, o emergían del fondo del lago, y cerraban el horizonte por el poniente, en tanto que en el otro extremo lucía el cielo azul y el sol caía gloriosamente sobre las lejanías azuladas de la llanura y los picos albos del Illimani.

Pero, en la tarde de ese mismo día, todo cambió de aspecto.

Las nubes, bajas, informes, pesadas, se extendieron por todo el ancho horizonte, y parecían aplastar la llanura silenciosa bajo el peso de su color pardusco o negro, cual si estuviesen cargadas de hollín. El lago yacía inmóvil, sin la menor ondulación, y parecía una placa pulida de estaño, hecha de

P y *V:* «color plúmbeo y negro, cual si»

una sola pieza; y así el paisaje hízose doloroso con tanta sombra densa, del cielo y de la tierra.

Amaneció nevando.

Ahora el cielo tenía un color transparente, y el paisaje fulgía lleno de una hermosa claridad blanca.

La nieve caía en copos menudos y silenciosos e iba cubriendo con armiño todas las rugosidades del llano, nivelaba las superficies toscas y orlaba de preciosos encajes los techos de las viviendas y las dunas del río.

Todo parecía muerto y aterido. Ningún ruido rompía el enorme estupor de la campiña, que se había recogido, en un silencio religioso.

Los colonos, amurallados dentro de sus casas, al amor de los fogones alimentados con la bosta seca de los bueyes y que levantaban al cielo rectas columnas de humo tenue y azulado, preparaban los aparejos; las mujeres extraían del oscuro rincón de la despensa los arrugados frutos de la simiente y pellizcaban las yemas que habían brotado de sus ojos.

P: «aparejos, y las mujeres extraían»

Lució el sol al tercer día, y entonces el campo mostró un nuevo esplendor de belleza fantástica e indescriptible.

Todo era blanco, de un blanco puro y brillante que cegaba, y sólo en la serranía resaltaban las negras oquedades de las rocas, y tan intensas, que parecían pinceladas de tinta china. Y entre ese blanco uniforme de armiño, el lago y el cielo azules, y los verdes *totorales,* formaban la divina armonía de los tres colores más bellos.

Pero pronto esfumóse el espléndido miraje. La nieve se derritió a los rayos purísimos del claro sol, y fue hollada en los caminos y senderos por el trajín de las bestias y de los hombres que se preparaban a las faenas del campo, llenos de alegría desbordante. Después desapareció de los techos, fundida por los tibios hálitos del hogar, y únicamente quedó congelada en los huecos de la pampa y en las grietas de los montes, donde se la vio brillar hasta bien entrada la primavera.

P: «La nieve se fue derritiendo poco a poco a los»

Se animó el yermo. «Año de nieves, año de bienes», decían los indios. Y flautas y tambores resonaban por todos lados con aire de fiesta, y en los rostros abatidos lucían llamas de esperanza. En el horizonte, a cualquier punto adonde se tendiesen los ojos, se veían difuminarse en el espacio las hogueras encendidas sobre los campos barbechados y alimentadas con paja arrancada de cuajo, o las parejas de yuntas que araban los terrenos, reblandecidos por fecundante humedad.

P y *V:* «indios: y flautas y tambores resonaban

P: «a donde se tendían los ojos,»; *V:* «tendían los»

P y *V:* «los campos barbechados o las parejas de»

Vino, pues, el período de fatigas para hombres y bestias. Era preciso aprovechar el tiempo antes de que el sol primaveral, puro y ardoroso, endureciese la gleba.[d]

Así pasó setiembre en estas faenas preliminares, se anunció la tibia primavera, y vino octubre, el mes de las siembras.

Se hicieron las primerizas, de patatas, en los terrenos aledaños al río y al lago, siempre húmedos; y días después dispuso Troche que se efectuaran las siembras ordinarias, importantes en la hacienda Kohahuyo por el número de peones y yuntas que se ponían en movimiento sobre los campos removidos y grasos en más de un lustro de reposo absoluto.

Temprano se presentaban los peones, para evitar castigos y represalias. Venían precedidos de sus acémilas, cargadas de semillas o de huano recogido en los chiqueros y apriscos de la hacienda, y las cuales iban al paso de las yuntas, ya cogidas bajo el yugo. Ellos porteaban sobre los hombros el arado, cuya reja de acero, pulida con los trabajos del berbecho, brillaba herida por los limpios rayos del sol primaveral. Detrás seguían las esposas e hijos. Las mujeres cargaban la parca merienda del mediodía y los pequeños los costales y canastos en los que se retendría la simiente. Muchos descargaban sus borricos para tenderse al punto contra los sacos de abono, rendidos por la luenga caminata, pues venían desde los lejanos linderos de la hacienda.

P: «precedidos de sus acémidas carga de semillas y de abono recogido en los»

P: «hacienda y de sus yuntas. ya»; *V:* «de sus yuntas,»

P y *V:* «yugo. y ellos porteaban»

P: «brillaban heridas por los»

P: «las esposas e hijos pequeños. Las mujeres»

P y *V:* «costales y canastas en los que»

P: «borricos. y al punto se tendían contra los»

---

[d] **gleba.** «Terrón que se levanta con el arado». *(Dic. R.A.E.).*

Choquehuanka fue de los primeros en aparecer, después del *hilacata*. Su yunta lucía enjalmas [e] de encendido color, llenas de espejuelos, y detrás venían sus cuatro borricos cargados de estiércol. Tokorcunki ostentaba en la diestra su bastón de mando con puño de plata. Sobre el pecho traía cruzado el látigo floreciente de cintas y en sus espaldas descansaba el mango [1] de *chonta* [f] con incrustaciones del mismo metal.

Li, *GC* y *Pl*: «punta», por errata evidente.
P y *V*: «llena de espejuelos.»
P: «de cintas, en sus espaldas»

Hormigueaban los rapaces de pata pelada tras de sus bestias, que en dispersión galopaban en pos de amorosas querellas o pacían a lo largo del arroyo la verde hierba de las orillas; bramaban los toros, rascando el suelo con ánimo de disputa, o ensayaban lances de combate, enganchándose por los cuernos. Se oían carcajadas, voces de mando, bramidos, rebuznos de amor aplacado; y todo bullía con insólita animación, en tanto que los peones adornaban las cabezas de sus bueyes con jaquimones de lana incrustados de espejuelos que brillaban intensamente al sol, o colocaban en la gamella [g] minúsculas banderitas blancas, rojas, verdes, amarillas, y las cuales flotaban a la brisa como alas de mariposas.

P y *V*: «pata limpia tras de sus»
P: «orillas y bramaban los»
BA: «cuerdos», por errata evidente.
P y *V*: «con jaquimones incrustados de espejuelos»
P: «como alas de mariposa.»

Troche llegó a las ocho. Venía caballero en un macho pardo, frontino, con el sombrero alón echado hacia la nuca, el poncho doblado sobre uno de los hombros, el amplio pañuelo rojo anudado al cuello, los pies armados de anchas roncadoras [h] y el rebenque en las manos. En la maletera de la montura brillaba la cacha de su revólver.

P y *V*: «cacha de un revólver.»

—¿Están todos? —preguntó al *hilacata*.

—Sí, *tata*, todos.

—Entonces, a la faena.

---

[e] **enjalma.** «Especie de aparejo de bestia de carga, como una albardilla ligera» *(Dic. R. A. E.)*.

[f] **chonta.** Cfr. nota (ñ) del cap. IV°, 1ª parte.

[g] **gamella.** Arco que se forma en cada extremo del yugo que se pone a los bueyes, mulas, etc.

[h] **roncadoras.** En Argentina, Bolivia y Ecuador, espuela de «rodaja muy grande».

[1] *P* y *V*: «descansaba el mango con incrustaciones del mismo metal.»

Cada peón condujo su yunta al sitio señalado y todos permanecieron en fila, guardando entre sí un ancho espacio para que las bestias no se molestasen al andar.

A una seña del *hilacata,* puesto de pie en el lomo de un alcor a cuyas faldas se extendía el campo de labranza, arrancaron las primeras cuarenta yuntas casi a un mismo tiempo. Levantóse del suelo una ligera polvareda y esparcióse por el aire la fuerte fragancia de tierra húmeda.

P: «en lo alto de un alcor en cuyas faldas»

Las yuntas avanzaban en orden, con las cabezas a lo alto y firmes las pezuñas, marcando la tierra arcillosa y de color rojizo, cual si estuviese embebida con la sangre de muchas generaciones de esclavos. Seguía un peón arrojando en el surco puñados de estiércol humeante y detrás del peón venía una mujer, que con singular destreza iba dejando a igual distancia la simiente de patatas partidas, después sucedía otro peón, que volvía a echar estiércol sobre la semilla, y por fin, cerraba la marcha una nueva yunta, que cubría el surco, dejando a los lados anchos y rectos camellones.

P: «levantadas a lo alto y firmes las pezuñas sobre la tierra arcillosa y rojiza cual si»

P y *V:* «un peón detrás arrojando»

P y *V:* «humeante, luego una mujer que con»

P: «las patatas partidas»

P y *V:* «después de otro peón que volvía»

P: «y por fin cerraba la marcha otra yunta que cubría el surco dejando»; *V:* «cerraban la marcha otras cuantas yuntas, que cubrían el»

Toda una semana ocuparon los siervos en las faenas de las siembras, pasadas las cuales y mermadas las arcas y vacíos los graneros, hubo urgencia de recurrir a algún expediente para comer en los meses de estío, secos y amenazadores con las heladas que seguían cayendo a fines de octubre y en las épocas señaladas por el calendario indígena, con inexorable crueldad.

P: «los peones en las»

P: «estío que se anunciaron secos y amenazadores»

Al fin fue preciso rendirse a la fatal evidencia del mal año.

P: «evidencia triste del mal año.»; *V:* «a la evidencia fatal de mal año.»

Muchos, dejando a sus protegidos *(hiuhuatas)* el encargo de llenar los deberes de la hacienda, cogieron sus balsas, y salvando el estrecho de Tiquina, atravesaron el lago grande para ir a pescar en las rinconadas de Sotalaya, Ancoraimes y Carabuco. Otros emigraron con negocios a los Yungas y Sorata, y los más tomaron camino de la ciudad para conchabarse como peones y braceros.

P: «*hiuhuatas* (protejidos)».

P: «deberes exigidos por la hacienda, cogieron»

P: «balsas y pasando el estrecho»

P: «Carabuco: otros emigraron con»

Tokorcunki no pudo emigrar: su cargo lo retenía en la hacienda. Aprovechó el forzado descanso para fabricar un par de balsas, porque las suyas, pesadas por la vejez (habían servido más de ocho meses), comenzaban a podrirse. Estaban negras, deformes, y se filtraba el agua sobre su cubierta.

P: «y resumía el agua»; *V:* «y se escurría el agua»

Ocho días empleó en la faena, y luego pensó vender en cualquier feria de algún cercano pueblo un toro bravío y de bella estampa, que en mala hora había comprado no hacía seis meses.

Ya no podía más con el feroz bruto.

Tan fuerte era su instinto de libertad, que no quería reconocer a nadie por amo. En cuanto se le ponía Tokorcunki delante con intención de reducirlo, se erguía, juntaba las patas delanteras, y, la cabeza alta, las orejas tiesas, miraba de frente, sin pestañear, los ojos inflamados con fuego, avasallador, imponente, terrible. Un día, uno de sus hijos, mozo audaz y fuerte, quiso entrar en lucha con él. Se le fue encima como un rayo, y enganchándole por las ropas lo lanzó en mitad de un charco lindante con el aprisco donde las aves acuáticas, en tiempo de lluvias, iban a coger renacuajos y pececillos.

P: «se le ponía alguien delante»

BA, L_1, GC y *Pl:* «pestañar».

Tokorcunki se consternó. Seguramente el maldito tenía alojado el demonio en el cuerpo. Ninguno como él había producido tanta desdichas en la comarca. Las quejas comenzaron a elevarse, airadas, por todos lados. Aquí, bueyes corneados; allá, burros mal heridos; acullá, gente asustada.

P: «tenía metido el demonio en el»

P: «como él había causado tantas desdichas»

Todo le ayudaba al demonio para infundir terror: era alto, fuerte, ágil, robusto. Tenía la piel negra y lustrosa, rayada en el lomo por un tira rojiza; y bastaba mirarle los ojos torvos y maliciosos, la frente enmarañada con rizos crespos y duros, para saber que gastaba malas pulgas y no había aceptado jamás el peso redentor de un yugo.

P: «de crespos y duros rizos para saber»

P: «aceptado jamás el peso de un yugo.»

Resolvió, pues, venderlo.

Y un domingo de feria en Pucarani, temprano, fue a casa de su vecino Apaña y le rogó que le ayudase a conducir la bestia al mercado.

Apaña había sufrido mucho con la vecindad de la fiera indómita, y aceptó complacido el ruego. Y entre él, el amo, sus hijos allegados y otros vecinos, consiguieron, tras duras penas, enganchar cuatro fuertes lazos en las puntiagudas astas del rabioso cornúpeto.

P: «de la bestia indómita y aceptó»
P: «el dueño, sus hijos y agregados y otros vecinos, lograron, tras duras»

Y dos delante y otros dos atrás, se pusieron en marcha, gritanto a los viajeros que se alejasen para evitar desgracias, los cuales, al ver las precauciones para conducir tan soberbio bruto, se apartaban del camino, desviaban de él a sus bestias y se quedaban parados a la vera, viendo avanzar al retinto, que marchaba erguido y bufando de cólera impotente o de contentamiento al verse tan dueño de la vía.

P: «en camino, gritando a los»
P: «precauciones usadas para conducir»

Llegaron pasadas las doce a Pucarani.

Los *mañasos* (matarifes) indios recorrían el campo de la feria cabalgando en sus mulas bajas, lanudas mañosas y fuertes. Sus alforjas, abultadas de billetes, se batían al furioso trotar de sus cabalgaduras, como alas, e iban de un lado para otro, paseando sobre los ganados la mirada al parecer indiferente, pero ejercitada en descubrir al primer golpe de vista las cualidades o taras de una bestia. Nada se escapaba a su ojo penetrante y no fueron tardos en descubrir el toro de Tokorcunki.

P: «los *mañasos* indios (matarifes):
V: «matarifes *(mañasos)* indios»:
OC: «*mañasos* [24] indios».
P: «Llevaban las alforjas pendientes de la silla abultadas de billetes y se batían al»
P: «alas. Iban de un lado»
P: «Nada se escapa a su ojo»

—¿Cuánto pides?

—Cien pesos.

El demandante dio un talonazo a su mula y se alejó al galope del grupo, lanzando una enorme carcajada de burla.

P: «El preguntante dió un talonazo»

A poco estuvo de regreso.

—Parecías loco hace rato. ¿Cuánto pides ahora?

—Cien pesos.

—Tú has bebido. Racionalmente no se puede pedir ese precio. ¿Quieres cincuenta?

Tokorcunki le miró con desdén y le volvió las espaldas, sin responder.

—Eres testarudo; cincuenta pesos y la *challa*. [i*]

—¡No me hables! —repuso, hosco, el dueño, sin dignarse mirar al ofertante.

P: «ofertante, estaba irritado.»

Estaba irritado. Ochenta pesos le había costado la bestia, sin contar la manuntención de medio año en casa, y no la vendería si no conseguía su justo valor, aun cuando despanzurrase a medio mundo.

P: «aunque despanzurrase al mundo entero.»

Estás engreído, como si tú sólo tuvieras una bestia presentable. Las hay mejores.

—Anda a comprarlas. Yo no te he llamado.

P: «Anda a comprártelas.»

—Ni tu ni yo. Sesenta pesos y la *challa*.

—He dicho cien.

—¿Y dónde se ha visto pedir un precio y obtenerlo?

—Ahora lo verás.

—¿Por tu linda cara?

P: «—Por tu linda cara»

Tokorcunki se alzó de hombros, desdeñoso.

Se había formado rueda de curiosos en torno de los dos interlocutores y de la bestia, fuertemente sujetada por los cuatro lazos que tenía los hombres con mano firme, y todos hallaban entretenida la contienda.

Li, GC y Pl: «dos interlocutores de la bestia,»

—Di tu última palabra —porfió el matarife, que estaba decidido a llevarse al bruto.

—Rebajo cinco pesos.

—¡Vete al cuerno, y ojalá te reviente la barriga el mostrenco! —maldijo el matarife zafando del grupo, despechado por la testarudez de Tokorcunki.

—Y a ti que se te pudra la lengua.

—¡Sinvergüenza!

—¡Ladrón!

Los curiosos lanzaron una carcajada y se dispersaron, yéndose a otros grupos.

P: «Los espectantes lanzaron»

Se presentó un nuevo comprador.

[i*] **challa.** «Botella o trago de licor que ofrece el comprador para cerrar un trato». (Arguedas). Fernández Naranjo recoge el vocablo «ch'alla», procedente del aymara «ch'allaña», «rociar». «Costumbre de «rociar» objetos o casas nuevas con bebidas alcohólicas antes de estrenarlos. La creencia popular es que se debe dar a la divinidad del suelo su «parte» de bebidas «para que no se enoje» si se omitiera tal rito; de lo contrario, la casa nueva corre peligro de derrumbe».

—Sé razonable. Tu bestia está en carnes, pero nadie te ha de pagar lo que pides. Yo soy formal y te doy setenta pesos y la *challa*. ¿Qué dices?

Tokorcunki se ablandó ante la palabra insinuante del nuevo interesado. Y respuso con acento comedido:

—No, *tata;* a mí me ha costado más cuando estaba flaca. Si ahora la vendo, es porque es muy arisca y alarma a mi gente.

P: «y si ahora lo vendo es»

—Lo dicen sus ojos, y no has de poder venderla. Sólo sirve para el carneo.

—Por el precio que pides hablamos de balde.

—¿Y si te ofreciera setenta y cinco y la *challa*?

—Ni ochenta. Me cuesta más.

—Bueno; ochenta pero sin *challa*.

Tokorcunki meneó la cabeza.

—¿Y cuánto quieres, por fin?—repuso el otro, que ya comenzaba a sulfurarse.

—Noventa, lo menos, y la *challa*.

—Que otro te la compre, *tata*. Adiós.

—Adiós.

El uno se fue por un lado y el otro sacó su bolsa, y convidando a sus compañeros se puso a mascar coca.

P: «su chuspa y convidando a sus»

—Creo que por ese precio no lo has de vender —objetó Apaña.

—Lo he de vender; ya verás.

—Todos han pasado y nadie quiere ofrecerte nada.

—Es que se han puesto de acuerdo. Cuando nos vayamos con el toro. Verás cómo me ofrecen y me pagan.

P: «vayamos llevándonos el toro»

Fue así.

Fingieron marcharse, y cuando los matarifes vieron que se iban llevándose la bestia, fingieron de su parte verla recién y se aglomeraron en torno del dueño y de sus acompañantes.

Pidieron el precio. Uno ofreció la mitad; otro mejoró la oferta en cinco; y así, de cinco en cinco, llegaron hasta la cantidad ofrecida por el segundo proponente. Tokorcunki se mostró inflexible: conocía las mañas de los carneadores, y no era la primera vez que entraba en tratos con ellos. Si no le pagaban noventa pesos y la *challa,* se iba con su bestia al mercado de la ciudad, y allí la vendería en su justo precio, sin chicanas [j] ni inútiles bellaquerías.

P: «las mañas de los carniceros y no era la primera vez que tenía tratos con»

Se presentó el segundo ofertante con una botella de licor y un fajo de billetes en la mano, y le dijo alargándole la botella:

—Aquí está la *challa* y aquí —mostrándole el dinero— los ochenta pesos que te ofrecí. Es mío el toro.

—Dije noventa y no rebajo —se aferró el *hilacata,* sin recibir la botella.

—Dan ganas de zurrarte... y creo de veras que estás loco. Pero hay que ser razonable... Toma, gran *tata,* y no desperdicies la ocasión.

Sacó de debajo de su poncho un jarrito de metal, y llenándolo hasta los bordes se lo presentó a Tokorcunki, para comprometerlo.

Este permaneció inflexible.

—Es de balde; por ese precio no lo he de vender.

—Ya he servido y no me vuelvo atrás. Ochenta y cinco.

—Noventa.

El otro vio que era inútil insistir. Contó noventa pesos, se los arrojó con brío a los pies de Tokorcunki, y llamando, a sus compañeros prevenidos, voltearon la bestia, y mudándole los lazos se la llevaron, con harta satisfacción de Apaña, que en adelante se vería libre de tan peligrosa vecindad.

[j] **chicanas.** «Artimaña, procedimiento de mala fe, especialmente el utilizado en un pleito por alguna de las partes» *(Dic. R.A.E.).*

VI

Fines de octubre.

El hambre hace estragos en la región. Diariamente se ven ambular por los caminos polvorosos y secos caravanas de dolientes. Van en pos de parihuelas sobre las que saltan formas rígidas de cuerpos cubiertos con oscuros crespones, y se oyen los plañideros acentos con que se despiden los abandonados y malhayan el rigor de hados implacables que consienten la aniquilación por hambre de vidas humanas.

P y *V*: «ven ambulear por los»

P: «dolientes que van en pos de»

P: «salta la forma rígida de cuerpos»

P: «hados perversos que»

Ninguna huella de verdor anima la perspectiva de esos campos yermos y duros de sequedad. Por todas partes se levantan columnas de polvo viajando de un punto a otro, en fantástica procesión.

P: «sequedad y por todas partes se levantan»

P: «de polvo que viajan de un punto»

Las familias se preparan, no obstante, para solemnizar el *alma despachu*, [a] la fiesta de los muertos. Saben que de no hacerlo, la doliente alma del difunto no se alejará de hogar vacío y ocupará siempre el sitio que en vida le era familiar, y cuyos lamentos turban la quietud, no siempre plácida, en los vivos.

P: «muertos, pues bien saben que de»

P y *V*: «plácida, de los vivos.»

Entre las muchas familias que en la hacienda se afanaban por acumular víveres y bebidas para celebrar el *alma-despachu* y recobrar la santa paz de los corazones, Carmela, la viuda de Manuno, el viajero desgraciado, era la más empeñosa en salir con suerte de la empresa. No podía la pobre vivir sosegada. La muerte trágica de su marido, acaecida

P: «se preocupaban de acumular»; *L₁*, *GC* y *Pl*: «se afanan por»

P: «que vuelve la santa»

[a] **alma despachu.** En Bolivia es la fiesta de los muertos; y «alma» significa cadáver. Sobre la pervivencia de creencias precolombinas de la **nuna,** (el alma). véase Jesús Lara, *la cultura de los inkas* Cochabamba. La Paz. «Los Amigos del libro». 1976 (2ª edición) pp. 24-25.

quizás en hora de pecado, le causaba horror. De noche, en el gemir doliente del viento, se imaginaba escuchar su voz, que se quejaba; entre las sombras de las oquedades del monte distante creía distinguir su silueta, como doblada bajo el peso de las penas o de una enorme carga. Y los chicos no siempre estaban bien de salud; se morían las ovejas con el *muyumuyu*,[b] y las gallinas no ponían... Y era la miseria que rondaba en torno al hogar deshecho... miseria de parias.

P: «viento, creía escuchar»

P: «del monte vecino creía»

Había, pues, que hacer algo. Había que alejar de casa la desgracia.

Porque en la casa apenas si había otra cosa.

Todos los bienes de ella —ganados, dineros, ropas— desaparecieron para pagar las deudas de Manuno. Primero vendióse la yunta, por no haber ya mano de varón que la guiase; después los burros; luego la vaquita, para proveer a la familia de ropas negras y comestibles. Y ahora sólo quedaban un gallo viejo y sin bríos tres gallinas cluecas y unos diez corderos, que de tan flacos apenas podían arrastrarse hasta las breñas ásperas del cerro, único punto en que los otros colonos le permitían usufructuar.

P: «las deudas del finado.»

P: «guiase, y después los burros y la vaquita»

P: «sólo quedaba un gallo»

P: «le permitían medrar.» *L1*, *GC* y *Pl:* «lo permitían»

Carmela eligió cuatro de los mejores, y los hizo malvender en la feria de Chililaya, la más próxima a sus pagos.

P: «los hizo baratear en la feria»

Cuando tuvo bajo de su poyo *(patajati)* las botellas de licor, el cuarto tambor de coca, los panecillos hechos en forma de muñecos con cara pintada de rojo, se sintió más tranquila y más serena también. Ahora, la voz gimiente del viento ya no la hablaba con eco humano; las sombras no dibujaban más en los cerros contornos de seres vivos.

P: «*patajati* (poyo)»

P: «la voz doliente del viento; *BA*, *OC*, *L1*, *GC* y *Pl:* «voz gimiente del tiempo». El sentido del párrafo exige 'viento', como recogen *P* y *V*.

Y llegó el ansiado día.

P: «el esperado día.»

El cielo tenía una pureza de tonos admirable, y su color vivo contrastaba con el del suelo, pelado, seco y gris. A lo lejos rebrillaba el aire, fingiendo

P: «admirables, y su»

---

[b] **muyumuyu.** Cfr. nota (c)*. cap. IIIº. 1ª parte.

espejismos en que se admiraban lagos de onda inquieta y urbes inmensas con enormes torres agudas que desaparecían de pronto borradas por las trombas de polvo alzadas por el viento. Por los caminos pardos, negras caravanas de peregrinos iban al camposanto tras de sus banderas negras, algo reverdecidas por el sol y rematadas por un círculo de latón ornado de campanillas, que al chocar con la lanza cascabeleaban con aire de fiesta.

P: «ornado de pendientes campanillas, que al»

Ocupa el camposanto de Chililaya la angosta falda de una colina entre el cerro de Cutusani y el lago, y su derruido portalón se abre mirando el caserío a medio destruir del poblacho mísero y hoy abandonado. Circúndanle altas y ruinosas paredes de adobes acribilladas de redondos y agujeros, donde anidan búhos, cernícalos y *kellunchos,*[c] invitados por la paz misteriosa del recinto, y cubren el suelo matorrales de paja áspera, de entre los que emergen algunas cruces de madera podrida, única señal de que allí descansan de toda fatiga quienes supieron vivir cansados por un enorme y constante ajetreo.

P: «ruinosas paredes acribilladas de»

El cementerio se fue llenando con la gente de los contornos que en larga romería hollaba el camino pardo tendido a la orilla del lago azul. A eso de las ocho apareció el cura del pueblo, hombrecillo[d] bajo rechoncho y enteramente moreno. Su sotana negra, constelada de manchones de grasa y lustrosa por las espaldas, había adquirido un tinte verdoso indefinible. Venía acompañado de su sacristán armado de un hisopo y su recipiente lleno de agua bendita, y otro acólito que en un retobo portaba la estola.

P: «pueblo, un hombrecillo bajo,».

P: «sacristán munido de un hisopo»

Se vistió alli mismo, delante de los fieles, y comenzó a llenar sus funciones, deteniéndose frente a cada cruz y musitando palabras ininteligibles que remataba con un par de hisopazos y unas cuantas gotas de agua bendita, ávidamente absorbida por el

P: «ávidamente absorvidas por»; *V:* «ávidamente absorbidas por»

---

[c] **kellunchos.** Cfr. nota (q)*, cap. IVº, 1ª parte.

[d] **«el cura del pueblo, hombrecillo bajo,»** ¿Es otro lapsus de composición de Arguedas o no es el mismo sacerdote que cuatro páginas después —p. 198— se le describe como «hombrote sólido, bien tallado,...?»

suelo flojo tan luego como en él caían. Antes de coger el hisopo se cubría con el bonete, extendía imperiosamente la mano y embolsillaba en sus hondas faltriqueras el pré del responso breve.

Y se iba frente a otra cruz.

Carmela, sin tumba donde hacer derramar sobre ella el fervor de las preces, pagó el responso besando la mano del sacerdote, y cuando éste se hubo alejado aproximóse Choquehuanka, y haciéndola sentar en el suelo tendió frente a ella un poncho negro cuidadosamente plegado y alineó encima algunas latas vacías de alcohol, botellas de aguardiente y puñados de coca con retazos de lejía *(llukta)*. Los otros, graves, mudos, serios y con aire compungido, tomaron asiento alrededor del tendal, manteniendo en alto los estandartes fúnebres. Uno de los parientes, el más anciano, sirvió la primera copa a Choquehuanka. Tomóla pulcramente el viejo, murmuró frases enigmáticas, mojó dos dedos en el licor, hizo caer algunas gotas en el suelo, y de un trago bebió el contenido.

P: «Carmela, que carecía de tumba para hacer derramar»

P: «*llukta*»; *BA*, *OC*, *L1*, *GC* y *Pl:* «lejía *(lukta)*». La lectura correcta es la de *V*.

P: «al rededor del»

P: «frases inteligibles, sopó dos»; *V:* «enigmáticas, sopó dos»

En la misma copa libaron los otros por tres veces y luego se sirvió la merienda, que todos comieron en medio del más profundo silencio.

P: «En la misma libaron los otros»

P: «y se sirvió la merienda.».

Concluido el yantar, circulóse otra vez la copa y se repartieron cigarrillos.

Mediodía.

El cielo es de añil y el sol cae a plomo sobre la vasta llanura, arrancando de las aguas bruñidas reflejos cristalinos.

Las cabezas comenzaron a turbarse.

Suspiró Carmela, y hondo fue el suspiro de su pecho; suspiró el anciano Choquehuanka, suspiraron los demás.

P: «Choquehuanka y suspiraron los»

De pronto surgió un gemido débil, como distante mayido de gato. Todos se volvieron a la viuda. [1]

L1, *GC* y *Pl:* «maullido de gato.»

Con la cabeza caída sobre el pecho y envuelta en la tupida mantilla, estaba inmóvil, hierática.

Levantóse entonces Choquenhuanka, volvió los ojos en todas direcciones con actitud desconfiada y

P: «en actitud desconfiada»

[1] *P:* «volvieron en dirección de la viuda.»

medrosa: el espíritu del difunto vagaba en torno y había que alejarlo.

Sacóse de la boca la coca mascada, y arrojándola en dirección al lago amonestó con voz suplicante:

—¡Vete, alma doliente, vete!... Ya has comido, ya has bebido, ¡vete!...

Al punto, los parientes, los invitados y la viuda cogieron las latas vacías, las chocaron entre sí con formidable ruido, y lanzando piedras al vacío inundaron en coro de tremendo vocerío el espacio, gritando con acento enternecido:

P: «chocaron con formidable ruido entre sí»

—¡Vete, alma, vete! No llores, ni tus quejas nos traigas... ¡Vete!...

«¡Vete! ¡vete», se oía por todas partes; y el grito amenazador y angustiado parecía hallar eco en el viento, que se lamentaba entre los hirsutos pajonales del cerro en largos y estridentes silbidos...

... ...

Definitivamente pagadas las deudas con los muertos, había que pensar ahora en el hambre de los vivos.

P: «pagas las deudas.»

Y la inmigración se hizo general.

Agiali se resistió a dejar los pagos.

Desde el último viaje al valle había crecido su apego al terruño, y no pensaba moverse de él. ¿Para qué ir a buscar fatigas, si allí mismo, del seno pródigo de la onda, podía sacar el alimento para la familia, hambrienta y necesitada? ¿No pasaba acaso entre los suyos por modelo de vigor, de destreza y de obstinación? ¿O era tan desgraciado que no tuviese una balsa propia y debía de estar mendigando a los compañeros que le prestasen una para ir de noche a coger peces en ajenas jurisdicciones? ¡No! Su balsa grácil, ligera y nueva le esperaba allí, en la orilla, y con tomarla y largarse en aventuras sobre las olas, hallaría la recompensa de su determinación.

P: «había aumentado su querencia al terruño,»; *V:* «crecido su querencia al terruño»

P: «¿O es que era tan desgraciado»

L₁ y *Pl:* «recompenesa», por errata evidente.

Primero tentó fortuna en la jurisdicción de las propias riberas, pero sus andanzas resultaron estériles. Lanzóse después a la desembocadura del lago,

P: «riberas y sus andanzas»
P: «estériles: lánzose después»; *L₁*, *GC* y *Pl:* «Lanzóse a la desembocadura»

en el Desaguadero, y allí la hostilidad de los indios Urus puso en peligro su existencia, pues fue apaleado por los bravos y hoscos moradores de esa región. Fuese, por último, al lago grande; pero de nada le sirvieron sus redadas fructuosas, porque el pescado se pudrió antes de ser vendido en la ciudad.

P: «región; fuese»

Forzoso le fue resolverse a seguir el ejemplo de los otros si deseaba matrimoniarse, como eran sus propósitos, a fines de año, para Navidad, y si aún persistía en su decisión de asombrar a sus paisanos por el lujo que derrocharía en su casamiento. Era necesario, pensaba, sobrepujar en fastuosidad a lo más sonado que hasta entonces se había visto en la hacienda; dejar incrustado en todas las memorias el recuerdo de sus larguezas.

P: «a imitar el ejemplo de los otros»

El último gran acontecimiento celebrado en la comarca había sido el matrimonio del difunto Quilco con la gallarda Choquela; se bailó durante la semana, sin descanso, y no hubo quien en esos días no comiese sus anchas y bebiese tanto como se lo pidiera el deseo. Y el recuerdo perduraba al través de los años, y de entonces databa la estima y la consideración que todos, hasta ahora, sentían por la viuda.

P: «pidiera el antojo.»

Y era preciso borrar ese recuerdo.

Por lo pronto, estaba decidido a vender la yunta vieja y quedarse con la joven. Los toros, ya perezosos, no tenían mucha fuerza para arar. Los recibió algo maduros como herencia de su padre y le sirvieron cinco años. Era bastante. Vendería también el machito pardo y mezquino de orejas. En cada viaje le daba buenos sinsaborees con su pesadez de sapo.

P: «ya estaban perezosos y no tenían»
P y *V:* «Los recibió como herencia de su padre»

Pero esto no bastaba. Tampoco quería pedir dineros prestados. Matrimonio construido sobre deudas, se deshace. No le quedaba, pues, más recursos que engancharse como ayudante del albañil, oficio que desempeñaba con singular donosura.

L1, *GC* y *Pl:* «Pero eso no bastaba.»
P: «Matrimonio que se funda sobre deudas»

La víspera del viaje fue al encuentro de su novia al cerro de Cusipata, ahora más árido que nunca;

P: «fue a encontrar su novia al cerro»

parecía un terrón seco y los ganados levantaban nubes de polvo de los senderos al pastar las ralas pajas que medraban entre las breñas.

P: «senderos y pastaban las ralas»

Wata-Wara, según las previsiones de su futura suegra, había concebido y hacía cinco meses que la joven sentía latir en su seno el fruto de su pecado.

Sobre esto venía a hablarle el novio. Él no quería hijos ajenos, y estaba resuelto a que su futura se arreglase para no dar cabida a intrusos en el nuevo hogar.

P: «el novio; él no quería»

—Me voy, Wata-Wara —le dijo—. El año, como ves, ha de ser malo, y debo reunir dinero para casarnos en la próxima cosecha. Cuida bien de los ganados y no los lleves a la pampa, donde atrapan el *muyumuyu*.

P: «dinero si queremos casarnos para la próxima cosecha. Cuida»

P: «los lleves mucho a la pampa,».

—Vete y trabaja. Yo también he de comenzar a tejer tu ropa. ¿De qué color quieres el poncho?

Agiali vaciló un momento:

—Plomo, con raya morada.

—¿Y el gorro?

—Verde.

—El traje será azul —opinó ella, sonriendo.

—Que sea azul, —asintió el otro, complacido.

Y luego, señalando con una mirada el vientre de su prometida:

P y V: «vientre de la joven: —La *Chulpa*»

—La *Chulpa* se ha de entender con «eso», y dice que vayas a verla uno de estos días. No tengas recelos...

—Iré.

—Hasta otro día, florecilla blanca.

—Adiós, mi dueño.

Agiali no tomó directamente el camino de la ciudad. Se fue al pueblo, pues quería saber, de los propios labios del cura, lo que le costaría su matrimonio y si su novia debía de ir, como era costumbre, a adoctrinarse en la casa parroquial.

P: «a adoctrinarse en su casa.»; L_1, GC y Pl: «a doctrinarse»

Don Hermógenes Pizarro era un hombrote sólido, bien tallado, moreno, de frente irregular deprimida, largos los brazos, lampiño, de gruesos y

P: «un hombrecito bien tallado, rechoncho, moreno, de frente irregular, lampiño, y de sensuales labios grietosos y amoratados. Tenía las manos cortas, grasientas y de uñas combadas, como garra de rapiña, constantemente sucias.

gruesos y sensuales»; *V:* «un hombrecito bien tallado, rechoncho, moreno, de frente irregular, lampiño, de gruesos y sensuales»

Cubría su robusto corpachón una sotana lustrosa por los codos y las espaldas, pues el sol, el polvo y los años habían deslucido su primitivo color y héchole adquirir ese verde sucio y mohoso de las cosas viejas y gastadas.

P: «y el sol, el polvo»

P y *V:* «adquirir el verde de las cosas viejas y gastadas.»

—Buenos días, *tatai* —saludó humildemente el mocetón, doblando la rodilla en tierra y empleando el más humilde de sus acentos.

P y *V:* «y escogiendo el más»

—¡Hola! ¿Que quieres?

—Quiero casarme, *tatai.*

P y *V:* «casarme, *tatai.*
—¿Cuándo?»

Sonrió el cura y los ojos le brillaron.

—¿Cuándo?

—Para Navidad, *tata.*

La mirada del cura se tornó agria.

P y *V:* «El cura lo miró con ojos encandilados.»

—¿Y por qué vienes a molestarme desde ahora, si recien estamos en noviembre?

P: «—¿Y para qué vienes»

El mozo repuso, con más humildad todavía:

—Es que deseo saber lo que me has de cobrar.

—¿Acaso no lo sabes?

—No *tatai.*

El cura echó una rápida ojeada al mozo; por la indumentaria sabía juzgar el estado de una bolsa, y, por las carnes, la largueza o tacañería de los gustos. Y el mozo llevaba camisa sin remendar, poncho de colores gayos, gorro nuevo de lana y sombrero de castor. Era, pues, rico. Además estaba gordo, musculoso, y eso revelaba buena comida. Falló:

P y *V:* «gorro vistoso de lana y sombrero»

—Son cincuenta pesos.

P y *V:* «treinta pesos.»

Agiali tembló. ¿Cincuenta pesos? Jamás dedicaría él esa suma a un solo objeto. Cincuenta pesos costaba un torillo, un burro, una excelente piel de tigre. Debía rebajar.

P y *V:* «¿Treinta pesos? Jamás dedicaría él esa suma a un solo objeto. Treinta pesos costaba»

Don Hermógenes se enfureció. Tomaba mucho cuidado con la salvación de las almas de sus feligreses. ¿Se imaginaba ese perdido hereje que la redención de su alma pecadora y vil valía menos que cincuenta pesos?

P y *V:* «que treinta pesos?»

—¡Condenado maldito! ¿Es que quieres condenarte, perro? Pues toma, para que no seas bruto ni sepas pensar tan torcidamente...

Desprendió del muro, junto a la puerta, un enorme vergajo, y púsose a sacudirlo sobre las espaldas del novio, que no se alzaba de rodillas, y, la cabeza gacha, recibía con mansedumbre la santa y generosa indignación del pastor de almas.

—¿Saben ustedes lo que son? Pues unos pillos que no temen a Dios y sólo piensan en pecar y holgar a su gusto, sin acordarse jamás del buen cura, que es como un padre... ¿Qué hacen ustedes por él? ¿Le traen siquiera un cordero, algunas gallinitas, una canastita de huevos, alguna cosita, en fin, que pueda contentarlo?... ¡Nunca! Y después, cuando quieren servirse del buen padre y comprarse la gloria con sus oraciones, encuentran caro lo que les pide...

Recorría la estancia, tropezando con las sillas, lleno de cólera sinceramente expresada.

P: «Caminaba de un lado a otro de la estancia»

—¿Y acaso ese dinero les pide para guardárselo él, so pillos? ¿No saben que el templo, la casa de nuestro Dios, se está cayendo con las goteras del techo, y que hay que retejar, pintar, barnizar?... Caro cincuenta pesos, ¿no? ¡Ay, pillo! ¡Si mereces que te maten!

P y *V:* «treinta pesos»

Y ¡zas! ¡zas! ¡zas! hacía llover nuevos vergajazos sobre el lomo robusto del mozo, que se retorcía lleno de dolor por los palos y por haber encendido la cólera sagrada del representante de Dios en la tierra...

P y *V:* «hacía llover vergajazos sobre»
P: «se retorcía de un dolor vivísimo por»

Se fatigó el buen cura con el piadoso ejercicio. Sobre su frente estrecha y deprimida saltaron algunas gotas de sudor, que él se enjugaba con un gran pañuelo de madraza, rojo y amarillo. Resoplaba, hinchando los carrillos, y llamas de furor emergían de sus ojillos pequeños, cenicientos, de pestaña recta y dura y mirar cínico solapado.

Se detuvo frente al indio humillado:

—Di, hereje, ¿no tienes miedo al infierno?

—Perdón; *tatai* —sollozó el mozo, de veras asustado.

—Pues si te parece caro cincuenta pesos, no te cases por la iglesia y vive como los perros, sin mis bendiciones; pero entonces teme al infierno... ¡El infierno!... ¡El infierno!... ¿Entiendes, condenado? ¡¡El infierno, te digo!!...

P y *V*: «treinta pesos, no te casas por la»

Y al pronunciar con airada vehemencia el nombre del antro pavoroso, volvía a encenderse su cólera, briosa y potente, sincera cólera de despecho por la tacañería de los indios, todos los días más acentuada a medida que los malos años se hacían más frecuentes. Cólera por ver que sus palabras no producían la honda consternación que él quisiera y que ya sus amenazas del infierno iban poco a poco siendo menos eficaces. Antes, a la sola enunciación del sitio maléfico, temblaban los indios, arrastrábanse de rodillas a sus pies, llenaban con sus obsequios la despensa, y eran tan abundantes que con la venta iba formando una reserva de fondos, con intenciones de dejarlos a los pobrecitos seres venidos al mundo por obra y gracia de la carne, que, ¡carne al fin!... lo había vencido tristemente, haciéndole caer en pecado. Y era por ellos que se afanaba, para que pudiesen borrar los infelices el estigma de su nacimiento con la seducción del oro, que todo lo vence...

P: «cólera hecha de despecho por»

P: «frecuentes; cólera por»

P y *V*: «sitio damnado, temblaban»

—¿De dónde eres, ladrón?

—De Kohahuyo, *tatai*.

Don Hermógenes se detuvo frente al mozo y su rostro se calmó. Sabía él, como nadie que los indios de Kohahuyo no eran ricos. Los esquilmaban entre el patrón y el administrador, y si muchos permanecían en la hacienda, era porque, como los perros, sentían amor a la querencia. Era, pues, sincero el llanto del mozo.

P: «Eran, pues, sinceros los lloros del mozo.»

—Entonces, eres peón del *viracocha* Pantoja.

—Sí, *tatai*.

—Bueno; porque tu patrón es mi amigo, te voy a rebajar. Me pagarás veinte pesos.

Esa cantidad le habían indicado al mozo, y Agiali tuvo que acceder.

—¿Es joven tu novia?

—Joven es.

—Probablemente, bonita.

—No tiene igual —respuso con candidez y orgullo Agiali.

Sonrió el cura y volvieron a brillarle los ojos.

P y *V:* «cura y le brillaron los ojos.»

—Sabrá ya rezar...

—No, *tatai;* no sabe.

Don Hermógenes fingió pavor y desconsuelo.

—¿No sabe rezar, dices? —y agrandó enormemente los ojos—. Pues hay que mandarla aquí para que aprenda, como esas otras que están afuera.

P: «afuera escarmenando, y con otro gesto señaló el patio lleno de sol donde»

Y con otro gesto señaló el patio asoleado, donde, efectivamente, había visto el mozo al entrar algunas indias jóvenes y graciosas.

Era su contribución de la pernada, fructífera y llena de encantos, que demandaba el cura. Todas las mozas ligadas con compromiso de matrimonio estaban en la obligación de asistir por una semana a la casa cural, donde un indio viejo y malhumorado, que hacía de portero, campanero y a veces de sacristán, les enseñaba a rezar.

P: «Era la contribución»

P: «para el cura. Todas»

P y *V:* «por algunos días a la»

Iban las doncellas con avío y sus camas, para no ocasionar molestias ni gastos al buen pastor de almas, el cual, sabiendo que la holganza engendra malos pensares, había imaginado un ardid que mataba el tiempo de las mozas, produciéndole a él apreciables utilidades. Hacíales distribuir cueros de ovejas, con la obligación de devolverlas convertidos en lindas mantas, vistosos ponchos y finísimos *aguayos,* [e] que no resultarían ni lindos ni flexibles si la lana no estuviese preparada con particular cuidado ni esmerosamente escogida y escarmenada. Para conocer el señor cura la bondad del escarmeno, y como hombre hábil en recursos ingeniosos y utilitarios, había inventado un procedimiento sin-

P: «molestias al buen pastor de almas.».

P: «el tiempo de las doncellas produciéndole»

P y *V:* «ponchos, y gallardísimos *aguayos*, que no»

P y *V:* «gallardos si la lana»

---

[e] **aguayos.** Cfr. nota (b), cap. VIº, 1ª parte, que remite a nota (k)*, cap. IIº.

gular y eficacísimo: hacía juntar la lana escarmenada en voluminosas hacinas y soltaba sobre ellas, desde lo alto de su brazo extendido, una gruesa aguja, la cual tenía que atravesar la sedosa montaña y clavarse perpendicularmente en el suelo. Si la aguja quedaba retenida en el montón, el escarmeno era deficiente, y había que empezar la fatigosa labor...

P y *V*: «hacía reunir la lana»

Y en tanto las mozas lavaban, escarmenaban, hilaban y tejían a la luz radiosa del día y bajo la inmediata vigilancia del indio viejo, de noche, y a solas, pasaban al poder del señor cura para ser larga y cuidadosamente examinadas por él, notándose el fenómeno, hasta ahora inexplicable, de que todas las mujeres jóvenes y bonitas, sin excepción, revelaban ser supinamente cortas de entendimiento; porque en tanto que las maduras y feas volvían a su hogar a los breves días de reclusión y sin pasar por manos del señor cura para el examen, las mozas quedaba toda la semana o parte de ella en su poder y eran objeto del empeñoso celo de su paternidad reverente...

P y *V*: «las mozas escarmenaban, hilaban o tejían a la luz»

P y *V*: «quedaban largos días en su poder y eran»

... ...

Con las lluvias de diciembre, ya regulares, y como golondrinas al calor del nido, tornaron los emigrantes a sus lares. Llegaban flacos, descoloridos por el poco comer y mal dormir, y salíanles al encuentro los parientes, más flacos todavía. Y eran espectros y sombras, que sonreían sin frases ni calor de afecto. Tornaban los emigrantes vencidos por la morriña de la urbe aunque con la bolsa repleta, y el yermo les ofrecía ahora frutos con que matar el hambre: en el lago, nuevas nidadas de primavera, y en la tierra, hoja tierna de la *kañahua*.[f]

P: «todavía, y eran espectros»

P: «frases y con calor de afecto. Tornaban»

P: «y porque contaban dineros y el yermo les ofrecía frutos con qué»

P: «había nueva nidadas y en la tierra verdeaba la *chihua*, hoja tierna de la *Kañahua*.»

Pero pronto dieron fin con ambos productos.

Los nidos fueron cosechados antes de que estuviese cabal la puesta, y las aves emigraron; el miedo

[f] **kañahua.** «Especie de quinua comestible de que se hace una harina muy apetecida, buscada por sus propiedades medicinales para enfermedades pulmonares».

de quedarse sin cosechas si talaban los sembríos, y los terribles cólicos que les ocasionaba el abuso de la hoja sin madurar, les obligó a hacer uso del dinero ganado en jornales. Y como nunca, por la primera vez quizás, esperaban todos con ansia su turno de ir como *pongos* a la ciudad.

Cuatro *pongos* y un vendedor *aljiri* daba la hacienda. Quedábase el patrón con el *aljiri* y un *pongo* y alquilaba los otros tres a sus amigos y parientes, en precios que variaban de ciento cincuenta a doscientos veinte pesos anuales. En todos los periódicos se leía su anuncio:

P: «Cuatro pongos y un *aljiri*»

PABLO PANTOJA ALQUILA PONGOS CON TAQUIA [g]

De *pongo*, por lo menos tenían algo que comer en casa de los patrones. Y ellos, lo sólo que por el momento pedían era comer, matar el hambre, es decir, vivir.

Agiali fue de los últimos en tornar a la hacienda. Cuando madre e hijo se encontraron al atardecer sobre el camino, ahora festoneado de verdes franjas vistosas y hasta perfumadas, apenas pudieron reconocerse, pues habían cambiado mucho los dos. Ella estaba más vieja y hondas arrugas acentuaban el rictus de su boca amarga; su cabellera sin lustre parecía quemada por el sol y brillaban en ella mechones blancos, amarillentos y sucios. El venía flaco y envejecido, pero risueño.

Sonrieron al verse, y ésa fue su sola demostración de afecto.

---

[g] **«En todos los periódicos se leía su anuncio:**
PABLO PANTOJA ALQUILA PONGOS CON TAQUIA».

Diversos parlamentos de *Raza de bronce* son transposición de las ideas vertidas por Arguedas en *Pueblo Enfermo* (1909). Éste, desde luego, es de los más nítidos, y si no, confróntese con lo escrito en 1909: «Cada vez aparece en los periódicos de ciertas localidades un aviso que dice textualmente en letras gordas

SE ALQUILA UN PONGO CON TAQUIA

Llámase *pongo* al colono de una hacienda que va a servir una semana a la casa del patrón en la ciudad y *taquia* la bosta de ovejas y llamas (...) El servicio de pongueaje es gratuito, y también el aprovisionamiento y traslado de la taquia. Cuando un patrón tiene dos o más pongos, se queda con uno y arrienda los restantes,...» (p. 54).

—¿Traes dineros bastantes? —preguntó la madre, con los ojos esperanzados en la grata respuesta.

—¡Psh!...

Y el mozo se alzó de hombros, siempre sonriendo. Ella dio un suspiro de satisfacción: ya sabía que su hijo venía con dineros.

—¿Y cómo van mis bestias? ¿Han enflaquecido? Tú estás un poco delgada...

—Y tu también. Las bestias...

Contó. Las bestias estaban bien, aunque algo flacas. ¿De dónde quería él que buscasen su sustento por esa época? ¿De la tierra, acaso? No; no estaban gordas; pero ella había hecho lo posible por que no se muriesen de hambre. Las llevaba todos los días a los *totorales* del lago, y así pudo lograr que no se arruinasen del todo.

P: «que se alimentasen en ese tiempo?»

—¿Y por qué no vino Wata-Wara a mi encuentro? Creí verla contigo.

La anciana hizo otro gesto vago, con ese despego por el que disminuye el caudal de una dicha.

P: «despego que se siente hacia el que disminuye»

Y contó también:

Wata-Wara estuvo enferma, bien enferma, de un accidente comprometido. Días hubo que se creyó iría a morirse, y no faltaron quienes no daban una piedra por su vida; pero su fuerte juventud y los cuidados inteligentes del viejo Choquehuanka la habían salvado...

P: «creyó iba a morirse y no»

—¿Sabes? Los cerdos del lago comieron carne blanda, como querías.

P: «del lago han comido carne fresca, como»; *V:* comieron carne fresca.»

El mozo tomó poco interés en el relato y únicamente se alegró de que no ofreciese ningún peligro la salud de su novia. Traía con qué casarse derrochando lujo y lo demás le era indiferente.

P: «en la noticia y únicamente»

—Y ahora, ¿cómo sigue?

—Está mejor; pero todavía no puede ir al cerro a pastorear sus ganados. Se siente sin fuerzas, y apenas anda por la casa cuidando los conejos y las gallinas o tejiendo las prendas que has de lucir en tu

P: «o tejiéndotelo las»

matrimonio. Han tenido que llamar a un *minga.* [h] (suplente) para cuidar sus bestias.

—¿Y se han muerto algunas?

—Dicen que no. Los Coyllor tienen suerte en todo. Y es que los protegen la *Chulpa* y Choquehuanka.

—¿Y cómo cayó enferma?

—Cosas de la *Chulpa.* Se entregó en sus manos, y ella lo hizo todo. Yo no lo sé: nunca he sido mala hembra.

—¿Tienes algo para ofrecerme? Me estoy muriendo de hambre —dijo el mozo, sin sentir la injusticia de la alusión.

La vieja hizo otro gesto. Los comestibles no eran abundantes en casa. Habíase agotado la *quinua* que dejara, y vivían con las verduras y algas recogidas del lago, con huevos de pato cocidos al agua, y si la fortuna se mostraba propicia, con la carne espinosa de los *carachis* o de algún pato cogido, por milagro, en red. Ella más bien contaba con algún sabroso presente, y por recibirlo había salido a su encuentro.

—¿No tienes pan? —dijo señalando con una mirada el atado que el mozo traía sobre las espaldas.

—Traigo algunos, y te los daré en casa; pero ayúdame a llevar esto, que estoy rendido.

Y pasó el bulto a la madre hambrienta.

Los hermanos menores salieron al encuentro de Agiali lanzando verdaderos alaridos de gozo. Sabían que en breve iban a regalarse con el sabor casi ignorado del pan burdo, para ellos infinitamente delicado... Causaba lástima el verlos. Cubríales el cuerpo una camisilla de tucuyo [i] abierta sobre el pecho y atada a la cintura con una faja. Por la abertura se les veía los cuerpecitos morenos, flacos y angulosos.

V: «suplente *(minga)*;» *OC:* «*minga.* [25]»

P: «suerte para todo.»

L1, GC y *Pl:* «algo que ofrecerme?»

P: «sentir la ofensa de la alusión.»

P: «Felicita hizo otro gesto.»

P: «agotado el poco de quinua que»

P: «cocidos en el agua»

P: «gozo porque sabían»

---

[h] **minga.** Del quechua «mink'a», «alquiler, alquilamiento (...) Sistema de trabajo o cumplimiento de obligación por sustitución a base de acuerdo antelado (...) Es un contrato por el que se paga el trabajo con otro trabajo».

[i] **tucuyo.** tocuyo, «tela burda de algodón». *(Dic. R.A.E.).*

Agiali obsequió a cada uno de los pequeños con la mitad de un pan, que los canijos fueron a devorar, con devoción, en la puerta de la cocina, recogiendo la más menuda migaja que dejaban caer de la boca, silenciosos ante la solemnidad del acto estupendo, y sin dignarse a mirar a los dos grandes, lanudos y enflaquecidos perros que, sentados sobre sus patas traseras, permanecían inmóviles frente a ellos, con las babas colgantes y los ojos obstinadamente clavados en el mendrugo que los granujillas seguían saboreando lentamente, con fruición, cual si jamás sus paladares hubiesen gustado cosa más deliciosa.

P, V y *OC:* «sin dignarse mirar a los»

P y *V:* «hubiesen gustado cosa más deliciosa sus paladares.»

El mozo cogió algunos panecillos y dijo a su madre:

—Oye, madre; has de encontrar en el atado un poco de maíz, y puedes cocinarlo hasta que yo venga. Voy donde Wata-Wara.

Salió.

Al aproximarse a la casa de su novia ladráronle los perros, y al ruido apareció la enferma en el vano del rústico arco de adobes. Presentóse pálida, enflaquecida, transparente, y parecía blanca como la camisa que le cubría el busto; blanca, ojerosa. Los cabellos, azulosos por tan negros, le caían en dos gruesas trenzas sobre las espaldas, y llevaba desnuda la cabeza, partida en medio por la raya del peinado. En los días de enfermedad y de reposo, se le había aclarado el cutis y en la tersura de su rostro ovalado le brillaban extraordinariamente los ojos, grandes, negros, y expresivos.

P y *V:* «a la casa ladráronle los»

P y *V:* «apareció su novia en el»

Al ver a su novio, un tinte rosa cubrióle las mejillas pálidas y una sonrisa dulce y alegre animó su rostro:

—¿Eres tú? No creí que vinieras tan pronto. Te vi llegar y venías con la madre; pero, ya ves... ¡no puedo!

P: «ya ve... no puedo!»

Y el rubor se hizo más intenso.

—Dicen que has estado mal.

—No sé.

—¿Y ahora?

—Ahora estoy bien... Pero siéntate, estarás cansado. ¿Me traes algo?

—Te traigo esto.

Y el mozo le presentó los panes, que la joven se apresuró en coger de sus manos con alegría glotona y desbordante.

—¿Y cómo te fue por allá? —inquirió la Coyllor, recibiendo un pan de manos de su hija.

—Bien; trabajé mucho.

—Mejor para ustedes; nada les faltará en su casa. ¿Y viste al cura?

Agiali narró la tempestuosa entrevista, sin omitir lo de la apaleadura, divirtiendo bastante a las dos mujeres.

P: «que divirtió bastante»; *L₁:* «divirtiendo lo bastante»

—Benditas sean sus manos —dijo la zagala mirando con picardía a su novio.

—¿Y cómo andan las sementeras? —preguntó a su vez Agiali.

Hicieron un gesto desolado. Iban mal. Quizás habría un poco de grano y algo de patatas; el resto, perdido

—Llueve poco —agregó la anciana— y hiela; creo que perderemos las cosechas.

Era la preocupación general. El tiempo se había hecho imposible: llovía muy poco, helaba a menudo, y un día vino el granizo y arrasó con todo. Ellos lo vieron venir tal como se les presenta a su fantasía: un viejo muy viejo, de luengas barbas blancas, perverso y sañudo, que se oculta detrás de las nubes y lanza su metralla allí donde se produjo un aborto... Y ellos ignorante de todo, probaron conjurar el peligro, como otras veces. Corrieron a las cimas de los cerros, encendieron grandes fogatas, y agitando en el aire palmas benditas, poblaron los espacios con el hondo clamor de *pututos* y de gritos imploradores: ¡pasa! ¡pasa!; pero se rompieron las nubes con el peso de su carga, y el pedrisco blanco del viejo implacable machucó los sembríos, haciendo correr arroyos de agua verde por el llano...

P y *V:* «llovía de raro en raro, helaba»

L₁ y *Pl:* «patutos», por errata de imprenta.

Ahora, con las lluvias, se iban reponiendo de la avería, y ojalá pudiesen llenar los trojes, aunque sólo fuese para pasar la estación, sin tener que emigrar lejos en busca de comida; pero fue necesario establecer un vigilante servicio de policía para evitar el robo de los viajeros y de los vagos que merodeaban de noche por las chacras y el lago cosechando los tablones lindantes con el camino y los pocos nidos que aun quedaban entre los eneales.

P: «el camino, los pocos»

Y alertas, avizores, dormían los vigilantes en sus chozas de paja construidas al borde de las plantaciones, con el oído atento y los ojos vagando por las palabras, sin dormir.

P: «los cuidantes en»

Agiali y Wata-Wara dejaron a los suyos el cuidado de las chacras; Wata-Wara fuese al pueblo para entregarse al cura, y Agiali se marchó a la ciudad para hacer las últimas compras de los artículos frescos que habrían de consumirse en su matrimonio, llevar la ropa de la novia y el follaje verde de la estacada nupcial, que se construyó en el patio, a la puerta del hogar, clavándose en cuadro varias vigas unidas por sus tres costados con ramas de eucaliptos, sauces llorones, *kantutas,* [j] olivos silvestres y otras plantas, púsosele techo verde, del que pendían racimos de plátanos y naranjas verdes traídas de los Yungas por un compañero de Agiali, y en cada ángulo de la estacada clávose una banderita blanca, que aleteaba a la brisa cual una mariposa.

BA, L₁ y *OC:* «sauces llorones *(kantutas)*». En realidad son dos especies diferentes, como recogen *P* y *V*.

P: «naranjos verdes traídos de los»

El día triunfal, cada novio se fue al pueblo escoltado de sus acompañantes y padrinos. Llevaban

[j] **kantuta.** «Flor nacional; arbusto de hojas pequeñas cuneiformes, acuminadas, de color verde, obscuro, que no se marchitan en ninguna época del año; flores campanuladas, cáliz corto y pubescente; corola de 6 a 7 cm de largo, de color escarlata o amarillo canario (...) Originaria de la región del litoral del lago Titicaca. Flor sagrada de los Incas». Muchos vasos de la época imperial llevan decoraciones estilizadas de flor de Khántu»

éstos el obligado presente del cura. una canasta de huevos, una carga de cebada en grano y otra en berza, un gallo joven y una gallina con huevos, para que hubiese abundancia en el nuevo hogar, según decía el cura. Ambas parejas encontráronse en el atrio de la iglesia, cuyas campanas fueron echadas al vuelo anunciando alegría de desposados.

P: «y padrinos, los cuales llevaban el obligado presente del cura, que consistía en una canasta»

Agiali iba vestido de cholo: pantalón largo, chaqueta corta, chaleco de paño, cadena sin reloj, camisa con cuello aplanchado y zapatos de gruesa suela claveteada. Para disfrazarse mejor, se había hecho cortar al ras la melena ondulosa y abundante, y presentaba traza que a los ojos de sus paisanos era imponente y resultaba simplemente ridícula, porque siendo la primera vez que usaba tales prendas, no sabía la manera de llevarlas, y suplía su ignorancia andando tieso, erguido, con las manos enguantadas pendientes, rígidas, a lo largo del cuerpo.

P y *V:* «trazas que a los»

P: «no sabía de qué manera llevarlas y suplía»

Wata-Wara no quiso quedarse atrás y se presentó disfrazada de chola. Pero si el novio aparecía ridículo con guantes, zapatos, calzón largo, cuello tieso y la melena cortada, la moza, con mantilla de encaje, blusa de ajustadas mangas, traje gastado de seda, medias y zapatos amarillos de tacones elevados era un adefesio consumado que provocaba a risa cuando se la veía caminar encogida por la intolerable estrechez de los zapatos, ganada de un miedo inexplicable por el ceremonial de la iglesia.

P: «de chola: pero si el novio»

P: «de tacos elevados, era un adefesio»

Oyeron la misa, recibieron las bendiciones, y sin más, emprendieron otra vez camino de la hacienda.

Ahora las dos comitivas no formaban sino un grupo. Rompía la marcha el *cuya* (mensajero), lanzando al aire las notas graves y potentes de su *pututo* para anunciar a todos que por el camino viajaba una pareja de enamorados.

V: «mensajero *(cuya)*»; *OC:* «el *cuya*[26]».

En las lindes de Kohahuyo se detuvo la comitiva a la vera del lago.

Allí esperaban los parientes a los nuevos cónyuges. Traían los vestidos propios de la novia y venían a ataviarla.

Entrégose la desposada en manos de sus amigas, y los hombres se pusieron a beber las primeras copas, invitándose mutuamente.

P: «se pusieron o beber». Es otra de las numerosas erratas de *P.*

Despojaron a la novia de su lamentable disfraz de chola y le pusieron un jubón apretado de terciopelo rojo, con mangas abullonadas, pollera verde de castilla, ***phullu*** (mantilla) blanca prendida con topo de plata y un sombrerito negro de castor. Le desnudaron también los pies de las medias y los temibles zapatos y le pusieron ojotas; y con la libertad de sus movimientos volvió a adquirir la gracia juvenil que tanta seducción daba a su lindísimo rostro.

P: «*phullu* blanco prendido con»; *V:* «mantilla *(phullu)*»; *OC:* «*phullu* [27]».

L₁ y *Pl:* «temible zapatos».

Concluida esta ceremonia, púsose otra vez en marcha la comitiva, ya alegre por las libaciones. Cuando estuvieron frente a la casa, el *cuya* hinchó los pulmones arrancando de su cuerno largos bufidos, que resonaban potentemente en la estepa y hacían ladrar a los perros y escapar, chillando, a las aves acuáticas agrupadas a la vera de los charcos producidos por las lluvias. Al son salieron los padres de los desposados y se detuvieron en el umbral del hogar. Allí se arrodillaron los novios para besarles pies y manos, en signo de eterna sumisión; hora solemne y grave, en que los ancianos, recogiendo en frases cortas la experiencia de muchas vidas, vierten en oídos de los novios las sentencias recogidas por su propia dolorosa experiencia, o las recibidas de padres a hijos, en una larguísima sucesión de años y de siglos.

P: «libaciones, y cuando hubo aparecido la casa,».

P: «de los recién casados al dintel del hogar donde los novios se arrodillaron para besarles»

P: «de los desposados las sentencias»

Postráronse los novios a las plantas de cada uno de los ancianos, recorriendo de rodillas el patio; y todos, cual más, cual menos, unos con malicia, con ternura otros, graves los unos, los otros risueños, les iban diciendo sus palabras de consejo, de prudencia y resignación.

—Sólo han de vivir felices cuando no se dejen

llevar de cuentos— les dijo Coyllor-Zuma derramando un mar de lágrimas.

P y *V*: «llevar nunca de cuentos, les dijo»

Choquehuanka, abrazando con gran ternura a su protegida, ayer fuente de gozo paternal, le dijo entre sollozos:

P: «funte». una nueva errata de *P*.

—Nunca te quejes de tu marido, hija, ni jamás digas a nadie los secretos de tu casa ni de tu corazón. Si algo tienes contra tu esposo, cava un agujero hondo en la tierra y deposita allí tu dolor, y luego echa piedra encima, para que ni la hierba nazca...

P: «tu esposo, haz un agujero»

P: «allí tu secreto y luego»

Así, llenos de filosofía, eran los consejos de los ancianos, y se los daban quedo a los oídos, en tanto que los mozos, en rueda, sacudían sus tambores y soplaban en sus flautas.

Luego Wata-Wara fuese a instalar en un rincón del patio, frente a su *tari*, con el rostro cubierto por el rebozo, y del que únicamente se le veían los ojos, negros, grandes y expresivos. Agiali penetró bajo la enramada, púsose solo en medio y quedaron los dos frente a frente, mudos, inmóviles, cual si fuesen de piedra.

Entonces desfilaron los amigos para depositar cada uno su ofrenda nupcial de comestibles en el *tari* de las desposadas. Este ponía una bandeja de coca, aquél una palangana de viandas sabrosas, quién una botella de licor, quién otro una fuente de maíz tostado o cocido. Y así fueron pasando todos, para congregarse después los jóvenes en torno a la enramada y bailar alegremente en ruedas distintas dentro del patio o en el campo, pero sin dejar un solo momento al matrimonio, inmóvil y mudo.

Las danzas se prolongaron toda la tarde; pero al anochecer levantóse Wata-Wara, cogió de su *tari* los más sabrosos comestibles y corrió a refugiarse al lado de su esposo, bajo la enramada.

L1, *GC* y *Pl*: «de su *turi*», por errata de imprenta.

Era la señal.

Juntáronse todas las ruedas en el patio. Hombres y mujeres estaban ebrios, y bailaban con creciente animación en medio de gritos jubilosos:

—¡Huiphala! ¡Huiphalita! ¡Que sean felices los novios! —gritó Tokorcunki, quitándose el sombrero y agitándolo en el aire.

—¡Huiphala! ¡Huiphalita![k] ¡Que sean felices! —respondieron los demás, batiendo palmas, en tanto que los mozos bailarines sacudían horrendamente los tambores, levantándolos sobre sus cabezas y bajándolos hasta el pecho, en rítmico movimiento.

P y *V*: «que los mozos sacudían horendamente los»

Luego tomáronse de las manos, en pandilla, dieron tres vueltas alrededor de la enramada sin dejar de gritar, y se lanzaron todos al campo, dejando completamente solos a los novios.

—Tengo hambre, ¿y tú? —preguntó el enamorado, poniéndose de pie para desentumecer sus miembros, adormecidos por cinco horas de inmovilidad.

P: «para despercudir sus»

—Yo también tengo —repuso la otra.

Y se pusieron a comer con voracidad, escogiendo del montón de comestibles lo que satisfacía más su gusto.

Cuando hubieron aplacado su apetito, cogióla Agiali a su novia por las manos y la condujo a la alcoba.

Era ya de noche, y a lo lejos se oía ruido de flautas y tambores y los alegres gritos de los danzantes:

—¡Huiphala! ¡¡Huiphalita!!...

---

k **¡Huiphala! ¡Huiphalita!** Cfr. nota (p), cap. Iº, 2ª parte.

VII

Choquehuanka se puso la mano horizontalmente extendida sobre los ojos, y tras un breve examen, dijo dirigiéndose al administrador.

L₁. *GC* y *P:* «tras breve examen,».

—Sí, *tata* es el patrón.

Troche miró hacia el punto indicado, mas nada pudo distinguir en la llanura tranquila y desierta.

P y *V:* distinguir: la llanura yacía tranquila».

—¿Dónde? Yo no veo nada.

—Allá, *tata;* en el confín.

Y extendió el brazo hacia un punto del vasto horizonte, señalando la dirección del blanco sendero que se perdía en la distancia. Volvió a mirar Troche, y le pareció descubrir en la lejanía una tenue nube de polvo.

—Pero ¿será él?

—Si, *tata,* es él, y viene con otros —dijo uno de los peones jóvenes con seguridad.

P y *V:* «uno de los peones, con seguridad.»

Quince minutos después se diseñó en la lejanía la silueta de los viajeros. Eran cinco, y sus cabalgaduras alzaban polvo de la ruta.

P: «polvo del camino.»

Entonces Tokorcunki hizo una señal. Los colonos recogieron del suelo sus tambores y banderas, y alborotadamente lanzaron al aire las dolientes notas de sus flautas en dianas de bienvenida. Redoblaron de algazara las notas cuando el señor Pantoja, escoltado de cuatro amigos, ganó los linderos de la hacienda, donde, por orden del administrador, habían ido los colonos a saludar con músicas la llegada del amo, costumbre ya abolida en Kohahuyo a poco que los Pantoja entraron en posesión del fundo.

P: «bienvenida que redoblaron de»

P: «llegada del patrón, costumbre ya»

Cabalgaba don Pablo Pantoja, o P. P. como le llamaban sus íntimos, un poderoso alazán de cabeza

P y *V:* «Cabalgaba el señor un poderoso alazán»

pequeña, ancho pecho y recio casco. Venía suelto de talle, con el poncho de vicuña doblado sobre el hombro, un pañuelo de seda blanca cuidadosamente anudado al cuello, sombrero alón echado un poco hacia atrás y la falda levantada por delante. Las manos traía ocupadas: la siniestra, en empuñar las cuatro riendas del trotón y la otra en esgrimir un chicotillo de suela trenzada, y estaban protegidas por fuertes guantes de piel de perro color ladrillo. Venía sólidamente asentado en su silla chilena, alzada por delante y por detrás, pero llena de chapeados de plata, con sartas de menudas lonjas de cuero blanco que pendían de las argollas o sostenían unos pequeños y elegantes alforjines de anta. En el maletín delantero brillaban, de un lado, la cacha de un revólver, y del otro, la de un gran cuchillo de monte. Las posaderas del señor oprimían la mecánica de una lindísima escopeta, cuyos negros agujeros de los caños parecían amenazar de muerte.

Los amigos, si no tan elegantes, mostrábanse igualmente caballeros en nerviosos caballos o fuertes mulas, y venían cubiertos con sus ponchos o abrigos o en talle, mostrando así las diferencias de su temperamento y constitución, pues en tanto que el señor Pantoja y uno de sus amigos, bajo, moreno, cejijunto y delgado se mantenían ágiles y derechos sobre sus monturas, los otros parecían molidos y desarticulados con las nueve horas de marcha andadas ese día, desde la salida del sol.

Al ruido turbulento de los tambores y *pinquillos,*[a] los caballos del patrón y de uno de sus acompañantes, paliducho, enclenque, comenzaron a parar las orejas y a respingar con marcada desconfianza; pero Pantoja aplicó un soberbio espolazo a su bestia, y el bruto de un salto se metió entre el grupo, atropellando a dos indios, que cayeron al suelo, el uno con el tambor reventado y el otro con el calzón nuevo partido. El compañero,

P y *V:* «de seda blanco»

P: «el sombrero alón»

P: «Las manos etaban ocupadas:»

P: y *V:* «de piel color ladrillo.»

P: «sartas de menudo cuero blanco que»

P: «de monte, y se sentaba él sobre la mecánica de una»

P: «se mantenían erguidos sobre sus cabalgaduras, los otros»

P: «que hubieron de hacer ese día.»

P: «enclenque y jinete en un macho frontino de mala cara, comenzaron a»

P: «dio un salto y se metió entre el»

---

[a] **pinquillos.** Del quechua «pinkúyllu y otros pinkíllo y pinkíyllu», es un «pífano, flautín, flauta. Instrumento de viento que lleva contralto fabricado a imitación del pífano, excepto la quena».

más timorato o menos jinete, no pudo reprimir el espanto de su macho frontino y malcarado, y se prendió de las crines en el preciso instante en que iba a rodar por los suelos. Entonces, el señor Pantoja, al notar esto, hizo una seña a los indios para que dejasen de tañer sus instrumentos. Los musicantes no supieron interpretar su gesto, y como redoblasen la energía de sus golpes en el tambor y de sus soplidos en las flautas, cundió la alarma en todas las cabalgaduras, que comenzaron a retroceder con los ojos dilatados, alzándose de dos pies. El susto hubo de trocarse en incontenible espanto cuando repentinamente, y sin que nadie lo previera, comenzaron a tronar camaretas entre las mismas patas de los brutos. Entonces sí que éstos, casi enloquecidos, hicieron uso de sus naturales medios de defensa para zafar cuanto antes del círculo de horrores adonde los habían metido sus dueños. Tascaron el freno, y a saltos y con quiebros echáronse a correr por la llanura, pese a la fatiga del viaje. Uno de los jóvenes salió rodando por el cuello de su cabalgadura; otro se dejaba llevar en carrera abierta al través del llano cenagoso y resquebrajado; éste yacía caído en tierra, junto a su arma y con la cabeza magullada, y aun el mismo patrón, que parecía un centauro, apenas podía mantenerse sobre la silla y tuvo que echar mano al arzón.

P y *V:* «no quiso reprimir»

P: «de su bestia y se prendió de»

P: «suelos. El señor Pantoja, al notar»

P: «pies y la cual alarma hubo de trocarse»

P: «Cascaron el freno y a»

P: «yacía en el suelo inmóvil junto a»

—¡Silencio, brutos, silencio!... —ordenó dando aullidos de cólera.

Los colonos, ante el repentino desastre, suspendieron el loco concierto de sus instrumentos; pero el señor Pantoja, ciego de cólera, dio otro espolazo al alazán, y metiéndose entre el grupo, púsose a esgrimir, su duro látigo con fuerza colosal, repartiendo fustazos en la cara de los indios, que caían entre las patas del formidable bruto o escapaban chillando de dolor y conteniendo la sangre de sus heridas para no manchar la ropa nueva...

P: «al ver el repentino desastre.»

P: «a alazán y metiéndose»

P: «colosal y a repartir latigazos en»; *V:* «fuetazos»

—¡No seas loco!... —le gritó con angustia el joven de la cabeza magullada y poniéndose de

P: «cabeza rota y poniéndose»

pie—. ¿Por qué les pegas, si ellos no tienen la culpa?...

A estas voces se contuvo el amo; pero como su cólera no estaba del todo aplacada, estréllose contra el administrador, que, con el sombrero en la mano y la actitud humilde, se le llegaba a saludarle:

—Buenas tardes, doctor.

Le increpó furioso.

—¿Y por qué ha dejado usted, so ca... que hagan esa bulla estos animales? ¿No tenía usted ojos para ver el alboroto de las bestias?...

—Es costumbre, doctor... —quiso disculparse Troche.

—¡Qué costumbre ni qué niño muerto! ¡Usted es un animal! —repuso furiosamente Pantoja.

Y viendo que dos de sus amigos seguían galopando por la llanura, sin poder sujetar a sus cabalgaduras, le ordenó:

—¡Corra usted a atajar aquellas bestias!...

Troche se lanzó a cumplir la orden; pero ya el *hilacata* y los alcaldes galopaban por la estepa, en auxilio de los impotentes y asustados caballeros.

A poco estaban reunidos todos, y comentaban con risas las peripecias de la inesperada aventura. El patrón, tomando del alforjín una botella de *whisky*, comenzó a repartir copas entre sus amigos, «para matar el susto», según dijo, riendo; bebió él y ofreció la última al aturdido empleado.

—¿Dista mucho a la casa de hacienda?

—No, doctor; apenas una legua.

—¿Y te parece poco? Mis amigos ya no pueden más. No tienen costumbre de viajar, y este caballero —señalando al joven de la cabeza rota— es la primera vez que sale de la ciudad y apenas puede sostenerse sobre su macho... Vamos, pues.

—Ché, ¿y no convidas a los *hilacatas* y alcaldes? preguntó el joven que nunca había salido de la ciudad, sinceramente sorprendido.

Pantoja se volvió hacia él, burlón:

—¿De mi *whisky* fino? ¡Ya quisieran ellos! Les

P: «se le aproximó a saludarle: *L1*, *GC* y *Pl:* «se llegaba a saludarle:»

P: «ver que se espantaban las bestias?»

P: «furiosamente Pantoja. Y viendo que»

P: «y azorados caballeros.»

P: «risas los sustos y peripecias de la»

P: «whiskey»

P: «que les dijo, riendo; bebió»

P: «no les convidas a los»

P: «whiskey»

invitaré a alcohol cuando lleguemos a casa ¡Adelante!

Pero en este momento se aprestaban recién los indios a saludarle. Con el sombrero en una mano y en la otra el instrumento de música, llegábanse al flanco de la bestia, se ponían de rodillas para besar la punta del pie, que sobresalía de los estribos, cubierta de polvo. Los heridos maltratados mostraban mayor comedimiento y eran los que con más fervor apoyaban los labios en la bota, pronto limpia de polvo.

El patrón, sin esperar el homenaje de todos, dio la voz de: «¡Adelante!».

Pusiéronse en marcha. Pantoja llamó a su lado al administrador. Detrás seguían los amigos. El de la cabeza rota se puso junto a Tokorcunki; le ofreció un cigarrillo, a falta de una copa de licor, y comenzó a preguntarle, en aimara bastante entreverado de español, por las cosas del campo... Detrás, los indios iban mustios, con los tambores pendientes del brazo y las flautas atravesadas en la faja, con aire triste, silenciosos, abatidos. Muchos caminaban restañando la sangre de las heridas o tratando de borrar de sus ropas las salpicaduras de lodo levantado por las patas de las bestias en su carrera a través de los charcos de la pampa.

Los jóvenes, consolados ya con la noticia de que faltaba poco para llegar al término del viaje, reían y se burlaban de su anfitrión.

—Oye, Juan: ¿te fijas cómo el cholo le llama doctor a nuestro P. P.?

—Ni abogado es; lo hará para burlarse.

—No; tienen costumbre. Cualquier blanco —hablaba el muy moreno— para ellos es doctor, y usan el título en signo de respeto.

Parecían andar los cinco amigos por una misma edad, con poca diferencia; y, por sus prendas, se echaba de ver que todos eran acomodados, pues iban provistos de finas armas y esmeroso era el

P: «Les invitaré alcohol cuando»

P: «se acercaron recien»

P: «música, se acercaban al flanco de la bestia, poníanse de rodillas y besaban la punta del pie que»; *L₁ GC* y *Pl:* «la punta de pie.»

P: «Los maltratados parecían los más rendidos y eran»; *V:* «Los maltratados»

P: «bota que pronto brilló limpia de polvo.»

P: «la voz de adelante.»

P: «administrador y detrás seguían»

P: «le invitó un cigarrillo a falta»

P: «flautas metidas en la»

P: «caminaban conteniendo la sangre de»

P: «salpicaduras de lo que habían levantado las patas de las»

P: «bestias hollando charcos en la carrera»

P: «fijas como le llama doctor el mayordomo a nuestro amigo?»; *V:* «amigo.»

P: «signo de respetuosa deferencia.»

P: «de finas escopetas y esmeroso»

corte de sus trajes de montar. El uno, el de la cabeza rota, llevaba trazas de ser el Benjamín del grupo. Sus ojos cenicientos tenían un mirar triste y apagado; llevaba el cabello en forma de melena, acicalado el bigotillo y no tenía sombra de pelo en la barba. Llamábase Alejandro Suárez, y sus aficiones a libros, papeles y cosas de escrituras haciánle pasar por poeta en la ciudad. Hijo único de un acaudalado minero, había estudiado leyes en Chuquisaca, de donde procedían sus padres, y llenaba los ocios de su vida inútil publicando gratis sus versos y sus escritos sin ambiente ni color en los periódicos de Sucre y de La Paz.

P: «rota, parecía el más joven. Sus ojos»
P: «el cabello recortado en forma de melena,»

P: «y sus aficiones literarias le habían dado fama de poeta en la»; *V:* «y sus aficiones literarias hacíanle pasar por poeta de fama en la»

Don Pablo Pantoja, o P. P., era un mozo como de treinta años de edad, alto, moreno, y de recia contextura. De sus padres había heredado un profundo menosprecio por los indios, a quienes miraba con la natural indiferencia con que se miran las piedras de un camino, los saltos de agua de un torrente o el vuelo de una ave. Quizás más, porque acaso los sufrimientos de una bestia pudieran despertar eco de compasión en su alma; nunca los de un indio. El indio, para él, era menos que una cosa, y sólo servía para arar los campos, sembrar, recoger, transportar las cosechas en lomos de sus bestias a la ciudad, venderlas y entregarle el dinero... Era modelo de patrón pero no carecía de ingenio ni se presentaba huérfano de lecturas, pues también había estudiado derecho y podía discurrir con soltura sobre las cosas que estaban a su alcance porque era observador por instinto y tenía un talento práctico y de muy fácil asimilación.

P: «Pantoja era un mozo como de treinta y cinco años de edad, vanidoso y de mala índole. De sus»; *V:* «Pantoja era un mozo como de treinta y cinco años de edad, alto,»

P: «más. Acaso los sufrimientos»

P: «dinero, es decir, era todo un patrón.
Sus otros tres»; *V:*«el dinero. Sus otros tres amigos»

Sus otros tres amigos —Pedro Valle, José Ocampo y Luis Aguirre— se le parecían. Eran patrones, y sus haciendas permanecían en sus manos jóvenes tal como las habían recibido de las manos perezosas de sus ociosos padres; pero, eso sí, creíanse en relación con los indios, seres infinitamente superiores, de esencia distinta; y esto ingenuamente, por atavismo. Nunca se dieron el trabajo de meditar si

P: «Aguirre,— también eran patrones, y poco más o menos, se le parecían. Sus haciendas permanecían en sus»

P: «eso sí, se creían en relación con»

el indio podía zafar de su condición de esclavo, instruirse, educarse, sobresalir. Le habían visto desde el regazo materno, miserable, humilde, solapado, pequeño, y creían que era ése su estado natural, que de él no podía ni debía emanciparse sin trastornar el orden de los factores, y que debía morir así. Lo contrario se les imaginaba absurdo, inexplicable; pues si el indio se educara e instruyera, ¿quiénes roturarían los campos, los harían producir, y sobre todo, servirían de ***pongos***?

La sola idea les parecía estrafalaria e insostenible, porque desde el instante que en toda sociedad, desde la más culta, se acepta la necesidad ineludible de contar con una categoría de seres destinados a los trabajos humildes del servicio retribuido, forzosamente en su medio tenían que actuar los indios en esos trabajos, con o sin retribución. Por otra parte, ellos nunca habían visto descollar a un indio, distinguirse, imponerse, dominar, hacerse obedecer de los blancos. Puede, sin duda, cambiar de situación, mejorar y aun enriquecerse; pero sin salir nunca de su escala ni trocar, de inmediato, el poncho y el calzón partido, patentes signos de su inferioridad, por el sombrero alto y la levita de los señores. El indio que se refina, tórnase *aparapita* (cargador) [b*] en La Paz o *mañazo* (carnicero). Si todavía asciende en la escala, truécase en cholo con su distintivo de la chaqueta; pero jamás entra, de hecho, en la categoría denominada «decente». Para llegar a la «decencia», tiene que haber lucha de dos generaciones o entrevero de sangre, como cuando un blanco nada exigente o estragado encasta con una india de su servidumbre, adopta los hijos, los educa, y con la herencia de bienes, les lega su nombre, cosa que por lo rara se hace casi inverosímil. Sólo el cholo puede gozar de este privilegio. El cholo adinerado pone a su hijo en la escuela y después en la Universidad. Si el hijo sobresale en

P: «podía salir de su condición de»

P: «Lo habían visto» Desde luego, es el pronombre correcto.

P: «ni debía salir sin»

P: «les parecía absurda e insostenible.»

P: «desde las más cultas, acepta la necesidad»

P: «tenían que existir los indios que hacen esos trabajos, con o sin»

P: «a un indio, sobresalir, imponerse.»

P: «cargador *(aparapita)*» *OC:* «*aparapita* [28]»

P: «carnicero *(mañazo)*; *OC:* *mañazo* [29]» Cfr. con renglón 16, pág. 188, del cap. V°. 2ª parte.

P: «decente». Para ello tiene que»

P y *V:* «lucha de generaciones o entrevero»

b* **aparapita.** «Cargador y mandadero de la ciudad». (Arguedas). Parece muy probable que proceda del quechua «apáriy», «llevar de algún modo (...) propagarse, cargar».

los estudios y opta el título de abogado, entonces defiende pleitos, escribe en periódicos, intriga en política, y puede ser juez, consejero municipal y diputado. En ese caso y en mérito de la función, trueca de casta y se hace «decente». Y para afirmar esta categoría, reniega de su cuna y llama *cholo*, despectivamente, a todo el que odia, porque, por atavismo, es tenaz y rencoroso en sus odios. Y de decente y diputado, puede llegar a senador, ministro y algo más, si la suerte le es propicia. Y la suerte sonrió siempre a los cholos, como lo prueba el cuadro lamentable y vergonzoso de la historia del país, que sólo es una inmensa mancha, de lodo y de sangre...

P: «sobresale, defiende pleitos,»

P: «Entonces, en mérito de la función, trueca»

P: «le es propicia, y la suerte»

P y *V:* «y vergonzoso de los anales patrios.
El indio jamás»

El indio jamás pasa por semejante metamorfosis, sobre todo el indio de la puna. ¿Un *sunicho* comerciante, munícipe, diputado, ministro?... Jamás nadie se lo imaginaba siquiera. Primero habría de verse invertir todas las leyes de la mecánica celeste.

Cierto es que algunas veces, en charlas de sociedad, habían oído decir los jóvenes que el mariscal Santa Cruz, [c] presidente y dictador, era indio, indio neto del burgo de Huarina, en las orillas de ese lago que ellos comenzaban a divisar allá adentro, en lo hondo del horizonte; que los Fulano y Zutano, hoy gente valiosa y de primera línea en los negocios públicos y en las finanzas, eran indios puros también o descendientes de indios; que Catacora, [d] el protomártir de la independencia, era indio; que eran indios ellos mismos; pero no lo querían creer, y todos, comenzando por los descendientes del mariscal, con diligencia en que parecía

P: «en las charlas de sociedad, habían»

---

[c] **Santa Cruz.** Es el mariscal Santa Cruz, mestizo natural de Huarina, como señala el narrador, presidente dictatorial de Bolivia desde 1829 hasta 1839. En su favor, y a pesar de la crueldad con que persiguió a sus enemigos, hay que señalar que sentó las bases de la organización jurídica de Bolivia, fundó las Universidades de La Paz y Cochabamba y creó escuelas lancasterianas. Su gran labor radicó en la férrea reorganización que llevó a cabo el ejército, depurando de él los jefes y oficiales corruptos. Su máximo sueño, la Confederación Peruano-Boliviana bajo su mano, no llegó a realizarse por la fuerte derrota que sufrió en Yungay (20-I-1839) frente a las tropas chilenas que supuso, entre otras cosas, el fin de su gobierno. Murió en Nantes en 1869.

[d] **Catacora.** El narrador se refiere a J. Basilio Catacora, patriota boliviano integrante de la Junta Tuitiva, que, bajo la dirección del mestizo Pedro Domingo Murillo, encabezó la sublevación de La Paz (1809). Fue ahorcado el 28 de enero de 1810 por orden del realista Goyeneche.

irles vida y honra, se apresuraban en sacar a lucir rancios y oscuros abolengos, cual si el pasar por descendientes de indios les trajese imborrable estigma, cuando patente la llevaban del peor y maleado tronco de los mestizos, ya no sólo en la tez cobriza ni en el cabello áspero sino más bien en el fermento de odios y vilezas de su alma...

P: «imborrable marca de estigma, cuando» *B. A:* «cuanto»

P: «como más bien en el fermento»

Llegaron.

Eran las cuatro de la tarde, y el lago fulgía intensamente como un espejo herido por los oblicuos rayos del sol, que declinaba asomándose a los lejanos cerros de la banda opuesta, sumergido en una especie de penumbra azulada.

En las lindes del *ahijadero* (potrero) aledaño a la casa de hacienda se habían formado grupos de indios que no pudieron ir al encuentro del patrón por encontrarse de pesca en la charca o no tener ropas nuevas; y no bien llegaron al callejón que conducía a casa, comenzaron a tañer sus instrumentos; mas el *hilacata* y el administrador, aleccionados con la escena precedente, corrieron desalados hacia los musicantes, e hicieron cesar el bullicioso, concierto de tambores y flautas, con visible agrado de los viajeros, que temblaban a la idea de sufrir otro percance de mayores consecuencias que el anterior.

P: «*ahijadero*»; *V:* «potrero *(ahijadero)*»; *OC:* «*ahijadero* [30].»

L_1, *GC* y *Pl:* «encontrarse en pesca en la »

P: «aleccionado con la»

P: «cesar el desconcertante concierto»

Dos enormes sabuesos, lanudos y hoscos, se lanzaron por el callejón, al encuentro del administrador y de la comitiva, y comenzaron a brincar llenos de alegría, esquivando las patas de las bestias. Pantoja extendió el brazo y asestó un terrible golpe con su rebenque a uno de ellos, que huyó aullando lastimeramente; el otro se detuvo con desconfianza y cesó de brincar por temor al castigo.

Echaron pie a tierra en el enorme patio, cubierto de menuda grama aterciopelada y todavía verdeante por el abrigo de los muros, y fueron rodeados por la mujer y la hija de Troche y las indias del servicio.

P: «pie a tierra en el vasto patio»; *V:* «en el vasto patio»

P: «el abrigo que le prestaba los muros,»

—Hola, Asunta, ¿qué tal? ¿Y tú Clorinda? ¡Caramba! Ya habías estado joven.

Y Pantoja clavó los ojos codiciosos en el rostro moreno y gracioso de la moza, que lucía jubón de franela verde oscuro, muy ceñido al talle virgen de corsé; zapatos bajos de cordobán y falda verde de percal.

P: «talle virgen, corsé, zapatos»

—Bien, doctor, ¿y usted?

Las indias rodearon al patrón, y, de rodillas, le besaron las manos.

Los mozos, rendidos de cansancio, se dejaron caer en los poyos de barro, sobre los pellones, para estirar las piernas adormecidas y acalambradas.

P: «se tendieron en los poyo de barro, encima de los pellones, y estiraban con fruición de bien ganado reposo, las piernas»; *V:* «se tendieron en los poyos de barro,»

El patio se llenó de indios. Traían sus obsequios y los depositaban a los pies de Pantoja. Ofrecía éste una media docena de huevos frescos, aquél un cordero degollado, el otro quesos frescos el de más allá un cantarillo de leche, quién un pollo. Pantoja recibió las primeras ofrendas indiferente, desdeñoso y haciendo esfuerzos para soportar con paciencia los abrazos de los dadivosos; pero al ver que en lugar de disminuir aumentaba su número, llamó a Troche y le dio orden de recibirlas, entrándose con los amigos al comedor, adornado con aves disecadas del lago y grandes oleografías con escenas de caza en los bosques de Fontainebleau. Estaba la mesa tendida y se enfilaban en torno las sillas altas, de cuero labrado, con clavos dorados y la madera tallada: databan lo menos de un siglo.

P y *V:* «quesos acabados de hacer, el de»
P: «leche, quién otro un pollo.»
P: «Pantoja recibía las ofrendas indiferente.»

P: «de recibir sus obsequios y se entró con los»

—¿A qué hora comemos, Troche?

—Ya, doctor; ahurita.

P: «ahorita.»

Se asomó a la puerta y gritó:

—¡Clora, la comida!

Apareció la moza, y los jóvenes le clavaron la flecha de sus ojos.

P: «jóvenes se la comieron con los ojos.»

—¡Qué buena! —dijo el joven cejijunto, García,[1] cuando hubieron salido padre e hija.

—Habrá que saber si duerme sola —repuso Aguirre, entusiasmado.

—¡Cuidado! Yo no lo permito. Eso es para el patrón —dijo, riendo, Pantoja.

—Primero son los invitados.

Volvió a aparecer la doncella. Traía una fuente donde humeaba el maíz cocido, blanco, reventado, y detrás, portando otra fuente de guiso, le seguía una india joven, de rostro ordinario pero nada feo. Llevaba los pies y los fuertes y morenos brazos desnudos, cubierto el busto con una camisa no muy blanca y un algo estrecha, que acusaba con precisión el relieve de los senos abundantes y erectos.

—¿Qué tal, Clorinda? Te veo de muchos años. Seguramente ya tienes novio, ¿verdad?

La moza inclinó la cabeza, confusa, aturdida, y no repuso palabra. Miraba de soslayo y no sabía en qué postura presentarse, pues era la primera vez que se veía cortejada por tantos jóvenes de clase superior y sentía pesar sobre ella la mirada audaz y pecaminosa de los mozos.

—Cuando calla, es claro que tiene —dijo Aguirre.

—Si no lo tuviera, yo me declaro —repuso galantemente Suárez.

—Y yo —secundó Ocampo.

Y reían todos, alborozados con la presencia de la gallarda muchacha, que no atinaba a servir, aturdida con tanto requiebro y tanta mirada encendida. Felizmente para ella, apareció en ese momento el padre portando un queso de Paria sobre un plato.

L_1, *GC* y *Pl:* «Cejijunto Suárez,».

P: «hay que averiguar si duerme sola,—»

P y *V:* «Yo no permito.»

P: «reventado (mote): portando otra»

P: «veo de algunos años»

P: «agachó la cabeza confusa y aturdida,». *V:* «agachó la cabeza»

P: «veía entre tantos jóvenes de clase»

P: «secundó Ocampo. Y reían»

[1] «Cejijunto Suárez,». Es éste un error de composición que se mantiene en todas las ediciones, aunque en estas tres se intenta subsanar. En realidad no sabemos a qué amigo de Pantoja puede referirse, ya que García, que es personaje recogido por las restantes ediciones, incluida BA, es un primitivo patrón que aparece solamente en *Wuata Wuara*. Creemos sea Aguirre.

—¿Qué le están diciendo a mi hija, doctor? —preguntó Troche al notar la turbación creciente de la cholita y ver el rubor encendido de sus mejillas.

P: «rubor que encendía su atrayente rostro.»

—Le estamos preguntando si tiene novio, y se resiste a responder— dijo Pantoja.

P: «novio y no quiere responder, —dijo»

—¿De dónde, pues, doctor, por aquí? Además, es muy tierna todavía y tiene que acompañar a su madre.

—¿Y en Pucarani? Allí hay buenos mozos. ¿Cuántos años tiene Clorinda?

P: «Allí hay muchos mozos.»

—Ha de cumplir veinte.

—¡Caramba! A esa edad ya deben casarse las mujeres.

Acabaron de comer, y con los cigarrillos encendidos salieron al patio.

La tarde moría dulcemente.

El cielo estaba teñido de rojo y por él cruzaban numerosas bandadas de avecillas, en busca del nidal. Tórtolas, jilgueros, gorriones y verdes loritos revoloteaban en torno del patio. Tenían sus nidos en los aleros, bajo el techo de paja; mas la insólita aglomeración de gente y el ruido de los tambores golpeados por los indios en las afueras les acobardaba, y no se atrevían a esconderse en sus querencias. Y piando, pasaban y repasaban con vuelo aleteante sobre el patio, se detenían un instante en el mojinete del techo, bajaban poco a poco hasta cerca de las goteras, pero no se atrevían a meterse debajo del techo. Al fin, cansadas, se alinearon en el mojinete,[e] esperando que cerrara la noche para buscar la tibieza del nido. Las vio Pantoja y pidió su escopeta.

P: «Acostumbraban dormir en los aleros.»

P: «tambores que golpeaban los indios»

P: «el patio de las bestezuelas, se detenían»

P y *V:* «cerca las goteras, pero»

—Ya verán el tiro que voy a hacer.

—¡Pobrecitas! ¡Déjalas! —suplicó Suárez, compasivo.

—¿No quieres tomar un buen caldo mañana?

—¡Tírales!— aconsejó Ocampo.

---

[e] **mojinete.** En Argentina, «frontón o remate triangular de la fachada principal de un rancho, galpón o cualquier otra construcción semejante». Su significado más frecuente es «tejadillo de los muros». *(Dic. R.A.E.).*

Echóse el fusil al hombro, apuntó e hizo fuego. A la detonación huyeron las pocas que no habían sido tocadas, y las otras rodaron, con rumor de alas batientes, unas al patio y las demás al corral, y algunas quedaron sobre el techo con el plumón sacudido por temblores de agonía. Se contaron quince.

P: «las que no habían sido tocadas y las otras»

Al día siguiente, pasado el almuerzo, sumamente alegre por la lluvia de bromas y picantes alusiones que siguió cayendo sobre Clorinda, Troche invitó al patrón y sus amigos para ir a ver la siega de la cebada que se hacía en un tablón no muy distante de la casa de hacienda; mas al saber que el campo no lindaba con el lago, rehuyeron la invitación los jóvenes. No había para ellos el atractivo de la caza de patos [1], y prefirieron quedarse haciendo la corte a Clorinda, menos el melenudo Suárez, que anhelaba recoger notas de colorido local para componer algún trabajo; mas en la chacra hubo de arrepentirse de su proeza, porque el camino le pareció fatigoso y largo, y nada de nuevo supieron hallar sus ojos cortesanos en la simple labor de la siega.

P: «demasiado alegre por la»

P: «trabajo, pero ya en la chacra»

P: «de su determinación porque el»

Los segadores, distribuidos en todo lo ancho del sembrío dorado y ondulante, avanzaban lentamente. Avanzaban curvados al suelo, las piernas abiertas y desnudas, mostrando al aire los tendones que hinchaban la bruñida piel de bronce, y moviéndose a compás, con rítmicos movimientos, o puestos de rodillas para manejar más libremente el cuchillo, cuya reluciente hoja fulgía y se apagaba al entrar y salir en la paja amarilla y fraganciosa. Muchos llevaban la cabeza desnuda; la protegían otros con el gorro de tonos cálidos —verdes, rojos, jaldes, [f] morados—, que ponían nota alegre en el fondo amarillento de la mies; y todos iban semidesnudos bajo ese aire frío y cargado con hálitos de la nieve

P: «en todo lo ancho de la vasta planicie dorada y ondulante, avanzaban»

P y V: «Iban curvados al suelo.»

P y V: «que hinchaba la bruñida»

---

[f] **jaldes.** «Amarillos subidos». *(Dic. R.A.E.).*

[1] *P:* «de patos, y más bien se les ofrecía una suculenta, con Clorinda en casa y prefirieron quedarse, menos el poeta Suárez que anhelaba»; *V:* «menos el poeta melenudo Suárez, que»

de la cordillera y de la brisa del lago, pues únicamente les cubría el busto una camisa de tocuyo abierta por delante, para mostrar el pecho bronceado, ancho, sólido y libre de vello. Corríales el sudor por los cabellos lacios pendientes en crenchas por ambos lados de la cara, y de vez en cuando se erguían, enganchaban el cuchillo en la faja de cuero, abrían su bolsa, cogían algunas hojas de coca y las mascaban con un retazo de *llukta* (lejía), para luego doblarse otra vez a la faena, en tanto que las mujeres, suspendida la falda por delante y protegido el busto por la camisa, alzaban las hacinas y las iban colocando en grandes parvas, a regular distancia unas de otras.

P: «*llukta*» *V:* «lejía *(llukta)*»; *OC:* «*llukta* [31]»; L_1 y *Pl:* «*ilukta* (lejía)»

P: «por solo la camisa, alzaban»

No quiso Suárez permanecer mucho tiempo en el campo y volvió a casa, donde, a poco, iba a acudir toda la peonada para celebrar, como solía, el cambio de autoridades. Ese cambio debía haberse producido el primer día del año; mas el administrador hubo de aplazarlo siguiendo las órdenes del patrón. Quería el señor Pantoja ganar la voluntad de los colonos, cada día más distante, realzando con su presencia la ceremonia; pero olvidó con malicia mandar los artículos indispensables en ese caso, es decir, el pan para los chicuelos, y coca, cigarrillos y el licor para los adultos.

P: «No quisieron los patrones permanecer mucho tiempo en el campo y volvieron a casa,». Es éste un lapsus de composición de *P*, arreglado ya en *V*.

P: «haberse hecho el»

P: «pero el administrador»

P: «hasta entonces en obedecimiento a las órdenes del patrón»; *V:* en obedecimiento a las»

P y *V:* «todos los días más distante,»

P: «Olvidó proveerse de los artículos con que se celebra, indispensables en ese caso, como el pan para los chicuelos, la coca, los cigarrillos y el licor para los adultos»

Se presentaron los peones al atardecer, concluida la faena.

El *hilacata* saliente, Tokorcunki, llevaba encima los distintivos que en breve iba a depositar en manos de otro: chicote con cabo chapeado de plata, vara de *chonta* [g] incrustada del mismo metal, el ancho *pututo* de cuerno negro labrado, con embocadura también de plata colgando del hombro por una cuerda de alpaca primorosamente tejida, y, como adorno personal, la *chuspa* [h] de coca en el costado, plaqueada con monedas antiguas, vistosa y sonora.

P y *V:* «lucía los distintivos que en breve»

P: «cuerno negro con embocadura»

P: «coca prendida en el costado con monedas»

---

[g] **chonta.** Cfr. nota (ñ), capítulo IVº, 1ª parte.

[h] **chuspa.** Cfr. nota (b)*, capítulo Vº, 2ª parte.

El sucesor estaba ya elegido por acuerdo de los mismos colonos. La elección había recaído en el viejo Mateo Apaña, allí presente, grave y serio, cual cuadraba a la dignidad de su cargo. Apaña era alto, magro, de nariz afilada, ojos color de cobre viejo, luenga cabellera con hilos de plata.

—¿Y por qué no me sirves tú de *hilacata,* gran abuelo? —interrogó el joven terrateniente al viejo Choquehuanka, que era el único de los peones que estaba sentado en el poyo del ángulo, junto al comedor y deseando así captarse el apoyo de ese hombre que lo sabía poderoso entre todos.

Sonrió enigmáticamente el anciano, y haciendo ademán de ponerse de pie, aunque sin alzarse, repuso:

—Serví a tu padre hasta ponerme viejo, y ya estoy cansado. Haría una mala autoridad.

—Eres un viejo mañoso. Estás más fuerte cada día y puedes enterrarnos a todos.

—Fuerte, sí estoy; pero para conservarme necesito reposo, y un buen *hilacata* nunca lo tiene.

—Dices verdad, y sólo por eso no te obligo. En cambio, éste —agregó volviéndose al nuevo— me ha de servir bien, y espero no tener ninguna queja de él. *Hilacata* —agregó dirigiéndose a Tokorcunki—, hazle tomar posesión de su cargo.

Acercósele Tokorcunki al elegido, y, con el sombrero calado, le habló, mientras Apaña se destocaba respetuosamente:

—Es la voluntad de todos darte nuestro mando. Desde ahora ya no te perteneces y eres esclavo de tus obligaciones, que son: servir al amo con voluntad y velar por su bien con más celo que por el tuyo. Toma, pues, este látigo, que es mano del patrón, para castigar al perezoso y al insumiso; toma esta bocina para enviar tus órdenes a los últimos confines de nuestra heredad, y toma, por último, esta vara para que, como ella, nunca te doblegues y seas inflexible, pero sereno y justo. Y ahora, *tatito hilacata,* recibe mi homenaje y que sea para el bien de todos.

P: «por deliberación de los mismos»

P: «cargo. Era alto, magro,»

L_1, *GC* y *P1:* «no sirves tú de *hilacata,*»

P y *V:* «Choquehuanca, deseando así»; L_1, *GC* y *Pl:* «y deseando captarse»

P: «haciendo el ademán de ponerse en pie aunque»; *V:* «en pie,»
P: «alzarse del poyo en que estaba sentado, sólo él, repuso:»; *V:* «del poyo en que él solo estaba sentado, repuso:»

P: «Acercóse Tokorcunki al»

P: «todos hacerte nuestro»

P: «que es la mano del patrón, para»

Quítose ahora el sombrero, y, las rodillas en tierra, besóle la mano, en tanto que el otro se cubría.

—Que sea para el bien de todos, *tata.*

Y el antiguo *hilacata* arrodillóse también y besó las manos del patrón.

P: «tata; y el antiguo hilacata hincóse también»

En ese momento se puso de pie el anciano Choquehuanka. Y, con el sombrero calado, dijo con voz serena y grave al nuevo *hilacata* las palabras que luenga experiencia y la sabiduría de generaciones muertas daban severa solemnidad y tinte de amarga filosofía a su discurso:

—Poco tengo que decirte yo, *tatito hilacata.* Sólo un encargo: sirve con diligencia al patrón, cuida de sus bienes con más esmero que los tuyos obedécele y hazle obedecer, pues para ello deposita en ti su confianza, pero nunca olvides que te debes a tu casta, que tu sangre es la nuestra, y que has de ser para nosotros un igual con mando, pero nunca un superior, y menos un verdugo... Yo que conozco a nuestros pobrecitos hijos —(abarcando con la mirada el patio rebosante de colonos)—, te digo que si así lo haces, te han de obedecer y servir con voluntad; pero si acudes al rigor —(mirando fijamente a Pantoja)—, acuérdate que hasta las bestias muerden cuando se las maltrata, y tú sabes que nosotros no somos bestias... Que sea, pues, para el bien de todos.

P y *V:* «que si fuesen tuyos, obedécele»; L_1, *GC* y *Pl:* «que de los tuyos;»
P y *V:* «te debes a los tuyos, que»

P: «yo que los conozco, a estos nuestros pobrecitos hijos—»; *V:* «a nuestros pobrecitos—»

Quítose también el sombrero, pero sin postrarse ni besarle la mano, hizo una muy respetuosa reverencia a Pantoja y fue a sentarse en el poyo, apoyándose con pena en su cayado.

P y *V:* «Quitóse el sombrero pero sin»
P: «respetuosa reverencia y fue a»

Y comenzó el general desfile. Primero los alcaldes, los *mandos* después, luego los viejos, en seguida los adultos, y por fin los jóvenes, se le fueron acercando uno por uno al *hilacata* nuevo, para, con el sombrero quitado y de rodillas, besarle la mano y repetir la fórmula consagrada: «Que sea para el bien de todos».

P: «Fue el momento del general desfile»

Cuando se hubo concluido el besamanos simbólico, habló el nuevo *hilacata* las palabras que había recogido de sus padres y oído a lo largo de su vida:

—Es voluntad de ustedes, y no mi deseo, que me inviste de autoridad y mando. Son, por tanto, ustedes quienes han de mandar y yo sólo he de obedecer. Todos hemos de vivir en armonía y sin recelo, porque nuestro bien es común y unas mismas son nuestras aspiraciones. Hemos de socorrer al necesitado, prestar ayuda al que cae en desgracia; pero hemos de ser sordos para el mal... Que sea para el bien de todos, *tatitos*.

P: «Es la voluntad de ustedes y no mi»

P y *V:* «armonía y sin recelos, porque»

Luego se puso de hinojos ante el patrón, besóle las manos y le dijo:

—Se justo y bueno y hemos de ser siempre tus pobrecitos hijos, que a nadie tienen más que a ti para acudir en sus penas y trabajos. Que sea para el bien de todos señor...

Entráronse al comedor los mozos atraídos por el incitante olor de una fuente de picantes que Clorinda acababa de depositar sobre la mesa, y más dispuestos a devorar su ración de carne que a observar los detalles del ceremonial que a los más torpes se les imaginó divertido y hasta risible, sin echar de ver el fondo de prudente consejo y aun de velada amenaza que envolvía cada sentencia de los ancianos.

P y *V:* «los jóvenes, dando por concluido el acto, entráronse al comedor para festejar con grandes carcajadas la ceremonia, que les pareció sobradamente risible y divertida, sin penetrar la trascendencia que para ellos mismos entrañaba ni descubrir el fondo del prudente y avisado consejo que envolvía cada una de las sentencias de los ancianos, y en las cuales habría podido verse también destellos de amenaza»

Se presentó en la puerta el nuevo *hilacata*, con el sombrero en la mano y la actitud medrosa. Estaba acompañado de dos alcaldes y venía a pedir permiso para bailar en el patio de la casa. Mozos y mozas se habían ataviado con sus mejores prendas, y sentían volver a sus casas sin haber holgado un poco.

P: «en la puerta el hilacata recién posesionado con el »

P: «de dos nuevos alcaldes»

P: «casas sin haberse divertido un poco.»

—Lo hacen por beber alcohol —dijo Troche, atrapando la oportunidad del negocio.

—Dales una lata y que me dejen en paz —repuso Pantoja con cierto mal humor a la idea del gasto, pero sin mostrarlo a sus amigos.

—Le han de pedir también coca y cigarros: es

P: «Es que le han de pedir también coca y cigarros:»

costumbre —acentuó Troche, alentado por la concesión.

—Dales lo que te pidan, pero que no me molesten —dijo el patrón, sorbiendo la taza de café perfumado recogido en la última cosecha de su finca de los Yungas, afamada por la bondad y delicadeza de ese producto.

Troche llamó al *hilacata*, en cuyas manos puso diez libras de coca, algunos manojos de cigarrillos y una lata de alcohol abundantemente rebajado.

Se formaron las ruedas al son de las músicas. Los bailarines danzaban parcamente, con mesura. Cogían de la mano a Tokorcunki y le obligaban a dar vueltas y a beber copa tras copa, colmándole de halagos y atenciones, mientras que el nuevo *hilacata*, solitario en un rincón del patio, sin corte y como abandonado de todos, miraba beber y danzar, con la boca seca, aunque mascando serenamente su coca, indiferente y tranquilo.

P: «llenándole de halagos»

Al ruido de los tambores aparecieron en la puerta del comedor los amos, y al notar el vivo contraste entre los agasajos al *hilacata* saliente y el estudiado abandono en que mantenían al entrante, llamaron a Choquehuanca para pedirle la explicación de aquella desigualdad, a lo que repuso el viejo:

—Es natural esto que ves. El uno ya ha llenado su misión y se le festeja y premia porque supo ser justo, prudente y bueno; el otro, recién entra al mando, y nada se sabe todavía de él. ¿Cómo, entonces, halagarle y premiarle si aún ignoramos la clase de autoridad que hará? Al año, cuando concluya, sabremos si merece premio o castigo, y, cómo éste, será el día de su recompensa o el de su expiación...

P: «natural que esto suceda así. El uno»

P: «autoridad que ha de hacer? Al año»

—¡Caramba! —dijo Suárez volviéndose a su anfitrión— ¿Sabes que en esto nos dan ejemplo tus rústicos? Por lo menos, obran con más lógica. Nosotros antes de ver los frutos de un gobierno, ya premiamos al gobernante bautizando calles y plazas con su nombre, para borrarlo al día siguiente y sustituirlo con el del nuevo cacique. Estos salvajes, primero ven obrar y después castigan o premian, y así se muestran prudentes y justos.

P: «Estos, primero ven obrar y»

Festejaron los otros la ocurrencia, y hubieron de convenir que el escritor llevaba razón en su comentario...

P: «Rieron los otros de la ocurrencia y hubieron de»

Corto resultó el obsequio de Pantoja. Había en el patio más de cien parejas, y apenas pudieron probar una copa de licor, o dos los más diligentes, y recibir un cigarrillo y algunas hojas de coca. Viendo la insignificancia del obsequio, que no correspondía a la calidad de sus presentes del día anterior, se retiraron de la casa y se fueron a plena llanura a seguir bailando, pues estaban en víspera de la Cruz, fiesta de mucho aparato entre ellos, y era preciso ejercitarse en el baile. Al marchar en grupos, decían su descontento y se mostraban pesarosos de haber sido pródigos con el patrón. Era peor que su padre. Por lo menos el padre, en ciertas circunstancias, no reparaba en obsequiarles con sendas comilonas, buenas latas de alcohol, manojos de cigarrillos. El hijo únicamente se preocupaba de cosechar dinero con el sudor de sus músculos, de esquilmarlos. En su casa de la ciudad les obligaba a estar de pie desde el amanecer hasta bien mediada la noche. Y siempre midiéndoles en comida, cuidando de que se cocinase aparte para ellos, junto con la que se preparaba para el perro. Y la más pequeña falta, el descuido más ligero, lo pagaban sus lomos, sacudidos con crueldad por el látigo...

P y *OC:* «en vísperas de la Cruz.»

P y *V:* «padre. Siquiera el padre, en ciertas»

P: «midiéndoles en la comida, cuidando»

Aquello, pues, se hacía intolerable. Y ellos no pedían gran cosa. Únicamente que se les dejase tranquilos en sus casas y no se recargasen sus tradicionales obligaciones con exigencias de nuevos trabajos, que nunca compensaban el fruto producido por las parcelas que en pago de sus servicios les permitía cultivar el patrón...

Iban cariacontecidos y malhumorados.

Había cerrado la noche, pero la dulce claridad de la *celistia* ponía cierta transparencia al terciopelo

L₁, GC y *Pl:* «celestia»

de las sombras. De ellas surgía el eco de las risas juveniles y se escuchaban diálogos cortos y breves:

—¿Lo hiciste de intento, entonces?

—De intento lo hice. Quería esperar el instante en que los caballos estuviesen encima para hacer reventar mis camaretas; pero ustedes se adelantaron en sacudir los tambores, y les prendí fuego cuando reculaban las bestias... ¡Figúrate si ustedes no se adelantan y dejan que haga lo que yo quería!... Acaso...

P: «lo que yo quería... Acaso?»

—¡Verdad! ¡Si nos lo hubieses dicho!...

VIII

El sembrío ocupa toda la vertiente de una breve colina. Al pie se abre el cauce de un riacho enjuto en invierno y acribillado de profundos hoyos, donde, bajo las verdosas algas, pululan enjambres de minúsculos pececillos. Los surcos abiertos a lo largo del declive, para que las lluvias no se estanquen y pudran el fruto, rajan la redonda cumbre del otero y se detienen en la plataforma que allí se alza, para tropezar a lo lejos en otro otero más elevado, y éste en otro, hasta dar en la rinconada de la cordillera, que en el confín luce sus cumbres heladas.

P y *V:* «ocupa la vertiente de una colina. Al pie»

P y *V:* «verdosas aguas,»

P: «se alza y va a tropezar a lo lejos».

Mediodía.

El cielo vibra de luz y color. Tan lejos como vagan los ojos hacia el Oeste, vese alargarse la estepa pelada y gris. Algunos puntos en la lejana extensión indican que los indios cosechan sus campos. Columnas de polvo se elevan sobre el fondo intensamente azul del cielo y viajan de un lado para otro, hasta diluirse en el horizonte.

A la falda de la chata colina, toda cubierta con sembrío de patatas, descansan los peones. Las yuntas, aún sujetas por el yugo adornado con banderitas, hacen cabrillear al sol el bordado de sus yelmos y pastan el pienso flaco de su ración. Algunas, ariscas, rascan el suelo fofo y seco, braman bravas, levantando con las pezuñas frágil polvareda y bañándose los flancos con la arena que escarban. Son yuntas flacas las más, de pelo crecido y sin brillo, de grandes y rugosos cuernos y de talla mezquina. Se les adivina la armazón bajo la piel y

P: «hacen cintilar al sol»

al andar señalan los huesos de las paletas, que bajan y suben...

Cerca de las yuntas, disputándoles el mísero pienso, huelgan los borricos sueltos en la llanada para rematar el pasto que medra al amor de las pircas de piedras formadas en los linderos de cada *sayaña*. También son pequeños, lanudos y flacos, acaso más que los bueyes. Casi todos llevan el lomo desollado, sobre el que las moscas se abaten, tenaces y hambrientas.

P y *V*: «Cerca las yuntas, disputándoles»

P y *V*: «se abaten tenaces. Entre las yuntas»

Entre las yuntas enganchadas, los borricos sueltos y los perros que vigilan el atado de la merienda, con las lenguas latientes y oteando con infinita melancolía la desierta y árida llanura, yantan los peones su parco y miserable yantar. Cada familia hace grupo aparte. Comen en silencio, llevándose con mesura los retazos de charqui a la boca, ensopando prolijamente las patatas cocidas en la *phasa*, [a] greda finísima condimentada con sal o chupando sus *hizaños* [b] helados y sus ocas [c] endulzadas al sol.

P y *V*: «boca, sopando prolijamente».

P: «ocas asoleadas al sol, dulces como pasadas por azúcar»

Algunos chiquillos, con gravedad insólita, infinitamente triste, ayudan a parar los hornos para cocer las *huatias* [d] de patatas nuevas, que es costumbre tolerar a los niños y mujeres en días de cosecha. Y unos acarrean lastras para los cimientos del horno; otros conducen terrazgos endurecidos para la bóveda; los más buscan combustible; y algunos, como a hurtadillas, recogen de las enormes piras lo más sano y gordo de ellas, tarea engorrosa porque todo está atacado del gusano y es pobre y menudo.

L_1, *GC* y *Pl*: «combustibles.»

P: «tarea que resulta engorrosa porque»

Una mozuela feúca y andrajosa alza el horno. En un hoyo circular y no profundo ha hecho un círculo de piedras planas, dejando una pequeña

[a] **phasa.** ¿«Del quechua «phássiy», «preparación o cochura al vapor; cocer al vapor», y de ahí una posible derivación? Parece bastante probable.

[b] **hizaños.** Del quechua «Issáñu», sinónimo de «añu». Significa «tubérculo de la familia de las tropoleas, algo semejante a la *ókka*, de olor penetrante, que suele comerse hervido o asado, después de endulzarlo por asoleamiento. Se han llegado a clasificar 6 variedades...»

[c] **ókka.** Cfr. nota (a)*, capítulo IIº, 2ª parte.

[d] **huatias.** Del quechua «wáthia» o «watiya», es un «tubérculo cocido en hornillos fabricados de terrones».

abertura para la puerta. Es el cimiento. Después, ha corrido encima otras dos filas de piedras, hasta el nivel del suelo; y de allí, uno tras otro, ha ido acondicionando los terrones pardos en forma de cono, hasta coronar la cumbre con otro terrón de mayor cuerpo, y ha completado su obra tapando los resquicios de las junturas con un baño de tierra pulverizada que apareja la superficie, dejándola limpia. Después ha metido en el hueco un haz de paja para encender dentro la hoguera, que chisporrotea entre el humo. Tíñense los terrones primero de negro, de amarillo después y de rojo por fin. Y entonces la moza escupe en la piedra para conocer si el horno está en punto, pues si la saliva se seca al instante, señal conocida es de que ya se puede confiar el fruto a las caldeadas entrañas del horno. Y se embute dentro con diligencia todo lo que se ha de cocer y luego se derrumba encima el frágil edificio, hasta que por el ambiente se esparce el apetitoso aroma de las patatas asadas.

P: «que chisporrotea el humo».

P: «diligencia el fruto»

P: «cocer y se desmorona»

P: «edificio hasta el instante en que por el»

P: «las patatas tostadas.»

Así lo hizo la mozuela, y fue grande el regalo de los pequeños, que acudieron al olor de las *huatias;* pero los adultos desdeñaron el presente. Querían dar fin a su labor, para convencerse de una vez hasta dónde podían esperar las bondades de la tierra, avara de sus dones.

Ya las yuntas han partido por la mitad, en todo lo largo, los camellones, y expuesto a la luz el fruto, menudo y escaso; pero queda siempre algo debajo del suelo roto a golpes de azada, y es en lo ignorado que ellos aún ponen restos de esperanza.

P: «Ya las yuntas han abierto por»

Y llegó la tarde.

Trabajan los peones tristes y cariacontecidos.

Polvorosos, sucios, con los cuerpos doblegados sobre la gleba, cavan los surcos, obstinados y tenaces, nada dispuestos a convencerse de lo irremediable de su infortunio. Sólo se les ve los torsos musculosos, robustos, ágiles, y los duros brazos, color de bronce, surcados por venas hinchadas, que se acusan formidables cuando extienden el brazo para romper la tierra con el pico, y lanzarla detrás

P y *V:* «sobre la tierra,»

con despecho al ver la mezquindad del fruto, que seguramente se ha de perder en el fondo de los trojes, sin aplacar el hambre de los necesitados.

Al fin, Apaña subió al lomo del otero, miró al sol ya hundiéndose en el horizonte en medio de resplandores rojos, formó con ambas manos especie de bocina y gritó con toda la fuerza de sus recios pulmones:

—A descansar, *tatitos,* y recoger los aparejos. Ya es tarde.

Alzáronse los peones y muchos se apoyaron sobre las azadas, abatidos. Las mujeres fueron a vaciar sus canastas en las piras diseminadas aquí y allá, en toda la extensión del enorme sembrío, y los mozos corrieron a desuncir las yuntas, polvorosas y fatigadas.

La vuelta a los hogares fue torva y silenciosa; pero cada uno encontraba algún consuelo en pensar que los sembríos de hacienda, hechos de mala gana y aprisa, siempre resultaban pobres al lado de los suyos, abonados con bastante estiércol y esmeradamente deshierbados. Y se holgaban a la idea de que quizás por ese año se acabarían los viajes aventureros y riesgosos.

Quien no esperaba ninguna consolación risueña era Apaña, el nuevo *hilacata.*

Chacra por chacra había ido a todas las de los indios, y en ninguna pudo notar abundancia de frutos. El año agrícola era igualmente malo para todos, y no en balde los *achachilas* de grandes botas y luengas barbas canas paseáronse por los espacios, arrojando desde las alturas la piedra del granizo y el soplo helado de su aliento de muerte.

Llegó a su casa, a la vera del lago, sobre una lomada que la ponía a salvo de inundaciones en los años de grandes lluvias.

—Han venido Choquehuanka y la *Chulpa;* dicen que desean hablarte —le dijo su mujer, que encendía con bostas el fuego del hogar.

—¿Sobre qué será?

—No me lo dijeron; pero vendrán después del yantar.

L_1, *GC* y *Pl:* «después de yantar.»

Así fue. Presentáronse los viejos en compañía de otro viejo, más viejo todavía, arrugado, seco, menudo, y hallaron al *hilacata* sentado a la puerta de su cocina. Miraba con obstinación las estrellas que parpadeaban en el fondo aterciopelado del firmamento, y su actitud acusaba cansancio y preocupación.

Invítoles a entrar en la cocina, donde, sobre retazos de cuero de oveja, pusiéronse de cuclillas, frente al rojizo resplandor de la llama.

P: «a entrar a la cocina, donde,»

El fuego del hogar se extinguía entre leves bocanadas de humo y únicamente el rescoldo teñía de rojo el reducido espacio de la sórdida estancia. Crepitaba la llama con agonía, y al resplandor incierto de su lumbre se hacían más densas las sombras agazapadas en los rincones, donde discurrían enjambres de conejos.

Así, sentados los cuatro viejos frente al hogar, cubiertos con sus ponchos, los carrillos hinchados por la coca, y zafando por debajo del gorro la deslucida y dura cabellera, presentaban un cuadro de fuertes tonos, familiar y severo. Los alumbraba la llama con singular efecto, y diríase una junta de agoreros, tanta era la marchitez de sus rostros, la acentuada profundidad de sus ojos y la curva aguda de sus narices caídas. Especialmente la *Chulpa*, se mostraba impresionante y evocadora. Arrugada, seca, enjuta, daba la cabal impresión de una de esas brujas de la Edad Media que la leyenda presenta vagando a media noche por los cementerios, en busca de cadáveres recién enterrados. Una especie de mantilla rotosa y arrugada cubría su cabeza encanecida y parte de sus espaldas corvas; su pollera deshilachada y corta descubría sus dos pies huesudos, flacos, sarmentosos.

P: «y huyendo por bajo del gorro la»

—¿Me traen algo? —preguntó al fin el *hilacata*, tras largo silencio.

—Veníamos a consultarte. Esta tarde como

viste, recogimos fruto agusanado de las chacras, que no han dado ni para la semilla. Sembramos con treinta cargas, y casi todo se ha perdido; nunca pasó igual.

P: «recogimos gusanos grandes de las chacras y no ha dado ni para»

—Sí. Este año las lluvias se han detenido a destiempo. La papa no ha podido madurar y se ha agusanado... ¿Creen que en toda la región será lo mismo?

—No; en la isla han recogido algo. El doble de lo sembrado.

—Siempre es así. Allí moran los *laikas.* Además, pueden regar: tienen vertientes.

De pronto una sombra menuda avanzó por medio patio y una vocecilla cristalina se dejó oír en el vano de la puerta:

—Buenas noches nos dé Dios, *tata.*

—¡Ah, eres tú! ¿Qué dices?

—Vengo a que mes un poco de fuego. El nuestro se ha apagado porque todos estuvimos en la cosecha.

—Entra y prende. ¿Traes combustible?

—Sí, *tata.*

—¿Y cómo va tu chacra?

—Mal; puro gusano. Mi padre dice que este año no tendremos nada que comer, y quiere irse a otros lares.

—Así pensamos todos.

P: «Así andamos todos.»

Deslizóse la chica por entre los ancianos, llegó al fogón, e introduciendo la bosta seca junto al ascua, comenzó a soplar para que prendiera fuego. Cuando lo hubo conseguido, depositó la bosta encendida sobre un cacharro y se fue llevando la divina chispa.

—¿Y qué hacemos ahora? —volvió a preguntar a poco uno de los viejos.

—No sé. Creo que nada se puede contra la voluntad de los dioses —repuso el *hilacata.*

—¡Nada se puede! —afirmó, sentenciosa, la *Chulpa.*

Y volvieron a callar.

Largo fue el silencio, y lo rompió el *hilacata* para decir:

—Me ha ordenado el patrón advierta a todos para que no falten a nuestra misa de la Cruz. Quiere que estemos temprano en la capilla. Él irá también con sus amigos.

P: «patrón que advierta a todos»

—¿De veras? Curioso; desde que heredó la hacienda de su padre, nunca ha dado tal orden.

—Ahora es muy amigo del cura, y oye todos sus consejos.

—¿Y hasta cuándo quedará en la hacienda el patrón?

—Seguramente, hasta después de la cosecha.

—Se ha traído muchos acompañantes esta vez.

—Mejor. Así nos estropea menos, por consideración a sus amigos. El otro día le dio con un palo a mi hijo mayor, y acaso habría concluido con él si no se hubiese interpuesto ese joven flaco que siempre nos está preguntando cómo nos casamos, quiénes son nuestros abuelos, de dónde venimos, y otras cosas raras. Ha de ser algún loco.

—Pero un loco bueno... ¿Y por qué le pegó a tu hijo?

—Porque no pudo llevarlo en su balsa. Estaba enfermo en cama y se lo mandé decir, pero no quiso creer. Vino, le dio de palos y se lo llevó al lago. Desde ese día ¿lo ves? está ahí, sin moverse.

P: «se lo mandó decir: pero»

L_1, *GC* y *Pl*: «al lado», por error de impresión.

Con el gesto señaló un bulto inmóvil tendido sobre uno de los poyos.

—¡Malo en ese hombre! —repuso el viejo con acento de profundo rencor—. Hasta ahora no le ha devuelto a Limachi las dos mulas que le arrebató en pago del toro que hizo morir cuando era pastor, como si él tuviera la culpa de que se muera una bestia.

—¿Y crees que se las devuelva?

—No sé; pero es su obligación. Limachi es pobre, y no tiene en qué llevar sus frutos al mercado para venderlos...

—¿Y qué le importa eso a él?

—Dices verdad. Querría, al contrario, que nunca le pagase: así por lo menos tendría un pretexto para quedarse con sus bestias...

Callaron los viejos, y en medio del silencio resonó, áspera, la voz de la mujer:

—¡Y ustedes siempre aguantando!...

Nadie repuso, y ahora el silencio se hizo más profundo.

—Venimos para saber si era cierto que el patrón se había empeñado en hacernos ir a misa de pasado mañana, y ya nos lo has dicho. Adiós.

—Adiós.

P: «hacernos ir a la misa de»

IX

Una especie de bruma azulada difumina en el espacio el contorno de las cosas. El cielo tiene una claridad lechosa y se enciende con tonos violáceos a los rayos del sol, que aparece, enorme y rojizo, allá en el lejano confín del horizonte, cual si surgiese del seno mismo de los montes.

P y *V*: «con discretos tonos violáceos».

Dondequiera que se vuelvan los ojos se ven brillar gotitas de diamante esparcidas por el suelo, del que parece levantarse el hálito frío de la nieve cuajada en escarcha sobre cada brizna de hierba seca, en las agujas de las pajas, que son carámbanos agudos, o largos alfileres de cristal.

P: «brillar retacitos de diamante esparcidos»
P: «nieve que ha cuajado en»
P: «pajas, muchas de las cuales son carámbanos»
P y *V*: «o mejor, largos alfileres de cristal.»

Cada charco es un espejo; sobre cada manantial ha puesto el hielo su vidrio frágil; sobre cada piedrecilla luce una gota de rocío. La pampa entera es un enorme cristal sonoro, que vibra y se estremece...

P: «brilla una gota de rocío.»

De las casitas escalonadas en la falda de la colina, dispersas en la llanura, o a lo largo del río sinuoso y ondulante se levanta, recta, una columna de humo azul, que raya el cielo; las aves salvajes, entumecidas, apenas ensayan sus cantos.

P: «recto»

Aquí y allá, al borde de los manantiales secos, los pájaros bobos perfilan sus delgadas siluetas sobre el vidrio del hielo; están inmóviles, hieráticos y calientan al sol su plumón aterido. Una que otra gaviota revuela en el espacio, muda. Acaso de tarde en tarde resuena, cristalino, en el ambiente puro, el repiqueteo de un *yaka-yaka*, [a] que, erguido sobre el muro de un solar abandonado, o a la vera de un montón de piedras, muestra al cielo su pico negro

---

[a] **yaka-yaka.** Cfr. nota (d), cap. Iº, 1ª parte.

rayado de amarillo y el plumón yema de su pecho, también rayado.

P y *V*: «de su pecho. De pronto, de alguna»

De pronto, de alguna casa surge el redoble precipitado de un tambor y aparece una bandera blanca sobre la negrura del techo, tras los muros del corral; otro tambor le responde a lo lejos, de otra casa, y una nueva bandera aparece entre sus muros; después otros y otros. A poco, la estepa se estremece toda con el hueco golpear de los timbales, profanando el recogimiento de esas primeras horas matinales, dulces y apacibles.

P: «estepa yerma se»

P y *V*: «el golpear hueco de»

Es la señal convenida para la concentración de la indiada.

Los grupos, ataviados con ropas de vistoso colorido, aparecen en toda dirección, ora bajando por las colinas o surgiendo por la suave vertiente de un cerro, a campo traviesa por la llanura. Y todos se dirigen a la casa patronal, de donde deben partir a un fundo cercano, célebre en la comarca por la cruz que se venera en la capilla, y cuya fama de milagrosa se extiende en muchas leguas a la redonda.

P: «ropas vistosas de colorido aparecen»

P: «llanura, y todos se»

Choquehuanka marcha en cabeza de los de Kohahuyo. Es de la fiesta, y camina gozoso porque sabe que su alferazgo no ha de engullir su fortuna ni privar de cimientos su casa, como acontece de ordinario a los prestes y alféreces, ya que al ser cogidos por el inevitable acontecimiento, y por salir airoso en él, venden, empeñan y pignoran lo suyo y lo ajeno, pagando la imprevisión con la miseria de toda su vida, pues concluidas las fiestas quédanse en tal estado de indigencia que muchas familias ya no se levantan más y se convierten en esclavos de esclavos, aunque sin olvidar nunca, ni ellos ni los demás, el fausto con que supieron lucirse y del cual se mostrarán eternamente orgullosos, sin arrepentirse nunca de la caída, aunque hubiesen de empezar otra vez.

P: «y marcha gozoso»

P y *V*: «ni echar de»
P: «como sucede por lo común a los prestes»

P: «y lo ageno y pagan la imprevisión»

P: «se mostrarán orgullosos y sin»

Tocábale ahora el turno a Choquehuanka y todos se prometían largos días de esparcimiento y jolgorio, pues sabían que de meses atrás venía

P: «Tocábale en esta el turno»

acumulando el patriarca toda suerte de provisiones y no era secreto para nadie que en las casas de sus vecinos se preparaban ventrudas tinajas de *chicha* por su cuenta.

P: «sendas tinajas de chicha»

Doraba el sol las redondas cumbres de las islas, cuando se vio descender por el sendero la comitiva que portaba en hombros el sagrado símbolo de la redención. Éste queda en custodia durante un año en casa del nuevo alférez, cuando no es el patrón quien lo retiene en la casa de hacienda, tomando así a su cargo la celebración de su fiesta; y luengos años ya hacía que el Cristo merodeaba por las pobres casas de los colonos, sin asomar a los umbrales de la patronal, cerrada a la santa insignia desde mucho antes de la muerte del padre del joven Pantoja, que, por lo visto, parecía empeñado en no querer tributarle las preces de su devoción.

P: «cumbres de la isla Patapani, cuando»

P: «redención, que durante un año queda en custodia en casa»

Presidía la comitiva una comparsa de bailarines *choquelas,* cuyos blancos pollerines alegraban la nota grave del terrón. Detrás venían los dos alféreces, el uno, Choquehuanka batiendo al aire la gran bandera a cuadros menudos hecha con retazos de tela de todo color, y que pasa, junto con la cruz al poder del nuevo alferazgo; el otro, Chuquimia, conduciendo sobre los hombros el Cristo clavado en su cruz, pálido, exangüe, con el pecho abierto por la lanzada y los ojos vueltos al cielo con expresión de infinita tristeza.

P: «terrón y venían detrás de los dos alféreces.»

P: «y la cual pasa, junto»

P: «al poder del que toma el alferazgo, y el otro.»

El camino blanco se alarga siguiendo las curvas del lago azul. De trecho en trecho tupidos cebadales muran su vera ondulando con leve rumor de espigas maduras que se frotan. A veces alternan con los patatales, cuyo hierbaje, amarilleado por las primeras heladas, se mustia sobre el surco donde reposan los verdes frutos. Piaras de cerdos hociquean en las orillas del lago, se revuelcan en el lodo, gruñen y se refocilan bajo la atenta vigilancia de los pastores rapaces o del canijo y malhumorado can, cuyas dentelladas han puesto marca en sus duras pieles. Los toros, hundidos hasta el pecho, hurgonean las algas que lucen sus verdes tallos a flor de agua o

P: «vera y ondulan con leve»

P: «donde pende los verdes»: *V:* «donde penden los verdes»

afilan las astas con decisión de combate y braman en reclamo de la hembra o de un rival.

Una que otra balsa de pescador luce su vela de paja más allá de los *totorales* que pueblan la orilla, en las libres aguas, y se ve, nítida, la silueta del remero enormemente agrandada por la refracción solar. Bandadas de gaviotas revuelan en el espacio. Vienen, se alejan, trazan breves círculos en el aire y se pierden entre los jocundos eneales. Varios flamencos posados en fila reflejan en la linfa su rosado plumaje, y yacen inmóviles, pacientes: de rato en rato alguno hunde en el agua su largo cuello y a poco vuelve a erguirse y a tomar hierática actitud. Avecindando con ellos se ve hormiguear por el suelo enjambre de becacinas, [b] visibles sólo por la albura de su pecho. A lo lejos, rayando el cristal azul, un viejo y sucio navío a vapor, con la cubierta rebosante de pasajeros que admiran el nunca visto panorama, va ruta del gran lago y su chimenea humeante mancha de negro el connubio de los dos azules...

P: «refacción solar»

P: «flamencos colocados en»

Por el camino ribereño del lejano santuario que se yergue sobre una loma y cuyas agudas torrecillas blancas se destacan nítidas en el sosegado horizonte, marcha la bulliciosa caravana peregrina con alegre paso. Mozos y mozas andan cogidos de la mano, en pandilla, danzando en torno del paciente Cristo, y el yermo parece florecer al paso de la alegre tropa con las claras y vistosas ropas de las mujeres.

Van ataviadas con trajes de cálidos tonos y ostentando el lujo llamativo de su polleras, todas de color distinto. Un apretado corpiño de terciopelo orlado de lentejuelas que brillan como diamantes les ciñe el talle, acusando netamente el contorno de los redondos senos jamás aprisionados en corsé; por el escote luce la blanca camisa de *tocuyo* [c] con la pechera bordada con hilos de colores, y que ya no

P: «llamativo de su rimero de polleras»

[b] **becacina.** «Agachadiza» «Ave del orden de las zancudas, semejante a la chocha pero de alas más agudas y tarsos menos gruesos. Vuela inmediata a la tierra, y por lo común está en arroyos o lugares pantanosos, donde se agacha y esconde». *(Dic. R. A. E.).*

[c] **tocuyo.** «Tela burda de algodón». ¿Procede de Tocuyo, ciudad de Venezuela?

saldrá sino con el uso y a pedazos... Llevan los pies desnudos, y sólo las jóvenes, más por coquetería que por necesidad llevan ojotas con abrazaderas de charol e incrustaciones de cordobán, vistosas.

Wata Wara, la nueva desposada, ostenta la frescura de sus gracias con sin par donosura. Lleva corpiño azul y pollera verde, algo corta, y que deja ver el color variado de las restantes: una es roja, morada otra y amarilla la última que se ve. Luce trenzada con cintas de color su abundante y negrísima cabellera, que le cae en lluvia de menudos bucles sobre las espaldas, y ha arrollado en torno de su cuello morbido y moreno un collar con cuentas de vidrio multicolor. Parece más blanca que las otras y seguramente es la más bonita; pero ahora desaparece la gallardía de su cuerpo, deformado por la abundancia de polleras. Una sonrisa plácida y feliz entreabre sus labios maduros y en sus ojos profundamente negros salta la llama de la más honda alegría. En esa mañana sus padres le han llevado, según costumbre, las cargas de semilla para ensementar el retazo de suelo que en adelante labrará con su esposo, y su suegra le ha señalado una habitación para ellos solos en su casa y ya no dormirán más en la cocina con las bestias menudas, sino en su cuarto hasta la bendita hora en que, con tesón indomable, levantará la flamante casa donde irán a establecerse durante su vida...

Los varones son más ostentosos todavía. La chaqueta de bordadas solapas y de mangas pespunteadas va bien ceñida al robusto torso sobre el chaleco, de color distinto, igualmente pespunteado; el calzón, también de otro color, cae en forma de campana hacia los pies, y se abre por detrás, desde las corvas, para mostrar el amplio calzoncillo de género blanco, ligeramente teñido con añil. Una faja finamente tejida con hilos de colores les sujeta el talle, y está atravesada de un lado por la quena y de otro por un corto cuchillo enfundado en un estuche de cordobán. Su lujo es el zapato. Un recio zapato

P: «Van con los pies desnudos.»

P: «sin igual donosura.»

P: «que le caen en»

L_1 y Pl: «aspaldas»

P: «la más pura alegría.»

P: «suegros y padres le han»

P: «de semilla con que la nueva pareja ha de ensementar el retazo de suelo que en adelante labrará y los padres del esposo le han dado una»

P: «en que la pareja, con tesón indomable, levantará»; *OC:* «levantarán»

P: «donde irá a»

P: «La chaqueta, llena de bordados la solapa y de pespuntes las mangas, va bien ajustada»

P: «torso; el chaleco, de color»

P: «está igualmente pespunteado con vistosos hilos y el calzón, aun todavía de otro color.»

P y *V:* «teñido de azul»

P: «por un cuchillo cuya hoja va enfundada en»

P: «El lujo en ellos es el zapato.»

de triple suela, tacón alto y ferrado, punta ligeramente cuadrada, con encaladuras de color, y el vistoso gorro de lana rematado en una vaporosa orla que sobresale por debajo del sombrero de castor, junto con la áspera cabellera caída en melena sobre los hombros.

P: «cuadrada, y el gorro multicolor de lana»; *L₁*, *GC* y *Pl:* «escaladuras»

P: «que cae en melena»

Así, como este grupo, van otros a la fiesta. En las casas no quedan sino los inválidos y los niños encargados de cuidar los rebaños. Y los caminos, desiertos de viajeros, resuenan ahora al paso alegre de las caravanas endomingadas, y por todos lados se oye el son quejumbroso de las flautas y el redoble inquieto de los tambores: la llanura está de fiesta.

L₁, *GC* y *Pl:* «Así, como este grupo; van otros»

P: «niños que han de cuidar de los rebaños.»

P y *V:* «son desapacible de»

Arribaron al campanario.

Ocupa la plataforma de una colina chata y a su pie se yergue la casa de hacienda rodeada por la de los colonos: dijérase una ave con su pollada. Como a todos los campanarios de la estepa, circúndale una baja tapia de adobe tendida sobre toda la cumbre y parte de sus flancos, capaz de contener muchos centenares de bailarines.

P: «se levanta la casa»

P: «de adobe que ocupa toda la meseta y aun toma parte de sus flancos dentro de la cual pueden caber muchos centenares»

Estos pueblan ahora el espacio con el ruido de sus músicas tristes.

P: «de sus sinfonías tristes.»

Aquí, formando rueda, danzan los *sicuris.* [d] No tienen adornos ni disfraces, pero lucen su rumboso distintivo llevando sobre la cabeza desmesurados quitasoles invertidos, hechos con plumas de avestruz o de ibis blancos, y adornados en el centro con un ramillete de flores fabricado con plumas de loro, variadas de matices y colores. Dentro la rueda bailan a pequeñas zancadas los *mallcus;* llevan cubiertas las espaldas con la piel de cóndor, y el cuello acollarado del ave descansa sobre la cabeza del bailarín, que ha enganchado los brazos bajo las anchas alas y anda de un lado para otro, batiendo el nevado plumaje, haciendo mesuradas quiebras al lento compás de las zampoñas, que aúllan en desolados tonos. Allá, los *phusipiyas,* encorvados

P: «adornos. ni van disfrazados y lucen»

P: «amplísimos quitasoles»

P: «flores. también de plumas de color. Dentro del círculo se mueven a pequeñas» *V:* «flores. fabricado con plumas de color. Dentro del círculo se mueven a»

P: «llevan la piel de cóndor descansando sobre las espaldas y el»

P: «cuello acollarado sobre la cabeza del bailarín que»

P: «aullan desolados tonos.»

P: «*phusipiyas* hacen rueda encorbados bajo sus»

---

[d] **sicuris.** «Sikuri, (...) músico indígena» cuyo instrumento es el «siku» (la zampoña), como atestigua Fenández Naranjo.

sobre sus flautas enormes y gruesas, lanzan notas bajas, hondas y patéticas, en que parece exhalarse la cruel pesadumbre de la raza; más lejos, brincan y corren los *kenalis,* cargando [61] pieles disecadas de vicuñas tiernas, zorros, onzas y gatos monteses embutidos en paja, y avecinan con los *choquelas* inquietos, cuyas piernas cubre un pollerín blanco y encarrujado. Al otro lado danzan los *kenakenas*, el busto cubierto con la piel de tigre y la cabeza con pequeños sombreros de lana que sostienen una especie de diademas hechas de plumas y con incrustaciones de espejos... [e]

P: «cargando sobre las espaldas pieles»

Repican alborozadas las cuatro campanitas del santuario; y de las torres prietas, adornadas con banderas gayas, se arrojan frutas que se disputan los chicuelos. Cohetes encendidos estallan en el aire, llenándolo con rumor de fiesta.

P: «los chicuelos y cohetes encendidos»

En el interior fulge el altar por las luces encendidas. La Virgen ataviada con un vestido violeta de seda, hace brillar las opacas facetas de sus joyas de vidrio y pone a las claras su compungido rostro de estuco, toscamente embadurnado de colorines.

P: «encendidas, y la virgen, ataviada»
P y *V:* «vestido de seda pasado de moda, hace»

Al repique incesante de las campanas, ebrias de alborozo, cesan los danzantes en el rumor de sus músicas alegres y rompen en una especie de pasodoble, al compás del cual se dirigen a la puerta del campanario, arrastrándose de rodillas por el suelo polvoroso y seco. Y ése fue el instante en que por la puerta de la sacristía apareció el acólito vestido de rojo y blanco. Llevaba en manos el platillo de limosnas, con una imagen al borde y hendiendo la apiñada muchedumbre, púsose a recolectar las monedas que imperiosamente y a grandes voces exigía por cada ósculo depositado en el metal.

L₁, CG y *Pl:* «en las manos»

Concluida la fructuosa colecta, desapareció el acólito en la sacristía, y a poco reapareció prece-

[e] **mallcus. phusipiyas, kenalis, choquelas y kenakenas.** Aunque sólo he podido localizar el significado exacto de «phusipiyas» (del quechua «phússa» «zampoña de doble serie de flautas, y de ahí «tocador de flauta»), sí podemos afirmar que Arguedas está describiendo una ceremonia de enorme tradición, que se utilizaba ya en las grandes ceremonias religiosas del Imperio, aunque a escala minúscula, como describe Jesús Lara en *La cultura de los Inkas,* cit. p. 300.

diendo al sacerdote, que venía revestido de sus ornamentos sagrados.

Comenzó el sacrificio de la misa.

En el coro habían tomado asiento, curiosos más que devotos, el patrón de la hacienda festejante, el de Kohahuyo y sus amigos, y los administradores de los fundos lindantes, todos expresamente invitados por don Hermógenes Pizarro, el cura, que ansiaba lucir sus dotes oratorias en un discurso compuesto tras largos días de meditación y estudio.

P: «asiento, más por curiosidad que por devoción, el patrón»

A media misa y antes de elevar la sagrada forma, alzóse don Hermógenes, a falta de púlpito, sobre una caja vacía de alcohol expresamente colocada a la vera del altar, hizo la señal de la cruz, que todos imitaron, y luego de mascullar algunos latines, lanzó, con voz sonora y gesto adusto, su discurso, imborrable en la memoria de quienes le escucharon.

P: «izóse don Hermógenes»

El culto de la Cruz supremo signo de redención tributado en aquel templo por la edificante devoción del dueño de la hacienda, hombre bondadoso y generoso, era un ejemplo digno de imitarse por todos los que para sí y los suyos deseaban atraerse la divina protección de los cielos y, con ella, todos los bienes codiciables de la tierra.

P: «templo y sustentado por la edificante»

P: «atraerse la protección de los cielos y, con»

La bondad de Dios únicamente alcanzaba a los que sabían tributarle rendido acatamiento; y si de alguños años a esa parte el cielo se mostraba inclemente y la tierra parca en frutos, era porque las iniquidades de los hombres, su impiedad, su avaricia, su desvío, se hacían cada vez más patentes, y Dios comenzaba a mostrarse airado.

P: «Dios solo alcanzaba»

P: «su angurria, su»

Nada podía conseguirse sin la sumisión ni la caridad. Sumisión hacia los que, delegados por Dios, representaban su poder en la tierra. Caridad para con sus personeros los sacerdotes, que, como todos los hombres, tenían necesidades a satisfacer y bocas que alimentar.

P: «en la tierra, y caridad para»

Y la caridad se iba.

Egoístas e interesados, los hombres dejaban que los pobrecitos curas, necesitados y mal comidos, llevasen vida de penurias y privaciones... ¿Cómo iba entonces a mostrarse clemente nuestro buen Dios?

Pero había aún algo más horrendo quizás: ¡los hombres ya no sabían obedecer!

Díscolos, insolentes, malvados, tenían la audacia de no acatar las órdenes de los patrones; sabían resistir a su mandato, desoír sus consejos y disposiciones, olvidándose, los malaventurados, que Dios había dispuesto el mundo de manera que hubiese una clase de hombres cuya misión era mandar y otra sin más fin que obedecer. Los blancos, formados directamente por Dios, constituían una casta de hombres superiores, y eran patrones; los indios, hechos con otra levadura y por manos menos perfectas, llevaban taras desde su origen y forzosamente debían de estar supeditados por aquéllos, siempre, eternamente...

P: «y otra que no tenía más fin que»

Don Hermógenes, de veras indignado, lanzaba con voz tonante sus anatemas. Con los brazos tendidos y los puños crispados, encendido el rostro, surcada la estrecha frente por una honda arruga, brillantes los ojos, invocaba el nombre de Dios para afirmar sus teorías; y los indios, consternados, temblorosos, con las frentes inclinadas, oían la palabra sagrada sin osar levantar los ojos al santuario por temor de caer fulminados por la ira vengadora del Cristo llagado y maltrecho que pendía de su cruz, exangüe y mirando al cielo con expresión de infinita tristeza, de soledad e implacable abandono...

P: «y miraba al cielo»

.. ..

Concluida la ceremonia, los de Kohahuyo emprendieron camino de regreso a la hacienda. El administrador, interesado en que los alféreces acudiesen a su tienda para consumir los artículos que forzosamente habrían de necesitar, había ordenado, con el pretexto de evitar las consabidas peleas y hondeaduras, que apenas pasada la misa tornasen a

P: «emprendieron el camino de»

P: «las peleas y hondeaduras con que invariablemente se cerraban las fiestas de la Cruz, que apenas»

la hacienda. Y obedecían la orden sin gran contrariedad, pues les atraían [1] los preparativos de Choquehuanka, y además, se sentían débiles para sostener con honor esos combates a piedra que tanta fama dieron antaño a los mozos y hembras de Kohahuyo, ahora mermados por la fuga sin retorno...

P: «a la hacienda, y»; *V:* a la hacienda; y»
P: «sin grande»

Uno de los colonos, Katupaya, se llevó el Cristo a su casa con acompañamiento de toda la peonada; y después, en alegre pandilla los jóvenes, con reposado continente los viejos, invadieron la casa del patrón, donde fueron agasajados con rebosantes copas de licor, que ellos se apresuraron a beber para irse a la casa del alférez, donde indudablemente estarían más a su sabor y tendrían cosas más suculentas para su paladar.

P: «con sendas copas»

Así lo hicieron, con harta satisfacción del señor Pantoja, nada amigo de músicas ni de obsequios. Se fueron al llano a danzar; y tan pronto se les veía correr por los senderos a la orilla del río, en largas pandillas, como dar vueltas en torno de las casas levantadas junto a la de hacienda, aunque esquivando asomar a sus umbrales.

P: «a la vera del río.»

Los viejos y los *mandos* se fueron directamente a casa de Choquehuanka en pos del viejo, que no había soltado su bandera simbólica. Se instalaron en el patio, limpio como patena, frente a sus *taris* [f] desplegados, y rígidos, tiesos, ceremoniosos, bebían de la copa escanciada por el viejo y que iba de mano en mano, sin reposo. Hablaban, como siempre, del estado del tiempo y de las cosechas; sus lenguas mesuradas al comienzo, se desataban a medida que se repetían los tragos.

P: «Choquehuanka siguiendo en pos del viejo que»
P: «simbólica y se»

¡Qué tiempos tan difíciles hogaño! Perdidas las cosechas, era el hambre que se avecinaba, cruel y rigurosa, y los mozos no tendrían más remedio que refugiarse otra vez en la ciudad, para buscar allí

---

[f] **tari.** Cfr. nota (k) *, cap. IIº, 1ª parte.

[1] *P, V, BA* y *OC:* 'atraía'. La concordancia gramatical exige 'atraían' como recogen L_1, *GC* y *Pl.*»

trabajo irse a alquilar al valle y a los Yungas, donde se atrapan fiebres y otros males; mendigar, en último caso.

—Yo creo —dijo una vieja de cara enjuta, afilada nariz y ojos hundidos— que los *laykas* (agoreros) están enojados con nosotros y quieren vengarse.

P: «leykas (agoreros)»; *V:* «agoreros *(laykas)*»; *OC:* «*laykas* [32]»

—¿Por qué? No les hemos hecho ningún mal. Les damos todo lo que piden, y a veces más de lo que podemos. ¿Cómo podrían entonces hacernos pagar sus rencores?

L, y Pl: «las damos»

P: «hacer pagar»

—No es eso —repuso otro viejo flaco y también de nariz encorvada—; es el patrón quien tiene la culpa de todo. El otro día, persiguiendo a las vizcachas, se ha atrevido a entrar en la cueva del demonio.

P: «patrón que tiene la»

—¿De verás?

—Sí; mi hijo lo ha visto.

—Es *khencha* (hechizado) y nada respeta. Tira a las aves que están en los techos, posadas sobre las cruces y derriba éstas; deshace a chicotazos las brujerías que encuentra en los caminos, se ríe de nuestras creencias.

P y *V:* «*Khencha*»; *OC:* «*Khencha* [33]»

—Sería bueno que se muriese —dijo alguien, interpretando el deseo común, que en muchos era ya obsesión.

—O que lo matemos —sentenció un viejo encorvado, arrugado como una pasa, con las manos secas y sarmentosas.

P: «encorvado»; *BA:* «encovado», por errata evidente.

Todos se miraron entre sí y no dijeron palabra.

—¿Para qué? —contestó Choquehuanka, que no hacía descansar la copa en poder de sus invitados—. Si se muere éste o lo matamos, vendrá otro y será lo mismo.

P: «vendrá cualquier otro»

—Y entonces, ¿qué debemos hacer?

P: «¿Y entonces que tenemos que hacer?»

—Nada. Resignarse.

—¿Y eres tú quien nos aconseja así? —dijo el viejo con acento rudo.

P: «nos aconseja esto?»

—Todo tiene su hora, Cachapa, y el campo que hoy está yermo dará mañana flores —repuso Choquehuanka con voz tranquila.

—¿Y qué quieres decir con eso?

No pudo oírse la explicación. Ruido de tambores y flautas, alegres voces sonoras, resonaron junto a los muros de la casucha, invadida al punto por los bailarines, que danzaban con brío de bestias jóvenes sueltas en el campo tras largos días de duro encierro.

P: «que al punto fue invadida por»

—Buenas tardes, tatitos! ¡Buenas tardes, mamitas! —saludaron al entrar al patio, quitándose los sombreros.

P: «los sombreros. Llegaban sudorosos»

Llegaban sudorosos, agitados, con los pies y los zapatos emblanquecidos por el polvo, vorazmente hambrientos, rabiosamente anhelosos de agotar fuentes, cascadas y mares de *chicha* y aguardiente.

P: «fuentes y cascadas y»

Levantáronse los viejos para hacer sitio a los mozos, y diéronse a bailar en el patio, cogiéndose de las manos y balanceando los cuerpos al compás de la triste música. [1] No estaban ebrios, pero fingían no poder tenerse en pie.

P: «para dar paso a los mozos»

Llegó la noche, fría y sin luna; y el entusiasmo juvenil parecía más bien redoblar de energía con las sombras. Se les sentía a los bailarines correr en torno de la casa, al claror macilento de dos velas pegadas en la pared, perderse entre densos círculos de oscuridad, y siempre al son incansable de las quenas tristes y al ruido de los tambores, que en la oscuridad y el silencio de la noche parecían adquirir mayor y más intensa sonoridad. Y así amanecieron al nuevo día, siempre bailando, las mujeres en pos de los hombres dando vueltas como peonzas, tanto más rápidas cuanto más ebrias, y mostrando, a la luz del día las piernas duras, morenas y limpias de vello.

P y *V:* «Se les veía a los»

P: «alrededor de la casa.»

P: «al compás incansable»

P: «parecía adquirir»

P: «siguiendo en pos de los hombres.»

P y *V:* «mostrando, en el día, más allá de las piernas duras, morenas»

En la tarde del segundo día, aparecieron en la casa del alferazgo el patrón y sus amigos.

No habían podido dormir en la noche con el

[1] *P:* «música,— y aunque no estaban ebrios, fingían no poderse tener en pie. Los jóvenes merendaban, unos, sentados en los poyos del patio a la sombra de los aleros y otros, ya caldeados por el alcohol, seguían batiendo sus tambores o bailaban entre ellos lanzándose pullas.
Llegó la»; *V:* «fingían no poderse tener»

ruido de los tambores y algo incomodados, venían a divertirse viendo bailar a los mozos y a ordenarles diesen tregua por esa noche a su entusiasmo.

P: «y a insinuarles u ordenarles, más bien, diesen»

Apenas se mostraron los señores, cesaron los indios de tocar en sus instrumentos y pareció sucederse un momento de malestar; pero como casi todos estaban medio bebidos, mozos y mozas se destocaron, cayendo de hinojos se arrastraron de rodillas adonde estaba el señor Pantoja, para limpiar con sus labios el polvo de sus botas, besarle las manos y rendirle el homenaje de su sumisión con humilde actitud y tono comedido. El señor Pantoja y su amigo Ocampo protestaron. ¡Al diablo con los puercos! Trascendían a puro aguardiente y les dejaban en las manos inmundas huellas de saliva...

P: «para con sus labios limpiar el»

—Bueno, hombre, bueno... ¡ya está!... —decía el patrón, rechazándoles para evitar en la cara el apestoso aliento.

P: «apestoso aliento: pero los»

Pero los indios, porfiados, tenaces, se abrazaban a sus rodillas, clamando con voz cortada por hipos:

P: «se humillaban a sus pies, abrazándose a sus rodillas y clamando con»

—Sí, *tata*... te queremos... Eres un padre para nosotros y no hay nadie más bueno que tú... Nosotros somos tus hijos, tus pobrecitos hijos. Nadie tenemos en la vida para que nos defienda y ampare sino tú... Somos tus esclavos.

Y se arrastraban, humildes, sumisos, cual canes doloridos bajo la tralla. El señor se enojó de veras. ¡Al diablo con sus zalamerías! Él los conocía bien y sabía a qué atenerse; necesitaban alcohol, y era el interés de la limosna que les hacía arrastrarse así.

—Invítales una lata de alcohol —le propuso Ocampo.

—¡Qué disparate! ¿Para qué?

—Para algo —repuso, haciendo un gesto de bellaquería—. Con unas cuantas copas más se ponen barros, y luego...

P: «se ponen hechos unos barros y»

Y sin concluir, le indicó las indias que bailaban

con brusco movimiento, guardando apenas el equilibrio.

—Tienes razón.

Y llamando al *hilacata*, le dio la orden de pedir en la casa de hacienda, y en su nombre, una lata de alcohol a Troche.

Los indios volvieron a arrodillarse a sus plantas para besarle las manos y repetir sus promesas de sumisión y acatamiento: ellos eran sus pobres siervos, sus desventurados hijos, si ningún apoyo en el mundo, y él debía tratarlos con piedad y conmiseración, pues eran unos miserables...

P: «plantas y a besarle las manos repitiendo sus»

P: «hijos sin más apoyo que él en el mundo y él»

Y en tanto hablaban, le ofrecían y presentaban copas de licor y *chicha* para que bebiese de ellas, obstinados, impertinentes.

P: «Y en tanto que hablaban.»

El señor llamó en su ayuda a uno de los alcaldes para ordenarle los alejara de su lado. El indio probó primero apartarlos con razones, pero como los ebrios no le obedeciesen, desciñóse el látigo que pendía de sus espaldas y comenzó a dispersarlos, cual perros de la vera de una carroña.

P: «alcaldes y le ordenó que los alejara»

P: «El indio, primero quiso apartarlos con razones, pero»

P: «no le hicieron caso, desciñóse»

Volvió el *hilacata*. A la vista del obsequio se enardecieron los ánimos y las danzas recomenzaron, más animadas y más briosas, aunque la abominable embriaguez de los danzarines nos les permitiese mostrar toda su habilidad: bailaban cogiéndose de las manos por grupos de dos o tres parejas, que se destacaban de la rueda, penetraban al círculo y allí, al compás de los músicos, daban vueltas rápidas, giraban las mujeres sobre sí mismas hasta caer de bruces al suelo, donde se quedaban tendidas, con las ropas en desorden, vencidas por el cansancio, el sueño y la borrachera...

P: «el hilacata y a la vista del»

P: «aunque la deplorable y abominable embriaguez»

P: «y la borrachera

Cayó la tarde; y a la luz del crepúsculo tenue y breve se veían moverse a los bailarines, muchos de los que yacían por tierra, rendidos y ahitos de alcohol.

Los jóvenes»

Los jóvenes se retiraron para volver en la noche, armados de linternas sordas y de revólveres; pero su viaje resultó infructuoso.

Aquello parecía un campo de combate.

Hombres y mujeres, tendidos al pie de los muros de la casa, a lo largo de los senderos, en los repliegues de las chacras desnudas, dormían con los rostros pegados al suelo o mirando al cielo con expresión de profunda estupidez. Se veían parejas enlazadas, hechas un ovillo, cuerpos caídos con postura de abandono. Las mujeres mostraban las polleras en desorden, desnudos el seno y las espaldas, desgarradas las carnes, abominables de abandono y embriaguez...

L_1, *GC* y *Pl:* «en postura de

X

—Señor, los remeros ya están aquí —anunció Troche, abriendo los batientes de la ventana.

Un clarísimo rayo de sol irrumpió en la vasta alcoba, empapelada de azul, de alto techo blanqueado al temple y ancho balcón abierto sobre la planicie rutilante del lago. Cada lecho ocupaba un ángulo de la pieza, y de las paredes colgaban vistosas oleografías, que representaban paisajes suizos y fases de una corrida de toros en España.

P: «en la vasta pieza que servía de alcoba a los jóvenes, empapelada»

—¿Qué hora es, Troche?

—Las ocho, doctor.

—¡Caramba! Ya es tarde.

Y sentándose en el lecho, grito a sus amigos:

—¡Arriba, ociosos, nos esperan!

Aguirre, Valle y Ocampo estiraron, soñolientos, los brazos para frotarse los ojos, heridos por la crudeza de la luz; pero Suárez siguió durmiendo. Pantoja le interpeló:

—¿Te levantas, poetilla?

Obtuvo por respuesta un largo ronquido. Entonces Pantoja cogió su almohada y lanzósela a la cabeza. Al golpe despertó Suárez, todo sobresaltado, y de un bote se incorporó en su lecho.

L1, GC y *Pl:* «largo ronquillo.» Errata evidente, que se repite en las tres ediciones.

—¿Qué hay?...

Los amigos lanzaron una alegre carcajada. Suárez se enojó:

—¡Cá!... No me gustan esas bromas.

Duróle poco el enojo. Era de índole apacible, y en el campo lucía gloriosamente el sol, piaban infinidad de jilgueros entre la fronda de los eucaliptos y *kishuaras* [a] (olivos silvestres) y las ramas

P: «apacible y afuera lucía gloriosamente el sol y piaban»

V: «olivos silvestres»; *OC:* «*Kishuara* [34]».

[a] **kishuara.** Cfr. nota (j), cap. I°, 2ª parte.

descarnadas de los sauces y guindos que engalanaban el jardín, levantando al socaire de elevadas paredes del tapial.

P y V: «paredes de tapial.»

Apareció Asunta trayendo una bandeja con copas y una garrafa donde humeaba el *sucumbé* [b] Dejó la bandeja sobre una mesilla central, cogió el molinillo y púsose a batir la bebida, produciendo una leve espuma fraganciosa.

L1, GC y Pl: «*sucumbe*».

—¿Y por qué no viene a servirnos la bella Clorinda? —preguntó Suárez, recibiendo su copa desbordante y sorbiendo con fruición la perfumada espuma de leche.

P: «—¿Y por qué ya no viene»

—Está enfermita, niño, y ahora se levanta tarde —repuso la chola con acento evasivo.

—¡Es que ya no quiere vernos, la ingrata!...

—¡De *aunde* no más, niño!

P: «¡De donde no»

—¡Caramba! ¡Está delicioso esto! Tiene otro sabor.

—Lo hicimos con el pisco de durazno que anoche han traído los *apiris* [c*] —dijo la chola. Y ofreció—: ¿Otro vasito más?

P: «Es que hemos hecho con el pisco»

—¡Ya lo creo, buena Asunta! A ti te hemos de hacer reina de las cocineras. Sólo por comer los patos que guisas, soy capaz de casarme con Clorinda... ¿Aceptas?

—¡Ya, el niño! —dijo la chola, complacidísima por el cumplimiento.

—No tal; Clorinda es mi novia, y nadie me la quita —intervino Aguirre, alargando su copa para que se la llenara por tercera vez.

P: «por la tercera vez.»

Ya vestidos y armados y de excelente humor, tomaron camino de la charca, donde esperaban los remeros frente a sus balsas nuevas, quietas en el agua.

P: «charca, a cuya vera los esperaban los peones armados de sus remos y en frente de sus balsas nuevas,»; V: «charca, donde los esperaban los»

---

[b] **sucumbé.** «En Bolivia, yema mejida (mezclada)». *(Dic. R. A. E.)*.

[c*] **apiris.** «Propio que de las haciendas se envía para llevar o traer una correspondencia u objetos urgentes». (Arguedas). Del quechua «apíri», «arriero, oficial que se ocupa de conducir bestias cargadas por contrata» (Jorge A. Lira). Fernández Naranjo considera que «apiri» es el participio presente del verbo aymara «apaña», «llevar».

La mañana era de una serenidad admirable. El lago estaba terso como un cristal, limpio de nubes el cielo. El contorno de las islas se dibujaba nítidos sobre la onda azul; y los cerros de la bahía, desnudos y terrosos, limitaban a los lejos el horizonte, vibrante de claridad.

P: «cristal y limpio»

Los balseros apoyaron sus perchas en los montones de *totora* seca de la orilla, y las balsas comenzaron a deslizarse silenciosamente por el canal. Los cazadores, tendidos a lo largo en sus balsas, el caño de sus escopetas apuntando la proa aguda y levantada, como de góndolas venecianas, llevaban a su lado la bolsa de municiones bien repleta de cartuchos, variadas frutas y una botellita con algún fino licor. Los remeros iban detrás, parados, e impulsaban las balsas apoyando la percha en el légamo del fondo, ágiles.

P: «Los balseros cogieron las perchas, las apoyaron en los montones de totora seca que yacían en la orilla y las»

P: «Iban los cazadores tendidos a lo largo de sus balsas, las bocas de sus escopetas mirando la proa aguda y levantada como»

P: «y cada uno llevaba a su lado»

El agua parecía turbia en el canal y negra donde se espesaban los *totorales*. A veces se abrían éstos en anchos claros donde venían a converger infinidad de otros canales, siempre animados por el holgar bullicioso de las chocas de negro y opaco plumaje, pico amarillo y roja cresta, y que ahora desdeñaron los jóvenes para no ahuyentar las innumerables bandadas de patos que se veían negrear sobre la grama de las algas, tendidas como borde hacia la parte interior de los eneales. Las gallinetas aparecían y se ocultaban por parejas, y los menudos *keñokeyas* mostraban por un momento el albo plumón de sus pechos grasos y desaparecían bajo el agua, para sacar más lejos sus cabecitas menudas e inquietas.

P: «totorales que en veces se abría en anchos claros»

L1 y *Pl:* «para no ahuyentan» Otra errata evidente.

—Separémonos aquí, pero cuidado con dirigir tiros horizontales entre las *totoras*. Podemos matar a algún pescador o matarnos entre nosotros, y creo que ninguno tiene ganas de morir —dijo Pantoja al llegar al último claro abierto entre las *totoras*, ya enrarecidas, y lindante con la franja de tupidas algas.

P: «ninguno tenemos ganas de morir. —dijo Pantoja».

—Veamos quién lo hace mejor esta mañana. Yo no me quedo con la derrota —dijo Ocampo poniendo a su alcance los cartuchos de su escopeta.

P: «quién lo ha de hacer mejor esta mañana.»
P: «Ocampo disponiendo a»

—Voy dos contra uno en mi favor. Hasta ahora yo llevo cuatrocientas setenta piezas; Pedro, trescientas veinticinco; tú, cuatrocientas, y Alejo... ¡veinte! Es el más diestro de todos —y Pantoja lanzó una regocijada carcajada de burla.

P: «Ya lo veremos, hasta»

—Es que yo no quiero matar...

—Di que no puedes —le interrumpió Aguirre.

—No. No quiero. Ustedes saben que en el tiro sólo me gana Pablo...

P: «tiro al blanco, el único que me gana es Pablo»

—Otra cosa es con guitarra —le volvió a interrumpir el aludido.

P: «Es que otra cosa es con guitarra.—»

—Como quieran; pero me repugna matar en balde. ¿Para qué? ¡Pobres avecillas!

P: «matar de valde.»

—¡Pareces una tímida doncella! —le dijo Aguirre, riendo.

P, V, BA y *OC:* «García». Este nombre corresponde al de un patrón que sólo aparece en *Wuata Wuara*. Es un error de composición de Arguedas mantenido en las tres ediciones que realizó en vida. Se trata de Aguirre, como veremos más adelante. Cfr. nota 1, cap. VII: p. 224.

—¡Adelante, y cuidado con las escopetas! El otro día Pedro me hizo silbar los perdigones en las orejas... A las doce todos aquí, para el almuerzo.

Se dispersaron. Pantoja tomó la izquierda hacia el fondo del lago, tupido en *totorales;* la derecha Ocampo, y Aguirre siguió de frente. Suárez ordenó a su remero seguir el canal que torcía a la derecha, yendo a lo largo de los eneales.

P: «de los totorales.»

—¡Niño! ¡Una bandada de patos rojos! —le dijo a poco su remero Tiquimani, inclinándose bruscamente en la balsa y haciéndola bambolear con el movimiento.

P: «le dijo a poco Tiquimani, que era su remero.»
P: «el movimiento. Era Tiquimani»

Era Tiquimani un mozo alto y robusto, de cara redonda, ojos negros y garzos, y tenía fama de excelente cazador.

—¿Dónde?

—Acá, patrón, delante la balsa, entre las *totoras;* mira.

Y Tiquimani, radiante el rostro, los ojos encandilados, extendía el brazo señalando la proa de la balsa, en actitud de dar un salto.

Suárez se puso cuidadosamente de rodillas y dirigió la mirada al punto señalado por el remero.

P: «se puso primero de cuatro pies, cuidadosamente, después de rodillas y»

Allí, en las lindes del *totoral*, en un claro vecino a la red de algas oscuras, que parecía el moho de las aguas, jugueteaban unos veinte patos colorados, de pico celeste rayado de negro.

Rompía la marcha un soberbio macho de pecho encendido, cabeza negrísima y alas vistosas rayadas con una línea negra, de un negro profundo y brillante y de un verde oro, reluciente, dorado, fulgente; detrás seguían los otros, en fila, o iban de dos en dos. Avanzaban llenos de confianza en el gran silencio del espacio, felices bajo el sol que fulgía gloriosamente. A veces hundían el pico en el agua o metían el cuerpo en ella, alzando la cola al cielo; en otras se perseguían unos a otros, abriendo picos y alas, en inocente coqueteo.

P: «una raya negra.».

P: «silencio que les rodeaba, felices»

—¡Tírales! ¡tírales! —dijo Tiquimani, ansioso por ver destruida la alegre bandada.

P: «de ver destruida»

—No; ¿para qué? ¡Dejémosles! —repuso Suárez encantado de sorprender en su intimidad inocente y confiada a las lindas aves, ya raras en el lago.

P: «encantado de ver las lindas aves, ya»

Tiquimani le miró con asombro y una viva contrariedad se pintó en sus facciones.

De pronto, el ruido de un lejano disparo turbó la enorme y divina mudez del espacio. Las aves se detuvieron repentinamente y comenzaron a mirar por todos lados, desconfiadas. Hicieron grupo, juntando cabezas, como si consultasen en torno del arrogante macho.

P: «Hicieron un grupo.»

—¡Tírales, porque el otro caballero nos ha de ganar! —insistió Tiquimani, que había visto avanzar cautelosamente la balsa de Ocampo en dirección a la alegre y confiada bandada.

Suárez pensó levantarse para espantar a las aves, mas en ese momento atronó el espacio el hórrido estampido de un disparo. El agua hirvió en torno a las bestezuelas con los perdigones que pasaban, dispersándose a lo lejos y produciendo un extraño ruido en la quieta superficie... La bandada levantó el vuelo, poseída de espanto; pero quedaron

P: «Suárez iba a levantarse»; *V:* Suárez quiso levantarse»

tres aves en el agua, teñida en sangre. La una yacía inmóvil, la cabeza sumida en el cristal; la otra giraba sobre sí, con mitad del cuerpo paralizado, y golpeando con el ala de flores oscuras de las algas; y el macho, herido mortalmente, hundióse en brusco zabullón, para ir a morir en el fondo, prendido a las raíces de las algas...

—¡Qué brutos! —y Suárez hizo un gesto de cólera amarga e impotente.

—¿Cuántos? —le gritó Ocampo alzándose de pie sobre la balsa.

Y como su amigo no se dignase responder siquiera, los cazadores se lanzaron a recoger las piezas cobradas.

—Vamos fuera de las *totoras;* no quiero matar —ordenó Suárez a su balsero, consternado.

Tiquimani puso mano a la percha de mal talante y enderezó la proa de su embarcación lago adentro y hacia las libres aguas.

[1] Ruda fue la faena para ganar el espacio libre, pues las algas se extendían en más de dos kilómetros de profundidad, como tapices oscuros, y entre las cuales, al abrigo de todo ataque, anidaban las aves acuáticas. Sus nidos, fabricados con suma habilidad, apenas podían descubrir los ojos después de mucho mirar, pues sólo sobresalían algunos centímetros en pequeños bolsones que contenían los huevos mañosamente cubiertos con las mismas algas. Emergiendo del enorme y rojizo telar, se veían las cabezas negras o doradas de las *panas*. Aparecían un momento y volvían a perderse en el agua, con asombrosa presteza. A veces no sacaban sino el pico negro y corto, pero tan junto a la balsa, que

P y *V:* «algas, y la última, herida mortalmente, hundióse en brusco zambullón para ir a morir en el fondo, prendida a las»

P: «la balsa: y como»

P: «responderle siquiera»

P y *V:* «a su remero,»; *LI, GC* y *Pl:* «a sus balseros,»

P: «consternado. Tiquimani.»

P y *V:* «mano al remo de mal talante enderezando la proa»

P y *V:* «embarcación, hacia las libres aguas.»

P: «Ruda fué la tarea para»

P y *V:* «dos kilómetros, como tapices oscuros y»

P: «acuáticas, y sus nidos,»

P: «habilmente cubiertos»

P y *V:* «vasto y rojizo telar,»

P: «sino el pico y precisábase tener ojos de indio para descubrir entre la maraña oscura la curva redonda del pico negro y corto, y tan junto a la balsa,».

[1] *P* varía sustancialmente el fragmento siguiente, que recoge así: «Salieron del totoral pero tuvieron que seguir todavía largo trecho por su vera para ganar el espacio libre de las aguas, pues al otro lado estaban cubiertas de tupidas algas que se extendían en más de»

Tiquimani alzaba su percha y descargaba un golpe en la cabeza de las confiadas aves; se perdían un momento, y a poco se veía blanquear sobre el agua el plumón rojo o negro, graso y sedoso, del ave muerta. Así, y arrostrando el enojo del viajero, había cogido seis Tiquimani... Alternando con las *panas,* los *zulunquías* hacían brillar al sol mañanero, cual un ampo,[d] el purísimo blanco de su pecho, y no oyendo cercano ruido de pólvora, miraban pasar con tranquilidad la balsa del sensible cazador, fijando en ella sus grandes y expresivos ojos carmesíes...

P: «el plumón rojo oscuro o negro y pardo, graso y sedoso de la ave muerta.»

P: «carmesís»

Al fin salieron del límite de las plantas lacustres. Las aguas, limpias y puras como el cristal, dejaban ver el fondo de su lecho, tapizado de un especie de musgo de color claro, y sobre el que discurrían en fila los peces o se les veía incubar echados sobre sus larvas. Enormes sapos de lomo granujiento yacían acurrucados en los huecos y manchaban con su color negruzco la tersa superficie de la admirable alfombra esmeraldina.

P: «Al fin salieron fuera del límite de las plantas lacuestres.»

P: «lomos granujientos»

Fulgía el sol, quebrando sus rayos en haces de luz multicolor, que se proyectaban formando mil combinaciones en el fondo tapizado; y al paso de la balsa, bajo su sombra alargada, huían los peces, haciendo brillar la blançura de sus vientres, cual agudos puñales.

P: «Cintilaba el sol quebrando»

P: «multicolora que se»

A eso de las doce, se oyó el lejano silbido de un pito. Suárez se puso en pie y vio que en un claro del *totoral* vecino a la ribera agitaba Pantoja un pañuelo blanco, llamándolos.

P: «blanco y los llamaba.»

Fue el último en llegar, y encontró a sus amigos refiriéndose los variados incidentes con que habían tropezado en su cacería. Cada uno traía en el fondo de su balsa los sangrientos despojos de centenares de aves, que habrían de pudrirse o servir de alimento a los perros del administrador, porque en la casa de hacienda todos estaban hartos hasta las

P: «con que tropezaron en»

P: «administrador, pues en la»

---

[d] **ampo.** «Blancura resplandeciente. // 2. Copo de nieve». *(Dic. R.A.E.).*

náuseas con la carne de los patos con sabor de légamo. Pantoja contó setenta piezas cobradas,[e] y algo más de ese número sus otros tres amigos.

P: «patos que tienen cierto sabor de légamo cuando quien la prepara ignora los secretos del arte culinario. Pantoja»

Ante el exterminio cobarde e inútil sublevóse el alma de Suárez y no pudo ocultar su despecho y contrariedad. Aquello era bárbaro y estúpido. Bueno que se matase por necesidad. Aceptaba también el crimen de la curiosidad y hasta la gala de lucir dones cinegéticos que ninguno de sus amigos poseía porque todos masacraban a escondidas, de cerca y sobre el montón, cosa que jamás se permite un verdadero cazador porque a las aves ha de tirarse siempre al vuelo, con elegancia y hasta con cierta nobleza, ya que resulta estúpidamente bárbaro el hecho de atraerlas fuera de su elemento. Pero matar por sólo matar; matar y matar por decenas y centenas; matar por gusto;[1] matar instintivamente en todo tiempo, como hacían todos los que iban al lago, le parecía un abominable salvajismo y hasta un contrasentido económico que a nadie preocupaba ni remotamente, porque parecía que nadie tampoco se daba cuenta del daño que por ignorancia o perversidad se iba causando, y sin remedio, a una fuente riquísima de prosperidad pública.

P: «también que se matase por curiosidad y»

P: «por gala de dones cinegéticos:» *V:* «hasta la gala de dones cinegéticos»

P y *V:* «cinegéticos: pero»

P: «hacían invariablemente todos»

P: «una abominable aberración y»

P: «en lo más mínimo porque»

—Estamos matando la gallina de los huevos de oro —dijo Suárez—. y no hay quien se dé cuenta de ello. Antes, según el testimonio del inca Garcilaso,[f] había en este lago, y creo que aún hay en ciertas

P y *V:* «Antes, al decir del Inca Garcilaso,»

---

[e] **«Pantoja contó setenta piezas...».** Es éste otro error de composición de Arguedas, que no ha advertido lo afirmado unos renglones antes: «Cada uno traía en el fondo de su balsa los sangrientos despojos de centenares de aves,...»

[f] **«del Inca Garcilaso».** Me parece ocioso aclarar a esta alturas la personalidad del Inca Garcilaso, quien habla de las aves del Perú en los *Comentarios Reales de los Incas*, libro IIº, caps. XIX-XXI, pero nunca especifica que sean sólo del lago Titicaca.

[1] *P:* «matar por el solo placer de matar; matar instintivamente»

apartadas orillas del Perú y en la rinconada de Ancoraimes y Huaicho, garzas blancas, ibis bicolores, gansos silvestres, diversas clases de flamencos, espátulas y una colección variadísima de patos y zabullidores, ahora, en los quince o veinte días que llevo de excursionar por esta parte del lago, [1] apenas he visto, como aves raras, unos cuantos patos rojos, algunos flamencos rosados, dos o tres garzas grises y una que otra garcilla bicolor, que los indios llaman *limanus,* pero tan ariscas, que sólo pude adivinar que eran tales por su vuelo raudo, lleno de armonía, poético, si ustedes me consienten la frase...

P: «orillas del lago del Perú y»

P: «espátulas, amén una»

P: «zabullidores, y ahora, en»; *L1, GC* y *Pl:* «zambullidores».

P: «rosados y dos o tres»

BA: «puede»

P: «raudo, tan lleno de armonía, tan poético,» *BA:* «consiente»

—¡Ja, ja, ja!... ¡vuelo poético!... ¡Ja, ja, ja! —rió P. P. con risa amable y regocijada, ahogando la de sus amigos, que también reían, aunque hallando oportunos y bien intencionados los reparos de Suárez.

P y *V:* «rió Pantoja»

P: «la de sus otros amigos»

—Rían lo que quieran— prosiguió éste, de buen humor—; pero es el caso que por malicia o ignorancia, como dije, vamos causando un daño irreparable a la riqueza misma del lago. Todo lo van explotando sin medida de él: su flora y su fauna. Ya la *totora* va desapareciendo en la mayor parte de las orillas, porque se la siega incesantemente, año redondo, sin tomarse el trabajo de replantarla en las partes cosechadas. Los peces se van haciendo cada día más raros, porque también se les coge todo el año, sin respetar el período de la incubación, y hay variedades casi extintas, como la del *suche,* que por el gusto y la delicadeza de su carne es uno de los pescados más sabrosos del mundo. De las aves, ni se diga. Desde que en el comercio se venden armas de pacotilla, no hay rústico de aldea ni carretonero que no tenga su fusil y no se dé el gusto de matar patos para vivir de su carne. Y ahora, echen la cuenta. En nuestras regiones montañesas han desaparecido las garzas, por codicia de los

P: «lo vamos explotando sin»

P y *V:* «ya la totora casi no existe en la»

P: «se la cosecha»

P: «cosechadas; los peces»

P: «se le coge»

L1, GC y *Pl:* «extinguidas».

P: «de pacotilla de cargar con cartuchos, no hay»

P: «regiones de los bosques han desaparecido»

---

[1] *P:* «excursionar todos los días por el lago de un punto a otro, apenas»

aigrettes [g] para sombreros femeninos; en las cordilleras altas ha desaparecido la chinchilla, porque a nadie se le ocurrió ver una ingente riqueza en la crianza de la delicada bestezuela; [1] en las pampas arrimadas a la cordillera van desapareciendo las vicuñas y los avestruces con la cosecha de las nidadas que se hacen en todo tiempo. Aquí, en el lago, ya lo ven: quedan pocas aves y pocos peces, y dudo que en veinte años más se pueda hallar algunos, siquiera para muestra. Y todo esto significa dinero que se pierde y se van sin retorno, definitivamente. Y bastaba unas cuantas leyes y un poco de dinero en primas de protección para salvar del naufragio un caudal inagotable... Pero ¡vaya usted a hablarles de esto a nuestras gentes! Se ríen, lo toman a burla, y le llaman chiflado al que piensa así. Aquí lo único que interesa de veras es eso que se llama política, arte de buen gobierno, dicen; pero en el fondo pura hambre, hambre ordinaria de comer, hambre del estómago o hambre de vanidad...¡Pobre país!.

P: «codicia de las plumas con que se forman los *aigrettes* de los sombreros femeninos;»

P: «del pie de la cordillera, van desapareciendo»
P y *V:* «los avestruces».

P: «queden algunos siquiera»

L1, GC y *Pl:* «lo llaman»
BA: «única»
P: «llama política, aunque en el fondo no sea tal sino pura»

Se había puesto serio y hablaba con pena, con esa pena del hombre honesto que ve miserias y no puede remediarlas. Los otros le oían también serios, porque sus palabras trascendían sinceridad.

P: «hombre que ve»

—Tienes razón; es así —convino Aguirre.

—¡Hay que hacerte diputado, poeta! —le dijo Ocampo, volviendo a reír con benevolencia.

—¡Déjate de idioteces! Hazme dictador, y verás lo que hago. Sólo un dictador puede realizar algo que valga la pena. Necesitamos otro Linares [h] un poco más tolerante; pero así hombre, así desprendi-

P: «¿Déjate de idiotezes?»

---

[g] **aigrette.** Galicismo por «penacho, cresta».

[h] «**otro Linares**». Fue el primer gobernante civil que tuvo la República de Bolivia, quien bajo forma autoritaria y paternal se erigió en dictador (septiembre de 1857 —enero de 1861), para «organizar el país bajo normas de trabajo, orden y moralidad». Su mayor aportación gubernamental, quizá, sea la abolición del preteccionismo económico y la apertura del comercio boliviano al capital extranjero, sobre todos sus metales. Su especie de «dictadura ilustrada» fomentó la instrucción pública, otorgando numerosas becas, y obligó al examen de competencia para los cargos de profesor de enseñanza secundaria y catedrático de universidad.

[1] *P:* «riqueza en el cultivo de la bestezuela; en las»; *V:* «en el cultivo de la delicada bestezuela,»

do, así patriota. Lo demás, es pura música —repuso Suárez con profundo convencimiento.

—¿No tienes fe en nuestros hombres públicos?

—No tengo fe en nadie, y menos en nuestros doctores inflados con discursos, muy orondos con su palabrería hueca, muy metidos en lecturas de libritos extranjeros, pero sin ojos para ver lo que nos falta, sin carácter para osar, emprender, moverse. Estamos en poder de los doctores cholos, que todo lo quieren hacer con discursos; que se dan por modelos de decencia, patriotismo, y honradez, y que en la vida privada se muestran egoístas, tacaños, sucios moral y materialmente...

P: «en lecturas extranjeras: pero sin carácter para osar.»

—¡Chico! ¡Muestra tu botella! ¡Apuesto que te la bebista toda! —le dijo, riendo Aguirre.

P y *V:* «tacaños, amorales y bribones»

P: «¡Muestra tu botella!» y omite «¡Chico!».

—Creo que tienes razón. Sólo los borrachos hablan así —contestó Suárez, sonriendo con amarga ironía.

—Bueno, adelante y basta de discusiones. Tengo hambre y ya no puedo más de cansancio —dijo Pantoja para cortar la discusión, que le resultaba molesta, porque en cada frase de su amigo se sentía aludido.

P y *V:* «resultaba molesta.
—Ni yo.»

—Ni yo.

—Ni yo.

Se sentían flojos, acalambrados por cuatro horas de inmovilidad en las balsas, y tenían deseos de moverse, andar.

P: «con cuatro horas»

P: «tenían ganas de moverse.»

Los balseros enderezaron a tierra la proa de sus balsas y se internaron entre los canales abiertos en la maraña de los eneales.

Hacía calor.

De las aguas inmovilizadas por la flor de enea, que forma una espesa costra verde, alzábase un vaho tibio y fétido, enloquecedor. Nubes de menudas moscas revoloteaban en torno de las balsas, zumbando débil pero incesantemente.

P: «De las aguas estancadas por el menudo fruto de la flor de totora y que formaba una espesa costra, alzábase.»

P: «Enjambres de moscas revoloteaban»

De pronto, una voz clara, vibrante pero monótona, se elevó, rompiendo el silencio del lago adormecido; las notas uniformes se sucedían en lenta

P: «se elevó en medio del silencio absoluto del lago adormecido y las notas»

gradación, formando una especie de melopea triste y cansada.

—¡Caramba! ¡qué linda india! —exclamó de súbito Suárez, que iba en cabeza, y su voz repercutió sonora en el espacio.

Era Wata-Wara.

Metida hasta la cintura entre las plantas acuáticas, segaba *totora* y algas para sus bueyes, y su balsa vieja, y ya renegrecida yacía medio hundida hasta cerca de la borda por el peso de las raíces mojadas.

Era uno de sus placeres.

Gustábale hundirse en el aterciopelado limo del fondo, para sentir en las piernas el gelatinoso roce de los peces e insectos, numerosos en el charco, e irse después a coger nidos de *panas,* tarea en la que desplegaba singular destreza, pues sus ojos estaban acostumbrados a descubrir sobre el vasto telar los simples y elementales nidos de las zabullidoras.

P: «Le gustaba hundirse»

L₁, GC, Pl: «zambullidoras».

Hacíales una guerra tenaz, incansable, sin tregua, y no medía sus crueldades para las cercetas,[1] de quienes era implacable enemiga.

Sus agudos y cortos chillidos, su vuelo pesado y a ras del agua, que azotan levantando huella de espuma con las amarillas patas extendidas, su color negro metálico, le causaban invencible antipatía.

De mal agüero era esa ave para ella. En cierta ocasión, distraída, dejó escapar una que se puso al alcance de su remo. Y esa misma tarde, un peñón, desgajado de su quicio, aplastó en el cerro cuatro ovejas de su majada. Otra vez fugó de entre sus manos una que había cogido en trampa, y días después, su novio recibió una buena tanda de palos del administrador; otra... ¿a qué contar? Era su mala sombra, y no podía verla. Mientras las *chocas* le saliesen a su paso, siempre tendría que llorar

P: «compasiva.»

P: «majada: otra vez»

[1] **«cerceta».** Ave del orden de las palmípedas, del tamaño de una paloma, con la cola corta y el pico grueso y ancho por la parte superior, que cubre a la inferior; es parda, cenicienta, salpicada de lunarcillos más obscuros...»*(Dic. R. A. E.).*

alguna desventura; y en esta mañana había tropezado con muchas... ¡La maldita!

Llevaba la joven desposada desnudos los fuertes y morenos brazos, y por entre la abertura de su camisa de tocuyo acabada de estrenar se le veían los senos, duros, prominentes, veteados por menudas venas azules y rematados por los pezones morenos. Las crenchas de su pelo le caían en desorden sobre las sienes, haciendo marco a su rostro curtido por el viento y por el sol; y sus grandes ojos negros, negros como el plumaje de ganso marino, garzos, expresivos, de cortas pestañas, brillaban limpios, como al través de fino cristal.

P: «la joven india»

P: «y morenos brazos limpios de vello, por»

P: «estrenar, abierta por el pecho y adornada con botones rojos de cristal, se»

P: «pezones que parecían guindas maduras. Las»

—¡Qué hermosa india! —repitió Valle, clavando con avidez los ojos, en los senos de Wata-Wara, que en el exceso del estupor se descuidó cubrirlos, porque los patrones acababan de ordenar a sus remeros se detuvieran junto a la balsa de la segadora.

P: «remeros que se detuvieran»

Exáltose el fácil lirismo de Suárez ante la rústica y fuerte belleza del cuadro, y prorrumpió con voz chillona y declamador acento:

—¡Salud, hechicera ondina de este piélago formado por las lágrimas de los de tu raza mártir y esclava! ¡Salud!...

—¡Cállate, ganso, y habla como gente! —le interrumpió Pantoja, cortando la lírica salutación del poeta.

P: «poeta. Luego se volvió»

Luego se volvió hacia la india:

—¿Cómo te llamas?

La joven, turbada no respondió,

—¿Eres muda? —dijo Pantoja frunciendo el ceño.

—Wata-Wara —articuló, mirando con angustia a su esposo.

—¿Eres casada?

—¡Qué pregunta! ¿No ves que está en cinta —dijo Suárez, riendo.

—Es mi mujer, *tata* —intervino Agiali, que hasta entonces no había desplegado los labios y miraba a los jóvenes con el ceño fruncido.

Pantoja se volvió hacia su remero.

—¡Caramba! Tienes una linda mujer... ¡Adelante!
Reanudaron la marcha, y a poco saltaron a tierra.

—¡Qué preciosa hembra! Si pudiéramos tenerla en casa... —dijo Ocampo, una vez que estuvieron lejos de los indios.

—Ya la tendremos —asintió con aplomo Pantoja.

Una vez en casa, corrieron al comedor. Sentíanse desfallecer, de hambre, y pidieron a gritos el almuerzo.

P: «Llegaron a casa y corrieron»

P: «desfallecidos de»

Asunta no les hizo esperar; y a poco devoraban, más que comían, una sopa de *quinua*, leche, huevos y queso, un costillar de cordero a la brasa, acompañado de *chuño* revuelto, una tortilla de sardinas y chocolate en leche de oveja, y todo primorosamente preparado por Asunta, perita en culinaria criolla.

P: «quinua condimentada con bastante leche.»

P: «brasa y acompañado de»

P: «sardinas y concluían con sendo chocolate hecho en leche de»

—¿Qué hacemos ahora? —preguntó Aguirre, que ya comenzaba a cansarse de la permanencia en Kohahuyo y echando bocanadas de humo al cielo.

P: «comenzaba a sentirse cansado de la»

—Yo voy a dormir un poco. Esta mañana me han hecho levantar muy temprano —dijo Valle, como hombre acostumbrado a dormir hasta mediodía.

P: «Valle que acostumbraba dormir hasta medio día.»

—¡Temprano a las ocho! ¡Qué tipo! —criticó Ocampo.

—Yo voy a escribir un cuento —saltó Suárez.

P: «Yo voy a escribir.—».

—¡Al diablo con estos escribanos... ¡Oh, mi dulce y casta prometida, virgencita blanca!... ¡Tonterías! —criticó Aguirre.

BA: «escribamos», por errata evidente.

—¿Y tú?

—No sé; quisiera matar un flamenco. Los malditos escapan a la legua, y no hay modo de cogerlos a tiro de fusil.

P: «la legua en cuanto me ven y no hay»

—Te acompaño; tú eres la única persona decente —dijo el anfitrión.

En ese momento apareció Troche. Venía en mangas de camisa y traía un cuchillo corto y

P y V: «Troche. Traía en manos un cuchillo»

puntiagudo y llevaba revueltas hasta el codo las mangas de su tosca camiseta de franela.

P y *V:* «mangas de su chaqueta.»

—Vengo a preguntarle, doctor, si le gusta el *chicharrón* —dijo sonriendo amablemente.

—¡Ya lo creo que me gusta, don Pedro! ¿Por qué?

—Tengo algunos chanchitos, y pudiéramos matar uno. La Asunta me dice que los indios ya no tienen manteca...

—¡Mienten estos pillos! Seguramente no querrán darle...

L₁ y *Pl:* «Mientes», por errata de imprenta.

—Así es, doctor. Son unos bribones. Al patrón le niegan todo, y van a vender al pueblo lo que tienen.

—Será que no les pagan su precio —intervino Suárez, en su afán de defender a los oprimidos y sin fijarse que acababa de herir a su anfitrión.

—Se les paga no más —repuso el cholo, muy serio.

—Ahí está, pues, la cosa. Si les ofreciera el mismo precio que en el pueblo...

P y *V:* «Si les dieran el»

—¡Pero el patrón es, pues, el patrón, doctor!... —le interrumpió Troche.

—¿Y eso qué?

—¡Cállate, escribano! ¿Tú qué entiendes de esas cosas? —le atajó Pantoja, entre serio y disgustado.

—¡Caramba! Si yo tuviera una hacienda, sería el primer amigo de mis colonos —repuso Suárez con sincero acento.

P: «Si yo tuviese»

Pantoja, que ya estaba predispuesto contra él, por la anterior discusión y sus al parecer continuas alusiones se le volvió vivamente.

P y *V:* «discusión, se le»

P: «vivamente para preguntarle:»

—¿Conoces bien al indio?

—¡Hombre! Ya lo creo; lo conozco.

P: «Ya lo creo que lo conozco.»
BA: «conozco. / —¿Y cóno es?

—¿Y cómo es?

Suárez quedó perplejo con la inesperada pregunta, y dijo tras breves segundos de vacilación:

—Es un hombre como los demás, pero más rústico, ignorante, humilde como el perro, más miserable y más pobre que el mujik ruso, trabajador, laborioso, económico...

P y *V:* «Es como los demás hombres; pero»

—...Parco, bueno, servicial, comedido, generoso, etcétera, etc,... ¿no es así? —le interrumpió Pantoja, riendo con sorna: Y añadió en seguida—: No; estás repitiendo, como disco de fonógrafo, todas las majaderías de quienes se dan por defensores del indio, sin conocerle bastante, de lejos, por pura sentimentalidad, por snobismo, por lo que quieras en fin. Y tú no conoces al indio, por dos razones principales. La primera, porque apenas hablas su idioma; la segunda, porque nunca has sido propietario. Y todos los generosos defensores de la raza se te parecen. Todos hablan de memoria, y esos doctores cholos que con razón te escaman, hasta discuten con brillo, porque tienen a mano un recurso que siempre produce maravillosos efectos; elevar la voz en defensa de los oprimidos, invocar las eternas teorías de igualdad, justicia y otras zarandajas de la misma hechura. Pero habla con los patrones y propietarios, con aquellos que andan en íntimo contacto con los indios, y no habrá uno, uno solo... ¿entiendes? uno solo, te digo, que no te jure que no hay raza más difícil, más cerrada a la comprensión y a la simpatía, más perversa, más solapada, más imposible que esta gran raza de los incas del Tahuantinsuyo. Los indios son hipócritas, solapados, ladrones por instinto, mentirosos, crueles y vengativos. En apariencia son humildes porque lloran, se arrastran y besan la mano que les hiere; pero ¡ay de ti si te encuentran indefenso y débil! Te comen vivo. Y sábelo ya de una vez. No hay peor enemigo del blanco, ni más cruel, ni más prevenido, que el indio. El indio...

—¡Eso es natural, correcto, legítimo —le interrumpió con igual viveza Suárez—. Porque el blanco, desde hace más de cuatrocientos años, no ha hechos otra cosa que vivir del indio, explotándolo, robándole, agotando en su servicio su sangre y su sudor. Y si el indio le odia, siente desconfianza

P y *V*: «Pantoja, riendo. Y añadió»

P: «de cuantos se dan por»

P: «Y todos los defensores de»

P y *V*: «y esos doctores que con razón»

P: «produce buenos efectos: elevar»

P: «los eternos principios de igualdad»

P: «que están en íntimo»

P: «esta raza de los indios altoperuanos. Los indios»

P: «En apariencia parecen humildes porque»

P: «y débil!: te comen»

P: «una vez: no hay peor»

P: «le odia y siente»

hacia él y hace todo lo humanamente posible para causarle males, es que con la leche, por herencia, sabe a su vez que el blanco es su enemigo natural, y como a enemigo le trata. Esto, convendrás, es justo y muy humano.

—Será como dices, y quiero darte razón; pero ahora ya es otro el problema, este nuestro problema boliviano, el más grande de todos. Ahora el indio sabe, como tú dices, que del blanco no puede conseguir nada, y se estrella contra él, indefectiblemente. Yo me río de todos aquellos que creen hallar el secreto de la transformación del indio en la escuela y por medio del maestro. El día en que al indio le pongamos maestros de escuela y mentores, ya pueden tus herederos estar eligiendo otra nacionalidad y hacerse chinos o suecos, porque entonces la vida no les será posible en estas alturas. El indio nos ahoga con su mayoría. De dos millones y medio de habitantes que cuenta Bolivia, dos millones por lo menos son indios, y ¡ay del día que esos dos millones sepan leer, hojear códigos y redactar periódicos! Ese día invocarán esos tus principios de justicia e igualdad, y en su nombre acabarán con la propiedad rústica y serán los amos.

—Y eso será justo, después de todo... —quiso interrumpir Suárez.

—¿Justo?... No sabes lo que dices. En un comienzo, cuando las tierras casi no tenían valor y se hicieron expropiaciones por la fuerza, se cometieron abusos y hasta crímenes, ciertamente; pero hoy cada propiedad representa un precio legítimo, porque día a día, en el curso, de muchos años, han ido ganando valor con sucesivas transformaciones.

Suárez le volvió a interrumpir, negando enérgicamente con la mano:

—¡Eso no es verdad! Las haciendas de la puna

OC, *L₁*, *GC* y *Pl*: «darte la razón; pero»

P: «del indio por medio del maestro de escuela. El día»

P: «le pongamos mentor, ya puedes estar eligiendo otra nacionalidad y hacerte chino o sueco, porque entonces la vida ya no será posible en estas alturas.» *V*: «de escuela... y mentor, ya pueden»

P y *V*: «dos millones son indios y»

P: «o fojear códigos»

P: «esos mismos principios»

P y *V*: «Si en un comienzo»

P: «valor, se hicieron»

P y *V*: «abusos.»

P: «a interrumpir meneando enérgicamente los dedos:»

no han recibido ningún impulso de los propietarios y permanecen hoy tal como salieron de su poder...

—Muy bien, concedido. Pero al pasar de manos de los indios a las de los blancos, cada uno ha satisfecho un precio estipulado, y ahora constituyen un bien legítimo de sus propietarios, que nadie puede arrebatarles sin atacar fundamentalmente el derecho de propiedad, sagrado aun entre los salvajes...

—¡Así es! —apoyó Ocampo con profunda convicción, como latifundista que era.

—Pablo tiene razón —sostuvo Aguirre, que seguía con mucho interés la controversia porque era uno de los que se interesaba en este problema del indio en Bolivia y tenía ideas originales al respecto, pues era estudioso también, acaso tanto como el poeta, y gran amigo de lecturas que se le indigestaban a veces aunque dejándole algo en el espíritu y en la memoria.

—También yo quiero ceder en esto —repuso Suárez con calma—. Pero lo que no me explico todavía es por qué los propietarios no intentan algo por mejorar la suerte del indio, para hacer de él un aliado y no un siervo. Yo conozco el estado social de Rusia, que tantos lamentos provoca en el mundo por el estado de abyección y servidumbre en que vive el mujik; pero te aseguro que su condición es mil veces más feliz y ventajosa que la del pobre indio del yermo. La miseria del indio no tiene igual en el mundo, porque es miseria de miserable, en tanto que la del ruso es sólo miseria de hombre, susceptible a veces de cambiar. La del indio no cambia nunca. Siervo nace y de siervo muere...

—...Te voy a hacer otra pregunta, parecida a la anterior. ¿Cómo es el mujik? Explícamelo claramente, para saber si tu comparación es justa, pues yo sólo me acuerdo de una frase de Gorki: pero temo que sea demasiado literaria y no responda a la realidad.

P: «salieron de manos de los indios»

P: «al pasar de mano en mano a poder de los blancos.»

P: «satisfecho el precio que se le pidió y ahora»

P: «como propietario que era.»

P: «interés la discusión. También yo»:

V: «interés la controversia. También yo»

P: «te quiero dar razón en esto.—»

P: «intentan nada por mejorar»

P: «mujik, de que ya antes te dije algo: pero te»

P: «que la condición del mujik es mil»

P: «hombre que puede en veces cambiar.»

P: «anterior: ¿Cómo es?

P: «Gorki sobre el mujik, pero»

Suárez quedóse más cortado todavía con la pregunta, pues también él lo poco que sabía del mujik lo había conocido en el escritor de la vida errante y miserable. Dijo, sin embargo:

P: «Quedóse más cortado todavía Suárez con la»

P: «vida errabunda y miserable.»

—El mujik es la última categoría social rusa, y en él predomina la ausencia casi absoluta de voluntad y más absoluta todavía de las libertades individuales y...

—Estás entrando en generalidades, y yo necesito respuestas categóricas. ¿Goza el mujik del derecho de propiedad? ¿Lo que gana con sus esfuerzos le pertenece a él o se lo quitan otros? ¿Puede dejar de herencia sus bienes?... A esto quisiera que me respondas.

P: «A esto quiero que me»

Suárez no supo qué decir ante el apremio de su anfitrión, y se sintió algo incómodo de su postura, que no resultaba, a decir verdad, airosa.

P: «algo molesto de su postura»

—Yo no sabría —dijo al fin— responderte con precisión, porque no he tenido ocasión de enterarme de lo que deseas saber. Lo único que sé por Gorki [j] es que el mujik, me acuerdo de sus palabras, es para los ricos «una sustancia alimenticia», como nuestos indios para los patrones...

P: «responder con precisión a tu pregunta porque no he»

P: «me acuerdo sus palabras, es para»

—Esas son frases de escritor. Y yo podría responderte con ese mismo Gorki, que aquí, como sabes, leemos mucho, que los tales mujiks, como nuestros indios también, son ladrones, perezosos, sucios y mentirosos... Pero dejemos Rusia, desconocida, lejana y vengamos a nuestro propio país. Contra lo que más he oído trinar a nuestros doctores es contra el *pongueaje*, es decir, contra el servicio personal de los colonos en la casa de un patrón. Y no se fijan que esto es simplemente una retribución de servicios, el pago que rinden por el suelo que ocupan y cultivan en propio beneficio. Y anda a cualquier hacienda del altiplano, y verás que los mejores terrenos pertenecen a los peones...

P: «que aquí leemos mucho, como sabes, que los»

P: «dejemos Rusia, que apenas conocemos, y vengamos a»

P: «el servicio personal. Y no se fijan»

---

[j] **«por Gorki»**. Aunque resulta ocioso hablar del autor de *La madre*, quizá convenga recordar que se convirtió por sus obras en un símbolo vivo de la Revolución Rusa, incluso antes de que se diera ésta. Tras unos años de exilio voluntario volvió a la Unión Soviética para convertirse en vocero del denominado **Realismo Socialista**.

—¿Y por qué, entonces, no son ricos como los mismos hacendados? —preguntó con viveza Suárez.

—Te lo voy a decir; porque son viciosos, rutinarios y vanidosos. Años de años pueden estarles predicando las ventajas de las nuevas máquinas agrícolas, de los abonos químicos...

—Ni máquinas ni abonos usan los propietarios...

—Y otros adelantos, y nunca te oirán y seguirán. Al contrario, serán los primeros en oponerse a que hagas ninguna innovación y en estrellarse contra cualesquiera tentativas de mejoramiento. Ellos, lo único que quieren es vivir como vivieron sus padres. Lo único que desean, tener como patrones a esos imbéciles de propietarios que nunca visitan sus fundos y se dan por felices con el *ponguito*, unos cuantos quesos y unas cargas de chuño. Y esto nunca puede contentar a un hombre que con el sudor de su frente compra una hacienda, digamos que por ochenta mil pesos, y tiene que sacar la renta del capital, muerto del todo si no responde a pagar siquiera su interés... Preguntas tú por qué son pobres los indios, y la respuesta es fácil. Porque pasan fiestas a menudo, son alcaldes, maestros mayores, alféreces, y en cada uno de estos cargos gastan todos sus ahorros para quedar en la miseria. Desengáñate, querido: los indios parecen buenos de lejos, pero de cerca son terribles. Yo, te digo sinceramente, los odio de muerte, y ellos me odian a morir. Tiran ellos por su lado y yo del mío, y la lucha no acabará sino cuando una de las partes se dé por vencida. Ellos me roban, me mienten y me engañan; yo les doy de palos, les persigo...

—Hasta que te coman, como tú dices.

—Sí, hasta que me coman o ellos revienten...

—Sí, ché, hay que ser así...! —asintió Valle con profunda convicción, pues era la política que practicaba siempre con sus indios, pero que ya le había costado una herida en el brazo.

P: «son mañudos, rutinarios»

P: «y nunca te oyen ni te siguen. Al contrario,»

P: «son los primeros»

P: «padres y lo solo que desean es tener como»

P: «Y con esto nunca»

P: «contentarse un hombre que con»

P: «y que de ella tiene que sacar renta del capital que sería muerto del todo si no respondiese a pagar»

P: «es fácil: porque»

P: «fiestas de continúo, son»

P: «mayores, alférez, y en»

P: «gastan todo lo que tienen y se quedan en la miseria.»

BA: «al morir».

P: «la lucha no acaba ni acabará sino»

—¡Naturalmente!... Mi padre fue bueno con ellos, y ¡cómo le pagaron! ¿Verdad, Troche? —dijo Pantoja con aire compungido volviéndose al administrador, que escuchaba atentamente y asintiendo en todo lo que decía su jefe, no por congraciarse con él, sino por propio convencimiento.

P y *V*: «o ellos revienten. Mi padre fue»

—Sí, doctor; lo han asesinado estos canallas —dijo señalando al *pongo* que en ese momento apareció en el patio doblado bajo el peso de un cántaro de agua recogida en la vertiente.

P: «dijo el administrador señalando al pongo que»

P: «agua cogida en»

—¡Bien hecho! —pensó Suárez para sí, y guardó silencio, pues ya conocía la historia.

—Entonces, doctor, ¿matamos al chanchito? —preguntó Troche, sonriendo más amablemente todavía.

—Vamos a verlo primero. ¿Dónde está?

—En el corral, doctor. Pero no vaya usted; eso está muy sucio. Que lo traigan, más bien.

Y llamando a Clorinda le dijo fuese a sacar los cochinos de la porqueriza.

P: «cochinos del porquero.»

A poco se abrió la puerta de los corrales y aparecieron unos ocho cerdos, que la moza incitaba punzándoles el hocico con un palo afilado por la punta. Salieron en grupo, apeñuscados unos con otros, y andaban a tientas, paso a paso, vacilantes, con las cabezas pegadas al suelo y balanceando cual si fuesen juguetes de cartón. Al verlos, rieron los amigos.

P: «punzándoles con un palo afilado»

—¡Qué curioso! Diríase que tienen miedo de andar —observó Valle.

—Están ciegos —repuso Troche, asentando una patada en la cabeza de uno de los cochinos, que se había separado del grupo, y lanzó un corto gruñido de dolor.

P: «patada en el hocico de uno de»

—¿Ciegos? ¿Y por qué? ¿Cómo es eso?

P y *V*: «¿Cómo así?».

—De intento. Para que engorden más.

Suárez hizo un gesto de repulsa.

—¡Pero eso es una crueldad! ¡Horrible!

P: «¡Es horrible!».

Troche se encogió de hombros, sin comprender que pudiera tacharse de crueldad una simple operación en las bestias, que no tienen alma. Si con las personas se hiciese tal cosa, pase; ¡pero con chanchos!

—¿Y dónde viste hacer eso? —preguntó Pantoja, divirtiéndose con ver las pobres bestias atontadas.

P: «divirtiéndose en ver a las»

—Lo vi en algunas provincias de Cochabamba.

—¿Y de veras engordan más?

—¡Ya lo creo, doctor! Así no se mueven de un sitio, y echan grasa.

—¿Y cómo hacen para cegarlos?

—Se les hunden en los ojos un clavo caliente...

—¡Brrr! —hizo Suárez, horrorizado, y se tapó los ojos.

—¡Vaya con el maricón! —dijo desdeñosamente Pantoja al ver el gesto de su amigo.

P: «de su amigo. Y volviéndose a su administrador, añadió:

Y volviéndose a Troche, agregó:

—¡Caramba! Están lindos tus chanchos. ¿Y cuántos tenemos en la hacienda?

—Pocos doctor; unos veinte.

—¿Y dónde los tienes?

—Los llevan a la orilla del lago.

—Estarán gordos como éstos...

—¡De dónde no más, doctor! Estos se crían con los desperdicios de la casa, con *lahuas* [k] que les da Clorinda y porque están ciegos; los de la hacienda...

—Pues entonces —le atajó el patrón,— que los distribuyan en las casas de los peones más ricos...

—¡Imposible, doctor! No querrían recibirlos; se alzarían... —le interrumpió Troche, alarmado.

BA: «quedrían».

Pantoja dio un brinco:

—¿Que no los recibirán, dices? Pues al que no quiera recibir, le das una paliza y lo botas de la hacienda... ¡Y que se alcen, si quieren!...

P: «paliza y después lo botas de la hacienda... ¡Y que se alzen, si»

Troche meneó la cabeza, indeciso y temeroso. Los amigos escuchaban, callados y serios. Pantoja había fruncido las cejas, y silbando, miraba el cielo azul.

P: «temeroso; y los amigos»

Al notar este silencio, el joven, como para hacer

---

[k] **lahuas.** Del quechua «lawa», son «gachas de harina de maíz, con papas, carne (algunas veces), manteca, algo de ají, sal y cebollas. *Fam. adj.* Dícese a toda materia deshecha como mazamorra, materia suelta».

ostentación de su autoridad indiscutida, añadió luego con vehemente acento:

—Estos salvajes se están echando a la carga. Hasta malcriados se han vuelto. Antes, cuando mi padre estaba vivo, venían todas las tardes a preguntar lo que necesitábamos y a ofrecer sus servicios; ahora ya no vienen sino el *hilacata* y los alcaldes, y los otros sólo aparecen de vez en cuando...

P: «echando mucho a la carga. Ahora hasta malcriados»

—Es que si los has de recibir como los recibiste el día de nuestra llegada... —le atajó Suárez.

P: «recibir como el día que hemos llegado—»

Pantoja, sin hacerle caso, prosiguió:

—Pero yo les voy a quitar la gana. Ellos aprietan y yo tiro la cuerda. Y vamos a ver quién sale venciendo.

—Seguramente, tú; pero el día que te cojan desprevenido, ya lo sabes, te comen —dijo Suárez con convicción.

P: «lo sabes tú mismo; te comen, —dijo»

Pantoja se volvió hacia su amigo hecho una furia:

—¿Y crees que eso me acobarda? Primero yo mato a cien, y después que hagan de mí lo que quieran.

—Si la vida no te importa, ¡claro! Pero...

—Lo que hay es que les tienes mucho miedo a los indios —le atajó Pantoja con acento irónico.

—No. Miedo no les tengo. Piedad, sí.

—¡Y miedo también, chico! —afirmó el anfitrión, dulcificando su acento.

—¡Como quieras!

Y Suárez fijó en su amigo una mirada serena.

Se hizo un silencio embarazoso; y como el patrón era obstinado y sufría en exceso su amor propio, demasiado exaltable al contradecírsele,[1] repitió su orden:

OC: «contradecírsele,»; *L1, GC* y *Pl:* «contradecirle,».

—Ya sabes, Troche. Repartes los chanchos entre los principales peones de la hacienda, y les revientas los ojos para que engorden...

P: «Troche. Que repartan entre los principales peones de la hacienda los chanchos y que les revienten los ojos»

Suárez volvió a intervenir, y su acento era persuasivo y suave:

---

[1] La ambigüedad del fragmento hacen pensar en cualquiera de éstas como lecturas más correctas que *BA* ('contradecirse'), aunque opto por *OC*.

—Mira, Pablo, eso es horrible. No seas cruel; hazlo por mí...

Pantoja sonrió con socarronería escuchando el tono de voz de su amigo.

P: «al escuchar el tono»

—Tienes entrañas de mujer, querido Alejo, y como no deseo hacerte sufrir, voy a darte gusto. No les revientes los ojos, Troche; pero distribúyelos entre los más ricos de la hacienda.

P: «no quiero hacerte»
L1, GC y Pl: «el gusto.»
P: «Que no les revienten los ojos, pero que los distribuyan entre los»

—Bueno, doctor; pero ya verá usted: se han de quejar.

—¡Que se amuelen!... Pero veo que tú también les tienes miedo, y es mejor que yo mismo dé la orden... Dame mi látigo. Y tú —dirigiéndose a Aguirre—, coge tu fusil y ven conmigo; después iremos al lago.

P, V, BA, y *OC:* «García». Cfr. p. 260 de este capítulo.

A Aguirre le regocijaban las escenas de violencia y siguió a su amigo. Tomaron la dirección del caserío disperso a lo largo del río Colorado y en la falda suave del cerro.

P: «A García le placían las»; *V, BA* y *OC:* «García».

Tocaron la primera casa. Al aproximarse a las goteras, dos enormes perros lanudos con la cabeza cubierta de una enorme maraña gris, entre la que se distinguía lucir los agresivos ojos, se lanzaron furibundos a su encuentro, pero tuvieron que escapar ante las certeras pedradas de los jóvenes. Al ruido de los ladridos, apareció entre las tapias bajas Checa, el dueño, un hombrote alto, fornido, de rostro agradable y pacífico continente. Al divisar a los jóvenes salió a su encuentro con paso lento y frunciendo ligeramente el entrecejo. Saludó:

P: «llegaron a la primera casa.»

P: «enorme maraña entre la que»

P: «continente, y al divisar»

—Buenas tardes nos dé Dios, *tata*.

P: «Buenas tardes de Dios, tata.»

—¡Hola, bribón! ¿Qué haces?

—Componía mis redes, *tata*.

—Bueno; he dado orden para que te entreguen un chancho.

—¡Gracias, *tata*! —repuso efusivamente el indio.

—¡Al diablo, pillo, si crees que es un obsequio! Es para que lo cuides y me lo entregues gordo cuando te lo pida.

P: «si crees que es para tí! Es para»

El indio se puso serio y una honda arruga partió en dos su frente; no repuso una sola palabra.

—¿Es que no has oído, pícaro?— le interpeló Pantoja.

P, V y *BA:* «¿Es que has oído»

—Sí, he oído, pero yo no se cómo he de hacer lo que me pides.

—¿Por qué, bribón?

Checa, con un gesto, señaló el corral, donde estaban atados por las patas dos cerdos de hocico puntiagudo y flacos como espadas.

P: «como espadas y dijo:»

—Mira cómo están nuestras propias bestias. Se van muriendo de consunción porque no tenemos qué darles. ¿Cómo quieres, entonces, que engordemos a las tuyas?

P: «Se están»

Pantoja se encogió de hombros.

—Nada me importa eso. El que no quiera recibir mis bestias, se va. Y asunto concluido.

P: «Y a mí qué me importa eso? El que no»

—Bueno me iré; pero antes recogeré mi cosecha —repuso tranquilamente Checa.

Pantoja enrojeció de cólera. La respuesta le pareció insolente y no debía soportarla.

—Pues te vas, y ahora mismo, pillo, ¿entiendes? Te vas sin recoger tu cosecha.

El indio le clavó una mirada dura y cargada de odio:

—¿Por qué? Tú no me has dado la semilla.

—¡Insolente! ¿Así sabes contestar al patrón?... ¡Toma, ladrón!

Lanzóse sobre el indio y le descargó el látigo en la cabeza, en las espaldas, donde caía, ciego de ira, en tanto que el hombrote, ocultando el rostro entre las manos, corría por el patio, bramando como un toro.

P: «y descargóle el látigo en la»

—¡Déjalo, hombre! ¡Pobrecito! —intervino Aguirre, realmente contrariado por la flagrante injusticia y cogiéndole por el brazo.

—¡*Tata*... perdón, *tata... tataíto!*... —rogaba el indio, tratando de contener la sangre que a borbotones le brotaba de una ancha herida de la cabeza y le corría por la cara, por el cuello, empurpurando su amarillenta y remendaba camisa.

—¿Es que la tierra es también tuya, ladrón? —vociferaba Pantoja, mordiéndose los labios.

El indio se prosternó a sus pies, dolorido y humillado:

—¡Perdón, *tata;* te voy a obedecer!...

—¡Te has de ir! ¡Ahora mismo te has de ir!...

—Bueno, *tata,* me voy a ir; pero no me maltrates, pues soy viejo —suplicaba Checa, llorando, más que de dolor, de rabia, de despecho, pero fingiendo sumisión.

—Eres injusto, y te has de quedar sin peones —le dijo Aguirre, apiadado y muy pesaroso de haberle seguido.

—¿Y por qué son insolentes?

P: «¿Y para qué son insolentes?»

—¡Pero, hijo, tiene razón! Fíjate en esto —y señaló la pobre casucha— y verás que estos infelices viven peor que los perros.

Y luego añadió, con el sincero deseo de reparar un mal:

—Déjame hacer y no te metas a nada. Te lo suplico.

Li, GC y *Pl*: «en nada.»
P: «Te lo ruego.»

—Oye le dijo al indio—, yo he de rogarle al patrón para que no te vayas; pero en otra no seas insolente... Levántate y anda a curarte... Toma.

Y cogiendo su cartera le alcanzó dos billetes.

—*¡Tata!... ¡tata!...*

P: «¡Tata!... ¡Tata!.. —y arrastrándose de»

Y arrastrándose de rodillas hasta el joven, le besó las manos con humildad. Luego se fue a lo de Pantoja e hizo otro tanto; pero cuando los jóvenes dejaron la casa, se irguió el indio rechinando los dientes bramó con odio implacable:

P: «Luego volvió a lo de Pantoja e»

—¡Ya me has de ver, condenado!...

P: «—¡Ya me la has de pagar, asesino!»

XI

—El otro día me dijiste que alguien deseaba un terreno en la hacienda.

—Sí, *tata*.

—¿Es joven, rico?

—Se ha casado hará un año y tiene yunta, dos borricos, veinte cabezas de ganado lanar, mujer y un hijo.

—Bueno; está bien. Dile, entonces, que puede venirse cuando quiera.

P: «bien eso. Dile, entonces, que se venga cuando»

Apaña le miró sorprendido.

—¿Y acaso hay *sayaña* (terreno) libre para darle? Todos están ocupados.

P: «*sayaña*», *V:* «terreno *sayaña*», *OC:* «*sayaña* [35]»
P: «darles?»

—¿Cómo todos? Dos tenemos libres: el del Manuno y el de Quilco... No; el de Manuno solamente, porque el hijo mayor de Quilco es ya jovencito y puede tomar la *sayaña* de su padre.

P;«Todas están ocupadas.
—¡Como, todas! Dos tenemos libres; la del Manuno y la del Quilco... no; la del Manuno solamente porque»

El *hilacata* le miró con extrañeza. Creyó haber oído mal.

—¿La del Manuno? No se puede; está la viuda, y también ella tiene un hijo.

—Pero es pequeño todavía y no puede servir. ¿O crees que debemos esperar a que crezca el hijo para cultivarla?

P: «el hijo y pueda cultivarla?»
L_1, *GC* y *Pl:* «cultivarlas»

Y Troche rió con fuerte carcajada, complacido de su dialéctica.

—¿Y qué quieres que haga la viuda? —le preguntó Choquehuanka, interviniendo en la discusión y escudriñando en el fondo de los ojos del empleado, que sintiéndose fuerte con la presencia del patrón y sus amigos en la hacienda, quería mostrarse severo e inflexible.

—¿Y qué me importa eso a mí? Que haga lo que

quiera. ¡Que se vaya! —dijo, sosteniendo por la primera vez la mirada del anciano.

P: «que quiera; que se vaya!—»

—¿Y adónde se iría? No la recibirían en ningún lado. No hay patrón que acepte una viuda con un hijo pequeño.

P y V: «—¿Y dónde se iría?»

P: «lado: no hay»

Troche volvió a reír alegremente, como si hubiese cogido al viejo en una trampa hábilmente urdida:

—¿Lo ves? Tú mismo lo confiesas: «no habría un patrón que la acepte», dices. Y entonces, ¿por qué quieres que nosotros la tengamos?

El anciano repuso con gravedad:

—Porque aquí, de padres a hijos, han vivido los suyos. Cuando mi padre vino a establecerse en Kohahuyo (y de esto ya corre tiempo), estaban los Kentuwara en el terreno que ahora ocupa la viuda, y que entonces no pertenecía a nadie sino a nuestro *ayllu*, que se lo daba para que lo cultive. Vinieron después los de tu raza, nos quitaron por la fuerza lo que era nuestro. De lo que antes eran *ayllus* y comunidades se hicieron haciendas, y aunque los más, huyendo de la crueldad y tiranía de los blancos, se fueron a establecer a otros lares, los Kentuwara, que le tenían ley a su terrón, prefirieron vivir sirviendo y se quedaron, como se quedó mi padre y se quedaron los Apaña, los Arukipa, los Mallawa, los Tokorcunki y tantos otros. Yo soy muy viejo, he perdido hasta los dientes por la edad, pero me queda la memoria y puedo decirte que hasta tres veces los he visto reedificar su casa a los Kentuwara. He sido amigo del padre de Mamani; lo he visto nacer a éste y cuantas veces miro al suelo donde se levanta su casa me parece ver blanquear los huesos de más de cuatro generaciones de Kentuwaras muertas allí. Ve, pues, si es justo decirle a la viuda que se vaya a otra parte...

P: «los Mamani, que en realidad se llaman Kentuwara, en el»

P: «era nuestro; de lo que»

P: «yo tengo ochenta o más años y los he visto reedificar tres veces su casa; he sido amigo del padre de Mamani lo he»; V: «Yo tengo ochenta o más años y los he visto reedificar tres veces su casa. he sido amigo»; BA: «Mamami», por errata de imprenta.

P: «de Mamanis muertas»

Y el viejo, vibrando de emoción, volvió a mirar detenidamente al administrador, en tanto que Apaña exprimía con fuerza los párpados para aflojar un

P: «viejo, temblando de emoción,»

solo lagrimón temblante de sus pestañas duras y rectas.

P: «para soltar un solo lagrimón que temblaba en sus pestañas»

Troche, cariacontecido y fingiendo seriedad, repuso:

—Eso está bueno para decirlo... Son historias. El caballero se ha comprado esta hacienda y tiene derecho a hacer lo que quiera.

—Sí, tiene; pero ¿nosotros no tendremos también algún derecho de hacer valer aunque sea el de la piedad?

P: «derecho que hacer valer»

Troche se puso de veras grave con la contradicción, cosa insólita en sus costumbres de mandón temido y voluntarioso:

—Bueno, estamos perdiendo el tiempo... No es mía la culpa de que la viuda no tenga un hijo joven.

Choquehuanka, más apenado que sentido, contestó:

—Tampoco es culpa de ella el no tenerlo, y su marido ha muerto en servicio de la hacienda.

—¿Y qué me importa? Si ha muerto, sería su hora. Además, yo no lo he matado, sino el río.

—Pero por vos. Si tú no le hubieses mandado en comisión, estaría todavía vivo...

Troche se le aproximó, y mirándole a su vez en los ojos, repuso con sorna, pero irritado:

—Oye, parece que me estás discutiento. Yo no quiero saber nada. Hay un terreno libre y lo doy.

El viejo, sin humillar la mirada, pero sonriendo con mansedumbre, respuso:

—Bueno, *tata*; pero me parece que la viuda no ha de querer irse.

—¿No ha de querer, dices? —saltó Troche, irritado por la calma del viejo—. ¿No ha de querer? ¡Pues se la bota a palos, válgame Dios! Aquí todos tienen que querer lo que se les mande, y el que no obedezca... ¡afuera!... donde le dé la gana...

P: «les mande y el que no obedece, que se vaya»

Los ancianos hicieron un gesto, se despidieron y marcháronse a su casa, mudos por la pena y el resentimiento.

—Esto no puede durar —dijo al fin el viejo Choquehuanka con voz baja y sorda, como hablándose a sí mismo y ya al tocar los umbrales de su casucha.

—Parece que recién lo vas viendo, anciano —díjole Apaña, con mucho respeto.

P: «recién lo ves, anciano,—»

—El mal siempre se ve, *hilacata*; pero hay que hacerse el ciego si no lo puedes remediar, porque cuando se sabe impune es más temible todavía. Esto no lo olvides nunca. Adiós, *hilacata*.

P: «todavía; y esto no lo»

Metióse en su choza y Apaña se fue a la suya, siempre caviloso.

P: «en su casa y Apaña»

Entretanto, Troche se apresuró en ir a hablar con el terrateniente. Hallaba, en su concepto, que Choquehuanka tenía sobrada razón y no deseaba enojarlo. Los indios eran sus subditos y él podría incitarlos a la revuelta cuando le viniese en gana.

P: «con su patrón. Hallaba,»

P: «tenía más que sobrada razón y sentía enojarlo. Los indios tenían fé ciega en él y podría incitarlos a»

Lo encontró a Pantoja tendido en una butaca, fumando cigarrillos, con los ojos cerrados por la modorra de la penosa digestión, flojo el chaleco. A su lado, sobre una silla, yacía arrojado su chicotillo de alambre y cuero y del cual no se apartaba casi nunca.

P: «silla, estaba puesto en chicotillo de alambre forrado en cuero y del cual no»

—¿Qué hay, Troche? —le preguntó abriendo casi con pena los ojos.

P: «preguntó abriendo los ojos.»

—Nada, señor; han venido el *hilata* y Choquehuanka.

P: «señor: ha venido el hilacata y también Choquehuanka.»

—¿Y qué dicen los viejos?

—Siempre lo mismo. Quiere Choquehuanka que no se la bote a la viuda.

P: «a la viuda de Manuno.»

Pantoja arrugó el entrecejo, y cogiendo el chicotillo comenzó a darse munudos golpes en la polaina con distraído ademán.

P: «en la poliana»; metatesis producida por errata de imprenta.

—Me parece que ese viejo abusa. ¿Qué dices tú?

P: «que el viejo abusa.»

—Creo lo mismo, doctor; pero no hay como decirle nada. Sería capaz de jugarnos alguna mala partida.

Pantoja se irguió sobre la butaca:

—Se ve que le tienes miedo y no eres tan valiente como te creía. Verás cómo le arreglo las costillas al vejete... ¡Yo no le tengo miedo!

P y V: «como te creí»

—Se puso de pie, meneando la cabeza con aire

P: «pie y meneando»

amenazador; metió el índice de la derecha mano, que tenía el chicotillo en la comisura del chaleco, y con la otra sostenía el cigarrillo, que no cesaba de fumar, echando volutas con la cabeza levantada y las piernas abiertas y bien plantadas en el suelo. Siguió con los ojos, por entre la desnuda vidriera de la ventana, el raudo vuelo de una gaviota, y cuando hubo desaparecido el ave, confundida en la claridad del espacio, averiguó indolente:

P y *V*: «piernas abiertas y separadas. Siguió con»

P: «la ave, confundida»

—¿Vamos a tener una buena comida esta tarde?

—Sí, doctor; *chupe, humintas.* [a*] asado de cordero con relleno de papas y café.

—Es poco. A mí y a mis amigos nos gusta comer bien. Yo tengo ganas de un *estirado* y de una *sajta* [b*] No nos has dado sino una sola vez.

—No hay gallinas, doctor. La *sajta* no sale buena sino con carne de gallina, porque la del pato no sirve: es hedionda y negra. Y ahora todas las gallinas están poniendo.

—¿Y eso que importa?

Troche arguyó con aire compungido:

P: «Troche repuso con aire»

—Las gallinas son de mi hijita, y es su único negocio.

P: «Es que son de mi»

—¿Acaso no hay en la hacienda? Yo te dejé más de veinte.

—Todas se las hemos mandado a la ciudad, doctor. Pidió la señora.

P: «Lo quiso la señora.»

—¿Y por qué no les pides a los peones?

—No quieren dar. Las ocultan; dicen que están con *chiuchis* (pollos) [c]

V: «pollos ***(chiuchis)***»; *OC*: «***chiuchis*** [36]»

—¡No quieren dar! Es curioso... ¡Se les quita por la fuerza! Verás cómo me dan a mí. Pásame mi rifle de salón.

Troche se dirigió a la sala que hacía de armero

[a*] **chupe, humintas.** Chupe es un «potaje de patatas con arroz, especias y carne de cordero» (Arguedas). El *Dic. R. A. E.* lo define como «guisado muy común, semejante a la cazuela chilena. Se hace con papas en caldo a que se añade carne o pescado, mariscos, leche, queso, huevos, ají, tomate y a veces algo más» Para **huminta** cfr. nota (d), cap. Vº, 1ª parte.

[b*] **estirado, sajta.** Estirado es «conejo estirado. Cierto plato popular consistente en cuises fritos entre piedras planas caldeadas» (Fernández Naranjo). Y **sajta** * es «guisado picante de carne de gallina» (Arguedas)

[c] **chiuchi.** «Pollo, ave recién nacida o de algunas semanas» (Lira).

y Pantoja entró a la alcoba en que sus huéspedes fumaban y charlaban, tendidos en los lechos y festejando la relación algó más que picaresca que les hacía Ocampo de una de sus infinitas e imaginadas aventuras galantes.

—Les invito a una cacería: ¿aceptan?

Valle aceptó; Aguirre dormía; Ocampo, siempre en pos de Clorinda, con la que ya había tenido una cita oculta alegó hallarse cansado; Suárez, solemnemente, anunció que se sentía inspirado e iba a escribir las últimas cuartillas de una leyenda incásica, que venía preparando desde hacía muchos días.

—Deja en paz a los incas y ven con nosotros —le invitó Valle.

Suarez se negó; y sin arredrarse por las risas sarcásticas de sus amigos, les expuso su plan.

—El tenía grandes proyectos e iba a realizarlos escribiendo un poema, un drama y una novela sobre los indios, amén de algunas leyendas, que las localizaría en la curva caprichosa comprendida entre la punta de Taraco y la de Jankoamaya, en el estrecho de Tiquina. El poema se desarrollaría en ese período oscuro, caótico y lejanísimo de la fundación del Imperio incásico, con sus obligados héroes Manco-Capac, y Mama Ocllo. [d] En el drama, de fines de la colonia, haría figurar al cabecilla de la independencia, Tupac-Amaru, [e] y la novela trataría

P: «Déjate de macanas y»
P: «Valle que había vivido algún tiempo en buenos Aires.»
P: «les explicó su plan»
P: «tenía sus proyectos e»
P: «escribiría un gran poema, un»
P: «en el periodo obscuro de la fundación del Imperio incásico y»
P: «serían sus héroes Manko Kapac y Mama Ocllo;»
P: «en el drama haría figurar al cabecilla»

---

[d] **Manco Capac y Mama Ocllo.** La leyenda les atribuye la fundación del Imperio del Tawantinsuyo. Según ésta, Wiracocha, dios supremo, se compadeció de la barbarie en que vivían los «peruanos» (tras ahuayentar las tinieblas de la Tierra), y ordenó al Sol que enviara a sus hijos —Manko Kápac y Mama Ojllo— para redimir de la ignorancia a los pueblos de América, con la misión de fundar la capital en el lugar donde se hundiera, al primer golpe, el bastón de oro que portaba Manko Kápac. Los dos hermanos y esposos divinos transformaban los lugares por donde pasaban. Según el Inca Garcilaso, «Manco instruye a los hombres en las primeras normas de la vida civil y en el cultivo de los campos» mientras Mama Ojllo «enseña a las mujeres las artes domésticas, a hilar y tejer». Tras larga peregrinación, llegaron a un lugar donde el bastón se hundió en la tierra al primer golpe y desapareció para siempre. Fue el sitio indicado, el «Ccosco», El Cuzco, el centro escogido por el Sol para crear su Imperio.

[e] **Tupac Amaru.** (José Gabriel Condorcanqui). Cabecilla mestizo (1742-1781) que protagonizó el mayor levantamiento popular contra el Imperio Español en América antes de la Independencia. Harto de los abusos de los corregidores se rebeló contra la autoridad que representaban, bajo el lema de «castigo a los malos corregidores; abolición de la mitas; y libertad para el pueblo indígena». Pretendió ser un movimiento insurreccional de criollos, mestizos e indios contra los europeos. Tras diversos combates en los que salió victorioso, puso cerco a la ciudad de Cuzco, pero la impericia de sus hombres con las armas de fuego y la llegada de las tropas del virreinato del Plata le obligó a levantarlo. Al fin fue hecho prisionero y ejecutado bárbaramente en la Plaza Mayor del Cuzco, para escarmiento de futuros insurrectos. La sentencia dictada por el Visitador Areche permanece hoy día como modelo de crueldad «ejemplarizante».

de los conquistadores, sin par en los anales humanos por su bravura heroica y su fiereza de exterminio. Necesitaba, pues, estudiar el paisaje, recoger datos sobre la fauna y la flora de la región, y estaba resuelto a realizar expresamente un viaje a la isla de Titicaca, de donde partieron, según la tradición, los fundadores del gran Imperio. Algo más. Iría hasta el Cuzco, a estudiar sobre el terreno mismo los vestigios de la civilización implantada por el legendario Manco-Capac. Eso de viles paseos sin rumbo e inútiles hecatombes de bellas aves se quedaba para ellos, sus amigos, ordinarios seres sin más preocupación que vivir con el día, ajenos a las seducciones del arte, incapaces de levantarse en alas de un gran ideal, sordos a las soberanas voces de los elementos desencadenados, ciegos para admirar y extasiarse por la agonía de un crespúsculo y los tonos incendiados de las aguas con los postreros reflejos del sol muriente...

P: «conquistadores... Necesitaba, pues,»

P: «tiempo para estudiar el paisaje y recoger»

P: «resuelto a hacer y realizar expresamente»

P: «imperio, y, si posible, iría hasta el Cuzco,»

P: «vestigios que se conservan de»

P y *V:* «por el vidente Manco-Capac.»

P: «Eso de paseos sin rumbo»

P: «levantarse más allá de las preocupaciones del día, sordos a»

P: «extasiarse ante la agonía del crepúsculo»

Al hablar así, se había puesto de pie y accionaba con los brazos extendidos, revuelta la melena, animados los ojos, hueca la voz.

P: «Al hablarles así,»

P: «la voz: estaba magnífico.»

Gozábanse los otros en oírle, y reían de buena gana por sus apóstrofes indignados, tomando como locura la exaltación de su amigo.

P: «indignados y tomaban por locura»

—¡Cálmate, chico, se te ha de indigestar el chocolate! —le dijo Valle, riendo y zarandeándolo por el brazo.

P: «Valle riéndose y cogiéndole por»

—¡Déjale a ese loco y vámonos! —repuso Pantoja, prendiéndose de Valle y llevándolo consigo.

P: «Pantoja cogiendo a su vez a Valle por el brazo y»

Salieron; pero en vez de seguir camino del lago, cual tenían por costumbre, o del cerro cuando querían ir a matar vizcachas, tomó Pantoja por la izquierda en dirección del caserío indígena disperso en la llanura, a entrambas orillas del río.

—¡Ché! ¿para dónde por ahí? —le gritó Valle.

P: «—¡Che, ¿pero dónde»

—Sígueme, hijo, y no te pesará.

P: «hijo, y verás. No te harás pesar.»

Llegaron a la primera casucha. Pantoja echó una ojeada al corral. Dos bueyes amarrados a fuertes alcayatas de piedra rumiaban un manojo de

BA: «rumiaba».

totora joven, y un cerdo hociqueaba entre el cieno podrido formado por las pasadas lluvias. El colono, al distinguir a los patrones, avanzó para saludarlos. La mujer y los chicos corrieron a esconderse en la cocina.

P y *V:* «por las lluvias.»

—¡Ché! Parece que te tienen miedo.

—Lo hacen por brutos, y hasta que no les arregle a punta de palos no han de escarmentar.

Llego el indio, y Pantoja, que ya había escudriñado todo el corral, sin descubrir lo que buscaba, le volvió las espaldas para no responder al humilde saludo del peón.

—Ven, vamos; aquí no hay nada.

P y *V:* «vamos; no hay nada aquí.»

—Pero ¿adónde? —volvió a preguntar Valle, que no podía adivinar las intenciones de su anfitrión.

—Espera, chico... Paciencia... Vamos a aquellas casas.

Y señaló una que se veía a lo lejos, limitando la haza, [f] y era la primera de una serie.

En medio campo se detuvo Valle, junto a un charco donde se refocilaban algunos cerdos.

P: «Al llegar a medio campo se detuvo»

Tres chiquillos no menores de cuatro años ni mayores de siete cuidaban el hato. El más crecido llevaba por única vestimenta una camisa corta hasta las rodillas, remendada por los hombros y el pecho, llena de costurones en la falda trasera, y su blancura primitiva había tomado un color gris, terroso, indefinible, a la acción del uso, del sol y del polvo. Los otros vestían harapos sucios, y los tres iban con las cabezas desnudas y libres de toda protección los pies, sucias las caras, con costras morenas por el polvo petrificado y tapadas las narices...

P: «en la falda y su color blanco, con el uso, el sol y el polvo, había tomado un color gris terroso, indefinible; los otros vestían»; *V:* «en la falda y su blancura»

P y *V:* «y todos tres iban»

P y *V:* «los pies.»

Acompañábales un perrito alazán, de grandes lanas cubiertas de costras; mas no bien descubriera a los cazadores buscó refugio al lado de los peque-

P: «Un perrito alazán, de grandes lanas cubiertas de costras, les hacía compañía, y no bien»

[f] **haza.** «Porción de tierra labrantía o de sembradura. *(Dic. R. A. E.)*

ños, con el rabo entre las piernas y los ojos solapadamente pegados al suelo.

—¿Y si lo matáramos? —dijo Pantoja, apuntando a la cabeza del menguado can con su fusil sin preparar.

P: «apuntando a la cabeza con su fusil sin»

Los muchachos, al ver la maniobra, echáronse a chillar repentinamente los tres, con fuertes y desolados gritos y sin moverse un punto de su sitio, como enclavados en tierra por el terror.

—¡Pobrecillos! ¡No los asustes! —intervino el compañero.

Y siguieron andando.

P: «el compañero; y siguieron andando.»

Al tocar el linde de las casa comenzaron a ladrar furiosamente los perros.

Llegaron a los umbrales de la primera, y no encontraron a nadie.

En el corral rumiaba una vaca pintada, flaca y de grandes cuernos gastados y medio carcomidos por la base; pululaban los conejos en la cocina y picoteaban el suelo algunas gallinas en el patio.

Pantoja se echó el rifle a la cara apresuradamente.

P: «echó su rifle a la»

¡Chat!

Una gallina, las alas abiertas, se puso a revolotear en el suelo con saltos mortales y arrojando manojos de plumas, tintas en sangre. Las otras, temerosas del ruido, se encaminaron a la cocina de los amos, que les servía de gallinero, volviendo la cabeza hacia los cazadores. La india que acechaba desde el fondo del cuartucho salió corriendo y cogió al animal por las patas, pero al verlo convulso y ensangrantado, se puso a llorar, mientras Pantoja reía por los gestos casi idiotas de la india.

P: «en el suelo dando saltos mortales y votando gruesos manojos de plumas,»

P: «de gallinero; volviendo la»

P: «cazadores, la india que»

—¡Ay, señor! ¡Estaba poniendo! —sollozó ante el despojo del ave.

—Mejor; estará más gorda.

—Era la única que ponía.

Pantoja se enojó:

—¿Y por qué no traen a la casa de hacienda? ¿Es que no les pago? Pues ¡a fregarse!

Metió los dedos en el bolsillo, sacó una peseta, la arrojó al suelo y arrebatando la presa de manos de la india, embrutecida por el miedo, se la pasó al amigo y se marcharon riendo y satisfechos en tanto que la dueña quedaba llorando inconsolable sin atreverse a levantar la peseta, que no representaba ni la cuarta parte del valor de su clueca.

P: «llorando sin consuelo y sin»

Se fueron a otra casa, lindante con la primera por un cerco bajo de barro y guardada por dos perros lanudos, hoscos y huraños, los cuales, irguiéndose sobre sus patas, se lanzaron como flechas hacia los intrusos, irritados al ver por esos bajíos trazas no acostumbradas. Valle, depositando en tierra su ave, comenzó a dirigir gruesas pedradas a los canes que se detuvieron a algunos pasos y ladraban desesperadamente maniobrando alrededor de los intrusos, aunque sin atreverse a hacer presa.

P: «Valle, depositando por tierra su presa.» Es éste otro lapsus de composición de Alcides Arguedas, pues el «cazador» de la gallina es Pantoja.

—Esas tenemos, ¿eh? ¡Pues toma!

P: «—¿Con que esas tenemos? ¡Pues toma!»

Apuntó fríamente Pantoja a la oreja de uno de ellos y disparó. El perro, el más grande, dio un salto terrible y cayó bruscamente de largo, cortando de golpe su ladrar en un gemido doloroso, y las patas en alto, se revolcó en los estertores de la agonía.

P: «la agonía. La bala, entrándole por el orificio de la oreja se le había alojado en el cráneo.»

—¡Bravo, chico! Ahora al otro —aplaudió Valle, que se divertía viendo correr enfurecido al perro tras las piedras que le arrojaba e hincando los colmillos con furia destructiva y rencorosa.

P: «Valle, siempre arrojando piedras sobre el otro can, que, más joven o más tímido, se había quedado algunos metros más distante de su compañero.»

—¡A tu salud, querido!

Volvió a disparar; pero sea porque el perro estuviese más distante o porque no pusiese debida atención, la bala no surtió mortales efectos y fue a alojarse en el cuello del can, que huyó precipitadamente lanzando lastimeros y prolongados aullidos de rabia y de dolor.

P: «sea porque estaba más distante»

P: «no pusiese la atención debida, la bala no surtió los efectos que la anterior y fue a»; L_1 y *Pl:* «no sirtió», por errata evidente.

El dueño, que había oído la algazara y visto al patrón corrió a su encuentro para evitar algún daño de sus bestias, que las sabía bravas; pero al tropezar

P: «evitar el daño que pudieran hacerle sus bestias, que las»

con el cadáver de su perro y ver que el otro huía derramando sangre, se detuvo bruscamente, hizo desaparecer la obsequiosa sonrisa de sus labios, y con acento de amargo reproche se quejó señalando con los ojos el cuerpo rígido del can:

P: «pero al descubrir el cádaver de su»

—¿Por qué me lo mataste? Lo crié desde pequeño y nunca sabía morder a nadie.

P: «me lo has matado? Nunca sabía morder a nadie y me lo he criado desde pequeño.»

Pantoja lanzó una carcajada de hombre feliz y despreocupado y se alejó sin responder, en tanto que el indio, con las manos cruzadas sobre el pecho, le miraba partir ardiendo de ira el corazón.

—¡Chéee!... ¿adónde por ahí? —gritó Valle arrastrando por las patas el ave muerta y lleno de creciente mal humor.

—No seas tonto, es para la *sajta* de mañana.

P y *V:* «No seas tipo; es para»

—Pero sólo tú te bates; yo no he dado ni un tiro hasta ahora.

Pantoja viendo que llegaría a enojar a su compañero le pasó el arma y échose la presa a los hombros también de mala gana.

P: «le pasó la arma y»

Valle era torpe y no hizo gran cosa: apenas dos pequeños pollos en seis tiros; pero en cambio despertó la indignación general del caserío. Su marcha fue presidida de inenarrable escándalo. Todos los perros del poblado les ladraban; a su vista corrían a esconderse los chicos; las mujeres no osaban ir a su encuentro a saludarles, y más bien, temerosas y hurañas, se metían en sus agujeros para, desde el fondo oscuro de sus covachas, espiar las andanzas de los patrones, o cogían a sus perros y apretándoles el hocico los estrechaban amorosamente contra su regazo, defendiéndolos del ataque de los asaltadores...

P: «gran cosa: dos pequeños pollos»

P: «de innumerable escándalo.»

... ...

Entretanto, el poeta, instalado en el comedor, frente a sus cuartillas borrosas, fumaba cigarrillo tras cigarrillo y buscaba la inspiración contemplando la tersa superficie del lago herida por los oblicuos rayos del sol, ya en su ocaso.

P: «Entretanto Suárez, instalado»

Vasta paz reinaba en el espacio y ningún ruido insólito turbaba ese silencio grave del yermo, a no ser de cuando en cuando el chillido de algún ave que pasaba sobre el tejado.

P y *V:* «de alguna ave»

Quince días hacía que Suárez trabajaba en una de sus leyendas, pero aun no había podido darle una forma definitiva. Sus deseos de reproducir los detalles de la vida cortesana del Imperio incásico eran vehementes; pero no poseía los precisos elementos de información, no obstante haber hojeado, ligeramente, las crónicas de Garcilaso de la Vega, del padre Blas Valera [g] y otros, aunque sin sacar mucho provecho de sus lecturas de viejos cronistas, pesadas e indigestas para su paladar literario.

P: «en su gran leyenda, pero aun no»

P: «no obstante de haber hecho de *Los Incas* de Marmontel su libro preferido y haber fojeado, ligeramente,»

Le faltaban hábitos de observación y de análisis, sin los cuales es imposible producir nada con sello verazmente original y, sobre todo, le faltaba cultura. Saturado hasta los tuétanos de ciertas lecturas modernistas, estaba obsesionado con encantadas princesas de leyendas medioevales, gnomos, faunos y sátiros. En toda india de rostro agraciado veía la heróina de un cuento azul o versallesco, y a sus personajes les prestaba sentimientos delicados y refinados, un lenguaje pulido y lleno de galas, gestos de suprema y noble elegancia, mostrando así la delectación con que se enfrascaba en la lectura de su libro preferido, *Los Incas*, de Marmontel, [h] libro falso entre todos los producidos en ese siglo de enciclopedistas, refinado y elegante.

P:«le faltaba el hábito de la observación y del análisis, sin el cual es»

P y *V:* verazmente original. Saturado»

P y *V:* hasta la médula de ciertas»

P: «o versallesca y le prestaba»

P: «con que había leído al autor de *Los Incas,* libro»

Soñaba, pues, el poeta; y eran visiones de gracia

---

[g] **«...padre Valera...».** Jesuita e historiador mestizo que sirvió de fuente al Inca Garcilaso de la Vega para sus *Comentarios Reales de los Incas.* Tenemos noticias de tres obras suyas: *Historia Occidentalis* (fuente del Inca Garcilaso); *Vocabulario histórico del Perú* (al parecer se trata de un complemento de la obra anterior. Quedó inconcluso —hasta la h— por muerte del autor); y *De los indios del Perú; sus costumbres y su pacificación* (título recogido por León Pinelo y Nicolás Antonio).

[h] **«...Los Incas de Marmontel...».** (1723-1799). No es el momento de relatar por extenso la vida de este polifacético escritor francés, que incursionó en el teatro, la poesía, la prosa narrativa y ensayística y en la Poética francesa. Tampoco creo necesario aclarar los apoyos con que contó en su época (La Pompadour, Voltaire) ni su participación en *La Enciclopedia,* o su beligerancia frente al despotismo. Tan sólo subrayo sus dos novelas, *Belisario* (1767), y *Les incas ou la destruction de l'Empire du Pérou* (1777), por el revuelo que provocaron en su época, y la segunda, sobre todo, por la larga influencia que tuvo en el novela indianista decimonónica hispanoamericana. Al lector interesado le aconsejo, como primera providencia, el libro de Concha MELÉNDEZ, *La novela indianista en Hispanoamerica,* Madrid, Edics. Hernando, 1934, pp. 42-45.

y esplendor que llenaban sus retinas anegadas en luz de la pampa y de la ondulante superficie del lago... Soñaba en la raza que holló las playas desnudas del Titicaca llevando conquistas de paz, hábitos de dulzura y trabajo, y una legislación prudente y sabia, pues la holganza se consideraba horrendo crimen merecedor de crueles castigos, y todos los hombres estaban impelidos a cumplir sus deberes de solidaridad, en esfuerzo generoso y espontáneo.

P: «una legislación sabia en que la holganza»

Entonces la suprema ley era producir y perfeccionarse. Las costumbres, suavizadas por la incolmable bondad de los señores y poderosos, eran clementes y tendían a mejorar al hombre, aunque sin permitirle el uso de la libertad. Y todo esto, transmitido por la leyenda pura y presente a los ojos de Suárez no le dejaba ver la realidad de su momento, pues se empeñaba en querer prestar a los seres que le rodeaban los mismos sentimientos, la modalidad de los de esa edad de oro y ya casi definitivamente perdidos en más de tres siglos de esclavitud humillante y despiadada. Cojeaba, pues, del mismo pie que todos los defensores del indio, que casi invariablemente se compone de dos categorías de seres: los líricos que no conocen al indio y toman su defensa como un tema fácil de literatura, o los bellacos que, también sin conocerle, toman la causa del indio como un medio de medrar y crear inquietudes exaltando sus sufrimientos, creando el descontento, sembrando el odio con el fin de medrar a su hora apoderándose igualmente de sus tierras.

P: «tendían a hacer mejor al hombre aunque»

P: «permitirle una libertad excesiva.»; *V:* «permitirle el uso de una libertad excesiva.» *P* hace a continuación punto y aparte.

P: «momento y se empeñaba»

P: «que veía los mismos»

P: «la modalidad que animara a sus antepasados y perdida en más de»

P y *V:* «y despiadada.
Mañana y tarde iba a»

OC: «indio, quienes casi invariablemente se dividen en estas dos categorías:»

L_1, *GC* y *Pl:* «toman la causa del indio exaltando sus sufrimientos,»

Mañana y tarde iba a pasearse por el disperso caserío o a vagar a orilla del manso río, solo y con su cuaderno de apuntes bajo el brazo, y se entretenía y solazaba oyendo modular su canto suave a los *pucupucus* [i] apostados a la entrada de sus cubiles practicados en las dunas del río, o siguiendo en el

P: «pasearse, solo y con su cuaderno de apuntes bajo el brazo, por el disperso caserío o a vagar a orillas del manso río, y se»

P: «y llenaba de gozo oyendo modular»

P y *V:* en las paredes del río o»

[i] **pucupucus.** No he podido localizar qué tipo de aves sean, aunque por el contexto se desprende (como en anteriores ocasiones) que son pájaros que habitan la zona del Titicaca (¿hacia el Desaguadero?).

lago el revuelo de las gaviotas albas o admirando la paciencia de los ibis pescadores y cachazudos.

Los indios ya le conocían; y no bien los perros ladraban anunciando su visita, recibíanle con disgusto pero sin hostilidad, y le tendían sobre el poyo, a la entrada de la alcoba, la mejor y más limpia manta, tejida en horas de reposo por la mujer o la hija, y que se guarda preciosamente en lo más recóndito de la casa, junto con los trajes nuevos el disfraz y otras prendas de estimación; pero se negaban obstinadamente a satisfacer sus preguntas sobre sus hábitos y creencias, alegando no saber nada de nada, recelosos y sentidos.

P: «perros anunciaban con ladridos su visita, recibíanle a disgusto pero»

P: «más limpia frazada tejida»

P: «y las demás prendas de estimación;»

P: «a absolver sus»

Los amigos no se cansaban de burlarse de sus empeños y cada vez que le sorprendían garabateando cuartillas en la mesa del comedor o abismado en la estéril contemplación del vasto panorama del lago y la cordillera, le dirigían pullas.

P: «pullas, sobre todo Pantoja.»

—¿Y marcha eso, poetilla? —le preguntaba P. P. poniéndole rudamente la mano en los hombros como para hacerle sentir la fuerza de sus puños.

P: «le preguntaba poniéndole la mano en»

Pero el otro permanecía indiferente y desdeñoso y se contentaba con llenarles de gruesas palabras y denigrantes calificativos.

Al entrar a casa esta tarde, después de las acostumbradas fechorías, encontraron al poeta un poco pálido, pronunciadas las ojeras, pero sonriente, con la satisfacción de la bien llenada tarea.

P: «esta tarde los amigos, después»

P: «lo encontraron a Suárez un poco»

—Y... ¿marcha eso? —le volvió a peguntar Pantoja arrojándole a los pies los despojos de un pollo.

—¡Ya lo creo, burgués! Acabo de dar cima a una de mis mejores leyendas.

P: «cima a una de mis leyendas.»

—¿Y cómo es?

—Si quieren, la leo —amenazó Suárez, anheloso de dar a conocer el prodigioso parto de su ingenio.

P: «Si quieren, se las leo.— propuso Suárez anheloso»

—¡Esta noche, querido, después de comer¡ —dijo Pantoja, espantado a la idea de la lata y con acento evasivo.

—Si, sí. Esta noche —exclamaron los otros, no menos alarmados que el anfitrión.

—Como quieran: esta noche —dijo el poeta, un poco sentido.

Y se puso a numerar las páginas dispersas sobre la mesa.

> *P:* «un poco sentido. Y se puso a»; L_1, *GC* y *Pl:* «que el anfitrión.
> Y se puso a»
> *P:* «a recoger las páginas»
> *P:* «mesa y a numerarlas.»

Durante la comida mostróse inquieto y desasosegado. Aunque conocía el despego de sus amigos por los productos del ingenio, temía su fallo, sobre todo el de Aguirre, el más moderado y el más culto de sus compañeros, pero a la vez holgaba con la idea de contagiarles su gran afición a esos tiempos oscuros que a él se le imaginaban plagados de leyendas, y las cuales, sin estar grabadas en la eternidad del papel y sí en la deleznable y pobre memoria de los hombres, se habían conservado todavía, acaso truncas, seguramente desvirtuadas, esperando el momento en que algunos hombres anhelosos de porvenir las recogiesen y encerrasen dentro de la forma imperecedera del libro.

> *P:* «por los achaques literarios,»
> *P:* «su fallo y a la vez holgaba»; *V:* «su fallo, pero a la»
> *P* y *V:* «tiempos obscuros plagados de leyendas y» *BA:* «tiempos ocuros que a él se le imaginaba». La concordancia gramatical exige 'imaginaban'.
> *P:* «desvirtuadas, hasta el momento en que algunos»
> *P:* «porvenir, las habían recogido y encerrado dentro la forma»

Comieron; y como luego de encendidos los cigarrillos se dispusiera Suárez a leer sus cuartillas, Ocampo le atajó con ademán afectuoso e insinuante.

> *P:* «afectuoso y parecía insinuante»

—Espera, chico, que estemos en cama. Acostados te oiremos mejor.

> *P:* «Espera, querido, que estemos en cama; así te oiremos»

—¡Eso es, eso es! —aprobaron los amigos, penetrando la oculta intención del picaruelo.

Suárez, sin percatarse de la treta, ingenuamente, volvió a guardar sus cuartillas y comenzó a pasearse a lo largo del comedor, esperando que sus amigos se recogiesen a la alcoba. Pronto vio realizado su deseo, porque el frío era crudo e invitaba a gustar la tibieza de las mantas.

> *P:* «comedor deseando que sus»
> *P:* «quisiesen recogerse temprano a la alcoba, deseo que pronto vió realizado porque»

Metiéronse, pues, en cama todos. El escritor cogió la palmatoria, y colocándola en el velador enfundóse entre las sábanas, y antes de leer advirtió:

> *P:* «entre las sábanas y comenzo a leer»

—Algunos nombres de mis héroes los he encontrado aquí, en Kohahuyo. Wata-Wara me ha servido para mi Wara-Jaiphu; Tokorcunki es mi Kollagua-

> *P* omite todo este fragmento y

qui viejo... Se titula mi leyenda *La justicia del Inca Huaina Capac,* [j] y dice:

no recoge, por ello, la aclaración del nombre de sus personajes ni, lo que es más importante, la leyenda.»

I

«Wara-Jaiphu puso el pie en la balsa, temblando de dicha. Collaguaqui cogió el remo pintado de vistosos colores, sonrió por última vez al engalanado séquito congregado en la orilla, y apoyando el remo en tierra, impulsó la balsa lago adentro. Las vírgenes destaparon en ese instante sus cestos de paja teñida y comenzaron a arrojar puñados de flores silvestres a la balsa, que se deslizaba silenciosa; los varones agitaron sus banderas blancas recamadas con algunas placas de oro pulido y lanzaron al viento las notas gimientes de sus zampoñas y el loco tintineo de sus tamboriles.

BA: «Wara-Jaipu».

P: «bandera y lanzaron»

—¡Qué sean ustedes felices! —les gritó gravemente el viejo Collaguaqui, agitando una ramita de *koha* (romero) que había arrancado de la vera del camino.

V: «ramita de romero»; *OC:* «ramita de *Koha* [37]»

La mañana era serena, límpida. Sobre el lago azul y sin ondulaciones volaban las gaviotas, reflejando en la linfa su plumaje albo y el sol cabrilleaba en las placas de oro que iban pegadas a la vela, hecha de *totora* joven.

Cuando la balsa se hubo apartado de la costa y dejaron de oírse los ecos de la loca fanfarria, Wara-Jaiphu sacudió de su oscura cabellera los pétalos de las flores silvestres, y envolviendo a su novio en la mirada ardiente de sus ojos profundamente negros, le dijo con voz de mieles:

—Debes de estar contento, pues se ha realizado lo que con más vehemencia aspirabas: ver al Inca,

---

j **Huaina Cápac.** «Joven Poderoso». Bajo su mando el Imperio del Tawantinsuyo consiguió su máxima expansión. De sus cuantiosos hechos quiero resaltar dos: su dominio del poderoso reino de Quito y su boda con la princesa quiteña Paccha Duchisela —futura fuente de discordia entre Huascar y Atahualpa—, y su expedición punitiva al Gran Chaco para dominar a las tribus chiriguanas que hostigaban sus fronteras orientales, que resultó fallida y que volvió con una noticia que le impresionó enormemente. Sus capitanes habían visto por vez primera al hombre blanco —Alejo García— mandando un grupo de chiriguanos. Murió en Quito, donde había fijado su residencia.

hablarle. Nada en el pueblo lograba distraerte; siempre estabas triste, sombrío. En vano los *yatiris* habían apartado los conjuros de tu cabeza, creyendo que estabas poseído; buscabas los rincones, como bestia herida. Yo te he seguido por todas partes, a ocultas, y como nunca apartabas los ojos de la isla, he adivinado que toda tu preocupación era presentarte al Inca, brillar en sus fiestas, servirle. Y ahora le conoces, le has visto, le has hablado, y ya eres feliz...Dime, ¿cómo es el Inca?

A este pregunta irguióse Collaguaqui, y sonriendo inefablemente, cual si volviese a una dulce senda cruzada en su infancia y olvidada después, repuso:

—Es alto, grueso de ojos claros, bello.

—Dicen que es muy joven.

—Aun no ha celebrado veinte veces la fiesta de su padre el Sol.

¿Y qué viene a hacer a la isla?

—Viene a consagrarse, y como los demás Incas, recorre su Imperio para conocer las necesidades de sus hijos. Huaina-Kapac ha hecho lo que ninguno: donde llega hace levantar edificios, castiga a los delincuentes, distribuye mercedes.

BA, *L*$_1$, *GC* y *Pl*: «Huina Kapac», por errata evidente.

—¿Y es verdad que le gustan mucho las mujeres? Dicen que trae varias consigo; que por donde pasa es su afán poseer a las más bellas y dejar a sus capitanes y privados las que a él no le gustan; que los padres se afanan por entregarle sus hijas...

—Es deber de los vasallos servir a su señor.

—Yo sé de muchas que han sido desdeñadas en la isla.

—De ahí la tristeza de nuestro señor.

—¿Triste porque no encuentra mujeres bonitas?

—Por eso. Piensa que una raza impotente de engendrar hermoso fruto es raza inhábil para las grandes conquistas y las heroicas acciones... Acostumbrado a mirarse en las pupilas de las chachapoyas, que saben reflejar la belleza de su país claro y limpio, hasta ahora no ha encontrado en la comarca una sola virgen que alegre su corazón. El pueblo se ha consternado, y han partido secretos emisarios para hallar una, aunque no lleve en las venas sangre de príncipes, y hasta que la encuentran han organizado los curacas grandes fiestas, y a ellas vamos... ¿Estás contenta?

L_1, *GC* y *Pl*: «que la encuentren»

Wara-Jaiphu levantó el rostro. Mostrábase seria y una nube de tristeza velaba el brillo de sus ojos.

—Sí, porque lo estás tú; pero mi alegría no me nace del corazón. Tengo miedo.

—¿Miedo de qué?

—No sé; me parece que no me amas. Prefieres otras cosas.

Cuidóse de poner paz el mancebo en el alma inquieta de su prometida y se entretuvo en remar con fiebre, deseoso de llegar a su destino. Entonces la doncella distrajo su pena siguiendo con los ojos, en el cielo, el vuelo de los rosados ibis y en lo hondo de la transparente linfa, la huida de los peces.

Se habían alejado bastante de la costa y acercado a la sagrada isla, cuyos contornos se destacaban, limpios en la clara mañana. El templo del Sol levantaba sus muros sobre el verde de una colina, con señorial aire de castillo, y sus cuatro puertas incrustadas de metales pulidos brillaban como un ascua; en las planicies, los maizales mecían sus largas hojas y sus rubias cabelleras, y en la orilla, fuera de los muros de la fortaleza, se veían desparramadas algunas tiendas, cuya tela bordada con lágrimas de oro se hinchaba al fresco soplo de la brisa, y brillaba el precioso metal como gotas de rocío sobre iris blancos. Varios hombres, metidos hasta la cintura en el agua, trataban de poner en seco las balsas reales, y otros que, juzgados por la riqueza de su traje, debían ser nobles, rodeaban una especie de dosel, bajo el que estaba sentado un hombre joven vestido de rojo, con una corona de plumas plateadas y una borla roja caída sobre el rosto y pendiente de la augusta y noble frente —signo magno de poder real— y un rutilante sol de oro en el pecho.

V: «de plumas plateadas y un rutilante»

—Parece que nos hacen señas. ¿Qué querrán decir? —interrogó Wara-Jaiphu, señalando, temerosa, al grupo de hombres.

—Nos llaman! —dijo Collaguaqui con alegre acento al reconocer al Inca. Y redobló la agilidad de sus fuertes brazos.

La balsa avanzó ligera, haciendo curvar a su paso las *totoras* jóvenes que poblaban la orilla. El rostro de la enamorada se cubrió de intensa palidez y una enorme angustia le oprimió el pecho.

—¿Qué quieren por acá a esas horas y en estos sitios? —se levantó una voz airada viniendo desde la orilla.

Collaguaqui dio el último empuje a su balsa, saltó a tierra, y llegándose hasta el Inca se puso de rodillas ante él:

—Vengo de Copacabana, señor, y te traigo la doncella que te ha de alegrar el corazón.

Huaina-Capac, al reconocerlo, lanzó una carcajada.

—¡Ah! Ya me acuerdo. Eres el poeta que ha prometido presentarme la mujer más bella que vieran mis ojos... ¿Es acaso ésta?...

E, incrédulo, se volvió haia Wara-Jaiphu, que, aterrada por las palabras de su novio, permanecía de pie sobre la balsa, en actitud sumisa; mas apenas descubriera el Inca sus facciones, una exclamación de sorpresa brotó de sus labios. Y dijo volviéndose a sus cortesanos, envidiosos ya por la fortuna del mancebo:

V: «apenas viera»

—Es el único poeta que conozco que haya dicho la verdad. Esta joven es bella como una chachapoya; debe correr sangre de su estirpe por sus venas.

P: «correr sangre real por»

—Y los cortesanos siempre aduladores, aguzaron al punto su ingenio para cantar himnos de alabanza en honor de Wara-Jaiphu:

V: «siempre cortesanos, aduladores, aguzaron»

V: «de alabanzas en»

—Sus cabellos son oscuros como ala de cuervo marino —dijo un amauta.

—Sus ojos tienen el mirar dulce y triste de los guanacus —añadió un cacique de la comarca.

V: «gunacus» por errata evidente.

—Su tez es blanca como leche recién brotada de las ubres —agregó un viejo señor.

P: «recién ordeñada»

—Sus senos deben ser enhiestos como el Sajama que brilla en las pampas desnudas de los Collas, cuando el sol de la tarde lo dora —repuso un poeta.

V: «deben de ser enhiestos»

—Es verdad, esta virgen es bella y parece frágil como una flor. ¿Cómo se llama? —preguntó el Inca devorando con la mirada la belleza de la aturdida doncella.

—Wara-Jaiphu.

—Ese nombre es aimara —dijo volviéndose a uno de sus sabios perito en lenguas exóticas y del lugar.

V: «de sus sabios favoritos»

Collaguaqui se apresuró a responder:

—Sí, señor; quiere decir *brillo de la noche*.

—Es un nombre armonioso, y le cuadra.

Y sonriendo complacido, agregó mirando fijamente al mancebo:

—Habla; pide lo que quieras.

El rostro de Collaguaqui se iluminó de gozo. Hundió la frente en el polvo, y pidió:

—Quiero servirte, señor.

Huaina-Capac entornó los ojos sorprendido.

—¿Eres noble acaso?

—Mi padre es cacique de Copacabana, señor.

—Pero no llevas sangre de mi raza en las venas.

—Mi abuelo condujo las andas de oro en que tu padre, nuestro Amo, vino a apaciguar las tierras conquistadas de Tiahuanacu, señor.

—Entonces es justo lo que pides. Quedas incorporado a mi servicio porque eres poeta y tu corazón parece ajeno al temor. Y tú...

El poderoso monarca se detiene. Ha visto correr llanto de pena sobre las mejillas de la virgen, y frunciendo ligeramente el ceño, la interrogó:

—¿Lloras? Diríase que no te place el verme. ¡Habla! ¿Por qué esas lágrimas?

Wara-Jaiphu avanza de hinojos hasta los pies del Inca y le confiesa sus cuitas:

No comprendo... no alcanzo a comprender nada

de lo que me pasa, señor. Yo le amo; él ha dicho a nuestros padres que serías Tú quien nos casaría; y le he seguido. Ahora veo que me abandona, y debo haberle causado algún mal muy grande para que así me castigue... Y me duele el corazón, señor.

V, *BA* y *OC*: «casarías». La concordancia gramatical exige 'casaría', como recogen L_1, *GC* y *Pl.*

La mirada del monarca es ahora terrible. Los cortesanos que ya habían hecho rueda en torno del mancebo se apartan de él discretamente, y prestan atento oído a la disculpa.

V: «es terrible.»

V: «y prestan atento oído.
—¿Es verdad lo que»

—¿Es verdad lo que dice esta joven?—pregunta, severo y con voz seca, a Collaguaqui.

—Señor —balbucea con torpe frase el ambicioso—, yo la amaba, cierto; pero he sabido de tus inquietudes...

—¡Ya sé! —le interrumpe, severo el Inca—; has preferido complacerme sacrificando tu amor. Eres —el monarca sonríe de una manera extraña— un ejemplar vasallo, y mereces una buena recompensa.

Y dirigiéndose a la doncella:

—Alza, Wara-Jaiphu, y seca tu llanto. Las penas del amor curan proque eres joven, fuerte y bella... Vuelve a tu casa y sé feliz con otro; pero a él yo lo guardo conmigo. En pago de mis favores, lo único que he de exigirle es que nunca se case con ninguna mujer...

V: «yo le guardo»

V: «lo sólo que le he de exigir es que»

II

Terrible y trágica obsesionaba la visión al Inca.

Había pasado así:

Celebrábase en el Cuzco la fiesta del Raymi, [k] y un aire tibio e impregnado con perfumes de violetas y naranjos en flor, incensaba la atmósfera, intensamente azul. La muchedumbre congregada en la plaza era numerosa como jamás. Los sacerdotes ostentaban sus mejores vestiduras y el séquito real fulgía bajo la riqueza de sus auríferos adornos. Todas las regiones del Imperio estaban representa-

L_1 y *Pl*: «Curzo», por errata evidente.
V: «de perfumes de violetas»

[k] **la fiesta de Raymy.** «Gran solemnidad que en honor del Sol se celebraba en todo el Imperio Inkayko en los solsticios del año. *Not.* que es barbarismo imperdonable pronunciar *erre* en esta palabra». (Lira. El subrayado es nuestro).

das por sus curacas, y cada curaca, llevando sus armas de guerra, iba precedido de sus domésticos, que tocaban sus instrumentos, y sobre sus vestidos, cuajados de oro y piedras preciosas, ostentaban la piel seca del animal en que era rica su región. Los de Omasuyos por ejemplo, región desnuda del yermo y siempre barrida por los vientos de la cordillera que nunca se despoja del fino arminio de su nieve, iban cubiertos con pieles de vicuña y guanacos; los de Chayanta honda vega de bosques profundos y flores perfumadas, con las de tigre. El fuego, encendido en pebeteros de plata colocados a la puerta del templo ardía, pronto a consumir los sacrificios dedicados al buen Padre Sol.

V: «Los de Omasuyos iban cubiertos»

BA y *OC:* «fino arminio» Arcaísmo de 'armiño', eliminado en las restantes ediciones.»

De pronto, en medio del profundo silencio que guardaban los veinte mil hombres reunidos en la vasta plaza, grandes alaridos resonaron en el espacio luminoso. Alzaron todos la mirada al cielo, y vieron que un águila hendía el aire espacio arriba, escalando el cielo con fuertes aletazos, cual una saeta de nieve lanzada por vigoroso brazo, perseguida por una bandada de halcones que le atajaban el espacio mordiéndola en el pecho, implacable y feroz. Las plumas blancas, tintas en sangre, volaban como mariposas bicolores.

V: «le atajaba el espacio»

Largo y tremendo fue el desigual combate. Los viles no cejaban en su empeño de morder, y el águila, siempre enérgica, subía, subía, sedienta de luz y espacio, hasta que, desfallecida, hizo un supremo esfuerzo y plegando las poderosas alas dejóse caer a plomo en medio del séquito real, cual si sólo allí esperase encontrar segura protección. Cogiéronla los sacedotes y cuidaron de sus heridas; pero en vano. Murió tres días después.

L_1, GC y *Pl:* «no dejaban en su»

Y dijeron, llorando, los *laicas* consultados:

—Señor, lo que hemos visto es un símbolo. Es el Imperio que se va.

Estas palabras obsedían, implacables, al Inca; y su insondable tristeza se acentuaba cada día más con los desconocidos males que súbitamente comenzaron a abatirse sobre el Imperio del Tahuantinsuyo, hasta entonces tranquilo, feliz y próspero. El buen Padre Sol ocultábase en pleno día, cual si sintiese vergüenza de iluminar los pecados de los hombres; de noche, en el cielo, aparecían estrellas nuevas, de largas y amarillentas caudas y siniestro aspecto; la tierra, siempre generosa, benigna siempre, estremecíase y temblaba ahora, como madre que no puede expulsar el objeto de su amor; enfermedades desconocidas por los *colliris* diezmaban las poblaciones y en los campos se morían los rebaños sacudidos por males que nadie conocía. Y todo esto traía abatidos los ánimos, y particularmente el de Huaina-Capac, el poderoso señor enfermo de melancolía. Se le veía pasear sombrío y taciturno, el pensamiento constantemente ocupado con los grandes trastornos de la Naturaleza, y sobre todo, con los hombres blancos, barbudos y de ojos azules que decían haber aparecido hacía poco en la costa. Y pensaba, no sin espanto, en la profecía de su abuelo, el magnánimo Inca Wiracocha, [1] quien había predicho que el Imperio sería conquistado y destruido por hombres venidos de lejanas tierras... Y en previsión de que tan fatal vaticinio se cumpliese, y a pesar de su angustiada tristeza, había dispuesto que todos los subditos de su Imperio, bajo penas severísimas, hiciesen gala de alegría y buenas formas, dando él mismo el ejemplo y rodeándose de un lujo hasta entonces desconocido en el Imperio, pues decía quería gozar por última vez de lo que a su fin corría...

V: «las poblaciones, y todo esto»

L_1, GC y *Pl:* «veía pasar sombrío»

Un día de esos en que Huaina-Capac, más triste que nunca, paseaba por el jardín de palacio, adornado de árboles de plata con frutos de oro, tropezó con un hombre sentado a la sombra de un plátano, con la cabeza hundida en el pecho y los ojos perdidos en la tierra. Lo reconoció el Inca, y le habló:

---

[1] **«...el magnánimo Wiracocha...».** En realidad Wiracocha, octavo Inca, fue bisabuelo de Huaina Cápac. Con él se inició la etapa imperialista de los Incas, que concluiría con Huaina Cápac.

—¿Qué tienes, Collaguaqui, que así huyes de tus amigos y buscas la soledad, que es consejera de malos pensares? Pareces un delincuente empeñado en ocultar un delito grave. Debes de estar enfermo, pues que persistes en no hacer brillar en tu rostro la luz de la alegría.

Collaguaqui se puso de rodillas, y dijo:

—Perdoname, señor; no tengo nada. Pero desde hace tiempo una honda pena me roe el corazón, y no puedo ocultarla, por grande que sea mi deseo de complacerte, pues bien sabes, señor, que cuando el corazón llora no pueden reír los labios.

—¿Y que es lo que así te obliga a padecer?

Collaguaqui alzó el rostro envejecido y sacudiendo su cabellera, sobre la cual el tiempo había echado polvo de años, repuso con voz lenta y acento grave:

—Señor, no tengo a nadie que por mí se interese. Soy como esos árboles que no dan sombra a ninguna clase de vegetación.

El monarca sonrió enigmático, y repuso con tono indiferente:

—Cierto. Has pasado por la vida lleno de ambición y gloria. Debes de estar contento.

—Creí estarlo, señor, antes, cuando era joven; pero ahora que he visto caer mucha nieve sobre los picos de los montes, me he convencido de que no lo estoy, señor.

Y sin embargo, debías de estarlo, Collaguaqui. Tu nombre es popular en el Imperio y todos saben de memoria las grandes hazañas que has realizado. Yo te debo mucho. Tú solo, con tu prudencia y energía, has podido someter las levantiscas tribus de los Antis, [m] hechas a vivir altivas e insociables en la adusta serenidad de las pampas inclementes, entre las quiebras abruptas de las cordilleras. Merced a tu bravura y heroicidad, se han ganado muchos

---

[m] **«...tribus de los Antis...».** Según el *Americanismos, Diccionario Ilustrado Sopena* eran unas «tribus indias de la falda oriental de los Andes del Perú y Bolivia, que en tiempos de los incas desempeñaron importante papel. Eran valerosos, pero crueles, pues mataban y devoraban a sus prisioneros. Se cree que dieron nombre a la cordillera de los Andes».

combates, y yo he podido dar mayor esplendor al brillo de mi Imperio.

Suspiró Collaguaqui, y dijo con amarga tristeza:

—Me siento ya débil y viejo, señor. Mis luchas y heroicidades serán superadas por otras luchas y heroicidades; mi nombre se perderá como se pierde la espuma que el aletazo de la gaviota deja en la ancha extensión de las aguas, y habré pasado triste y solo, como esas llamas que, fatigadas por la caminata del día, caen en la tarde para no levantarse más, en tanto que la tropa avanza indiferente y descuidada.

V: «por caminata del día,»

—Entonces, ¿te pesa la vida?

—No, señor; la vida es un don de Dios y te pertenece; pero no tengo nada que la alegre.

—Eres glorioso.

—No hay quien perpetúe mi nombre, señor.

—Eres rico.

—No tengo quien goce de mis bienes, señor.

—Eres sano.

—El tiempo abate los más robustos árboles, señor.

—Eres feliz.

—Pensé que el renombre era la felicidad, señor, y me he engañado; es el amor, la afección del hogar. Soy solo no tengo ni mujer ni hijos. ¡No soy feliz, señor!...

Huaina-Capac le miró largamente, y severo y triste, le dijo:

—Tienes razón, Collaguaqui; has destruido tu vida, la has hecho infecunda y es tu falta, porque antes que amado, has querido ser admirado, y toda vanidad se paga. La mujer que repudiaste lloró un tiempo tu desvío; pero así que vio brillar la sonrisa de su primer hijo se consoló, pensando que es frágil el amor de los hombres y no el de los hijos, y aunque el tiempo y la maternidad han echado mucha nieve sobre su cabeza, el corazón lo lleva joven y es enteramente feliz... Yo te quiero bien y sé lo que necesitas. Eres ya viejo y no podrías fundar un hogar; tus hijos no tendrían tiempo de recibir tu ejemplo y no estarían bien formados; el fruto engendrado en la vejez no es buen fruto. Te queda sólo el deber. Ve y hazte cargo de los hombres que vigilan el litoral para ver si vuelven a aparecer esos otros, algunos de los cuales dicen que andan como las bestias de cuatro pies y tienen dos cabezas. Si son dioses, pregúntales si creen en mi Padre el Sol; si son hombres, lucha contra ellos, pues eres esforzado y audaz. ¡Adios, Collaguaqui!

Hizo una seña el monarca y retiróse el noble guerrero.

III

«Algún tiempo después, un equipo llegado al palacio de Tumipampa avisaba al Inca que Collaguaqui había muerto luchando heroicamente contra los seres barbudos y de ojos azules, que no eran dioses, sino hombres, con sus vicios, sus odios, sus amores y sus deseos, como los demás hombres...»

Así leyó Suárez, emocionado; más nunca supieron sus amigos lo que había leído el ingenuo poeta enamorado...

Tras la inclusión de la leyenda, acaba el capítulo 11º con la conclusión recogida en este texto, que *P* tiene de la siguiente forma: «Y nunca sus amigos habrían podido decir lo que el cándido poeta leyó»

XII

Hocico al viento iba derecho el ganado.

Ni un rayo de sol en el horizonte. Allá, lejos, limitando el paisaje, una colina chata esfumándose en el gris. Al naciente, lejos también, las albas cimas de la cordillera. En medio, surcando la ancha estepa, las curvas del río en enormes eses; sus aguas enrojecidas y lodosas corren mudas, lentas, y formando remolinos donde danzan hilos de paja y briznas de *totora*...

P: «gris; al poniente,»; *V:* «gris. Al poniente.»

—¡Llaj!... ¡Ñustu!

Cogió la pastora del suelo un terrón endurecido y lo lanzó con su honda por encima de la majada, en dirección del semental, que había torcido la marcha y se iba a un pantano, donde jugueteaban algunas gaviotas. *Supaya* [a] corrió hacia el grupo, dio dos ladridos y alguna dentellada, y regresó al lado de su dueña meneando la cola de placer por haber enderezado la torcida caravana.

P: «endurecido, lo puso en su honda y lo lanzó»

P: «dentellada, para enderezar la torcida caravana y regresó al lado de su dueña meneando la cola de placer.»

Supaya, como su homónimo de la leyenda indígena, demonio, era negro, lanudo, y las lanas que cubrían su lomo afilado tenían reflejos de cobre envejecido. Malhumorado, hosco, huraño, difícilmente entraba en relaciones con nadie. Casto como sus dueños, raras veces corría en pos de galantes aventuras, acaso porque era feo hasta no pedir más y se sabía así. Si en ocasiones, y venciendo su hurañez, se mezclaba con los otros perros que vagabundeaban por el yermo, era para buscar pendencia y promover peleas, de las que no siempre salía airoso, porque la falta de alimento y el trabajo sin reposo lo traían flacucho y espigado.

BA: «*Supaga*», por errata evidente.

P y *V:* «indígena, era negro,»

P: «lomo punteagudo, tenían»

P: «veces se mezclaba en galantes aventuras acaso»

---

[a] **Supaya.** Cfr. nota (ñ) del capítulo IIº, 1ª parte.

Grave, filosófico, seguía ahora el rebaño con la cabeza gacha y muy abismado en hondas cavilaciones. Sólo la voz de su ama tenía el privilegio de alegrarle. Cuando le daba alguna orden, en sus ojitos perspicaces y tiernos lucía intensa llama [1] de alegría y devota sumisión.

P: «y muy metido en hondas»

Listo en sacar a lucir el colmillo para quien no hubiese requerido su amistad, sólo corría a la vista de los pantalones. Los pantalones le causaban invencible miedo, acaso porque sabía que con ellos van las escopetas que atruenan con hórridos estampidos los grandes espacios. No bien divisaba a lo lejos la silueta de los patrones, estaba buscando refugio al lado de su dueña, y así el muy prudente mostraba instintos absolutamente reacios al progreso y refinamiento que, diz, los blancos aportan dondequiera que sientan sus conquistadoras plantas.

P: «hubiese hecho previa amistad. sólo» *V:* «hubiese solicitado su amistad,».

P: «invencible horror,»

P y *V:* «Apenas divisaba»

P: «patrones, que ya estaba buscando refugio»

De buena hora estuvieron la zagala y su rebaño en el cerro donde acostumbraba pastorear. Iba radiante la moza porque ya estaban en pie los muros de la nueva vivienda que su marido iba alzando en las faldas del cerro, [b] en una faja de tierra lindante con el río, plana y rica.

P: «pastorear, e iba radiante»

BA, OC, L1, GC y *Pl:* «cerco».

La mañana oscura y ventosa anunciaba la nevada del Carmen, que los agricultores esperan con alborozo.

P: «La mañana era obscura y»

De los lejanos confines del horizonte emergían enormes nubarrones negros, que se copiaban en las temblorosas aguas del lago, dándoles una opacidad de metal pulido, y manchaban el azul profundo de los cielos, que al entenebrecerse imprimían sello de cruel gravedad al enorme paisaje.

P: «del horizonte. por el lago. emergían»

P: «temblorosas aguas dándoles una»

Todo parecía diluirse bajo las sombras y adquirir color terroso: el lago, los cerros, los montes, el río,

---

[b] El sentido parece exigir 'cerro', como recogen *P* y *V*. Cfr. con lo afirmado al comienzo del cap. 14º: «perros que guardaban las casas construidas en los flancos del cerro. Al pasar»

[1] *P:* «brillaba llama de alegría.
Listo en sacar»
V: «lucía intensa llama de alegría.
Listo en sacar»

las casas. Los mismos eneales de la orilla parecían negros, borrosos.

L1, GC y *Pl:* «encales», por errata evidente.
P, V, L1, GC y *Pl:* «barrosos.»

Sobre el peñascal, cordón de rocas en la cima del cerro y fuertemente asida a la saliente de un pedrusco, Wata-Wara miraba, distraída, el menudo oleaje del lago, que parecía hervir. Sus ovejas triscaban por los riscos rumiando la paja tierna brotada en las junturas y hiendas de las rocas, y *Supaya,* el perrillo, husmeaba el viento, caviloso y huraño.

P: «Sobre la peñolería, que como un cordón corona la cima del cerro y»

P: «tierna mediante de las»

Los cuervos marinos revoloteaban en nutridas bandadas por las orillas y las gaviotas se dejaban mecer sobre el oleaje, lanzando estridentes chillidos.

P: «mecer por el oleaje, lanzando»

Miraba la pastora el retorno de los pescadores a la playa. Venían de lejos, por grupos de cuatro o cinco, y las velas de *totora* de sus balsas parecían otras tantas gaviotas reposando en la inquieta superficie de las aguas, que florecían en espuma e iban a morir bravamente entre los *totorales.*

De pronto, *Supaya* husmeó el viento y se puso a gruñir rabioso, mirando el camino. Wata-Wara volvió el rostro, y vio que trepaban por la pendiente el patrón y sus amigos.

P: «puso a ladrar rabioso»

Sin saber por qué, sintió miedo. Y quiso escapar, abandonando su ganado, ponerse a distancia de los amos; pero para realizar su propósito veíase obligada a coger la senda que ellos traían, porque al otro lado el cerro caía a pico sobre el lago.

Fingió no verlos; y disimulándose entre la grieta de una roca, púsose de espaldas a la senda que serpeaba a sus pies por entre los desnudos peñascales.

P: «sus pies, unos metros más abajo, por entre»

Resonó cerca la detonación de un tiro. *Supaya* corrió a buscar refugio junto a su dueña y huyeron en bandadas las tórtolas que habían buscado abrigo del viento entre las grietas de los peñascos. Una perdiz cayó muerta entre las peñas del camino, manchando con su sangre las piedras.

P: Una perdiz, herida, cayó»

—¡Por aquí, por aquí ha caído!

Venían corriendo los jóvenes, con los ojos pegados a los huecos de las peñas, hurgando con los caños de los fusiles los hirsutos y ásperos pajonales; y a medida que ellos avanzaban la pastora iba recatándose más en el suelo, cual si quisiera perderse en él.

—¿Qué miras?

Le habló el patrón, y fingió no oírle.

—¡Oye, mujer! ¿Viste caer por aquí una perdiz? —volvió a preguntar Pantoja encaramándose a una peña.

P: «¿Has visto caer por aquí»

Wata-Wara señaló el ave muerta.

—Ahí está.

Pantoja saltó sobre el terraplén, recogió la presa, y examinándola dijo a sus amigos:

—¡Qué tiro, ché! ¡En la cabeza!

—Te equivocas —se burló Suárez—; debajo de la cola.

—Eso sólo tú, maula.

Y volviendo a mirar el ave que tenía entre manos, añadió con íntimo gozo:

—¡Qué presa! Por lo menos cambiaremos de carne.

—La mejor presa es aquélla —dijo Valle señalando a la joven.

Pantoja volvió los ojos hacia la zagala, y al reconocerla asintió alegremente:

—¡Caramba! Es Wata-Wara. ¿Qué hacemos?

—Nos la llevamos.

—No, hombre; déjala —protestó Suárez.

—¡Leseras! Pero ¿adónde la llevamos?

—A la cueva.

—¿Y querrá seguirnos? Dien que éstos no asoman nunca por ella; le tienen miedo.

—Déjense de tonterías y vámonos —insistió Suárez.

—¿Tonterías una mujer así? Eres loco. Si quieres, tú te vas —repuso Ocampo.

P y *V:* «¿Tontería una mujer»

Wata-Wara escuchaba sin comprender, pero con el presentimiento de que hablaban de ella, y aumentaba su miedo y se sentía llena de incertidumbre, cual si temiese la aproximación de una desgracia.

Pantoja se volvió hacia la joven, que miraba atentamente el lago, aunque sin perder ningún movimiento de los blancos.

—¿Qué miras?

—Nada, patrón.

—¿Y dónde está tu marido?

La india señaló el lago:

—Allí dentro, pescando.

—¡Caramba! Yo no me atrevería a entrar al lago con este tiempo. ¡Qué nubes tan negras! —dijo Suárez señalando el cerrado horizonte.

—¡Y cómo está el laguito! Las aguas son de tinta. Nunca lo hemos visto así —repuso Valle trepando hasta la cresta de la roca donde se encontraba Wata-Wara.

Y añadió, volviéndose a sus amigos:

—Vengan a ver esto; da miedo.

Ganaron los jóvenes la altura, y echaron una mirada al vasto y doliente panorama.

Las nubes habían cubierto todo el cielo, y se proyectaban, plúmbeas, en el lago, cuyas aguas se alzaban en olas menudas coronadas de espuma blanca. Todo yacía sumido en una claridad borrosa; diríase tendido sobre el cielo un inmenso paño negro que dejase pasar la luz al través de su tejido.

P: «borrosa: parecía que sobre el cielo se había extendido un inmenso»

—Nunca se pone así el cielo en este tiempo; ¿por qué será? —pregunto Pantoja a la india.

—Es el *kenaya,* [c] *tata.*

—¿Y qué es el *kenaya*?

—Son esas nubes negras, y anuncian desgracias.

—¿Y tienes miedo?

—Si.

—¿De qué?

---

[c] **Kenaya.** ¿Del quechua Kkhencháchay», «fatalizar, hacer que los sucesos sean aciagos, funestos ahí donde la suerte sonreía...»? ¿O es mezcla de «Kkhéna» «quena» y «áya», «cadáver», resto mortal humano, muerto, difunto? Me inclino por el primer significado, por el valor premonitorio y su funcionalidad en la narración novelística de *Raza de bronce,* que coincide, además con lo afirmado en la nota (a)*, cap. IV°, 2ª parte, y con lo afirmado por el propio Arguedas, que define «*kencha*» como «embrujado, endemoniado».

La india se encogió de hombros:

—A veces se tiene miedo sin saber por qué.

—¡Pobrecita! ¡Déjenla! —insitió Suárez impresionado por el aspecto del paisaje y por las palabras de la zagala.

—Eres tímido como una perdiz. ¿Crees que le importa nada el divertirse con nosotros? —insistió Pantoja mirando fijamente a Wata-Wara y descubriendo nuevos encantos en su rostro broncíneo y dulce.

—Oye —la dijo—, dicen que por acá hay una cueva. Condúcenos.

La india señaló con el dedo la senda y repuso:

—Ese camino lleva derecho a ella. Si yo voy, mis ovejas se dispersarían.

Pantoja fingió indignarse.

¿Es que se le desobedecía? ¡Cuidado! Él era patrón, y tenía derecho a mandar y ser obedecido sin réplica... ¿O creía ella que iba a burlarse de él? ¡No faltaba más!

Wata-Wara, sin replicar, arrolló la honda a su cintura, púsose las ojotas, recogió su rueca, pero antes de bajar de su atalaya levantó los brazos e hizo una seña a los balseros, que estaban ya por llegar a las lindes de las *totoras*.

Pesadas gotas de lluvia comenzaron a aplastarse en ese suelo reseco y polvoroso, levantando tenues nubecillas. Las ovejas corrieron contra el peñascal, y *Supaya*, gruñendo sordamente en torno de los jóvenes, erizaba las lanas de su lomo, enfurecido.

P: «Las ovejas corrieron a acurrucarse contra la peñesquería. y»

—Yo me quedo a ver esto —dijo Suárez a sus amigos, que se alejaban llevándose a la moza.

P: «Suárez al ver que sus amigos se alejaban»
P: «a la moza, que iba delante»

Wata-Wara iba delante con paso tardo, quizás por la pesadez de su vientre fecundado o por dar tiempo a que ganasen el cerro los pescadores.

—¡Ojalá te sea propicia la soledad! —le contestó socarronamente Pantoja.

Suárez, con un gesto de cansancio y repugnancia, se sentó en el sitio ocupado antes por la zagala, y desde donde se descubría el vasto hori-

P: «Suárez hizo un gesto»
P: «repugnancia y se sentó en»

zonte del lago y de la cordillera; mas sus amigos, casi súbitamente animados del furor de la especie a la vista de la hembra, espléndidamente ataviada de las solas galas naturales, iban decididos a conseguirla por la fuerza si de grado no alcanzaban su deseo.

P: «en tanto que sus amigos, casi»

P y *V:* «a conseguir por la fuerza»

—¿Cómo se llama esta cueva? —preguntó Ocampo señalando el oscuro agujero de la entrada cuando hubieron llegado a su vecindad.

—¡Es la morada del diablo! —dijo Wata-Wara con miedo.

P: «con miedo; Y añadió»

Y añadió, con la esperanza de atemorizar a los amos:

—De noche salen gritos del interior y se ven brillar los ojos del demonio.

—Y tú, ¿viste alguna vez?

—Una sola, cuando era niña; pero nunca vengo de noche por aquí.

De pronto lanzó un grito, y señalando el agujero, dijo con no fingida angustia:

P: «dijo con angustia:»

—¡Miren! ¡Allí está!...

—¿Qué?

—¡El diablo!...

Y temblaba de veras, despavorida, como con fiebre.

Los jóvenes se aproximaron más a la entrada, y efectivamente, en lo hondo vieron brillar dos puntos redondos con opaca luz.

—¿Saben que es verdad? —dijo Aguirre retrocediendo instintivamente un paso.

—¡Tonto! Alguna lechuza. Ya verán —replicó Pantoja.

Se echó la escopeta a la cara, apuntó e hizo fuego.

Al ruido de la fragorosa detonación escaparon los *leke-lekes* lanzando agudos chillidos, y una bandada de aves salió huyendo de la cueva y rozó con sus alas la cabeza de los jóvenes. Se disipó el humo, y habían desaparecido los dos puntos luminosos.

—¿Lo ven? Era una lechuza. Y para que se convenzan...

Entró Pantoja a la cueva, encendió un fósforo, y se le vio alejarse hacia el fondo oscuro. A los pocos momentos volvió a aparecer trayendo arrastrado por las alas grises el cuerpo aun tibio del ave nocturna y funeral.

—¡Ahí está el diablo!

Y arrojó a los pies de la india el despojo del búho. Wata-Wara ahogó un grito y se tapó la cara con las manos temblando de pavor.

BA: «buho».

Hiciéronse más tupidas las gotas de lluvia. El viento silbaba entre los pajonales y aullaba lastimeramente en las hiendas de las rocas. Por la llanura vagaban enormes torbellinos de polvo y un ruido vago que parecía descender del cielo llenaba el horizonte.

P: «de lluvia y el viento»

—Entremos; la lluvia nos coge —propuso Ocampo.

Wata-Wara, sin decir nada, con aire indolente, alejóse del grupo, en dirección a su majada.

—Y tú, ¿por qué no entras? —le preguntó Pantoja.

—No, *tata;* tengo miedo.

—¡Qué tonta! ¿Acaso no ves ahí al diablo? —y señaló al búho muerto.

P: «—¡Qué zonza!»

BA: «buho».

—Es que se ha convertido en eso. El diablo no muere a bala...

—Te has de mojar. Te irás cuando pase la lluvia.

—¡Me voy! —repuso con voz baja y firme.

—¡Por la fuerza, queridos! —dijo Pantoja.

Y tomándola por la mano, quiso arrastrarla. Wata-Wara se dejó caer en el suelo, temblando de congoja.

P: «Pantoja; y tomándola por la»; *V:* «Pantoja y empuñándola por la»

Supaya, las orejas altas, centelleantes los ojos, lanzóse hacia el agresor e hizo presa en su vestido.

L1, GC y *Pl:* «agresor le hizo presa»

—¡Quita, maldito!

Y Ocampo, con la culata de su escopeta, descargó un fuerte golpe en el endeble cuerpecillo de la bestia, y se oyó el ¡crac! de algo que se quiebra. *Supaya* soltó la presa, y con agudo quejido, huyó arrastrando la pata.

¡A su perro! Wata-Wara de un salto púsose en pie y probó desasirse para huir; pero Pantoja la tenía cogida con la fijeza de un dogo de lucha. La india prorrumpió en estridente alarido, mas al punto cayó sobre su boca la pesada y gruesa mano de Ocampo.

P: «Entonces prorrumpió en»

Probaron alzarla en vilo; pero ella, ágil y robusta, defendióse con las uñas, los dientes y los pies. Y a patadas, a mordiscos, a zarpazos que herían como garra de rapaz, hirió a uno; pero los otros excitados como bestias, innoblemente, la arrastraron al antro...

P: «a uno en tanto que los otros, excitados»
P y *V:* «la arrastraban al antro»

A poco salieron corriendo de la cueva. Pantoja y Ocampo traían sangre en las manos y en las ropas. Aguirre estaba lívido; Valle se tambaleaba, próximo al desmayo.

—¿No ven?... Ahora se muere.

—¿Qué hacemos? —preguntó con angustia Aguirre.

—Hay que llamar a alguien... ¿Quién le dio ese golpe?

—No sé —repuso Pantoja.

—Oí como si se hubiese roto un hueso.

—¡Allí viene Alejo! —dijo Valle.

—Y viene corriendo.

—¿Le decimos algo?

—¿Para qué? No nos dejaría vivir en paz —opinó Pantoja, sombrío.

Fueron a su encuentro. Valle púsose a silbar desaforadamente en tanto que borraba la sangre de sus ropas; Ocampa reía con nerviosas carcajadas; Pantoja limpiaba la culata de su fusil cuidadosamente, cual si tuviese empeño en borrar una huella delatora; Aguirre iba serio y triste.

P: «desaforadamente y a borrarse la sangre»

—¡Salieron al fin con su gusto— les reprochó Suárez al descubrir el estado en que venían.

P: «en que venían. Los otros»

Los otros permanecieron mudos y parecían temerosos y cohibidos.

—Y ella, ¿dónde está? —preguntó Suárez, comenzando a sentir algo como la sombra de miedo ante el silencio y la actitud de sus amigos.

P: «sombra de un miedo ante»

—Se quedó allá —repuso Pantoja evasivamente. Y agregó—: Vámonos a casa; es la hora del almuerzo.

Hizóseles largo el camino, y la mesa no fue animada con la presencia de Clorinda, que en otra circunstancia fuera recibida con alborozo por los señores, porque la garrida moza llevaba partida la abundante y negrísima cabellera y recogida hacia las espaldas en dos gruesas trenzas. Vestía un ajustado corpiño rojo, que modelaba con bastante precisión las turgencias de su seno hasta señalar los botones en que remataban.

P: «animada por la presencia de»

P: «partida en dos la abundante»

P: «y vestía un ajustado»

L1, GC y *Pl:* «de sus senos»

—El vicio es triste —les dijo Suárez con ironía. Pero sus palabras quedaron sin respuesta.

P: «con ironía; pero»

—¿Quieren ir a cazar? —preguntó Ocampo haciendo una señal de inteligencia a sus cómplices.

L1 y *Pl:* «un señal», por errata evidente.

—Yo voy a dormir —dijo Pantoja, malhumorado.

—Yo a trabajar —se excusó Suárez.

Salieron los otros, armados de sus fusiles; y ya fuera, les dijo Aguirre:

L1, GC y *Pl:* «Ledijo», por errata evidente.

—Creo que hemos hecho una barbaridad, y no he de estar tranquilo hasta no ver a Wata-Wara

P: «no ver a la india.»

—Yo no vuelvo al cerro.

—Ni yo.

—Vamos a su casa; la conozco —propuso Aguirre.

—¿Para qué?

—Para verla. Si no ha vuelto, lo mandamos a su marido.

—¿Y qué le decimos?

—Que la encontramos descompuesta y que para cuidarla la llevamos a la cueva.

P: «encontramos enferma y que»

—¡Qué barbaridad! Pantoja le dio el golpe.

—Seguro. Le vi borrar la sangre de su escopeta.

—Yo no pensé que abortase.

P: «creí que abortase.»

—¡Quién iba a creer! Seguramente, con los esfuerzos...

P: «los esfuerzos que hizo»

—Eso fue. Y sobre todo, el golpe.

P: «Y después el golpe.»

—No debíamos haberla dejado. Si se muere, estamos lucidos...

—¡Ni lo digas!

Y callaron, miedosos, acobardados, sintiendo cada uno terrible remordimiento por haber cedido a sus impulsos, aunque dispuestos a zafar del conflicto echando todo el peso de su culpa sobre el anfritrión si se veían envueltos en alguna demanda criminal.

P: «uno un terrible»

—Creo que sería preferible ir al cerro, para verla —insistió Aguirre.

—Ya es tarde para cualquier cosa —alegó Valle con desaliento.

—Mejor es ir a su casa. Allí hemos de saber todo.

Se pusieron en marcha. El sol había roto las nubes y alumbraba por trechos el paisaje. Seguía soplando el viento.

P: «El sol había logrado abrirse paso entre las nubes»
P: «soplando el viento y el cielo se aclaraba más a cada instante.»

Encontraron a Agiali en medio del corral de su casa en construcción, los ojos clavados en la senda que conducía al cerro. Esperaba hacía rato a su mujer y hallábase impaciente por su tardanza.

P, *V* y *BA*: «en medio corral»
P: «los ojos fijos en la»

—Oye —le dijo Ocampo—, algo le ha dado a tu mujer en el cerro. Subimos a cazar vizcachas, y la encontramos enferma; la metimos a una cueva para que no se empeore con la lluvia. Anda a verla y ven a decirnos lo que tiene.

P: «no sé qué le ha dado a tu mujer»
P: «no se moje con la»

Agiali frunció el ceño y clavó los ojos, terribles y centelleantes, en Ocampo. Y luego, sin proferir palabra, lanzóse a carrera tendida por la falda del cerro, camino de la cumbre.

—¡Estamos lucidos! ¡La india se ha desangrado! —exclamó Valle, en el colmo de la angustia.

Los otros sintieron correr por sus venas un calofrío de espanto. Y quedaron mudos, lívidos, mirándose alternativamente en los ojos, o volviéndolos hacia el camino, por donde seguía corriendo

P: «calosfrío»; *L1*, *GC* y *Pl*: «*escalofrío*.»

Agiali, sin detenerse a las voces de algunos vecinos que le llamaban desde sus casas.

Siempre corriendo, cubierto de sudor y de polvo, con el pecho al estallar por el soroche, [d] llegó a la entrada de la cueva. Sin vacilar un instante metióse en ella de golpe, atraído por los aullidos de su perro, que resonaban lastimeramente en el fondo y que en cualquier otra circunstancia le habrían hecho agonizar de terror.

P: «el pecho al estallar, llegó»

P: «de la cueva, y metióse en ella de golpe, sin vacilar un instante, atraído»

De pronto, y entrando de la luz de mediodía a las sombras espesas de la cueva, no pudo distinguir casi nada, pero como diestro cazador de suches en noche sin estrellas, a poco [1] alcanzó a ver el cuerpo de su esposa caído en el suelo, rígido. Dio un salto, estuvo junto a él, y alzándolo en vilo, salió corriendo a la luz porque en sus brazos sintió la pesada rigidez de la carne sin vida. Al levantarse tropezó con una cosa húmeda y blanda...

P: «Al punto y»

L1, GC y *Pl:* «distinguir nada;»

P: «De un salto estuvo a su vera y»

P: «sin vida y al levantarse tropezó»

Depositó el cuerpo a la entrada de la caverna, a pleno sol.

Pálida estaba la moza, con palidez de cera vieja. Gotas de sudor habían perlado su frente cerca los tímpanos, y al secarse ensortijaron el cabello, adhiriéndolo a la piel transparente. Por detrás de la oreja un hilillo de sangre se perdía entre los vestidos de la espalda.

P: «estaba la joven, con»

—¡Wata-Wara! —llamó el mozo, temblando de congoja y cogiendo el brazo duro y rígido.

La india yacía inmóvil, con las piernas manchadas de sangre coagulada. Y la mano, fría como piedra, estaba dura sobre el pecho sin latidos...

P: «congoja cogiéndole por el brazo duro y rígido. La india yacía inmóvil y en sus piernas se veían huellas de sangre coagulada. Y tomóle la mano fría como piedra, pero estaba dura.

Sintió miedo. Miedo de la mudez de la amada y de las cosas, de la soledad imperturbable del espacio.

—¡Wata-Wara! —volvió a gemir, presintiendo la desgracia.

---

[d] **soroche.** Es el llamado «mal de montaña», y con este significado lo recoge el *Dic. R. A. E.* Procede del quechua «surúchi», «malestar grave de la cordillera, opresión del corazón y asfixia acompañado de otros síntomas que suele sobrevenir a los que trasmontan las altas montañas andinas».

[1] *P:* «pero, diestro como era en coger suches debajo del agua a la luz de la luna, pronto alcanzó a ver»

Respondióle un chillido agudo y penetrante de lo alto del cielo. Alzó la cabeza, y vio que un *alkamari*, [e*] negro pajarraco de lamentable sino, revoloteaba pesadamente cerca de él, con los ojos fijos en el rígido cuerpo de su compañera.

Y de repente, preso de pánico, echó a correr cuesta adentro, en carrera vertiginosa, sin volver la cabeza atrás, enloquecido de terror por el ruido que las piedras, desquiciadas a su paso fugitivo, producían al rodar por la áspera pendiente del cerro.

P y *V*: «piedras, movidas a su»

Ya en el llano, sin detenerse a cobrar aliento y siempre a carrera, se dirigió a casa del viejo Choquehuanka, su maestro y el protector de su amada. Se presentó de hecho en el patio, sudoroso, con la mirada perdida, sin poncho, los largos cabellos al viento, enloquecidos de espanto los ojos.

P: «Choquehuanka y se presentó»

P: «cabellos al viento. Acababa de merendar»

Acababa de merendar Choquehuanka y no hacía mucho que se había sentado en el suelo para componer una red envejecida. Su perrillo lanudo dormitaba tendido a sus pies; algunas gallinas picoteaban entre la hierba seca del patio, y el gallo miraba fijamente el cielo, erguido sobre una hacina de bosta seca.

Al verle entrar con tanta precipitación, levantó los ojos de su quehacer y los fijó en el mozo; y al descubrir el aspecto desolado y la traza desordenada y deshecha de Agiali, le preguntó lleno de ansiedad:

—¿Qué tienes? ¿Qué te pasa?

—¡La han matado! —sollozó Agiali con fuerza.

—¿Qué hablas? ¿A quién?

—¡La han asesinado! —volvió a gemir el mozo.

El viejo dilató los ojos, y preguntó con miedo:

—Pero ¿a quién? ¿Quiénes?

—¡La han asesinado a Wata-Wara los patrones!

—¡Ah!...

[e*] **alkamari.** «Ave rapaz de la familia de los cuervos». (Arguedas). Del quechua «alkkamári». «aguilucho de tamaño mayor de plumaje blanco jaspeado de pardo». La descripción que nos ofrece Lira contrasta y matiza la que nos ofrece Arguedas, que lo moteja de «negro pajarraco».

Y el anciano quedó yerto, con la boca abierta y los ojos agrandados por el terror. Le parecía haber oído mal. ¿Asesinada Wata-Wara, su hija?... No; seguramente ese infeliz estaba con la cabeza perdida. ¿Qué habría podido hacer de tremendo la zagala, ser inofensivo y puro, a los patrones? ¿Acaso los conocía siquiera? Seguramente...

P: «Maruja, su hija casi? No; seguramente el pobre estaba»

P: «de tremendo Maruja, ser»

—Mira, Agiali; a mí no se me miente y yo conozco la verdad... Dices que tu mujer ha sido asesinada por los patrones. Seguramente la pobre ha dejado morir alguna de tus bestias, y tú, en un momento de cólera... ¿verdad?

Agiali se irguió.

—Te digo, viejo chocho, que ellos la han matado... ¿No me crees?

Choquehuanka se puso lívido:

—Sí, te creo. Si no fuera verdad, tú no me hablarías así... ¿Y cómo, por qué la mataron?... —preguntó, trémulo.

—¿Acaso yo sé nada? Estaba en mi casa esperándola desde mediodía, y vinieron ellos, los perros y me dijo uno: «Oye a tu mujer le ha dado algo y la metimos a la cueva». Corrí allá, y la encontré muerta. Y no sé más.

P: «sé cómo fué? Estaba en»

—¿Pero tienes seguridad de que estaba muerta? —insistió Choquehuanka con incertidumbre.

—Sí, los *alkamaris* revoloteaban alrededor de su cuerpo...

Un temblor de espanto sacudió el cuerpo de Choquehuanka. ¡Los *alkamaris*! ¿Qué más prueba que ésa? Eran aves de mal agüero, y aparecían sólo en derredor de la carroña.

—¿Y está pálida ella?

L1, GC y *Pl:* «estaba pálida»

—Blanca, blanca como los huevos de *pana*.

Choquehuanka inclinó la cabeza; en sus ojos cansados y graves brillaron las lágrimas. Se irguió a poco, y elevando los brazos al cielo, murmuró sombríamente:

—¡Señor! ¿Se hace todo esto por voluntad?

Luego se dirigió al joven:

—¿Y siempre crees que el patrón y sus amigos...?

—¿Por qué dudas? ¡Como si lo viera! Hasta me pareció descubrir sangre en sus manos.

P: «en sus manos y ropa.»

—Entonces... ¡Deben morir!

Una llamarada de alegría pasó por los ojos de Agiali.

—¡Deben morir! —repitió exaltadamente.

P: «exaltadamente. Y luego, cual»

Y luego, cual si recién se diera cuenta de su desgracia, ocultó la cabeza entre los brazos levantados y lloró.

—Quisieras vengarte, ¿verdad?

—¡Quisiera!... ¡Quisiera morderles el corazón! —repuso con vehemencia, alzando el rostro, mojado de sudor y lágrimas.

—¿Y contaste a alguien la muerte de tu mujer?

—Del cerro vine a tu casa. A nadie he visto.

—Mejor. Ahora anda a la casa de hacienda.

Agiali miró al anciano con estupor.

—¿Para qué?

—Para que te vean y no sospechen nada...

—¿Y crees que podría verlos tranquilos, sin que me den ganas de partirles con mis uñas el corazón?

—Lo harás a su tiempo y sin peligro. Muéstrate fuerte como eres.

—Entonces iré a darles la noticia que me pidieron.

—¿Qué noticia?

—Al mentirme que hallaron enferma a mi mujer, me ordenaron que fuese a verla y avisarles como la encontré en la cueva.

P: «que mi Maruja había enfermado me ordenaron que les avisara cómo»

—Mejor. Si te preguntan algo, respóndeles que Wata-Wara está en su casa y sin cuidado... Vete, hijo; pero antes pasa por donde Apaña y Tokorcunki y diles que les necesito y vengan al punto... Tú puedes quedar allí hasta cuando *ellos* lo quieran; pero antes de media noche anda al cerro de Cusipata. Allí estaremos todos. Lleva tu arma.

P: «en tu casa. Vete, hijo;»

P: «antes anda donde»

P: «y que vengan al punto...Tú»

Salió Agiali. Entonces el anciano se dejó caer, vencido, junto al poyo de la puerta. Inclinó la cabeza y quedó inmóvil largo rato.

Una voz calmada, grave, lo arrancó de sus meditaciones:

—¡Buenas tardes nos dé Dios, venerable *achachila* (anciano)!

P: «nos de Dios, achachila!—» *V:* «venerable anciano *(achachila)*; *OC:* «*achachila* [38]»

Choquehuanka levantó la cabeza lentamente. Tokorcunki estaba delante, de pie, con los brazos cruzados sobre el pecho, y le contemplaba con profundo respeto.

—Buenas tardes, Tokor.

—Apoyó la mano en el báculo, y se puso en pie.

—Me ha dicho Agiali que deseabas verme. Al hablarme lloraba el mozo. ¿Le ha pasado algo?

—Al hombre siempre le pasa algo, Tokorcunki.

Apareció Apaña. Había cruzado su látigo de mando sobre las espaldas, y venía caviloso y con el ceño fruncido, pues traía la sospecha de alguna fechoría de los amos con la mujer de Agiali, porque los pescadores le habían referido algo de lo que pudieron ver de la lucha entre la pastora y sus agresores.

P: «Venía con su látigo de mando cruzado en las espaldas y traía la sospecha de alguna fechoría de los amos»

—¿Qué ha sucedido? —preguntó ya sin vacilar al ver la consternación de los dos viejos.

—Ahora hemos de verlo. Vengan, vamos al cerro de Cusipata; pero antes dejen que tome algo.

P: «acompáñenme al cerro»

Entró a su habitación, y a poco volvió a aparecer. Se había cubierto de un poncho negro y llevaba en las manos, pendiente de una cuerda, su bocina de cuerno negro rayado de blanco, con embocadura de plata, y cuyo son, de todos conocido, sólo se dejaba oír en las más graves circunstancias.

La tarde estaba ya por caer. Había cesado el viento y las nubes se desgarraban, mostrando enormes jirones de cielo profundamente azul.

—¿Qué nuevas iniquidades ha cometido el mestizo? —preguntó Choquehuanka tras largo silencio.

P: «el patrón?—»

—Todos los días hace algo. Se ha cansado de matar patos y ahora ha emprendido con las gallinas y los perros, y muchos han tenido que llevar sus bestias a las haciendas vecinas o encerrarlas en las habitaciones.

P: «días se va poniendo más intolerable. Se ha cansado de perseguir a los patos en el lago y ahora»

—¿Y siempre se muestra duro con la gente?

—Ayer le rompió la cabeza por dos partes a Leque, pegó a Cheka y le hizo voltear a su caballo a Condori, que iba a la feria de Chililaya.

—¿Y qué dicen?

—Ya no pueden más, y no comprenden todavía por qué te opones tú a que le demos un escarmiento.

—Es que ese hombre, mientras viva, no ha de escarmentar, y cualquier cosa que le hagamos sólo ha de servir para que desfogue en los inocentes el odio que nos tiene.

—¿Habrá que matarlo, entonces?

El viejo se detuvo, clavó los ojos en los de Tokorcunki y dijo:

P: «de su interlocutor y»

—Sólo los muertos no hacen daño.

Y se puso a andar.

Llegaron a la cumbre. Una gran claridad descendía de los cielos sobre el paisaje. El sol, en su ocaso, se filtraba por la desgarradura de una nube y teñía de rojo, de un rojo vivo e intenso, las aguas, ahora quietas, del lago. En medio de la brasa, y cual manchas negras, emergían las islas, dibujando con gran precisión todos sus contornos hasta en sus menores detalles.

P: «Llegaron a la meseta de la cumbre.»

P: «de la brasa, cual manchas»

Un aullido agudo y prolongado turbó la quietud del crepúsculo.

—Diríase que se queja un perro.

—Quién sabe.

De pronto, tras una roca que ocultaba la boca de la caverna, descubrieron el cadáver de Wata-Wara. Estaba tendida de espaldas, los brazos en cruz y rígidas las piernas. Su rostro iluminado por los rayos del sol agonizante, parecía blanco a la cruda luz, y reposaba tranquilo y bello con la calma imperturbable: diríase la imagen abandonada de un templo en ruinas. Cerca *Supaya,* sentado sobre las patas traseras, aullaba dolorido, con el hocico en alto, y sobre una roca, en actitud hierática, velaba un cuervo, los ojos fijos en el cadáver.

P: «tras una roca que a la vera ocultaba la»

P: «dolorido, y, sobre una roca,»

—¡Jesús Santo! ¡Wata-Wara! —exclamó Tokorcunki, horrorizado.

—Sí, Wata-Wara. Los patrones la han asesinado.

—¿Y por qué? ¿Qué pudo haberles hecho de malo?

—Era bella, la codiciaban, y... ¡ya ves!... ¡Como las bestias, hasta matarla!...

Acercáronse a los despojos. El pajarraco levantó perezosamente el vuelo y fue a posarse sobre otro peñasco de la cumbre, más distante.

Permanecieron de pie junto al cadáver, sin desplegar los labios ni apartar los ojos tristes del rostro de la zagala.

—Bien muerta está, ¿verdad? —preguntó el anciano con voz ahogada, pronta a romperse en sollozos.

—Muerta está —repusieron los otros palpando las manos yertas con las suyas temblorosas y convulsas.

P: «manos de la muerta con»

Se hizo un largo silencio. Cada uno sentía dentro sí la explosión de un deseo de venganza, inmediato e implacable.

P: «hizo un silencio largo y cada uno sentía»

—Yo lo quise evitar —dijo al fin el viejo, como si estuviera a solas—, y ellos lo han buscado. Ahora, cualquier disculpa sería... ¡Ellos lo quieren!

Y con voz alta, habló a los otros:

—Ustedes siempre me han reprochado de encubridor y de tímido, y es porque no quería sacrificarlos: pero recién veo que para nosotros no puede haber sino un camino: matar o morir.

P: «siempre me han tildado de apocado y de»

P: «pero ahora veo»

Y agregó con imperio:

—Ahora vayan y cuenten por todas partes lo que han visto. Hagan saber todos que ha llegado el día de la venganza, y díganles que vengan al eco de mi *pututo* y donde brille mi hoguera... Yo ya soy viejo y he perdido mi vigor; pero siempre encontraré fuerzas para soplar tan recio que me oigan hasta en las comarcas vecinas, y se acuerden que Choquehuanka, el Justo, sacrificó a los suyos por querer aflojar los hierros que encadenan a su casta...

P: «y cuente»; evidente error de concordancia de *P.*

P: «venganza y que vengan al eco»

P: «donde brilla»

P: «Choquehuanka, el justo.»

XIII

—¿Qué tienes? Pareces triste. En toda la tarde apenas has hablado —y el acento de Suárez era de cariñoso reproche.

P y *V:* «y su acento era de»

—Tengo miedo.

—¿Miedo de qué?

Aguirre, harto de ocultar por más tiempo su congoja, contóle a su amigo la fechoría de la mañana; y luego, la cabeza inclinada contra el alto espaldar de la antigua butaca de cuero labrado, sólida y pesada, quedó mirando por el balcón abierto las bestias sueltas en los pastales del aprisco que bajaba en suave declive, amurallado por tapias de barro, hasta el río. Por trechos, entre los dorados pajonales, se veían remansos de agua estancada, en cuyos bordes yacía inmóvil una bandada de ibis negros.

P: «Aguirre, sin poder ocultar por»

P: «la cabeza apoyada contra»

P: «mirando por la ventana las bestias»

P: «entre los pajonales,»

P: «esperaba inmóvil,»

—¡Eres curioso! —dijo Pantoja con acento ligeramente contrariado por la indiscreción de Aguirre, pues la actitud de Suárez, recatada y discreta, no dejaba de infundirle respeto, no obstante las burlas con que por lo común acogía sus consejos prudentes y oportunos.

P: «Aguirre al revelar el secreto a Suárez cuya actitud recatada y discreta»

Guardaron silencio por algunos instantes, hasta que Aguirre volvió a decir:

—Lo de esta mañana ha sido bárbaro.

Miráronse los amigos unos a otros, cohibidos; pero Pantoja, irritado por el reproche, contestó sarcástico:

P: «pero Pantoja, menos sensible que los demás, contestó»; L_1 y *Pl:* «Patoja».

—Tienes, chico, el valor de la franqueza. Te felicito.

Dolióle el acento a Aguirre, y repuso:

P: «Irrítole el acento, y repuso:»

—No soy hipócrita y digo lo que pienso. Y mi pensar es ése...

—No hay para qué reñir —intervino Suárez—. Tiene razón Lucho; pero a mal que no tiene remedio...

Hízose otra vez el silencio, pesado, casi agresivo.

—¿Y crees que se habrá quejado la india? —preguntó Ocampo.

—Pudiera. Esta raza es terrible. Finge sumisión y respeto, pero es hipócrita y solapada.

—¿Y ustedes están seguros de que esa mujer ha vuelto en sí? ¿Y si hubiera muerto? —preguntó Aguirre mirando fijamente a sus amigos y con la obsesión del hombre poseído por una sola idea fija que le muele el alma, atroz, invencible.

—¡Caramba! ¡Qué ocurrencia! —contestó Valle, con el corazón súbitamente acongojado.

—¿Y por qué no? Yo le sentí desangrarse cuando cayó desvanecida por el golpe, y escapamos como niños, sin ver ni aun lo que tenía.

—¿Y quién le dio el golpe? —pregunto Suárez.

—No sé; pero yo no fui —dijo Aguirre con sincero acento.

—Tampoco yo —afirmó rotundamente Valle.

—Ni yo —dijo Ocampo, los ojos fijos en Pantoja.

—¡Entonces yo debo de ser! —repuso con sorna el anfitrión.

Y sonrió desdeñosamente.

—Alguien ha sido —afirmó Suárez. Y agregó—. ¿Y por qué la maltrataron?

—¡Tú no sabes cómo fue eso! Se defendía endemoniadamente y con unas fuerzas que daban miedo. Parecíamos muñecos en sus manos; y había que evitar sus patadas, sus mordiscos, y taparle la boca para que no nos taladrase lo oídos con sus horribles alaridos, ni alborotara la hacienda y sus contornos. Entonces, alguien, seguramente para obligarle a callar, le dio el golpe y cayó. Y corrimos, sin tocarla siquiera.

P: «ni me gusta ocultar a mis amigos mi parecer»

P: «para qué disputar»

P: «Luis;»

P: «otra vez el silencio. ¿Y...»

P: «que habrá dicho algo la india?—»

P: «Acaso. Esta raza»

P: «hombre que está poseído por»

P: «por el golpe que recibió»

P: «Ocampo mirando a Pantoja»

P: «el anfitrión. Y sonrió»

P: «cómo sufrimos.»

P: «que no aturdiese con sus horribles alaridos que habrían alborotado toda la hacienda»

—¿Y en qué momento se produjo el accidente?

—Durante la lucha... Y eso me da miedo. Si fuese únicamente un simple desmayo, la cosa no ofrecería ningún peligro; pero temo mucho que le sobrevenga un derrame, y entonces bien puede morirse —aseguró formalmente, pues había dragoneado un poco en los campos de medicina antes de titularse *doctor* en los de derecho.

Suárez, súbitamente asustado con la relación de Aguirre, exclamó:

—¡Ché! Lo mejor que podemos hacer es marcharnos ahora mismo a La Paz.

Pantoja, contagiado de la alarma, pero con cierta irritación, les dijo:

—No sean simples. El miedo es mal consejero; les hace ver visiones. Nadie muere de un golpe, y los indios no nos han de comer por vengar el atentado contra el pudor de una mujer. Si destruyésemos sus campos o incendiáramos sus casas, quizás. ¡Pero, por una india! Ustedes creen que estos brutos piensan del honor como nosotros, y no hay padre que no entregue a su hija por un trago de licor o unos cuantos pesos.

Valle, el más torpe de todos pero el mejor informado sobre la capacidad de resistencia moral del indio, hizo un enérgico movimiento de convencimiento con la cabeza apoyando a su amigo.

Pareciόles decisivo el argumento, y callaron. Y entonces Pantoja propuso:

—Yo les invito a hacer un paseo por el lago después de la comida, para demostrarles que los indios están como siempre y que no ha pasado nada con esa condenada.

—Sería mejor saberlo antes —dijo Ocampo.

—Es fácil.

Y asomándose Pantoja a la puerta del comedor, llamó a grandes voces a Troche, quien acudió al punto.

—Oye, Troche: queremos pasear esta noche después de la comida por el lago, y manda disponer

P: «le vino el accidente?»

P: «la lucha, y eso me»

P: «bien puede morirse Suárez,»; *V:* «puede morirse— aseguró formalmente, pues conocía algo de medicina antes de»; , *OC:* «en los del Derecho.»

P: «muere con aborto y los indios no se han de sublevar por»

P y *V:* «o unos cuantos pesos. Pareciόles decisivo el»

P: «voces al empleado,»

algunas balsas. Que vengan los mejores remeros: Leque, Tiquimani, Agiali...

—Hace tiempo que Agiali espera.

—¡Ah! ¿Y qué dice? —preguntó mirando con ansiedad al empleado.

—Nada.

—¿Y a qué ha venido?

—Dice que usted le ha llamado para preguntarle por su mujer.

—¿Y cómo sigue su mujer?

—Dice que está bien...

—Bueno, que entre, y no olvides las balsas.

Salió Troche, y el joven, riendo a carcajadas, dio bromas a los cuitados:

—¿No ven? El marido esta aquí, y no ha pasado nada. ¡Caray! ¡Ni que si fuesen mujeres! Si llegara el caso, yo solo me batiría contra todos esos salvajes...

Los amigos callaron, sin dar importancia a la fanfarronada. Algunos sentíanse avergonzados de haber hecho ostensible su inquietud.

—Es Alejo, que... De seguro que aún no le llega la camisa al cuerpo —dijo Ocampo como para sincerarse.

—¡Así siempre son los poetas!

Y rieron todos, inclusive Aguirre, a expensas del escritor, que, sin responder, dolorido, alzóse de hombros con aire desdeñoso y resignado.

En ese instante se presentó en la puerta Agiali. Venía emponchado y con el sombrero entre las manos. Estaba lívido y desencajado. Al verlo, miráronse entre sí los jóvenes y sonrieron, aliviados de una penosa inquietud, satisfechos. Pantoja se le encaró:

—Oye, ¿y cómo encontraste a tu mujer?

Agiali se estremeció y repuso sin vacilar:

—Bien.

—¿Y qué tenía?

—Nada.

Su voz era breve y honda; pero no lo notaron los jóvenes, abstraídos como estaban en saborear el

P: «Tiquimani, Agustín y que nos den temprano la comida». Restantes ediciones «Taquimani».

P: «mirando con ojos burlones a sus amigos.»

P: «usted le ha ordenado venir para»

P: «por su mujer.
Bueno,»

P: «que venga y»

L1, *GC* y *Pl:* «que fuesen mujeres!»

dulce apaciguamiento que había caído sobre su espíritu.

—Bueno, anda al lago a preparar tu balsa: hemos de dar un paseo.

P: «en saborear su contentamiento.» Bueno, anda al lago»

—¿Y qué dicen ahora, maricas? —preguntó el joven riendo más ruidosamente todavía cuando hubo salido Agiali.

—Mejor. ¡Figúrate los conflictos que nos habría acarreado si hubiese muerto esa linda hembra! Teníamos la cárcel abierta de par en par.

—O nos comían vivos estos salvajes.

Pantoja escuchaba sonriendo con sorna, pero visiblemente aliviado de una preocupación.

—¿Vamos o no vamos, al fin? —preguntó.

—Vamos, hombre. Bien merecemos una hora de placer —opinó Valle.

La comida fue ruidosa y en extremo alegre. Se vaciaron sendas botellas de vino y de cerveza, pues cada uno sentía la necesidad de destruir completamente sus penosas cavilaciones de la tarde, aturdirse con el gozo animal de vivir sin quebrantos, el alma despejada de zozobras, felices y despreocupados. Y en medio de las risas y exclamaciones con que se pusieron a rememorar el hecho, a instancias de Suárez, cada uno, creyéndose ya libre de toda culpa, daba detalles del papel que le había cabido desempeñar en la hazaña:

P: «necesidad de aturdirse y disipar completamente»

P y *V:* «detalles del rol que le»

—Al verla tan fina, nadie hubiese sospechado que *esa* salvaje tuviese tanta fuerza. Yo la cogí por la cintura y quise echarla al suelo, pero no pude. Es una raza de bronce —confesó Pantoja.

P: «hubiese creído que la salvaje esa tuviese»

—¿Y yo? —dijo Ocampo—. Yo le tomé las piernas pero de cada patada me hacía bailar como a un trapo.

Aguirre se mostró su mano herida:

—¡Casi me quita el dedo con los dientes!

—Yo le cogí las manos y tuve que echarme encima para sujetarla. ¡Qué brazos! ¡Qué seno!

Y puso los ojos en blanco.

—Confiesa que tú le diste el golpe —añadió volviéndose a Pantoja.

P: «el golpe— dijo Aguirre volviéndose al anfitrión.»

—Yo fui. No había otra manera de hacerla callar. Y le di con ganas, lo confieso.

—Podías haberla muerto.

—No tanto; pero pensé haberle hundido el cráneo —dijo Pantoja, excitado por el vino.

—¡Adelante, entonces, forzadores! —exclamó Valle.

Encendieron los cigarrillos y se levantaron de la mesa.

—¿Llevamos escopetas?

—¿Para qué? ¿Supongo que no querrán cazar de noche.

—No; pero yo llevo mi revolver.

P: «pero llevo mi»

—Y yo.

—Y yo.

Pantoja, que nunca aflojaba el suyo, rió burlonamente:

—Déjense de revólveres y traigan más bien la guitarra.

Echáronse a andar rumbo a la playa. Iban metidos en sus abrigos y el cuello envuelto en calientes chales de vicuña. Ocampo llevaba en hombros una vihuela y Aguirre hacía balancear en sus dedos un farolillo japonés. Valle cargaba en sus brazos con sumo cuidado y gran solicitud una botella sin descorchar de whisky.

P: «A poco salieron con rumbo a la»

P: «en sendos chales»

P y *V:* «un farolillo japonés. El crepúsculo se anunciaba»; *BA:* «wisky».

El crepúsculo se anunciaba y por el poniente las nubes negras y rojas parecían llamas de una hoguera colosal.

En la orilla esperaban los remeros, cada uno subido sobre su balsa. Agiali estaba pálido y era la sola señal que animaba de vida su rostro de esfinge.

—Dicen que la quieres mucho a tu mujer —le dijo, sardónico, Pantoja.

—Sí; nos queremos.

—Supongo que me harás tu padrino.

—Sí, *tata,* lo serás. Eres un buen padre de tus hijos...

Y sonrió pero su sonrisa era cruel y amarga. Sorprendióle Suárez y tuvo miedo. Y, quedo, dijo a Aguirre en los oídos:

P: «Y despacio, dijo»

—¿Ves? Este hombre tiene algo. Te juro que nos ha de suceder una desgracia.

Aguirre miró a su amigo y lanzó una carcajada ruidosa. Por contagiarse de sus temores había soportado las burlas de Pantoja, y ahora ya no quería dar oídos a sus cavilaciones de apocado.

P: «sus temores se había hecho criticar con Pantoja,»

—Decididamente, pobre poeta, eres un gallina.

Suárez repuso simplemente:

—¡Ya verás!...

Metiéronse Valle y Ocampo en una balsa, Aguirre y Suárez en otra, y Pantoja quedó solo en la de Agiali.

Se lanzaron a navegar.

De tierra venía son de flautas pastoriles que se difundía por la extensión en dejos melancólicos. Algunos zagales conducían sus rebaños al aprisco por la orilla del lago, y los balidos de las bestias concertaban en dúo con esa música hecha de quejidos y sollozos.

P: «pastoriles y se difundía»

El cielo presentaba una diafanidad transparente. De las nubes tempestuosas de la mañana apenas quedaban jirones, que se deshacían sobre las nevadas cumbres en copos rosados, y en el horizonte, lejos, sobre la isla de Quebaya, ahogada entre las aguas incendiadas del lago, en crestas rojas de un rojo subido, y negras, de un negro intenso.

P: «mañana solo quedaban»

El lago parecía dormido, y sólo se oía el lento y monótono canturreo de los pescadores perdidos en la espesura de los eneales.

Los patos llegaban en bandadas de todos los puntos del horizonte. Se les veía volar en lo alto, casi minúsculos, y descender poco a poco trazando enormes espirales, cada vez más cortas conforme iban aproximándose al suelo. Entonces sus siluetas breves y fugitivas se diseñaban con precisión contra el enrojecido horizonte. Llevaban recogidas las patas y largo el cuello, avizorando la querencia.

Insinuóse el crepúsculo, y saltaron a brillar algunas estrellas en el azul profundo del cielo con luz amortiguada y distante. Los balseros, sudorosos, agitados, hundían con fuerza las perchas, levantando lluvia incesante de gotas frías y cristalinas.

En tierra parpadeaban los fuegos encendidos en los hogares indígenas dispersos en el llano y en las faldas de los cerros; enmudecieron después los ruidos y una gran paz cayó sobre la tierra, junto con las sombras, a cada instante más profundas.

—El que lleva el farol que lo encienda —gritó Pantoja, dando orden a los balseros para reunirse en un solo grupo mientras Valle hacía saltar el corcho de la botella y ofrecía sendas copas de rubio licor a sus amigos.

P: «a los balseros que se reuniesen en un»
P y *V:* «en un solo grupo. Una mancha roja»

Una mancha roja se difundió sobre el terciopelo de las aguas. Y, de pronto, turbando el silencio prodigioso, surgieron, trémulas, las notas de la vihuela y a la par la voz robusta de Ocampo, que temblaba con los versos de Reyes Ortiz, [a] lacrimosos y dolientes:

Horrible, horrible es mi suerte;
mi situación maldecida;
tedio me causa la vida
y horror me causa la muerte...

El canto, vibrante de dolor, resonaba casi fúnebre en la muerta calma del lago y repercuta dolorosamente en el corazón de los jóvenes, que, sin causa alguna lo sentían oprimido.

No me comprendo a mí mismo,
un caos sobre mí pesa,

[a] **Reyes Ortiz.** (1828-1883) «Abogado, periodista de mérito, parlamentario y profesor. Sostuvo serias y vehementes polémicas parlamentarias y políticas. Escribió varios textos y folletos, los dramas *Chismografía* y *Los lanzas* y las leyendas *El Templa* y *La Zafra.* Cayó en la misantropía y, al fin, en la enagenación mental. Sus últimas producciones revelan esa propensión, al través de un pesimismo sospechoso». (**Plácido MOLINA M.** y **Emilio FINOT,** *Poetas bolivianos,* París, Sociedad de Ediciones Literarias y Artísticas, Librería P. Ollendorf, 1908. Con prólogo de **Manuel M. PINTO,** pp. 45-55. Como podemos ver, es la misma librería que después publicará *Vida criolla,* de Arguedas. Esto (unido a la constante vinculación de Alcides Arguedas con la vida cultural americana en París) me lleva a pensar que de esta antología sacó el narrador de *Raza de bronce* los versos insertos en la p. 289. Dichos versos pertenecen en cuestión a la composición «Un grito de dolor», la segunda de las cuatro composiciones que la antología dedica a Reyes Ortiz. Arguedas debió citar de memoria y por eso —pensamos— añadió una sílaba más al último verso de la segunda redondilla:

«<y> mi corazón un abismo...»

Este error lo tienen todas las ediciones menos L1, GC y Pl, como ya hemos notificado en las variantes textuales.

es mi espíritu una huesa,
mi corazón un abismo...

P, V, BA y OC: «*y mi corazón un abismo*». «La lectura correcta es «mi corazón un abismo», como recogen *L1, GC* y *Pl.*

Sonaba la voz, quejumbrosa y lamentable.

P y V: «voz lacrimosa y lamentable.»

—¡Ché! ¿Oyen? —gritó Pantoja con voz acongojada e interrumpiendo con su grito al dolorido trovador.

Ocampo dejó de pulsar la vihuela, y las notas murieron entre el susurro de las aguas al besar los flancos de las balsas.

P: «entre el rumor que las aguas producían al besar»

—¡Chist. —ordenó Aguirre a los remeros para que se detuvieran.

P: «¡Chust!, por error de impresión.

P: «que se detuvieran. Alzaron los indios»

Levantaron los indios las perchas y sonrieron en las sombras y los mozos se llevaron las copas a los labios para saborear lenta y calladamente el sabor del brebaje.

P y V: «en las sombras. De la»

BA: «del brevaje.»

De la llanura vasta, silenciosa, oscura, venían lamentos huecos y temblorosos. Parecían bufidos de reses hambrientas o embravecidas, muradas en las cumbres de los cerros. Graves unos, agudos otros, callaban todos por instantes, y entonces surgía el más grave, solitario, doloroso y trémulo. A la par de los bufidos encendíanse en la cumbre de todos los cerros de la ancha había fogatas parpadeantes, cual estrellas rojas súbitamente brotadas en el espacio.

P: «De la extensión vasta, silenciosa y oscura, venían»

P: «por momentos y entonces»

P: «Al son de los bufidos encendiéronse en la»

Pantoja sintió correr por sus nervios un calofrío de espanto. Él conocía la significación de esos ruidos de bocinas: era la llamada de combate de los indios, que sólo se escuchaba cuando han de entrar en guerra con los vecinos o saldar cuentas de sangre con los blancos. Y, sin poder ya disimular su angustia, preguntó a su remero.

P: «estremecimiento de espanto. El sabía lo que significaban esos ruidos»

P: «cuando tienen que entrar en guerra»

—¿Qué hay? ¿Por qué están *pututeando*?

El indio, tras breve silencio, repuso, evasivo:

—No sé; algunos chicos estarán jugando.

P: «chicos que estarán jugando.»

—¿Y cómo no oímos nada las otras noches?

P: «¿Y cómo es que las noches anteriores no oímos nada?»

—No sé; los chicos, seguramente

Pantoja arrancó su revólver, y apuntando a los ojos de su balsero, le dijo con acento duro:

P: «sacó su revólver,»

P: «con acento nervioso.»

—¡Di! ¿Por qué están tocando *pututos*?

Apoyóse Agiali en su percha y repuso con voz lenta y grave:

—Es para orar.

Se hizo un silencio, y las palabras del indio parecían haber caído en un pozo.

—¿Orar? ¿Y por qué? ¿Alguien ha muerto?... —interrogó trémulo, en tanto que sus amigos temblaban de angustia y tenían las manos crispadas sobre la empuñadura de sus armas.

P: «—interrogó Pantoja trémulo,»

P y *V:* «en la empuñadura»

—Nadie; pero hace tres años que no tenemos cosechas y el cielo se presenta con malos augurios para el que viene. Esta mañana sopló el *kenaya*, viento de desgracias.

P: «*chaacama*,»

—¿Y por eso han de orar?

—Hay que desenojar a Dios. Parece que se propone castigar la tierra de algún mal, y es preciso aplacar su cólera.

Luego levantó la cabeza al cielo, y señalando los astros que parpadeaban por millares en la negra bóveda, añadió:

—Seguramente vamos a tener otro mal otoño.

Un aerolito, dejando reguero fugitivo de luz, rasgó con una raya perpendicular las tinieblas y se hundió en el lago. El indio volvió la cabeza hacia el punto en que había desaparecido el bólido, y dijo:

—Alguien ha muerto...

P: «—Alguien que ha muerto»

Su palabra calmosa y lenta su actitud de reposo, pero concentrada y misteriosa, su voz de inflexiones trémulas, como ahogada en lágrimas, produjo una emoción de indefinible angustia en los jóvenes.

P: «reposo, pero que revelaba algo de concentrado y misterioso, su»

Entretanto, el eco de las bocinas parecía haber repercutido en el seno de todas las montañas, pues no había un solo punto del espacio del que no surgiese la nota profunda y plañidera de un cuerno, así como tampoco había una cumbre de cerro en que no se viese brillar el fuego de una hoguera. Se apagaba en un punto, surgía en otro, para apagarse en seguida y renacer a poco; diríanse insectos de luz volando entre las cumbres...

P: «porque no había»

L1, *GC* y *Pl:* «diríase.»

Sólo la del cerro Cusipata ardía perenne e igual en un solo sitio, y de allí mismo surgía, lento, grave, trémulo, doloroso, el bufido de un solo cuerno, como midiendo la pauta para el alarido de los demás.

P: «cuerno que parecía medir la pauta»

—¿No es en el cerro de Cusipata donde brilla aquel fuego? —tornó a preguntar Pantoja.

P: «volvió a preguntar»

—Allí es.

—¿Y por qué? Es la primera noche que vemos esto.

—No sé; algún pastor que busca una res perdida.

—¡Pero esa luz no se mueve!

—Entonces, seguramente el diablo, que ha salido de su antro y busca un alma.

A la luz rojiza del farol miráronse los amigos, y todos estaban serios y graves. Miraron a los indios y permanecían fríos e impenetrables. Sentados de cuclillas en la popa de las balsas, mascaban lentamente su coca con aire recogido e indiferente, manteniendo firmes sus largas y toscas perchas.

—¿Qué hora es? —interrogó Valle.

—Las nueve.

—Vámonos, hace frío.

Las balsas enderezaron su proa a tierra. Deslizábanse lentas y silenciosas, y sólo se oía el ruido de las perchas al herir el agua. Callaban los amos, sumidos en hondas cavilaciones. El trovador había abandonado su instrumento al borde de la balsa, pero las *totoras,* al herirlo, arrancaban de las cuerdas notas trémulas que vibraban en largo gemido.

P: «balsas tomaron el camino de regreso.»
P y *V:* «el ruido de los remos al»

P: «cavilaciones y el trovador»

Saltaron a tierra, mudos, cavilosos. Pantoja, siempre preocupado, pero deseoso de ocultar su creciente turbación y sin cuidarse de que los peones entendieran sus palabras, increpó, con tono que lo hubiese deseado burlesco, a Suárez:

P: «a tiera y como perdurase el silencio, Pantoja,»

P y *V:* «y sin importarle que los peones sus palabras,»

—¿Ves, poetilla, cómo tus temores eran infundados? De querer vengarse, les habría bastado volcar las balsas y... ¡al fondo, para no salir nunca más!...

Y probó reír con risa sonora y fingida.

Suárez permaneció mudo, distante a los sarcasmos. Silbaba una tonadilla triste y en los intervalos de silencio fumaba un cigarrillo; pero al franquear los umbrales de la casa, se volvió hacia el anfitrión y, triste, grave, le anunció:

—Te advierto que mañana, al amanecer, me marcho. Da orden para que a esa hora me despierten...

P: «me despierten.»

XIV

No bien se hubo apagado en las sombras del zaguán el resplandor rojo del farol volvieron los indios sobre sus pasos, y cada uno corrió a su casa para tomar las armas con que los de su casta combatieron hace siglos a los conquistadores.

P: «se hubo perdido en las sombras»
P: «del farol con que se alumbraban los patrones, volvieron»
P: «casa a armarse con lo que tuviera.»; *V:* «para armarse con las armas con que los de»

Agiali se dirigió, como estaba, el cerro. Iba a largos pasos, la cabeza caída sobre el pecho, sombrío, y a cada momento encontraba grupos de indios que se deslizaban silenciosamente entre las sombras. Se oía en toda dirección el alarmado chillar de los *leke-lekes* en la llanura, y era constante el ladrido de los perros que guardaban las casas construidas en los flancos del cerro. Al pasar por los grupos, sorprendía diálogos cortos:

—Por fin, Choquehuanka se ha decidido a llamarnos. Le habrá hecho algo el patrón.

—Parece que lo ha despedido de la hacienda...

P: «ha votado de la»

Otros estaban mejor informados:

—Dicen que hoy han asesinado a una mujer...

—Yo me iré a los ayllos del Perú...

—Primero hay que emparedar las puertas por fuera. El padre se escapó porque no lo hicimos...

Pero Agiali apenas oía. Abrumado de dolor, sediento de venganza, únicamente anhelaba hallarse junto a su muerta y correr después, aunque fuera solo, a cobrar de los patrones su deuda de sangre. Y corría más que andaba, sin oír los saludos e insultos que le endilgaban las gentes a quienes atropellaba con riesgo de hacerlas rodar por la pendiente de la cuesta.

P: «dolor y sediento de»
P: «aunque sea solo, a cobrar»; *V:* «aunque solo,»
P: «saludos o a los insultos que»

Así llegó a la ondulante cumbre donde la caverna abría frente al lago su boquerón lóbrego y cuya bóveda formaba la angosta meseta de la cima.

P: «cumbre que en su parte más alta caía en gradiente sobre la plataforma donde la caverna»

Una hoguera alimentada con *tola* [a*] verde, *yareta* [b] y paja ardía en esa cumbre, poniendo tinte rojo a la faz rígida del cadáver, tendido al borde del acantilado. Cerca, formando grupos, yacían, graves y silenciosos, unos centenares de indios de tez bronceada y huraños ojos. Los más estaban armados de *macanas,* cuyas toscas porras descansaban en el suelo; otros llevaban sus pértigas rematadas en cuchillos, que brillaban con rojos destellos a la luz de la hoguera, y unos cuantos lucían en hombros viejos fusiles comprados a los desertores del ejército o vetustas escopetas enmohecidas y de cargar por la boca.

P: «formando pequeños grupos,»

L1, GC y *Pl:* «y de cargas». por error de impresión.

Cerca del cadáver, sentado en una piedra, velaba Choquehuanka. Yacía inmóvil, con la cabeza agobiada, y sus canas relucían al resplandor crudo de la hoguera cual un ampo [c] teñido de rojo. Llevaba colgantes los brazos, yertos y sarmentosos, y su actitud de honda melancolía revelaba invencible cansancio.

P: «cabeza rendida y sus canas»

Cesaron de ladrar los perros y ya no se oían los chillidos de los *leke-lekes;* el silencio y las sombras ahogaban la llanura.

Un gallo saludó la medianoche, otros le respondieron de diversos puntos.

P: «la media noche y otros le respondieron.»

Entonces adelantóse, un viejo venerable hasta el margen del acantilado, y dijo a Choquehuanka:

P: «viejo venerable y desconocido hasta el»

P: «y le dijo a»

—Anciano, es la medianoche, y debes hablar. Hemos visto tu hoguera y oído tu bocina, y hemos venido de las islas y otros lejanos lugares para obedecerte.

P: «la media noche y debes de hablar.»

Choquehuanka se puso de pie, ganó la meseta, y saludó:

—Buenas noches nos dé Dios, *tatitos.*

[a*] **tola.** «Arbusto leñoso que en el yermo sirve de combustible». (Arguedas). El *Dic. R. A. E.* lo recoge con el mismo significado y aclara que «crece en las laderas de la cordillera».

[b] **yareta.** Del quechua «yaríta» o «yaréta»; «vegetal punero que es una hierba forrajera de primera clase para el ganado alpacuno. Se emplea como un excelente combustible en la cocina arequipeña».

[c] **ampo.** «Copo de nieve». Cfr. nota (d), cap. X°, 2ª parte.

—¡Buenas noches!...

Y se hizo un silencio profundo, casi religioso.

P: «se hizo silencio profundo y grave.»

Entonces, Choquehuanka, señalando los despojos de la zagala, pronunció lentamente:

—¡Los patrones la han asesinado!...

Sabíanlo; pero las palabras del viejo, graves y sonoras, produjeron enorme impresión de angustia y cólera. Y elevóse un sordo murmullo de voces airadas, aunque contenidas por el espectáculo de la muerte.

—¡Cobardes! ... ¡Asesinos!... ¡Hay que matarlos!

Y la frase de extermino fue pronunciada de un extremo a otro de la asamblea con rencor e implacable energía.

—«Hay que matarlos», dicen; y matar es el pecado más grande, porque la vida es un don misterioso del cielo, que los hombres no pueden destruir...

P: «no pueden disponer»

—Hay que matarlos hay que matarlos!

P: «que matarlos! —y las voces»

Y las voces sordas trocáronse ahora en alaridos rabiosos, porque muchos creyeron que esta vez también el anciano habría de darles consejos de sumisión y de paciencia.

P y V: «anciano les daría consejos»

—¿Quieren matar? —preguntó, paseando los ojos serenos en torno.

P: «pasando los ojos»

—¡Sí, sí! —contestaron varias voces frenéticas, entre las que se afirmaba con odio la de Agiali.

—Si quieren matar, y hay entre todos alguien que no hubiese sufrido agravios de los blancos, que se vaya, porque pueden sucederle desgracias por derramar sin motivo sangre de hombres...

—¡Todos hemos sido ofendidos! —gritaron muchos, agitando sus armas.

—¡Todos, todos! —repitieron los demás, imitando la actitud de sus compañeros—. ¡Hay que matarlos!...

Choquehuanka hizo señas con la mano para que callaran; y hecho el silencio, prosiguió:

—Está bien; hay que matarlos. Pero ¿son tantos nuestros duelos que tengamos necesidad de matar? Recuerden que una sola gota de sangre blanca la pagamos con torrentes de la nuestra. Ellos tienen armas, soldados, policías, jueces, y nosotros no tenemos nada ni a nadie...

P: «pagamos nosotros con»

Los indios inclinaron la cabeza, mudos y sombríos; un silencio terrible sucedió el tumulto. Choquehuanka sonrió con amargura.

—¿Lo ven? Ahora nos coge el miedo, nos sentimos cobardes... ¡Siempre esclavos!.

P: «Ahora tenemos miedo.»

—¡No! ¡Hay que matarlos! —aulló Agiali con desesperación.

—¿Y quién ha de matar? ¡Mira cómo todos tiemblan!

—¡Tenemos hijos, anciano! —gimió un hombre algo, robusto y de rostro enérgico.

Choquehuanka irguió la cabeza con altivez:

—Yo también los he tenido, Cheka. He tenido dos, y el mayor... ¡acuérdate, pues que fue casi tu hermano!... el mayor murió combatiendo por la hacienda en el lago y el otro fue asesinado por los soldados del patrón aquella vez que no pudimos hacerle pagar sus crímenes...

—¡Yo lo mato! —volvió a aullar Agiali, con el rostro descompuesto por el odio.

—¡Hay que matarlo, hay que matarlo! —rugieron algunas voces roncas, a la par que se oía el ruido de las *macanas* furiosamente golpeadas contra el suelo.

—Que hablen todos los que tengan quejas contra el patrón.

—Mi hijo está enfermo en cama de una paliza —dijo Tokorcunki gravemente.

—A mí me rompió la cabeza...

—A mí me arrebató mis bestias...

—A mí...

Las quejas brotaban de todos los labios, amargas, rencorosas, y larga fue la mención de los agravios y ofensas inferidas a la raza por los blancos. El que menos denunció una bellaquería. Y las dolencias, dichas en tono de amargo reproche, eran como un alcohol terrible que iba ahogando la conciencia en el deseo de cobrar inmediata venganza y de ir al suicidio y a la muerte, sin miedo ni recelos, para purificar con sangre tantos padecimientos injustos. Cada nueva voz que se elevaba para formular su queja, aunque denunciase sólo una pequeñez, era como un madero arrimado a una pira. Y el fuego surgía potente, amenazando extirpar todo sentimiento de prudencia en las almas.

P: «su reclamo, aunque»

Cuando hubo cesado la última voz con la queja postrera, habló Choquehuanka:

—De poco a esta parte, mis ojos se han cansado de ver tanta crueldad y tan grande injusticia, y a cada paso que doy en esta tierra me parece sentirla empapada con la sangre de nuestros iguales. Yo no me maravillo del rigor de los blancos. Tienen la fuerza y abusan, porque parece que es condición natural del hombre servirse de su poder más allá de sus necesidades. Lo que me lastima es saber que no tenemos a nadie para dolerse de nuestra miseria y que para buscar un poco de justicia tengamos que ser nuestros mismos jueces...

P: «nadie que se duela de nuestra»

«Somos para ellos menos que bestias. El más humilde de los mestizos, o el más canalla, se cree infinitamente superior a los mejores de nuestra casta. Todo nos quitan ellos, hasta nuestras mujeres, y nosotros apenas nos vengamos haciéndoles pequeños males o dañando sus cosechas, como una débil reparación de lo mucho que nos hacen penar. Y así, maltratados y sentidos, nos hacemos viejos y nos morimos llevando una herida viva en el corazón. ¿Cuándo ha de acabar esta desgracia? ¿Cómo hemos de librarnos de nuestros verdugos?

L_1, GC y *Pl:* «que las bestias.»

L_1, GC y *Pl:* «nos ha de acabar»
P: «¿De cómo hemos»

«Alguna vez, en mis soledades, he pensado que, siendo, como somos, los más, y estando metidos de esclavos en su vida, bien podríamos ponernos de acuerdo, y en un gran día y a una señal convenida, a una hora dada de la noche, prender fuego a sus casas en las ciudades, en los pueblos y en las haciendas, caerles en su aturdimiento y exterminarlos; pero luego he visto que siempre quedarían soldados, armas y jueces para perseguirnos con rigor, implacablemente, porque alegarían que se

P: «Alguna vez he pensado en mis soledades que»

P: «bien podíamos ponernos de acuerdo alguna vez y, a una»

L_1, GC y *Pl:* «hora de la noche,»

P: «para exterminarnos con»

defienden y que es lucha de razas la que justifica sus medidas de sangre y de odio.

«También he pensado que sería bueno aprender a leer, porque leyendo acaso llegaríamos a descubrir el secreto de su fuerza; pero algún veneno horrible han de tener las letras, porque cuantos la conocen de nuestra casta se tornan otros, reniegan hasta de su origen y llegan a servirse de su saber para explotarnos también...

Calló el viejo apóstol. La asamblea permanecía en silencio, como pesando una a una las terribles palabras del hombre justo, o viendo a lo lejos el claror de algún destello de esperanza en medio de las tinieblas impenetrables que envolvían la raza.

P: «Calló el viejo mentor.»

P: «a una las palabras del»

—Entretanto —prosiguió Choquehuanka—, nada debemos esperar de las gentes que hoy nos dominan, y es bueno que a raíz de cualquiera de sus crímenes nos levantemos para castigarlos, y con las represalias conseguir dos fines, que pueden servirnos mañana, aunque sea a costa de los más grandes sacrificios: hacerles ver que no somos todavía bestias y después abrir entre ellos y nosotros profundos abismos de sangre y muerte, de manera que el odio viva latente en nuestra raza, hasta que sea fuerte y se imponga o sucumba a los males, como la hierba que de los campos se extirpa porque no sirve para nada.

P: «hacerles ver primero, que»

P: «y nosotros, abismos de»

Volvió a callar el mentor con un sollozo, y ahora sus palabras de hondo desconsuelo fueron acogidas por la asamblea con un rumor bronco de pena, que se parecía a miedo.

P: «a callar el viejo con un sollozo y»; *L1*, *GC* y *Pl:* «callar el mentor como un»

—¿Quieres, entonces, que matemos? —tornó a preguntar con voz llena el viejo que antes le había invitado a hablar.

Choquehuanka le miró lentamente en los ojos:

—Yo no quiero nada, Cheka. Pronto he de morirme, y he querido hablar antes de dejarles en esa tierra de miseria y de dolor. He dicho ya lo que tenía que decir, y ahora a ustedes les corresponde obrar. Únicamente repito: si quieren que mañana vivan libres sus hijos, no cierren nunca los ojos a la

P: «si quieren vivir mañana libres en sus hijos, no»

injusticia y repriman con inexorables castigos la maldad y los abusos; si anhelan la esclavitud, acuérdense entonces en el momento de la prueba que tienes bienes y son padres de familia... Ahora elijan ustedes...

Nunca discursos de violencia y de odio produjeron en una reunión de hombres tan grande arrebato de cólera como las palabras medidas, pero de honda intención, del viejo Choquehuanka.

P: «Nunca palabras de violencia»

Surgió de todos los pechos un rugido de furia agresiva y malintencionada. Y entre verdaderos aullidos de incitación y de amenaza para los apocados, corrió la muchedumbre cerro adentro, camino de la casa patronal, sin que nadie se atreviese a formular ningún reparo, sedienta repentinamente de un deseo de venganza y de muerte, en el que no entraba el recuerdo de la zagala, cuyo cadáver, olvidado de todos, hasta de su marido, que marchaba a la cabeza de la horda, ciego y fatal, quedó abandonado en la altura, donde la solitaria silueta de Choquehuanka se irguió sobre los rojizos resplandores de la hoguera, que se consumía por falta de combustible.

P: «Y entre gritos de incitativa y de»; *V:* «verdaderos aullidos de incitativa»

P: «en nada entraba»

Bajó a la plataforma, y poniéndose de cuclillas junto al cadáver, pasó sus arrugados y temblorosos dedos de largas uñas por la frente de Wata-Wara, y se puso a arreglarle los rizos que la brisa de la noche había dispersado sobre la trágica palidez del rostro. Sus ojos pequeños y grises temblaban en continuos pestañeos para desprenderse de dos solas y enormes lágrimas pegadas a sus pestañas duras... Miró largo rato, como en contemplación religiosa, el cuerpo rígido, hizo un gesto vago de amenaza, y encogiéndose de hombros, se volvió de espaldas al cadáver y emprendió camino de la cuesta; pero a poco andar se detuvo.

P: «frente de la muerta, y se puso a arreglar los rizos que»

De la llanura dormida y quieta, súbito, habíase levantado un alarido estridente y lúgubre. Un perro aulló lastimeramente en la falda de la colina; le siguió otro; contestaron los de la estepa, y a poco aullaban todos los canes de la comarca en un solo, terrible, tremante y angustioso aullido; diríase que la noche se quejaba. Los *leke-lekes,* despiertos por el desesperado ulular, remontaron el vuelo lanzando agudos ajeos, y su lastimera nota resonó más vibrante todavía en el concierto salvaje... Un disparo resonó, hórrido, y a su fragor redoblaron de intensidad los aullidos de los perros. A veces se detenían, quizás cansados; pero entonces la brisa traía el eco de otros lejanos aullidos, y volvían a recomenzar con más furia todavía, cual si en las tinieblas vagasen, amenazadoras, las sombras de implacables enemigos o presintiesen la proximidad de una inevitable catástrofe.

Unas lucecillas azuladas y menudas aparecieron manchando de brillantes puntos la negrura de las sombras, como luciérnagas que huyesen espantadas por el sordo clamor de la estepa.

De pronto cesaron los ruidos. Los perros —dijérase contenidos y puestos en mordaza— dejaron de ladrar, y sólo se oía el chillido de las aves nocturnas, ya lejano y distante.

L1, GC y *Pl:* «puestos mordaza.»

«¡¡Han huido los cobardes!!», pensó Choquehuanka, tristemente, al notar el silencio y ver que las más de las luces habían desaparecido. Pero en ese mismo instante un nuevo espectáculo volvió a hacer latir de alegría su viejo y gastado corazón.

P: «desaparecido; pero en ese»

Una de las lucecillas trocóse en antorcha, y la antorcha en llama. La llama ondeó, roja, en la oscuridad, como lengua de reptil; y mil chispas, crepitantes, saltaron de su cuerpo, desvaneciéndose en lo alto de las sombras.

P: «lengua de víbora; y mil»

P: «su cuerpo y se desvanecieron en lo alto.»

Otro grito humano, agónico y penetrante, rompió el silencio ahora velado por las sombras, y volvieron a aullar los perros, con furia. Otra vez las aves noctánbulas prorrumpieron en estridentes chillidos; relincharon con fragor algunos corceles y se oyó, alejándose por la llanura, el galope enloquecido de bestias herradas. Y los gritos de terror y de angustia —doloridos, suplicantes, gritos de mujeres, clamores de varón y alaridos de niños— se hacían más intensos, hasta confundirse todas las voces en un solo aullido pavoroso, indescriptible. Era un aullido largo, agudo y hueco, como salido de las entrañas de la tierra.

La llama se convirtió en hoguera, y un ancho círculo rojo manchó la negrura del llano, iluminando gran trecho de él. A veces se desplegaba como una colosal bandera roja, achicábase en seguida, a punto de morir, ondulaba, oscilaba, y de pronto resurgía más enhiesta, levantando sus flecos al cielo; y a su claror surgían de las sombras las lejanas casas de los indios y reflejaban los charcos diseminados en el *aijero,* [d] como retazos de cristales purpurinos. Entonces chascaban las cañas de la techumbre, chirriaban los maderos, que, al quebrarse, se hundían entre los muros, sofocando las lenguas de fuego, que a poco volvían a aparecer, más altas, y más anchas, entre miriadas de chispas que saltaban al cielo y se desvanecían, chascando, en las altas sombras. Dentro el círculo rojo, como abrasadas por las llamas, se veía cruzar las fugitivas siluetas de los indios corriendo de un lado para otro, agazapados al suelo...

P: «en seguida como recogiéndose. ondulaba.»

Al fin las llamas fueron encogiéndose gradualmente como si fuesen sofocadas por las sombras de la noche; las siluetas de los hombres, apenas visibles ya, se disolvieron y esfumaron en la negrura densa; los ruidos acabaron por extinguirse... Todavía un tiro lejano... El fulgor último de la postrera llama... El ladrido medroso de un can... El distante chillar de un *leke-leke...*

P: «negrura densa y los ruidos»

Y el silencio terrible, preñado de congojas, misterioso...

P: «terrible, misterioso, preñado de congojas»

Una raya amarillenta rasgó la negra bóveda hacia el naciente. Tornóse lívida primero, luego rosa, y anaranjada después.

Entonces, sobre el fondo purpurino se diseñaron los picos de la cordillera; las nieves derramaron el puro albor de su blancura, fulgieron luego intensas.

[d] **aijero.** «Aprisco». El propio Arguedas aclara numerosas veces en el texto de *Raza de bronce* su significado exacto. Cfr. p. 125, cap. 1º, 2ª parte.

Y sobre las cumbres cayó lluvia de oro y diamantes.

El sol...

FIN

Nota:

Este libro ha debido en más de veinte años obrar lentamente en la conciencia nacional, porque de entonces a esta parte y sobre todo en estos últimos tiempos, muchos han sido los afanes de los poderes públicos para dictar leyes protectoras del indio, así como muchos son los terratenientes que han introducido maquinaria agrícola para la labor de sus campos, abolido la prestación gratuita de ciertos servicios y levantado escuelas en sus fundos.

OC: «abolida». La concordancia gramatical exige 'abolido'.

Un congreso indigenal tenido en mayo de este año 1945 y prohijado por el Gobierno ha adoptado resoluciones de tal naturaleza que el paria de ayer va en camino de convertirse en señor de mañana...

OC: «celebrado».

Los cuadros y las escenas aquí descriptos, tomados todos de la verídica realidad del ayer, difícilmente podrían reproducirse hoy día, salvo en detalles de pequeña importancia. Y es justo decirlo.

L_1, *GC* y *Pl:* «descritos». *OC:* «podrían producirse»

INTRODUCCIÓN A WUATA WUARA

Antonio Lorente Medina

El desconocimiento generalizado de la crítica mundial, por lo inasequible del texto de *Wuata Wuara,* y su carácter embrionario de *Raza de bronce,* de un lado; la originalidad de su indigenismo en el seno de una sociedad liberal citadina, cuyas voces más cualificadas abogaban por la extinción del indígena [1] como la premisa indispensable para la modernización de Bolivia, y su indudable condición pionera de la novela indigenista de nuestro siglo, de otro, son razones que avalan más que suficientemente nuestra decisión final de publicar *Wuata Wuara* a continuación del texto definitivo de *Raza de bronce.*

Su núcleo temático lo constituyen, como puede observar el lector, los amores frustrados de Agiali y Wuata Wuara, por el atropello (y muerte) de la heroína por parte de los patrones y la cruel venganza indígena que de ello se deriva. Este sencillo esquema argumental sirvió de soporte a Alcides Arguedas para presentar su visión particular del problema indígena en Bolivia y para desarrollarlo en un molde literario específico —la novela— que pretendía transformar. En este sentido *Wuata Wuara* resulta el fruto y, a la vez, la explicitación de las tensiones estéticas e ideológicas que batallaban en la mente del joven escritor paceño.

En cuanto a lo primero, las tensiones estéticas de Alcides Arguedas, es ilustrativa al respecto la Advertencia previa que coloca al frente de *Wuata Wuara,* en la que se reflejan tanto su deseo de romper con el romanticismo epigonal reinante y su afán de escribir una «novela de costumbres indígena», como su incapacidad para «ahondar en los sufrimientos de la raza aymara», en unos moldes poéticos distintos de los usuales. Que el propio Arguedas era consciente de ello parece fuera de toda duda. De ahí que optara por atenerse estrictamente a «la transcripción fiel de los hechos», tal y como constaban en el proceso judicial del que al parecer se sirvió para escribirla, en un intento deliberado por conseguir la objetividad exigida por el

---

1 Como las de Daniel Sánchez Bustamante, con sus *Principios de Sociología* (1903), o Bautista Saavedra, con *El Ayllu* (1903), que tanto influyeron en la juventud universitaria, a la que Arguedas pertenecía. Concretamente este último es una de las tres personas a quienes va dedicada *Wuata Wuara.* Y ello sin olvidar al patricio rural que era Daniel Salamanca, o a Rigoberto Paredes, cuya influencia en *Pueblo Enfermo (La Política Parlamentaria de Bolivia, 1907)* es evidente

realismo que perseguía, y de ahí que, paradójicamente considerara estos hechos «fatal» e irremisiblemente «predeterminados», «como todos los de la vida».

No tiene nada de extraño, por esto, que la novela se inicie con unas páginas descriptivas, en las que el narrador-autor nos presenta el escenario natural donde se va a desarrollar la acción novelesca: el cerro de Cusipata (con las ruinas arqueológicas del templo del Sol) y sus alrededores, junto al lago Titicaca. Con ellas Arguedas rinde tributo de admiración y conocimiento a los restos de la civilización aymara de Tiayhunaco, pero también continúa la convención literaria de la novela histórica romántica. Tampoco sorprende que el discurso narrativo de este capítulo (y en general de toda la novela, aunque de forma más diluida a partir del capítulo IVº) se caracterice por la abrupta alternancia entre los tiempos verbales de la narración —indefinido, imperfecto de indicativo— y los tiempos verbales del comentario —presente de indicativo—, tan característica, por otra parte, también de la novela histórica romántica. Esta alternancia produce un continuo zigzagueo entre el aquí y el ahora del narrador-autor y el pasado histórico a que hace referencia la novela; o, dicho de otro modo, entre el tiempo del narrador y el tiempo de la narración.

Consecuentemente el discurso narrativo se resiente de las continuas irrupciones del narrador, que en algunas ocasiones pretende subrayar con ellas su distanciamiento con respecto a lo narrado, como cuando describe las características externas de la caverna en la que penetra Wuata Wuara en busca de su carnero, y la leyenda fatalista que se desprende de ellas:

> «Y tomando de súbito una resolución extrema, descendió del muro y dirigió sus pasos a la caverna que allí, casi al extremo de la colina, al otro lado del templo, *abre* sus fauces de monstruo.
>
> *Se encuentra* situada ésta en la orilla de un profundo precipicio cortado verticalmente y a cuyo pie las olas *se estrellan* con ímpetu, bañando las obscuras rocas que *lo componen.* Su aspecto *es* triste y desolado, pues *no brota* ni un arbusto de sus resquebrajaduras y hasta *parece* que las aves sintieran repugnancia de anidar en sus huecos según *no se ve* ni la más insignificante huella de su paso, *razón por la que se arraiga más en los indios* la convicción de que *pesa sobre estos sitios la maldición de Dios, y la fantástica leyenda* que con este motivo *corre* de boca en boca, *adquiere las aterradoras proporciones de lo evidente.* Es una leyenda que *dice* de cosas sobrenaturales, de hechos aterradores en que el diablo *juega* importante papel y que la *fantasía* de los indios, unida a su *superstición, ha elevado a la categoría de una verdad,* y esto *hace* que *nadie,* ni el más osado, *se atreva* a internarse en sus sombras, pues *aseguran* convencidos, que de noche *se oyen* sollozos, blasfemias, y *se ven brillar* los ojos de los demonios que *danzan* frenéticamente alrededor de los condenados.
>
> —¡Achiali!— *gritó* la joven india...» (pp. 14-15). [2]

Pero en la mayoría de los casos estas intromisiones anulan la verosimilitud que se pretende conseguir en el discurso narrativo, por la identificación final de las

---

[2] Otro caso evidente de distanciamiento se da en el final de la novela, en el que el pensamiento del narrador y el de los indios pescadores que participan de la «fantástica leyenda» y la transmiten se oponen frontalmente en una antítesis conceptual y sintáctica, deliberadamente buscada por el autor para subrayar su oposición a una narración de tipo romántica, así como su fidelidad a la descripción «real» y «objetiva» de los hechos.

ideas del narrador con las de los personajes que, en principio, parecen sustentarlas. Tal ocurre con la escena en que se nos describen «cinematográficamente» los padecimientos y costumbres del indio aymara desde su nacimiento. A través de Choquehuanka Arguedas expone el origen aciago del indio aymara (p. 35); sus primeros años de infancia, entre los animales caseros y sus excrementos (p. 36); su extremadamente precoz incorporación al mundo del trabajo (pp. 36-37); su rápida asimilación cultural de los prejuicios, creencias y supersticiones indígenas (p. 38); la extremada rudeza de su trabajo desde la preadolescencia (p. 39). [3] El tono ensayístico de estas páginas y de las inmediatas siguientes permite que se imponga la voz del narrador —autor sobre el personaje que hipotéticamente está rememorando la vida del indio, y, en consecuencia, que lo narrativo se diluya y pierda fuerza en favor de las intromisiones moralizantes, que nos muestran un completo inventario de las costumbres indígenas: frugalidad en el comer (p. 40); capacidad de sacrificio (p. 40); exagerado amor por su querencia (pp. 40-41); actitud extremada en sus afectos —amor y odio— «hasta lo inconcebible» (p. 41); desconfianza atávica hacia el blanco (p. 42); etc. [4]

El paralelismo entre estas páginas y las que dedica al indio aymara en *Pueblo Enfermo* (1909) salta a la vista con una simple lectura, por lo que podemos afirmar que la elaboración del capítulo IIº en su ensayo capital no es sino una transposición ampliada del capítulo IIº de *Wuata Wuara*. Y un breve cotejo de algunas páginas de ambas obras ratifica de inmediato nuestra afirmación anterior:

Wuata Wuara (1904)	*Pueblo Enfermo* (1909)
«Comienzan a ser desgraciados *desde su nacimiento,* puesto que *muchas veces nacen* al aire libre, *en* medio del *campo,* pues su madres (...) cuando el *frío abre sus grietas en los labios y agarrota los dedos imposibilitando manejar las herramientas de labranza.*» (p. 35).	«...Lo es *desde que nace,* pues *muchas veces,* como las bestias *nace en* el *campo,* porque el ser que lo lleva en sus entrañas labora (...) expuesta al *frío* que *abre grietas en los labios y agarrota los dedos imposibilitando manejar las herramientas de labranza.*» (p. 41).
«*los cuelgan de sus senos* pasándose por los hombros *una tira de lienzo,* y los crían de este modo, sin preservarles del *sol,* hasta la edad de dos años, *y mirándolos como retazos de carne animada que gruñen* cuando las necesidades les acosan y que *huelen mal* cuando ceden a esas mismas necesidades.» (p. 36).	«...a ese *sol* radioso en invierno pero frío, que las madres indias exponen a sus hijos recién nacidos, *colgándoselos de sus senos,* con *una tira de lienzo que pasan por las espaldas, y mirándolos como retazos de carne animada que gruñen y huelen mal.*» (p. 41).

[3] Este fragmento y el brevo cotejo que a continuación llevo a cabo de *Wuata Wuara* y de *Pueblo Enfermo* (1909) corresponden textualmente a las pp. 66-67 de mi artículo «El trasfondo ideológico de Alcides Arguedas. Un intenso de comprehensión», publicado en *ALH*, Madrid, T. XV, 1986, pp. 57-73.

[4] El muestrario continúa con el modo de actuar y las costumbres de la mujer aymara: sus labores, sus odios y sus amores; su denodado coraje en el combate; y la sumisión consciente y deliberada a su compañero (pp. 43-44). (Esta nota se corresponde exactamente con la nota nº 25 del artículo a que he hecho referencia en la nota anterior).

«... los abandonan *en* medio de *los patios infectos de las casas, junto con las gallinas, los conejos, y* los corderitos *recién* nacidos (...); *y en su compañía apartando a los* conejos bajo las piernas, luchando con las gallinas *que amenazan picotearles los ojos y* que *les roban en leal combate* el *puñado de maíz tostado* que les han servido, *revolcándose en sus propios excrementos y en el de los animales,* llegan *a los cuatro o cinco años en que ya principian a luchar con la naturaleza, pastoreando los rebaños diminutos (...).*

(...) Sin otro *abrigo que la camisa* tosca *de lana* de oveja...» (pp. 36-37).

«De los cinco a los doce años son más pesadas *sus ocupaciones,* porque *tienen la obligación de llevar el ganado* ovejuno a distancia de muchos kilómetros, *a los cerros donde verdea la paja recién salida o a los pantanos donde las gaviotas* hacen sus nidos. En ellos *se hacen prácticos para distinguir, en fuerza de* tanto *trajinar, las aguadas que en su fondo ocultan el cieno y* que *son especie de cisternas donde si se cae, pocas veces se sale con vida,* (...), allí es donde *se sirven de la honda, no como objeto de recreo, sino como* un *arma de combate;* allí *comienzan a ser hombres, a saber que la vida es triste,* y a beber *el odio contra los bancos* (...); allí *se hacen supersticiosos* escuchando *narrar los prodigios que realizan los yatiris* (adivinos);...»

«Se le deja cerrado *en los patios infectos de las casas, junto con las gallinas, los conejos* y las ovejas recién paridos; *y en su compañía, apartando a los* unos *que se les meten bajo las piernas, luchando con los otros que amanazan picotearles los ojos y les roban, en leal combate,* su almuerzo, compuesto de un *puñado de maíz tostado: revolcándose en sus propios excrementos y en el de los animales,* alcanzan *los cuatro o cinco años,* y es cuando comienzan *a luchar con la* hostil *naturaleza, pastoreando diminutos rebaños* (...) *Sin* más *abrigo que la* burda *camisa de lana...*» (p. 41).

«Más tarde *sus ocupaciones* se doblan. Ya son pastores de ovejas y *tienen obligación de llevar su ganado a los cerros donde verdea la paja recién salida o a los pantanos donde las gaviotas* anidan. Allí *se hacen prácticos para distinguir, en fuerza de trajinar, las aguadas que en su fondo ocultan el cieno y son especie de cisternas, donde si se cae, pocas veces se sale con vida* (...) Entonces *se sirven de la honda, no como objeto de recreo, sino como arma de combate, y comienzan a ser hombres, a saber que la vida es triste y a* sentir germinar dentro de sí *el odio contra los blancos (...) Se hacen supersticiosos* oyendo *narrar los prodigios que realizan los yatiris...*» (p. 42).

El motivo real de la venganza, que condiciona el trágico desenlace, redunda también en la idea de las tensiones estéticas a que se hallaba sometido Alcides Arguedas. La muerte de Wuata Wuara no llega aquí, como ocurrirá después en *Raza de bronce,* como colofón a un cúmulo de crueldades y vejaciones de los patrones sobre los indios. [5] Y la venganza subsiguiente tampoco surge como la reacción final de la comunidad indígena, incapaz ya de soportar más agravios. Una y otra se derivan de las cualidades excepcionales que adornan a Wuata Wuara [6] y de la protección, también excepcional, que Choquehuanka le dispensa. Sin estas características específicas la violación y muerte de la heroína no conllevarían, en ningún caso, el asesinato de los patrones, porque como muy bien arguye uno de ellos (¿Alberto Carmona?) y ratifica el propio narrador,

[5] La gradación de intensidad dramática que supone la descripción pormenorizada de las vejaciones y las crueldades de Pablo Pantoja (el patrón en *Raza de bronce*), que ocupan gran parte de los capítulos VII-XII y son básicas para aceptar su desenlace, brilla por su ausencia, en *Wuata Wuara.*

[6] El título de la novela muestra que Arguedas se acoge todavía a la tradición literaria decimonónica de la novela sentimental o histórica, de protagonistas femeninas (*Netzula, Amalia, María, Clemencia, Cumandá, Cecilia Valdés,* etc). Incluso el esquema argumental, el amor contrariado por obstáculos de diversa clase, está tomado de la novela sentimental.

> «el indio se preocupa poco de las cuestiones de honor. Nada le importa que a su esposa o a su hija le suceda algo y aun de importarle se le hace callar dándole unos cuantos pesos.» (p. 147).

Pero, ¿cuáles son esas «excepcionales» cualidades? ¿Y cómo se nos presentan en *Wuata Wuara?*

La primera información sobre las dotes de Wuata Wuara, breve y precisa, aparece al comienzo mismo de la novela, cuando el narrador subraya su considerable belleza física («la más linda pastora de la hacienda Pucuni», p. 13). Este rasgo, que aparecerá en distintos momentos de la novela (pp. 63-64; 88-89; 159 y 160), ilumina también las dubitaciones estéticas de Arguedas, que en algunas ocasiones lo describe con cánones realistas, [7] y se enfrenta con ello a la tradición romántica de heroínas pálidas, de cabellos blondos y ojos azules; pero en otras se le impone la influencia del modelo literario romántico, aún onmipresente en Bolivia. Así ocurre con la escena en que Choquehuanka descubre a la comunidad indígena la verdadera identidad de la muerta. La palidez cadavérica de Wuata Wuara resulta embellecida «con la palidez lilial del último sueño y por los purísimos rayos de la luna» (p. 160). La dulzura y el hermoseamiento post-mortem de sus encantos proceden indudablemente de la tradición literaria romántica, iniciada en *Atala,* contra la que Arguedas pretendía reaccionar.

La segunda información enmarcada dentro de la descripción de la impar figura del patriarca indio, Choquehuanka, subraya la especial predilección de éste por Wuata Wuara y el cuidado exquisito que había tenido por infundirle «un soplo de alma» y hacer de ella una mujer única en la comunidad indígena, aunque completamente ignorante: [8]

> «... habíase atraído todo su cariño y era ella la depositaria de su ternura. Sin hijos y sin parientes, es decir, tronco sin ramas y sin frutos, a ella había cobijado bajo su sombra raquítica; y con sus consejos, con sus advertencias había logrado infundir un soplo de alma en ese cuerpo gallardo, había hecho de esa pobrecita cosa una mujer. Una mujer, sí, con coquetismos infantiles, con alguna noción de dignidad y de vergüenza, pero —¡esto es lo extraño!— la había dejado en la ignorancia y en la ceguedad.» (p. 33).

[7] En honor a la verdad hemos de recordar que la tradición romántica hispanoamericana no es ajena a la descripción realista de heroínas. Y los casos de *Manuela, Cecilia Valdés* o la propia *María* acude a la mente de todos. Tampoco es Arguedas un gran descriptor de personas. La caracterización más detallada de Wuata Wuara la hace en la p. 88, y en ella hace hincapié en «los fuertes brazos desnudos», los senos «de virgen intocada», los «morenos pezones», el rostro «curtido» y los «grandes ojos negros».

[8] Este fragmento resulta paradigmático porque nos permite observar la actitud del narrador sobre el indígena, actitud que será constante en toda la obra de Alcides Arguedas, y que, lastrada por prejuicios raciales hondamente arraigados, muestra una continua tensión entre la denigración del indio y la conmiseración por su estado miserable. Así podemos comprender que Wuata Wuara resulte excepcional en la indiada, más que por su indudable belleza, porque Choquehuanka ha infundido en ella «un soplo de alma», con «alguna noción de dignidad y de vergüenza». De lo que se desprende que los demás miembros de la comunidad carecen de ese «soplo de alma», y en consonancia, de dignidad, y son sólo animales que se preocupan únicamente por «llenar el estómago» y «reproducirse instintivamente», como afirma el propio narrador un poco más abajo. De ahí que la denuncia que emite a continuación de la triste situación del indio, «por la indolencia de los blancos» y la «de los gobiernos», pierda efectividad. Más información sobre esto la puede encontrar el lector interesado en las pp. 447-450 del apartado III.1a y en los apartados IV.1 y IV.2 de este libro.

A estas dos cualidades se les une algo después (p. 64) una tercera que redunda en el carácter excepcional de Wuata Wuara: la heroína resulta ser también «el ídolo» de la comarca. Y las tres constituyen de consuno el fondo de la «advertencia» que hace el sacerdote a los patrones:

> «—Ah, sí! ¡qué hermosa mujer! ¿Cómo se llama? —preguntó interesado García.
> —No sé cómo se llama, pues tiene un nombre endemoniado. Pero ¿acaso no la han visto nunca ustedes? (...)
> (...) —Tampoco sé a qué finca pertenece; yo sólo la conozco por la fama de hermosa que tiene y por...
> —En confianza, señor cura —la interrumpió Carmona—; ¿se ha ido a confesar alguna vez con usted? ¿La ha retenido usted en su casa?
> —Dios me libre, amigo de eso. Aún no tengo ganas de morir.
> — ¿y por qué de morir? Si usted no se explica, le prometo que nunca sabré el significado de sus palabras.
> —Porque esa india es el ídolo de toda la comarca, y me dicen que la protege un viejo imbécil que se da aires de muy sabido y cuyo influjo sobre la indiada es pernicioso, pues por él se promueven disturbios y levantamientos.» (pp. 63-64).

Desde este momento se aclara completamente el esquema que Arguedas utiliza para llevar a cabo el desenlace de la novela, hasta ahora poco precisado, y cuya marcha se sustenta en dos resortes de la intriga claramente interrelacionados: la atracción sexual que Wuata Wuara ejerce sobre los patrones; y el peligro real que sobre ellos se cierne por osar tomar la «única fruta prohibida» de la comunidad. Dicho esquema se puede resumir en un proceso tripartito constituido por las funciones *orden → desobediencia y transgresión → castigo por la transgresión,* que funciona simultáneamente para la heroína y para los patrones.

En el primer caso, Wuata Wuara desobedece la orden del patrón, Alberto Carmona, para que vaya a servir a la casa de la hacienda, apremiada por los ruegos insistentes, casi veladas amanazas, [9] de su novio, Agiali (pp. 103-107). Este motivo, repetido en el capítulo VIº, será el causante del enfado del patrón y una de las razones que obligarán a Wuata Wuara, contra su voluntad, a acompañar a los patrones hasta la cueva (el lugar del crimen). Su violación posterior y su muerte violenta constituyen, en el esquema expuesto, el castigo que se abate sobre ella por las transgresiones a un determinado y establecido orden social.

Y lo mismo ocurre con Alberto Carmona y sus acompañantes. Los patrones desoyen la advertencia (léase *orden* en el esquema) del sacerdote sobre las funestas consecuencias que tendría para ellos (o para otro cualquiera) violentar a Wuata Wuara (p. 64). Urgidos por una apetencia sexual momentánea, no reparan en golpear brutalmente a la heroína con tal de saciar su lujuria en su cuerpo inmóvil (p. 126). E ignorantes de las especiales condiciones que rodean a Wuata Wuara, desprecian sus propias voces interiores que les aconsejan prudencia, confiados en el nulo interés del indígena en «las cuestiones de honor». El castigo inexorable que sobre ellos se abate no se hace esperar: la comunidad entera, instigada por su líder

[9] En este capítulo —cap. Vº— el narrador resalta el carácter violento y rebelde de Agiali, así como su capacidad, también excepcional, para amar y para sentir celos («te quiero como ninguno de nosotros sabe querer», p. 106). Todo esto prefigura su actuación final, tan brutal como desquiciada.

indiscutible, Choquehuanka, acaba con sus vidas en un aquelarre descarnado y truculento, morosamente descrito por el narrador.

Con respecto a las tensiones ideológicas de Alcides Arguedas, son relativamente abundantes los textos de *Wuata Wuara* que nos permiten bosquejar la actitud inconforme y crítica del escritor paceño con la sociedad urbana de Bolivia, fundamentalmente de La Paz, y, paralelamente las limitaciones de su pensamiento indigenista. Es ésta una tensión interior en Arguedas que nunca consiguió resolver de forma absolutamente satisfactoria. La novela que ahora estudiamos brevemente es un buen ejemplo de ello, como veremos a continuación.

La crítica que en algunas ocasiones se desprende de la opinión del narrador podría hacernos pensar en que su pensamiento coincide básicamente con el del pensamiento liberal que impregnaba la realidad social y cultural boliviana, en la que se inserta *Wuata Wuara.* Y ello es cierto. Así ocurre, por ejemplo, con el episodio del capítulo III$^{\underline{o}}$, en el que se nos describe la misa. Las palabras que el narrador coloca al frente de la homilía del sacerdote se encaminan evidentemente hacia la anulación completa del mensaje que el sacerdote transmite a sus feligreses, y la valoración de ese personaje resulta completamente negativa, pues se le considera mero transmisor del pensamiento conservador (y católico) boliviano, refractario al progreso de la ciencia, egoísta y explotador de la ignorancia indígena.

Los tintes anticlericales de este capítulo (sobre todo en las pp. 66-67), que Arguedas mantendrá en *Raza de bronce,* permiten identificarlo con la ideología positivista y liberal.

Y lo mismo podríamos decir en el caso del pensamiento de Choquehuanka sobre la evolución de las razas, que el narrador hace suyo, y que se corresponden con el darwinismo social tan en candelero en estos años:

> «... Y también pensó Choquehuanka, por una incompleta sucesión de ideas, vagamente, que la vida de las razas estaba expuesta a seguir las mismas variaciones que la vida de los hombres, y eran aquéllas fuertes en la edad viril y miserables en la senectud, y se le hizo que acaso la suya llegaba a las lindes en que se pierde la personalidad de una raza y sólo se conserva la agrupación informe de seres ligados entre sí apenas por afinidad de costumbres...
>
> ... Y sobre ese único digno representante de los aymaras,...» (pp. 44-45).

Sin embargo, unas páginas después, no parece que el narrador participe de la opinión emitida por Darío Fuenteclara cuando toca el mismo tema, en su paseo por las ruinas de Tiahuanaco, y cuyas conclusiones podrían considerarse muy próximas a las de cualquier representante oficial del liberalismo boliviano (y aun del propio Arguedas), [10] aunque en este caso su distanciamiento venga propiciado por el rechazo que el narrador ha hecho ya de la estética «decadente» y «escapista» del personaje-poeta:

---

[10] La tenue educación del indio por la que abogaba Arguedas circunscribía necesariamente a éste al mundo rural, único ambiente donde —según Arguedas— podía tener cabida, por «sus hábitos, su carácter» y su «atavismo». Porque no debemos olvidar nunca que para Arguedas el indio es nulo en «obras de iniciativa y busca personal», y que su «amejoramiento» jamás será tal que lo pueda preparar para otro tipo de actividad.

«Bueno, pues, y aun sin establecer ningún parangón, se ve que la raza aymara, grande en pasados días, ha bajado tan completamente en la escala de la civilización, que para mejorarla serían necesarios muchos siglos de constante labor. Yo al contrario de otros, no creo absolutamente que pudiera regenerarse de pronto, y por lo mismo pienso con pena en lo efímero de la vida de los pueblos y de las razas, que pasan lo mismo que los hombres,...» (pp. 77-78).

No quiero decir con esto que Arguedas no participe del credo liberal, omnímodo en 1904. Lo que sí parece desprenderse del texto anterior (por lo que supone de no aceptación) y de otros más duros aún, en los que Arguedas acusa a los distintos gobiernos de la miserable postración en que se encuentra el indio aymara (pp. 33-34), es que Arguedas no se identifica con la realización práctica del liberalismo político boliviano (es decir, con el liberalismo montista), aunque no ha encontrado todavía el cauce exacto para mostrar su discrepancia, que se concretará en *Pueblo Enfermo* (1909).

Lo hasta aquí expuesto no invalida ninguno de los méritos de *Wuata Wuara* ni de su joven autor, Alcides Arguedas. Antes al contrario, ayuda a valorarlos en su exacta dimensión. La superación del indianismo romántico, del que todavía adolece *Aves sin nido* (1879), por un análisis que intenta comprender el «problema del indio» como paso previo para encontrar la nacionalidad boliviana, resulta paralelo, de algún modo, con el que por aquel entonces llevaba a cabo González Prada en Lima (*Nuestros indios;* 1904). La indagación que realiza de los males sociales que aquejan a Bolivia en su marco rural, y la exposición dura y descarnada de la miserable condición del indio, así como la búsqueda de los responsables de esta incuria, son temas de enorme trascendencia y muy difíciles de trasladar al plano de la ficción. Su sólo intento resulta admirable. Su anhelo por sacudirse de la tutela literaria romántica y su búsqueda de nuevas formas narrativas son dignas de encomio. Todos estos rasgos juntos ameritan suficientemente el valor de *Wuata Wuara* y le conceden indudable valor iniciador de la narrativa indigenista, a la par que un lugar de privilegio en la literatura boliviana.

WUATA WUARA

WUATA WUARA *

Wuata Wuara *dedico cariñosamente*
a mis inteligentes amigos: [p. 5]

Benigno Guzmán

Bautista Saavedra

José Palma y V.

Advertencia

En una excursión que hace dos años hice al lago Titicaca y cuyo recuerdo [p. 7] perdura en mí, me fue referida esta historia por uno de los que en ella jugó importante papel. Más tarde, cuando en mi memoria había tomado los borrosos contornos de la leyenda, la casualidad puso en mis manos el proceso donde consta, y pensé que con sus incidentes bien podía escribirse una interesante novela de costumbres indígenas. Seducido por la idea, quise darme ese lujo y hasta creo que diseñé la trama que habría de hacerla más sugestiva, pero, francamente, sentí miedo. No me conceptuaba, ni ahora me conceptúo, capaz de ahondar en los [p. 8] sufrimientos de la raza aymara, grande en otros tiempos y hoy reducida a la más triste condición. Así que en el presente libro sólo me he limitado a consignar los hechos tales como constan en el proceso y que, como todos los de la vida, se precipitan sin desviaciones a su término fatal e irremediable.

---

* En las márgenes izquierda y/o derecha de cada hoja el lector encontrará entrecorchetada la paginación original de *Wuata Wuara*. Por supuesto que mantenemos el texto de la novela tal y como se publicó en 1904 (incluso con sus escasas faltas de ortografía), sólo hemos modernizado la acentuación.

I

[p. 9] Lindando con el lago y con la pampa, álzase, abrupto, el cerro Cusipata, en cuya cima aun se yerguen las ruinas del templo donde, ha mucho, adoraban los indios al Padre Sol, templo que fue levantado por el gran Tupac Inca Yupanqui en honor de este buen Padre que fecunda la tierra e inunda a los corazones de la sana alegría de vivir.

Enormes bloques colocados de modo y manera que se adaptan perfectamente unos con otros y que forman los muros de dicha edificación, levántanse gastados por la carcoma del tiempo y que vistos desde el lago o la pampa, parecen una aglomeración confusa de rocas, iguales a las que coronan la cumbre de casi todos [p. 10] los cerros que en alguna extensión lindan con el lago. Piedras talladas, monolitos, restos mutilados de estatuas colosales y disformes, capiteles, todo yace revuelto y confundido allí: dijérase haberse librado descomunal combate de dioses en el interior del sagrado recinto. Uno que otro pilar, de los varios que había, mantiénense derechos a pesar de los muchísimos siglos que sobre ellos pesan, y su color pardusco ceniciento, color inherente a las ruinas y que es como el de las canas en la cabeza de un viejo, confúndese, en las tardes otoñales, con las nubes que revuelan por el espacio en fantástica procesión.

La perspectiva que se contempla desde las ruinas, es desoladora. Extiéndese por un lado la pampa, triste, fría, monótona, de color negruzco apenas salpicado en trechos por los sembríos de cebada. Ni un arbusto, ni una rama rompe la uniformidad del llano limitado allá muy lejos por la cordillera de Los Andes, cuyas nevadas cumbres hacen que constantemente sople un viento frío que hiela los tuétanos y [p. 11] abre grietas en el rostro, el cual viento de noche silba con modulaciones extrañas sacudiendo los ásperos y duros pajonales, única producción espontánea de ese suelo tristemente estéril y que no basta a fecundar los anuales desbordamientos del río Colorado que, en caprichosas curvas, se arrastra como una culebra, mansa, pesadamente...; del otro lado el lago azul, lleno de totorales en las orillas, totorales que poco a poco van enrareciendo hasta desaparecer para dejar batir libres las aguas que parecen precipitarse por el estrecho de Tiquina, que al frente se deja ver causando la impresión, en las tardes de invierno, cuando se va entrando el sol, de un río de fuego que se desbordara por en medio de las rocas de los cerros que impiden el libre y cómodo paso de las aguas enfurecidas que se arremolinan espumantes, rugen y azotan los flancos de las graníticas montañas, como queriendo deshacerlas con su continuo golpetear.

Miradas desde esa altura las casas de los indígenas desparramadas en la sinuosa falda de la colina y en la llanura, parecen protuberancias del terreno, y sus trechos negruzcos de totora, sirven para aumentar más esta ilusión. Son casuchas que se [p. 12] componen de dos o tres habitaciones cuando más, de puertas angostas y sin ventanas. Contra sus paredes interiores están los lechos o lo que los indios hacen servir de tales, y que son especie de mesas huecas de barro que abarcan toda la extensión de la pared en que se apoyan, y en cuyo interior se crían conejos, gallinas, motivo por el cual abundan toda clase de bichos asquerosos e indecentes. Alrededor, formando caprichosos dibujos, álzanse los muros de los apriscos, la mayor parte de adobes y muy pocos de piedra, y cerca de ellos, amarrados por las astas a gruesas estacas, rumían filosóficamente los bueyes de labranza.

Esa tarde, la tarde en que comienza la verídica historia, el rojo dominaba en el paisaje.

El sol, como un inmenso rubí, escondíase en el seno de las aguas, levantando de ellas reflejos sangrientos y haciendo empalidecer a la más bella de las estrellas, a la que de mañana guía a los pescadores por las intrincadas sendas de los totorales del lago, y hacíala parpadear irritado de ver que asomaba curiosa en su ventana antes [p. 13] de haberse acostado su majestad.

Las sombras, posesionadas ya de las partes hondas de la pampa, ascendían, envolviendo piadosamente las miserables casas de los indígenas, en una de las cuales, en la más blanca, erguía valientemente su ramaje un sauce viejo, uno de esos que se dicen llorones. Acá y allá reflejaban los charcos formados por las lluvias: diríase un espejo roto en pedazos y esparcidos sus restos en una extensión de muchos miles de kilómetros.

Un silencio augusto y solemne envolvía a la meseta, silencio que de vez en cuando era interrumpido por las flautas de los pastores que regresaban a sus hogares conduciendo las vacadas, por los ladridos de los vigilantes perros que rondaban los establos y por el agudo chillar de los cernícalos.

De pie sobre el más alto muro del desmoronado templo, hallábase, triste y [p. 14] pesarosa, Wuata Wuara, la más linda pastora de la hacienda Pucuni, y su silueta destacábase limpia al través del enrojecido horizonte.

Su saya de burda lana seguía los impulsos del vientecillo que soplaba por la parte del lago y agitaba su cabellera obscura, de reflejos azulosos, que hacía marco a su carita graciosa, requemada por el aire frío de la sierra.

¿Por qué estaba triste la hermosa doncella? Estaba triste porque había perdido el mejor de sus carneros, el de más fino vellón, y se entretenía en investigar la pampa y las ondulaciones de la cantera, pues la noche se echaba encima, y el rebaño, agrupado al pie de los muros, balaba insistente, deseoso de oír la voz de su dueña para encaminarse al distante aprisco.

Empero, Wuata Wuara buscaba en vano, o, mejor, sus ojos, acostumbrados a investigar en las tinieblas, no veían cosa alguna que se pareciese a su querido animalito. Y tomando de súbito una resolución extrema, descendió del muro y dirigió sus pasos a la caverna que allí, casi al extremo de la colina, al otro lado del templo, abre sus fauces de monstruo.

Se encuentra situada ésta a la orilla de un profundo precipicio cortado verticalmente y a cuyo pie las olas se estrellan con ímpetu, bañando las obscuras rocas [p. 15] que lo componen. Su aspecto es triste y desolado, pues no brota ni un arbusto de sus resquebrajaduras y hasta parece que las aves sintieran repugnancia de anidar en sus huecos según no se ve ni la más insignificante huella de su paso, razón por la que se arraiga más en los indios la convicción de que pesa sobre esos sitios la maldición de Dios, y la fantástica leyenda que con este motivo corre de boca en boca, adquiere las aterradoras proporciones de lo evidente. Es una leyenda que dice de cosas sobrenaturales, de hechos aterradores en que el diablo juega importante papel y que la fantasía de los indios, unida a su superstición, ha elevado a la categoría de una verdad, y esto hace que nadie, ni el más osado, se atreva a internarse en sus sombras, pues aseguran convencidos, que de noche se oyen sollozos, blasfemias, y se ven brillar los ojos de los demonios que danzan frenéticamente alrededor de los condenados.

—¡Achiali! —gritó la joven india investigando temerosa las sombras de la caverna.

[p. 16] Nada; el silencio y la noche seguían cayendo sobre la inconmensurable pampa, y, llena de curiosidad miedosa, por primera vez en su vida, se internó resueltamente en sus sombras.

Es grande como un templo la caverna. Sus irregulares muros de granito están salpicados de manchas rojas y amarillas que le dan una apariencia singular. Penden de su bóveda, a manera de lamparones, colgajos blanquizcos de azufre de extraña forma y singular aspecto. A guisa de ventanas, algunas rajaduras de la bóveda y pared dejan filtrar una luz escasa, la suficiente para disipar en parte las tinieblas y para hacer ver las entradas a las cuevas, que son dos agujeros hechos en los muros, angostos, bajos, pero que progresivamente se van ensanchando hasta convertirse en hermosas galerías tachonadas de puntos brillantes.

—¡Achiali! —volvió a gritar Wuata Wuara haciendo un heroico esfuerzo para vencer el temor de que estaba poseída, y ¡achiali! le volvieron su grito los antros, pero débil, imperceptible, agónico: dijérase el grito de un moribundo.

[p. 17] Sintió miedo la joven pastora, un miedo espantoso, y salió huyendo, pues se le hacía que acaso pudieran desplomársele las bóvedas, y una vez fuera volvió a gritar, pero esta vez no en balde.

Detrás de ella oyó el tierno balido de su carnero, y al escucharlo volvió el rostro y se encontró con Agiali, su novio, el campeón preferido de la hacienda en las luchas con las indiadas de las haciendas vecinas.

Era Agiali un mocetón alto, fornido, de soberbia contextura, anchas espaldas y cuello poderoso, sobre el que descansaba una cabeza redonda y gruesa.

Con el poncho cuidadosamente doblado sobre los hombros, bien ceñida la faja multicolora a la cintura y atravesada en el costado por la *quena*, [1] ostentábase en toda la gallardía de su juventud triunfante.

—Buena tarde, Wuata Wuara —saludó presentándole el cordero que traía en sus brazos.

—Buena tarde te dé Dios. ¿Has llevado tú a mi *hijo*?

[p. 18] —No. Lo encontré vagando por la pampa y lo recogí de ella.

---

1 Especie de flauta con cuatro agujeros delante y uno detrás y cuyo sonido es muy triste.

—¡Tanto que me ha hecho llorar el malo!

Y tomándolo de los brazos de su amado, se puso a besar el hocico de la bestia que, chillando, ocultó el testuz en el tibio seno de su dueña.

—¿Le quieres mucho?

—Mucho, mucho.

—¿Más que a mí?

—Más.

—Y dime, ¿verdad que ha entrado a la cueva?

—Sí.

—¿Y por qué has entrado?

—Porque creía que allí se había escondido éste.

—Pero ¿acaso no sabes que cuando se entra se corre el riesgo de llorar una desgracia?

—Lo sé.

—¿Y entonces...?

Hizo un gesto la india y se encogió de hombros sin responder, en vista de lo cual el novio, inquieto de veras, la reprendió con voz miedosa.

—Eso no está bien, Wuata Wuara. Recuerda lo que le pasó a Calisaya nada más que por haber entrado a la cueva. [p. 19]

—Sí; el pobre anda errante y con la prohibición de no volver nunca a la hacienda. ¿Sabes tú dónde está ahora?

—No sé. Alguien aseguró haberlo visto vagar cerca de la frontera, en la tribu de los Urus que, como sabes, llevan una vida muy fatigosa y cuya única ocupación se reduce a comerciar en pescado seco entre las comunidades de la costa.

—¿Y no cultivan nada? —preguntó curiosa.

—Nada. La mayor parte de su vida se la pasan en el lago. En él nacen y en él mueren; para ellos el lago es lo que para nosotros la tierra.

—¡Desgraciado Calisaya! Me parece que el patrón estuvo injusto con él, pues su falta no era tan grande para sufrir un castigo tan duro. ¿Qué culpa tenía de que cayese enferma su madre, obligándole a no cumplir con su obligación?

—No solamente estuvo injusto, sino cruel. Bastaba, por castigo, los azotes que le hizo dar con los soldados que trajo, pero no debiera haber ordenado que [p. 20] incendiaran su casa y destruyeran sus campos... Pero todo acaba. Ayer mismo mandó azotar a diez peones, de los que ya han muerto dos y los otros están en agonía.

—¿Muerto?

—Sí, muerto; vengo de haber dado sepultura a sus cuerpos.

Una sombra de tristeza pasó por el hermoso rostro de la india, que al cabo de algunos momentos de silencio, dijo tristemente:

—¡Qué desgraciados somos!

—Sí, ¡qué desgraciados y qué cobardes! —contestó con voz sombría Agiali.

La noche había cerrado ya por completo y el rebaño balaba desesperado y su balido resonaba triste en el silencio que envolvía la llanura incomensurable. Enormes y obscuros nubarrones habían cubierto rápidamente el cielo, y al través de las grietas que en ellos abría el viento que soplaba furioso, se divisaba irradiar las estrellas una luz pálida.

—La noche ya ha caído y parece que ha de llover; ¿quieres que te ayuda a conducir tu ganado? —preguntó Agiali.

[p. 21] —Sí, eso iba a rogarte. Vamos.

Y colocando una piedra en su honda lanzó un grito, arrojando aquélla con fuerza en dirección donde yacían agrupadas las ovejas, que, al oír el zumbido que produjo, se pusieron rápidamente en marcha, haciendo rodar algunas piedras por la vertiente de la colina.

—¿Has de ir a la fiesta, mañana? —interrogó Agiali.

—Me parece que sí. No tengo ningún servicio que me reate en la hacienda y, además, el patrón dice que ha encargado que todos asistamos a ella. Así me lo dijo Choquehuanka.

—¿E irá el patrón?

—Probable. Todo el día estuvo hablando con el cura del pueblo y, al venir acá, vi que paseaban solos, en bote, por cerca de la isla. Lo que me extrañó fue no ver a sus amigos.

—Yo los vi, en cambio. Vinieron a cazar vizcachas y se estuvieron toda la tarde, tira que tira.

—¿Y ellos te vieron? —preguntó alarmado el novio.

[p. 22] —No. Estuve oculta tras las rocas de la cumbre concluyendo de tejer el *ppullo* [1] que estrenaré mañana. Ha quedado muy bonito: ya lo verás en casa.

—¿No me has dicho que es blanco?

—Sí.

—Pues has de estar más hermosa que una *keulla* (gaviota) que por primera vez sale a volar de su nido. Ha de haber muchos que te miren con envidia.

—Con envidia no, porque saben que de mí no pueden conseguir nada. ¡Te quiero tanto!

—¿Más que a tu cordero?

—¡Más que a mi vida, más que a nada!— repuso vehemente.

Y esos dos seres rústicos e ignorantes se cogieron de las manos como dos niños, y con voz tranquila, melodiosa, entonaron una de sus canciones monótonas, alarmando a las aves centinelas que, lanzando agudos chillidos, remontaron su vuelo hacia las cuencas del río, cuyas aguas a esa hora parecían de tinta.

Y así, muy juntos y elevando siempre sus voces por encima del rumor que [p. 23] producía el ganado, llegaron a la casa en cuyo patio se divisaba, merced a los resplandores que difundía el fuego del hogar, el tronco grueso del anciano sauce cuyo ramaje espesaba más las tinieblas que sobre ella se cernían.

Al ruido que produjera el ganado entrando en tropel a la casa, salieron tres muchachos y todos cinco se pusieron a separar las crías de sus madres, operación que se hace colocándose una persona en la puerta del *aijero* (aprisco) que es baja y angosta, tan angosta que apenas permite la entrada de dos ovejas juntas, de manera que es difícil que pudiera escaparse una sola a la perspicaz mirada de los pastores.

---

[1] Especie de mantilla.

Concluida la faena se dirigieron a la cocina que en tiempo de lluvias hace de alcoba, donde en repugnante promiscuidad duerme la familia toda: padres, hermanos, tíos, amigos. Junto al fuego encontraron a Choquehuanka y a otros dos viejos de rostro vulgar e innoble que hablaban de la fiesta que habría de celebrarse al día siguiente, en una hacienda vecina.

—Buenos noches nos dé Dios, *achachilas* (ancianos), —saludaron los jóvenes al entrar.

—Buenas noches. [p. 24]

—¿Y por qué tan tarde? —interrogó la anciana dirigiéndose a la pastora.

—Porque se me perdió mi *hijo* y me entretuve buscándolo. Si no me lo lleva Agiali, me quedo toda la noche allí arriba.

—Siempre tan travieso. Querrás comer ahora.

—Sí, tengo hambre, y también Agiali ha de querer comer: me dice que todo el día lo hizo trabajar el patrón.

Y al recordar la clase de trabajo que le había dado, sintió que sus carnes temblaban desfallecidas.

—¿En qué te hizo trabajar? —preguntó Choquehuanka.

—Primero deshierbamos el patio de la casa de hacienda, y luego, y luego... ya ustedes saben —repuso vacilando el joven.

—Sí, enterraron a los muertos —concluyó uno de los que allí había con voz sarcástica.

—Se miraron unos a otros y se hizo un silencio grave, cargado de amenazas. Lo rompió Choquehuanka volviendo a preguntar:

—¿Saben ustedes qué tiempo permanecerá en la hacienda el patrón?

—Parece —contestó uno— que todavía no tiene intención de marcharse, a [p. 25] pesar de que no cuenta más que con el apoyo de sus amigos.

—¿Pensará que nos ha metido miedo y que de hoy más podrá hacer con nosotros lo que quiera?

—Eso es lo que vamos a ver. En cuanto a mí, confieso que si continúa imponiéndonos trabajos forzados, dejo la hacienda y me marcho. Estoy rendido de bregar como un burro y de ver sufrir a mis hijos. El otro día el mayorcito cayó enfermo, y fue el mayordomo y a punta de palos lo obligó a levantarse. De resultas de ello ya hace ocho días que no puede moverse de la cama.

—Eso es poco. Hacía tiempo que Nicola le debía el valor de un buey que, siendo pastor, se murió con mal de barriga; y como dejara pasar los días sin pagarle, tuvo cuidado el patrón de hacerle quitar sus dos mulas. Hoy no tiene nada y me ha dicho que si no se las devuelve, ha de hacer una barbaridad. ¡Ojalá hiciera!

—¿Y crees tú que se las devuelva?

—Bien podría, pues sabe más que ninguno que Nicola es un pobre y que [p. 26] quitándole las mulas le quita toda su fortuna.

—¡Ya veremos si se las devuelve!

Por segunda vez guardaron un silencio más pesado y en medio del cual sólo se oía el masticar de los jóvenes novios que devoraban con avidez retazos de *charqui* [1] negro y de *chuño* [2] cocido.

Algunos minutos después se levantaron las dos visitas, y a poco los novios, solicitados por los chiquillos, se fueron a coger nidos de perdices. Cuando se vieron solos Choquehuanca y Coyllor Zuma, aquél dijo en voz baja:

—¿Te has convencido? Es inútil todo cuanto hagas.

—Es cierto.

—No hay más que dejar las cosas como están.

—Es cierto —volvió a responder por segunda vez la india, que hablaba con la cabeza inclinada.— Es cierto. Hice lo posible porque cayera a mis lloros, puse todo [p. 27] mi saber en preparar mis conjuros, pero veo que todo es inútil: parece que Dios lo protege, y no hay que tentar contra Dios.

Lo dijo con miedo, sin atreverse a levantar los ojos, pues creía que iba a encontrarse con la mirada fulminante de ese Dios vengador y terrible de que a cada momento les hablaban los frailes.

Choquehuanka, meneando la cabeza, repuso:

—Dios no protege al malvado, Coyllor Zuma; Dios es grande y bueno. Lo que hay es que consiente, pero no por toda la vida. Así que, deja de hacer mal y no cargues tu conciencia con nuevos crímenes, porque es crimen, y muy grande, sacrificar criaturas. Yo he visto tus conjuros en todos los cerros, en todos los caminos, en todas las veredas, y él ha pasado por sobre ellos, los ha hecho pisotear con su caballo. El otro día vi que con sus amigos se entretenía en deshacer uno a latigazos, y vi cómo las cuentecillas corrían, las plumas volaban y ellos reían sin que nada les sucediera a ninguno. Ya ves pues: es en vano lo que haces.

—Sí, ya lo veo, y veo también que nosotros siempre abajo, y ellos... arriba.

[p. 28] —Esa es la vida, Coyllor Zuma. Arriba y abajo; así se vive. La rueda da vueltas presentando esos cambios; pero se me hace que hay algunos que nunca suben, que su destino es permanecer siempre abajo.

Se puso en pie, e irguiendo el busto, con voz calmada, agregó:

—Créeme, Coyllor Zuma; te lo dice un viejo: se anuncia para la raza grandes días, y desde la cumbre de mi vejez, yo los saludo.

Extendió los brazos y elevando los ojos al cielo se quedó así largo rato como sumido en el éxtasis de una contemplación sobrenatural. Luego cogió su nudoso palo que estaba junto a la puerta, y sin despedirse, salió de la cocina con paso seguro y firme.

---

1 Carne salada.

2 Patata seca al hielo.

II

[p. 29]

Largo tiempo anduvo el viejo Choquehuanka remontando la corriente del río Colorado, cuyas aguas cenagosas traidoramente se arrastran sobre su lecho de movible arena. Andaba lentamente el viejo, con la cabeza caída sobre el pecho, la mirada perdida en las sombras y evitando instintivamente los montones de piedras coronados de espinas que abundan en toda la pampa sirviendo de refugio a las lagartijas. De vez en cuando algunos bultos negros cruzaban a carrera por su delante, muy pegados al suelo con el que se confundían: eran los flacuchos perros de los pastores, que vagaban por la llanura buscando su alimento.

[p. 30] Pensaba Choquehuanka en las cosas tristes de la vida; pensaba en su raza que día a día iba cayendo en una postración absoluta; pensaba en los suyos tan miserables y tan pobres, y se sentía lleno de una tristeza negra, de una de esas que después de pasadas nos dejan un tizne en el alma.

Era Choquehuanka el ídolo de la hacienda Pucuni, y el respeto que se le rendía llegaba a las lindes de la adoración.

Juez de todas las causas, árbitro de todos los litigios, justo y recto, ni se encogía su corazón ante el miedo ni temblaba su voz al dictar una sentencia contra los suyos.

En su rostro severo se transparentaba la hermosura de sus sentimientos. Tenía la frente surcada por dos arrugas hondas; la nariz tajante como pico de águila; los labios finos; arrugadas las mejillas; la color de la tez moreno cobrizo pálido y los ojos pardos tirando a grises y de un mirar tranquilo, pero cansado. Como todos, llevaba el cabello largo y suelto; sólo que él lo gastaba sin cortar por la parte superior de la cabeza y blanco cual un copo de nieve.

[p. 31] Contaba más de ochenta y cinco años, cerca de noventa y, sin embargo, manteníase erguido su cuerpo de contextura recia, y sus brazos de viejo luchador aun conservaban la suficiente fuerza para sujetar por las astas y sin retroceder a un torillo de dos años.

Era rico, dando a esta palabra toda la amplitud que le dan los indígenas, pues tenía un par de yuntas un caballo y cincuenta cabezas de ganado lanar, y a pesar de todo se pasaba laborando sus incultas tierras con admirable constancia.

Propios y extraños, conocidos y no conocidos guardábanle consideraciones por sus virtudes, su carácter y su saber, y los mismos *cholos* [1] de los pueblos cercanos consultábanle acerca de sus negocios. Algunos le tenían en concepto de un consu-

---

[1] Clase intermedia entre la india y la del bajo pueblo, que habita generalmente en las aldeas.

mado *yatiri* (adivino) y no era de extrañar que sus augurios respecto del tiempo se cumpliesen, con lo que acrecentaba su fama de sabido. Pero lo que influía más para que su autoridad fuese respetada, lo que atraía sobre sí la consideración [p. 32] general, lo que pasaba de lo estupendo, llegaba a los límites de lo extraordinario y hacía que fuese mirado como un ser excepcional y único en la clase, era que entregado a sus lecturas, solía hablar de cosas nunca oídas, de aquellas que son buenas para soñadas pero no para sabidas.

Allí, en el obscuro rincón de su rústico cuartucho, encima de una mesa hecha con tablones, cubierta de periódicos amarilleados por el tiempo, tenía sus libros muy bien cuidados, puestos metódicamente en fila. Allí le habían sorprendido con la cabeza cana caída sobre un legajo mugriento y descifrando sus caracteres ininteligibles, unas veces; otras, con el libro abierto sobre las rodillas y la pupila húmeda por las lágrimas perdida en el lejano horizonte, y las más consultando un cartón en el que había líneas de diversos colores, rayas, dibujos exóticos y caprichosos. Y por eso, porque comprendían que siendo de los suyos por el corazón, era de los otros, de los blancos, por el espíritu, que es lo único que de bueno tienen, era por lo que le veneraban.

[p. 33] Fuera de eso, su bondad no conocía límites. Su corazón era una gran fuente en la que iban a beber todos los sedientos de ternura y de cariño.

Para las jóvenes solteras él sabía encontrar esas frases que suenan gratas al oído y se fotografían en el cerebro; para los jóvenes tenía narraciones de guerra y enseñanzas morales; para los hombres prudentes consejos y para todos, un fondo inagotable de bondad y de piedad. Quería a todos, pero más qué a nadie a Wuata Wuara. Con sus atenciones, ésta, de hija solícita y mimada, con sus sacrificios de buena esposa a veces, habíase atraído todo su cariño y era ella la depositaria de su ternura. Sin hijos y sin parientes, es decir, tronco sin ramas y sin frutos, a ella había cobijado bajo su sombra raquítica; y con sus consejos, con sus advertencias, había logrado infundir un soplo de alma en ese cuerpo gallardo, había hecho de esa pobrecita cosa una mujer. Una mujer, sí, con coquetismos infantiles, con alguna noción de dignidad y de vergüenza, pero ¡esto es lo extraño! —la había dejado en la ignorancia y en la ceguedad.

[p. 34] Conocimiento del mundo y de la gente, conocimiento de las cosas de la vida, sí, se los había dado, pero a medias, y es por eso que Wuata Wuara cuidaba de su persona, adornaba sus cabellos con florecillas silvestres, tenía afición a las aves, gustaba de los aires melancólicos de su tierra, era casta y pudorosa, pero permanecía tan ignorante como las demás, sus hermanas, y tenía supersticiones y creencias absurdas. ¿Y por qué había hecho esto Choquehuanka? ¿Acaso por egoísmo? No, diversas pruebas tenía dadas en contrario. ¿Y entonces? ¡Quién sabe! ¡era el secreto del viejo luchador! Pero a nadie tampoco había llamado esto la atención; nadie había preguntado el motivo de tal reserva, porque para ellos vivir no es tener conocimiento de alguna materia, es llenar el estómago, es reproducirse instintivamente y cumplir, en fuerza de sudores, la labor diaria que da para comer aunque no para ahorrar, ni mucho menos para asegurarse el pan de mañana...

Y en ellos pensaba esa noche Choquehuanka, en la existencia miserable que se veían forzados a llevar por la indolencia de los blancos y por la de los gobiernos que se preocupan de todo menos de lo que entraña algún interés positivo, y sentía que una oleada de lágrimas invadía sus pupilas algo cansadas por el espectáculo de la vida. [p. 35]

...Detuvo su marcha, se apoyó en su nudoso palo, y en visión cinematográfica, hizo que pasara ante su mirada el modo de ser y de vivir de los suyos tan miserables.

Comienzan a ser desgraciados desde su nacimiento, puesto que muchas veces nacen al aire libre, en medio del campo, pues sus madres no se preocupan de tomar precauciones cuando se hallan embarazadas, por lo que algunas veces, en la fuerza de su labor agrícola, siéntense atacadas de los dolores de la maternidad y paren allí, en el campo, bajo los ardientes rayos del sol en algunas ocasiones, y en otras ferozmente azotadas por la lluvia, y las más cuando el frío abre grietas en los labios y agarrota los dedos imposibilitando manejar las herramientas de labranza. Y sin hacerles sentir la suavidad de pañales que aunque de tela ordinaria serían siempre mejores que los fabricados por ellas de lana burda y que resultan más [p. 36] áspero, que la misma tierra, los cuelgan de sus senos pasándose por los hombros una tira de lienzo, y los crían de ese modo, sin preservarles del sol, hasta la edad de dos años, y mirándolos como retazos de carne animada que gruñen cuando las necesidades les acosan y que huelen mal cuando ceden a esas mismas necesidades. Una vez que han aprendido a caminar, aún disminuye la vigilancia que sobre ellos se ejerce y los abandonan en medio de los patios infectos de las casas, junto con las gallinas, los conejos y los corderitos recién nacidos que, acurrucados en un rincón, tiemblan sobre sus débiles y gelatinosas patas chillando de lo lindo; y en su compañía, apartando a los conejos que se les meten bajo las piernas, luchando con las gallinas que amenazan picotearles los ojos y que les roban en leal combate el puñado de maíz tostado que les han servido, revolcándose en sus propios excrementos y en el de los animales, llegan a los cuatro o cinco años en que ya principian a luchar con la naturaleza, pastoreando los rebaños diminutos de cerdos que hociquean en las lagunillas que por las lluvias se forman cerca de las casas. Sin [p. 37] otro abrigo que la camisa tosca de lana de oveja, abierta por el pecho y la espalda y ceñida a la cintura por una soga; cubierta la cabeza por un morrión viejo de soldado, desnudos los pies, véseles a esa edad perseguir a pura piedra a los cerdos que se apartan del rebaño, arrastrando tras sí un retovo que contiene la comida del día y que se compone de un poco de *chuño* cocido con algunos retazos de *charqui*, y unos puñados de maíz amarillo tostado y no más. Y desde que sale el sol hasta que se pone, ora soportando los rigores de éste, ora resistiendo los embates del viento huracanado que requema su cutis, teniendo por compañero un perrillo flacucho, se la pasan contemplando la naturaleza desnuda y agreste del país y los horizontes de las pampas las cuales se extienden como un mar de plomo y que de mañana y de tarde toman apariencias fantásticas. De los cinco años a los doce son más pesadas sus ocupaciones, porque tienen la obligación de llevar el ganado ovejuno a distancia de muchos kilómetros, a los cerros donde verdea la paja recién salida o a los pantanos donde las gaviotas hacen sus nidos. En ellos se hacen [p. 38] prácticos para distinguir, en fuerza de tanto trajinar, las aguadas que en su fondo ocultan el cieno y que son especie de cisternas donde si se cae, pocas veces se sale con vida, de las que corren sobre un suelo firme y resistente; allí ya van provistos de sus *quenas* y de sus *cicus* (zampoña) para aprender a modular los aires melancólicos de la tierra y a ponerse en contacto íntimo con la naturaleza, que después ya para ellos no tiene ningún encanto; allí es donde se sirven de la honda, no como un objeto de recreo, sino como un arma de combate; allí comienzan a ser hombres, a saber que la vida es triste y a beber el odio contra los blancos, ese odio inextinguible y que es causa de muchos males, y lo adquieren oyendo relatar la tiranía y la crueldad que usan éstos para con los suyos; allí se hacen supersticiosos escuchando narrar los prodigios que realizan los *yatiris* (adivinos); allí, por último, principian a ver en los frailes los representantes de Dios en la tierra y a rendirles, a la par que respeto, veneración, una veneración ciega, rayana en el fanatismo... [p. 39] Después, sus labores son más rudas. Se entienden con el arado, con la dirección de las yuntas y con el transporte de sus miserables mercancías, transporte pesado que se hace a lomo de burro y recorriendo distancias inverosímiles. Se inician en efectuar negocios con los pueblos vecinos primero y en seguida a emprender grandes expediciones a los *yungas* [1] donde crecen los palos que sirven de remos y las cañas más dulces que el azúcar; a los valles en que se proveen de maíz para todo el año y de frutas que canjean con *chuño* y *chalonas* [2] y, ya por fin, de aprender a servir en la hacienda y de ir a La Paz de *pongo* (sirviente) a la casa del patrón, donde refinan su gusto, adquieren ciertos modales y se enteran de la lengua castellana que nunca la hablan por mucho que se sienten con buenas disposiciones de hablarla.

Y así observando esta vida fatigosa y ruda, es como constituyen una raza de hombres fuertes, capaces de soportar miles de privaciones sin menoscabo de su salud.

[p. 40] El indio es frugal, y cuando no tiene qué comer, puede pasarse días enteros con algunos puñados de coca y otros tantos de maíz tostado. Para dormir le basta el suelo duro, y si a mano encuentra una piedra que le sirva de almohada, duerme sobre ella sin sentir fatiga ni dolores, y duerme bien por mucho que no haya tenido para cubrir su cuerpo otra cosa que su poncho. Descalzo, pues que las ojotas sólo las usa cuando el terreno es muy pedregoso, jamás se queja de la asperosidad del suelo, asperosidad que, por otra parte, no la siente, porque la costra que cubre la planta de sus pies, es tan dura como el casco de un caballo. Calor, frío, todo le es igual; parece que su cuerpo no fuera sensible a las variaciones atmosféricas. Andariego como nadie, ni le acobarda la distancia, por mucha que sea, ni para hacer sus viajes toma precauciones: sabe que ha de volver al punto de su partida y vuelve, no importa el tiempo transcurrido.

Amante del terruño, del retazo de suelo en que nació, fiel como el perro a la mano que le da a comer, ni abandona su hogar ni menos lo destruye, por más que [p. 41] sufra en él toda clase de miserias. Si a orillas del lago ha nacido, oyendo sus rumores ha de morir; si el sol de los valles ha calentado el cuero que le sirvió de colchón, bajo ese sol ha de acabar sus días. Jamás uno que es de la puna se aviene

---

1 Vegas de los trópicos.

2 Carneros desollados y secos al hielo.

en los trópicos; y si a ello se le obliga, si se le fuerza, le invade pronto la nostalgia, una nostalgia sombría.

Cariñoso cuando, por extraño contraste, siente dentro su pecho la tibieza de una afección, es cruel, malo y vengativo cuando odia. Fuerte en sus amores y más fuerte en sus odios, no conoce términos medios, no sabe equilibrar sus pasiones, y ama u odia, pero con fuerza, con toda la impetuosidad de sus brutales instintos.

Si por acaso un blanco logra atraerse sus simpatías, lo sirve como una bestia, hace lo que humanamente puede hacerse para agradar. Y sumiso, cariñoso, como no le es dado ponerse en su nivel intelectual, le agasaja, convidándole todo lo mejor que hay en su casa... Empero, cuando odia... ¡es terrible!

El indio es feroz hasta la repugnancia, hasta lo inconcebible. No hay nada que supere ni siquiera que iguale a su ferocidad. Es receloso y desconfiado; la descon- [p. 42] fianza la tiene metida en la sangre, la lleva y transmite por herencia y es feroz por atavismo, porque gravita en él el odio acumulado de muchas generaciones muertas bajo el peso del despotismo salvaje de los blancos. Por lo demás, el indio, de nada llega a apasionarse de veras. Todo lo mira con suma indiferencia y por lo común vive sin entusiasmos, sin anhelos, en un quietismo netamente animal. Cuando se siente muy abrumado, cuando se atacan sus mezquinos intereses, entonces recién despierta de su estupidez y se venga, como las fieras, dando un zarpazo. Destruye, mata, aniquila, roba, sin consideración alguna que lo detenga, y después de desfogar sus impulsos, se siente satisfecho y aliviado. No importa que después venga la represalia y el castigo. A la una no la teme y al otro lo recibe sin protestar, sumiso como la bestia que aguanta el golpe, sin quejarse, pasivamente.

La mujer comparte de esta misma educación, de este mismo modo de ser y hasta en ocasiones sus faenas son más fatigosas. Ella, si bien no hace viajes largos ni maneja el arado, en cambio cuida de las bestias del hogar; y en las siembras y [p. 43] cosechas se encarga de seleccionar la semilla, tarea pesada, que consiste en separar lo menudo de lo que constituye el desperdicio; teje y labra; ordeña, cocina, se procura del lago el alimento de los cerdos y de los bueyes; se interna en él en busca de los peces menudos, que cocidos y tostados sin sacarles las entrañas, constituyen uno de los principales alimentos de los indígenas costeros.

En sus odios es tan exaltada como el varón. No conoce ni gusta de las exquisiteces propias del sexo. Ruda y torpe, se siente amada cuando recibe golpes del macho; de lo contrario, para ella no tiene valor un hombre. Hipócrita y solapada, si quiere, quiere como una fiera y arrostra por su amante todos los peligros. En los combates, ella está a su lado incitándole con el ejemplo, dándole valor para resistir, por más que ya toda resistencia sea inútil.

La primera en dar cara al enemigo y la última en retirarse en la derrota, jamás se muestra ufana con el triunfo, y los laureles que conquista los cede a su macho, al que ha despertado en ella pasiones y cariños, y sufre todo lo que éste le impone [p. 44] sin quejarse ni demandar compasión, y sin permitir que nadie tampoco la consuele cuando sufre contrariedades, cuando es martirizada estúpidamente por su compañero.

Y así los vio en esa noche Choquehuanka, sufridos, pacientes, olvidados de su pretérito, inseguros de su presente y sin anhelos para su porvenir, pero sintiendo gravitar en su alma el rencor sordo con que los débiles e hipócritas soportan la tiranía de los grandes.

Y pensó que de su raza se podía hacer una raza de hombres superiores y fuertes; que educando, instruyendo a los suyos, los blancos podrían tener, no esclavos como ahora, es cierto, pero sí compañeros fuertes, valerosos y sufridos. ¿Qué eran ahora? Eran bestias por sus impulsos, por sus pasiones rudimentarias y más que bestias todavía por sus vicios. De los inconscientes tenían todos sus apetitos, y si algo conservaban de los hombres era la forma, la conformación externa, y aun eso deformada por rudas labores, por añejos atavismos... Y también [p. 45] pensó Choquehuanka, por una incompleta sucesión de ideas, vagamente, que la vida de las razas estaba expuesta a seguir las mismas variaciones que la vida de los hombres, y eran aquéllas fuertes en la edad viril y miserables en la senectud, y se le hizo que acaso la suya llegaba a las lindes en que se pierte la personalidad de una raza y sólo se conserva la agrupación informe de seres ligados entre sí apenas por afinidad de costumbres...

...Y sobre ese único digno representante de los aymaras, cayó la tristeza inconsolable de los grandes infortunios...

...Seguía andando.

Un aire frío, cortante, arrancaba de los pajonales silbidos prolongados, que en las cuencas del río tomaban modulaciones graves, y escasamente se podía distinguir las siluetas de las casas perdidas en la medrosa obscuridad.

Al acercarse a una, situada en la orilla del río y que apenas se podía divisar, fue detenido por el desesperado ladrido de un perro que avanzaba en su dirección. [p. 46] Requirió el palo y se puso en espera del can, que a pocos pasos se paró en seco y se puso a ladrar con verdadera furia, ahuyentando a las aves nocturnas que levantaron pesadas el vuelo y se alejaron dando gritos.

¡Condenado perro! ¿Es que ya no conocía al viejo Choquehuanka, al cariñoso amigo del amo y había perdido el olfato hasta el extremo de creerle un vulgar ladrón de gallinas? Tuvo cólera y le entraron ímpetus de darle un palo, pero oyó la voz de Tokorcunki, que, somnoliento, gritaba:

—¿Quién es?

—Oye, soy yo, y llama a tu perro, que, por viejo, parece que ha perdido el olfato.

—¿Eres tú, padre?

—Sí, soy yo.

—Espera, que voy a castigar a este ladrón. —Y se oyó el zumbido de una piedra y al mismo tiempo un ladrido de dolor del animal, que escapó quejándose.

—Haces mal, Tokorcunki, en apedrear al perro; ¿qué culpa tiene?

—Es que a ti no debe ladrarte; tú eres de la casa, eres amigo, y a los amigos nadie debe recibirles mal. Pero entra, debes venir cansado y con frío, la noche está fresca.

[p. 47] Y cogiéndole de la mano, lo introdujo a la cocina, en cuyo hogar aun se veía chisporrotear la llama.

Sobre el *patajati* (lecho) de barro y encima de *kesanas* (tendido) de totora seca y de color amarillento, estaban recostados tres chiquillos sucios y haraposos, de caras ennegrecidas por la mugre. Un poco más lejos, la mujer, con el áspero cabello en completo desorden, apenas cubierto el busto por la camisa de *tocuyo* [1] casi negra, y por cuya abertura se veían los senos, unos senos rugosos, caídos y que parecían dos vejigas desinfladas, se refregaba los ojos legañosos con una mano, mientras que con la otra se rascaba la cabeza, produciendo un ruido como el de un ratón que royera algo duro.

De las paredes, negras por el humo, y pendientes de estacas de madera, colgaban sogas, cabestros, canastillas y útiles de pescar. Metido en un agujero cuadrado se veía brillar la embocadura de cobre del *pututo* [2] y colgado en posición horizontal el bastón con puño de plata instrumentos ambos que constituyen la [p. 48] insignia del jefe.

—Buenas noches, *mamita* —saludó Choquehuanka al entrar.

—Buenas noches, *tatito.*

Acercó Tokorcunki un cajón de alcohol, vacío, junto a la lumbre, y pasándole su bolsa de cuero negro, vieja ya por sus muchos años de servicio, repleta de coca, le dijo:

—Siéntate, padre y descansa. ¿Qué nos traes de bueno?

Acercóse Choquehuanka a la lumbre, y sin aceptar el asiento que le ofrecía, repuso, cascando un retazo de *llucta* (lejía):

Nada de bueno traigo, y si he venido ha sido porque el patrón me ha encargado te diga des orden ahora mismo a todos los peones, para que mañana vayan a la misa que se ha de celebrar en la hacienda Chachopoya. Quiere que ninguno falte.

—¿Que ha encargado el patrón que asistamos a misa?

—Sí; esta tarde me lo dijo.

—Es extraño. Desde que su padre compró la hacienda, no me acuerdo que nunca haya dado tal orden. ¿Qué será lo que pretenda? [p. 49]

—Quién sabe; acaso el cura del pueblo le haya insinuado al patrón que asistamos...

Tokorcunki meneaba la cabeza en señal de duda, en vista de lo cual calló Choquehuanka. Siguieron algunos instantes de silencio, al cabo de los cuales aquél se acercó al agujero donde estaba su *pututo* diciendo:

—Voy a llamar a los alcaldes. —Y salió.

Un bufido poderoso, grueso, mesurado, cuyas notas se sucedían en perfecta graduación desde la más aguda hasta la más grave, profanó el silencio de la noche y se extendió por la llanura dilatada que parecía dormir. A poco, y como si fueran los ecos que volviesen, resonaron otros muchos en distintos puntos, pero débiles, amortiguados por la distancia.

—Ya vienen; ¿quieres hablarles tú?

—No: todo el día he andado y tengo ganas de dormir. Adiós.

—Adiós, padre.

Salió Choquehuanka y., de vuelta, se puso en marcha hacia su casa, que estaba

---

1 Tela burda de algodón.

2 Bocina de cuerno que emite un sonido hueco y muy triste.

[p. 50] en la orilla del lago, en la falda lateral del cerro Cusipata, al pie mismo del templo en ruinas. Una vez que hubo llegado a ella, sin encender lumbre, se tendió sobre su *kesana* y, arrebujándose con un poncho, se durmió.

A lo lejos se oía el saludo de los abutardas a la aurora.

III

[p. 51]

Al frente de la comitiva que marcha a la fiesta con paso de caravana fatigada y doliente y haciendo flamear en las manos la bandera multicolora que distingue al jefe de los demás, camina el filósofo indio con la mirada perdida en el lejano horizonte, limpio de sombras.

Alárgase polvoroso el camino bordeando la vera del lago y rompiendo tupidos cebadales que balancean sus pálidas espigas al soplo del viento helado, y alárgase hasta esfumarse en el lomo de una achatada colina que aparece allí lejos y a cuya falda se yergue un santuario cuyas torrecitas blancas, medio se destacan sobre el sosegado horizonte.

Hociquean algunos cerdos los leganales de la orilla, internan otros las patas [p. 52] para hurgonear los desperdicios que arrojan las olas, y los bueyes, con paso lento y majestuoso, levantando arriba el testuz, se internan en el lago bufando de alegría, satisfechos de recibir las caricias del elemento.

Revolotean en el espacio las gaviotas buscando la presa sobre la que han de caer; cruzan el horizonte en numerosas bandadas los chorlitos; alargan el cuello los vistosos y coquetones flamencos, cuyo rosado plumaje despide chispas, cesan de triscar las ovejas, y todo parece alegrarse al paso de la caravana que cruza lentamente, al son monótono que un ciego montado en un burro y churrigueresca-mente vestido arranca de una *quena* (flauta), y al tintineo hueco y sordo que un muchacho lleno de cascabeles y pintada la cara de negro, arranca del tambor y los cuales ocupan sitio detrás del viejo Choquehuanka.

Al lado de éste, orgullosa y feliz, marcha Wuata Wuara.

Sobre el apretado jubón de terciopelo azul que pone en claro la curvatura de su exuberante seno, lleva cruzado y doblado el *pullo* (mantilla) que ha tejido y que [p. 53] forma un contraste armonioso con el color verde mar de la pollera flequeada por cintas verdes y azules. Está hermosa, hermosa como jamás. En sus grandes ojos llenos de sombras, bailotea la más pura alegría.

Vienen a continuación los alcaldes y las autoridades de la hacienda mezclados con los hombres de respeto y los *achachilas* (ancianos) de experiencia; siguen a pie los jóvenes guerreros entre los cuales Agiali se distingue por su atlética estatura; y por último, las mujeres vestidas de colores chillones y formando un conjunto vistoso. Los más entusiastas de ambos sexos, cierran la comitiva lanzando al viento los gritos de ¡huiphala! ¡huiphalita! —que expresan el colmo de la satisfacción.

Los hombres, como de costumbre, cuando de una fiesta se trata, van vestidos con elegancia y hasta con lujo. La chaqueta de casimir o de paño azul, verde o negro, llévanla corta hasta más arriba del talle pero bien ajustada, llena de [p. 54] bordados de hilo la solapa y de pespuntes las mangas; el chaleco igualmente pespunteado y el calzón partido por detrás y en forma de campana desde las rodillas y que permite lucir el amplio calzoncillo azul como el cielo. Donde se esmeran más es en los zapatos, de suela triple, de punta algo cuadrada, de color saltante y de caladuras caprichosas, y en el gorro multicolor rematado en una borla de lana y airosamente puesto sobre la cabeza, cuyos bucles ásperos y negros como la tinta caen desordenados sobre las espaldas. La faja bien ceñida al talle llévanla atravesada de un lado por el cuchillo de brillante hoja y del otro por la *quena* guarnecida de dibujos caprichosos.

Las mujeres ostentan un lujo aun más llamativo. Sus jubones escotados que ponen al descubierto la camisa de *tocuyo,* bordada, y que ceñida al busto dibuja sus exuberantes contornos, son de panilla y están adornados de lentejuelas que brillan como diamantes bajo el sol de invierno. La pollera, de color distinto al del jubón, es de mucho vuelo y corta hasta media pierna, y la elegancia en ellas [p. 55] consiste en llevar muchas, las más que se pueda y todas de diverso color para que en las vueltas de la danza sea posible contar su número: es por eso que de la cintura para abajo son extremadamente gruesas. Desnudos llevan los pies y desnuda la cabeza artísticamente peinada y llena de cintas y coronas. Las más jovencitas, las que apenas cuentan diez años, enlazadas amorosamente, al compás de la *quena* y del tambor, van cantando, con voz de nostalgias, las canciones melancólicas del terruño.

Y así, ese grupo lleno de color y de vida, marcha por el camino polvoriento.

Y siempre al ruido del tambor que el muchacho no deja de batir y de la quena que el ciego no se interrumpe en soplar ora pasando por la vera de los sembradíos de cebada que se mecen y se agitan, ora atravesando charcas y ciénagas, al fin, después de una hora de marcha, llegan al santuario de la hacienda vecina, cuyo peonaje está entregado al más loco entusiasmo.

Inusitada confusión reina en el cementerio del templo, largo y espacioso, capaz de contener dentro dos mil parejas de bailarines. Comparsas de éstos pueblan el [p. 56] espacio con los monótonos y tristes acordes de sus músicas. Aquí formando rueda, danzan los *sicuris,* cargando sobre la cabeza una especie de colosal paraguas invertido, hecho de plumas de cisne y adornado en el centro con ramilletes de flores de papel; allá contorsionan los *cullaguas,* cuya música triste arranca lágrimas a los ojos; acullá los *phusiphiyas* forman rueda, lanzando por sus flautas extremadamente gruesas, notas bajas, solemnes y armoniosas; más lejos, brincan y corren los *kenalis,* cargando sobre las espaldas pieles disecadas de vicuñas tiernas, y, por último, los *choquelas* y los *huaca-thocoris,* éstos metidos en caballos y bueyes de yeso huecos, corren, saltan, gritan, van y vienen, y en toda la extensión del cementerio no se ve otra cosa que el ondular de la muchedumbre, que parece un mar de flores. Como casi la mayor parte de los indios, por no decir todos, han refinado su gusto haciendo de *aparapitas* (cargadores) en La Paz, hay cierta distinción en sus maneras y se echa de ver que no carecen de gusto en la indumentaria.

[p. 57] Repiquetean las campanas del santuario. produciendo un tintineo que apenas logra oírse por la algarabía de los bailes; y de las torres, adornadas con banderas de todos los países, se arrojan frutas, se hacen reventar cohetillos, cuyo estampido atrae las miradas y pone miedo en el corazón de los chicuelos.

Humea el incensario en el altar y chisporrotean los cirios a los pies de las imágenes de estuco, que la piedad de los fieles indígenas ha ataviado con prendas ridículas y repugnantes.

Allí, embutida en una especie de nicho, osténtase la de la virgen María. No han tenido cómo adornarla y la han puesto un traje de seda antiguo de mujer, raído y acribillado de costurones que han tenido la precaución de remendar con géneros de diferente matiz y color: al ver los dibujos y los arabescos que lo adornan, piénsase que ha pertenecido a una cortesana.

Al frente de ella, en el áspero muro de la izquierda, colgado de una gruesa soga, vese un lienzo de colosales dimensiones y que representa a un hombre de pie en una llanura que se extiende hasta perderse de vista, armado de un gran fusil [p. 58] Remington, y a pocos pasos de él, otro, caído de bruces, con el desnudo cuerpo ensangrentado y pálido rostro rebosante de sufrimiento. En el marco del cuadro léese (¡sublime genialidad de artista!) esta inscripción en letras muy gordas: *Abel muerto por su hermano Caín.*

Inmensa turba yace arrodillada y confundida en el recinto del templo, del que se eleva un baho caliginoso, asfixiante, enloquecedor y que provoca a náuseas.

El sacristán, vestido de rojo y de blanco, discurre de aquí para allá repartiendo empellones, dando cachetes, profiriendo palabrotas y pisando a los pobres indígenas que humildemente se apachugan y se apartan recogiendo sus ropas nuevas para preservarlas de los pisotones del acólito, que, con una imagen en la mano, mugrienta y apestosa, cuya base es un gran platillo, recorre las filas cada vez más furioso con la tarea, dándola a besar, o mejor, aplastándola a los labios de los fieles, los cuales depositan en el platillo la obligada limosna que se les pide con objeto de refaccionar el templo, pero que, en realidad, es para locupletar los bolsillos del clérigo. [p. 59]

Éste, de pie en el altar mayor, contempla a la muchedumbre, engrosada considerablemente desde el repiqueteo de las campanas, y después susurra algo en los oídos de sus jóvenes amigos que, sentados en sus sillones, le oyen sonriendo maliciosamente. Uno de ellos es Alberto Carmona, el patrón de la finca Pucuni, y los otros que le acompañan sus amigos e invitados.

Es un hombrón, el cura, como de cincuenta años de edad, grueso y bien plantado. Moreno, muy moreno, aunque quisiera, no podría negar su origen netamente indígena. Su rostro es repugnante por lo deforme. Caídos tiene los belfos, hundidos en las órbitas los ojos microscópicos, inflados los carrillos, cerdoso el pelo y las orejas grandes y negras.

Alberto Carmona es un hermoso ejemplar de la especie humana. Alto, de complexión proporcionada a su estatura y bien parecido hace lujo de un valor rayano en la temeridad. Díscolo, altanero, cruel, toda su vanidad la cifra en la robustez de sus puños, con los que quiere resolver la más nimia cuestión: es un [p. 60] gañán apto para desempeñar las faenas de cargador.

Pepe —(así le llaman los amigos)— Pepe Alcoreza es un buen muchacho. Bonachón, sencillo y quizás hasta cándido, tiene el raro don de saber divertir a los amigos que le quieren y le aprecian viendo en él una pieza indispensable para cualquier excursión; pero quien se lleva las palmas y se hace digno de estudio, es Darío Fuenteclara, el poeta de las estrofas nebulosas y tristes, el de los sonetos baudelarenianos, el insigne vate celebrado en los salones del gran mundo, el autor del tomito «*Lacrimarium*», cuya fama había logrado atravesar las fronteras y hacerse aplaudir por algunos poetas como él nebulosos e incoherentes.

Pequeño, gordinflón, de grandes melenas, hácese notar principalmente por su verbosidad mareante, verbosidad que le atrae el respeto y las consideraciones del común de las gentes, que ven en él un genuino representante de la intelectualidad del país. Así se lo dicen, y es por eso que él créese un gran talento. Más aún: un [p. 61] genio obscurecido por el medio ambiente de una sociedad poco menos que ignorante. Y por eso también que se aísla en su torre de marfil y sólo consiente que compartan de su amistad los superiores, los que acarician un ideal grande.

Indudablemente, el mejor entre todos es Manuel García, muchacho estudioso, inteligente, modesto, pero falto de voluntad. Masa dispuesta a correr de un lado para otro según la mano que lo guíe, sería héroe o asesino según las circunstancias y el momento.

Lígalos a todos amistad sincera y franca. Suficientemente ricos para satisfacer a poca costa caprichos y necesidades, gozan de una independencia casi absoluta sin estar reatado ninguno por compromiso, deber u obligación, y es por este motivo que se divierten a sus anchas en la hacienda de Carmona, asistiendo a las cacerías que éste dispone y recorriendo los pueblos vecinos en busca de muchachas bonitas con quienes armar orgías locas.

En este día han querido complacer a Carmona yendo a escuchar la plática que [p. 62] le tenía abonada al cura del cantón, y es por eso que se encuentran en el altar mayor del santuario, ostentando una gravedad que no sienten y burlándose interiormente del venerable cura que, erguido y con los brazos cruzados sobre el pecho, contemplaba con avidez ese rebaño arrodillado a sus plantas, buscando a alguna india joven que no hubiera recibido sus paternales caricias, pero buscaba inútilmente. Todas, o por lo menos la mayor parte, le habían pertenecido, y de esos niños que entonces poblaban con sus rumores de llanto el templo, acaso la mayor parte eran su hechura...

—¿Qué espera usted, señor? Yo creo que ya es hora; nos aguardan en casa, y antes tenemos que ir a las ruinas.

—¡Calma, joven, calma! ¡Con paciencia se gana el cielo!

—La paciencia es virtud de tontos.

—¡Qué cosas tiene usted! ¿Y por qué se apresura tanto?

—Lo hago por mis amigos. Son más de las once.

Y notando que no apartaba sus ojos de la puerta, añadió:

[p. 63] —¿Es que espera usted a alguien? En ese caso...

Dio un salto el cura, y señalando a Wuata Wuara que entraba entonces precedida de los suyos, gritó:

—¡Mirad! ¡Ya está ahí!

—¿Qué cosa? ¿Quién ya está? ¿A quien vamos a ver?

—A aquella india del pullo blanco, a la que ha entrado en este momento.

Dirigieron todos la mirada hacia la puerta y vieron que la india, de pie en medio de la muchedumbre arrodillada, buscaba un sitio de donde oír la misa.

—¡Ah, sí! ¡qué hermosa mujer! ¿Cómo se llama? —preguntó, interesado, García.

—No sé cómo se llama, pues tiene un nombre endemoniado. Pero ¿acaso no la han visto nunca ustedes? —interrogó con extrañeza el cura.

—Nunca, ¿y por qué pregunta usted eso?

—Por nada... porque creí que...

—¿Es de Pucuni? —inquirió, codicioso, Alcoreza.

Vaciló un momento el cura en responder y dijo:

—Tampoco sé a qué finca pertenece; yo sólo la conozco por la fama de [p. 64] hermosa que tiene y por...

—En confianza, señor cura —le interrumpió Carmona; —¿se ha ido a confesar alguna vez con usted? ¿La ha retenido usted en su casa?

—Dios me libre, amigo, de eso. Aun no tengo ganas de morir.

—¿Y por qué de morir? Si usted no se explica, le prometo que nunca sabré el significado de sus palabras.

—Porque esa india es el ídolo de toda la comarca, y me dicen que la protege un viejo imbécil que se da aires de muy sabido y cuyo influjo sobre la indiada es pernicioso, pues por él se promueven disturbios y levantamientos. Yo creo que habría necesidad de ponerlo bajo de sombra, y de ese modo se evitarían muchos disgustos, —repuso con rencor el digno cura.

—¿Y cómo se llama ese indio?

—Choquehuanka

La extrañeza del joven fue grande.

—¿Choquehunaka? No es posible, usted está mal informado, señor. Choquehuanka es mi colono, y me consta, al contrario de lo que usted dice, que por él se [p. 65] mantiene el orden en estos lugares.

—Se engaña usted. Choquehuanka es un viejo hipócrita que delante de los blancos alardea de sumisión y respeto, pero que a los suyos los instiga constantemente a la insubordinación... Y le voy a dar un consejo: fíese usted de todo menos de ese viejo. Cuidado que le juegue una mala partida.

Lo dijo con voz ronca y ademanes descompuestos, y Carmona vio claramente que no era sólo rencor el que le tenía, sino un odio profundo, implacable.

—Gracias por su consejo y andaré prevenido. ¿No dice usted que Choquehuanka protege a aquella india?

—Sí, señor.

—Pues entonces ha de ser de la hacienda, y lo que me extraña es que no haya ido a saludarme. Yo lo averiguaré.

Entretanto el sacristán había terminado la colecta y volvía contando las monedas del platillo, visto lo cual el cura se dirigió a un cuartucho hediondo que hacía las veces de sacristía y a poco salió cubierto con una vestimenta asquerosa, llena de [p. 66] mugre, deslucida, y comenzó a oficiar.

Fuera, se echaron a vuelo las campanas repicando a gloria, se hicieron reventar cohetes, y las comparsas de bailarines, tocando pasos dobles, se aproximaron de rodillas a la puerta del santuario que resplandecía por la profusión de luces.

A media misa, y después de elevar la hostia, el clérigo hizo una seña, ante la cual enmudecieron las campanas, cesaron de soplar los bailarines, y un silencio respetuoso sucedió al bullicio.

Y entonces aquél, en estilo abundoso en frases sonoras, habló, y por primera vez dentro los muros de ese santuario se oyeron los más estupendos... absurdos que pudieran brotar de un cerebro. Habló, —no para los indígenas que nada entienden de estas cosas, sino para ufanarse delante de sus jóvenes amigos del prodigioso caudal de sus conocimientos; habló de las desigualdades sociales y de raza, y, sentó [p. 67] el principio de que dichas desigualdades eran necesarias para la conservación de la especie; dijo que había una clase de hombres fatalmente obligados a servir y otros a ser servidos; que ellos los blancos, como que constituían una raza superior y eran descendientes de Dios, tenían forzosamente que dominar y tener bajo su blanda coyunda a los indios, que eran hechura del diablo y que constituían una raza infame, encenagada en todos los vicios; que la obediencia era la primera de las virtudes y que todo obedecía en la naturaleza. Después, remontándose a un orden de consideraciones más elevadas, maldijo la ciencia, conceptuándola impotente, e hizo derivar todo de Dios, hasta la maldad y la locura; tronó contra la impiedad moderna y, de sopetón, en brusco descenso, sin que nadie lo previera, trajo a colación la caridad de los pueblos antiguos para con los sacerdotes, y por último concluyó maldiciendo la especie de irreligiosidad que iba notando entre los fieles, debido a la perniciosa influencia de un condenado hereje.

—¡Ah, sí! ¡Malditos los que no saben guardar las consideraciones debidas a los ministros del Señor en la tierra, pues arderán en los infiernos por siempre sin que [p. 68] nadie los compadezca! ¡Malditos los que escuchen otros consejos que no sean del confesor o del patrón, y se resistan a obedecer los mandatos que éstos les impongan, porque sus cuerpos serán devorados por los buitres y sus almas no encontrarán reposo ni alivio! ¡Malditos!...

El buen cura lanzaba sus anatemas tan verdaderamente indignado, que sus jóvenes amigos creyeron ver lágrimas en sus ojos; pero Carmona, el más perverso o el más hereje, les susurró socarronamente al oído que, momentos antes de la misa, le había visto empinar un buen vaso de aguardiente, y que su elocuencia obedecía a los efectos del alcohol.

Protestó indignado el buen Pepe Alcoreza, y hasta el poeta le echó una de sus olímpicas miradas; pero Carmona, sin turbarse, lo único que hizo fue advertirles que mirasen al clérigo.

Efectivamente, el sapiente orador, exaltado por su fervor místico; el buen sacerdote, celoso del cumplimiento de su sacratísima misión, había llegado a [p. 69] entusiasmarse tanto y a sentir tan cierta indignación por los que no practicaban sus enseñanzas de moralidad cristiana, que, olvidado de la compostura inherente a su piadoso cargo, daba a su voz inflexiones duras, tan duras, que no parecía sino que quisiese echar abajo el templo para destruir y exterminar a esa raza inhospitalaria para con los curas, cruel para con los demás; agitaba furibundamente los brazos como aspas de molino, y con los puños crispados descargaba golpes al vacío, rugía, chillaba, imprimía a su cuerpo movimientos felinos, sin advertir que con ellos no hacía otra cosa que dar cabida en el ánimo de sus jóvenes amigos a las insidiosas murmuraciones del infame Carmona, que reía sin poderse contener al ver que el caritativo y magnánimo señor tenía más trazas de un payaso ebrio que de un culto representante de Dios en la tierra...

Y así, ensartando desatino —(¡perdón egregio!)— sobre desatino, prosiguió su perorata el excelente tonsurado, tan pronto maldiciendo el espíritu liberal de la época, cuanto recomendando a los indígenas fuesen caritativos con los sacerdotes, y que obedecerles, halagarles, servirles, era buena recomendación para tener abiertas de par en par las puertas del cielo... [p. 70]

Y los indios consternados, espantados, gemían, se encomendaban en medio de sollozos, sollozos que no eran suficientes a ahogar la voz chillona y fulminante del reverendísimo pastor de almas descarriadas, voz que pedía a gritos el fuego de Sodoma para esos empedernidos pecadores que en veces solían atreverse a desobedecer al patrón y al cura...

Y sobre la consternación de los congregados que parecían estar poseídos del pánico, sobre esa muchedumbre humillada y acobardada, un solo hombre erguía su cabeza de pensador, atrayendo sobre ella las iras de Dios y de su ministro: Choquehuanka.

Y es por eso que el segundo sentíase morir de cólera, y por eso también que, perdiendo el hilo de su plática reducíase a dar franca salida a sus odios, profiriendo en insultos y amenazas contra los rebeldes, los cuales insultos se estrellaban dentro del aplastado tejado del templo como si éste quisiese impedir que se esfumasen en el limpio espacio, camino del trono del Señor.

* * * [p. 71]

...Acabada la misa, y mientras el cura fue a ponerse en su traje, los indios, en grupos separados, viejos y jóvenes, se encaminaron hacia donde sus inclinaciones les llamaban. Los viejos se fueron donde las mujeres de su edad, que en semicírculo estaban sentadas frente a sus *ppullos* doblados. Rígidas, tiesas, entrenteníanse en mascar coca, musitando sobre el estado del tiempo, el cual, según lo variado que se presentaba, no parecía augurar un buen año. Los granizos caían sin interrupción, causando daños considerables en las siembras, que casi no se podían tener por seguras. ¡Qué manera de granizar! A este paso, el hambre haría sentir sus rigores, y entonces no tendrían más remedio que refugiarse en la ciudad a pedir trabajo, a hacer adoves, a pisar barro.

—Yo creo —aseguró una,— que los indios de Ayoayo tienen la culpa para que esta cosecha sea mala. No se han portado bien con los curas que han venido a la guerra. [1] [p. 72]

—No es eso —saltó otra, la más vieja,— es que el patrón y sus amigos han entrado el otro día a la cueva del diablo persiguiendo a las vizcachas que se esconden en sus grietas.

—¿De veras?

---

[1] Se refería a la revolución del 98, en la cual tres sácerdotes fueron asesinados bárbaramente en el templo de la hacienda nombrada.

—Sí: mi hijo los ha visto.

—Entonces el patrón tiene la culpa para que no haya cosechas; él y sus amigosn son unos *khenchas.* [1]

—¡Hay que matarlos!

Salió la voz, no se supo de dónde, pero produjo una sensación de gozo y de angustia a la vez. Se miraron unas a otras y sonrieron hipócritamente, pues esa era la frase que estaba en los labios de todas, que ninguna se atrevía a pronunciar.

—Buenas tardes, *mamitas* —saludaron los indios al llegar, graves, solemnes.

Contestaron aquellas con voz meliflua y medio canturreando, brindándoles sitio en frente de donde se encontraban.

[p. 73] Acto continuo el *preste* [2] cogió una botella de licor de durazno, y sirviendo la primera copa, se la ofreció a Choquehuanka, el que, después de verter, según es uso, algunas gotas en el suelo, de un trago se la bebió. Seguidamente fueron bebiendo los demás, y muy pronto, como de costumbre, se entregaron a la más loca de las orgías, orgías que se prolongan por muchos días, a veces por muchas semanas, y durante las cuales se arman camorras, se producen choques, se avivan resentimientos, se cobran odios y siempre se riñe por el más insignificante pretexto. En ellas, el indio se manifiesta con todos sus salvajes instintos y se ve que emborracharse para él constituye un legítimo orgullo, que sin el hartazgo del alcohol una fiesta no tiene ningún atractivo... y se emborracha hasta la repugnancia, hasta quedar convertido en masa que se mueve, pero que no tiene conciencia de sus actos, hasta pasar, en veces, del estúpido sueño del borracho al otro plácido y sereno del que ya no se despierta...

[p. 74] Algunos minutos después de concluida la misa, el tonsurado salió a reunirse con los jóvenes, que se divertían viendo bailar a los indios. Al verlo todos fueron a su encuentro y uno, Pacheco, le dijo:

—Mis felicitaciones por su plática, señor cura. Ha estado usted magnífico y le prometo que hubo instantes en que me parecía que iba a llorar y otros en que creía que iban a desatarse las cataratas del cielo. Es usted todo un orador.

—Gracias, muchas gracias, amigo —contestó el clérigo profundamente halagado en su amor propio; —no he hecho otra cosa que dar vuelo a mi imaginación que, en veces, suele remontarse a grandes alturas.

—Se conoce, señor, se conoce —respondió Carmona muy formal. Y agregó: Ahora vamos a visitar las ruinas y en seguida a almorzar, porque ha de tener usted apetito.

—Un apetito salvaje, compañero.

—Pues entonces, ¡en marcha!

[p. 75] Y montando en sus cabalgaduras, que estabas listas, partieron levantando columnas de polvo del camino, en dirección de las célebres ruinas que apenas se podían divisar y a las cuales llegaron después de media hora de marcha.

El sol caía a plomo en un verdadero derroche de luz, iluminando y haciendo resaltar espléndidamente las galas arquitectónicas de esa soberbia construcción

---

1 Equívale a condenado, poseído del demonio.

2 Aquel a cuyo cargo corre la celebración de la fiesta.

cuyos muros parecen hechos de una sola piedra, o mejor, fundidos en un solo molde.

La caverna estaba iluminada, pues se veían las paredes del fondo, y hasta de los pasillos de las cuevas, parecía emanar una claridad dudosa, bajo la cual centelleaban las partículas metálicas que las adornaban.

El poeta, que se hacía servir de cualquier motivo para poner de manifiesto la inspiración de su privilegiado numen, en vista del hermoso panorama, dijo:

—¿No les parece a ustedes que estas ruinas llenan al alma de tristeza?

—Sí, señor; así es —aprobó el cura.

—Por lo menos a mí me ponen triste.

—Y a mí también.

—Yo no puedo ver nada de lo que cae y de lo que pasa. Todo lo que ha sido y [p. 76] hoy no es, me causa una impresión honda. Parece que cerca de las ruinas, se respirara constantemente una atmósfera de muerte. No hay cosa más triste que contemplar una ruina.

—Verdad, joven. Ella nos dice que cuando cae un pueblo o una raza, cae para siempre. Después de una de estas caídas, sólo le queda al historiador...

—Relatar la caída— interrumpió gravemente Carmona.

—Eso es— añadió el cura que comenzaba a sentir envidia por la elocuencia del poeta.

El cual prosiguió:

—Cuando yo vengo a contemplar estas ruinas que elocuentemente atestiguan del paso de la raza aymara, desecho la idea de que alguna vez pudo haber existido, pues se me hace duro pensar que fue ella quien levantó tan soberbia edificación, y antes, por el contrario, me inclinó a creer en la posibilidad de la existencia de dioses mitológicos. Una raza que por mucho siglos se ha impuesto, que ha sido inteligente y activa, no degenera hasta el extremo de perder su personalidad... [p. 77]

—Repare usted, joven que la morisca...

—Quiso cortarle el cura, dándose aires de erudito.

—¡Quite usted! La raza morisca, aunque dominada por muchos siglos, aun conserva algo de su pasada civilización. Los aymaras han caído arrastrando tras sí todo lo que los hacía grandes. Compare usted las tribus nómadas que aun merodean en algunos puntos del Africa con los *ayllus* indígenas y verá usted la diferencia...

—Pero eso es natural, querido —intervino García; —¿cómo quieres parangonar entre ambas razas?

—Es que de las comparaciones se deducen consecuencias.

—No digo que no, pero las comparaciones deben de ser equitativas.

—Deben de ser, pero generalmente no lo son. Bueno pues, y aun sin establecer ningún parangón, se ve que la raza aymara, grande en pasados días, ha bajado tan completamente en la escala de la civilización, que para mejorarla serían necesarios muchos siglos de constante labor. Yo, al contrario de otros, no creo absolutamente [p. 78] que pudiera regenerarse de pronto, y por lo mismo pienso con pena en lo efímero de la vida de los pueblos y de las razas, que pasan lo mismo que los hombres, con la diferencia de que aquéllos, para desaparecer, levantan monumentos que, perdurando, certifican su grandeza, mientras que estos últimos, una vez que caen al surco, no dejan otra cosa que un montón de polvo que luego el viento se encarga de disipar...

—¡Muy bien! ¡Muy bien! —palmoteó el cura, completamente subyugado por Fuenteclara, el que hizo una profunda reverencia.

—¿Por qué no estudia la carrera eclesiástica? Le prometo que sus discursos le darían una fama muy grande, acaso más que la mía.

Dio un salto Fuenteclara, y mirándolo de hito en hito respondió desdeñoso:

—¿Yo para cura? ¡No, señor! Yo soy... ¡¡poeta!! y lo dijo inflando los carrillos y dando a su voz una entonación solemne.

—¿Poeta? ¡Vaya si lo dije! Se le conoce a usted por el modo de mirar. ¡Qué [p. 79] mirada la suya! ¡Como que pasa de largo ante las pequeñeces y sólo se detiene a contemplar los paisajes y...!

—¡Vamos! —intervino García— por lo visto, usted también mantuvo alguna vez relación con las Musas. ¡Se le conoce por el modo de hablar!

—Dice usted bien; en mis mocedades solía escribir bonitos versos, modestia aparte. Venga usted, se los he de recitar algunos.

—No, no, a mi no, a ese— y, asustado, señaló al poeta, que se había puesto a escribir algo en el puño de su camisa, probablemente un soneto.

—Qué guasón es usted. Le habría hecho oír cosas muy lindas; ya se lo dirá su amigo.

Y cogiéndose del brazo de Fuenteclara, echó a andar por la senda que conducía al llano.

* * *

Doce horas después, cuando los indios de la hacienda se recogían ebrios perdidos a sus casas, cerca de la de Wuata Wuara, encontraron a un bulto que se [p. 80] deslizaba a lo largo de las paredes. El más atrevido o el más borracho se le puso al frente y, cuchillo en mano, le gritó que se detuviera, a lo que obedeció. Rasgado que fue un fósforo, el atrevido cayó de rodillas implorando:

—¡Perdón, *tata* (padre); ¡No te he conocido, perdón!

Y viendo que escapaba sin responder.

—¿No es el *tata-cura* ese que va ahí?

A lo que respondió una voz grave: la de Choquehuanka.

—Sí es él.

—¿Y qué hará a estas horas en este sitio?

—¡Tonto! ¿No recuerdas que ahí vive tu novia?

Agiali lanzó un aullido y volviendo a sacar su arma quiso lanzarse a carrera, pero le detuvieron.

Allá a lo lejos, una franja roja denunciaba la aparición de la aurora.

IV [p. 81]

—Yo ya no puedo más.

—Ni yo.

—Ni yo.

Y, abrumados de cansancio, soltaron los remos y el bote se detuvo atracado en las algas flemosas, inmóvil cual si estuviese en tierra.

Hacía un calor sofocante.

De las aguas estancadas en las orillas, provenientes de los anuales desbordamientos del río, levantábase un vaho tibio y fétido que dificultaba la respiración y producía mareos y naúseas. Sobre el vapor que se alzaba de la inmóvil superficie, revoloteaban nubes de moscas zumbando débil, pero continuamente, sin jamás cansarse.

—¿Qué hora es? —preguntó Carmona, abanicándose el rostro con el pañuelo. [p. 82]

—La hora del almuerzo; me lo dice el estómago, que desde hace una hora no deja de chillar, —contestó Pepe Alcoreza.

—Tú siempre pensando en comer.

—Como que para eso se vive.

—Según tú. Pregúntale para qué se vive a Fuenteclara, y verás que dice para conquistar la gloria.

—Eso es, para conquistar la gloria —asintió el poeta.

—¡La gloria! ¿A qué se reduce? A nada. Quien piensa en la gloria es un imbécil.

—Esto va a ti, poeta, —le dijo Pacheco a Fuenteclara, que no cesaba de pasarse el pañuelo por la frente.

—Déjalo que diga lo que quiera; es un infeliz que no comprende el arte.

—El arte no comprendo en verdad, pero comprendo la vida, y sé que vivir es comer.

—Así discurre una bestia.

—Gracias; me honras mucho; pero, la verdad, perfiero ser bestia, a ser loco.

—¿Y crees que el arte no entra en mucho para la mayor intensidad de vida, [p. 83] que es el ideal filosófico más aceptado?

—Precisamente por eso, porque si fuéramos a examinar la composición, diremos así, de esos ideales, veríamos que tienden nada más que a satisfacer las exigencias puramente orgánicas, y aun eso, porque ahora la humanidad maldito si se preocupa de ideales ni de tonteras.

—Es que tú piensas según tu modo.

—Sí, inconscientemente, ya lo sé; pero acaso, después de todo, piense mejor que tú. ¡La gloria! ¿Querrías decirme, en último análisis, en qué consiste?

—Pues...

—Pues en nada; en que las muchedumbres tengan presente, al cabo de muchos años o siglos, el nombre y las hazañas que un cualquiera haya realizado. He ahí a lo que se reduce esa gloria tan buscada por los ilusos, que, acaso sin darse cuenta, al través de sus engañosas fantasías, persiguen la satisfacción del momento, que vale más que nada.

—No, señor; la gloria no es esa. Protesto en nombre de los grandes genios, de los grandes artistas, de los grandes...

[p. 84] —Mentecatos como tú, que no saben lo que dicen— le interrumpió bárbaramente García, que fue como echarle un vaso de agua helada al pobre poeta.

Rieron los amigos de muy buena gana la ocurrencia, incluso el damnificado que, muy al revés de sus teorías romántico idealistas, sentía un apetito salvaje.

—¿Qué hacemos? Y no tengo fuerzas para remar.

—Yo las tengo, pero me da cólera haber hecho una expedición tan inútil. Parece mentira que en toda la mañana no hayamos cazado más que esto —dijo Pacheco, señalando media docena de gallinetas y un centenar de chorlitos, que se veían hacinados en el fondo de la embarcación y que, realmente, era una caza mezquina, dada su abundancia.

—Es que nosotros tenemos la culpa para ello —repuso Alcoreza—. Embutirnos todos en un mismo bote y luego pretender realizar prodigios, es una locura que sólo puede ocurrírsele a un tonto. Uno ve, por ejemplo, una buena pieza, quiere [p. 85] disparar, y saltamos con que cualquiera de nosotros la ha visto antes, y lo deja al que primero la vio con un palmo de narices...

—Eso puede decir uno que las tenga pero tú...

—Déjate de bromas y hablemos serio.

—Sí; como nuestros honorables padres de la patria.

—O más todavía, si prefieres.

—Bueno, ¿de qué vamos a hablar serio?

—De que todos los días realizamos una matanza inútil, que a nadie aprovecha. Por lo tanto propongo que desde mañana nos dediquemos a la caza de vicuñas, que es más interesante.

—Acepto. Acepto.

—Yo no —declaró Fuenteclara—. Amo al lago como a una querida. Él, con sus arrullos, despierta mis plácidos recuerdos, y sus olas se me figuran mis años que en tumulto y atropellándose, van a morir en las desiertas playas del tiempo, gélidas, obscuras y...

—¡Basta, basta por Dios! —protestó Carmona. —Ya sabemos que cuando comienzas eres incansable. Déjanos respirar un poco.

—Eres un obtuso, un filisteo, a quien lo único que gusta es lo puramente [p. 86] animal. A ti no te seducen las puestas de sol, los crepúsculos...

—Que son la misma cosa.

—Las auroras...

—Item, con la diferencia de que aparecen por la mañana.

—El canto de las aves...

—El murmullo de los riachuelos, la placidez melancólica de la luna, el gemir agónico del viento y otras cosas que por sabidas se callan ¿Qué más?

Rascóse el poeta la frente y, después de pensar un momento, inflando los carrillos, le gritó:

—¡*Guakana!*[1]

—Ahí tienes una salida archicursi. El vocabulario de los poetas debe contener frases cultas y escogidas; pero como tú eres poeta sólo por la manera de mirar, según te lo dijo el cura, se explica el que usen de una voz extraña al idioma que hablamos.

—Es que...

—¡Nada, nada! Eres un poetastro de a cinco en libra y te aseguro...

—¿Oyen ustedes? —interrumpió Alcoreza elevando a la altura de sus oídos la [p. 87] mano en señal de atención.

Una voz clara, vibrante, pero de una tristeza infinita, se había elevado sobre el silencio del lago dormido. No era una romanza lo que cantaba, era una especie de melopea de cadencias prolongadas, de notas uniformes que se sucedían en lenta graduación y que decía de tristezas arraigadas, de tristezas hondas: era una canción netamente indígena. Al oírla sentíase la impresión desmayante de una marcha fúnebre.

—¡Demonio! ¡Qué voz tan linda! ¿Quién será la cantora?

—Alguna bella hurí, sin duda —repuso el poeta, extasiado.

García se puso en pie sobre el bote, y, abarcando con la mirada la verde superficie del totoral, dijo:

—No se distingue a nadie, y juzgo que esté cerca, pues la voz se escucha detrás de aquel manchón de totora. ¿Quieren callar e ir en esa dirección, para sorprender *in fraganti* a la divina hurí que dice nuestro vate?

—Sí, volvemos a sorprender a ese bello ruiseñor del plácido Titicaca —asintió [p. 88] éste sonriendo agradecido a García.

Y olvidando la fatiga, cogieron los remos e impulsaron el bote en dirección donde se oía la voz, que era de la gentil Wuata Wuara.

* * *

Siguiendo la costumbre de los suyos, estaba metida en el agua hasta la cintura y se entretenía en segar plantas acuáticas, que sirven de alimento a las bestias retenidas en los establos para la jornada del día. Llevaba la joven india los fuertes brazos desnudos, y por entre la abertura de su camisa de *tocuyo* blanca, se veían sus senos de virgen intocada, duros, prominentes, veteados por menudas venas azules y rematados por los morenos pezones que parecían guindas maduras.

Las crenchas de su pelo le caían en desorden sobre las sienes, haciendo marco a su rostro curtido por el viento y por el sol. Sus grandes ojos negros, negros como el

---

1 Pájaro bobo.

[p. 89] plumaje de ganso marino, investigaban el horizonte allí, por la parte de Aigachi, en cuya altura había aparecido una nube plomiza y que auguraba lejana tempestad.

Y fiando en su balsa hecha de totora joven que cabeceaba, siguiendo el golpeteo de las menudas olas, cantaba, dando a su voz inflexiones suaves y tristes, sin temor y sin recelo, los melancólicos aires de su tierra esclava.

Pero ¿qué chapoteo era ese que allí dentro se dejaba escuchar? Y quiso ocultarse, trepar sobre su balsa para huir; pero no tuvo tiempo. Por entre los espesos totorales que fingían penumbras de boscaje, surgió el bote del patrón, que avanzaba con rapidez rompiendo con su proa las olas y las algas que crujían y se abrían dando paso a la ligera embarcación que, por lo elegante, parecía una gaviota. Y en el exceso del estupor, acaso de la angustia, no se acordó de cubrir su seno virgen y poderoso, hecho para nutrir generaciones fuertes pero siempre esclavas; ese su seno de curvas locas y atrevidas, propio de su contextura recia, capaz de dar vida á gigantes.

[p. 90] —¡Qué hermosa india! —exclamaron en coro los cuatro amigos, cesando de remar instintivamente; y el bote se detuvo casi inmóvil, atracada en las raíces y en los brezos del charco.

—¡Es la del otro día! ¡Es la del cura! chilló Carmona.

—¡Qué hermosa india! —insistió Fuenteclara, y sus ojos se clavaron con avidez en los senos de Wuata Wuara, que, avergonzada y temerosa, cruzó los brazos sobre ellos para libertarlos de la profanación, en tanto que volvía el rostro como en demanda de un socorro que no venía, que no había esperanza de que viniera, puesto que estaba sola y que los suyos se habían internado allí, dentro, en busca del pan, y que aun de estar presentes no harían nada, no podrían hacer nada por defenderla de los blancos y en especial del patrón, que contemplaba a la joven con ojos codiciosos y lúbricos, capaces de causar rubor a las mismas bestias.

Y Darío Fuenteclara, el poeta decadente y pesimista, el de las estrofas nebulosas y obscuras, hizo desbordar su entusiasmo y su lujuria, gritando con voz chillona:

[p. 91] —¡Salud, hechicera ondina de este piélago formado por lágrimas de los de tu raza mártir y esclava! ¡Salud, encantadora sílfide! ¡¡Salud, poderosa hembra, hembra sublime, de pechos gigantes y de caderas amplias, tan amplias, que serían capaces de fecundar un mundo!!

Volvieron a celebrar con risas los amigos el entusiasmo del poeta, y Wuata Wuara, que no acertaba a explicarse la causa de esta algazara y que sufría por encontrarse en situación tan crítica, lo único que hizo fue cubrir más su busto, implorando compasión con la mirada, una mirada intensa y profundamente triste.

—¿Cómo te llamas? —le preguntó después de larga contemplación, Alcoreza.

La india vaciló en responder, pero como desde tierna la habían enseñado a ser obediente con los blancos, y mucho más con el patrón, respuso con voz muy queda:

—Me llamo Wuata Wuara.

—Bonito nombre.

—¡Hermoso nombre! ¡Se presta a la rima, se presta al canto! —añadió el poeta.

Y encarándose a la joven:

[p. 92] —¿Quiénes son, gentil y cándida doncella, los venturosos seres que te trajeron al mundo? Yo creo que han de proceder de la noble estirpe; que por sus venas ha de correr sangre imperial; que...

—No seas pesado. Si quieres hacerte entender, habla mondo y lirondo, —le dijo Alcoreza, el cual prosiguió en su interrogatorio:

—¿Y quiénes son tus padres? ¿dónde vives?

—Soy hija de la anciana Coyllor Zuma y vivo allí, en la casa que se yergue a la sombra de aquel sauce —dijo extendiendo el brazo en dirección de su casa, que parecía radiar con los reflejos que el sol levantaba de sus paredes blanquizcas.

—¿Entonces era hija de un peón de la hacienda?

—Sí, patrón.

—Y luego ¿por qué no has venido a saludarme cuando llegué? —interrogó airado el dueño de la finca.

Por el cuerpo de la joven circuló un escalofrío de angustia, y con voz miedosa.

—Perdona, señor —repuso; —pero cuando llegaste, encontrábame en los lejanos linderos de la hacienda pastoreando las ovejas madres. [p. 93]

—Pero tu deber era ir a verme, dejándolo todo, como lo han hecho las otras.

—Sí, era ese; pero yo ignoraba que debías llegar. Como no hablo con nadie, no sé lo que en la hacienda sucede.

—¿Y eres casada? —volvió á interrogar Alcoreza.

—No señor; no soy casada.

—¡Compañeros! ¡presa segura! —dijo en español volviéndose a los suyos, que sonrieron; y continuó en aymara:

—Pero tendrás novio.

—Sí, señor, lo tengo y pronto habré de casarme.

—¿Cómo se llama tu novio?

—Agiali.

—¿Y lo quieres mucho?

—Mucho.

—¡Agiali! ¿No es ese joven que el año pasado dejó de ser pastor? —intervino Carmona.

—Sí, es él.

—Pues es un pícaro a quien tengo que medirle las costillas. ¡Valiente novio el que tienes! ¿No sería mejor que escogieras otro? [p. 93]

No supo qué contestar la india. El miedo de saber que a su novio le amenazaba un castigo, la turbó hasta el extremo de no permitirle descubrir la intención que encerraban las palabras del patrón. ¿Qué habría hecho Agiali capaz de atraer sobre si la cólera del dueño de la hacienda? El era el más solícito en cumplir con sus deberes: ¿por qué ahora se hallaba amenazado?

—No le pegues, señor —se puso a implorar con lágrimas en los ojos, —él es bueno y si sabe que le tienes prevención, ha de ir a que le perdones. No le pegues.

Eso veremos. En cuanto a ti, también estoy enojado porque no has cumplido con la obligación de ir a verme, y por lo mismo te impongo que vayas a servir por una semana a casa. De este modo, acaso los perdone a ambos y les sirva de padrino en el matrimonio. Conque, hasta mañana y cuidado con no obedecerme.

Y tomando los remos volvieron a impulsar el bote, en tanto que el poeta chillaba:

—¡Feliz quien llegue a ser el primero en beber el almíbar de tus labios en flor, [p. 95] Wuata Wuara, y de reclinar su cabeza blonda en tus senos de virgen bravía! ¡Feliz quien llegue a poseerte en una noche clara de luna llena, teniendo por tálamo una balsa y oyendo el rumor de las olas que gimen y se quejan! ¡Feliz...

—Tu serás ese, imbécil —le gritó interrumpiéndole Carmona. —Tú serás ese, pero tendrás por lecho la madre tierra...

Todos cuatro lanzaron una carcajada sonora, que espantó a las aves y que flotó largo tiempo en el espacio.

Wuata Wuara al oírla y sin saber por qué, sintió un estremecimiento de frío en el corazón y que sus ojos se llenaban de lágrimas, lágrimas que le impidieron ver la balsa de Agiali que se arrancaba de la orilla flameando su vela reluciente por las paternales caricias de buen sol.

V

[p. 97]

Cuando aquella tarde entró en su casa, más temprano que de costumbre, vio a su madre que tejía un *ppullo* al pie del viejo sauce. Trabajaba con cabeza inclinada sobre el telar y estaba, al parecer completamente abstraída en la rumia de sus pensamientos.

A los furibundos ladridos del perro, que fue el primero en invadir el patio meneando la cola de alegría, ni siquiera levantó los ojos como de costumbre, para sonreír, por lo que la joven, medio enojada, se dirigió a la cocina, pero allí fue grande su sorpresa al ver que en el hogar no ardía el fuego y que los pucheros, unos sobre otros, yacían en montón, vacíos... ¡Cosa curiosa! ¿Es que no pensaba [p. 98] comer, esa tarde, su madre? Volvió á salir y poniéndose a su lado, le interrogó:

—¿Por qué no has encendido el fuego?

Alzó Coyllor Zuma la cabeza, y entonces pudo notar Wata Wuara que los ojos de su madre estaban enrojecidos y que en sus mejillas había huellas de lágrimas. ¡Cosa curiosa! ¡Llorando su madre! Seguramente habría muerto una oveja. No hizo caso. Llamó a su perrillo y, sentándose en el ángulo que formaban las dos habitaciones únicas de la casa, descubrió su atado y se puso a comer ávidamente los restos de su merienda, pero antes de concluir se acordó que tenía que entrevistarse con su novio, y este recuerdo suscitó en ella multitud de pensamientos tristes.

Esa tarde, pasado el incidente con el patrón y al dirigirse al sitio donde acostumbraba pastorear, había encontrado a Agiali, el que, sin más ni más y con acento brusco, le había manifestado, rehuyendo toda explicación, que necesitaba hablarla esa noche misma, y que fuera, sola, al cerro donde ordinariamente conducía su ganado. Y esta inesperada cita, el llanto de su madre, la insistencia del [p. 99] patrón, hizo que se sintiera poseída de un terror vago, remoto.

Se encaminó, pues, al cerro, y una vez en él, y viendo que aun no había llegado Agiali, trepó al pico de una roca, y, distraída, difundió la vista en su torno.

Aquí y allá, en confusión, se veía centellear el fuego de los hogares, que, en la borrosidad del crepúsculo que comenzaba a anunciarse, parecían los fuegos fatuos de un enorme cementerio.

En la llanura reinaba un silencio angustioso.

De vez en cuando, el estridente grito de la lechuza rasgaba la placidez de la callada oración, y entonces, las demás aves nocturnas elevaban el suyo haciendo coro al melancólico canto del pájaro agorero.

La noche, una noche de bochorno, escueta de estrellas y de nubes, se echa encima; y todo parecía entrar en la somnolencia de esas horas que en las pampas sin fin de la meseta parecen eternas y llevan al alma una tristeza honda sugerida [p. 100] acaso por la aplastante aridez de ese suelo infecundo, pero en cuyas entrañas se esconden los más ricos tesoros.

Hacía frío, pues había nevado la noche anterior en la sierra. Hundió la barba en el pecho, cruzó los brazos, reclinándose contra el muro al abrigo del viento, en actitud meditabunda, se puso a esperar la llegada de su novio.

Y transcurrieron los minutos.

¿Pensaba en algo la joven india? No pensaba en nada. Por su cerebro inculto, poco apto para analizar y mucho menos para concebir, huían como sombras los recuerdos plácidos de su infancia, transcurrida al monótono arrullar del gran lago... Empero si en ese atardecer no pensaba, sentía cernirse sobre su cabeza la sombra de un presentimiento...

Triste y pausado llegó hasta ella el lejano sonido de la flauta de Agiali, el diestro pescador de gaviotas, el que con más fiereza sabía soportar el oleaje del Titicaca, que cuando se encrespa ruge con furor de fiera enjaulada, y al oírlo sintió que en algo se disipaba su tristeza.

[p. 101] Dirigió la mirada por el lado que se oía y, a pesar de la semiobscuridad, puedo distinguirlo allí, cerca de la casa de Choquehuanka subiendo la cuesta con paso tardo.

Poco a poco, según ganaba Agiali altura, se fue haciendo más y más perceptible la melodía, pero de improviso se interrumpió en una nota final sollozante y supuso que ya estaría próximo su amado.

Efectivamente. Algunos instantes después, oyó que las piedras del camino rodaban por la vertiente y que Agiali la nombraba:

—¡Wuata Wuara!

La india se desprendió del bloque, y saliendo sobre el camino, le llamó:

—¡Agiali!

Y cuando éste se hubo acercado, sin darle tiempo a que hablara:

—He venido; aquí me tienes. A la noche, cuando la luna esté por aparecer detrás del Illampu, espérame en la cumbre del Cusipata —me has dicho,— y estoy aquí. Habla, te escucho, ¿qué tienes que decirme?

—Ante todo, Dios te salve, Wuata Wuara.

[p. 102] La voz del joven era grave y se percibía en ella temblores extraños. Venía rendido, lo decían claramente las palpitaciones de su pecho.

Quedaron silenciosos. Wuata Wuara agachó la cabeza y se puso a retorcer su trenza, y Agiali, los brazos en cruz sobre el pecho, a mirar distraído los resplandores que la luna, saliendo del seno de las aguas, levantaba de ellas.

Cuando hubo aparecido por completo, habló:

—Has sido fiel a tu palabra, eso me alegra. Mira: la luna hace su invasión en los cielos.

Y extendió el brazo en dirección del astro muerto que, en la plenitud de su crecimiento, se alzaba de un lecho de nubes rojas que fingían enormes montañas incendiadas.

La meseta estaba más triste, más fría, más silenciosa que nunca: diríase que sobre ella soplaban vientos destructores. El lejano sonido de la flauta de algún rezagado pastor, llegaba hasta estas alturas débil y a intervalos, pues la brisa tan pronto corría de un lado como de otro.

Volvieron a quedar los jóvenes en silencio; ella abismada, al parecer, en la contemplación del paisaje; él, sumido en sus pensamientos, y ambos recelosos de que la fatalidad o el destino les jugara una mala partida. [p. 103]

Y tornó a hablar Agiali al cabo de algunos momentos:

—Sé que hoy ha ido el patrón donde tu madre, y se ha insinuado con ella para que seas tú quien vaya á servirle mientras se encuentre en la hacienda.

—No sé; no me ha dicho nada.

—Pero te has visto tú con el patrón

—Sí.

—¿Y por qué no me lo has avisado?

—¿Y acaso has ido por casa? Yo desde hace dos días no te he visto: esta mañana un rato.

—Es cierto. ¿Y piensas ir?

—Si me lo manda mi madre, ¿por qué no?

—No vayas.

—¿Y por qué?

—Yo no sabré decirte por qué, pero tengo miedo de que vayas: me parece que, yendo, has de hacer la ruina de los dos. No vayas.

—Pero...

—No vayas. [p. 104]

—Es que si no voy me expongo a ser castigada.

—No te castigará.

—¡Pero si me ha amenazado!

—¿Que te ha amenazado, dices?

—Sí.

—¿Cuándo?

—Esta mañana, delante de sus amigos.

—No importa. Yo te esconderé.

—Peor, porque dará conmigo y...

—No importa. Si llega el caso de hacerte castigar, yo sabré impedir el que te encuentre: te lo juro.

Y funció el ceño en actitud resuelta, amenzadora.

—¿Qué piensas?

—Nada.

—Mientes: tú piensas algo malo.

—No pienso nada, pero lo único que te digo es que no quiero... ¿oyes?... que no quiero que sirvas al patrón ni un día, ni un momento. ¡Servirlo! ¿No hacemos nosotros todo lo que es de su capricho? ¿no le obedecemos como bestias? En la casa tiene a sus órdenes a las mujeres del *pongo* y del alcalde, ¿qué más quiere entonces? ¿por qué se empeña en que seas tú la que siempre vaya a servirle? ¡Ladrón! ¡yo sé lo que quiere y...! [p. 105]

Dió un taconazo en el suelo, y cogiéndola brutalmente por el brazo, rugió haciendo rechinar los dientes:

—¡No vayas!

—Pero ¿por qué me hablas así? ¿por qué me haces daño? —preguntó asustada la india al notar el sombrío acento de Agiali, que prosiguió sin responder, bajando mucho la voz cual si temiese ser escuchado:

—Por nada, porque tú eres para mí, y no quiero que nadie me dispute tu cariño; porque entre ellos y nosotros hay una cima colosal que nos separa. Nosotros estamos muy abajo y ellos muy arriba; tan abajo estamos, que sobre nosotros cae la sombra y sobre ellos la luz, y es ley que quien se halla arriba no se toma el trabajo de dirigir la vista a la sombra... ¡Figúrate, pues, si harán caso de nosotros! Somos para ellos menos que nada, y cuando alguna vez parece que tomarán interés por nuestra miseria, es porque piensan inferirnos un mal... ¡Wuata Wuara! el patrón es [p. 106] un mal hombre, y tengo miedo de que vayas a su casa. ¡No vayas!

La joven sintió que una gota tibia resbalaba por el dorso de su mano. Miró a Agiali, y viendo que su rostro quedaba en la sombra lo cogió por los hombros y volviéndolo de manera que viera la luz, le interrogó temblando:

—¿Lloras, Agiali?

—No, Wuata Wuara; los hombres no lloran, hacen llorar.

—No es cierto. Veo tus pupilas húmedas...

—No hagas caso; es el viento frío de la noche.

Tuvo piedad la india, una piedad inmensa. Se acercó al joven y anudándole los brazos al cuello, le preguntó zalamera:

—¿Me quieres, Agiali?

Sonrió éste, y posando sus manos en los hombros de la joven, con acento melancólico, pero acariciador, le dijo:

—Te quiero mucho, te quiero como ninguno de nosotros sabe querer.

Y atrayéndola hacia sí, con voz grave y baja, casi susurrando en sus oídos, añadió:

[p. 107] —Cuando yo voy a servir al patrón y éste por cada falta me castiga con más rigor que a una bestia, yo tengo intenciones de prender fuego a su casa, de partirle el cráneo, hundirle mi cuchillo en el corazón; pero luego me digo que tendría que huir lejos de ti, y lo aguanto todo, y hasta soy una especie de perro que lame la mano que lo castiga; cuando la tempestad me coge lejos de la costa, allí dentro donde sólo se oye a Dios y sacude mi pobre *yamphu* (balsa) como la cáscara de un huevo de *chaiña* (jilguero), no pienso en que yo pueda morir, sino en que tú puedas llorar. Y mi *chuglla* (cabaña), mis *yamphus* (balsas), mis yuntas, todo te pertenece, y yo no soy otra cosa para ti que un pobrecito desgraciado que se moriría sin la luz de tus ojos... Y tú ¿me quieres así?

No obtuvo respuesta, pero sintió temblar estremecido el cuerpo de su amada, que ocultó la cabeza en su pecho.

—¿Y no irás donde el patrón? ¿Verdad que no irás?

—No iré,... no iré... ¡yo hago lo que tú mandas!

Y se estrechó más en el cuello de Agiali llorando de alegría, de felicidad, y [p. 108] sintiendo que dentro de sí había un desbordamiento de ternura, de cariño inexpresables para ese esclavo que pedía para él todo, el castigo, la humillación, hasta la muerte, pero nada para ella, ni siquiera el cumplimiento de sus obligaciones.

Él, al sentirla tan junto de sí, al aspirar las emanaciones de ese cuerpo robusto y entonces sudoroso, sintió que la sangre le hervía subiéndosele a la cabeza en oleadas de fuego, y sus manos se deslizaron atrevidas y curiosas al seno de la india, cuyo cuerpo se estemeció voluptuosamente en todas sus fibras...

Y cayeron abrazados, confundidos en la suprema caricia, y juntaron sus bocas, bajo la mirada de las estrellas que parpadeaban y que parecían estar entregadas también a las delicias del amor.

[p. 109]

VI

La tarde era de bochorno.

Legiones de nubes plomizas emergían detrás de los cerros que limitan el lago por la parte del estrecho, e invadían los cielos que presentaban una palidez siniestra.

La atmósfera estaba saturada de electricidad, y se percibía con fuerza las emanaciones algo pútridas que se levantaban del fondo de las aguas obscurecidas por la proyección de las sombras del cielo y removidas furiosamente por la tempestad.

El paisaje se esfumaba y se confundía allá, lejos, por donde se cernían éstas, y, sobre todo, sobre la pampa, sobre los cerros grises, sobre el horizonte, parecía descender un velo negro, negro.

[p. 110] Los cuervos marinos revoloteaban pesadamente, lanzado agudos chillidos; y los pájaros bobos, parados sobre un pie en las orillas, lanzaban gritos estridentes.

Furioso estaba el lago.

Sus olas se estrellaban imponentes sobre las rocas de la colina, produciendo un ruido plañidero, triste.

Las balsas de los pescadores eran sacudidas con fuerza en la orilla, y algunas, desatadas, seguían los impulsos violentos de las olas, deshaciéndose.

Agudos gritos se escapaban de entre los totorales, gritos que no se podía precisar si eran de espanto o de coraje, aunque más parecían de lo primero, pues eran los pescadores quienes los lanzaban para infundirse mutuamente valor en frente de los elementos embravecidos.

El viento aullaba, haciendo inclinar los totorales, que vistos de lejos semejaban otro lago furioso también.

Wuata Wuara, de pie en la cumbre del cerro y asida con fuerza a un picacho de roca que dominaba el lago, contemplaba con miedo el golpetear de las olas: ¡jamás las había visto tan irritadas!

[p. 111] Y su alma sentíase llena de un terror supersticioso.

Una voz algo imperiosa la distrajo de su perplejidad.

—¿Qué miras?

Volvióse sobresaltada y descubrió al amo y a sus amigos que la miraban codiciosos. Tuvo miedo, un miedo terrible, y le entraron impulsos de gritar pidiendo auxilio.

—Nada patrón, —repuso temblando.— Miraba el lago y estaba asustada, pues nunca lo he visto tan agitado.

—¿Y tienes miedo?

—Sí; me parece que anuncia desgracias. ¿Acaso no oís cómo gritan los pájaros y cómo lloran las olas? Tengo miedo. En los meses en que hiela, jamás se pone así, y cuando el cielo toma ese color —nosotros decimos de *kenaya,* es claro una calamidad nos amenaza.

—¿Y cuál crees que sea ella?

—No sé. Esta mañana, cuando vine conduciendo el ganado, el lago y el cielo estaban azules, tan azules, que daba gusto el verlos; y de pronto, el uno se cubrió de nubes y el otro de espuma. Oíd cómo ésta se deshace estrellándose en las rocas. [p. 112]

Se acercaron, o mejor, se encaramaron los jóvenes hacia el picacho en que estaba la india, y, no exentos de un vago temor, dirigieron la mirada al lago.

Parecía de tinta. Se alzaban las olas en negras crestas coronadas de espuma blanca, y de la obscura extensión parecía emanar un ruido confuso e inexplicable. Dando vueltas, las gaviotas se cernían encima las aguas lanzando chillidos agudos y estridentes, pasando con rapidez por encima las balsas, que se perdían y volvían a aparecer en la cresta de alguna ola gigante y cuyos remeros, tendidos boca abajo, gritaban demandando un socorro imposible.

—Esto es horroroso— dijo, aterrorizado, Pepe Alcoreza.

Nadie repuso; parecían hallarse sobrecogidos de espanto. Y, embebecidos, absortos en presencia de ese cuadro tan soberbio, permanecieron todos bajo el deprimente influjo de un miedo vago, de uno de esos que se apodera del más animoso en frente de los elementos ciegos de la naturaleza.

Pacheco, señalando las balsas, que se agitaban en furioso bailoteo, dijo a la india: [p. 113]

—Probablemente estará allí Agiali.

—Está.

Y extendiendo el brazo agregó:

—¿Veis aquella que viene allí, sola, al último? Es la suya.

—¡Cómo! ¿Aquella que aparece apenas como un punto?

—Sí, es esa.

—Pues yo no me atrevería ir tan lejos con este tiempo: ese hombre es un loco.

La india lo miró orgullosa e hizo pasar por sus labios la sombra de una sonrisa.

—¿Y no tienes miedo de que le suceda una desgracia?

—No, es el más fuerte y el más valiente de todos los que hasta ahora surcan el charco.

—Pues yo te digo que no vuelve, se los tragan las olas.

Por segunda vez sonrió la india, y. vehemente, con acento impregnado de soberbia altivez a la par que de cariño, repuso:

—Agiali no tiene miedo al agua. Sólo mueren los que son cobardes, y Agiali no lo es.

—¿Lo quieres mucho? [p. 114]

—Sí; lo quiero.

—¿Y desde cuándo tienes amores con él?

—¿Desde cuándo? No me acuerdo. Yo siempre lo he querido. De pequeños, juntos íbamos a perseguir la cría de las gaviotas en los islotes de las ciénagas, y también juntos pastoreábamos los ganados en las cumbres de las sierras, donde abunda la paja recién salida. Cuando a mi me faltaba la merienda, él me daba de la suya y yo hacía otro tanto. En una ocasión, caí en un pantano al perseguir una mariposa de alas de luz, rara en estos sitios, y él me sacó de allí, cuando ya todos habían regresado a sus casas. Entonces los dos éramos jóvenes y desde esa vez le quiero mucho. Es el más valiente y el más bueno de todos los de la hacienda.

—¿Y cuándo se han de casar?

—No lo sé, aunque juzgo que sea pronto. Él no tiene más que un caballo, y hace días, con el dinero que tenía, compró una yunta. Ahora trabaja para pagar al cura cuando nos case. Nos pide muy caro.

—Diez pesos.

[p. 115] —Eso se pagaba con el antiguo; ahora, el que ha venido en su reemplazo, nos cobra cincuenta.

—Ese es un robo, y tú no debes consentir que exploten a tus indios— saltó Pacheco dirigiéndose a Carmona.

—¿Y a mí qué? Esa es cuenta de ellos; yo no me inmiscúo en esas cosas.

—Mal hecho. Tu deber es ampararlos contra cualquier abuso.

—Qué deber ni qué perro muerto.

Y dirigiéndose a Wuata Wuara, la interrogó amenazante:

—¿Por qué no has ido a casa como te ordené?

La india inclinó la cabeza, y, acurrucándose contra el muro, se puso a rascar una de sus grietas, sin contestar palabra, en actitud sumisa y temerosa.

—¡Responde! —volvió a ordenar el patrón.

El mismo silencio.

—¿No quieres hablar? —y cogiéndola de la muñeca se puso a sacudirla rabiosamente. Di: ¿por qué no has ido?

[p. 116] —¡Me haces daño! ¡Me lastimas, señor! ¡suéltame!— y haciendo un esfuerzo, se deshizo de la presión que la sujetaba.

—Con que te insolentas, ¡eh! ¡ya veras! y levantó la mano en actitud de abofetear el rostro de la india, pero le contuvo Fuenteclara.

—¿Qué vas a hacer? Si comienzas asustándola, no conseguimos nada.

—Tienes razón.

Y dulcificando el tono de su voz:

—¿Es que no sabes obedecer, Wuata Wuara? Mira: yo soy bueno para los que se portan bien y me gusta que se haga lo que ordeno. ¿Qué es lo que te ha impedido ir a casa? Háblame y no calles.

—He estado enferma, patrón.

—¿Y por qué no me lo mandaste decir?

—Porque me dijeron que tú no te encontrabas en casa, que habías ido a la cordillera.

Halló razonable la respuesta y útil para eludir un diálogo que no le convenía entablar, y dijo:

—Es cierto, no estuve en casa, pero en otra, cuando te ordene una cosa, muerta o viva la has de cumplir.

—Sí, patrón.

—Y dime: ¿verdad que por acá cerca están las grutas? [p. 117]

—Sí, patrón; siguiendo este camino— y señaló uno que como una cinta se alargaba hasta perderse en un laberinto de rocas, —se llega a ellas sin equivocarse.

—Guíanos; así iremos mejor.

—No puede ser, patrón.

—¿Cómo? ¿qué dices? ¿es que te atreves a contradecirme?

—No, pero si voy, de seguro que las ovejas harán daño en las siembras.

—¿Y qué importa que suceda lo que suceda, si te lo manda el patrón?

—Estoy coja, además.

—¡Mientes!

—No miento, patrón.

—Mientes, porque estando coja no habrías venido hasta acá.

Calló confusa Wuata Wuara, en vista de lo cual la cólera de Carmona subió de punto.

¿Es que no era el patrón para poder ordenar a sus colonos? ¿es que se creían los ladrones que habrían de abusar de él? ¡No señor! El mandaría, haría cumplir sus órdenes con todos, y si alguno había lo bastante atrevido para desobedecerle, allí [p. 118] estaba la fuerza pública para reducir a la obediencia a los díscolos, allí estaban sus puños para matar al primero que intentara oponerse a su voluntad... ¡Bonita cosa, que habría de ser burlado hasta por las mujeres! El tenía buen corazón, él lo único que pedía de sus colonos era que cumpliesen sus mandatos sin replicar, pasivamente, pero también era malo con los malos y sabía castigar como se merecía toda falta. Así, pues, que no se burlasen de él, que no abusasen de su paciencia, porque...

—¡En marcha!— ordenó severo, apretando los puños de coraje.

Wuata Wuara, sin replicar, arrolló la honda a su cintura, y cogiendo su cayado se puso a caminar, no sin antes haber dirigido una mirada a la balsa de Agiali que ya estaba muy visible, y desde la cual el joven le gritaba algo que no se podía entender y le hacía señas igualmente incomprensibles.

Las ráfagas se hacían más violentas y comenzaban a caer gotas. Las ovejas, balando, se acurrucaban contra la peñería, y el perrillo, gruñendo sordamente en torno de los jóvenes, erizaba los pelos de su lomo, enfurecido. [p. 119]

A medio camino y aprovechando una parada que hizo la india, al parecer con el objeto de ponerse los ojotas, pero en realidad para echar una última mirada a la balsa de Agiali, destapó Carmona un frasco de viaje que pendía por una correa de su costado, vació su contenido en una copa de cuerno y ofreció ésta a la joven.

—Toma.

—Gracias, señor, pero no bebo; me hace daño el licor.

—Esto no es licor; es agua fresca azucarada.

—Pero ¿y por qué me lo ofreces a mi primero?

—Nosotros hemos bebido al subir la cuesta.

—Gracias.

Y aceptando la copa, de un golpe vació su contenido, encontrándolo de un sabor agradable.

—En marcha, y condúcenos al último rincón de la caverna —volvió a ordenar, insinuante, Carmona.

[p. 120] Volvieron a emprender el camino, llegando a los pocos minutos.

—¿Cómo se llama aquella caverna? —preguntó García señalando la obscura entrada de una.

—¡Es la caverna del diablo! —y se santiguó Wuata Wuara con respeto.

—¿Y por qué la llaman del diablo?

—No sé. Yo creo que porque dicen que de noche se oyen gritos, rumores de llanto y se ve brillar fuego.

—Y tú, ¿nunca has visto nada?

—Nunca, señor; jamás me he atrevido a venir de noche, sola.

—Y entonces, ¿dónde te ves con Agiali?

—En casa.

—¿Verdad que todas las noches duermes con él?

Una llamarada de fuego empurpuró sus mejillas y, melindrosa, volvió el rostro y se puso a llorar.

—¿Por qué lloras?

—Por nada; yo no más estoy llorando. [1]

—Vaya, no llores, Wuata Wuara, pobrecita.

[p. 121] Y Alcoreza, cogiéndola por la cintura, la besó en la mejilla.

Mirólo Wuata Wuara con extrañeza, hallando incomprensible, absurdo, ridículo que un blanco, que un amigo de su amo, usase de semejante expresión con una india. Y, quizás satisfecha, acaso burlona, hizo aparecer en sus labios una enigmática sonrisa.

Sorprendióla Alcoreza, y creyendo que aceptaba agradecida tan elocuente homenaje de conmiseración, rodeó con una mano su talle y con la otra oprimió uno de sus senos bajándola en seguida poco a poco hasta el vientre.

—¡Déjeme! ¡déjeme!— grito la india furiosa.

Éste la sujetó más, impulsándola hacia la caverna sin hacer caso de las voces de la india. El perrillo, las orejas altas, comenzó a ladrar con verdadera furia, mostrando los dientes en actitud de morder.

—¡Quita de allá, maldito! —y García, con la culata de su escopeta, descargó un fuerte golpe en el endeble cuerpecillo de la bestia, que lanzó un agudo alarido y huyó arrastrando una pata que se le había roto.

[p. 122] —¿Por qué lo tratas así? —y la joven, exasperada, se desligó de los brazos de Alcoreza y se puso a llamar al perro que huía, que huía, [2*] y cuyos quejidos resonaban tristemente en la sierra —¿Por qué lo tratas así?

—No es nada, hermosa, —articuló Alcoreza en castellano e intentó volverla a abrazar; pero la india cogió una piedra, y, amenazadora, le increpó insolente, sin cuidarse del patrón y resuelta a todo:

—¡Cochino!

Comprendieron todos que la joven se defendería, y Monteblanco, le gritó a Tortoni:

—No te apresures, el licor va surtiendo sus efectos.

Era verdad.

---

[1] Frase muy usada entre los indios y los *cholos*.

[2*] Parece un error de impresión. Por respeto al texto original lo mantenemos.

Con el rostro enrojecido y la mirada brillante, Wuata Wuara se sostenía en pie, vacilando. A veces, cuando caminaba seguida por los jóvenes, se detenía temblorosa, dando diente con diente, y entonces, clavando los ojos en ellos, los miraba con fijeza de alcohólico, largamente, detenidamente, y fruncía el entrecejo cual si estuviera dominada por un único pensamiento. En una de esas se plantó de firme, [p. 123] y de hecho, sin reparos, con voz dura y temblante increpó a Carmona.

—¿Qué me has dado?

—Nada; un poco de agua ¿Por qué?

—No, no es agua. Siento que la cabeza me da vueltas y que todo baila a mi alrededor. Cuando alguna vez, siendo yo muy niña, me dio tu padre algo parecido a lo que me has dado, no he sentido lo que ahora siento. ¿Qué me has hecho beber, señor?

—Ya te he dicho que un poco de agua.

—¡Es curioso!

Y después de reflexionar un momento:

—Me voy. Si quieren pasear las cuevas no tienen necesidad de mí.

—No, tú no te vas.

—¿Y por qué?

—Porque te necesito, Wuata Wuara; porque quiero...

Y sin acabar la frase, volvióse a lanzar Alcoreza contra la india y, abrazándola, la impulsó hacia el escuro agujero. Wuata Wuara hizo presa del lazo que sujetaba la bolsa de caza, y, afirmando bien las plantas en el suelo, comenzó a gritar [p. 124] pidiendo socorro, en tanto que hacía lo posible por librarse de los brazos de su forzador, el cual viendo que eran inútiles sus esfuerzos, le lanzó un formidable puntapié en el vientre. Prorrumpió en un agudo alarido la pobre india, y cegada por la cólera, por el odio y por el dolor, desprendió de su *ppullo* el largo alfiler de plata que le servía para sujetarlo y, a tontas y ciegas, se puso a repartir pinchazos.

Viendo lo mal parado que quedaba el fogoso Alcoreza, quisieron salir en su ayuda los otros; pero entonces la joven, asustada, aterrorizada, se dejó caer de rodillas, y extendiendo los brazos, en actitud suplicante, principió a implorar dolorida:

—¡Perdón! ¡Perdón, *papaíto*!

Alcoreza no la oía. Estaba ciego, estaba sordo, y quiso aprovechar este momento débil de la india para tenderla. Cogióla por los hombros, y apoyando las rodillas en las espaldas de la joven, la impulsó hacia atrás. La india, con agilidad de felino, se puso en pie y como se notara libre echó a correr en dirección de la salida, pero entonces le impidieron el paso los otros... Se vio perdida. ¿Qué hacer? Súbito, [p. 125] venciendo viejas supersticiones, haciendo caso omiso de terroríficas leyendas, se precipitó en las sombras de la maldecida caverna. Fue para peor, porque desde allí sus gritos no podían escucharse. La alcanzaron, y ahora no sólo Alcoreza fue el que se le lanzó encima sino todos, por lo que exasperada, enloquecida, volvió a apoderarse del alfiler y a poner en juego la terrible arma, pero sin conseguir hacer gran cosa puesto que los otros la acosaban por todas partes, como acosa una jauría hambrienta a una res herida. El miedo, en vez de paralizar sus movimientos, parecía aumentar su vigor, y habría estado defendiéndose por largo tiempo, si el hércules Carmona, desesperado, no le hubiese descargado, con sus puños de gañán, un formidable golpe en la cabeza. Lanzó un gemido la infeliz y cayó de espaldas, tan larga como era, dando la nuca contra el filo de un pedrusco que sonó cual si estuviese hueco, quedando en seguida inmóvil, sin acción, sin palabra, hecha una masa temblona por las contracciones del dolor.

[p. 126] Y entonces ellos, los civilizados, los cultos; ciegos de lujuria y de coraje, disputándose el cuerpo caído de la india con avidez de famélicos, saciaron en él, sin pudor, sin vergüenza, el torpe deseo de que estaban animados.

Y una vez y otra vez se revolcaron asquerosamente en el suelo, hasta el hartazgo, hasta la saciedad, hasta sentir en el cuerpo una flojedad absoluta, un desfallecimiento de muerte.

Media hora duró esta borrachera de placer al cabo de la cual viendo que Wuata Wuara ni siquiera se movía, la llamaron por su nombre, pero en vano; y creyendo que aun le duraba el espasmo huyeron dejándola allí, sin acción, acaso sin vida, y cubriendo apenas sus pobres carnes maceradas; huyeron bajo la lluvia que caía a torrentes ennegreciendo el horizonte y con el secreto y el malsano placer de haber satisfecho una curiosidad harto tiempo acariciada.

En medio cerro tropezaron con Agiali que subía la pendiente a carrera, bañado [p. 127] en sudor, en desorden la hirsuta y larga cabellera, descubierto el pecho y resoplando como un buey fatigado. Detrás de él, y llevando a rastras su patita rota, caminaba el perrillo lanzando una especie de gimoteo. Al cruzar delante de los jóvenes se detuvo, y clavándoles la extraviada mirada tuvo intenciones de hablarles; pero rehaciéndose continuó subiendo la pedregosa cuesta a pesar de que la respiración le faltaba.

De este modo, sin hacer caso del furibundo ladrar del perro que se había detenido a la entrada de la caverna, llegó hasta las desmoronadas ruinas del templo, al pie de las cuales pacía tranquilamente el rebaño. Dirigió la mirada por todas partes, la llamó a fuertes voces, y cuando se hubo convencido que nadie había allí volvió sobre sus pasos, y viendo que el perrillo entraba a la caverna y volvía a salir ladrando cada vez más furioso, lo siguió sintiendo que algo muy frío, que no era la lluvia ni el viento, hacía estremecer sus carnes.

En un principio nada pudo distinguir, pues la obscuridad era absoluta; pero [p. 128] acostumbrado como estaba a rondar y a perseguir de noche a los ladrones de totora, bien pronto alcanzó a ver el cuerpo de Wuata Wuara caído de espaldas, con el vestido en desorden, mostrando desnudos sus senos blancos...

De un salto se colocó junto a el, y levantándolo en vilo, salió corriendo a la luz, sin por eso dejar de advertir que una substancia tibia y pegajosa corría por entre sus dedos. Se los miró, y era sangre. No pudo contenerse, no fue dueño de reprimir su espanto y soltó el cuerpo amado, que cayó pesadamente en tierra produciendo un ruido seco.

Y, demudado el rostro, el ceño fruncido con todas las señales de una espantosa lucha interior, se puso, a sacudir frenéticamente un brazo de la india, gritando con voz ronca:

—¡Wuata Wuara! ¡Wuata Wuara!

Y viendo que no volvía en sí, que su voz se perdía en el espacio arrastrada por el viento huracanado, sacudió su melenuda cabellera, irguió el busto y, con los puños crispados hacia la casa de hacienda que se veía medio esfumada por la lluvia, aulló:

—¡Asesinos! ¡Ladrones! *¡Khenchas!*

Luego, levantando la cabeza de la joven, se puso a examinar la herida y vio que era honda y que tenía la forma de un inmenso boquerón. Y, aguijoneado por una [p. 129] curiosidad punzante, invadido por cruel incertidumbre le soliviantó los vestidos y adquirió la horribla certeza de que con su amada se había cometido un crimen...

Y entonces sucedió una escena repugnante.

Abalanzándose el desgraciado sobre esa miseria, y lleno de cólera salvaje, principió a patear la inanimada masa y a bailar sobre ella como un loco, ciego, implacable, maldiciendo, llorando, arrancándose los cabellos, lleno de una desesperación sombría.

Esto duró algún tiempo, hasta que cansado, rendido, se sentó en una piedra, y hundiendo el rostro entre las manos, lloró con desconsuelo. Algunos minutos después levantó la cabeza: en sus ojos brillaban resplandores sombríos. Y con voz calmada, pero en la que se advertían temblores de moribundo, se puso a hablar a solas:

—¡Deben morir! Ella era mi vida y me la han robado. ¡Deben morir!... ¡¡Wuata Wuara!! —repitió dolorido.— ¡Nada! Siempre el silencio pavoroso.

Principió a sentir miedo, y volviendo los ojos hacia la caverna, rápidamente se [p. 130] le vino a la memoria la tarde aquella en que la joven había hollado su suelo y pensó que quizás pudiera ser ese un castigo.

En vísperas de ser azotado Calisaya por el patrón, había entrado a la caverna y poco después, a más de sufrir una caída, había sido arrojado de la finca. Así, pues, quién sabe... ¡pero no! Wuata Wuara, en esta tarde, había sido conducida, llevada por fuerza, lo decían su sopor, el estado en que se encontraba. El patrón y sus amigos habían abusado de ella y era preciso matarlos...

Hundió los dedos en su áspera melena de león, y torciendo la cabeza en dirección de la casa de hacienda, exclamó siniestramente:

—¡Me la han de pagar, ladrones! ¡Me la han de pagar, criminales!

Le pareció haber oído un gemido y presuroso se acercó a la india.

—¡Wuata Wuara!

Seguía inmóvil. Por bajo su cuerpo se veía correr sobre la peña la sangre mezclada con el agua, y un hilillo sanguinolento brotaba de la comisura de sus [p. 131] labios, que era borrado por la lluvia que seguía cayendo.

Le cogió la mano, pero se la volvió a soltar inmediatamente: le pareció haber cogido un mármol: tan fría estaba.

Y entonces tuvo un miedo pavoroso y sintió que por sus venas corría un frío glacial que hacía temblar sus carnes. ¿Es que de veras estaba muerta su amada? ¡Cristo! ¡entonces su vida no tenía objeto!

Se arrojó de bruces, y abrazando el cuerpo de la india, con voz miedosa pero dulce, tierna, comenzó a llamarla:

—¡Wuata Wuara! ¡¡Wuata Wuara!! ¡¡¡Wuata Wuara!!!

Un chillido que parecía partir de las nubes y que era agudo, estridente, desagradable, le hizo levantar la cabeza, y vio con espanto que un cuervo, un negro pajarraco, revoloteaba pesadamente muy cerca de él, con los ojos fijos en el rígido cuerpo de su amada.

Una inquietud supersticiosa se le apoderó. Apoyó el oído contra el pecho de la india y no sintiendo latir, se puso en pie, hizo girar la mirada por todos lados y, de [p. 132] repente, cual si fuese acometido por terror pánico, echó a correr cuesta abajo, en carrera vertiginosa, arrastrando tras sí una lluvia de piedras que rodaron produciendo un ruido ensordecedor y volviendo a cada instante la cabeza atrás.

Una vez en el llano, sin detenerse a tomar aliento y siempre a carrera, se dirigió a casa de Choquehuanka, en la que entró de porrazo, con la mirada extraviada y el cabello y los vestidos en desorden.

A sazón el viejo acababa de comer y ocupábase en ese momento de zurcir una red destrozada que precisamente le había dado Agiali con ese objeto. Así que al verlo entrar tan agitado, creyó que algo grave le sucedía.

—¿Qué te pasa? ¿qué hay?— preguntó ansioso, levantándose con ayuda de su palo.

—¡Ellos la han matado, yo no!

—Pero ¿qué hablas? ¿qué estás diciendo?

—¡Que ha muerto, que la han asesinado! —gimió.

Los ojos del viejo se nublaron, y con voz miedosa volvió a interrogar:

—¿Quién ha muerto?

[p. 133] —¡Wuata Wuara!

—¡Jesús! ¿Wuata Wuara, dices?

—Sí, Wuata Wuara ha muerto!

¡Muerto!... ¡Muerto!...

Le pareció haber oído mal, le pareció estar soñando. ¡Asesinada! No; eso no era verdad; seguramente se equivocaba Agiali; ¡estaba loco el pobrecito!

—¡Vamos!... habla bien. ¿No dices que ella ha muerto? Mira que es malo hablar mentiras... Cuenta, Agiali, ¿qué hay?

—No sé. Del lago la vi que hablaba con el patrón, y como no me parecía bien que estuviese a solas con él y con sus amigos, subí al cerro y la encontré muerta. No sé más.

—Pero ¿la has visto! ¿Estás seguro de que ha muerto?

—Sí; los *alkhaamaris* [1] revoloteaban encima de su cuerpo y vi al patrón que corría, que corría...

Ahora sí que le dio miedo al viejo la relación de Agiali. ¡Los *alkhaamaris*! Esas eran aves de mal agüero que estaban siempre a la pesca de cadáveres, de los que se pudre, y luego el patrón que corría, que corría...

[p. 134] —¡Habla, Agiali; habla por Dios! ¿Qué ha visto? ¿Dónde está Wuata Wuara?

—Yo no he visto nada, nada... ¿Acaso podía ver cosa alguna desde mi balsa...? Pero la he visto a ella: está blanca, tiene el color de un huevo de *pana*... [2] está muerta. Los he visto también a ellos... Corrían, y el uno tenía las manos llenas de

---

1 Cuervos.

2 Pato zabullidor.

sangre... Yo no sé nada... ¿Es que crees que miento? Pues anda tú mismo allá arriba y la verás: ¡está muerta! —sollozó ocultando el rostro entre las manos.

Choquehuanka oía tembloroso las incoherencias del joven. Cuando cesó de hablar, estaba más amarillo que un cadáver, y en sus cansados ojos se veían brillar las lágrimas. Elevó las manos al cielo, y baja, pero sombríamente, murmuró con lentitud.

—¡Dios! ¡Dios! ¿Y se hace todo esto por tu voluntad?

Luego se dirigió al joven:

—¿Y crees que el patrón y sus amigos...?

—Sí, ellos la han matado; te digo como si lo hubiera visto.

—¿Y cuál de ellos llevaba sangre en las manos? [p. 135]

—El patrón... ¡Ah no! ese otro bajito, ese que siempre anda riéndose.

—¿Y cómo la encontraste a Wuata Wuara?

—Tendida en el suelo, sobre un charco de sangre, con las ropas en desorden.

—Pero ¿y has visto de dónde está herida?

—De la cabeza; el hueso lo tiene roto.

¿En qué sitio, dónde la has encontrado?

—En la gruta del diablo.

—¡Cómo! ¿En la gruta del diablo, dices?

—Sí.

—¿Y acaso hubiera tenido valor de entrar...?

—Ella no, pero...

Corrió un escalofrío por el cuerpo del viejo y, desolado, se puso él también a llorar. Ahora ya no le cupo duda alguna de que Wuata Wuara había sido asesinada infamemente por el patrón, pues de otra manera jamás se habría atrevido a entrar sola a la gruta del demonio, gruta terrible y a cual él mismo, a pesar de los motivos que tenía para dudar de todo, no se había atrevido a profanar sus tinieblas.

—¡La han matado! ¡La han matado!— gimió miedoso, aterrorizado. [p. 136]

Y luego, hablando a solas.

—Pero ¿por qué? ¿qué daño pudo haberles hecho ella que jamás dio que sentir a nadie? ¿será nada más que porque los hombres son malos?... ¡Ah, sí! Nada más que por eso... ¡Deben morir!

—¿Deben morir has dicho, padre! —interrogó Agiali sorprendido al notar la concordancia de pareceres.

Choquehuanka, sin responder a su pregunta, lo miró largamente, y viendo que lloraba, le dijo:

—No llores... ¿para qué llorar? Las lágrimas no remedian nada. Lo hecho, hecho está.

—¡Ladrones! *¡Khenchas!*

—Tampoco insultes, lo que ahora conviene es...

Y cortándose, súbitamente:

—¿Quisieras vengarte?

—¡¡Quisiera morderles el corazón!! —repuso vehemente.

—¿Y has dicho a alguien que Wuata Wuara ha muerto?

[p. 137] —A nadie.

—Mejor.

—¿Qué piensas?

—Ya lo sabrás. Lo que conviene es que nadie sepa nada, ni su madre. Ahora tú vas y transportas el cadáver a las ruinas...

—¡No! ¡Yo no voy: tengo miedo!

—No seas cobarde. Vas y transportas el cadáver a las ruinas, y en seguida te presentas en casa del patrón como si no hubiese sucedido nada. A media noche te espero en la cumbre del cerro: allí ya veremos cómo nos vengamos. Ahora vete, y al pasar por la casa de Tokorcunki, le dices que lo necesito... Déjame solo.

Salió Agiali, y entonces Choquehuanka se prosternó al suelo y hundiendo la arrugada frente en el polvo, se puso a sollozar, mesándose el blanco cabello, presa de una desesperación sombría.

En ella, en la muerta, había cifrado toda la alegría de su vejez penosa, y ahora ¡nada! ¡Gran Dios! ¿es que así no más se extingue una vida? ¿es que estaba condenada la raza a soportar por siempre la esclavitud? ¿Pero y por qué? Ellos no hacían nada punible.

[p. 138] Trabajar que trabajar para comer, para no sufrir hambre, he ahí toda su vida. Ellos, ajenos de toda ambición, de lo único que se preocupaban era de arañar la tierra, de confundirse con ella, de hacerla producir. No exigían el respeto de sus derechos, porque bien sabían que jamás serían atendidos. Aislados en sus pampas, expuestos a ser tragados por las olas, siempre en continua pelea con los elementos, perpetuamente asechados por la miseria, eternamente explotados por los patrones, ni ambicionaban el poder, ni tampoco querían el triunfo en ningún sentido. Ellos querían paz, que los dejasen tranquilos, que les permitiesen vivir con sus costumbres, con su barbarie... ¡sea! pero dentro de una atmósfera de calma ¿a qué, pues, perseguirlos hasta en sus propios hogares? ¿a qué...?

Una voz calmada, grave, lo sacó de sus meditaciones.

—Buenas tardes nos dé Dios.

Levantó la cabeza, y vio a Tokorcunki que en pie y con los brazos cruzados sobre el pecho, lo contemplaba lleno de una piedad y de un respeto infinitos.

[p. 139] —Buenas tardes.

Afirmó su cayado en el suelo y se puso en pie.

—Agiali me ha dicho que deseas hablarme, ¿qué quieres? ¿estás, acaso, enfermo?

—No estoy enfermo; ¿por qué?

—Te noto pálido; das miedo.

—No tengo nada.

—Me has hecho llamar con Agiali. El pobrecito lloraba, ¿le ha sucedido alguna desgracia?

—No sé, al hombre siempre le pasa algo.

—Pero ¿qué hay?

—No hay nada, nada. Alguien que se ha muerto, que ha sido asesinado, pero ¿y eso qué? ¡Poca cosa! ¡Se mueren tantos cada día, a cada momento! Yo también me he de morir, y cuanto antes mejor: ¡para lo muchos que se saca viviendo! ¡para lo que sirve la vida!... ¿Sabes?... Pero no... Que se reúna a la noche el peonaje, que esté allá arriba en las ruinas del templo y después yo le diré muchas cosas, todas aquellas que las tengo guardadas para mí solo desde hace muchos años. Yo tengo que hablar bastante: el silencio me pesa, y no quiero morirme cargando sobre mí [p. 140] tantas cosas... ¡Violada! Como los perros y peor es todavía que los perros, porque siquiera éstos, cuando ven que uno escoge su hembra, lo dejan solo a gozarla, en tanto que ellos... ¡Deben morir!... Los hombres malos son como la peste; hay que libertar a la tierra de ellos... ¡Deben morir!

Le tocó su turno a Tokorcunki de no comprender lo que decía el anciano, y también supuso que estaba poseído del demonio.

—Pero ¿qué tienes? ¿qué te duele?

—¡Me duele el corazón y quiero morir! ¿Sabes tú lo que es corazón? El corazón, Tokorcunki, es una cosa mala, y te digo que sería mejor no tenerlo. Hay que matar el corazón, porque para lo único que sirve es para hacer sentir. ¡Tokorcunki, óyele a un viejo: el corazón no sirve!

Sí, no había duda: estaba embrujado el pobre vetusto; ésta era la única explicación de sus palabras incomprensibles.

—¿Pero de verdad quieres que esta noche se reúna el peonaje?

—Sí; que vayan todos, que vayan a oír la palabra de un hombre que ha vivido [p. 141] lo bastante para saber lo que es la vida. Ahora déjame solo; quiero hablar con mi conciencia.

Tokorcunki lo miró detenidamente y encogiéndose de hombros salió de la casa. ¡Pobre viejo! ¡He ahí a lo que lo habían conducido sus lecturas. Lo mejor era no saber nada, indudablemente.

[p. 143]

VII

—¿Qué tienes? Estás sombrío: das miedo.

—No tengo nada.

—Eso no es verdad; te noto cariacontecido.

—No estoy triste.

—Pero estás preocupado.

—¿Quién sabe?

—¿Y se podría saber por qué estás así? En toda la tarde apenas si hemos oído tu voz. ¡Vamos! dinos qué es lo que tienes.

—Tengo miedo.

—¿Miedo de qué? Chico; te encuentro raro esta tarde.

García se encogió de hombros, y dando un chupón a su cigarro, la cabeza apoyada contra el espaldar de la butaca, se quedó mirando el retazo de cielo que se descubría por entre los cortinajes de la ventana.

[p. 144] —¿Qué tienes hombre?

Y los amigos, solícitos, le rodearon.

García sonrió forzadamente, y con acento desdeñoso:

—Se han de reír ustedes, pero repito que tengo miedo. Lo que hemos hecho esta tarde es, sencillamente, infame.

Mirándose los amigos unos a otros, sintiendo pasar por sus mejillas el fuego de la vergüenza. Todos, en verdad, hallábanse preocupados con la mala acción de esa tarde y ninguno quería manifestar el estado de su ánimo, y he aquí que de repente, sin ambages, saltaba uno dando a conocer los escrúpulos que le asediaban y diciendo las cosas con su verdadero nombre. Carmona, que era el que menos sentía de todos, contestó sarcástico:

—Me alegro, chico, que lo sepas. Por lo general, todo el que comete una mala acción busca los medios de disculparla por cualquier motivo. Tú tienes el valor de la franqueza: te felicito.

Irrítole a García el acento, y repuso indignado:

[p. 145] —Es que no soy hipócrita conmigo mismo y hablo lo que siento. Y repito: lo que hemos hecho esta tarde, es infame.

—¡Después del asno muerto...!

—¿Qué quieres decir?

—Nada; que toda consideración debe oponerse antes de obrar: después, ya resulta...

—Ridículo, ya lo sé, y por eso es que no recrimino a nadie y sólo me limito a hacer conocer mi sentir. Pero, oyélo bien, si pudiera borrar lo obrado dando...

—¡Lo mismo digo yo!

—Es que hay muchos que lo dicen y no lo hacen...

—Creo igual; hay muchos, y entre ellos acaso no sería extraño que nos contásemos tú y yo...

—No hay para qué disputar —intervino Fuenteclara. —Tiene razón Alberto: a mal que no tiene remedio...

Quedaron meditabundos por breves instantes.

—¿Y crees que habrá dicho algo la india?

—Bien pudiera; no hay que fiar mucho en esta raza. Se hace la sumisa, la respetuosa, pero es hipócrita y solapada. Constamente oímos decir que la indiada de tal finca ha asesinado a su patrón y no sería extraño... [p. 146]

—Señores —saltó Alcoreza;— lo mejor que podemos hacer es marcharnos en el momento a La Paz; yo no quiero que me coman estos *hipopótamos...*

—No hay para tanto, querido. Al manifestar Manuel sus temores y escrúpulos, no parece conocer la índole de esta raza abyecta que vive insensible a todo. ¿Creen ustedes que el hecho de esta tarde fuera suficiente motivo para impulsarla a un levantamiento?

—¡Quién sabe!

—No tal. Si se destruyeran sus campos, o se le impusiera fuertes obligaciones, entonces se sublevaría; pero ¡por una india!... ¡Vaya! Se necesita estar loco para creer lo contrario.

—No digo que no, pero también hay que tener en cuenta que, como nos lo dijo el cura, Wuata Wuara es la protegida de Choquehuanka, y sabido es que éste manda en todos, por lo que no me parece tan sencillo el caso.

—Yo les digo a ustedes que el cura es un mentecato, y apuesto lo que ustedes quieran que fue el primero en tenerla en su casa. Wuata Wuara ya ha sido mujer. [p. 147] Por otra parte, repito que el indio se preocupa poco de las cuestiones de honor. Nada le importa que a su esposa o a su hija le suceda algo y aun de importarle se le hace callar dándole unos cuantos pesos.

El argumento era decisivo, por lo que callaron los amigos, pues ellos mejor que nadie sabían que efectivamente era eso así.

—Yo no sé por qué creo que algo nos ha de suceder. Lo mejor sería marcharnos inmediatamente a La Paz.

—¡Valiente ocurrencia! ¿Y qué diciendo nos presentaríamos mañana al amanecer en nuestras casas?

—Sí; no hay que extremar las cosas.

—En verdad que no es para tanto.

—Claro que no lo es; y para que García se convenza de que no tienen fundamento sus cavilaciones, propongo hacer un paseo por el lago, después de la comida. Ya verán ustedes que los indios no saben nada.

—Sí, sí y procuraremos marchar juntos y bien armados para cualquier contingencia. —añadió Fuenteclara, que era el que más miedo tenía.

—Esas son muchas precauciones, querido. No parece sino que ya tuviéramos [p. 148] encima a la indiada. ¿A qué tantas precauciones? Yo les aseguro que, a pesar de los presentimientos de Manuel, no vamos a tener que lamentar ningún incidente, y les prometo que llegado el caso, me batiría solo contra toda esa falange bruta.

—Tú siempre fanfarrón.

—Nada de eso —contestó picado;— lo que hay es que a mí no me impresionan corazonadas ni pamplinas.

—¿Lo dices eso por mí? —interrogó, furioso, Alcoreza.

—¡Vaya! No hay para qué enojarse. A comer y después a paseo.

Se dirigieron al comedor, y muy pronto el vino les hizo olvidar a los unos el mal humor y a los otros sus presentimientos. Cuando se levantaron de la mesa, todos reían.

Carmona ordenó que condujeran las balsas al embarcadero y dio la voz de partida.

—¿Llevamos escopetas? preguntó García.

—¿Para qué? Supongo que no tendrás tan buena vista que quieras cazar de noche.

[p. 149] —No; pero yo llevo mi revólver.

—Y yo.

—Y yo.

—Cada cual es dueño de hacer lo que sea de su antojo; a nada me opongo.

A poco salieron armados, y a la claridad del crepúsculo que ya se anunciaba, se encaminaron a la playa.

Esperaban allí los barqueros, uno de los cuales era Agiali. Su rostro no revelaba nada, ni siquiera el sufrimiento: era un rostro de esfinge. Al verlo, se miraron entre sí los jóvenes cambiando una sonrisa que equivalía a decir: —¿Veis como nuestros temores eran infundados?— Cuando se hubieron tendido en el fondo de las embarcaciones, Carmona ordenó hicieran uso de los remos.

Comenzaron a navegar. De tierra venían ruidos: tintineo de esquilas, las ovejas que eran conducidas a sus apriscos; armónico son de flautas y de tambores: los indios que celebraban la fiesta de Santiago, patrón de la comunidad vecina. Éste se desparramaba por la extensión como una salmodia sentida, y era, como todas las [p. 150] músicas indígenas, triste y monótona, de una tristeza desesperante y de una monotonía angustiosa. Cuando se la oye parece que lloran todas las angustias de esa raza decrépita; deja en el alma un sedimento amargo.

El cielo presentaba una diafanidad transparente, y de las nubes tempestuosas de la tarde sólo quedaban jirones que se deshacían allá muy lejos, sobre la isla de Quebaya, que parecía un punto.

En el lago nada se oía; ni el chillido de las aves, ni la canturia de los pescadores, ni siquiera el alegre castañetear de las gallinetas que abundan tanto, hasta en las partes más hondas del charco.

Conforme iban internándose en él, el agua tomaba un color verdoso a causa de la profundidad, y los remeros se veían forzados a hundir hasta el cabo los palos para impulsar a las balsas que surcaban lenta, trabajosamente. De vez en cuando, algunas abutardas y cercetas huían azotando el agua con sus alas desplegadas y dejando tras sí una estela de espuma.

Los jóvenes habíanse tendido a lo largo de las balsas y estaban abismados en pensamientos de diversa índole.

A la hora de marcha, los manchones de totora que atravesaran se espesaban [p. 151] más y más e iba desapareciendo el fondo, del que ya no se podía distinguir nada, a no ser las flemosas algas que en cada trecho aparecían a cierta profundidad medio inclinadas del lado que las corrientes seguían. Se veía esto a la luz clarísima de una luna llena. Los conductores, sudorosos, agitados, hundían con fuerza sus remos, levantando una lluvia incesante de gotas frías y cristalinas.

Allá, muy distante, destacábanse, áridas, las siluetas de los cerros de Tiquina, medio borrosas, y al lado opuesto, por una especie de surco abierto entre los eneales espesísimos, alcanzábase a divisar como en medio de nieblas, libre de obstáculos, la superficie del gran lago azul, uno de los más grandes del continente y que en ese momento era surcado por un vapor que pitaba poniendo espanto en las aves.

Agiali, que era el que conducía a Alberto Carmona, su patrón, hallábase desesperado.

Al verlo tendido allí, en su balsa, entrábanle impulsos de levantar su remo y partirle la cabeza en dos, y luego hartarse bebiendo su sangre, arrancarle las [p. 152] entrañas y pisotearlas cebándose como un felino en su víctima. ¡Madre! ¿es que tenía que soportar por fuerza la odiosa presencia de ese ladrón de su dicha, de ese vil ladrón que le había robado lo único que quisiera en la vida? —y lo miraba con una furia tan exaltada, con los ojos tan inyectados de odio, que de fijarse el joven en el indio, acaso habría perdido esa confianza que luego fue su perdición, tomando ciertas medidas para conjurar el peligro que le amenazaba. Pero no; Alberto no veía nada: soñaba. Inclinado sobre un costado de la balsa, viendo reflejar las olas que se rompían en la proa de la embarcación produciendo un ruido igual al que se produce azotando el agua soñaba en su novia, en su pálida novia que lo esperaba en el agujero, en La Paz, y a la que pronto habría de darle su nombre y su porvenir...

—¿Qué hora es? —interrogó Alcoreza uno de esos momentos en que las balsas bogaban juntas.

Carmona consultó su reloj, y dijo:

—Las doce.

—¡Canasto! Ya es tarde; vámonos.

—Como ustedes quieran. [p. 153]

Viraron, y poco después, al saltar a tierra, sin guardarse de los indios que recogían sus aparejos, con acento burlón, increpó Carmona a García:

—¿Ves, cobarde, como tus temores no tenían fundamento? Les hemos dado una ocasión propicia para vengarse y no lo han hecho. Les bastaba volcar las embarcaciones para lucirnos.

García no repuso nada. Encendió un cigarro, y se puso a silbar un aire popular cualquiera. Sólo al franquear los umbrales de la casa, se volvió hacia Carmona y, triste, grave, le anunció:

—Te advierto que mañana, al amanecer, me marcho: da orden para que a esa hora me despierten.

[p. 155]

VIII

La noticia de que aquella noche iba a romper Choquehuanka el largo y pertinaz mutismo en que desde hacía mucho tiempo se había encerrado, cundió rápidamente no sólo por la hacienda sino por las comunidades y poblachos vecinos, desde los cuales muchos se pusieron en peregrinación hacia el cerro Cusipata, donde, según tradicional costumbre, se celebraban las grandes asambleas, tomándose importantes determinaciones. Así que cuando llegó Agiali a la cumbre, se encontró con una compacta multitud que hacía rueda en torno de Choquehuanka, que con la nevada cabeza caída sobre el pecho y que relucía como un ampo de nieve herida por los pálidos rayos de la luna, parecía entregado a fervorosa oración.

[p. 156] En los rostros de todos los que la constituían estaban impresos el temor y el interés: la llamada de la vieja bocina había levantado un eco doloroso en sus almas, y, sobre todo, la noticia de que Choquehuanka estaba hechizado, había despertado en ellos punzante curiosidad.

De la llanura incomensurable no se alzaba ningún ruido: parecía muerta.

Al fin, después de un prolongado silencio, se oyó el canto del gallo que saludaba la media noche. El más respetable de los jefes de las haciendas vecinas se acercó a Choquehuanka y le dijo:

—Anciano: la aurora no tarda en anunciarse, y queremos saber el motivo por el que nos has llamado. Después de mucho tiempo hemos oído tu *pututu* (bocina), y como él, bien lo sabes, no debe sonar sino en tiempo de guerra, hemos creído que tienes que decirnos algo y hemos venido: habla, te escuchamos.

Levantóse el viejo patriarca y, sacudiendo su cabeza de combatiente, saludó:

[p. 157] —Ante todo, buenas noches, *tatitos.* [1] Que el Dios Padre siempre esté con vosotros y que os ayude mandando lluvias para vuestros campos y paz para vuestros hogares.

No dejó de impresionarles este saludo extraño y desconocido entonces y de aumentar más la espectación de que se sentían poseídos. Así que casi a una voz respondieron:

—Buenas noches, anciano.

Y estrechándose unos contra otros, sacaron sus bolsas, y poniéndose de cuclillas en el suelo, comenzaron a mascar coca, graves, taciturnos.

También el viejo Choquehuanka desciñó la suya y, mordiendo un retazo de

[1] Se podría traducir por señores.

legía, permaneció algunos instantes en silencio, abstraído, al parecer, en la contemplación del hermoso panorama.

Poco a poco fueron cesando los murmullos, y, cuando se hubo hecho el silencio, se puso en pie el bondadoso patriarca, y echando un vistazo a la concurrencia, dejó caer su palabra pausada, gravemente:

—Esta tarde se ha cometido un crimen: se ha asesinado a una mujer. Los asesinos, por la posición que ocupan, están libres de que los alcance la justicia de [p. 158] los que mandan y he querido que ustedes, *tatitos* hagan de jueces.

Y dirigiéndose a Agiali, que se había colocado en primera fila, le ordenó:

—¡Traed el cadáver de la víctima!

Los pocos que habían estado hablando enmudecieron por completo y prestaron atención: los tímidos sintieron que por sus venas corría un escalofrío angustioso: se podía oír el revuelo de una mariposa.

Acercóse Agiali a Tokorcunki, y bajándose, susurró algo en su oído. Luego ambos se dirigieron a las ruinas, y franqueando el pórtico perdiéronse en los revueltos muros. Allí, bajo la sombra que proyectaba un destrozado arco, se inclinó Agiali ante un bulto que apenas se podía divisar en la penumbra, y levantando el negro poncho que lo cubría, apareció el rígido cuerpo de la india. Tenía las manos cruzadas sobre el pecho y habíanla cubierto el rostro con un pañuelo carmesí de algodón, lleno de dibujos caricaturescos. Tokorcunki, vencido por la curiosidad, se inclinó con objeto de reconocer el cadáver, pero apenas había levantado una punta del pañuelo, cuando dio un salto atrás y con los ojos desmesuradamente abiertos, [p. 159] como el que ve una aparición, exclamó espantado:

—¡¡Wuata Wuara!!

Y se quedó inmóvil, tonto, temblante, como un febriciente.

—Sí, ¡Wuata Wuara!— gimió el infeliz Agiali.

—¿Y quién la ha asesinado?

—El patrón.

—¡Jesús santo! ¡Eso no es posible!

—Sí; el patrón: yo lo he visto —afirmó convencido.

—¿Vos?

—Sí.

—Pues entonces hay que matarlo.

—Sí, hay que matarlo —contestó extendiendo el poncho y haciéndole señas para que le ayudara a colocar el cadáver encima.

Colocado que fue, púsose Agiali del lado de la cabeza y Tokorcunki del de los pies, y levantaron el cuerpo adorado con tanta ternura que no parecía sino que, creyéndole dormido, tuvieran temor de despertarlo. Y así, cuidadosos, andando menudo, llegaron al centro de la asamblea y lo depositaron en el suelo con toda [p. 160] clase de precauciones.

Y entonces, Choquehuanka, con mano temblona, levantó el pañuelo que ocultaba el hermoso rostro de la india, que no se había alterado en nada, y que, por el contrario parecía embellecido con la palidez lilial del último sueño y por los purísimos rayos de la luna que brillaba en un cielo azul intenso desparramando su luz serena, dulcemente.

Al descubrirlo lanzaron todos una exclamación de dolor y de angustia, y por sobre ese grupo consternado pasó como una racha tempestuosa haciando inclinar las frentes más firmemente erguidas.

El viejo Choquehuanka, el empedernido batallador, tragándose las lágrimas musitó:

—¡Vedla! ¡Es Wuata Wuara! Es la que sabía llevar paz y consuelo a los hogares fríos. Su alma, pura como las nieves de nuestras cordilleras, ha volado libre al cielo. Ahora descansa: ya no volveremos a oírla más.

Nadie respuso nada. Un silencio que daba miedo había sucedido al estupor, el [p. 161] cual era sólo interrumpido por los entrecortados sollozos de Agiali, y por el eterno chapotear de las olas.

Y pasaron los minutos, y al fin, Choquehuanka, reponiéndose, con voz que resonaba como un lamento en la callada noche rápidamente narró el hecho tal como le había sido referido por Agiali, y luego, relacionándolo con él, puso de manifiesto la irritante tiranía de los blancos y especialmente de los patrones, los cuales, no contentos con explotarlos, con imponerles múltiples y pesadas tareas, les robaban sus mujeres y sus hijas. Evocó los tiempos pasados, tiempos en que ellos eran los dueños y señores absolutos del terreno, en tanto que los otros no eran más que unos intrusos; se detuvo en pintar con vivos colores la esclavitud actual en que yacían, y al través de sus palabras, se descubría la secreta y malsana intención de sublevar esos ánimos enardecidos ya por el influjo de su voz de viejo mágico...

Lo consiguió.

Según hablaba, iba elevándose un rumor sordo, por encima del cual se percibían [p. 162] claramente voces subersivas, voces de odio y cólera que pedían la muerte, no ya de los culpables sino de los blancos en general.

Hablaba el viejo:

—Es la guerra, es el odio que va transmitiéndose de padres a hijos. A todos se les reconoce el derecho de vivir menos a nosotros. Cuando un animal es conducido a la muerte, lucha, ataca; nosotros somos menos que los animales, puesto que sin protestar, con una mansedumbre cobarde, dejamos que nos esclavizen, que poco a poco nos vayan matando... Ellos nos quitan todo; el producto de nuestro trabajo, el sudor de nuestros cuerpos y nada nos dan. ¡Qué más! ¡Hasta nos quitan nuestras hembras eso que las mismas bestias defienden! No hay uno solo de entre ellos que se apiade de nuestro infortunio, y hasta los sacerdotes, que se dicen ministros y representantes de Dios, que nos aconsejan la mansedumbre como una virtud, son los primeros en arrancarnos a nuestras hijas para saciar en ellas sus groseros apetitos. Las hacen servir de mancebas, y luego no las arrojan a nuestros brazos [p. 163] como fruto dañado y podrido y nos dicen: —Ahí las tenéis arrepentidas; están inocentes y puras, —e invocan el nombre de Dios para dar mayor autoridad a sus palabras...

Y con voz melancólica, triste, de una gran tristeza honda, voz de hombre que ha vivido noventa años, que ha tenido tiempo para pensar y ver las cosas bajo su real aspecto, añadió sentencioso:

—Cuando yo miro el cielo y descubro su serenidad envidiable, me parece que está desierto y que aun de no estarlo, allí no debe imperar la bondad y la belleza, y que el hombre marcha solo con su destino; me parece que nadie sufre por nadie y que la vida no es otra cosa que un juego peligroso, en el que siempre pierden los buenos y los honrados... Mirad a vuestro alrededor y veréis que todo está tranquilo, que la naturaleza sonríe aun en medio de los más grandes crímenes, y yo pienso que siendo dirigida por una voluntad soberana, debiera acompañar en sus sufrimientos y tribulaciones a los hombres, pero no es así. Indiferente a todo, ni se preocupa de los que aplasta a su paso ni se alegra con los que vienen a la vida. Así que he llegado a saber que vivir es sufrir, que la vida no se debe tomar como un [p. 164] bien sino como un mal... Nada sufre por nada; he ahí lo que se aprende cuando se llega a viejo, y por lo mismo hay que trabajar para vivir bien; y si para ello hace falta exterminar a otros que se nos ponen al paso, hay que matar, hay que exterminar, porque eso hace la naturaleza: mata a los impotentes y a los débiles.

Calló el viejo pensador. Por su rostro severo y triste se veía correr el llanto cual si fuese un río que quisiera fecundar los surcos que el tiempo había impreso en él. De la asamblea se elevó un grito unánime de desafío. Absolutamente nada había comprendido de esta parte del discurso, a no ser la última:

¡Hay que matar!

Esta idea fue la única que encontró cabida en esos cerebros obtusos, fijándose con caracteres rojos... ¡Matar! ¡Cebarse en las víctimas! ¡Devolver un asesinato por otro asesinato! ¿Que el patrón y sus amigos habían asesinado a Wuata Wuara? ¡Pues a hacer lo mismo con ellos! Eso era lo natural y lo justo. ¡A matarlos, se dijo!

—¡Vamos allá! —salió una voz. [p. 165]

—¡Vamos! ¡Vamos!

Y como una catapulta descendió la asamblea por el camino que conducía a la casa de hacienda, dejando solo a Choquehuanka.

La luna estaba próxima a hundirse en el lago, del que levantaba reflejos amarillentos. Al verlos desde esa altura, parecía como si una hoguera hubiese sido encendida al otro lado de la isla Pariti y que eran sus resplandores esos que hasta allí se alargaban.

El ladrido de los perros había cesado, y sólo se oía el canto de los gallos monótono y aburridor junto con el chillido de las lechuzas que de vez en cuando pasaban por encima del viejo, produciendo una especie de bufido al rasgar el aire con sus fuertes alas.

En algunas casas comenzaba a encenderse el fuego para preparar la merienda, y por la parte del lago se oía la cantinela de los pescadores que dirigían la pesca a sitio conveniente.

Cuando Choquehuanka vio perderse la falange rabiosa, se arrodilló junto al cadáver de Wuata Wuara, y notando que el cabello le caía en desorden sobre la [p. 166] frente, se lo arregló lo mejor que pudo y besó en seguida sus ojos desbordando su corazón una piedad suprema hacia la infeliz víctima.

Mucho tiempo estuvo así, y cuando cesó de oírse por completo el ruido que hacía al alejarse la turba, se puso en pie, y difundiendo la mirada a su alrededor, dijo:

—Van a matar y yo los he impulsado al crimen. ¿He obrado bien? No sé.

¡Wuata Wuara! —añadió dirigiéndose al cadáver; tú que has sido buena y noble, que has pasado por la vida sin causar ningún dolor, dime si he obrado mal.

Guardó un momento de silencio, como si realmente esperase escuchar una respuesta del cadáver, y en seguida levantó la cabeza y, convencido, añadió:

—¡Gracias, Wuata Wuara! ¡No he obrado mal!

Luego, por segunda vez acarició con los labios la frente pálida de la muerta y, sereno, majestuoso, con toda la actitud de un apóstol, se puso a descender la cuesta, pero a medio camino se detuvo.

[p. 167] De la llanura se había elevado un bufido prolongado, solemne, a la par que poblaban el espacio los delirantes gritos de la turba. Casi al mismo tiempo se alzaba una columna de fuego iluminando de rojo gran trecho de la desierta e incomensurable meseta.

Choquehuanka cerró los ojos y una sonrisa ligera, macabra, culebreó en sus labios.

¡La casa de hacienda estaba ardiendo!

IX

[p. 169]

Descansaban.

La caminata de la tarde habíalos rendido, y sintiendo en sus cuerpos una flojedad absoluta, temprano, acabado el paseo, habíanse encamado, y ahora dormían sin cuidados ni recelos. Desvanecido todo temor en vista de la actitud de los indios de la noche, habían, sin embargo, dispuesto las armas a pesar de las protestas de Carmona que se oponía a ello achacando a censurable timidez lo que más bien era prudente precaución. ¡Iban a sublevarse los indios por causa tan insignificante! ¡Qué tontera! ¡Eso era no conocerlos bien!

Estaban en lo mejor del sueño y serían las cuatro y media de la mañana, cuando un angustioso grito de Fuenteclara los despertó. [p. 170]

García fue el primero en saltar del lecho:

—¿Qué hay, por Dios?

No pudo oírse la respuesta.

La puerta rodó al suelo hecha mil pedazos, y la falange rabiosa se precipitó en la de obscura habitación iluminándola con las teas que se había provisto. Iba armada de remos, en la punta de los cuales había atadas bayonetas que brillaban siniestramente, de cuchillos, de *macanas* [1] y algunos, pocos, de viejas escopetas. En todos los rostros estaba impreso el odio: un odio salvaje, asesino.

Carmona, de un salto se lanzó hacia donde estaban las armas, y empuñando un revólver, en actitud resuelta, apuntó al grupo, que hizo un movimiento de retroceso. Aprovecharon de él los otros para coger sus armas y replegarse al ángulo donde, encima de un lecho, se había refugiado el joven.

—¿Qué es lo que pasa? ¿qué quieren ustedes? —interrogó, altivo, Carmona.

No obtuvo respuesta y el chasquido de un lazo que iba recto a su cabeza le obligó a inclinarse para evitar que fuese enlazado. Al erguirse, y comprendiendo que era inútil entrar en explicaciones, apuntó e hizo fuego. Cayó un indio con el cráneo partido y otro, comprimiéndose el pecho, se confundió entre los suyos que, en masa y con los remos tendidos, avanzaron en medio de un silencio pavoroso, pero tuvieron que detenerse porque acababan de disparar los jóvenes, cayendo dos o tres indios más. Y sea que la vista de sus cadáveres los acobardase o que obedecieran a un plan de antemano convenido, ello es que permanecieron inmóviles, sin retroceder una línea pero tampoco sin avanzar. [p. 171]

Entre los jóvenes cundió el pavor.

---

1 Palo grueso rematado en una porra.

Convencidos como estaban de que era segura su muerte, de que no debían esperar clemencia de la horda enfurecida, descargaban sus armas a tontas y locas, sin causar daño alguno, llenos de un aturdimiento inconsciente... y el único entre ellos que tenía conciencia de sus actos, era Carmona.

—¡Por aquí! ¡por aquí! —gritábales bramando de coraje, rogándoles que no desperdiciasen las municiones, queriendo conducirlos a otra habitación lindante con la cuadra pero gritaba inútilmente. No le querían o no le podían oír y continuaban disparando ciegos, sordos, en tanto que los indios permanecían inmóviles, en trágica pasibilidad, defendiéndose apenas pero sin atacar ni siquiera herir... ¿Por qué semejante actitud? [p. 172]

Carmona lo adivinó.

—¡Brutos! ¡No disparen que nos quieren coger vivos! ¡No disparen, por Dios! —les rogaba poniéndose delante y extendiendo el brazo con riesgo de recibir un balazo.

Imposible de contenerlos. Y entonces, ciego de cólera y de vergüenza ante la cobardía de sus amigos, y teniendo en cuenta que si caía en manos de sus colonos habría de sufrir vejámenes y atropellos, resolvió matarse. Sí; antes que en poder de esos bandidos, preferible era morir.

Dirigió el revólver a su frente pero en ese instante recibió un garrotazo que le hizo soltar la arma. García, que se encontraba indefenso, pues se le habían concluido las municiones, la recogió y mordiendo el caño, apretó el gatillo. Una detonación seca se dejó oír en medio de las otras atronadoras y el joven cayó de bruces al suelo, donde, en las convulsiones de la agonía, comenzó a arrastrarse articulando palabras que no se podían entender porque la sangre le cegaba la garganta. [p. 173]

En vista de este cuadro lúgubre sintió Carmona que cedían sus bríos. Cogió un rifle por el caño y haciéndolo girar vertiginoso por sobre la cabeza, se adelantó con intenciones de abrirse paso por en medio de la turba asesina.

Fue su perdición.

Lo rodearon los indios, y uno de ellos le arrojó su poncho con tan buena fortuna que se le arrolló éste en la cabeza haciéndole caer de espaldas. Y entonces, descuidando a Fuenteclara y Alcoreza, se abalanzaron sobre Carmona en medio de grandes alaridos de alegría y lo ataron sólidamente de pies y manos poniéndole un harapo sucio en la boca a guisa de mordaza, y propinándole buena tanda de golpes.

Al ver esto Alcoreza, en arranque impetuoso, haciéndose servir del lecho como de un trampolín, saltó en dirección de la puerta del patio, pero fue cogido en el aire y maniatado al igual de Carmona, en tanto que el desventurado Fuenteclara caía de rodillas, las manos elevadas al cielo, implorando misericordia... Corrió la suerte de sus amigos. [p. 174]

Y entonces la turba, delirante de gozo, prorrumpió en formidable griterío. Desparrámose luego por la casa y comenzó el pillaje de los enseres de las habitaciones y en especial de los de la despensa donde estaban aprovisionados licores y comestibles. Todo lo saqueó la ladrona, y cuando no quedó nada aprovechable, prendió fuego al tejado, el cual, pocos segundos después, no era otra cosa que una gran hoguera cuyos resplandores iluminaban fantásticamente gran trecho de la pampa dormida.

* * *

Al declinar la aurora ante la radiante claridad del día, los prisioneros fueron vendados y echados a manera de carga sobre el lomo de tres pacienzudos asnos y conducidos a la cima del cerro donde, desnudándolos, los atrincaron a postes de madera enclavados sólidamente en el duro suelo.

La angustia y la vergüenza de los sin fortuna eran crueles. [p. 175]

Sentían ondular a la muchedumbre en su torno, quién sabe haciendo qué cosas, y hasta ellos venía el insoportable hedor de una humareda producida por el excremento quemado de buey, principal y único combustible indígena.

De rato en rato recibían bárbaramente, un pinchazos en las partes secretas de sus cuerpos, pinchazos que les arrancaban gritos de dolor y a los cuales contestaban las risillas estúpidas de los pilluelos que moscardoneaban alrededor de los postes, sin meter ruido, silenciosamente, como si fuesen sombras.

Al fin, tras larga hora de este suplicio, les arrancaron las vendas que los cubrían, y entonces todos tres lanzaron una exclamación de miedo.

Los maderos en que estaban atados formaban un triángulo, de modo que podían verse unos a otros. En medio yacía tendido el cuerpo de Wuata Wuara, cuya cabeza reposaba sobre un poncho lila y alrededor de la cual habían colocado ramilletes de flores artificiales.

Un poco más lejos, completamente desnudo, se veía el de García, cuyo miembro [p. 176] viril amputado tenía puesto en la boca. En la llanura aun ardía la casa de hacienda, esparciendo negras bocanadas de humo, y cerca de las ruinas, en grandes cacerolas, sobre fogones construidos de piedra, se calentaba el agua que habría de cocer sus carnes.

Una abigarrada muchedumbre compuesta de viejas haraposas y chiquillos bailaba una especie de danza alrededor de sus maderos formando círculo. Las viejas blandían cuchillos cortos y piedras los chicuelos. Los hombres, sentados en grupo, parecían deliberar.

Y al fin se acercaron a las víctimas mesurada, lentamente.

Carmona, viéndolos venir, irguió la cabeza y mirándolos de frente con ojos fulgurantes les gritó bramando de coraje.

—¡Cobardes! ¡Ladrones! ¡Asesinos!

Muy al contrario de Fuenteclara que, sintiéndose presa de terror, comenzó a implorar con voz doliente:

—¡Perdón! ¡Perdón! ¡Per...

Carmona le atajó desesperado:

—¡No seas gallina! Ya que no has de conseguir nada con tus súplicas, muere [p. 177] como hombre... ¡no seas gallina!

Tokorcunki, que marchaba a la cabeza, le contestó:

—El cobarde, el ladrón y el asesino eres tú. He ahí tu víctima, perro.

Y señalando el cadáver de la india, añadió:

—La has matado y tienes que morir.

Agachó la cabeza el joven y sus pupilas se llenaron de lágrimas. ¿Tenía, acaso, miedo?

—¡Cobardes! —volvió a gritar forcejeando, —¡cobardes! Si ustedes son hombres, déjenme libre y luchen conmigo ¡cobardes!

Y siempre siguiendo a su voz la del infeliz Fuenteclara:

—¡Perdón! ¡Perdón!

—¡Calla, hipócrita! Si tú fuiste el primero en lanzarnos a esta situación, calla, no seas cobarde, —aulló desesperado, sufriendo la indecible angustia del que se ve martirizado sin poderse defender.

Enmudeció el pobre poeta, y bajando la cabeza se puso a llorar desconsolada- [p. 178] mente invocando a Dios, llamando a sus padres que ya no volverían a verle...

Y entonces el círculo que formaban los indios se estechó aun más, y de en medio surgió Agiali con la cabeza vendada pues había sido herido en la contienda. Traía un pequeño cuchillo sin punta, y brillaba en sus ojos el placer de la fiera que ya tiene asegurada su víctima. Encarándose con Alberto, con voz temblante de ira le dijo:

—¿Me conoces? Yo soy Agiali, el novio de Wuata Wuara, el que el año pasado fue pastor y a quien tú deseabas castigar... ¡Castígame ahora si puedes!

Y le lanzó una tremenda bofetada en pleno rostro que le hizo dar la cabeza contra el poste en que estaba atado. Se le vio ponerse rojo, después lívido y de súbito, dando un sacudón terrible que conmovió el madero, impulsó el cuerpo hacia adelante en actitud amenazadora, pero lo único que consiguió fue cortarse el pecho con las cuerdas que le retenían... ¡Estaba ligado a conciencia!

Soltó una carcajada Agiali y burlón:

—¿No es verdad que duele? Pues a mi me ha dolido peor...

[p. 179] Y con la tristeza que produce el alcohol en los indios, gimoteó hipócrita:

—Yo no te había hecho nada y tú me has robado mi dicha: ahora yo soy desgraciado, muy desgraciado.

—¡Infame! ¡Asesino! ¡Ladrón!— aullaba furioso Carmona y hubiera querido estar libre nada más que un momento para aplastar al cobarde, pisotearle, morderle, triturarle.

—No puedes nada; yo soy más fuerte. Ahora me ha tocado a mi reírme de tu dolor.

—¡Cochino! ¡Perro!

—Grita cuanto puedas, pero te advierto, que me aturdes.

Y con desesperante lentitud, sonriendo trágicamente, sin contestar palabra a los insultos del temerario joven, cogió una piedra plana y se puso a amolar el cuchillo. Cuando juzgó que estaba en buen término se le aproximó y colocándole la punta en el pecho, hizo fuerza para internarlo. Carmona, creyendo llegado el momento de su muerte, cerró los ojos; sus labios se movían invocando una oración.

[p. 180] Se engañaba. El feroz indio no quería acabar de pronto con él: sus intenciones eran más siniestras. Viendo que, a pesar de sus esfuerzos, la hoja no penetraba en el hueso, con la piedra en que había amolado el cuchillo, se puso a golpear en el cabo de éste...

La desesperación de Fuenteclara subió de punto y el mismo Carmona sintió humedecida su frente por el terror... ¡Iban a descuartizarlo en vivo! Se sintió débil, cobarde... y rompió a llorar con sollozos entrecortados, bajitos, como criatura a quien se impone una pena.

La hoja penetró en la caja toráxica y luego, el indio, poco a poco, lentamente, cruelmente, fue dando golpes sucesivos por el lomo, cuidando de que la abertura siguiese en la línea recta, sin desviarse a un lado o a otro, poniendo las mismas precauciones que cuando degollaba a un carnero...

La sangre fluía en abundancia de la horrible herida, pero no llegaba a caer toda al suelo pues las mujeres, las infernales arpías, recogiéndola en el hueco de las manos, se la sorbían y la paladeaban con fruición...

Carmona, piadoso de sí mismo, imploró doliente, abatido: [p. 181]

—¡No me martirices, Agiali! ¡Mátame pronto, pero no me hagas sufrir!

—¿Que no te haga sufrir? ¿Y qué has hecho tú con Wuata Wuara? ¿Acaso tuvistes compasión de ella? ¡Perro! ¡perro!

Y el rencoroso indio metía su cara a la del infeliz que por librarse del martirio de no verse y de no verlo, cerraba los ojos y escupía sobre el descompuesto rostro de su verdugo.

—¡Piedad, Agiali, piedad! ¡Yo no he sido, ellos tienen la culpa... yo no... piedad,— gemía el infortunado Fuenteclara, horrorizado, viendo si así podría librarse de la suerte que corría Carmona, el que, sintiéndose morir, abrió los ojos y lo miró por última vez, con vergüenza, con asco.

En cuanto a Alcoreza, no se le oía; desde el primer momento había sufrido un desmayo y se le veía pender de su poste, pálido, marchito.

El círculo que formaban los indios se fue estrechando más y más alrededor de los maderos en que pendían los jóvenes, el uno exangüe, doloroso, y el otro [p. 182] desfallecido de terror.

Seguían bailando las hembras armadas de chuzos y de alfileres largos en aquelarre espantoso y las cacerolas despidiendo vapor. Los chiquillos, indiferentes a todo, jugaban persiguiéndose unos a otros coreados por risas y gritos. Y en medio de ese cuadro repugnante y sombrío se retorcía el cuerpo de Carmona en sacudidas epilépticas; y en medio de ese rumor incoherente, se alzaba su voz no ya amenazadora ni potente, sino débil y despreciativa:

—¡Cobardes! ¡Bandidos!

* * *

Largo tiempo duró la agonía del mal aventurado; más de media hora. Cuando francamente entró en ella, Agiali le vació los ojos con su cuchillo. Al sentirse tan estúpidamente tratado, debatióse con toda la energía de que fue capaz, y dirigiendo las cuencas vacías y obscuras de sus ojos donde estaba su asesino, gimió con más despecho que odio:

[p. 183] —¡Cobarde!

Luego las alzó hacia el espacio azul, y tiernamente, suavemente, con voz cariñosa y opaca, llamó como un niño miedoso:

—¡Mamá! ¡Mamá!

Dejó caer en seguida la cabeza, que se dobló sobre su partido pecho, en tanto que los últimos temblores agitaban sus ensangrentadas carnes.

Agiali, al verlo inmóvil, al contemplar la palidez cadavérica de su frente, se le acercó, e introduciendo los dedos en la abertura, hizo un esfuerzo y le descubrió completamente el torax quebrándole algunas costillas. En seguida le arrancó de un tirón las entrañas y dando con el pie en la roca, elevó el lúgubre trofeo por sobre las cabezas de los indios que habían contemplado impasibles la escena, sin protestar, sin interceder, sin lanzar una frase piadosa, inmóviles y duros como piedras. Cuando todos lo hubieron visto, se arrodilló junto al cadáver de su amada y colocándole entre las manos el sangriendo despojo, hundió la frente en el seno de la muerta y con sollozos que desgarraban su pecho, se puso a estrujar fuertemente [p. 184] los dos corazones: el de su amada y el de su rival.

* * *

Tal es la historia de Wuata Wuara.

Hoy, los indios pescadores, cuando cruzan con sus balsas por el pie del barranco en cuya cima abre sus fauces de monstruo la caverna, creen oír sollozos y gemidos y aseguran reconocer en ellos la voz de Wuata Wuara, y es sólo el rumor de las olas que se estrellan en los peñascos y revientan en una lluvia alba.

No es más.

La Paz, 1903. - Sevilla, 1904.

III. HISTORIA DEL TEXTO

RAZA DE BRONCE EN LA ENCRUCIJADA BIOGRÁFICA DE ALCIDES ARGUEDAS

Antonio Lorente Medina

A. En el marco de la historia personal del autor

La primera edición de *Raza de Bronce* (1919) aparece en plena madurez intelectual de Alcides Arguedas y supone el punto de inflexión de su evolución ideológica y profesional. Ya han pasado los primeros años de insurgencia juvenil, en los que su obra crítica y acibarada —que concluye con *Pueblo Enfermo* (1909)— y su labor incitadora en el movimiento juvenil *Palabras Libres* incomodaran a los líderes del liberalismo boliviano, triunfante en el país desde 1898 y dueño, desde entonces, del poder político. Ya ha sedimentado sus propias ambiciones personales, y su integración profesional y vivencial en la vida política y social boliviana —que tanto zahiriera— es completa e irreversible. [1] Su ingreso en la diplomacia boliviana, primero (1910); el inicio de su labor historiográfica, después (1912); y su incorporación a la política activa como diputado del Partido Liberal, por último, son jalones que muestran con claridad el paso de su primitiva actitud beligerante hacia una aceptación consciente de la realidad boliviana y del papel que le cabía desempeñar dentro de ella.

Pero el texto de *Raza de bronce*, producto de una larga gestación cuyo origen se remonta a la etapa formativa de Alcides Arguedas, [2] presenta al lector numerosas tensiones internas que difícilmente podrían explicarse sin analizar con cierto detenimiento su trayectoria personal y los distintos factores que la condicionan. Parece, por tanto, conveniente, la explicitación de ciertos datos biográficos que influyen directamente en la obra de Alcides Arguedas y hacen que su historia personal discurra por unos cauces concretos y no por otros.

---

1 Siempre fue la suya una integración problemática, de relaciones tensas con la realidad nacional, de ahí que fuera tildado por más de un crítico de inadaptado. ¿Pudo influir en su integración el acceso al gobierno de antiguos compañeros suyos (relevo generacional)? Es posible. De todas formas Arguedas ya alababa en la primera edición de *Pueblo Enfermo* a Villazón... En cualquier caso, su entrada en la diplomacia-política boliviana; su labor periodística, en la órbita patiñista y su actividad política, dentro del liberalismo montista son hechos indudables de su incorporación real al proyecto político liberal boliviano.

2 *Wuata Wuara* se publica en 1904, pero el epílogo del libro nos aclara que su elaboración se realizó un año antes. Y muy probablemente su origen real se remonte a las excursiones juveniles que Arguedas realizó a las ruinas de Tiahuanaco, como afirma Juan Albarracín.

Brevemente expuestos, son los siguientes:

1. *Su nacimiento*

Alcides Arguedas nace en La Paz, el 16 de julio de 1879, en el seno de una familia terrateniente blanca, de ascendencia española y cierta relevancia social,[3] cuando hace tan sólo unos meses que ha estallado el conflicto bélico conocido hoy como «Guerra del Pacífico», que enfrenta a Chile, de una parte, y a Perú y Bolivia, de otra, con funestos resultados para los países aliados. Para Bolivia, en concreto, la victoria rotunda de las armas chilenas trae aparejada la pérdida de sus territorios con salida al mar y una crisis general[4] cuyos efectos psicológicos se dejan sentir de forma inmediata. Colectivamente se produce un amargo despertar al orden económico mundial y un nacionalismo exacerbado, del que los escritos de Alcides Arguedas nos ofrecen suficientes ejemplos. Desde el punto de vista político, la derrota militar supone la caída final de la oligarquía militar que había gobernado el país durante sesenta años, recrudece la vieja pugna entre las clases dominantes y las clases medias por el control del Estado e inicia el ascenso al poder del Partido Liberal. Y en el plano educativo tiene lugar la transición gradual del sistema educativo tradicional —mezcla de eclecticismo y catolicismo— al positivismo spenceriano,[5] mejor armado para el análisis de la dura realidad.

---

[3] Es este un rasgo originario «de clase», de excepcional interés para comprender la mentalidad de Alcides Arguedas, que limitará siempre el alcance social de su crítica. En cuanto a la relevancia de su familia, baste recordar su parentesco con el Arguedas cabecilla sublevado contra Melgarejo, que aparece en *La Danza de las Sombras* (en *OC*, t. I. pp. 667-670) y en *Los Caudillos Bárbaros* (*OC*, t. II, libro 1ª, caps. IV-V); las haciendas que poseían sus padres en el valle, o cómo le costearon su estancia en Europa durante más de un año.

[4] Para la Guerra del Pacífico y sus consecuencias en la vida social boliviana, véanse: FELLMAMM VELARDE, José, *Historia de Bolivia*, La Paz, Los Amigos del Libro, 1967-1970, t. II, pp. 311-342; e *Historia de la cultura boliviana*, La Paz, Los Amigos del Libro, 1976, pp. 298-326; y Gúzman, Augusto, *Historia de Bolivia*, Cochabamba-La Paz, Los Amigos del Libro, 1976 (6ª edición), pp. 151-157.

[5] No queremos decir con esto que las doctrinas positivistas fueran totalmente desconocidas en Bolivia antes de la Guerra del Pacífico; pero fueron las consecuencias del descalabro bélico las que las dinamizaron considerablemente. Tampoco hemos de pensar que el positivismo se impuso rápida y completamente sobre el tradicionalismo. Antes al contrario, la larga controversia que ambos sostuvieron vino a ofrecer un nuevo aspecto ideológico a la vieja lucha entre las clases dominantes y las clases medias y llenó con sus ecos el período histórico comprendido entre la presidencia de Daza y la caída del Partido Conservador. Las disputas enconadas, muchas veces más personales que doctrinarias, fueron armas arrojadizas que ambos bandos utilizaron para tildarse recíprocamente de «beatos»o de «herejes», con un ojo puesto en el provecho electoral. Y los nombres de personajes como Mariano Baptista o Santos Taborga (tradicionalistas) y Julio Méndez o Gabriel René Moreno (positivistas) están vinculados estrechamente a ellas. Al lector interesado en esta polémica le recomiendo el capítulo que José FELLMANN VELARDE dedica a Gabriel René Moreno, en su libro *Historia de Bolivia, cit.*, (t. II.).

En cuanto al impacto del positivismo en Bolivia, véanse los libros clásicos: Francovich, Guillermo, *El pensamiento boliviano en el siglo XX*, México, FCE, 1956, pp. 9 y sigs.; ZEA Leopoldo, *Dos etapas del pensamiento en Hispanoamérica (Del romanticismo al positivismo)*, México, El Colegio de México, 1949, cap. VI, pp. 255-267; y STABB, Martín S., *América Latina en busca de una identidad*, Caracas, Monte Avila Edits., 1969; cap. II); y los dos estudios más recientes de Albaracín Millán, Juan *Orígenes del Pensamiento Social Contemporáneo en Bolivia*, La Paz, Empresa Editora «Universo», 1976; y *El gran debate. Positivismo e irracionalismo en el estudio de la sociedad boliviana*, La Paz, Editora Universo, 1978.

2. *Su educación juvenil: etapa boliviana*

Como hemos podido ver en el apartado anterior, Arguedas inicia sus estudios en un momento crucial de la historia de Bolivia, marcado por la transición en todos los órdenes de la vida, también en el cultural. En La Paz finisecular (1890-1900) se encuentran románticos epigonales como Rosendo Villalobos —devenido parnasiano—, en torno al cual giran, algo después, los hombres más brillantes de esta época, que Arguedas conoce en su adolescencia: Mariano Baptista, Luis Salinas Vega, Julio César Valdés, Alcibiades Guzmán, etc. Pero junto a ellos hallamos importantes figuras del positivismo boliviano —Bautista Saavedra, Rigoberto Paredes, Daniel Sánchez Bustamente, Pedro Krámer, José Vicente Ochoa—, que ejercen gran influencia sobre el Arguedas adolescente, [6] por otra parte retraído en exceso y con tendencia a la depresión. Con todo el ambiente cultural paceño, constreñido a pequeños cenáculos literarios, a las redacciones de los periódicos y a las escasas librerías de importación, [7] limita los anhelos de formación de la juventud intelectual boliviana, que, tras reaccionar contra la generación anterior se siente insatisfecha con la producción nacional y palía sus deficiencias con una enorme receptividad para absorber cuantas publicaciones llegan del extranjero, fundamentalmente España (Madrid y Barcelona) y Buenos Aires, convertido en centro regional irradiador de cultura.

Alcides Arguedas, como la mayor parte de los jóvenes de su generación —Armando Chirveches, Franz Tamayo, Abel Alarcón, Juan Francisco Bedregal, Walter Carvajal, Díez de Medina, Tejada Sorzano,— moldea su formación con la lectura de libros importados, que llegan a La Paz con notable retraso de fechas. No podemos precisar con certeza quiénes son los autores y cuáles las lecturas que constituyen la base de sus impresiones literarias en el período anterior a su marcha a Europa (1903), pero por lo afirmado por Carlos Medinaceli, Gustavo Adolfo Otero, Juan Albarracín y el propio Arguedas podemos inferir que la «atmósfera mental» que lo oxigena es el positivismo en Sociología y Filosofía, y el realismo y

---

[6] Aunque pueda parecer ocioso hablar del influjo de estos hombres en el pensamiento de Arguedas, recordemos la labor profesoral de D. Sánchez Bustamante como difusor de las ideas positivistas; la labor profesoral de Bautista Saavedra, el impacto de sus libros *Los Orígenes del Derecho Penal y su historia*, *El Ayllu*, y *El Proceso Mohoza;* la amistad que unía a ambos (expresada claramente por Arguedas en la dedicatoria de *Wuata Wuara*); su protección en el primer viaje de Arguedas a Europa, y sus posteriores discrepancias políticas. Krámer es evocado como brillante profesor de historia en *La Danza de las Sombras* (*OC*, t. I, p. 631). En cuanto a J. V. Ochoa, recordemos la amistad que mantuvo con Arguedas y —según el decir de G. A. Otero— las «sendas que le abrió a sus inquietudes literarias en largas charlas campestres».

[7] Gustavo Adolfo Otero recoge en su estudio «Temperamento, cultura y obra de Alcides Arguedas», en *Alcides Arguedas*, La Paz, Los Amigos del libro, 1979, pp. 83-107, el siguiente texto: «Las lecturas favoritas de esta generación de fin de siglo eran las revistas procedentes de Madrid como Vida Nueva, la España Moderna, La Ilustración Hispanoamericana, Hojas Selectas, el Madrid Cómico y La Saeta. Las editoriales como la España Moderna lanzaban sus traducciones de libros científicos y literarios publicados por la casa Alcan de París. Igual labor hacían las editoriales Maucci y la Biblioteca Sempere, que inundaban los mercados de los países hispanoamericanos, esparciendo novelas, crónicas, poesías y ensayos. De Buenos Aires llegan a La Paz publicaciones que eran el alimento intelectual de la juventud como La Nación, La Revista de la Biblioteca dirigida por Paul Groussac, Caras y Caretas, Pebete y otras. Luego también se recibía la Nueva Revista, que editaban en Buenos Aires Rubén Darío, Leopoldo Lugones y el notable poeta boliviano Ricardo Jaimes Freyre». (p. 91).

el modernismo en Literatura: [8] Galdós, Pereda, Alarcón, Valera, la Pardo Bazán, Dumas, Hugo, Vargas Vila, Sarmiento, José Martí, Gómez Carrillo, Darío, Alejando Sawa, Bécquer y, sobre todo, Zola fueron sus autores literarios predilectos; Comte, Spencer Lambrosso y Ferri sus pensadores.

No obstante su decidida vocación de escritor, iniciada en 1898, sigue sus estudios con regularidad. Este mismo año se gradúa de bachiller en el Colegio Nacional «Ayacucho» e inicia, a instancias paternas, la carrera de Derecho, que concluye en 1903, aunque nunca la ejerza. De todas formas no dejará ya nunca de escribir. Entre 1898 y 1903 simultanea sus obligaciones estudiantiles con algunas colaboraciones en el diario *El Comercio de Bolivia* y, según el decir de Medinaceli, con la composición de diversas «prosas líricas» a la manera de *Azul* de Darío, y algunos cuentos románticos que publica en las revistas modernistas que se editan al filo del novecientos. [9] En este período desarrolla gran actividad: organiza con sus amigos un «Círculo Literario» en la universidad, que andando el tiempo sería *Palabras Libres;* participa en diversos actos públicos; se convierte en detractor de la revolución federal, tras un breve entusiasmo inicial en el que participa como corresponsal de guerra; y empieza a imponer su personalidad inconformista en los cenáculos que frecuenta.

3. *Su primer viaje a Europa*

En 1903 y poco antes de recibirse de abogado— publica su primera novela, *Pisagua,* en la que se perciben con claridad la crítica de la sociedad paceña de su tiempo («la vacuidad y la esterilidad de sus gentes») y su visión dantesca de la historia de Bolivia, como una eterna contienda entre «*ballivianistas y belcistas*». Pero *Pisagua* no le proporciona el éxito que ambicionaba. Antes al contrario, las críticas de sus contemporáneos parecen incubar en él un sentimiento de despecho y rebeldía, [10] que será el motor de sus obras futuras. ¿Fue así como surgió la idea de viajar a Europa? Es muy posible. Por aquellos años el «sirenismo tentador» de París atraía a todos los intelectuales hispanoamericanos: una París brillante, rediviva, que había resurgido tras el desastre de la guerra franco-prusiana con su Exposición Universal, que encarnaba la vanguardia del pensamiento occidental, y representaba, en fin, la ciudad ideal de todos los poetas, como sonoramente propagaban Rubén Darío, Gómez Carrillo, Manuel Ugarte y tantos otros. Sea como fuere, en la marcha de Alcides Arguedas se perciben tres motivaciones distintas que convergen

[8] Hasta que no se analicen en profundidad la biblioteca de Arguedas de estos años y los artículos que publica todo serán meras aproximaciones, aunque la huella de algunos autores sea muy evidente.

[9] ¿Puede ser cierto esto? Las colaboraciones de Arguedas recogidas por Albarracín, Juan, en su libro *Alcides Arguedas. La conciencia crítica de una época,* La Paz, Empresa Edit. Universo 1979, que aparecieron en *La Crisálida* y *Celajes,* son, al parecer, marcadamente naturalistas. Y, desde luego, el cuento que publica en *Pluma y Lápiz* más parece una airada reacción contra el romanticismo imperante que las «prosas líricas» de que habla Medinaceli, lo que concuerda con *Pisagua* o *Wuata Wuara.*

[10] Eso es lo que afirman, al menos, Gustavo A. Otero, *cit.,* p. 39, y Juan Albarracín, *op. cit.,* p. 72. Y eso es lo que se desprende del artículo publicado por Arguedas en *El Comercio de Bolivia* el 4 de junio de 1903, con el título de «Seamos humildes».

en su anhelo personal: la huida del medio ambiente boliviano que siente estrecho y provinciano; el deslumbramiento de sus adversarios; y el ansia de triunfo.[11] La excusa bien pudo ser la publicación de un breve cuentecillo en la revista *Pluma y Lápiz* de Barcelona,[12] como afirmaría después el propio Arguedas en *La Danza de las Sombras:*

> «En medio de esa mi vida de zozobras por lo bien y lo mal que decían de *Pisagua* una nota riente vino a poner raya de luz en las tinieblas de mi despecho. *Pluma y Lápiz*, la entonces para mí enorme y gloriosa revista de Barcelona, dirigida por el también inmortal Eduardo Zamacois, publicó, al fin, una de mis cosillas». (p. 633).

A finales de 1903 parte para Europa en compañía de Bautista Saavedra[13] y visita Francia, Suiza y España, recalando en Sevilla y París, en un viaje de placer y aprendizaje costeado por su padre. Mas en el entretanto de su estancia europea tiene lugar en La Paz un hecho de gran importancia para los afanes renovadores de la juventud boliviana. El 4 de abril de 1904 se funda *El Diario*, y su propietario, el periodista liberal José Carrasco, favorece las nuevas corrientes de los jóvenes escritores «del partido gobernante». Arguedas, ilusionado con las perspectivas que le llegan a través de Armando Chirveches, acepta colaborar en la redacción del mismo. Así surge la columna «A Vuela Pluma», en donde se recogen diversas crónicas suyas desde agosto a diciembre de 1904, con una estructura narrativa similar: la anécdota narrada, en apariencia intrascendente, sirve a menudo de excusa par atacar la deplorable situación de Bolivia, cuando no para encauzar a los jóvenes bolivianos por los cauces estéticos del «realismo» arguediano. Poco antes, durante su estancia sevillana ha concluido *Wuata Wuara,* que aparece publicada en Barcelona antes de su regreso a La Paz[14] (concluyendo 1904). Tampoco esta vez la crítica le es favorable, debido, quizá, a que la presentación de ciertos personajes en la novela pudo herir la susceptibilidad de muchos terratenientes próximos a él, o la de algunos escritores coetáneos (recordemos la presentación irónica del personaje-poeta, Darío Fuenteclara); a lo insólito del desenlace de la novela, en un época en que las sublevaciones indias y las represiones oligárquicas eran moneda corriente, y, desde luego, a las deficiencias de la misma, como reconocerá posteriormente Alcides Arguedas:

> «La obra... (¡cómo es agradable encontrar un pretexto para disimular la propia deficiencia!) resultó floja por culpa de la moza...» (p. 634).

La trascendencia de su primer viaje a Europa resulta fundamental en su formación de escritor. El influjo ambiental que recibe en Francia y en España es decisivo. Su llegada a Francia coincide con un momento cultural en el que las

---

11 *LDS, cit.*, p. 632.

12 Efectivamente, *Pluma y Lápiz* (Revista Literaria Hispano-Americana) publicó en su nº 59 de 1903, p. 15, el breve cuentecillo de Arguedas que adjuntamos en el APÉNDICE-II de nuestra edición.

13 El profesor Bautista Saavedra había sido subvencionado por el gobierno boliviano para buscar en los archivos de España documentos de interés vital en el contencioso que tenía Bolivia sobre límites fronterizos.

14 Barcelona, Imprenta Luis Tasso, s. a. Constituye el original que adjuntamos en la Nota Filológica Preliminar.

letras francesas respiran a «literatura de hospital». Obras como las de Max Nordeau *(Degeneración, Las mentiras convencionales de nuestra civilización)* o Claude Bernard *(La ciencia experimental, Introducción al estudio de la Medicina experimental, De la Fisiología General, etc.)* estudian a las figuras eminentes de la literatura con métodos clínicos y patológicos. Zola, que se ha convertido en el ídolo de la crítica literaria por su famosa carta al Presidente de la República, («Yo acuso»), aplica el mismo método a los estudios sociales y a la novela. Francia es, a los ojos de sus intelectuales, un «enorme hospital» que hay que «diagnosticar» y «curar» luego si es posible. Las teorías «sociologistas» de Le Bon y Gobineau, basadas en la superioridad de la raza blanca, pretenden pontificar sobre los diagnósticos y remedios de los distintos pueblos. El «historicismo mecánico» de Taine y el «evolucionismo transformista» de Spencer están en su apogeo y con ellos la creencia en la solidez de la civilización occidental, con su correlato mental de la superioridad de Europa sobre el resto del mundo. Y en este ambiente de sociologismo dogmático y decimonónico, que hará crisis con la Primera Guerra Mundial, se conforma el pensamiento de Alcides Arguedas.

Cuando llega a España, imbuido de lecturas francesas, se encuentra con una generación pesimista, traumatizada por los desastres militares de Cuba y Filipinas, que se pregunta por el porvenir de la patria. [15] Políticos, economistas, sociólogos y escritores tratan de definir, al igual que había ocurrido en Francia tras la guerra Franco-Prusiana, la «enfermedad patológica» de España, indagando sus causas en el cuerpo social, la hacienda, la administración y la enseñanza, o bien en su geografía, su historia y su política. Ricardo Macías Picavea, Joaquín Costa, Damián Isern, Ángel Ganivet, Rafael Altamira, Miguel de Unamuno, Ramiro de Maeztu, Valle Inclán y Baroja son figuras de relieve que impresionan a Alcides Arguedas, quien, desde luego, lee con interés *El problema nacional (Hechos, causas, remedios)*, de Macías Picavea, (1899); *Reconstrucción y europeización de España,* de Joaquín Costa, (1900); *Idearium Español,* de Ángel Ganivet, (1897); y *Psicología del pueblo español,* de Rafael Altamira, (1902). En todas estas lecturas encuentra el camino que buscaba desde sus primeros escritos y que había percibido ya en las obras francesas. Es, pues, la conjunción de influjos hispanos y franceses la que lo estimula para realizar la «enorme» tarea de «regenerar» a Bolivia, siguiendo las pautas de los intelectuales europeos que se avienen con su carácter.

4. *Palabras libres*

De regreso a su patria, y repuesto de los sinsabores y polémicas que su novela

[15] Al lector interesado aconsejamos la consulta (entre otros estudios básicos) de LÓPEZ MORILLAS, Juan, *Hacia el 98. Literatura, sociedad, ideología,* Barcelona, Ariel, 1972, pp. 236-253. Ahora bien, no debemos olvidar que la derrota militar de 1898 y las responsabilidades que de ella se derivaron fueron, como dice José Carlos Mainer, «el mero detonador de una situación condicionada por la crisis económica y el malestar social». En este sentido, me parece imprescindible su breve pero enjundioso resumen sobre el «Regeneracionismo», así como la selección de estudios dedicados a Costa, Ganivet y Maeztu, en *Modernismo y 98,* Barcelona, Crítica-Grijalbo, 1979: pp. 93-102 y 103-146.

Wuata Wuara ha levantado en Bolivia, funda el movimiento *Palabras libres.* Dicho movimiento agrupa a una docena de escritores jóvenes, que ya habían colaborado en cenáculos literarios desde 1900, [16] y que se convierte entre 1905 y 1906 en un centro activo de estudios sobre la realidad nacional, inspirado en los principios del determinismo biológico de Novicow y Le Bon y en el mecanicismo histórico de Taine. Y aunque el grupo no es homogéneo y entre sus componentes estallan numerosas contradicciones ideológicas y estéticas [17] su interés común por denunciar y remover la realidad social, política y cultural de Bolivia le confiere cierta cohesión. Es muy probable que de esta fechas date el propósito de Arguedas de escribir una trilogía que ahonde en la crítica social de su país (iniciada en *Pisagua* y *Wuata Wuara,* y estudie su marco referencial desde diversas ópticas: política, social, económica y moral. El primer volumen de este plan es *Vida criolla.* [18] El segundo volumen *Alma boliviana,* es un panfleto, elaborado al parecer [19] con resúmenes de sus escritos periodísticos de *Palabras Libres,* que andando el tiempo formará parte de su ensayo capital *Pueblo Enfermo* (1909). El tercero, «a medio hacer» y de título desconocido, permanece inédito hasta la fecha.

5. *Su extrañamiento: Pueblo Enfermo*

La aparición de su tercera novela, *Vida Criolla* no le proporciona el éxito que ambiciona, sino que supone, en unión de sus «apesadumbradas» críticas de *Palabras libres,* la causa directa de su destierro. El 4 de octubre de 1905 Arguedas publica su «**Manifiesto de despedida**», al que siguen dos días después manifestaciones de solidaridad de algunos componentes del grupo, que, dispuestos a seguir la lucha, se mantienen firmes hasta marzo de 1906, [20] fecha en que envían a la prensa su «**Último artículo**».

El destierro de Arguedas, doloroso en sí mismo, resulta a la larga provechoso

[16] En diversas ocasiones anteriores habían funcionado aunadamente, con colaboraciones circunstanciales, (cenáculos literarios, grupos universitarios) Armando Chirveches, Abel Alarcón, Tejada Sorzano y Alcides Arguedas, pero nunca de forma cohesionada y permanente.

[17] Una buena muestra indirecta de ello lo ofrece el testimonio literario narrado en *La Casa Solariega,* La Paz, Librería Edit. «Juventud» (cap. IV. sobre todo pp. 99-105; y todo el cap. V, pp. 107-122).

[18] Al parecer existe una primera edición de La Paz, Editor E. Córdova, 1905, que no me ha sido posible conseguir. La edición que he utilizado en este estudio es la publicada por Luis Alberto Sánchez, que es reproducción de la definitiva (París, Ollendorf, 1912).

[19] Esto es lo que afirma Juan Albarracín, *Op. cit.,* p. 172. Pero, ¿no hay cierta contradicción con lo afirmado por Arguedas en *LDS,* p. 637, cuando habla del origen de *Pueblo Enfermo*?

[20] Todos los componentes de *Palabras Libres* sufrieron represalias de alguna manera y se dispersaron. Pero el tesón de Arguedas, Chirveches, Tejada Sorzano y Vaca Chávez hizo posible que el grupo se sostuviera en París (al menos como empeño) hasta 1907, en que las enormes dificultades económicas del grupo lo llevó a su disolución. De todas formas, sus componentes cumplieron sus promesas y publicaron los libros en que se hallaban empeñados: Chirveches, *La Candidatura de Rojas;* Tejada Sorzano, *Después de la crisis;* y Alcides Arguedas, *Pueblo Enfermo.*

para él. Y si en un principio cae en un estado de depresión y abatimiento [21] que sobrelleva con la amistad de algunos compatriotas suyos, con los que viaja por diversos países europeos, pronto comienza a superarlo y a entregarse a la lectura crítica de autores bolivianos, al estudio de Taine, Guyau, Carlyle y a las obras de positivistas y regeneracionistas —que ya conocía de su viaje anterior— y a la maduración de su ensayo *Pueblo Enfermo*. Según sus propias confesiones, en 1908 redacta *Pueblo Enfermo*, que aparece publicado a mediados de marzo del año siguiente en Barcelona. [22]

En el plano nacional *Pueblo Enfermo* (1909) constituye la respuesta de Alcides Arguedas al triunfo político del montismo. En ese sentido se alinea con *La Creación de la Pedagogía Nacional* (1910), de Franz Tamayo; con *La Candidatura de Rojas* (1909), de Armando Chirveches; y con el libro de Tejada Sorzano, *Después de la Crisis* (1911), en cuanto que remueven generacionalmente las bases ideológicas de los viejos liberales y conservadores para hacerse dueños del escenario intelectual boliviano. [23] En el marco continental *Pueblo Enfermo* participa de la «angustiosa urgencia» por descubrir las causas profundas de los «males» que aquejaban a las sociedades hispanoamericanas, y se inscribe en la denominada literatura «sociológica», caracterizada por un «criticismo flagelador» y marcada —aun en el título de sus libros— por el sello de lo «enfermizo», lo «patológico», del que tantas muestras nos ofrece Hispanoamérica en la primera década del siglo XX.

Esta vez su obra alcanza resonancia internacional: Ramiro de Maeztu, Rafael Altamira, Blasco Ibáñez, Carlos Octavio Bunge, Rodó, Amado Nervo, etc., le envían cartas elogiosas; Unamuno lo consagra en *La Nación* de Buenos Aires; [24] «publicistas y estudiantes uruguayos» le rinden un «cálido homenaje intelectual» a su paso por Montevideo, camino de su nación. Si en Bolivia predominan los ataques sobre los panegíricos es debido, en gran parte, al espíritu polémico de que viene precedido. No obstante ello le sirve para conseguir el mayor éxito comercial que hasta entonces ha tenido un libro en su país. Su popularidad asciende por momentos: ante *Pueblo Enfermo* sus contemporáneos toman partido y reaccionan considerando a su autor como un «benefactor airado»o como un «escandaloso pesimista».

---

[21] Estado que reflejan con claridad sus «Crónicas» desde París. A través de ellas percibimos la superación del estado depresivo con la dedicación a la crítica de obras de contemporáneos suyos bolivianos. Es muy posible que influyera de forma considerable el curso que siguió en L'École de Hautes Études de París; lo que ya no es tan seguro es que se relacionara con los escritores hispanoamericanos mundonovistas, como afirma Juan Albarracín, aunque el subtítulo de *Pueblo Enfermo* parezca sugerir una dimensión continental del ensayo. Sí conoció entonces a los exiliados políticos rusos, cuyas semblanzas ha dejado esbozadas en *Etapas de la vida de un escritor*, La Paz, talleres Gráficos Bolivianos, 1963 (pp. 25-40).

[22] Barcelona, Imprenta Luis Tasso, 1909. Todas las referencias que demos de este ensayo corresponden a esa edición, lo que notificamos para todo el trabajo.

[23] Ya vieron esto con claridad Guillermo Francovich, *Op. cit.*, pp. 41-42 y Albarracín, Juan, *Op. cit.*, pp. 198-203.

[24] Las relaciones entre Unamuno y Arguedas han sido suficientemente señaladas. Aconsejo, entre otros, Plevich, Mary, «Unamuno y Arguedas», en *CHa*, Madrid, nº 208, abril 1967 pp. 140-147; y Chaves, Julio César, *Unamuno y América*, Madrid, Ediciones Cultura Hispánica, 1970, pp. 293-304.

6. *Su integración definitiva: Alcides Arguedas el «inadaptado»*

A finales de 1909 Alcides Arguedas regresa a su patria, como consecuencia de la amnistía decretada por el gobierno Villazón, precedido por la popularidad de su libro y agasajado por antiguos compañeros de su generación, que participan ahora del poder. En marzo de 1910 contrae matrimonio con doña Laura Tapia Carrio y poco después la casa editorial barcelonesa le anuncia la segunda edición de *Pueblo Enfermo*, «mediante una cierta suma de derechos de autor». En este tiempo la actitud de Arguedas para con sus antiguos compañeros resulta un tanto ambigua, pero parece haber dejado atras su primitiva actitud crítica. ¿A qué puede deberse este cambio de actitud? ¿Participa Arguedas de los criterios del nuevo equipo de gobierno? ¿Es su nueva situación personal —recién casado, muertos sus padres, la busqueda de un bienestar social para él y su futura familia— la que lo modera? No lo sabemos con certeza, pero lo cierto es que Arguedas se deja agasajar y que cuando se le ofrece el puesto de Segundo Secretario de la Legación de Bolivia en París acepta sin dudar. Se inicia aquí un período de placidez y trabajo en la vida de Alcides Arguedas (aunque él se queje un tanto en «La faena estéril»): desde este momento y hasta octubre de 1913 alterna su labor en la Legación (el último año como Primer Secretario) con las «bellas relaciones» y los «recuerdos imborrables». Su misión diplomática le permite dedicarse con intensidad a la adquisición de una biblioteca selecta, al estudio y trato con los escritores hispanoamericanos residentes en París, con Rubén Darío [25] a la cabeza:

> «Se ensanchó el círculo de mis conocimientos literarios y tuve muchos y buenos amigos. Formamos nuestra peña intelectual con Manuel Ugarte, Blanco Fombona, Francisco García Calderón, Juan Pablo Echagüe, Hugo Barbagelata, Ciges Aparicio, Marín Ramos y tantos otros». (*LDS*, t. I, p. 644).

Es entonces cuando se le abren definitivamente las puertas de prestigiosas revistas (*Mundial, La Revista de América* e *Hispania*) y de numerosos periódicos del continente americano. A la par y simultáneamente, el trato cotidiano con su jefe, el ex-presidente de la república, Ismael Montes, le hace retractarse de las actitudes antimontistas con que concibió *Pueblo Enfermo.* [26] En 1912 aparece en París la edición definitiva de *Vida Criolla. (La novela de la ciudad)*, Viuda de Ollendorf, en la que la crítica de la sociedad paceña ocupa lugar preeminente. En ese mismo año entra a formar parte del grupo de intelectuales que pretendía realizar la magna *Histoire des Nations de l'Amérique Latine*, bajo la dirección de Seignobos. Su amigo Francisco García Calderón, que era el responsable de la parte del volumen correspondiente a Perú, le introduce en el ambicioso proyecto y le anima —junto con

---

[25] Cfr. con nota Nº 21 de este trabajo. Al lector interesado aconsejo: VILLACASTÍN, Rosario M., *Catálogo-Archivo Rubén Darío*, Madrid, Editorial Universidad Complutense, 1987, p. 108, Cartas nº 827-835. A través de estas cartas sabemos que Arguedas fue presentado a Rubén Darío por vez primera el 9 de agosto de 1911.

[26] Véase al respecto el artículo de Arguedas, «La política liberal», publicado en *El Diario*, el 28-II y el 1-III de 1913, repetido casi textualmente en su *Historia general de Bolivia* («Últimos sucesos», *OC*, t. II, p. 1.418: «El puso en movimiento todos los resortes de la actividad nacional mejorando el ejército, construyendo ferrocarriles, levantando el nivel de la instrucción y del crédito públicos...»

Blanco Fombona y Hugo Barbagelata— para su futura incursión en el campo de la Historia:

> «En esto sucedió una circunstancia fatal para mí, porque vino a detener completamente mi actividad intelectual cuando me sentía en pleno vigor y lleno de las más risueñas expectativas: se me propuso escribir la *Historia de Bolivia*». (*LDS*, t. I, p. 651).

Inicia así Arguedas sus estudios de Historia, que serán tan importantes en la reorientación de su vida de escritor, y, como primera providencia, consulta los exiguos materiales de la Bibliothèque Nationale de París. Un acontecimiento parece venir en su ayuda: en las postrimerías del gobierno Villazón (verano de 1913) Alcides Arguedas es trasladado a Londres, en misión diplomática. Deseoso de mantenerse en este puesto [27] para aprender inglés y —sobre todo— para recoger documentación sobre Bolivia en el British Museum, solicita a su superior que lo mantenga en el cargo durante algún tiempo. Montes no le promete nada y regresa a Bolivia para hacerse cargo nuevamente de la Presidencia de la República. Y al día siguiente de su toma de posesión como Presidente envía un cable a Londres ordenando el traslado del escritor a Buenos Aires; a renglón seguido Arguedas renuncia a la carrera diplomática y vuelve a Bolivia.

De nuevo en su patria, continúa su labor documental en bibliotecas y archivos privados bolivianos. A la par dicta algunas conferencias y colabora activamente en diversos periódicos capitalinos, *El Diario* y *El Debate* fundamentalmente. [28] Algo más de un año después (mayo de 1915) pronuncia su célebre conferencia «Flaubert: educador de escritores y artistas», que publica en *El Fígaro* el 22 de mayo, en la que se perciben los influjos del escritor francés, básicos para analizar la reorientación de su escritura narrativa.

En 1916 el Partido Liberal en el poder lo propone como diputado. Arguedas que ha ido decantándose a favor de Montes, acepta la candidatura e ingresa por vez primera en la Alta Cámara; pero pronto frustra las esperanzas que el Partido había depositado en él. Su labor en la Cámara resulta poco brillante y, desde luego, nada gratificante para el Partido Liberal. [29] No es extraño, por eso, que al finalizar la Primera Guerra Mundial el gobierno de Gutiérrez Guerra lo envíe a Europa con el pretexto de defender las reivindicaciones portuarias de Bolivia y, en el fondo, para alejarlo de la Cámara de Diputados y colocar en su lugar a otro más

---

[27] Evidentemente hay una contradicción entre lo que afirma Arguedas en «La faena estéril» (*LDS*, p. 653) acerca de su renuncia a la carrera diplomática y lo que afirma posteriormente en *La Candidatura de un escritor* (*OC*, t. I, p. 1.199). ¿Es que en 1922 la prudencia política le aconseja callar el agravio de que se consideró objeto por parte de Montes? No podemos saberlo con certeza, pero no parece ésta una hipótesis descabellada.

[28] Ambos periódicos de Patiño. De entonces puede arrancar la posible vinculación de Arguedas al magnate del estaño. Vinculación que está por justipreciar en su exacta dimensión, porque las acusaciones lanzadas contra el escritor carecen de fundamentos documentales (aunque puedan ser ciertas), y la última aclaración (la de Juan Albarracín) se atiene acríticamente a los testimonios que aportara Arguedas en su defensa.

[29] Este período de su vida puede verlo desarrollado el lector —aunque siempre matizando el tono elogioso del ensayo— en el capítulo XI del libro de Albarracín, varias veces citado en este trabajo («El diputado silencioso», pp. 264-270).

afín con la política del Partido. Arguedas, ignorante de ello, abandona Bolivia en 1919 para concurrir a la firma del *Tratado de Versalles* y a la del *Estatuto de la Sociedad de Naciones,* que tendrá lugar el 28 de Junio.

En medio de todos estos avatares Arguedas ha vuelto de nuevo sobre su primitiva novela *Wuata Wuara.* De tiempo en tiempo ha ido retocándola, ampliando escenas o transformándolas para convertirla en la futura *Raza de Bronce.* El estímulo final lo constituye la invitación-reto de Armando Chirveches para que se presente al concurso que patrocina la casa González y Medina. En junio de 1918 está concluyéndola, como se desprende de la carta que envía a Blanco Fombona, [30] y poco después la presenta al citado concurso. Pero antes de partir para Europa con la misión propagandística que el gobierno le ha encomendado se entera de que Chirveches ha retirado su novela y decide hacer lo mismo con *Raza de bronce.* A pesar de ello *Raza de bronce* comienza a imprimirse en su ausencia. Arguedas, descontento con las erratas de impresión, coloca un vocabulario y una fe de erratas al frente de la misma.

7. *Alcides Arguedas después de Raza de bronce*

Estos son, en apretada síntesis, los datos biográficos que jalonan la trayectoria personal de Alcides Arguedas. Pero como las peripecias de *Raza de bronce* abarcan hasta casi la muerte del autor, nos ha parecido conveniente concluir esta breve semblanza biográfica, con la aclaración previa de que el resto de su vida ocupada por continuos menesteres diplomático-políticos y por su intensa dedicación a la Historia, está marcada por el olvido de su labor como novelista. Es por eso por lo que afirmamos al comienzo de nuestra exposición que 1919 supone la inflexión de su labor narrativa en pro de otros campos que absorben su tiempo y su interés casi exhaustivamente, hasta el final de su vida. Dicho esto, retornemos al hilo biográfico que dejamos cuando Arguedas acudía como representante del gobierno boliviano al *Tratado de Versalles* y al *Estatuto de la Sociedad de Naciones.*

De retorno a Bolivia, se dispone a redactar el alegato boliviano que debe presentar a la *Sociedad de Naciones* sobre el largo contencioso portuario con Chile. Por esta razón se abstiene de asistir a las sesiones de la Cámara de Diputados; pero es el momento que sus correligionarios esperaban para destituirlo de diputado. Tras una campaña infamante, en la que sus compañeros de Partido lo escarnecen y la oposición lo defiende —con evidente ironía—, la Alta Cámara, controlada por el Partido Liberal, lo suspende del ejercicio de su cargo. Este episodio «absurdo y tortuoso», que Arguedas no olvidará jamás, hiere en lo más hondo su orgullo. El 2 de junio de 1922, en la lectura realizada en la Universidad para la juventud universitaria, («La Faena Estéril»), hará alusión a este episodio, y doce años después (1934), cuando la publique en *La Danza de las Sombras,* la seguirá manteniendo:

---

[30] *Epistolario de Alcides Arguedas. La generación de la amargura.* La Paz. Bolivia. Fundación «Manuel Vicente Ballivián», 1979, p. 219. (Es carta del 16 de junio de 1918).

«No he de engolfarme en asuntos relacionados con la política, con nuestra política criolla, llena de vericuetos, trampas y otras parecidas cosas. Por eso no quiero recordar aquí esa aventura de mi exclusión de la Cámara de Diputados y, por ende, del partido político entonces en el poder y que se iba señalando ya por su disgregación irremediable.

Soporté el ultraje, resignado, y busqué refugio en mis trabajos de historia...» (*LDS*, t. I., p. 675).

Así, pues, abandona momentáneamente la política y la diplomacia para dedicarse de lleno a la redacción de su demorada historia boliviana. Tras unos meses de trabajo intenso (¿en su hacienda **La Portada**?), concluye *La Fundación de la República*, que aparece publicada en 1920 y dedicada a los amigos que le animaron a realizarla: García Calderón, Blanco Fombona y Barbagelata.

A pesar del poco éxito comercial que al parecer tuvo, [31] continúa la redacción de su segundo libro de historia. *La Historia General de Bolivia*, que de este libro se trata, constituye la síntesis del magno proyecto histórico que se proponía realizar Alcides Arguedas, desafortunamente inconcluso:

«La materia de cada uno de los volúmenes inéditos la condensé en unas diez o veinte páginas, que forman un capítulo y, cada capítulo, lleva el título del volumen». (*LDS*, p. 676).

Con ese libro Arguedas cumple el compromiso adqurido diez años antes con la sociedad *France-Amérique* (París, Editorial Félix Alcan, 1923). A renglón seguido, lo publica con ligeros retoques y añadidos en La Paz (1922) en un tono en el que se aúnan el pesimismo moralizante y la queja por el desinterés de sus conciudadanos:

«Yo quise daros una obra completa escrita con este procedimiento; quise que conociérais vuestro verdadero pasado con sus estrecheces, su heroísmo estéril, su vaciedad de grandes ideales, su monotonía, su incultura y su sacrificio casi siempre infecundo para *aleccionaros y tonificaros* [32] con grandes resoluciones para la labor honesta y fecunda; no me lo habéis dejado. Pero como yo me debo a la Patria, ante todo y sobre todo, he llenado mi deuda, *a despecho de vuestro desvío* y ahora estoy en paz con ella». (*LDS*, p. 678).

El prólogo de su *Historia General de Bolivia*, escrito en un tono similar al párrafo anterior, parece equivaler a «un corte de amarras con todos los intereses locales». En su papel de «apostol desesperado», Arguedas arremete contra todo y contra todos. Sin embargo, no sería tanta la indiferencia de sus paisanos cuando poco después el gobierno republicano de Bautista Saavedra —su ex-mentor de su primer viaje a Europa— lo nombra Cónsul General en París, adonde marcha con su esposa y sus tres hijas, intuyendo, quizá, (como afirma Luis Alberto Sánchez)

---

[31] En diversas ocasiones (*LDS*, p. 675 y «Advertencia» de la *Historia General de Bolivia*, *OC*, t. II, p. 1.092, principalmente) Arguedas se queja del infortunio de esta edición. Sin embargo, omite siempre la edición que al año siguiente le publicó en Madrid Rufino Blanco Fombona, que sin duda debió de reportarle algunos beneficios.

[32] El subrayado de texto es mío.

«la posibilidad de un dilatado exilio impuesto por su propia voluntad». [33] Al menos eso es lo que parece desprenderse de su petición de envío de toda su biblioteca y archivo. En el viaje a bordo del *Orcoma* escribe su *Carta al Presidente J. B. Saavedra*, en la que se perciben el lenguaje admonitorio habitual en Arguedas y una cierta cordialidad, infrecuente en el resto de sus *Cartas* a otros presidentes. En la travesía conocerá a Gabriela Mistral, que va a Nueva York y México, e inicia con ella una amistad que no se romperá nunca.

Inmediatamente después de su llegada a París inicia contactos para gestionar la reedición de su novela *Raza de bronce*. El 29 de agosto de 1922 escribe a Blanco Fombona rogándole le aconseje [34] el lugar de edición y el editor idóneo; unos días después hará lo mismo con Hernández Catá. Tras diversas peripecias que nosotros hemos resumido en la *Nota Filológica Preliminar* y que el propio Arguedas relata en parte en *La Danza de las Sombras* (pp. 701-702), aparece una nueva edición corregida de *Raza de bronce* en la editorial Prometeo de Valencia, a primeros de 1924. Unos meses antes había publicado en Barcelona el segundo volumen de su historia, *Los Caudillos Letrados,* con el apoyo financiero del magnate boliviano Simón I. Patiño; pero tanto en la Universidad como en el Congreso habían sido rechazadas las mociones que pretendían ayudarle a sufragar los gastos. El rechazo espolea a Arguedas, que continúa impenitente su labor historiográfica, gracias al «gesto» del potentado boliviano, y, según él, «por el apoyo entusiasta de la juventud estudiosa» boliviana. Uno de los representantes de esa juventud, Gustavo Adolfo Otero, le escribe desde Mocomoco el 10 de marzo de 1924, en estos términos:

> «Debe estar usted satisfecho no por haber escrito la historia de Bolivia, sino la historia de los errores bolivianos. Este es el libro que necesitábamos, un libro que fuera como las fuentes de Narciso, donde podamos contemplarnos con todas las ínfulas de nuestra vida criolla. Ha hecho usted un narcisismo, al revés, muy plausible y generosamente tónico».

Con la subvención económica de Patiño Arguedas adquiere una casa-quinta en Couilly Seine-et-Marne, desde la que continúa ininterrumpidamente su labor histórica. En el período 1924-1929 publica, siempre en Barcelona, *La Plebe en acción* (1924), *La Dictadura y la Anarquía* (1926), y *Los Caudillos Bárbaros* (1929), que se corresponden con los tomos 3º, 4º y 5º de su «*Historia Magna*». De tiempo en tiempo recibe visitas de personalidades americanas y españolas —Ismael Montes, Huidobro, Juan Pablo Echagüe, Vasconcelos, Unamuno—, que le compensan de los continuos sinsabores por las críticas que hacen en Bolivia a sus libros de historia.

En 1929, poco después de la aparición de *Los Caudillos Bárbaros,* el gobierno del presidente Hernando Siles lo nombra ministro plenipotenciario en Colombia.

---

[33] Los ataques que Arguedas recibió por su aceptación del cargo diplomático y por la publicación de su *Historia General de Bolivia*, unido a las dificultades para conseguir apoyo financiero en Bolivia para su magno proyecto histórico (si es que no había conseguido ya el de Patiño), pudieron hacerle pensar en la necesidad de un autoexilio voluntario, en espera de conseguir mejores ayudas exteriores.

[34] *Epistolario...*, *cit.*, p. 226.

En mayo lo encontramos en altamar rumbo a Nueva York, [35] donde permanecerá unas semanas en casa de su hermano Arturo, deslumbrado por «la grandeza moral, la audacia de imaginación» y «la fiebre» de la vida cotidina de «la ciudad vértigo»; admirado del *American Way of Life*. El 6 de junio se encuentra ya en Colombia, dispuesto a cumplir su misión diplomática. Pero pronto comienza a realizar severas críticas contra el presidente Siles. *La Danza de las Sombras* muestra suficientes ejemplos de su animosidad contra el Presidente de la República. El fragmento que ofrecemos a continuación, que está en relación con el empréstito Nicolaus, [36] es suficientemente ilustrativo:

> «¡Siles dándome lecciones de tacto político! ¡Siles, que desde el comienzo de su presidencia viene obrando a ciegas, con una imprevisión, un aturdimiento, una festinación que espantan, porque sólo ponen de manifiesto su miopía, su incomprensión y su insensibilidad!». (pp. 757-758).

Así que, cuando en marzo de 1930 recibe de la Cancillería Boliviana un cable cortante en el que se le comunica la suspensión de sus funciones, Arguedas entiende esta notificación como lo que es, como una velada destitución, y, herido en su amor propio, responde en términos similares:

> «Espero fondos regreso inmediato país, donde quedaré treinta días para luego volver residencia Europa. Aconsejo acreditar Linares Encargado negocios. Verbalmente explicaré motivos» (*LDS*, t. I., p. 819).

Sin embargo, los acontecimientos históricos se precipitan en Bolivia. En junio de 1930 el general Blanco Galindo derroca a Siles, poco antes de su reelección como Presidente. Arguedas permanece en Bogotá, a la expectativa de las noticias contradictorias que le llegan. hasta que el 26 de junio lee en el periódico *La Tarde*, entre las noticias de última hora, la realidad histórica en que se encuentra Bolivia. Cuatro días después está camino de La Paz. ¿Movían a Arguedas intereses políticos concretos? No estamos en condición de saberlo, ni siquiera tras la breve referencia que Arguedas nos ofrece en *La Danza de las Sombras* (t. I. p. 875) para refutar ciertas insinuaciones de *El Relator* de Cali. En cualquiera de los casos, sus opiniones debieron ser muy favorables a la Junta Militar que derrocó a Siles, [37] para que ésta lo nombrara a renglón seguido, Cónsul General en París.

En esta ciudad permanece por espacio de dos años, hasta que los inminentes rumores de la Guerra del Chaco le impelen a ausentarse incidentalmente de ella.

---

[35] En *LDS* vemos (12 de mayo de 1929) a un Arguedas dedicado enteramente a la lectura: «Tengo el quinto volumen de la *Correspondencia de Flaubert*, en la nueva y magnífica colección de Connard; dos libros recientes de Romier y mi inseparable *Quijote* en esa bellísima edición minúscula, hecha en 1863 por don Manuel Rivadeneira, en Argamasilla de Alba y en la casa misma que sirvió de prisión al inmortal don Miguel...» (p. 710).

[36] Para el empréstito Nicolaus y la actitud de Arguedas con respecto a él, aconsejo el libro de MARSH, Margaret C., *Nuestros banqueros en Bolivia: un estudio de las inversiones extranjeras en Bolivia*, Madrid, Aguilar, 1929; y lo afirmado por Arguedas en *LDS*, pp. 758-759, que puede aclarar en parte su proximidad ideológica con el pensamiento de Patiño.

[37] Recordemos el tono con que se comentan las noticias aparecidas en *La Tarde*, de Bogotá, (*LDS*, p. 869), en el que opone «sublevación comunista» a «verdadera revolución»; y su precipitada decisión de volver a Bolivia, nada más conocer la caída de gobierno de Siles, que puede guardar cierta relación con la noticia emitida por *El Relator*, de Cali, de la que se hace eco Arguedas y a la que contesta en *LDS*.

«Convencido del dislate en ciernes», escribe al Presidente de la República, Daniel Salamanca, advirtiéndole del despropósito que supondría la guerra contra Paraguay en regiones alejadas de las bases bolivianas. No tardan en destituirlo del cargo (1932), pero ello le anima a seguir en Francia, libre de obligaciones y consagrarse a su labor de «moralista» de la sociedad boliviana. Mas la crisis económica mundial repercute también en la economía de la familia Arguedas. El dinero que el magnate del estaño había puesto a su disposición, unido al que poseía por herencia, sufre la caída estrepitosa de la Bolsa. Las acciones de que disponía Arguedas en la *Patiño Mines* reducen su cotización a la tercera parte de su valor y no le reportan dividendos. Las circunstancias en Bolivia se agravan, además, con la Guerra del Chaco. Arguedas vende su casa-quinta de Couilly (1934) y regresa a Bolivia. [38] Antes de marchar definitivamente pasa por Barcelona y publica los dos tomos de *La Danza de las Sombras,* con el que obtiene al año siguiente (1935) el «Premio Roma», otorgado por la Italia de Mussolini al mejor libro anual de cada país sudamericano. Pero una desgracia familiar viene a ensombrecer la alegría de este premio: el 19 de noviembre muere su esposa.

Unos meses más tarde Arguedas sale de Bolivia con destino a Buenos Aires para asistir al *Congreso Internacional de los P. E. N. Clubs* (septiembre de 1936), en compañía de Juan Francisco Bedregal, ex-rector de la Universidad de La Paz. Su discurso, «La Historia en Bolivia», constituye una breve glosa del desarrollo del género histórico en Bolivia, desde Mitre y su *Historia de Belgrano* hasta los historiadores bolivianos de 1936, resaltando singularmente la figura de Gabriel René Moreno. Y una vez más aprovecha la tribuna que se le ofrece para describir las especiales dificultades a que se enfrenta el historiador en Bolivia, en similares términos a los expresados en *La Danza de las Sombras.* En este Congreso conoce al que andando el tiempo sería el compilador de lo que hoy reza indebidamente como sus *Obras Completas,* Luis Alberto Sánchez. Un año más tarde (1937) [39] regresa de nuevo a Buenos Aires para asistir al *Congreso de las Academias de la Historia.* Su ponencia versa sobre la importancia histórica de la documentación clandestina o ilegal en períodos autoritarios, como contrapeso a la «verdad oficial» de Actas de Congresos, correspondencia diplomática y prensa oficial, que aparece publicada en

[38] La preocupación de Arguedas por su situación financiera se refleja ya en mayo de 1933, cuando escribe en *LDS* (pp. 704-705) las razones de la interrupción *sine die* de su magno proyecto histórico: «Materialmente la obra no puede proseguirse porque los dineros puestos a mi disposición por don Simón I. Patiño, el gran industrial boliviano, para la edición completa de la obra, han desaparecido, o poco menos, junto a los que por herencia disponía y constituían mi solo caudal, pues con esos dineros mezclados se compraron acciones de la *Patiño Mines*, cuando en el mercado se cotizaban a 30 y 35 dólares cada una y han caído ayer, en medio de la gran crisis, a 3 y 4, y hoy fluctúan entre 10 y 12 dólares depreciados, sin repartir dividendos, naturalmente, ni saber nadie adónde irán a parar por fin después de esa guerra inicua del Chaco...»

[39] Este mismo año, y gracias a la mediación de Luis Alberto Sánchez, aparece la tercera edición y definitiva de *Pueblo Enfermo*, revisada y con añadiduras que reflejan el paso del tiempo, en la editorial Ercilla de Santiago de Chile. Así concluían las peripecias de esta tercera edición, que se habían iniciado tres años antes en España, cuando el libro, que se estaba imprimiendo ya en Barcelona (Imprenta Luis Tasso), sufrió un aplazamiento definitivo. El propio Arguedas nos informa de este percance en *LDS*, p. 889.

julio, en la revista bonaerense *Nosotros,* con el título de «Valor y calidad de las fuentes de información histórica en los períodos de anormalidad política».

Tras una breve visita a París para ver la Exposición Universal, [40] vuelve a La Paz y se dedica afanosamente a la tarea de «analizar los antecedentes y el desarrollo de la guerra del Chaco», en una serie de artículos que aparecen en *El Diario,* bajo el título común de «Cosas de nuestra tierra». Uno de ellos dará origen a lo que se ha denominado «el incidente Busch»: el coronel Busch, héroe de la Guerra del Chaco y Presidente de la República abofetea al casi sexagenario Arguedas en el Palacio Presidencial, por el tono admonitorio de denuncia con que éste le envía una *Carta Abierta* y por las acusaciones en ella vertidas, al parecer no muy justas, que Arguedas mantiene en la entrevista.

Pero, ¿cómo ocurrieron los hechos?

La *Carta Abierta* que Arguedas envió al coronel Busch está redactada en unos términos de suficiencia y recriminación —usuales en Arguedas—, y contiene unas acusaciones tan duras que no podía por menos de molestar al irritable presidente. Arguedas se autoerige en ella en «el personero más calificado de la voluntad colectiva» para decir en voz alta lo que piensa «lo más sensato, lo más honesto y lo más representativo» de Bolivia. Y desde esta posición de superioridad social e intelectual, consecuencia de su soberbia de clase, lanza anatemas que lindan lo inaceptable: «Estamos dirigidos por héroes de retaguardia» y sometidos por los «nuevos ricos»; asistimos impotentes —dice Arguedas— al «despilfarro del gasto público»; nos gobierna «una camarilla», en la que reinan «la corrupción» y la «arbitrariedad». En esa pendiente de dicterios y acusaciones llega a insultar al propio Presidente de la República:

> «La lógica popular en este sentido es implacable. El que se rodea de pícaros, picardías piensa hacer» —dice. Y así concuerda con el concepto puramente intelectual de las afinidades electivas,...» (*OC,* t. I, p. 1.213).

Busch llamó a Arguedas a su despacho, a renglón seguido, y le pidió explicaciones. Y éste, en vez de retractarse, se reafirmó en sus opiniones. Entonces el inestable presidente perdió el control de los nervios y lo abofeteó. Hasta aquí el desagradable, inaudito e imperdonable incidente. Pero no terminaríamos de entenderlo, en su exacta dimensión, si no hiciéramos alguna referencia a las causas profundas que lo motivaron y a la enorme resonancia que tuvo la brutal agresión. La realidad fue que Arguedas se convirtió en mero instrumento —no sé si deliberada o inconscientemente— de la oligarquía boliviana, que se encontraba atemorizada por las posibles represalias que Busch podía tomar en la búsqueda de los verdaderos responsables del desastre chaqueño, y reaccionó arreciando sus críticas contra la Convención de 1938 y revitalizando el extinto Partido Liberal, y, como le faltaban

---

[40] Arguedas nos ofrece un testimonio indirecto de su visita a París en la *Segunda Carta al Señor Presidente de la República Coronel Germán Busch* (*OC,* t. I, p. 1.208).

figuras de relieve, echó mano del sexagenario Arguedas, [41] aureolado por su prestigio de escritor, para colocarlo en el puesto de Jefe, que había tenido veinte años antes Ismael Montes. La violenta reacción de Busch fue extraordinariamente magnificada por la oligarquía para presentarla en la prensa —en su prensa— como «un ataque de la barbarie contra la cultura».

Arguedas se convierte así en el símbolo de la oposición conservadora. Durante semanas publica clandestinamente [42] una hoja satírica titulada *La campana de cristal*. El Partido Liberal lo aclama como Jefe y, ya en la recta política, Arguedas se presenta a la elección de Senador por La Paz en 1940, con fuertes diatribas contra las elecciones de 1938. Senador electo por La Paz, el nuevo presidente —Enrique Peñaranda— lo nombra Ministro de Agricultura; pero abandona la cartera a los siete meses. Es designado entonces (1941) Ministro Plenipotenciario en Venezuela. En la paz de Caracas desarrolla su labor diplomática durante dos largos años, en los que continúa sus aficiones investigadoras y coleccionistas. Prepara, al parecer el texto de sus *Memorias*, que permanecen inéditas hasta la fecha. [43]

En diciembre de 1943 tiene lugar la caída del gobierno Peñaranda y su reemplazo por Villarroel y otros jóvenes militares, próximos al M. N. R. y, por tanto, al pensamiento de Busch. Arguedas que se encuentra en Lima, camino de La Paz, renuncia a su puesto para volver al ruedo político. Pero su salud, ya muy quebrantada, no le permite continuar de francotirador. A finales de 1944 marcha a Buenos Aires para recuperarse. Allí permanece hasta febrero de 1945, fecha en que regresa a Bolivia. El viaje le ha servido, además, para dejar en la editorial Losada un ejemplar corregido de su novela *Raza de bronce*, que constituirá la tercera y definitiva edición de la misma. Algo después *la Comisión de Cooperación Intelectual Argentina* le invita a dictar conferencias en Buenos Aires hasta el mes de julio, en que regresa a Bolivia, donde escribe —al parecer— «numerosas páginas» contra Villarroel y el M. N. R., que no llega a publicar, quizá, porque ya se encuentra muy decaído. El 6 de abril de 1946 los médicos le aconsejan que se traslade a Chulumani, valle próximo a La Paz. Un mes después —6 de mayo— muere «rodeado de sus hijas», poco antes de los trágicos sucesos que concluirían con el linchamiento de Villarroel. Sobrevenían horas amargas para Bolivia, que afortunadamente Arguedas no conoció.

---

[41] La animosidad de la oligarquía boliviana no cejó en sus ataques hasta que no acabó con el régimen del coronel Busch y, posiblemente, con su propia vida. (ZAVALETA, René, «Consideraciones generales sobre la historia de Bolivia (1932-1971)», en *América Latina: Historia de medio siglo*, México, S. XXI, 1977, t. I., pp. 74-126. Para este punto concreto, p. 78).

[42] ¿Realmente confundiría Arguedas intencionadamente las fechas y los nombres, para acusar al presidente de «pícaro» y «corrupto», como afirma Fellmann? No estamos en situación de saberlo, pero no parece casar este comportamiento con el estilo personal del escritor: «Confundiendo intencionadamente las fechas y los nombres, acusó al joven caudillo de haberse repartido con sus ministros el superávit presupuestario producido a fines de 1936». (*Op. cit.*, t. III, p. 249).

[43] Por propia decisión de Arguedas para que no se publiquen hasta cincuenta años después de su muerte. En 1963 apareció un extracto de las mismas en La Paz, bajo el título *Etapas en la vida de un escritor*, *cit.* en nota nº 21), y con el anuncio de la aparición de un segundo tomo, que no se ha publicado hasta la fecha. En 1976 apareció el *Epistolario...*, (*cit.* en nota nº 30)

B. En la trayectoria del conjunto de su obra

Ya dijimos, al comenzar el apartado anterior, que *Raza de bronce* aparece en plena madurez intelectual de Alcides Arguedas y supone el punto de inflexión de su evolución ideológica y profesional. Esta afirmación se ratifica a primera vista con la simple comprobación de la fecha de publicación del resto de sus obras. Sus novelas anteriores y su ensayo capital aparecen en la primera década del siglo (la segunda versión de *Vida criolla* en 1912); sus libros de historia en la tercera década y *La Danza de las Sombras* unos años después (1934). En medio de todas, *Raza de bronce* se yergue como un hito (1919) que señala el punto culminante del Alcides Arguedas novelista y el gozne entre su obra literaria y su obra historiográfica, de la que, de algún modo, participa. *Raza de bronce* muestra simultáneamente y con precisión sus logros y sus limitaciones como escritor y la intensa dedicación que ofrendó a los temas que llamaron fundamentalmente su atención.

Porque no cabe duda de que *Raza de bronce* ocupó, aunque con desigual intensidad, gran parte de su vida. En apoyo de esta afirmación se ha acudido muchas veces a las palabras que el propio Arguedas dedica en *La Danza de las Sombras* para aclarar la «historia» de sus novelas, pero —a mi juicio— no se ha sacado todavía todo el provecho que se podría obtener de ellas:

> «Ya de niño me habían atraído las aguas divinamente puras de nuestro legendario Titicaca; *alguna vez, de estudiante, yendo de expedición cinegética* por Aigachi, había tropezado con una india linda y huraña que no quiso darme asilo en su choza; *en las veladas del valle le había oído referir a mi padre la crueldad con que los indios costeros castigaron y vengaron las tropelías de unos patrones sin entrañas. (...)*
>
> (...) *Este es el libro que más me ha preocupado y me ha hecho trabajar*, pues desde ese año de 1904, en que se publicó el bosquejo, hasta que volvió aparecer en 1919 bajo otro título... (pp. 634-636).

Si aceptamos sus palabras, y tienen grandes visos de ser ciertas, el tema indígena agarró desde el comienzo el espíritu de Alcides Arguedas, como uno de los «demonios» que inspiraron fecundamente su creación literaria. Hasta tal punto nos parece correcta esta hipótesis, que estamos seguros de que mucho antes de que publicara su primera novela, *Pisagua* (1903), este tema era ya en él motivo de inspiración (consciente o inconsciente). Juan Albarracín nos ofrece en su libro *Alcides Arguedas. La conciencia crítica de una época* un discutible testimonio [44] que viene a ratificar las palabras subrayadas en el texto anterior. Y a la misma conclusión llegamos si comparamos *Wuata Wuara* (1904) con *Pisagua* (1903). El extraordinario salto cualitativo que observamos entre una novela y otra, en lo referente a complejidad y riqueza narrativas, en favor de la primera, nos llevan a pensar de inmediato en una necesaria maduración del tema tratado en *Wuata Wuara*.

Por el contrario, la impresión que se desprende de la lectura de *Pisagua* es la de encontrarnos ante un alevín de escritor, lastrado todavía por un romanticismo

---

[44] P. 89. Albarracín dice sacarlo del cuaderno de notas que Arguedas llevaba siempre consigo, pero no aclara cómo lo ha conseguido él, ni cuándo ni en dónde lo vio. Esto, unido a otras inexactitudes de su libro, nos obliga a ponernos en guardia y a no aceptar el dato fehacientemente.

literario (contra el que —paradójicamente— pretende rebelarse), con enormes limitaciones en su técnica y despreocupado de los aspectos formales que el género novelesco exige, que busca un tanto a ciegas su estilo, diluido entre el discurso narrativo y el ensayístico.[45] Dos breves cuadros históricos —la caída de Melgarejo y el episodio de la Guerra del Pacífico que da el nombre a la novela— delimitan cronológicamente una historia sentimental frustrada que sirve de soporte al irresoluble conflicto que se establece entre Alejandro Villarino, protagonista y verdadero «alter ego» de Arguedas, y la alta sociedad paceña. Y este mismo esquema, con final desesperanzado también, lo encontramos repetido en *Vida Criolla,*[46] aunque en esta sea mayor el número de personajes y la calidad narrativa de las escenas en que se describe a la alta sociedad paceña.

Por eso mismo llama la atención la ambición literaria con que concibe Arguedas *Wuata Wuara,* aunque todavía esté lejos de la versión original de *Raza de bronce.*[47] Son numerosos los recursos formales que asaltan al lector desde el prólogo de *Wuata Wuara:* la argucia literaria, mediante la cual el narrador pretende hacernos creer que el asunto está tomado de un proceso judicial (aunque esto sea cierto en parte); la coherencia entre los pensamientos teóricos de Arguedas sobre la finalidad última de un «escritor de mérito» y su realización práctica en *Wuata Wuara;*[48] la indudable belleza de muchas descripciones paisajísticas, en las que los contrastes lumínicos juegan ya un papel importante en la narración; el fatalismo que se cierne sobre la figura de *Wuata Wuara* (más o menos conseguido aquí); el aura de leyenda con que concluye la novela, de gran poder sugeridor, y la antítesis violenta que se establece entre ésta y la pretendida actitud «realista» del narrador-autor.[49] Todos éstos son aciertos narrativos, que ya están presentes en *Wuata Wuara.* Y aún podríamos añadir la visión geográfico-determinista del indio aymara, verdadero

---

[45] Bien es cierto que ésta es una de las limitaciones en el estilo del Arguedas maduro; pero también es cierto que entre el esbozo novelesco frustrado que es *Pisagua* y la firme narración (con todas las intromisiones del narrador que se quiera) de *Raza de bronce* media un abismo, del que no están ausentes las inquietudes estéticas del autor, inexistentes en *Pisagua*, como se desprende de las palabras del mismo en el «Prólogo».

[46] Ya dije en la nota nº 18 del presente trabajo que no me ha sido posible consultar la primera edición de *Vida Criolla.* De todas formas, pienso que el esquema argumental no debe variar fundamentalmente del que presenta la novela en su edición definitiva.

[47] La relativa calidad estética de *Wuata Wuara* resulta enaltecida no sólo con las otras novelas de Arguedas (a excepción de *Raza de bronce*), sino con ulteriores novelas bolivianas que han adquirido bastante notoriedad, como *La Candidatura de Rojas* o *En tierras de Potosí.*

[48] En *Pueblo Enfermo*, recordemos, Arguedas pensaba que el escritor de mérito sería el que reflejara «el estado general del alma nacional» y se inspirara «en las convulsiones agónicas de una raza para cantarle su elegía gallarda y sentimental». (p. 299). Y en el «Prólogo» de *Wuata Wuara* afirma que se sintió incapaz de cantar esa «elegía gallarda».

[49] Observemos el final de *Wuata Wuara:* «*Tal es la historia* de Wuata Wuara.

Hoy los indios pescadores, cuando cruzan con sus balsas por el pie del barranco en cuya cima abre sus fauces de monstruo la caverna, *creen oír* sollozos y gemidos y *aseguran reconocer* en ellos la voz de Wuata Wuara, y *es sólo el rumor de las olas* que se estrellan en los peñascos y revientan en una lluvia alba.

No es más».

embrión sistemático del capítulo II de *Pueblo Enfermo* (1909), [50] y la creación embrionaria de los principales personajes de *Raza de bronce,* entre los que destacan la figura de Choquehuanka y la del personaje-poeta (aquí Darío Fuenteclara). No tiene nada de extraño por eso que Alcides Arguedas pensara en «la grandeza de este mi libro», a pesar de las debilidades de *Wuata Wuara,* que él mismo reconoció:

> «No obstante el convencimiento de la grandeza de este mi libro, desde el primer momento vi que algo faltaba, algo indefinible, pero que encerraba la materia de una obra... aceptable». (*DLS*,. pp. 635-636).

En la **Nota Filológica Preliminar** el lector ha tenido ocasión de leer el texto primitivo de *Wuata Wuara* y de profundizar, cuanto haya deseado, en las escenas y motivos que se repiten, con grandes transformaciones, en *Raza de bronce.* Con todo, hemos creído conveniente —para una más fácil comprehensión— ofrecer a continuación un breve resumen sistemático de los mismos.

Son los siguientes:

Capítulo Iº de Wuata Wuara (pp. 9-28)

Si exceptuamos las cuatro primeras páginas (pp. 9-12), que son de presentación del lugar donde se desarrolla la acción de la novela, este capítulo puede ser considerado la versión inicial del capítulo I, 1ª parte de *Raza de bronce.* Su similar desarrollo (con ligeros calcos textuales incluso) le confiere un indudable aire familiar, del que se separa cuando el narrador inserta en *Raza de bronce* la preocupación de Agiali por su viaje al valle, motivo inexistente en *Wuata Wuara.* También están ausentes de esta novela la declaración amorosa de Agiali y la llamada a Wata Wara por parte de su hermano. En cambio sí tiene algún que otro motivo eliminado después en la elaboración de *Raza de bronce,* como el odio que Agiali siente por el patrón, que está en la hacienda, (pp. 20-21), y el discurso que Choquehuanka espeta a Coyllor Zuma acerca del futuro de la raza (pp. 27-28).

Capítulo IIº (pp. 29-59)

Alcides Arguedas sacó mucho provecho de este capítulo. Pero al contrario de lo que ocurre con el capítulo anterior y con los capítulos siguientes de *Wuata Wuara* posteriormente reutilizados, no se corresponde con un capítulo concreto de *Raza de bronce,* sino que sus diferentes escenas fueron colocadas en capítulos distintos y aún en el capítulo IIº de *Pueblo Enfermo,* como ya hemos señalado suficientemente.

La marcha abstraída y segura de Choquehuanka (p. 29) guarda ligera filiación familiar con el comienzo del capítulo IIIº, 2ª parte, de *Raza de bronce.* Así mismo la descripción de las cualidades excepcionales de Choquehuanka (pp. 30-33) pre-

---

[50] Este punto lo he desarrollado en mi artículo «El trasfondo ideológico en la obra de Alcides Arguedas. Un intento de comprehensión», en *ALH,* Madrid, t. XV, 1986, pp. 57-73 y más concretamente pp. 65-67. De él he sacado también el extracto que he ofrecido en la «Introducción» a *Wuata Wuara.*

senta cierto paralelismo con la descripción del mismo motivo en el capítulo IVº, 2ª parte, de *Raza de bronce,* aunque el narrador resalte en una y en otra distintas razones de la excepcionalidad del personaje, y ello conlleve una enorme transformación del discurso narrativo. Y otro tanto se puede decir con el encuentro entre el patriarca indígena y el perro de Tokorcunki (pp. 45-46) y las causas de la visita a éste (pp. 48-50). El primero de ellos guarda estrecha relación en su desarrollo e idéntico contenido con la misma escena del capítulo IIIº, 2ª parte, de *Raza de bronce.* El segundo, en cambio, está tan diluido que, aunque aparece en el capítulo VIIIº, 2ª parte de *Raza,* pasa casi inadvertido, ya que cambia incluso el nombre del personaje visitado (Apaña y no Tokorcunki). Y la orden dictada por el patrón para que toda la comunidad vaya a misa se transforma en la última novela en la petición de Choquehuanka a Tokorcunki para que éste vaya al día siguiente al cerro de Cusipata y compruebe, por los indicios, si el año nuevo traerá sequía o será lluvioso.

Capítulo IIIº (pp. 51-80)

Son varias las escenas de este capítulo inexistentes en *Raza de bronce,* que no son del caso especificar. [51] Sí permanecen, aunque bastante cambiadas, la presentación de Choquehuanka, Wata Wara y restantes miembros de la comunidad (pp. 51-57), incluso con pequeños calcos textuales; la homilía del sacerdote (pp. 66-70), sensiblemente reducida y con nuevos motivos; y la fiesta indígena que tiene lugar después de la misa (pp. 71-73). Todas estas escenas ocupan gran parte del capítulo IXº, 2ª parte, de *Raza de bronce.*

Capítulo IVº (pp. 81-95)

Las dos escenas básicas de este capítulo —caza en el lago y encuentro de los patrones con la heroína— presentan cierta filiación temática con sus iguales del capítulo Xº, 2ª parte, de *Raza de bronce,* aunque enormemente transformadas.

Capítulo Vº (pp. 96-108)

No lo tuvo en cuenta Arguedas (obviamente no lo podía tener en cuenta) para la elaboración posterior de *Raza de bronce.*

---

[51] Con todo, quiero traer a colación dos de ellas por el interés que tienen en la distinta orientación estética e ideológica del autor. Son el diálogo del sacerdote con los patrones sobre el peligro que conllevaría el intento de violentar a la heroína, que resalta, como ya hemos dicho en la «Introducción» a *Wuata Wuara,* el tono romántico y folletinesco de ésta, y la excursión de patrones y sacerdote a las ruinas de Tiahuanaco, que sirve de pretexto a Arguedas para insertar el largo parlamento de Darío Fuenteclara acerca de la decadencia de la raza aymara, que se relaciona, de algún modo, con las intenciones expresadas por Arguedas en el «Prólogo» de *Wuata Wuara.*

Capitulo VIº (pp. 109-141)

Las escenas de este capítulo (violación y muerte de Wuata Wuara, descubrimiento del cadáver de la heroína por parte de Agiali, y aviso de Tokorcunki) dieron lugar a las del capítulo XIIº, 2ª parte, de *Raza de bronce*. Su estrecha relación, incluso con pequeños calcos textuales, presenta, no obstante, profundas transformaciones estéticas e ideológicas que reducen considerablemente su extensión en la redacción definitiva.

Capitulo VIIº (pp. 143-153)

La temática de este capítulo —temor de los patrones y paseo por el lago para disiparlo— fue reelaborada por Arguedas para realizar el capítulo XIIIº, 2ª parte, de *Raza de bronce*. Los pequeños calcos textuales mantenidos subrayan el paralelismo de ambos capítulos. Con todo, y al igual que sucedía en el capítulo anterior, su redacción final (1919) presenta importantes transformaciones que le confieren mayores calidades estéticas y nos permiten observar la madurez del escritor en el dominio de la gradación dramática. Así, encontramos la llamada de Agiali para que tranquilice el ánimo de los patrones; el ambiente de fiesta de éstos en su paseo lacustre, con bebida de champán y recitación de versos del romántico Reyes Ortiz; el impacto anímico del pututo en los patrones y el interrogatorio subsiguiente de Pantoja a Agiali. Motivos literarios éstos que subrayan la inconsciencia de los patrones y preparan al lector para el trágico desenlace final.

Capítulo VIIIº (pp. 155-167)

Este capítulo fue reelaborado también por Arguedas para realizar el capítulo final de *Raza de bronce*. Guarda, por tanto, cierto aire de familia, aunque las transformaciones posteriores, la incidencia de motivos divergentes (esparcidos a lo largo de los dos discursos narrativos) que concluyen en ambos capítulos y las diferencias de actitud del narrador en ambas novelas produzcan en el lector la sensación de encontrarse con dos textos literarios diferentes.

Capítulo IXº (pp. 169-184)

No lo tuvo en cuenta Arguedas para la elaboración posterior de *Raza de bronce*.

La representación gráfica de la aportación de *Wuata Wuara* a *Raza de bronce* es aproximadamente la siguiente:

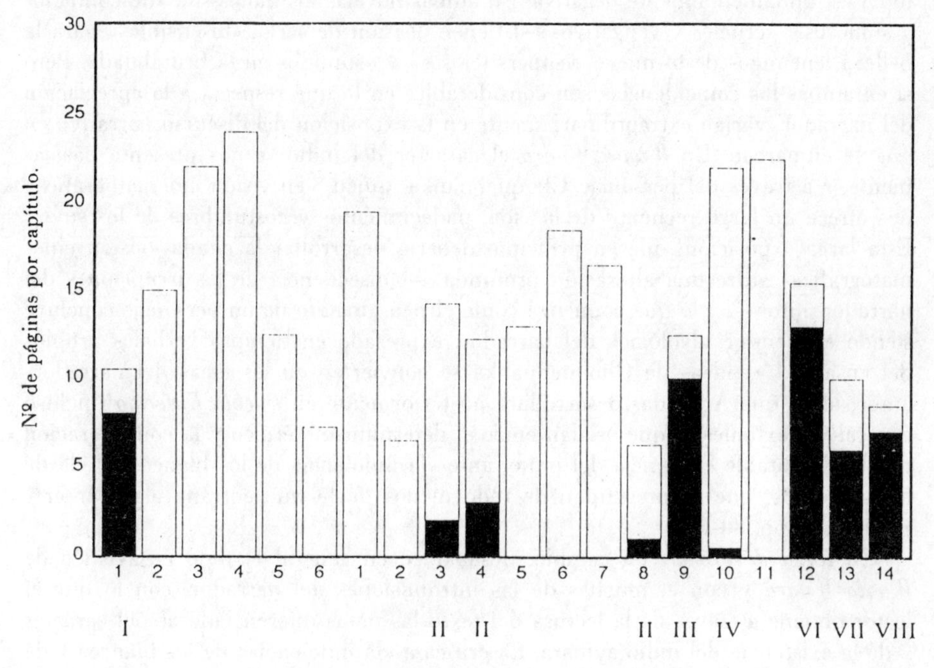

(Capítulos de *Wuata Wuara*).

Claro está que todos estos motivos y escenas comunes a *Wuata Wuara* y a *Raza de bronce* no se presentan al lector de igual forma, como ya hemos subrayado suficientemente en el anterior resumen. De más está repetir que hay enormes diferencias de tono y estilo entre una y otra, debido, quizá, a la distinta orientación estética de Arguedas y, sobre todo, a su mayor maduración como escritor en *Raza de bronce*, que se manifiesta paralelamente en una mayor elaboración (cuando no eliminación) e incremento de numerosas escenas. Son abundantes los ejemplos que podríamos presentar para avalar esta afirmación, pero excederían con mucho el propósito de estas páginas. Con todo, no renunciamos a exponer dos de ellos por la enorme importancia que tienen como paradigmas en la evolución del pensamiento de Arguedas y/o en la evolución de su tratamiento estético. Dichos motivos son:

1. *La visión del indio aymara y de la excepcional figura de Choquehuanka*
2. *El desenlace de las novelas*

1. *La visión del indio aymara y de la excepcional figura de Choquehuanka*

Tanto en *Wuata Wuara* como en *Raza de bronce* la visión que se desprende del indio es fundamentalmente negativa. En ambas novelas los indios son «desconfiados y sinuosos»; «crueles y vengativos» si tienen ocasión de serlo; «insensibles» para la belleza; enemigos de lo nuevo, «supersticiosos» y «sumidos en la brutalidad». Pero si en ambas las coincidencias son considerables en lo que respecta a la apreciación del narrador, varían extraordinariamente en la exposición del discurso narrativo en que se enmarcan. En *Wuata Wuara* el carácter del indio se nos presenta básicamente [52] a través del personaje Choquehuanka, quien, «en visión cinematográfica» nos ofrece un largo recuento de la vida, padecimientos y costumbres de los suyos. Esta larga exposición, que en principio debería desarrollar la citada «visión cinematográfica» sufre una alteración profunda —consecuencia de las irrupciones del narrador-autor—, y lo que comienza como el pensamiento de un personaje concluye siendo el mensaje ideológico del narrador, expresado en tiempos verbales propios del ensayo. Las ideas de Choquehuanka se convierten en las ideas del narrador-autor; ideas que Arguedas desarrollará posteriormente en *Pueblo Enfermo* (incluso con calcos textuales) y que oscilan entre el determinismo étnico y la conmiseración por la lamentable existencia del indio, ante «la indolencia de los blancos» y «la de los gobiernos, que se preocupan de todo menos de lo que entraña algún interés positivo...» (pp. 34-35).

En *Raza de bronce*, en cambio, desaparece en general el tono ensayístico de *Wuata Wuara* y con él muchas de las intromisiones del narrador, con lo que el lector obtiene a través de la lectura del texto las notas diferenciadoras del carácter y de la existencia del indio aymara. La crítica a «la indolencia» de los blancos y de los gobiernos, general en *Wuata Wuara,* queda reducida aquí a la sátira de un momento histórico concreto (la dictadura de Melgarejo) y a la responsabilidad histórica que de ello se desprende, circunscrita estrictamente a la nueva clase oligárquica que se benefició de dicha dictadura. [53] Y en estrecha relación con lo anterior está la forma en que se nos presenta a Choquehuanka en *Wuata Wuara* y en *Raza de bronce.* Las transformaciones sufridas [54] por este personaje en las diferentes ediciones de *Raza de bronce* —1919, 1924 y 1945— inciden en una mayor elaboración de su retrato por parte del narrador, pero también en la propia idiosincrasia de Choquehuanka y, consecuentemente, en un incremento de su visión negativa [55] con respecto al futuro del indígena. Así, si en ambas novelas

---

[52] Digo «básicamente» porque no es solamente a través de Choquehuanka como Arguedas nos transmite su opinión sobre el indígena. Recordemos cómo nos es presentado Agiali (cap. III, p. 64), o cómo Wuata Wuara «no pensaba en nada» (p. 100). Al respecto, hemos de tener siempre presente que las intromisiones del narador vienen enmarcadas por tiempos verbales de presente, es decir, de los tiempos aptos del comentario. De ahí se desprende una actitud negativa hacia todo lo indígena.

[53] Y aún reduce paulatinamente dicha responsabilidad histórica en las sucesivas ediciones de *Raza de bronce* (1924 y 1945). Lo que en 1919 era una crítica frontal a la «nueva clase oligárquica», en 1945 se reduce prácticamente a la familia Pantoja y al teniente político, amigo del patrón.

[54] Cuando hablo de transformaciones no me refiero, claro está a ligeras variaciones estilísticas que mentienen en el fondo los mismos motivos.

[55] Tanto en *Wuata Wuara* como en *Raza de bronce* el pensamiento de Choquehuanka presenta enormes coincidencias con el sustentado por el narrador-autor. De ahí que convenga señalar, aunque sea de pasada, que en la segunda novela Arguedas ha incrementado su visión negativa respecto del problema indígena, y que ésta está en estrecho paralelismo con el mayor desencanto de tan excepcional personaje.

resulta el líder indiscutible de la indiada, el protector paternal de Wata Wara y el instigador final de la rebelión, el lector percibe diferencias esenciales en sus cualidades excepcionales o en la inicial visión esperanzada o desesperanzada del futuro de su pueblo.

Véamoslas brevemente.

El capítulo II de *Wuata Wuara* informa al lector de las cualidades y prendas que adornan a Choquehuanka, que explican por sí solas el porqué de su liderazgo indiscutible entre la indiada. En medio de tan larga enumeración de virtudes —justicia, rectitud, equidad, severidad y dulzura, riqueza, sabiduría, bondad, experiencia, etc.— (pp. 30-34), el narrador ha querido destacar un párrafo de manera especial, que incide directamente sobre su propia valoración moral de los dones del personaje y la hace extensiva a toda la comunidad indígena, que *necesariamente* ha de pensar como él. Dicho párrafo es el siguiente:

> «Pero lo que influía más para que su autoridad fuese respetada, lo que atraía sobre sí la consideración general, lo que pasaba de lo estupendo, llegaba a los límites de lo extraordinario y hacía que fuese mirado como un ser excepcional y único en la clase, era que, entregado a sus lecturas, solía hablar de cosas nunca oídas, de aquéllas que son buenas para soñadas pero no para sabidas.
>
> Allí en el obscuro rincón de su rústico cuartucho, (...) tenía sus libros muy bien cuidados, puestos metódicamente en fila. Allí le habían sorprendido (...) sobre un legajo mugriento (...) Y por eso, porque comprendían que siendo de los suyos por el corazón, era de los otros, de los blancos, por el espíritu, que es lo único que de bueno tienen, era por lo que le veneraban». (pp. 31-32).

Dicha actitud identificadora entre narrador, personaje e indiada, reductora al máximo de cualquier valoración moral que no sea la del narrador, ha desaparecido definitivamente en *Raza de Bronce:*

> «También he pensado —dice Choquehuanka— que sería bueno aprender a leer, porque leyendo acaso llegaríamos a descubrir el secreto de su fuerza; pero algún veneno horrible han de tener las letras, porque cuantos las conocen de nuestra casta se tornan otros, reniegan hasta de su origen y llegan a servirse de su saber para explotarnos también...»

Junto a esto, en *Raza de bronce* observamos un proceso de reducción de las numerosas cualidades del personaje, compendiadas en tres epítetos —«justo, sabido y prudente»—, a la vez que un afán de justificar la razón última por la que Choquehuanka es único e irrepetible. El personaje resulta, así, en la edición definitiva, «descendiente directo del cacique que cien años atrás había saludado en Huaraz al Libertador con el discurso que ha quedado como modelo de gallardía y elevación en alabanza de un hombre,...»

También se modifica, en el proceso de elaboración de *Raza de bronce*, su inicial visión esperanzada sobre el futuro de su pueblo, evidente en *Wuata Wuara* [56] En

---

[56] En el capítulo I de *Wuata Wuara* Choquehuanka dice a Coyllor Zuma: «Créeme Coyllor Zuma, te lo dice un viejo: se anuncia para la raza grandes días, y desde la cumbre de mi vejez, yo los saludo». (p. 28). Y en el capítulo siguiente, a pesar de la «visión cinematográfica» que nos ofrece de las condiciones de vida del indio aymara, concluye pensando «que de su raza se podía hacer una raza de hombres superiores y fuertes; que educando, instruyendo a los suyos, los blancos podrían tener, no esclavos como ahora, es cierto, pero sí compañeros fuertes, valerosos y sufridos». (p. 44).

Raza de bronce no sólo no encontramos jamás esta actitud en Choquehuanka, sino que percibimos la contraria, la que lleva al resentimiento y al odio eterno entre las razas:

> «...nada debemos esperar de las gentes que hoy nos dominan y es bueno que a raíz de cualquiera de sus crímenes nos levantemos para (...) hacerles ver que no somos todavía bestias, y después *abrir entre ellos y nosotros profundos abismos de sangre y muerte,* [57] de manera que el odio viva latente en nuestra raza,...»

2. *El desenlace de las novelas*

La venganza por la muerte de Wata Wara y el asesinato subsiguiente de los patrones, constituye el desenlace de ambas novelas. Sin embargo, las diferencias de estilo, tono y extensión entre *Wuata Wuara* y *Raza de bronce* son tan enormes que podemos afirmar, sin grandes reparos, que nos encontramos ante dos novelas distintas, con un ligero hilo argumental común. Arguedas en *Raza de bronce* llevó a cabo un cuidadoso proceso de selección narrativa, a través del cual amplió considerablemente el número de escenas dialogadas de su primitiva novela y los recursos estilísticos (gradación dramática, remansamiento de la acción, etc.) encaminados a mantener en el lector el suspense creado tras la muerte de la heroína, o, por el contrario, eliminó aquellas escenas dramáticas que, por su truculencia y su descarnado naturalismo, rechazaba la sensibilidad de los lectores de *Wuata Wuara.*

Analicémoslo con cierto detenimiento.

La violación y la muerte de la heroína constituyen en *Wuata Wuara* y en *Raza de bronce* dos discursos narrativos diferentes, no sólo por lo que suponen en el argumento general de ambas novelas, [58] sino también por el molde literario en que dichas escenas se concretan. La acumulación de detalles sórdidos y feístas que caracteriza la narración de *Wuata Wuara*, ha sido eliminada acertadamente en *Raza de bronce.* En esta novela nos enteramos de las circunstancias en que murió Wata Wara a través del diálogo distendido de los patrones, después de que Agiali les ha hecho creer que su amada está viva y realizando su vida con normalidad (y es en el capítulo XIII, es decir, en el capítulo siguiente al de la muerte de Wata Wara). Y otro tanto ocurre con la escena siguiente a la muerte de la heroína, cuando Agiali descubre el cadáver de su amada: el dolor y el pánico se apoderan de él y le hacen huir vertiginosamente «cuesta adentro», sin volver la cabeza, e

---

[57] El subrayado es nuestro. Resulta curiosa la coincidencia aquí entre el pensamiento de Choquehuanka —paralelo siempre al del narrador— y el de Pablo Pantoja (cap. X), en su discusión con Suárez. Coincidencia que puede iluminar las razones que movieron a Arguedas a dejar inconclusa la citada discusión: «Yo, te digo sinceramente, los odio de muerte y ellos me odian a morir. Tiran ellos por su lado y yo del mío, y la lucha no acabará...»

[58] En *Wuata Wuara* se da una mayor ansia de posesión de la heroína por parte de los patrones que en *Raza de bronce*, y la violación y la muerte constituyen prácticamente los únicos motivos reales de ofensa. En *Raza de bronce*, en cambio, éstos son las últimas gotas del vaso de la paciencia indígena colmada por los continuos atropellos y las vejaciones de los patrones. Es decir, en ésta hay un proceso de gradación en los sufrimientos de la comunidad inexistente en la anterior, que subraya más los rasgos románticos que caracterizan a la heroína y la «excepcional» protección que Choquehuanka la dispensa, como ya hemos visto en la «Introducción» a *Wuata Wuara.*

irrumpir precipitadamente en el patio de la casa de Choquehuanka. Por el contrario en *Wuata Wuara* se aúnan el dolor y la rabia en el corazón de Agiali, que, fuera de sí, golpea brutalmente el cadáver:

> «Y entonces sucedió una escena repugnante: (...) lleno de cólera salvaje, principió a patear la inanimada masa y a bailar sobre ella como un loco, ciego, implacable, maldiciendo, llorando, arrancándose los cabellos, lleno de una desesperación sombría». (p. 129).

En cambio, el largo capítulo en que se nos narra el paseo de los patrones por el lago (capítulos VIII y XIII, 2ª parte, respectivamente) resulta muchísimo más breve en *Wuata Wuara* que en *Raza de bronce*. En esta última Arguedas luce un estilo más depurado, con predominio claro de las escenas sobre los resúmenes narrativos, [59] tan frecuentes en su primera novela, y denota una destreza y un conocimiento de los recursos y de las posibilidades del género narrativo (gradación dramática, uso frecuente de los diálogos, inserción de canciones, utilización acertada de recursos propios del suspense, etc.), de los que carecía en 1904. [60]

En abierta oposición con estas escenas y como ya hemos afirmado un poco más arriba, el asalto a la casa de la hacienda y la muerte de los patrones constituyen todo el capítulo IX de *Wuata Wuara,* frente a unos breves párrafos en *Raza de bronce*. El narrador se introduce como espectador privilegiado para contarnos [61] con delectación morosa el largo proceso de la lucha, captura, suplicio, agonía y muerte de los patrones (fundamentalmente en el caso de Alberto Carmona, el dueño de la hacienda), en que abundan los rasgos de crueldad y sadismo. La indiada se nos pinta —con un marcado tono de animalización descarnadamente naturalista, como «falange rabiosa», «ladrona», «turba asesina» y de «odio salvaje y asesino» (p. 170), que amarra en maderos a los patrones, les inflige un castigo feroz, deleitándose con herirlos numerosas veces —«pinchazos» superficiales, para hacerles sufrir y amputa el pene de García y se lo coloca en la boca. Y Agiali, una fiera más de esta «falange rabiosa», [62] desuella vivo a Carmona, le vacía los ojos y, cuando ve que ha expirado, en un ataque de histeria le rompe las costillas «como a un carnero» y le arranca las entrañas, para estrujar su corazón con el de su

---

[59] Utilizo aquí los términos «escena» y «resumen» con el valor que les da la crítica anglosajona: «escena», los hechos se desarrollan con actores ante nuestros ojos, «resumen», los hechos se desarrollan con la mediación de un narrador. En el fondo, esta crítica mantiene la vieja división aristotélica.

[60] Y otro tanto ocurre con el episodio en que Choquehuanka solivianta a la indiada para que mate a los patrones. No lo hemos analizado aquí para no hacer extremadamente larga esta exposición.

[61] Utilizo el vocablo «contarnos» deliberadamente. Con ello quiero subrayar el aura de leyenda romántica con que concluye *Wuata Wuara* y la oposición a ésta del narrador (aura que se percibe también en el prólogo de la novela y en el comienzo del capítulo I).

[62] Una prueba de que no se ha calmado el furor de la indiada es el texto siguiente: «La sangre fluía en abundancia de la horrible herida, pero no llegaba a caer toda al suelo pues las mujeres, las infernales arpías, recogiéndola en el hueco de las manos, se la sorbían y la paladeaban con fruición...» (p. 180).

amada.[63] En *Raza de bronce* afortunadamente Arguedas elimina todos los motivos finales del asesinato de los patrones, que incidían en la extremosa crueldad de los indios. Todo queda reducido aquí a un breve resumen en el que se nos sugiere, por la luz y el sonido,[64] la muerte de éstos:

> «Una de las lucecillas trocóse en antorcha y la antorcha en llama. La llama ondeó, roja, en la oscuridad, como lengua de reptil; y mil chispas, crepitantes, saltaron de su cuerpo (...)
>
> Otro grito humano, agónico y penetrante, rompió el silencio ahora velado por las sombras, y volvieron a aullar los perros, con furia. Otra vez las aves noctámbulas prorrumpieron en estridentes chillidos; relincharon con fragor algunos corceles, y se oyó (...) el galope enloquecido de bestias herradas. Y los gritos de terror y de angustia (...) Entonces chascaban las cañas de la techumbre, chirriaban los maderos (...) sofocando las lenguas de fuego, que a poco volvían a aparecer, más altas y más anchas, (...). Todavía un tiro lejano... El fulgor último de la postrera llama... El ladrido medroso de un can... El distante chillar de un leke-leke...
>
> Y el silencio terrible, preñado de congojas, misterioso...
>
> Una raya amarillena rasgó la negra bóveda hacia el naciente. Tornose lívida primero; luego, rosa, y anaranjada, después».

Cinco años después de *Wuata Wuara* Arguedas publica su ensayo capital *Pueblo Enfermo.* Como es bien sabido, sistematiza en él los asuntos nacionales que le habían absorbido en estos años de actuación pública, y concreta su crítica al liberalismo montista, hasta entonces desperdigada aquí y allá en diversos artículos muchas veces contradictorios. A lo largo de las doscientas cincuenta y una páginas que constituyen su ensayo Arguedas desarrolla pormenorizadamente los «males» que aquejan a la «enferma» Bolivia, en abierta oposición con los voceros del régimen, que propagaban a los cuatro vientos «el proceso indefinido» a que los llevaba el gobierno de Ismael Montes.

Es éste un tema de gran importancia para comprender la mayor parte de los hilos que mueven el entramado argumental de *Pueblo Enfermo,* que ya hemos tratado en un trabajo anterior al que nos ocupa y sobre el que no quisiéramos insistir ahora. Lo que importa señalar aquí, en relación con *Raza de bronce,* es que en este libro están expuestos en forma ensayística muchos de «los aspectos que la

---

[63] El texto en cuestión constituye un verdadero aguafuerte «macabro», en el que lo violento lo cruel y lo repugnante se aúnan lamentablemente:

«Agiali, al verlo inmóvil, al contemplar la palidez cadavérica de su frente, se le acercó e introduciendo los dedos en la abertura, hizo un esfuerzo y le descubrió completamente el tórax quebrándole algunas costillas. En seguida le arrancó de un tirón las entrañas y dando con el pie en la roca, elevó el lugubre trofeo por sobre las cabezas de los indios que habían contemplado la escena, sin protestar, sin interceder, sin lanzar una frase piadosa, inmóviles y duros como piedras (...), y con sollozos que desgarraban su pecho, se puso a estrujar fuertemente los dos corazones: el de su amada y el de su rival». (pp. 183-184).

[64] Arguedas ha sabido decribir con maestría «el espectáculo» que hizo «latir de alegría» el viejo corazón de Choquehuanka. En la calma profunda de la noche (ausencia de luz) tiene lugar el incendio de la casa de la hacienda. El resultado es un fragor caótico en el que se funden simultáneamente las enormes llamaradas que iluminan el llano; los ayes agónicos de los heridos y los gritos de pavor con el griterío de la indiada; el ruido de los animales empavorecidos con el chirriar de los maderos ardiendo. Al amanecer el incendio se ha consumado —y consumido— y sólo quedan el silencio «preñado de congojas» y la llegada triunfal del día (de la luz y el color).

novela desarrollará después a través de los personajes, situaciones y diálogos», [65] y en relación con el proceso general de su obra, que *Pueblo Enfermo* constituye (al menos en sus capítulos I, II, III y IV [66]) el puente obligado entre *Wuata Wuara* y *Raza de bronce,* con lo que esto pueda tener de positivo y de negativo. [67]

Por fin aparece *Raza de bronce* en 1919, sometida a diversas tensiones estructurales y estilísticas y con novedades importantes respecto de la primitiva *Wuata Wuara.* Entre ellas, no son las menos las derivadas de la narración del viaje que los costeños tienen que realizar al valle en busca de semillas para el patrón. Las diversas escenas que la conforman, enumeradas brevemente ya en *Pueblo Enfermo* (p. 43), ocupan casi toda la primera parte de la novela (cinco de los seis capítulos de que consta) y constituyen un hito esencial, desde el punto de vista histórico-literario, de lo que se ha denominado, con mayor o menor propiedad, la novela de la tierra. [68] Otra novedad importante es la aportada en el capítulo I, 2ª parte, a través de la cual nos enteramos de que el origen fraudulento de las riquezas de la familia Pantoja se remonta a un período concreto de la sangrienta y grotesca dictadura de Melgarejo, [69] que paralelamente supone el comienzo de la violenta opresión que sufre la comunidad de Kohahuyo. Esta narración guarda estrecha relación con algunos episodios de su obra histórica posterior, y más concretamente con el capítulo IX (libro 1º) de *Los Caudillos Bárbaros,* [70] en donde se reitera con calcos textuales incluso el vil despojo de «cien comunidades indígenas» y los crueles métodos empleados por el general Leonardo Antezana para llevarlo a cabo.

A partir de 1919 el largo trabajo de elaboración de *Raza de bronce* prácticamente

---

[65] Un cotejo exhaustivo de *Pueblo Enfermo* y de *Raza de bronce* mostraría hasta calcos textuales en las descripciones paisajísticas de la puna. En un breve e inicial artículo mío ya señalaba que «De él obtuvo el autor las visiones de los distintos paisajes (cap. I) que constituyen la primera parte de la novela, así como las continuas evocaciones del paisaje gris y desolado de la puna; de él el pensamiento indígena, la conciencia de diferenciación racial del pueblo boliviano y su odio de castas (caps. II, III y IV); de él, en fin, el espíritu aleccionador que se desprende de la novela». Y aunque habría que matizar diciendo que ya estaban presentes en *Wuata Wuara,* estas palabras siguen teniendo vigencia. Posteriormente, Borello, Rodolfo A., «Arguedas. *Raza de bronce*», en *CHa,* nº 417, marzo de 1985, pp. 112-127, cotejaba brevemente *Pueblo Enfermo* y *Raza de bronce* y afirmaba que «en *Pueblo Enfermo* están en agraz, todos los aspectos que la novela desarrollará a través de personajes, situaciones y diálogos» (p. 113).

[66] También constituye, de alguna forma, el puente obligado con sus libros de historia. Recordemos la breve síntesis histórica del capítulo IX («De la sangre en nuestra historia»).

[67] El análisis que el profesor Teodosio Fernández lleva a cabo en el apartado IV.3 de esta edición ilumina claramente las deficiencias estructurales de *Raza de bronce,* como consecuencia de tan largo como heterogéneo proceso de elaboración.

[68] Rodolfo A. Borello, art. cit., p. 116, afirma que «Arguedas es el primero en abrir esa dirección todavía fructífera de la visión todopoderosa de la naturaleza, como dominadora y determinadora del hombre en Hispanoamérica». Y aunque ello no sea totalmente exacto (recordemos que la visión todopoderosa de la naturaleza aparece ya en *A la costa* (1904) del ecuatoriano Luis A. Martínez), no cabe duda de que *Raza de bronce* es un eslabón digno de tenerse en cuenta a la hora de situar en su exacta dimensión novelas como *La vorágine* (1924) o *Doña Bárbara* (1929).

[69] Ya lo precisó con claridad Teodosio Fernández: «El pensamiento de Alcides Arguedas y la problemática del indio», en *ALH,* Madrid, VIII, 9, 1980, pp. 49-64. Para este punto concreto, pp. 51-52.

[70] El análisis de la personalidad y de los hechos del dictador Melgarejo es otro de los temas obsesivos en Alcides Arguedas, fácilmente rastreable desde su primera novela, *Pisagua.* El retrato que hace del tirano en esta novela (*OC,* t. I, pp. 31-32) se corresponde casi literalmente con el que repite en el cap. IX de *Pueblo Enfermo* (p. 197).

puede darse por concluido. Otras labores en el campo de la diplomacia, la historia y la política relevan la novela a un segundo plano en las inquietudes de Alcides Arguedas, quien utilizará el tiempo estrictamente necesario para efectuar las correcciones que consideró pertinentes e incluir en ella la leyenda incásica *La justicia del Inca Huaina Capac* [71] en su segunda edición (Valencia, 1924). El resto de su tiempo —repetimos— lo dedica a actividades diplomáticas y políticas y, sobre todo, a la elaboración de sus libros de historia. El magno proyecto historiográfico que pensaba llevar a cabo y que la crisis económica mundial de 1929 le impidió, ocupa la mayor parte de su tiempo durante la tercera década del siglo. Y la preparación de esa suerte de «Memorias» que es *La Danza de las Sombras,* la puesta al día de *Pueblo Enfermo* para su tercera edición y sus actividades de conferenciante político le absorbieron por completo el resto de su vida, aunque todavía tuviese ganas de corregir algunos pasajes de *Raza de bronce* y efectuase diversas variantes en el ejemplar que entregó para la edición definitiva de su tan querida como demorada novela. [72]

---

[71] En la *Nota Filológica Preliminar* de este libro hemos explicado suficientemente los diferentes estados por los que pasó *Raza de bronce*, desde la primera edición (1919) hasta la tercera y definitiva (1945), para que ahora nos detengamos en ello. Y otro tanto vale para las numerosas variantes textuales, que pueden observarse en la edición que presentamos.

[72] Todavía se preocupa después —en plena impresión— de colocar la NOTA epilogal, en la que, tras relievar su papel social como novelista (quizá excesivamente), informa al lector de que los cuadros descritos en *Raza de bronce* forman afortunadamente parte del pasado y que ahora, en 1945, «el paria de ayer va en camino de convertirse en señor de mañana». Palabras que por sí mismas constituyen toda una declaración de principios.

ARGUEDAS EN SU CONTEXTO HISTÓRICO. EL REGENERACIONISMO ESPAÑOL

Teodosio Fernández

El período más importante en la trayectoria intelectual de Alcides Arguedas —el que tiene que ver con su formación y con la mayor parte de sus escritos— puede situarse entre 1899 y 1932, entre el ascenso de los liberales al poder en Bolivia y el comienzo de la Guerra del Chaco, cuyos desastrosos resultados abrirían una nueva época en la historia del país. Es más, si el trabajo de narrador se considera culminado y concluido con la publicación de *Raza de bronce* en 1919, su contribución a la literatura nacional se inscribe con precisión en los primeros veinte años del siglo, los que domina el Partido Liberal, con el que Arguedas mantuvo siempre relaciones, con frecuencia complejas y difíciles. Las actividades del escritor, su actitud ante la vida política boliviana, su análisis del pasado y del presente, sus contradicciones aparentes o reales, en buena medida sólo pueden explicarse en función de esas relaciones.

La labor de gobierno de los liberales bolivianos no careció de complejidad y de tensiones, en gran parte determinadas desde que llegaron al poder por intereses diversos y a veces difícilmente conciliables. En sus comienzos el Partido Liberal había sido ante todo el defensor de la integridad territorial boliviana y de las libertades públicas, [1] el portavoz del sentir de las clases medias, pero para terminar con el predominio conservador hubo de apoyarse en el acusado sentimiento regionalista que entonces propugnaba el federalismo —defendido sobre todo desde La

[1] En esos puntos radicaban sus diferencias fundamentales con el Partido Conservador. Las distintas opiniones, que obedecían a distintos intereses y se habían manifestado ya antes de la Guerra del Pacífico, se acentuaron tras la derrota que supuso la pérdida de los territorios costeros. En 1880, decidida ya la suerte en el conflicto, llegó a la presidencia el general Narciso Campero, bajo cuyo gobierno se favoreció la práctica de la política con el propósito de poner fin al personalismo de los caudillos que había determinado la dramática historia de Bolivia. Los partidos —al menos en su configuración definitiva— nacieron de las discrepancias surgidas dentro del propio gobierno: el presidente deseaba continuar la guerra con Chile, mientras que el primer vicepresidente, Aniceto Arce, era de los que veían en la paz la única salida posible,

Paz, que disputaba a Sucre la capitalidad del país—, [2] y en el auge de los mineros del estaño, que trataban de desplazar a la minería de la plata, ahora en decadencia y antes beneficiaria principal de la política conservadora. [3] La revolución de 1898 contó así, contradictoriamente, con la colaboración de los terratenientes conservadores del norte —la cuestión regionalista era aquí determinante—, mientras movilizaba por primera vez a los indígenas también contra los terratenientes conservadores; concilió por un momento los intereses de una oligarquía minera de importancia creciente con las exigencias de libertad y progreso de los sectores urbanos medios: en resumen —y como escribió José Fellman Velarde—, «después de veinte años de esfuerzos, el Partido Liberal, una vigorosa representación de las clases medias, llegó al poder precisamente cuando empezaba a convertirse en un conglomerado de clases medias, latifundistas y mineros del estaño. Había sido desvirtuado a la hora de su triunfo». [4]

Las consecuencias de esa alianza circunstancial no se harían esperar, condicionando de inmediato la labor de gobierno de José Manuel Pando (1900-1904). El latifundismo conservador de La Paz pasó factura por la colaboración prestada, y los campesinos pagaron los «excesos» que habían cometido apoyando a la revolución con el ajusticiamiento o el simple asesinato de sus dirigentes. La Paz se convirtió en capital de la república, con lo que los grandes latifundistas paceños dieron por satisfechas sus exigencias regionalistas: ya no les interesaba la organización federal del país, que había encontrado entre las clases medias a sus defensores más decididos (los liberales propiamente tales). La solución unitaria se impuso, y la reiterada manifestación de ideas e intereses en lucha dentro del partido se tradujo en la inevitable escisión del mismo: el federalismo aglutinó a los liberales «puritanos»

---

dada la incapacidad de reacción de un país sumido en la miseria: eso le costó el destierro, por antipatriota. Arguedas, en su *Historia de Bolivia* (*Obras Completas*, II, p. 1.341), señaló con acierto las diferencias entre ambos personajes, diferencias que eran a la vez de carácter, ideológicas y de intereses: se refirió al «incurable romanticismo del viejo soldado», contraponiéndolo a ese otro «varón enérgico, nada romántico y que, por su profesión de minero industrial, estaba habituado a ver las cosas en su aspecto real y de utilidad inmediata». No estaban los tiempos para romanticismos, y menos para una oligarquía minera necesitada de la paz para recuperarse y del poder para imponer el orden que permitiese el progreso. Los partidarios de Arce se agruparon en el Partido Conservador, frente a los «liberales» (clases medias) de Campero, y a la hora de las elecciones de 1884 apareció un tercer partido, el Demócrata de Gregorio Pacheco, con la pretensión de ocupar un espacio político intermedio: el de las clases medias que buscaban una alianza con los grandes mineros. Los votos —dudosamente ganados— dieron la presidencia a Pacheco, quien optó por aliarse con los conservadores, y serían éstos los que determinarían la actividad gubernativa. Se iniciaba así la «era de la plata», dominada por los intereses de los grandes mineros con la colaboración de los latifundistas: también éstos se habían opuesto a la guerra, reacios en su mayoría a que los indios de sus tierras se convirtiesen en soldados y aprendiesen a usar armas de fuego.

[2] Durante las dos décadas de su gobierno, los conservadores habían mirado siempre con recelo hacia La Paz, donde eran más fuertes las clases medias y el ejército, partidarios del liberalismo y de las reivindicaciones territoriales, mientras en el sur era mayor la influencia de la minería de la plata. La rivalidad de Sucre y La Paz, en consecuencia, venía de lejos y obedecía a razones muy profundas.

[3] Los mineros del estaño no se habían sentido bien tratados por los gobiernos conservadores, y en especial por el de Baptista, que les había aumentado los gravámenes reiteradamente. Ahora se tomaban la revancha, cuando los mineros de la plata habían entrado en una situación crítica, de la que no podrían recuperarse, incapaces de competir con el aumento de la producción norteamericana de este metal precioso.

[4] *Historia de Bolivia*, La Paz-Cochabamba, Los Amigos del Libro, 1970, vol. II.

(los defensores del liberalismo más puro) frente a los liberales «doctrinarios», preocupados estos últimos por conservar el apoyo interesado de los grandes mineros del estaño y de los hacendados paceños. La ruptura se reveló con el tiempo insalvable, y dio lugar a nuevas escisiones. Aunque algunos gobiernos —los de Heliodoro Villazón (1909-1913) y José Gutiérrez Guerra (1917-1920)— buscaron la conciliación de la familia liberal, es el sector «doctrinario», con las dos presidencias de Ismael Montes (1904-1909 y 1913-1917), el que define la política del país durante esas dos primeras décadas del siglo.

El Partido Liberal iba a adoptar así, desde el gobierno la actitud pragmática que había atacado reiteradamente desde la oposición. Las concesiones que he señalado no fueron las más significativas: si en los años ochenta había pretendido continuar la guerra con Chile para recuperar a cualquier precio los territorios perdidos, en 1904 abandonaba —a cambio de algún dinero y de un ferocarril desde Arica a La Paz— su pretensión de obtener una salida al mar, y esa claudicación se sumaba a la pérdida definitiva del territorio del Acre, cedido en 1903 al Brasil —cerca de doscientos mil kilómetros cuadrados ricos en caucho a cambio de poco más de tres mil en el este, y de dos millones de libras esterlinas— en el tratado de Petrópolis. Se renunciaba a la integridad territorial para conseguir la paz, como antes habían hecho los conservadores, y los esfuerzos se centraron en la modernización del país, con resultados notables: los liberales hicieron de Bolivia un estado laico —la reforma legislativa al respecto significó la derogación del fuero eclesiástico vigente, estableciéndose el matrimonio civil y la tolerancia de cultos—, ampliaron y mejoraron la red de carreteras y vías férreas, reformaron la instrucción pública, sanearon las finanzas y procuraron la profesionalización del ejército con la pretensión de alejarlo de la política.

Y, sin embargo, nada parece haber cambiado esencialmente en el país. Las reformas respondían sin duda a los intereses de una burguesía nueva, pero burguesía al fin, y sólo afectaron a los ámbitos urbanos. Las estructuras feudales del mundo campesino permenecieron intactas, nadie se acordó de los indios que se habían movilizado con las esperanzas puestas en el «tata» Pando, si no fue para reprimirlos. A costa de las comunidades indígenas el latifundismo paceño incrementó sus posesiones durante ese período, aunque no fue el principal beneficiario de la gestión gubernamental: el culto de los liberales a la iniciativa privada propició la aparición de pequeñas industrias, pero se reveló sobre todo al servicio de la oligarquía minera del estaño, estrechamente ligada al capital extranjero y exigente de una modernización acorde con tales relaciones. El extraordinario poder que alcanzó esa oligarquía permitió a Patiñó y a Aramayo, sus representantes más destacados, desdeñar las oportunidades que se les ofrecieron para dirigir desde el gobierno los destinos de la república: los dirigían de hecho, y podían permanecer al margen de las luchas en el seno de la familia liberal, seguros de que ningún grupo podría contrariar sus intereses; en la práctica tampoco les importaba demasiado un país que se quedaba pequeño para sus ambiciones, y buscaron —en perjuicio de Bolivia— integrarse en la gran burguesía internacional.

Comprometido por sus propias contradicciones y dependencias, el régimen liberal boliviano adquirió en ocasiones la fisonomía de las dictaduras de «orden y progreso» que frecuentaron la política latinoamericana desde las últimas décadas del siglo XIX. Los gobiernos de Ismael Montes son los más significativos al respecto, y sobre todo el segundo, cuando el presidente acometió con decisión una reforma bancaria que sin duda prometía mejorar la situación financiera de Bolivia, pero que afectó negativamente a sectores poderosos de la economía nacional. [5] Montes, que para entonces se apoyaba sólo en sus incondicionales, no estaba dispuesto a escuchar opiniones contrarias y respondió a las protestas con especial dureza, decretando el estado de sitio y desterrando a los opositores más destacados. Con ello consiguió que éstos se organizasen: si en 1913 el Partido Radical había reunido a algunos descontentos, 1915 vio la creación del Partido Republicano, en el que figuraban el general Pando, Bautista Saavedra, Daniel Salamanca y otras destacadas figuras del liberalismo boliviano. La historia parecía repetirse: frente al gobierno, los republicanos resucitaban ahora los antiguos programas reformadores, insistiendo en la necesidad de extirpar el fraude, la simulación y la violencia, procedimientos que se achacaban a los liberales como antes se habían achacado a los conservadores; de nuevo se lanzaban proclamas en favor de la regenerción material y moral del país, y poco a poco empezó a agitarse el espíritu revolucionario. Cuando el general Pando fue asesinado, en 1917, el Partido Liberal parecía el más beneficiado con su muerte, de la que se le hizo responsable, y las tensiones se acentuaron en los años siguientes: Gutiérrez Guerra no podría completar su mandato, a pesar de que se había ganado simpatías en sectores financieros y comerciales; sin los episodios sangrientos que lo habían llevado al poder, el Partido Liberal era desalojado de él por un nuevo levantamiento militar y popular que invocaba los mismos principios que habían justificado antaño su propia revolución.

La de 1920 no iba a traer cambios notables. Como la de 1898, había implicado a distintos sectores sociales —quedaban excluidos obreros y campesinos— bajo la bandera del liberalismo clásico, insistiendo en la defensa de las libertades políticas y —en atención especial a las clases dominantes— de la libre empresa. Algún matiz nuevo puede advertirse, sin embargo: por esta vez el control no parece escaparse del todo a las clases medias, en las que se apoyó Bautista Saavedra para gobernar entre 1920 y 1925, ganándose la adhesión del país mestizo e incluso la del naciente movimiento obrero. Eso iba a provocar de inmediato la escisión entre los vencedores. Con los descontentos, Salamanca fundó el Partido Republicano Genuino, que contó con el apoyo de los mineros del estaño (Aramayo sobre todo) y de los terratenientes, quienes tampoco esta vez tuvieron demasiadas razones para preocuparse: el campo permaneció ajeno al cambio político —apenas acusó un tímido intento de mejorar la situación del indígena—, el superestado minero crecía, y el capitalismo internacional —con protagonismo destacado de la Standard Oil Company— encontraba todas las facilidades para introducirse en el país. El republicanismo, como antes el régimen liberal, se hacía pragmático, e iba a serlo aún más a partir de 1925, cuando la oposición de liberales, genuinos y radicales se

---

[5] La actuación de Montes siempre se distinguió por su autoritarismo, por su carácter presidencialista. Ahora, decidido a monopolizar la emisión de billetes en el Banco de la Nación de Bolivia, no dudó en enfrentarse a la banca privada y a Aramayo, uno de los más poderosos magnates del estaño.

coaligó en la «Unión Sagrada» con el propósito común de rescatar el escaso terreno perdido por los sectores dominantes.

Bajo esa presión hubo de gobernar el sucesor de Saavedra, Hernando Siles, preocupado además por el conflicto fronterizo que se agudizaba en el Chaco, anunciando la guerra próxima. Trató de conservar el apoyo de las clases medias y, animado de un espíritu conciliador, amnistió a los liberales y genuinos represaliados por Saavedra. Le costó caro: eso —y su tendencia a elegir personalmente a sus colaboradores— le malquistó con los republicanos saavedristas (los suyos), y se vio obligado a buscar, sucesivamente o a la vez, el respaldo de los distintos grupos que ahora proliferaban, y cuya aparición alguna vez alentó: liberales, republicanos antipersonalistas (antisaavedristas), republicanos genuinos, miembros de la Unión Nacional o Partido Nacionalista (coalición de jóvenes liberales con otros sin origen político definido, llamados generacionistas por pertenecer a lo que se consideró generación del centenario de la independencia). Alianzas y rupturas se sucedieron para descrédito de Siles, que perdió la confianza de las clases medias y de un movimiento de izquierda cada día más consistente, y no consiguió ganarse la de los poderosos. Los efectos de la crisis económica del 29 se conjuraron también en su contra, y a la postre bastó con que tratara de prolongar su mandato, justificándose en lo crítico de la situación, para que en 1930 universitarios, clases medias y obreros se manifestasen contra su gobierno, y para que fuera derribado por una asonada militar.

Nada iba a cambiar, tampoco, esta vez. Cuando se trató de disputar el poder, allí estaban de nuevo el liberal Montes, el genuino Salamanca y el republicano Saavedra. La fórmula conciliadora que se buscó favorecería a Salamanca, que en la práctica iba a gobernar con el apoyo de la «Unión Sagrada» de liberales y genuinos. La oligarquía había recuperado el terreno perdido, si es que lo había perdido en algún momento. El futuro le reservaba una desagradable sorpresa: Salamanca llevaría a Bolivia a la Guerra del Chaco y a la derrota, y eso sería el principio del fin del sistema, el origen del profundas transformaciones en las estructuras socioeconómicas del país. [6]

Cuando en 1932 estalló la Guerra del Chaco, Bolivia llevaba más de treinta años de estabilidad apenas alterada por breves sobresaltos. Aunque los republicanos gobernaron a partir de 1920 —y precisamente por eso—, el período ofrece una indudable unidad, bajo el signo continuado del liberalismo. Al menos durante las dos primeras décadas del siglo, el país vive también su período positivista, aunque no es fácil determinar en qué medida eso condiciona la evolución de los liberales y los programas de los gobernantes. Los ecos del positivismo se detectan desde una época ya lejana, desde antes de la Guerra del Pacífico: al menos desde 1875 lo difunde desde Sucre Benjamín Fernández, «el Comte boliviano», y puede deducirse

[6] De todos modos, ese fin tardó en llegar. Desde la caída de Salamanca en 1934, hasta la revolución de 1952, discurre un período prolongado en el que los partidos de origen liberal y los intereses oligárquicos que los sostienen conservan aún capacidad de reacción frente a quienes se les enfrentan directamente. Las muestras de esa reacción son variadas, tan triviales como las objeciones de Arguedas que merecieron la bofetada del presidente Busch, tan brutales como la que llevó al presidente Villarroel a colgar (ya cadáver) de un farol, en 1946.

que supuso una novedad incómoda para las «costumbres» del país en distintos aspectos. Tras la guerra con Chile y la derrota, amplió su presencia en el país y hubo de enfrentarse con el clero y con el Partido Conservador por razones que parecían en principio religiosas y morales. Si la sociedad que Comte definió como teológica y militar estaba próxima a perecer, sustituida por otra científica e industrial, si los sacerdotes iban a ser desplazados por los sabios en la dirección de las masas, el orden tradicional podía sentirse seriamente amenazado. La polémica surgió inevitable, enfrentando a la Iglesia con los liberales en una agria disputa que tuvo como grandes protagonistas al positivista Julio Méndez y al arzobispo de Sucre, Miguel de los Santos Taborga. Este último aseguraba —sus artículos sobre el tema terminaron formando un libro: *El positivismo, sus errores y sus falsas doctrinas* (1905)— que la filosofía de Comte no era otra cosa que el antiguo materialismo, al que se añadía «la negación de las verdades de orden material y moral». Los latifundistas —temerosos tal vez de que las estructuras feudales desapareciesen con los últimos restos de la mentalidad teológica, como Comte había asegurado— se pusieron de parte del clero, y también el Partido Conservador a través de sus dirigentes más destacados, que trataron así de minar las bases populares del liberalismo. Unos y otros defendían un orden «vinculado a la ley social del cristianismo», como declaraba Mariano Baptista al tiempo que buscaba otros puntos débiles de sus rivales políticos: «Nuestras libertades sociales y políticas —añadiría—, conquistadas por sobre las tiranías individuales, queremos mantenerlas sin extraviarlas en las corrientes del jacobinismo, tiranía colectiva, voltaria y anónima, más voltaria y anónima en meses de dominación que la tiranía de los reyes en un siglo de imperio». [7] Baptista decretaba así la complicidad del liberalismo boliviano con actitudes volterianas contrarias a los intereses de la Iglesia, con las brutalidades del jacobinismo revolucionario y con el caudillismo que había dominado la historia republicana de Bolivia.

En verdad, no era para tanto. Tal vez hubo alguna manifestación de radicalismo en las filas liberales, pero esa no era la actitud del partido y de sus representantes más notables. Campero había sido escrupuloso en el respeto de la legalidad constitucional, e Hilario Camacho, que dirigió a los liberales durante la mayor parte de los años que pasaron en la oposición, evitó cuidadosamente atentar contra los sentimientos religiosos dominantes: «Un pueblo libre —aseguraba en 1885— es una sociedad de hombres de bien y los hombres de bien son los que creen en un Dios de bondad, y de justicia». [8] Su partido declaraba defender ante todo la libertad frente a la anarquía y frente a los tiranos, y proponía reformas progresivas, sin innovaciones violentas: «El liberalismo que proclamamos —precisaba Camacho— es el que dio gloriosa existencia a la gran República Americana; no aquella

[7] Citado por Guillermo Francovich, *La filosofía en Bolivia*, Buenos Aires, Losada, 1945, p. 118.

[8] Citado por Guillermo Francovich, *El pensamiento boliviano en el siglo XX*, México, Fondo de Cultura Económica, 1976, p. 12.

aberración que produjo las catástrofes de la revolución francesa o los repugnantes excesos del socialismo europeo, que es más bien enemigo de la libertad».[9]

Tanta moderación venía tal vez impuesta por las circunstancias, pero también es lógico suponer que guarda relación con el pensamiento positivista que venía infiltrándose en el liberalismo boliviano: si la historia es la historia del progreso del espíritu humano y ese progreso es inevitable, es absurda la ilusión de que un hecho o un individuo puedan modificar sustancialmente su curso necesario. Comte había hecho ya una dura crítica de los reformadores sociales, de los utopistas y de los revolucionarios, y los liberales podían aplicar esa crítica a la caótica historia aún reciente de un país agitado por «revoluciones» continuas. Para evitarlas, era preciso optar por soluciones institucionales o «evolucionistas», sin renunciar por ello a las pretensiones de modificar la realidad nacional: la aplicación del programa liberal —respeto de los derechos individuales y de la soberanía popular, descentralización administrativa, instrucción obligatoria y gratuita a cargo del Estado, libertad de asociación de culto y de empresa, etc.— contribuiría a acelerar la transición inevitable desde las etapas teológica y metafísica a la etapa «positiva» de la humanidad, gobernada por la ciencia experimental. Las luchas entre los hombres carecían de sentido en la hora de la lucha con la naturaleza para la explotación de los recursos del país. «Viva el orden, abajo las revoluciones», sería durante años el lema de Camacho y de los liberales bolivianos.

No siempre se atuvieron a él. En 1898 aprovecharon el descontento de los sectores más dispares para derribar a los conservadores, no sin antes proclamar «el derecho a la revolución como el solo medio de garantizar la vida y la hacienda de los ciudadanos no enrolados en las filas del gobierno».[10] Semejantes serían las razones invocadas para justificar el acceso de los republicanos al poder en 1920 —Saavedra llegó a declarar que «las revoluciones son saludables»—,[11] y para renovarlos en 1930. Cuando se manifestaban urgencias incontenibles de cambio, el liberalismo y sus derivados las utilizaron en su provecho, interpretándolas como la pretensión de rescatar la pureza ideológica original de su doctrina o de defender rigurosamente el orden institucional. El país —la población del país que trataba de participar en el juego político— pudo creer así, periódicamente, que sus aspiraciones iban a ser atendidas. Se trataba de eliminar las deficiencias del sistema, al tiempo que se echaban sólidamente las bases para mantenerlo: la opción positivista elegida por el liberalismo boliviano retrasó y contuvo el desarrollo en el país de doctrinas

---

[9] Francovich, *ibidem*. Esta actitud no salvó entonces a los liberales: «Los periódicos del partido conservador hallaron su más temible arma de ataque en el anatema de hereje lanzado al partido liberal, cuyos adherentes, para no caer en la desgracia del pueblo, se veían obligados a extremar el cumplimiento y la práctica de las ceremonias externas del culto católico» (*Historia de Bolivia, Obras completas*, II, p. 1.358). Los conservadores iniciaron su campaña en 1886 con vistas a las elecciones de 1888, que los liberales «masones» perdieron. La etapa conservadora más ultramontana había de ser la de Mariano Baptista (1892-1896), cuando el poder de la minería de la plata amenazaba ya con derrumbarse, y tuvo que recurrir a otros argumentos para mantenerse en el gobierno. Fue también entonces cuando el latifundismo pudo jugar más fuerte en la escena política boliviana.

[10] Véase Alcides Arguedas, *Historia de Bolivia*, en *Obras completas*, vol. II, p. 1.410.

[11] Véase José Fellman Velarde, *Historia de Bolivia*, vol. III, p. 80.

políticas más radicales, como el anarquismo y el marxismo, e incluso contó con su apoyo por algún tiempo.

El positivismo también fue útil a los liberales en las tareas de gobierno —prestaba una apariencia científica a sus programas— y para justificar el pragmatismo de su actuación. Los políticos del orden y del progreso no vacilarían en renunciar a sus ideales para mantenerse en el poder, recurriendo a prácticas electorales fraudulentas y a la represión de sus adversarios. No en vano Comte había relacionado a las instituciones representativas liberales con el espíritu crítico, metafísico y anarquizante que estaba destinado a desaparecer: el desprecio hacia la institución parlamentaria encontraba así un respaldo científico, y a ese desdén, apenas disimulado en ocasiones, se unía —y lo justificaba— el que los protagonistas de la política libertal demostraban reiteradamente hacia las masa populares, cuya incapacidad para el progreso exigía que la dirección de las reformas quedase en manos de las élites preparadas. Éstas, a la hora de la verdad, administraron el poder en provecho propio, y si al desarrollar su política económica se fijaron especialmente en las doctrinas de Spencer, fue porque en el positivismo spenceriano encontraron una sólida justificación de la libre empresa que favorecía los intereses oligárquicos, disfrazada tras la lucha por la institucionalización de los sectores urbanos y por las libertades democráticas; lo que había servido como legitimación filosófica de la burguesía europea, en Bolivia se utilizó por liberales, republicanos, radicales y genuinos con un objetivo común: «para viabilizar, sin traba alguna, el crecimiento y maduración de la burguesía, nacional e internacional, acunada por los siringales, los ferrocarriles, la banca, el gran comercio y, sobre todo, las minas».[12]

Esas peculiaridades ideológicas son inseparables de la contribución del liberalismo boliviano a la modernización del país. Eran, por otra parte, las que caracterizaban —no sin complejidad y contradicciones la vida cultural, que durante esas primeras décadas del siglo alcanzó una riqueza hasta entonces desconocida. La mentalidad positiva de la época exigía atenerse a la observación y a la experiencia como métodos «científicos», evitando las especulaciones «metafísicas» y aseguraba que el desarrollo de la ciencia transformaría el mundo. Los intelectuales bolivianos trataron al menos de cambiar el suyo, y volcaron sus preocupaciones en aquellos campos que parecían más idóneos [13] para lograr la incorporación de su país a la carrera del progreso. En considerable número, los esfuerzos se orientaron hacia los estudios jurídicos, ciencia que Comte no había incluido entre las que acompañaban a la evolución espiritual de la humanidad —incluso se había pronunciado por la extinción de las Escuelas de Derecho—, y esa preferencia es significativa: para los bolivianos, que no tenían tras de sí una revolución burguesa, las leyes parecían determinar el futuro. De ellas se hacía depender la modernización *institucional* del país que había de abordarse y que se abordó, como los resultados se encargarían

[12] José Fellman Velarde, op. cit., vol. III, p. 119.

[13] Los que reviso a continuación no son los únicos. Cuando se pretende citar a un verdadero científico boliviano de esta época, normalmente se menciona a Belisario Díaz Romero por las investigaciones arqueológicas que dieron lugar a su obra *Tiahuanaco, estudio de prehistoria americana*, (1906).

de demostrar. Los estudios jurídicos o de filosofía jurídica que se elaboraron entonces, bajo la influencia predominante del pensamiento de Spencer, guardaron una estrecha relación con las reformas realizadas y tal vez tuvieron repercusión en los valores morales de los ciudadanos. Más discutible es su contribución a los cambios sociales, a la modernización *real* del país: más bien se trató de legitimar el orden existente, o el que los sectores más poderosos de la economía nacional —o internacional— estaban creando.

Con esa práctica reformista tuvieron que ver los trabajos realizados en el campo de la educación, que constituyó una de las preocupaciones fundamentales del momento. El pensamiento liberal-positivista aconsejaba la introducción de una enseñanza laica y rigurosa, con la pretensión de que la población boliviana se adaptase a las formas de civilización que reclamaba el espíritu del siglo, un espíritu que era —naturalmente— europeo. Esa era la opinión del gobierno y de los sectores intelectuales, y se recogió en trabajos como *El problema pedagógico en Bolivia* (1910), de Felipe Guzmán. Alguna voz desidente se levantó reclamando una educación adecuada al alma de la raza —la de Franz Tamayo, en *Creación de una pedagogía nacional* (1910)—, pero la opinión dominante se impuso: cuando se abordó la reforma de las enseñanzas, la iniciación del proceso quedó a cargo del pedagogo belga Georges Rouma.

Al margen de la disparidad de las opiniones, los estudios dedicados a cuestiones educativas ofrecen una característica común, que comparten con los trabajos jurídicos o de filosofía jurídica: en busca de una base «científica» se impregnaron de contenidos científicos, filosóficos y sociológicos, eco de la información libresca que llegaba de Europa, o de algún país cercano y más adelantado en la vía del progreso como era Argentina. Se aprovechaban todos los recursos disponibles para encontrar el camino que permitiese a Bolivia incorporarse al grupo de naciones desarrolladas. Esta preocupación explica también la aparición abundante —al menos en términos relativos— de ensayos historiográficos y sociológicos: responden a la pretensión de conocer en profundidad el país y desentrañar el enigma de la propia identidad.[14] El pasado se investiga para conocer el presente y el futuro, que es, desde luego, lo que verdaderamente interesa. La mentalidad positiva vierte postulados naturalistas, evolucionistas o cientificistas sobre una realidad nacional que se examina con criterios empíricos, descriptivos y genéticos, aprovechando las aportaciones de la ciencia europea del XIX. Entre los autores más frecuentados figuran Spencer, Taine, Darwin y probablemente Le Bon, cuyos estudios sobre el alma de las masas como producto étnico y ambiental —lo que condicionaba los sentimientos, ideas, artes e instituciones de un pueblo— resultaban singularmente útiles para realizar nuevos análisis de la psicología colectiva. La aplicación de esas teorías sobre la realidad boliviana iba a tener consecuencias inesperadas: alentada por la mentalidad positiva y su fe en el progreso, se iba a volver contra el optimismo positivista, haciéndolo vacilar. No otra cosa había sucedido ya en algunos países latinoamerica-

[14] Entre los muchos trabajos históricos que aparecieron cabe destacar, además de los de Arguedas, *El Melgarejismo antes y después de Melgarejo* (1916), de Alberto Gutiérrez. Muestra bien la preocupación compartida por el carácter nacional, que trata de analizarse a la vez que los hechos del pasado.

nos, y lo demuestran ensayos como *El continente enfermo* (1899), del venezolano César Zumeta, o *Nuestra América* (1903), del argentino Carlos Octavio Bunge, a quien Arguedas leyó con especial atención. Las conclusiones negativas —que directa o indirectamente ponían de manifiesto el fracaso de los proyectos de desarrollo— estaban determinados por los presupuestos «científicos» con que se abordaba el análisis: difícilmente podían ser optimistas en Hispanoamérica, cuando se creía manifiesta la superioridad de la raza blanca sobre la condición degradada de los abundantes mestizos, y aunque era cosa sabida que el proceso de selección natural condenaba a los indios a desaparecer ante los seres mejores dotados para adaptarse al medio y a las exigencias de la modernidad.

Esas opiniones fueron las dominantes en Bolivia durante mucho tiempo.[15] Los resultados de la Guerra del Pacífico habían demostrado la inferioridad del país, y esa inferioridad se explicó pronto en términos raciales. Desde el destierro de Chile, tras su enfrentamiento con el presidente Campero, Aniceto Arce señalaría la «superioridad de elementos étnicos homogéneos» de los vencedores, considerando que se trataba de un argumento decisivo para no reanudar la guerra. Otros bolivianos que vivieron en Argentina y Chile durane las últimas décadas del siglo XIX pudieron observar los efectos de las campañas en favor de la inmigración europea, y llegaron a conclusiones similares: según Nicomedes Antelo la regeneración nacional exigía la desaparición —por lo demás inevitable, según garantizaban las teorías de la evolución— de los indios y mestizos, que para el gran ensayista Gabriel René Moreno también eran evidentemente inferiores a los blancos. Cuando llegó el turno de Arguedas estos prejuicios raciales eran comunes entre las clases altas de Bolivia, de las que procedían en su mayoría los intelectuales y los políticos. La cuestión indígena estaba de actualidad, pero sobre todo a la hora de identificar a los culpables del atraso económico y cultural del país. Desde luego, las opiniones no eran uniformes: frente a *El problema pedagógico en Bolivia*, de Felipe Guzmán, y *El ayllu* (1903), de Bautista Saavedra, donde las teorías evolucionistas de Darwin y las de Jean Finot sobre la capacidad intelectual —más desarrollada, evidentemente, en quienes presentan cabellos rubios, estatura alta y otras credenciales de superioridad; Arguedas comparte esa opinión, matizándola, en *Pueblo Enfermo*— servían para demostrar la condición inferior del indio, Franz Tamayo invirtió los términos racistas en perjuicio de los blancos en su *Creación de una pedagogía nacional*,

---

15 La dominante, porque tempranamente se manifiestan disidencias y deserciones, en este aspecto y en todos. Como asegura Fernando Díaz de Medina, «después de 1920, Spengler, con su teoría irracionalista de los universos formales; Freud, con la novedad del psicoanálisis; Ortega y Gasset, con su vitalismo ascendente y la divulgación del moderno pensamiento germano, son los tres pensadores europeos que con mayor fuerza gravitan en la inteligencia nacional» (*Literatura boliviana*, Madrid, Aguilar, 1959, pp. 254-255). La «Generación del Centenario», en consecuencia se ha alejado ya del positivismo, y en algunos casos también bajo la influencia del pensamiento marxista. Buenos ejemplos son el *Ensayo de una filosofía jurídica* (1928) de Ignacio Prudencio Bustillo, que conjugó una visión relativista de los valores con un socialismo moderado, y *El ingenuo continente americano* (1922), de Gustavo Navarro, que predicó la lucha de clases a la vez que identificaba los aspectos comunistas del mundo incaico. Ni siquiera hubo que esperar a los años veinte para que se rompiese la uniformidad: juristas de formación positiva como Luis Arce Lacaze y Daniel Sánchez Bustamante derivaron tempranamente hacia un pragmatismo a lo Williams James, y el último hacia preocupaciones éticas derivadas de Guyau; pronto se advierten orientaciones irracionalistas, vitalistas o voluntaristas, relacionables tal vez con la difusión de Nietzsche y de Bergson.

planteamiento que reiteró con moderación Juan Francisco Bedregal en *La máscara de estuco* (1924); fueron escasos —entre ellos estaba Rigoberto Paredes, con *Mitos, supersticiones y creencias populares de Bolivia* (1920)— los que trataron de acercarse sin prejuicios al problema indígena, y en la práctica lo poco que se hizo para resolverlo —algunas escuelas rurales que pronto se abandonaron en el período liberal, la supresión del pongueaje en tiempos de los republicanos— obedeció a actitudes paternalistas e interesadas. [16]

Por lo demás, la atención de Arguedas no se centró especialmente en los indios. El blanco peferido de sus críticas fue el mestizaje, y no sólo en términos étnicos: se trataba de una psicología, principal responsable de todos los males que aquejaban a Bolivia. Arguedas quiso hacer en *Pueblo Enfermo* un análisis del problema nacional en toda su complejidad, y esa ambición tuvo que ver sin duda con su primer viaje a España, una experiencia extraordinariamente fructífera. [17] Las razones son fáciles de adivinar: se trataba de un país en crisis, afectado por la pérdida reciente de los restos de su imperio colonial, y el escritor boliviano que era un moralista más que un sociólogo positivo, había de hallar aquí a sus auténticos compañeros de viaje. España no era un foco irradiador de cultura o de teorías científicas que aprender, era un país cuya historia reciente ofrecía experiencias de alguna manera similares a las sufridas por Bolivia, o que Arguedas podía encontrar familiares: en la hora del progreso, la sociedad española también había mostrado desajustes evidentes, derivados de la persistencia poderosa de una economía de subsistencia y de un pensamiento tradicional vigoroso que condicionaba o anulaba las pretensiones renovadoras; también aquí —tras el fracaso de la revolución liberal de 1868 y durante el período de la Restauración que se iniciara en 1874— el liberalismo que compartía el poder había revisado y criticado los principios que habían inspirado su anterior comportamiento político (metafísica idealista y economicismo, fundamentalmente) hasta ver en ellos las causas de la anarquía y de la disolución de la sociedad, y había optado por el orden, por el realismo, por un modelo político «anglosajón» que significara el fin de toda actitud utopista, idealista o jacobina; también aquí se había dejado sentir la influencia de la filosofía positivista en la búsqueda de una democracia apoyada en principios claros y realizables, con pretensiones reformistas moderadas y acordes con las enseñanzas de la ciencia, y los análisis de la realidad propiciados por tal actitud «científica» habían descubierto con el tiempo que toda esa retórica del orden y del progreso estaba al servicio de un orden bien determinado, que nada había cambiado con la revolución del 68 y menos con la Restauración, que los males de España no habían hecho sino

[16] De todos modos no es poco lo que aporta el período: por fin se descubre que el indígena forma parte del país. Véase José Luis Gómez Martínez, «Bolivia: 1900-1932: hacia una toma de conciencia», en *Revista Iberoamericana*, nº 134, Enero-Marzo de 1986, pp. 75-92.

[17] A mi entender más importante que su estancia en Francia, donde sin duda encontró la «atmósfera de hospital» que advirtieron los intelectuales hispanoamericanos que frecuentaron París a principios de siglo, y pudo completar su información y mejorar sus conocimientos. En alguna medida ya había tenido acceso a las ideas dominantes, y sólo podía actualizarlas con la adecuada información libresca, adaptando a su gusto reflexiones ajenas a la realidad boliviana que constituía su principal preocupación.

agravarse hasta culminar en 1898 con la pérdida de los últimos restos del imperio colonial en América.

Cuando Arguedas llegó por primera vez a la península la preocupación por el problema nacional había producido ya sus textos fundamentales, en los que se había plasmado un pensamiento «regeneracionista» con matices diversos. [18] Esos matices derivan en buena medida de los avatares del liberalismo peninsular, y ofrecen una complejidad que no pretendo dilucidar ahora. La crítica del sistema político de la Restauración se había desarrollado con fuerza entre los liberales no comprometidos con el gobierno, y a esa crítica habían contribuido sobre todo los intelectuales ligados a la Institución Libre de Enseñanza, fundada en 1876 por profesores krausistas separados de la universidad oficial desde el año anterior. La «regeneración» que buscaban era fundamentalmente pedagógica, derivada de la consciencia del atraso cultural que padecía el país: el institucionismo sería el mejor rsultado de las inquietudes modernizadoras de la intelectualidad española convencida de que una educación completa y sin prejuicios era la mejor vía para conseguir la instalación en el país de una sociedad democrática y capaz de progreso. Producto ideológico de la burguesía liberal no comprometida con las fuerzas de la oligarquía que detentaban el poder real, el institucionismo derivó desde el krausismo hacia el positivismo sin perder su convicción fundamental: la de que el pueblo necesitaba de la educación para su regeneración moral y la del país, y que esa revolución había de hacerse «desde arriba», desde los grupos intelectuales.

El tiempo demostraría que esas esperanzas depositadas en la educación moderna eran, cuando menos, cuestionables. El regeneracionismo de fin de siglo, en su sentido más estricto, compartiría esa fe en las posibilidades reformadoras de una educación atenta a las necesidades y el progreso de la sociedad contemporánea, pero trataría de ir más lejos en el análisis de la «enfermedad» nacional, y sus conclusiones habían de ser mucho menos esperanzadoras. Es difícil —y tal vez inútil— precisar las diferencias entre institucionistas y regeneracionistas, habida cuenta de que figuras fundamentales del regeneracionismo como Ricardo Macías Picavea o Joaquín Costa procedían de la Institución Libre de Enseñanza y de algún modo se mantenían ligados a ella, y que no pocos miembros de la Institución —resalto el caso de Rafael Altamira, que suscitó el interés de Arguedas, o el de Gumersindo de Azcárate— compartieron, al menos circunstancialmente, las actitudes regeneracionistas más radicales. Porque se trata de explicar las preferencias del autor de *Pueblo Enfermo,* conviene señalar que el regeneracionismo más puro es un producto de la crisis institucional y social que el régimen de la Restauración ya no consigue disimular en los años noventa, y que queda plenamente al descubiero con el desastre del 98. No participa en consecuencia, del optimismo que la Institución

[18] Tal vez Arguedas había seguido el proceso del regeneracionismo español ya antes de salir de Bolivia, hasta donde podían llegar publicaciones periódicas peninsulares como *Vida Nueva, La España Moderna* o *La Ilustración Española e Hispanoamericana.* Es lógico suponer, sin embargo, que accedió a los textos fundamentales durante su primera estancia en España —regeneracionistas patéticos como Ricardo Macías Picavea y Joaquín Costa estaban entonces de plena actualidad—, aunque sólo algunos años más tarde, cuando el destierro agravó su pesimismo y decidió redactar *Pueblo Enfermo,* sacó pleno rendimiento de aquellas lecturas.

siempre demostró, apoyado teórica o científicamente en el organicismo krausista o en el evolucionismo positivista. Arguedas, a quien el instrumental científico europeo —francés sobre todo— había dado una visión determinista de las posibilidades de su país, se inclinó por los generacionistas. En no pocos aspectos iba a encontrar respaldo en ellos para sus propias convicciones.

El regeneracionismo español había tenido tal vez su primera manifestación decidida en *Los males de la patria y la futura revolución rspañola* (1890), donde el ingeniero Lucas Mallada ponía de manifiesto la pobreza del suelo, el atraso económico, las deficiencias de la administración y de los partidos y los defectos —fantasía, pereza, ignorancia, rutina— que juzgaba propios del «carácter» nacional. Su crítica de la práctica política vigente contaba ya con precedentes tan notables como *El régimen parlamentario en la práctica* (1885), donde el institucionista Gumersindo de Azcárate ya había puesto de relieve las deficiencias de un estado democrático liberal condicionado por unas estructuras sociales que lo convertían en una farsa: más poderosa que la Constitución legal, había otra «real», el caciquismo, que bajo la apariencia de un gobierno representativo imponía los intereses de «una oligarquía mezquina, hipócrita y bastarda». Costa desarrollaría ideas similares en *Oligarquía y caciquismo como la forma actual de gobierno en España* (1902) —las «pseudo-Cortes» eran apenas el sistema de relación entre los oligarcas, los partidos eran en realidad comités de notables apoyados en el caciquismo—, y esta opinión sobre el funcionamiento parlamentario de la Restauración llegó a convertirse en uno de los puntos fundamentales del regeneracionismo, que llevó estas consideraciones hasta sus últimas consecuencias.

La crítica de las prácticas caciquiles lo era también del sistema socioeconómico, dominado por los terratenientes y la alta burguesía, y sin duda los regeneracionistas pretendían reformas que modificasen esa situación —Costa es tal vez el promotor más destacado de esas reformas—, pero ése no es el punto en que podían llegar más lejos: trataban de mejorar el sistema, de encontrar un camino para las aspiraciones de la burguesía pequeña o media de la que procedían, y no de transformar en profundidad las estructuras sociales. Como los institucionistas, predicaban una revolución desde arriba que evitase el cataclismo que podía provocar una revolución desde abajo. La desconfianza hacia las masas incultas se mantiene o se acentúa, y no deja de ser significativa al respecto la desconfianza que el regeneracionismo suscitó entre los nacientes movimientos obreros, de los que apenas se preocupó —los regeneracionistas pensaban sobre todo en la España agraria—, si no fue para tratar de convertirse en el pararrayos de posibles revoluciones. De hecho lo fundamental de su crítica se centró en el funcionamiento de las instituciones de la Restauración y de ahí derivaron sus apuestas más fuertes: «El regeneracionismo, en sus últimas consecuencias —observa Manuel Tuñón de Lara—, tiende a resbalar de la crítica del caciquismo al antiparlamentarismo neto, así como de la crítica de los partidos políticos turnantes se pasa alegremente a la crítica de los partidos políticos». [19] Al final del camino no quedaban sino la desesperación o

[19] Manuel Tuñón de Lara, *Costa y Unamuno en la crisis de fin de siglo*, Madrid, Cuadernos para el Diálogo, 1974, p. 70.

la renuncia a los ideales más caros del liberalismo doctrinario. Los regeneracionistas padecieron la primera —de ahí su visión desencantada del presente y del futuro— y asumieron la segunda, proponiendo soluciones que con frecuencia se han interpretado como manifestaciones prefascistas. Macías Picavea aconsejó la clausura de las Cortes por un período de diez años y se reiteraron las propuestas en favor de un hombre fuerte que redimiese a la patria, al menos desde 1885, cuando en el Ateneo de Madrid el institucionista Rafael Altamira —muy relacionado entonces con Joaquín Costa— justificó la dictadura en los casos en que el insuficiente desarrollo de los pueblos —o su «enfermedad»— la exigiese. Macías Picavea hablaría después del «hombre histórico», y Costa del «cirujano de hierro». Tal vez sólo abogaban por un régimen presidencialista con la fortaleza necesaria para imponer las reformas frente a los intereses establecidos, y en definitiva para sanear el sistema. Arguedas, que también anheló la llegada de alguien grande por sus virtudes y capaz de gobernar sin cámaras ni partidos, viviría lo suficiente para manifestar sus simpatías hacia el general Primo de Rivera, hacia Mussolini y hacia el nacionalsocialismo alemán.

No faltaban razones para explicar la actitud de los regeneracionistas peninsulares. Era el resultado de los análisis de ese cuerpo enfermo en que se había convertido la nación, pues buena parte de los esfuezos del regeneracionismo se dedicaron a hacer el catálogo de los males de la raza y del país —Macías Picavea señaló veintidós en *El problema nacional* (1898)—, hasta llegar a conclusiones necesariamente negativas sobre las posibilidades de transformación de la colectividad española, e incluso de los grupos más preparados. Sin duda el diagnóstico de las «enfermedades» y las propuestas de reforma descubren una esperanza en el futuro —incluso si ese futuro depende de la aparición de esos dictadores tutelares capaces de modificar el destino de los pueblos—, pero en la actitud regeneracionista parece predominar sobre todo el pesimismo ante una situación difícil de superar. Esa impresión es tal vez sólo el efecto de la denuncia airada, de la insistencia en el análisis de las taras nacionales. La atención que merecieron tantos diagnósticos implacables y reiterados sólo se explica por el impacto de la derrota reciente: «El sentimiento, el tópico de Regeneración —recuerda pocos años después uno de los testigos del momento— se convertía ya, por excesivo, en auto-denigración: la desgracia, o la corrección merecida, nos había reconciliado con espíritus amargos como Joaquín Costa y Macías Picavea, con iconoclastas, soñadores paradójicos como Ángel Ganivet».[20] Los citados, con la colaboración numerosa de otros, se encargaron de pasar revista a la «leyenda» española, la leyenda de un país valeroso, religioso y caballeresco (idealista, en suma) con la que se había ocultado la España real, y se acercaron a ésta para proceder al análisis riguroso (científico) de los factores biológicos y geopolíticos que condicionaban la psicología nacional.

Arguedas pudo comprobar que el positivismo y el «cientificismo» ayudaban también en España a descubrir las lacras sociales, a analizar las razones de la decadencia, a comprobar la diferencia abismal que mediaba entre los principios políticos y su práctica, entre la retórica patriótica y la realidad. Del regeneracionismo

---

20 Véase Juan Guixé, *Problemas de España*, Ensayos, Madrid, 1912, p. 177.

le interesaron los proyectos de reforma, pero especialmente la crítica de un sistema político viciado por las prácticas caciquiles, que de inmediato pudo relacionar con las respectivas «costumbres» bolivianas. En consecuencia, aprovechó para uso personal las conclusiones más discutibles de los teóricos del regeneracionismo español, aquellas que lo habían de privar de un verdadero carácter reformador, incluso en el caso de Joaquín Costa: «Como Picavea y como los regeneracionistas clásicos —observa Tuñón de Lara—, Costa confunde la causa con la consecuencia; la primera es el poder económico y político de una oligarquía; las consecuencias son la práctica caciquil, la incapacidad para un verdadero parlamentarismo, la existencia de comités de notables con nombres de partidos políticos, etcétera. A esa confusión hay que añadir la visión elitista que les es común; todos consideran al pueblo español como menor de edad y necesitado de tutores». [21] Arguedas haría suyas esas confusiones, que explican su dedicación preferente a la censura del sistema parlamentario, al análisis de los males de Bolivia y a la elaboración de propuestas reformadoras que cuidadosamente evitaban afrontar las causas últimas de los problemas y de la imposibilidad de encontrar soluciones: los terratenientes (entre los que se contaba) y la oligarquía minera (en la que habría de tener también intereses) eran los verdaderos poderes del país; intocados, apenas habría lugar para la prédica moralizadora, para los propósitos reformistas. Estos tampoco eran desinteresados: el regeneracionismo era, como Costa había dicho, un pararrayos que debía evitar los riesgos de las revoluciones «de las calles y de los campos». Para conjurar ese peligro también Arguedas hizo el inventario de los males y de las medidas que debían remediarlos. Eso no quiere decir que sus pretensiones reformistas no fueran sinceras: lo eran, hasta el punto de forzarle a proyectar sobre la realidad boliviana un programa de regeneración que respondía a los intereses y a la ideología de la burguesía pequeña y media en España, pero difícilmente a los suyos. De ahí proceden sus vacilaciones, incluso su actitud contradictoria en relación con la gran propiedad rural y el campesino indígena, como bien se advierte en *Raza de bronce*.

La familiaridad de Arguedas con la literatura científica europea del XIX y con el regeneracionismo español —sin desdeñar la posible influencia de la narrativa francesa o rusa, que se ha señalado en ocasiones— también fueron decisivos para su evolución como novelista. La narrativa boliviana de comienzos de siglo aún acusaba la herencia romántica en su lirismo exagerado, en la idealización positiva o negativa de los personajes, en las descripciones costumbristas y superficiales. La nueva época exigía objetividad y rigor en la observación del entorno que pretendía llevarse a la literatura; había que desentrañar la psicología del grupo, el alma nacional, como se pedía en *Pueblo Enfermo*. Las vacilaciones entre la tradición romántica y las nuevas búsquedas es evidente en los dos narradores del momento que destacan junto a Arguedas: Armando Chirveches y Jaime Mendoza. Las novelas de Chirveches —*La candidatura de Rojas* (1908) y *Casa solariega* (1916) son las más notables— constituyen un esfuerzo considerable de acercamiento a la realidad nacional a través de la descripción de costumbres provincianas, que se observan en

[21] Manuel Tuñón de Lara, *op. cit.*, p. 98.

unas ocasiones con humor, en otras con ironía y a veces con repugnancia. Esta variedad de actitudes por parte del autor provee de matices a un realismo superficial, subordinado a la pretensión de dar testimonio (interesado) de una actualidad que rápidamente dejaría de serlo. Con técnica más defectuosa que la de Chirveches, Mendoza apoyó la condición realista de *En las tierras de Potosí* (1911) en la dureza de la vida de los mineros que trataba de describir «con el acento de sinceridad que sólo puede poseer un testigo presencial». [22] El relativo interés de este «Gorki boliviano» —así se le denominó— reside más en el tema que en la dudosa condición realista de su relato: se preocupó por un sector marginal de la población, descubriéndolo para la literatura. En *Páginas bárbaras* (1917) incorporaría el paisaje tropical de la selva amazónica.

Arguedas colaboró también en esa tarea de explorar la variada realidad nacional. Compartió las vacilaciones de sus contemporáneos en la búsqueda de una novela adecuada a las exigencias de la época, y con *Raza de bronce* —trabajando sobre el texto previo de *Wuata Wuara*, o contra él— llegó más lejos que nadie: eliminó casi por completo los elementos románticos, describió minuciosamente la geografía, observó a los indígenas y analizó su comportamiento a la luz de los conocimientos científicos que había adquirido. Como hubiera hecho un regeneracionista peninsular, se indignó ante la incuria y los abusos de los terratenientes y lamentó los sufrimientos de los campesinos: así se convirtió en el insospechado iniciador de la narrativa indigenista contemporánea.

---

[22] Enrique Finot, *Historia de la literatura boliviana*, La Paz, Gisbert & Cía., 1964, p. 350.

ALCIDES ARGUEDAS INICIADOR DEL INDIGENISMO BOLIVIANO

Juan Albarracín

Recepción de *Raza de bronce*

La ambientación de la novela en el contexto de una época marcada por inacabables rebeliones indias, fue recibida como una afrenta y un desafío a las élites dominantes; para la iracundia que el indigenismo levantó en contra de Arguedas, el libro fue visto como una instigación a la revuelta campesina y, su autor, como un rebelde al que había que castigar. Aceptar la obra, en esta circunstancia, habría significado renunciar a los títulos del presente; en estas condiciones, no había modo de transar.

Anticipación vehemente del movimiento indigenista, *Wuata Wuara* (1904) no pudo evitar esta sentencia de sus resueltos censores. Poco tiempo estuvo en los escaparates de las librerías, execrada por la inusual reprobación con que se la rechazaba y su autor, sospechado de herejías imperdonables, era presionado por una sociedad irritada que mostró su incredulidad, ante esta osadía.

Amenazado por esas contrariedades Arguedas entró en la tribulación y la autocrítica. Al escarnio padecido por *Pisagua,* (1903), sólo un año antes, Arguedas respondió anunciando haber quemado el libro en repudio a la intolerancia de sus adversarios; luego vino la indexación de *Vida Criolla* (1905), novela que le costó un nuevo destierro y una larga expatriación, a causa de unas críticas que la sociedad oficial tampoco las aceptó; pero, el escritor no se doblegó. El consenso nacional empezó a descubrir detrás de estas exacerbaciones públicas en contra del joven escritor, las tensiones de una hora histórica en la que Arguedas ponía en pie la nueva literatura nacional boliviana.

Las creaciones artísticas de mayor prestigio que se escribieron en estos años de agrias discusiones, fueron publicadas fuera del país. Prevenido de sus motivos Arguedas hizo su parte en esta preferencia. Editó *Wuata Wuara* en Barcelona pensando que así podía escapar a la censura oficial; pero esta prevención no lo salvó de caer en el odio de esta época y el ostracismo que largamente puso a prueba su tenacidad. El exilio de París, sobrellevado con gran dignidad, acrecentó su amor a los libros, una pasión incuestionable por los asuntos de su patria y aquella firme independencia de criterio con la que trató, con notable rigor, los escabrosos problemas bolivianos.

En estos años sin tranquilidad ni paz interior para la nación, Bolivia vivía conmovida por las aterradoras derrotas sufridas en varias guerras internacionales que la condenaban a la mediterraneidad y al encierro, en el mismo centro del subcontinente sudamericano. Paralizada, internamente, por las convulsiones sociales del pueblo indio, no llegaba tampoco a resolver las demandas de libertad planteadas por los indios, al frente de un sistema implacable de despotismo y servidumbre. La tenaz gravitación anti-india de los terratenientes no llegó a liberarse de los jurados enconamientos de la época.

Este fue el contexto que por el Pacífico presentaba el aspecto de un engrillamiento internacional que obligaba al país a mantenerse vigilante ante la propuesta «polonización» de Bolivia por algunos de sus vecinos e, internamente, le obligaba a soportar un régimen de zozobras que fermentaba con las rebeliones indias. A lo largo de toda la primera década de este siglo el país vivió un enfrentamiento decisivo entre el empuje de las sublevaciones aymaras y quechuas y el poder represor que le opuso el gobierno. A la hoguera encendida por las protestas indias, sobrevenían las puniciones militares con masacres y flagelaciones colectivas. Los indios eran perseguidos y encarcelados como fieras salvajes, sin que la lucha se apaciguara, a pesar de todo, un solo día en la enorme confrontación librada sobre el ancho cuerpo campesino de la nación.

En esta hora de históricas definiciones, el indigenismo fue la transfiguración literaria de esta colosal experiencia, en la que la rebeldía india fue castigada hasta tocar, en sus alcances, las mismas raíces de sus resistencia, perdiendo la base institucional de su nacionalidad. Mucho de lo que sucedió en este gigantesco duelo fue tomado por el novelista en la escenificación artística de *Raza de bronce* y en el sentido épico de su trama. Testigo presencial de cuanto se vivió en el país durante estos acontecimientos y actor, en este momento excepcional, Arguedas hacía su vigorosa aparición con un mensaje que la crítica llamó, acertadamente, indigenista.

La fuerza estética con la que Arguedas refiere esta historia, estrellando su beligerancia política contra los mecanismos de represión y la violencia que empleaban sus contemporáneos, algunos de los cuales estuvieron sentados a su lado en el parlamento boliviano de 1917-1920, tenía que revestir, inobjetablemente, una energía sin reparos, en la condenación de esos hechos, mientras alentaba por otra parte, una cierta simpatía por sus protagonistas que, desde las altivas páginas de la novela, luchaban por el derecho a una vida mejor y mostraban la voluntad de quitarse de encima la opresión que soportaban. Arguedas, sin embargo, nunca llegó en estos propósitos literarios a amenazar a su tiempo con la revolución india, prevista como estaba su filiación comtiana y su concepción del orden social como movimiento reformista; pero, fue suficiente que la denuncia de las condiciones de vida de los indios se hiciera conocer para que su obra fuera combatida y su nombre inscrito en el index de esa sociedad que presumía de blanca. Sus libros desaparecían de la circulación y Arguedas mismo condenado a salir del país. Sobre estas sienes que la época empezaba a golpear y el raro coraje con el que el novelista enfrentaba a sus perseguidores se fue formando el espíritu de la novela boliviana de este siglo.

Es que la ideología dominante entre las élites rurales del liberalismo boliviano, respecto del indio, era de un irrevisible apartheid cuya conjura histórica era excluir al indio de las ciudades y confinarlo a la atrasada hacienda, fuera de las fronteras de la civilización. La mayor preocupación de la oligarquía era mantener a los indios dentro de las ciudades donde su mayoría la tenía aterrada. Ante estas élites que se jactaban de blancas, el indio no sólo había perdido toda otra estimación que no fuera su condición servil; había caído también en la mira de un temible proyecto de eliminación física. Los ideólogos de la oligarquía empezaban a hablar del indio como una «regresión» biológica y social, que había que extirpar, le consideraban una «pústula» que había que extirpar, y, no dejaban de llamarla afrenta histórica inadmisible para la civilización. Según el dictamen oficial lanzado contra el indio, el país le debía su atraso, su pobreza y su desorden. Avanzar importaba, inevitablemente, eliminarlo.

La decisión de purificar la raza blanca con la eliminación del indio, a través de una refriega general, parecía irrevisable, en estas circunstancias. El indio no marchaba a las guerras internacionales. El indio no votaba en las elecciones. El indio no tenía escuelas ni hospitales. La gran aspiración de esta oligarquía había sido la inmigración europea como sustituto del indio. Esta política estaba extraída del principio del darwinismo social, el biologismo sociólogico y de otras tendencias postcoloniales que se instalaron sin dificultades en la mentalidad de las élites liberales de poder.

Bautista Saavedra, contemporáneo de Arguedas, investigador de formación universitaria, caudillo del partido republicano y presidente de la república (1920-1925), consideraba al indio en *El Ayllu* (1903) y en su *Defensa de Mohoza* (1901) —dos de sus trabajos más conocidos y celebrados por esta época— como un anacronismo histórico y una incompatibilidad social y, al Ayllu, la comunidad en que vivía fue calificada de «chancro» no curado del cuerpo de la nación.

El notable explorador de las selvas amazónicas bolivianas, cuyas hazañas como hombre de acción, figuran entre los grandes descubrimientos geográficos del presente siglo en la América Latina, por su contribución al conocimiento de las rutas fluviales que unen los Andes con la Amazonía, General José Manuel Pando, juzgaba a los indios como seres endebles opuestos a la industrialización; los indios pertenecían a razas inferiores y había que perseguirlos, con perros de presa por las selvas y batirlos a tiros, con patrullas militares, para no gastar mucho en poner escuelas; el propósito era disponer de sus tierras, favoreciendo planes de colonización con inmigrantes extranjeros pertenecientes a razas superiores, como lo tiene escrito en su *Viaje al país de la goma* (1903). El prestigio de Pando era, además, político y militar. Dirigió la sangrienta guerra civil con la que los liberales derrotaron a los conservadores, acaudillando a un ejército de voluntarios y de pueblos indios. Instalada la Convención Nacional en Oruro, ciudad minera levantada sobre el altiplano, Pando era elegido presidente de la república desde cuya posición dispersó a los aymaras que habían contribuido a su victoria, persiguiéndolos y cancelando las reformas democráticas ofrecidas.

Otra notabilidad intelectual de la época, Gabriel René Moreno, a quien se conoce como el «principe de las letras bolivianas», expresaba en sus escritos el horror que sentía por los indios, sólo por motivos raciales. El indio era para éste un ser inferior opuesto a la civilización y situado en el último escalón de la sociedad porque carecía de aptitudes para el progreso. Su desaparición como raza debía ser el resultado de su ineptitud para competir con el blanco. En conocidas obras suyas como *Nicomedes Antelo* (1901) y *El Archivo de Mojos y Chiquitos*

(1896) Moreno sostenía la tesis de la degradación social y de la inferioridad biológica del indio.

· Estos prejuicios fueron los que salían a flote ahora en contra del indigenismo cuando *Wuata Wuara* hizo su aparición entre los enardecidos adversarios de los indios. El indigenismo, para estos censores, no era una tendencia literaria sino una perversa conjura y una instigación anarquista en contra de los valores culturales vigentes en la sociedad boliviana. El régimen económico de la hacienda y el culto de la discriminación racial que eternizaban la servidumbre de los indios, entraban en acción para combatir a Arguedas, aplacar su espíritu e imponerle su castigo. Pero, la legitimidad de la obra arguediana ya se había hecho conocer; la novela enfrentaba al latifundio y, Arguedas mismo, aparecía como defensor de la razón.

En este conflicto Arguedas liderizaba a una corriente de jóvenes esritores que habían hecho causa con los movimientos literarios europeos de fines del siglo pasado. Era admirador de Gustavo Flaubert, a quien llamó «educador de escritores y poetas», en una de sus disertaciones más preciosas que se le conocen; prosador naturalista, asistió enfervorizado a los festejos que Francia organizó en homenaje a Emilio Zola, con ocasión de la erección de un monumento auspiciado por el entusiasmo de París; en los años de mayor lucidez de su talento, hizo del naturalismo zoleico la fuerza que generó el indigenismo boliviano.

En 1905, se enfrentaba al modernismo y el irracionalismo, entrando en campaña periodística exitosa, desplegando energía y calor en la lucha por el naturalismo literario y la crítica sociológica. Al término de este perído conseguía salir al primer plano de la actividad cultural fundando *Palabras Libres*, junto a Armando Chirveches, el celebrado autor de *La Candidatura de Rojas* novela publicada en la prensa de París, en entregas diarias; a Tejada Sorzano, Abel Alarcón y otros críticos y ensayistas. Este movimiento, identificado con los orígenes del siglo, es el que renovó la cultura literaria boliviana, insuflando a sus ideas todo entusiasmo. Integraban el grupo, gran parte de los nuevos escritores, todos ellos interesados en plasmar la realidad nacional en sus creaciones. Cuando intentaban, en 1906, volcar su actividad en la organización de un movimiento político con proyecciones progresistas, como lo habían hecho en otros países los positivistas comtianos, fueron dispersados por el gobierno, que disolvió *Palabras Libres*, residenció fuera de La Paz a sus miembros y expatrió a Arguedas, sin dejar a ninguno de sus miembros, en condiciones de continuar con su trabajo. Pero la semilla había prendido y de la experiencia que acababan de vivir fueron surgiendo los primeros libros que reproducen el conflicto de estos años. Arguedas, Chirveches y Tejada Sorzano pudieron todavía reunirse en 1907 en París, tratando de reanudar su trabajo levantando el espíritu de *Palabras Libres*. Vaca Chávez, que por estos días pasaba por París, se unió a ellos. Pero, las dificultades se alzaron muy superiores al esfuerzo de estos bolivianos, acaso los únicos que tuvieron estos proyectos en nuestro siglo. Trabajaron un tiempo, pero, no pudieron instalarse en París. Chirveches retornaba a Bolivia, Tejada Sorzano regresaba a Londres y Vaca Chávez seguía su itinerario viajando a Bruselas. Sólo Arguedas se mantuvo en París. El grupo había visto desaparecer, de nuevo, su movimiento, más que dispersado por la represión, destrozado por la adversidad y la pobreza de medios.

En este sector ilustrado de la opinión culta de la nación es donde el indigenismo encontró su más entusiasta recepción, enalteciendo los valores artísticos de una realidad que núnca había sido, antes, tomada como expresión literaria propia. Cuando *Wuata Wuara* reelaborada en 1919, reaparecía 15 años después, como *Raza de Bronce*, él indigenismo mostraba ya seguridad en sus principios, brillo en la forma y hondamente pensado en su contenido.

Arguedas volvía al tema de *Wuata Wuara* con nuevas tentaciones estéticas, pero también con postergados compromisos que le inquietaban desde cuando la represión le hizo sufrir a causa de sus críticas sociales. Acaso la proclamación de la rebelión de los indios, el ajusticiamiento de los patrones y el triunfo de los sublevados, fue demasiado para la ideología de la época. Estos hechos de la novela fueron los más traumatizantes para la sociedad oficial en toda la literarura existente en la nación. Con esta autocrítica resolvió modificar la escena; al final de *Raza de Bronce,* sólo se ve el resplandor producido por el incendio de la casa de la hacienda, mezclado con gritos anónimos y ruidos empavorecidos de animales, que sugieren la muerte de los patrones y la llegada serena del día, «preñado de congojas» y esperanzas, dejando la novela en el mismo punto incierto en que se encontraba la sociedad boliviana en 1919. Es probable que sus adversarios se hayan conformado con esta otra realidad presentada, pero lo cierto es que las voces irritadas fueron menores y Arguedas parecía satisfecho de haber dado una reparación que, según su propia confesión, no le dejó vivir en paz durante años.

Después de la derrota de los liberales en 1920, el movimiento arguedista se va conformando con todos los que por alguna razón mostraban su disconformidad y su protesta en contra del inocultable atraso. Sobre este movimiento es que crece la influencia de *Raza de Bronce;* sus partidarios resuelven llevar la novela al teatro y al cine. Se amplifica su mensaje al difundirse en la opinión nacional. La novela se convertía, con estos cambios, en un manifiesto del indigenismo que repercutía fuertemente en otros países con problemas parecidos. Los movimientos sociales y políticos que en 1945 convocaron oficialmente al Primer Congreso Indigenal Boliviano y los llamamientos reiterados a cumplir programas de reforma agraria fueron prosperando en los años siguientes, Arguedas los reivindicó en la edición argentina de la novela, como preocupación encaminada a emprender reformas sociales de modernización y mejoramiento de los indios.

Todo el movimiento democrático y liberal de principios de siglo que trabajaba en el país, saludó al indigenismo como parte de su propio triunfo, contribuyendo a destacar lo que había en él de avanzado. La novela condenaba las relaciones sociales de servidumbre existente y justificaba los movimientos de libertad que impulsaban la lucha de los indios. Dando explicaciones epistemológicas a sus investigaciones literarias Arguedas anotaba: A todos nos interesa averiguar las fuentes de nuestras inquietudes internas y ocupar el lugar que nos corresponde en este trabajo. Era sabido por todos que el novelista escribió esta novela sobre la base de un expediente judicial que encontró en el archivo judicial de La Paz, siendo estudiante.

La generación de prosistas que le acompañaba había recibido, sin excepción, como herencia común de sus progenitores, un odio tenaz contra los indios; el nuevo siglo con sus aspiraciones, los salvó de caer en el racismo. El impulso liberal por extinguir la esclavización de los indios y el surgimiento de nuevas concepciones literarias, dieron su magnífico resultado en *Raza de Bronce*. La vitalidad y lozanía de sus protagonistas, la majestuosidad telúrica de sus paisajes y las miserias de los terratenientes, captadas por el escritor, habían inclinado el balance literario en favor de los indios y en contra de sus explotadores. La rebelión, enorme y tumultuosa del Willca en 1899, fue una experiencia histórica que Arguedas vivió de cerca siendo corresponsal de guerra destacado en el frente de batalla. Allí no había sumisos siervos, sino aguerridas huestes peleando con decisión por conseguir su libertad. Este acontecimiento fue comprendido por todos los jóvenes escritores liberales y sólo entonces resolvieron seguir el sentido estratégico de la historia y pasaron a conformar un movimiento de salvación del indio como comienzo de la democratización del país, *Raza de Bronce* es su testimonio y el indigenismo su ideología.

Pero el cambio no fue tan fácil ni la lucha tan sencilla de llevar cuando el sólo escribir una novela podía causar expatriación. Con la derrota del movimiento indio, casi inmediatamente después de la guerra civil, la sociedad boliviana sufría una recaída en el neolatifundismo y en la represión anti-india. La prensa de la época daba cuenta de este conflicto con crudeza. Frente al espectáculo de las masas que se agitaban en el altiplano, atemorizando a los terratenientes, la élite rural incitaba al gobierno a repeler toda concesión de derechos a la tierra, a los caminos o la escuela para los indios, instigándole a nuevas represiones más enérgicas. Las sublevaciones de los indios, decía la prensa, constituyen un real peligro que hay que conjurar. Redactores anónimos que en realidad eran agitadores anti-indios, proponían a sangre fría, sus atroces proyectos. Tratándose de tentativas de sublevación, apuntaban, había que tomar a los cabecillas, juzgarlos con severidad, dictar mandamientos de detención, activar los juicios y aplicarles todo el rigor de las leyes. En cuanto a las sublevaciones ya producidas, las requisitorias no podían ser más exigentes. Había que reprimirlas con toda energía. El ejército debe cumplir con su deber y escarmentar de una vez por todas. Dolores inevitables son estas matanzas de verdad.

Con estas estridencias publicitadas se fue organizando el terror contra toda demanda de justicia en el campo.

La respuesta de Arguedas y de todo el movimiento avanzado de los escritores fue apoyar el indigenismo con sus reivindicaciones sociales, libertad para los indios, construcción de escuelas, derecho de petición, campaña contra las formas de servidumbre implantadas.

Por los años treinta, cuando muchos de los antiguos integrantes de «Páginas Libres» tenían ya papeles relevantes en la política y en la administración del Estado, el indigenismo parecía encontrar nuevos medios de desarrollo; presidentes de la república, cancilleres, ministros de Estado, diputados y senadores, redactores y personalidades de prestigio habían salido de su organización. Las reformas sociales, tan litigadas antes, parecían ahora, más próximas a una solución democrática de la cuestión india. Pero, el peso de la inercia del latifundismo pudo más y el indio siguió en su agobio en la hacienda y en su mendicidad en las ciudades.

La novela, ampliamente leída en los sectores más avanzados de la sociedad, no llegó al indio, obviamente analfabeto, aislado de toda enseñanza y sin ninguna vinculación con la cultura. El indigenismo no constituía una política del indio sino un movimiento literario en su favor; sus dirigentes tampoco pudieron liderizar sus reivindicaciones como quiso alentar Franz Tamayo poeta de *Odas,* (1898) obra escrita con intención mesiánica, al modo de una epopeya india, concebida dentro del vitalismo göethiano y la estética cristiana.

El público de *Raza de Bronce* estaba formado por las clases medias avanzadas y, particularmente, por sus núcleos culturales identificados con el progreso social. La aceptación del indigenismo, en este medio cultural, tuvo, por fuerza, razones paternalistas y un altruismo identificado con toda demanda de justicia.

Desde su aparición, a comienzos de siglo, el indigenismo fue por fortuna un movimiento colectivo; junto a Arguedas se encontraban novelistas de grandes condiciones. Entre estos, Manuel Alberto Cornejo, autor de *Manuelito Catacora* (1904), *Corpus Christi* (1905) y una tercera novela que quedó inconclusa a causa de su inesperada muerte, *Días de Sufrimiento;* Alfredo Guillén Pinto, que vivió entre los indios como maestro rural, publicaba *Lágrimas Indias* (1920); el telurista indigena, Raúl Bothelo Gosálvez hacía conocer *Altiplano* (1946) y Jaime Mendoza, *Páginas Bárbaras,* (1920). El tratamiento costumbrista indigenista prospera en la novela de modo que entre los años 30-40 éste parece ser el espíritu dominante entre los escritores influenciados por el arguedismo.

Movimientos culturales posteriores, insistiendo en el indio como problema esencial del desarrollo de la nación, creaban ligas de protección con la participación de personalidades de prestigio, como el arqueólogo Arturo Posnansky, fundador de la «tihuanacología»; el geógrafo Jaime Mendoza y el sabio Belisario Díaz Romero; reconocidos estudiosos. En la literatura, el indigenismo pasaba a la poesía vernacular, a la escultura indigenista, la música de motivos indios, la pintura telurista y el folklore, campo éste en el que se obtiene su mayor exito a través de la danza y el baile. Culminando estos empeños se encuentran los maestros rurales que consiguen movilizar a los indios para la construcción de la escuela del indio y no la escuela para el indio. Los resultados fueron *Warizata* y *Caquiaviri,* así como decenas de centros de enseñanza en el campo; Elizardo Pérez, Rafael Reyeros, Faustino Suárez, Guillén Pinto y otros, trabajaban por la reconstrucción de la comunidad india, basada en la escuela del trabajo y la ideología del incario. Antes de medio siglo en Bolivia se daban ya numerosas corrientes; el indigenismo, el indianismo, el indigenalismo, el telurismo indigenal y otras de tipo pedagógico, histórico, político, etc.

Ausentes los factores internos opuestos a la liberación del indio, la recepción de la novela fuera del país tuvo más descubrimientos que hacer que adversarios que contestar. La insurgencia del indio en la novela, desarrollada como una renovación artística, fue vista con simpatía. *Raza de Bronce* se proyectó en los países latinoamericanos como la puerta de ingreso a un mayor conocimiento de la cultura india. En este sentido, ella atrajo la atención de los críticos e historiadores latinoamericanos y españoles, al estudio de Bolivia y sus problemas.

Uno de estos casos, el que más destacó Arguedas, fue la experiencia vivida con los escritores de España, nación históricamente vinculada a Bolivia, donde la obra arguediana encontró numerosos e importantes amigos. El interés de Miguel de Unamuno tiene el sello de una viva simpatía por los temas del país que eran tratados por el boliviano; Unamuno interesaba a Ortega y Gasset a interiorizarse de la lectura de *Pueblo Enfermo*, *Raza de Bronce* y otras. Altamira, Alomar, Maeztu, Vidal y otros, comentaron la novela; habían leído antes *Pueblo Enfermo* (1909), obra seleccionada en una encuesta como uno de los diez libros más leídos en América Latina. La novela era distinguida por su gran factura artística y su rico contenido social. En el archivo epistolar de Arguedas las cartas de los escritores españoles ocupaban un lugar significativamente importante.

En Francia, la voz más alta que se dejó oir en la crítica de *Raza de Bronce* fue la de André Maurois, de la academia francesa. En el juicio de este escritor hay dos aspectos que destacar: el artístico y el social.

En el plano artístico, por la universalidad de sus creaciones y en el social, por su generosidad y su valentía, al poner a la luz del día la triste situación de los indios en una época en que era peligroso tomar esta actitud, según su expresión textual. Además, en la edición francesa de *Raza de Bronce*, Maurois calificaba la novela de «libro único» de la literatura hispanoamericana, en su género, por tratarse de todo un «tratado de antropología social» y, en lo literario, por la calidad dramática y su fresca descripción de los extraordinarios paisajes andinos, la autenticidad con la que se expresan sus protagonistas y por su trama humana. Esta novela, comenta, bastaría para consagrar la gloria de un novelista. Por la preciosa síntesis de este estudio, Maurois debió influir sobre el lector francés, grandemente. Arguedas recuerda también al profesor de la Sorbona de París, Ernesto Martinenche, autor de un «caluroso» comentario de *Raza de Bronce* publicado en una revista de París.

En los países latinoamericanos la novela fue recibida con unánime aprecio de sus bondades y pasó a encabezar la serie de grandes creaciones indigenistas como *El Mundo es Ancho y Ajeno* del peruano Ciro Alegría, *Huasipungo* del ecuatoriano Jorge Icaza y otras obras igualmente famosas.

Pocos bolivianos han debido tener estos éxitos, a causa de las condiciones permanentemente difíciles del país. Para Arguedas las adversidades fueron las fraguas de su tenacidad de escritor y, la celebridad que adquirió *Raza de Bronce*, en la historia de la literatura hispanoamericana, se debió a sus excepcionales condiciones para mirar el arte con responsabilidad, enfrentar el infortunio con coraje y entregar su pasión a la novela social. La prensa de La Paz dijo de ella: «*Raza de Bronce* es la novela del indio, el cuadro trágico de su vida, la descripción emocionante de su servidumbre dolorosa, el sollozo angustioso de miseria, el hondo lamento de su desesperación y la explosión atroz de su rebeldía acumulada y contenida».

Raza de bronce y la novela indigenista boliviana

La irrupción del indio en la literatura boliviana, caracterizada antes de la aparición del indigenismo, por la presentación de escenarios clasistas y por protagonistas románticos, inicia, a partir de comienzos de siglo, el interés artístico por la revelación de vivencias indígenas. El patente propósito de explicar la sociedad por la hacienda y los problemas nacionales por la situación que ocupan los indios en éstos, era proclamado, entonces, como tarea principalísima de la nueva generación de escritores.

Debates incesantes preceden a la definición de los propósitos de esta corriente, en *Palabras Libres,* centro de inquietudes y de inspiración de todas estas preocupaciones. Las obras debían ser nacionales por su contenido y universales por su forma. La publicación de libros notables como *Vida Criolla* (1905), *La Candidatura de Rojas* (1907) y *En las Tierras de Potosí* (1911), fueron la revelación que dio origen al criollismo de la vida urbana, el costumbrismo de las prácticas políticas y a la novela de tema minero en la inspiración de Arguedas, Chirveches y Mendoza, respectivamente.

El júbilo con el que fueron recibidas estas obras por los críticos del nuevo siglo tuvo expresiones cabales. La prensa decía: «Al fin ha surgido la aurora de las letras bolivianas», juicio en el que se reconocía el éxito alcanzado por los nuevos escritores en su empeño tenaz por revelar el espíritu nacional en la nueva literatura, a pesar de la resistencia que ofrecía la mentalidad pasadista aún dominante.

El naturalismo crítico que se hacía presente en esta producción literaria, tenía objetivos y finalidades artísticas reconocidas: mostrar la realidad social como era; polemizar sobre cruciales cuestiones de la época; denunciar los anacronismos ideológicos del sistema vigente y sacar a la luz del día los principios del progreso social.

Las novelas más significativas que se escriben siguiendo este nuevo tratamiento, llevan el signo del naturalismo, sin excluir a otras producciones no adscritas a este movimiento, pero trabajadas dentro del mismo período, como lo testimonian *Renovarse o Morir* (1919) de Walter Carvajal, *Aguas Estancadas* (1911) de Demetrio Canelas y *Lágrimas Indias* (1920) de Alfredo Guillén Pinto.

Cuando el proceso indigenista culmina con *Raza de Bronce* (1919) todas las manifestaciones artísticas, antes desplegadas, parecían mirarse en ella, en sus virtudes y en sus finalidades ideológicas.

La parte más perdurable que destacó de esta escuela, en todas sus instancias, fue la crítica social de la que estaba penetrada desde su primera manifestación. Por la profunda gravitación que ejerció sobre los escritores, este indigenismo fue ampliándose en diversas interpretaciones y, por tanto, en una constelación de reivindicaciones políticas, pedagógicas, artísticas, históricas, al desarrollar sus particularidades más pronunciadas. Tres son las principales interpretaciones que se dan desde entonces.

La primera, coetánea a *Wuata Wuara* y *Raza de Bronce,* (1904-1919), fue un movimiento de ampliación del indigenismo a otros aspectos de la vida social de los indios. La segunda (1920-1950) comprende 1) el costumbrismo indio, 2) el telurismo indigenal y 3) el pintoresquismo indiano, La tercera interpretación, (1950-1971) aparece con los movimientos indios que tiene lugar con la insurrección popular de abril de 1952 y la implantación de la reforma agraria.

A. Los indigenistas de la primera versión, interpretan esta corriente como una visión del indio, en lo que tiene de habitante esencial de los Andes. Manuel Alberto Cornejo escribe *Manuelito Cotacora* y *Corpus Christi*, mostrando la capacidad del indio para triunfar en la escuela y la sociedad. Alfredo Guillén Pinto relata la lucha por la tierra entre las comunidades y los sentimientos ancestrales de los indios en *Lágrimas Indias*. La protesta social y el mensaje político que salen de estos libros tienen el sello naturalista del arguedismo.

B. El costumbrismo indigenal es la interpretación más generalizada de *Raza de Bronce;* esta concepción declina en su acento épico pero acrecienta su interés por la intención descriptiva.

1) Esta tendencia quiere relievar la vida cotidiana de los pueblos andinos, no en sus conflictos ancestrales sino en su condición humana, en la penosa situación de la hacienda y la comunidad, así como su aceptación, casi sin protestas, de la adversidad tomada como destino. Representa a esta coriente, Max Mendoza López en *Sol de Justicia*, novela de consideraciones detenidas sobre la cotidianidad india, enteramente pragmatizada en hechos no cuestionados. Más receptivo al destino de los indios explotados en las siringas del oriente boliviano, Jaime Mendoza publica en *Páginas Bárbaras,* testimonios personales de su vivencia en estos pueblos. El indio aparece en esta obra, alejado de su pasado, por el que ha dejado de luchar; sólo padece su presente, soportando el mundo que le ha tocado vivir.

2) El indigenismo telurista que podría llamarse también telurismo indigenal, sitúa al indio entre el naturalismo y el irracionalismo indiano de Tamayo. En esta interpretación se introduce una visión mitificada del habitat andino, como zona de prodigiosas fuerzas telúricas que le dan al indio energías cósmicas. Raúl Bothelo Gosálvez representa esta corriente con *Altiplano.* Bothelo Gosálvez fue discipulo de la escuela filosófica del Conde Keyserling y miembro del movimiento telurista boliviano dirigido por Humberto Palza, autor del *Hombre como Método* (1942), libro trabajado reuniendo interpretaciones catastrófistas de Spengler y Keyserling. La tesis que sustenta está vinculada, asimismo, a un geoantropologismo que viene de Franz Tamayo. Para éste la cultura debilita al indio. La vida perdurable de éste tiene sus fuentes en el poder de la naturaleza andina, que es la fuerza que siempre lo ha protegido de la destrucción. La vida de los indios no se explica por el derecho o la política, sino por una latencia de fuerzas sobrenaturales que emergen del telos andino y la energía cósmica que lo rodea. El

indio pierde con la racionalidad que se le quiere dar a través de la cultura. El indio es tierra hecho hombre, sangre transformada en acción y raza convertida en carácter y espíritu. Tamayo, el antecedente imprescindible de este telurismo indigenal escribió en su *Creación de la Pedagogía Nacional* (1910) que la fuerza total en la existencia del indio, venía de la Pachamama, deidad andina explicada por Tamayo con elementos de la antigua religión aymara y el ontologismo de Nietzsche.

3) El pintoresquismo indigenal, la interpretación menos seria del indigenismo, se aproxima con más notoriedad que otras corrientes, a la decadencia de sus formas, por su claro alejamiento del meollo de la cuestión india, su intento de reducir el problema principal al paisajismo y la tendencia al diseño de rasgos y perfiles de un arte decorativo y folklorizado. Esta interpretación se satisface con exhibir trazos indígenas con abandono de su significado. Genera formas, no conceptos. En la narrativa se presenta como fijación de motivos indígenas más al alcance de las estilizaciones de escenarios y de sus protagonistas que a atender las inquietudes reales de los indios. *Quilco en la raya del Horizonte* de Porfirio Díaz Machicado y los relatos de Hugo Blym, pueden ser mencionados en esta corriente.

C. El neo-indigenismo surge a medio siglo con los movimientos campesinos que rodean la ejecución de la reforma agraria (1953); puede ser señalado como la última interpretación del tema arguediano. No es fácil para los países con predominio de población indígena, perder súbitamente las características espirituales que laten en su composición social histórica. La presencia de los indios en la política constituye parte principal de este neo-indigenismo. El indigenismo de los años de *Raza de bronce* se convierte en las décadas 30-40, por obra de escultores, pintores, músicos, antropólogos, etc. en una tendencia dirigida a la indigenización real del país, con la adopción de esta ideología como carácter nacional.

Después de 1952 surgen en la literatura tendencias clasistas que toman cuerpo en los movimientos sindicales campesinos y en las manifestaciones tupakcataristas de un puro indianismo. Con éstos la interpretación indigenista va perdiendo fuerza en la expresión y haciéndose cada vez más rara en la literatura.

Jesús Lara es el primero en esta interpretación plasmada en sus numerosas novelas de ambiente quechua. Lara intenta crear una novelística de partido con los conflictos indígenas. Los campesinos de *Yahuarninchi* (1965) son militantes revolucionarios que pertenecen a una clase y luchan desde la célula política por su liberación. Todavía en *Surumi* y *Yanacuna* hay una evocación del indigenismo pero en *Sinchitay* y *Llillaypacha* la descripción costumbrista cede a las motivaciones sindicales y políticas. Lara desea ingresar, con estos trabajos, en el realismo socialista.

Mario Guzmán Aspiazu publica *Indios sin Tierra* (1956) con un relato ágil que obedece, con más propiedad, a un estilo periodístico. Su mundo histórico está cubierto por masas que se mueven vislumbrando nuevas épocas. No hay conflagración social en el campo, pero la inquietud que trae la política se va apoderando de sus preocupaciones. Este viraje hacia la práctica del sindicalismo es lo que caracteriza la novela.

Al indio vital pero analfabeto de *Raza de Bronce*, le sucede el indio miliciano y sindicalista, tema del que se ocupa Nestor Taboada Terán en *Indios en Rebelión*, conjunto de relatos que transcurre en un momento político de pérdida de la autonomía de los movimientos indios y de empequeñecimiento de la acción, ahora centralizada, en trámites de adjudicación de lotes, en una transición que destaca una euforia sin consecuencias de las manifestaciones tumultuarias con fines de apoyo político y las tribulaciones de los indios por defenderse de los terratenientes en caso de que éstos retornaran al gobierno y a la tierra.

El neo-indigenismo no madura en grandes obras porque no consigue descubrir al verdadero indio de las luchas campesinas en torno a las aspiraciones propias. Se entretiene entre el papelismo burocrático de la reforma agraria, la marcha y la contramarcha que organizan los que trabajan para el oficialismo y los que llevan al indio a la desorientación. Los indios quieren luchar por sus intereses históricos, pero fuerzas ajenas desvían sus inquietudes. Los que perciben este extravío no pueden evitar el vacío en el que cae el movimiento indio. La espera por el lote de tierra les hace olvidar que son pueblo. El indio va perdiendo su rol esencial en esta larga metamórfosis en que el latifundio deviene en minifundio. Enarbola banderas que le alcanzan otros y empuña fusiles que nunca van a disparar y siguen a caudillos que hacen de pastores del pueblo indio. La indianidad queda reducida en estos trabajos a una masa que se ha salido del camino y se ha perdido fuera de él sin avanzar en la historia. Quien ve este fracaso de la indianidad es Elizardo Pérez, el constructor de *Warizata*. Denuncia éste la sustitución del ayllu por el lote de adjudicación y al indio por el miliciano. La literatura neoindigenista no ha asimilado aún este proceso.

El neo-indigenismo no ha concluido su ciclo, pero en lo fundamental busca cambiar al indio histórico por el elemento campesino, de clase, como protagonista de la lucha sindical.

El indigenismo arguediano ha perecido ya con la extinción del latifundio del que fue su denuncia y su protesta literaria. La historia de la reforma agraria ha agotado toda posibilidad de nuevas interpretaciones. El movimiento indio-tupackatarista, seguidor del caudillo de la colonia Tupac Katari, ocupa hoy el escenario principal en las luchas que persiguen la emancipación india.

Reivindaciones ideológicas

Desde sus primeros escritos de juventud el nombre de Alcides Arguedas se fue destacando, entre sus contemporáneos, como el crítico de mayor agresividad que tuvo la sociedad estratificada en la lucha que se libraba en el plano de la cultura, contra las diferentes expresiones del formalismo en el arte y la literatura.

Incansable en los debates que sostiene en las ardorosas páginas de *Palabras Libres*, Arguedas consigue hacer temible su voz en la crítica y la polémica. En sus embates, los escritores románticos, escribía, sólo saben rumiar el atraso del país y los artepuristas, a quienes fustiga, son denunciados de hacer un juego vacuo, de masticación de adjetivos; sin embargo de la dureza de estos reproches que hicieron época, el mayor vigor de sus campañas periodísticas se centró en las disputas levantadas en contra de los intelectuales del gobierno, a los que llama palaciegos, lacayos del atraso, que se ocupan de vestir de oropeles a las nulidades de la politiquería. O se debe escribir para elevar al pueblo hasta la altura de la dignidad y belleza del arte, o escribir carece de importancia. Con estos emplazamientos enrostrados a los poetas decadentistas y parnasianos, Arguedas entraba en la lucha rebatiendo a los que él llamaba falsos ideólogos, cultores de nadismos literarios en cenáculos apócrifos.

Encarando su desafío contra los redactores anónimos de la prensa, con decidido arrojo, pedía a los escritores no adocenarse en el servicio de los despotismos transitorios que se organizaban en cada época. El verdadero escritor debe asumir la defensa de las libertades colectivas y el respeto a la dignidad de los hombres. Las letras deben ser las tribunas de la justicia y el culto de la verdad. Con estas reivindicaciones ideológicas Arguedas inició su carrera de escritor después del novecientos.

Al enarbolar estos principios Arguedas consiguió destacar su personalidad sobre una generación brillante de escritores a quienes pedía sentir hondo, pensar fuerte y defender lo justo, aforismo que dio fuerza a la conformación del arguedismo y a la organización de *Palabras Libres* que, no obstante su breve duración, fue el acicate que decidió a sus miembros a la lucha renovadora en las difíciles tareas de la crítica frente a la sociedad cerrada.

La más calificada de las reivindicaciones estéticas del arguedismo en estos años de conflictos que dan origen a la gestación de la literatura nacional, se encuentra en la creación del indigenismo, el criollismo y el costumbrismo. El antecedente inmediato de estas direcciones iniciales que hizo posible su creatividad está en el naturalismo literario, la crítica sociológica y el pensamiento filosófico positivista. Del análisis de la sociedad boliviana, la economía y la política surgieron *Wuata Wuara* y *Raza de Bronce*.

El anti-arguedismo levantó en contra de Arguedas las acusaciones de denostador y pesimista de las posibilidades de Bolivia en campañas que sólo demostraron ser una apologética de la regresión. Arguedas las acalló denunciando a sus adversarios de falsos ideólogos del liberalismo, que escribían sus panfletos invocando principios que no respetaban y levantando doctrinas sólo para encubrir su falta de objetivos superiores. El arte debe responder al ejercicio superior de la inteligencia y a los ideales de perfección moral, la pluma no debe ser levantada por los intereses venales sino para redimir a los hombres por la cultura.

En polémica con el artepurisimo y, en particular, contra el modernismo, Arguedas sostenía que no era enaltecedor hacer literatura con el sólo manejo vistoso de los términos. Lo universal es expresar ideas y valores, pensamientos de amor a la humanidad, la lucha contra las injusticias, de enaltecimiento de la dignidad de la vida y del culto del provenir. Opuesto por igual al sibaritismo intelectual, fácil e irresponsable, y a la prédica irracionalista de la violencia, Arguedas reivindicaba para el país el poder de la razón y la función de la democracia. En precisos trabajos de crítica identifica a las imitaciones del clasicismo y al romanticismo con el statu quo boliviano y al parnasianismo, simbolismo, decadentismo y al sonoro modernismo como creaciones vacías de contenido al frente del proceso de crecimiento de la nación.

Paralelamente a la formulación de estas demandas estéticas, Arguedas exponía su concepción social del arte y la literatura, en función de la vida, la historia, el humanismo y el progreso social. Los principios sobre los que se destaca esta visión del arte, desarrollaban estos conceptos: siendo el mundo en el que se vive, el único y posible, es legítimo que se le defienda. Toda la obra de Arguedas consiste en esta defensa de la legitimidad de la vida.

En la base de la estructura de la sociedad boliviana, Arguedas situaba, como a sus estamentos componentes principales, al criollo, al hombre de pueblo, y al indio. La relación entre éstos explicaba la funcionalidad de este sistema.

En la crítica del criollismo Arguedas parte del análisis socioliterario de las élites de la pequeña burguesía. En *Vida Criolla* sostiene que el medio natural del indio es la campiña, no la ciudad, no debiendo por esta razón inmiscuirse el criollo en el campo ni el indio en la vida de la ciudad. Los terratenientes estaban demás en el campo del mismo modo que los indios en las áreas urbanas. El indio que llega a la ciudad se corrompe, cae en el desclasamiento y pasa a constituir el lumpen, masa esterilizada por la urbe. En este mismo sentido de la desvirtuación, los criollos que se apoderan de las tierras de los indios, se burocratizan en las haciendas y aniquilan la producción. Arguedas suponía la existencia de un orden natural de la sociedad que especializa a los criollos en el manejo de la ciudad y a los indios en el dominio del campo. Si se tergiversa este orden la sociedad pierde su legitimidad y entra en la deformación de «pueblo enfermo».

Bajo los supuestos de esta teoría acepta, como legítimo, al orden naturalista de la sociedad y la rechaza como ilegítima, cuando aparecen las «enfermedades sociales» (burocratismo, politiquería, militarismo, clericalismo y otras).

El mundo de la vida plena, sana y normal, sale de la división natural del trabajo y del cumplimiento honrado de cada ocupación por los hombres. Cuando la sociedad pierde su legitimidad aparece el «pueblo enfermo»; entonces el campesino se transforma en siervo, el patrón en explotador y el obrero en holgazán. La fuerza disolvente que obra, en este cambio, es la politiquería, entendiendo Arguedas por tal, la manipulación del poder, ya que la naturaleza, siendo la totalidad, nunca puede desvirtuarse a sí misma.

Éstas son las fundamentaciones que subyacen en la trama de *Raza de Bronce*, en orden a los derechos de los indios. Privar de libertad política a los que naturalmente nacen libres, constituye el origen de toda injusticia. Reconocerles el derecho a la rebelión, una reivindicación necesaria para establecer la libertad, transitoria y artificialmente, perdida.

La violación de estos principios en la sociedad boliviana es la causa de la servidumbre impuesta a los indios; para mantener esta transgresión el poder político dicta leyes injustas; se le priva a los indios de sus tierras y a su pueblo de autonomía. En *Raza de Bronce* el indio vive en su medio como un prodigio de la naturaleza; la política del patrón es la que lo reduce a la miseria y a la opresión. Pero, lo que es natural en él, debe perdurar; mientras que la forma social, que es transitoria, debe cambiar. En esta diferencia debe descifrarse el futuro de esta raza de bronce.

Transponiendo estas ideas a la novela es que Arguedas defiende la reivindicación de los indios a la tierra, la necesidad de la rebelión ante un porvenir cerrado por la injusticia y la voluntad de luchar para retornar a su condición natural, libre de las ataduras transitorias de la hacienda.

En estos planteamientos no están expuestos del todo, los principios de la escuela racionalista francesa que hizo posible sus principios de un orden natural y del pacto social, el derrumbe del régimen feudal. Concurren también, elementos de la alegoría mítica del irracionalismo y de la religión aymara antigua; la crítica social arguediana admite, con el racionalismo, la validez de la razón para modernizar la sociedad y eliminar la servidumbre india; su base es el industrialismo y el progreso cultural en todos sus alcances, como los vio en Francia e Inglaterra, en sus años de expatriación. Pero, incorpora también, principios que identifican al indio con su medio.

La más importante de las reivindicaciones que introduce «Raza de Bronce» en el indigenismo, es la autonomía del indio, tomado en bloque, como pueblo y su derecho a existir sobre el altiplano, en completa correspondencia con él.

CUADRO CRONOLÓGICO SINÓPTICO (*)

Antonio Lorente Medina

	ALCIDES ARGUEDAS	BOLIVIA Y MUNDO EXTERIOR
1879:	Nace en La Paz, el 15 de julio. Primogénito de Fructuoso Arguedas y Sabina Díaz.	Ha poco ha estallado la Guerra del Pacífico por la que Bolivia perderá sus territorios del litoral marítimo.
1892:	Ingresa en el Colegio «Ayacucho» de La Paz.	Gobierno conservador de Mariano Baptista. Disputas ideológicas entre liberales (positivistas) y conservadores (eclecticistas).
1898:	Ingresa en la facultad de Derecho. Participa en una velada literaria con su «Era un sueño no más», que se publica en *El Comercio de Bolivia*. Corresponsal de Guerra en el bando liberal.	En octubre estalla la guerra civil. Como consecuencia de ésto, la capitalidad se traslada a La Paz.
1900:	Arguedas conoce en la Universidad a Bautista Saavedra, Sánchez Bustamante y José Palma V.	Pando asume la presidencia de la República. Ley de autorización para construir la línea férrea Lago Titicaca-La Paz. Joaquín Costa: *Reconstrucción y europeización de España.*
1902:	Publica sus primeros trabajos críticos de prensa, en favor de la libertad de crítica.	Invasión brasileña de Acre. Ismael Montes marcha al frente del ejército boliviano. Rafael Altamira: *Psicología del pueblo español.* B. Saavedra: *El Ayllu.*

* Las noticias cronológicas glosadas en este Cuadro hacen referencia, casi exclusivamente a Arguedas y a Bolivia. Excepcionalmente me he salido del marco referencial boliviano por la especial trascendencia universal o particular (para Arguedas y su obra) de la noticia concreta.

ALCIDES ARGUEDAS	BOLIVIA Y MUNDO EXTERIOR
1903: Se gradúa de abogado. Publica *Pisagua* en La Paz. Polemiza con Tamayo. Origen de una enemistad. Publica «¡Tonto!», en *Pluma y Lápiz*. Viaja a Europa en compañía de Bautista Saavedra.	El gobierno de Pando se muestra incapaz de afrontar los problemas de Bolivia. J. E. Rodó: *Ariel*. Tratado de Petrópolis: Bolivia cede el Acre a Brasil, a cambio de dinero.
1904; Colabora desde París con *El Diario*, en la columna «A vuela Pluma». Lee con interés las obras de los regeneracionistas españoles. Publica *Wuata Wuara* en Barcelona.	Montes asciende a la presidencia de la República y suscribe el tratado de paz con Chile, por el que Bolivia pierde definitivamente su litoral marítimo, a cambio de una indemnización y de la construcción, por parte chilena del ferrocarril Arica-La Paz. González Prada escribe *Nuestros indios*.
1905: Crea, junto con Chirveches, Alarcón, Vaca Chavez, Tejada Sorzano y otros, *Palabras Libres*. Publica *Vida Criolla* en La Paz. Expatriado a París: «Manifiesto de despedida» en *El Diario*, 4-X-1905.	El «doctrinarismo» liberal de Montes comienza a sentirse inquietado por los jóvenes liberales «regeneracionistas» y presiona sobre ellos.
1906-1908: Tras una inicial etapa de depresión que comienza a superar —entre otras cosas— por la publicación en *El Diario* de su crónica «El Carnet Mundano». Curso de Historia social en L'École d' Hautes Études. Impresiones personales sobre los exiliados políticos rusos. Redacción definitiva de *Pueblo Enfermo*.	El montismo está en su apogeo: campaña propagandística internacional sobre el progreso social en Bolivia. 1906: Cesión del ferrocarril Titicaca-La Paz a the Peruvian Corporation por debajo de su valor de coste. 1908: El gobierno expide el *Reglamento General de Correos*. A. Chirveches: *La Candidatura de Rojas*.
1909 Publica *Pueblo Enfermo* en Barcelona, con carta-prólogo de Ramiro de Maeztu. Se acoge a la amnistía decretada por Villazón.	Caída del gobierno de Ismael Montes. El gobierno de su sucesor, Eliodoro Villazón, decreta una amnistía general.
1910: Aparece en Barcelona la segunda edición de *Pueblo Enfermo*. Asiste al Congreso Internacional de Educación Popular de Bruselas, como representante de Bolivia. En mayo casa con Laura Tapia. Inicia su carrera diplomática: Segundo Secretario en la Embajada de París.	Villazón nombra a I. Montes Embajador en París. Se inicia la Revolución Mexicana. Paso del Cometa Halley. Franz Tamayo: *La creación de la Pedagogía Nacional*. Manuel Ugarte: *El porvenir de América*.

ALCIDES ARGUEDAS	BOLIVIA Y MUNDO EXTERIOR
1911: Conoce a Rubén Darío y entabla relaciones duraderas con el grupo de escritores latinoamericanos mundonovistas radicados en París: M. Ugarte, R. Darío, F. García Calderón, R. Blanco Fombona y Hugo Barbagelata. Conoce a Jaime Mendoza.	Se inicia el magno proyecto histórico que dirige Seignobos. Se aprueba en Bolivia la Ley del Matrimonio Civil. Jaime Mendoza: *En las tierras del Potosí.* Demetrio Canelas: *Aguas estancadas.*
1912: Segunda edición, corregida y transformada, de *Vida Criolla,* En París. Compromiso con Seignobos para escribir la *Historia genral de Bolivia.*	Fco. García Calderón: *Les démocraties de l'Amérique* y *La creación de un continente.* Revistas *Mundial* (R. Darío) y *América* (hermanos García Calderón).
1913: Primer Secretario en París. Poco después es destinado a Londres. Y, a renglón seguido, se le transfiere a Buenos Aires, por lo que renuncia a su carrera.	Montes presidente reelecto. José Ingenieros: *El hombre mediocre.*
1914: En Bolivia colabora en diversos periódicos e investiga en diversos archivos particulares sobre datos históricos.	Estalla la Primera Guerra Mundial.
1915: Conferencia sobre Flaubert, en mayo.	Creación del Partido republicano. A. Alarcón: *En la Corte de Yahuar Huákac.*
1916: Resulta elegido diputado liberal por La Paz.	A. Chirveches: *Casa solariega.* J. Mendoza: *Los malos pensamientos.* Muere R. Darío.
1917: Inicia su fama de «diputado silencioso». Continúa su labor historiográfica.	Muerte del general Pando. Gobierno liberal de Gutiérrez Guerra. Jaime Mendoza: *Páginas bárbaras.*
1918: Participa en el concurso de la casa González y Medina, junto con Chirveches y presenta el manuscrito de *Raza de bronce.*	Final de la Primera Guerra Mundial. J. Mendoza: *Memorias de un estudiante.* César Vallejo: *Los heraldos negros.*
1919: Representante de Bolivia en el Tratado de Versalles y en el *Estatuto de la Sociedad de Naciones.* Publica en La Paz *Raza de bronce.* Viaja a Salamanca y conoce a Unamuno. Es expulsado del Congreso de los Diputados, tras tortuosos incidentes.	Sánchez Bustamante: *Estatutos para la educación de la raza* (en favor de la educación del indio). Es el colofón a la serie de escuelas rurales fundadas entre 1915-1918. José Eduardo Guerra: *El Alto de las Ánimas.*

ALCIDES ARGUEDAS	BOLIVIA Y MUNDO EXTERIOR
1920: Publica *La Fundación de la República* en La Paz.	Golpe de estado republicano. Junta de Gobierno formada por: José Mª Escalier; José Manuel Ramírez y Bautista Saavedra. Escisión republicana: «genuinos» (Salamanca) y «Gobiernistas» (Saavedra). A. Chirveches: *La Virgen del lago.* A. Guillén Pinto: *Lágrimas indias.*
1921: Publica en Madrid (Col. «Ayacucho») *La Fundación de la República.*	Gustavo A. Otero: *El honorable Poroto.* *Julián Céspedes: El oro negro.* B. Saavedra: Presidente de la República.
1922: Publica en La Paz su *Historia General de Bolivia.* Expone y publica su conferencia «La faena estéril». Es nombrado Cónsul general en París. Críticas en Bolivia por la aceptación del cargo. A bordo del «Orcoma» conoce a Gabriela Mistral.	Mussolini marcha sobre Roma: ascenso del fascismo en Italia. José Santos Chocano: *Las dictaduras organizadoras.* Jacinto Benavente. Premio Nobel de Literatura. J. Joyce: *Ulises.*
1923: Publica en París su *Historia General de Bolivia* y en Barcelona *Los Caudillos Letrados,* con la subvención de Patiño. Rafael Altamira tramita la segunda edición de *Raza de bronce.* Ya ha escrito (¿y publicado?) *La justicia del Inca Huaina Capac.*	Patiño es nombrado Embajador en España. Dictadura en España de Primo de Rivera. El fascismo es declarado en Italia el único partido legal. Primer golpe frustrado de Hitler.
1924: En Valencia aparece la 2ª edición de *Raza de bronce.* Francis de Miomandre traduce al francés *La justicia del Inca Huaina Capac.* Adquiere su casa-quinta en Couilly. 1924: Publica en Barcelona *La Plebe en acción.*	Aparición de la legislación social en Bolivia: *Ley de Accidentes de Trabajo;* y aprobación del nuevo *Código de la Minería.* Sellos de correo celebran el inminente comienzo de la aviación comercial boliviana. G. A. Otero: *Cuestión de ambiente.* Gustavo A. Navarro (Tristán Marof): *Suetonio Pimienta.* J. Eustasio Rivera: *La vorágine.* V. García Calderón: *La venganza del cóndor.*
1925: Continúa impenitente su labor historiográfica, a la par que su trabajo en el consulado de París.	Bautista Saavedra renuncia a la Presidencia de la República. Lloyd Aéreo Boliviano (LAB) inicia la aviación comercial en Bolivia. Valcárcel: *Del ayllu al imperio de la vida inkaika.* J. Vasconcelos: *La raza cósmica.*

	ALCIDES ARGUEDAS	BOLIVIA Y MUNDO EXTERIOR
1926:	Publica en Barcelona *La Dictadura y la Anarquía.* Escribe «Armando Chirveches», a la muerte de éste, en la *Revue de l'Amérique Latine,* t. XII, nº 60, diciembre, pp. 481 y sigs.	Enero: Hernando Siles Presidente. Bautista Saavedra: «La situation actuelle de la Bollivie», en *Revue de l'Amérique Latine,* t. XI, nº 52. abril, pp. 304-308. A. Chirveches: *Flor del trópico.* A. Alarcón: *California la bella.*
1929:	Publica en Barcelona *Los Caudillos Bárbaros.* Es nombrado Embajador en Colombia. Pronto inicia sus críticas contra Siles.	Crisis económica mundial. Segundo golpe frustrado de Hitler. «Entretien avec Alcides Arguedas» en *Revue de l'Amerique Latine,* t. XVII, nº 89, mayo, pp. 394-400. Rómulo Gallegos: *Doña Bárbara.* Teresa de la Parra: *Memorias de Mamá Blanca.*
1930:	«L'assasinat de Belzu» en *Revue de l'Amérique Latine,* t. XIX, nº 97, enero, pp. 47-52 (De *Los Caudillos Bárbaros).* El gobierno Siles lo destituye, pero la junta Militar subsiguiente lo nombra Cónsul General en París. «La vie de l'indien aymará», en *Revue de l'Amerique Latine,* t. XX, nº 103, julio. (De *Los Caudillos Bárbaros).*	La Junta Militar, presidida por el general Carlos Blanco Galindo, derriba a Siles. Caída de la Dictadura de Primo de Rivera. M. Ángel Asturias: *Leyendas de Guatemala.*
1931:	Continúa su labor historiográfica en París.	Daniel Salamanca accede a la Presidencia de Bolivia. P. Henríquez Ureña: *Para la historia de los indigenismos.* A. Uslar Pietri: *Las lanzas coloradas.*
1932:	Es cesado por sus continuas críticas al gobierno, ante lo que él considera un disparate.	Se inicia la Guerra del Chaco que, cuatro años antes, había sabido soslayar Siles. Diversos reveses bolivianos concluyen con el desastre de la batalla de Boquerón.
1933:	La crisis económica mundial golpea en la economía doméstica de los Arguedas.	Desastres bélicos de Campo Grande y Nanawa.
1934:	Publica en Barcelona los dos volúmenes de *La Danza de las Sombras.* Ya en prensa su 3ª edición de *Pueblo Enfermo,* la imprenta Luis Tasso paraliza indefinidamente su impresión.	Golpe militar contra Salamanca, por el descontento de los continuos desastres chaqueños. Tejada Sorzano, nuevo Presidente. Otero Reich: *Poemas de sangre y lejanía.* J. Icaza: *Huasipungo.* De la Cuadra: *Los sangurimas.*

ALCIDES ARGUEDAS	BOLIVIA Y MUNDO EXTERIOR
1934: ¿Publica en el diario del Comité France-Amérique *Raza de bronce* en folletines? [1]	Ascenso de Hitler en Alemania: el «Führer». Mussolini funda el Estado Corporativo. Roosevelt inaugura la «política del buen vecino».
1935: Arguedas recibe el Premio Roma, de la Italia fascista, al mejor libro de cada país sudamericano. En noviembre muere su esposa.	Los ejércitos paraguayos, lejos de sus bases, comienzan a sufrir sus primeros reveses. En junio tiene lugar el cese de hostilidades. Abel Alarcón: *Era una vez.* Óscar Cerruto: *Aluvión de fuego.* [2] R. Haya de la Torre: *Indoamérica.* G. López y Fuentes: *El indio.*
1936: Asiste al Congreso Internacional de los P. E. N. Clubs, en B. Aires. Su discurso versa sobre «La Historia en Bolivia». Aquí conoce a Luis Alberto Sánchez.	Deposición de Tejada Sorzano. Coronel David Toro, nuevo Presidente. Luis Toro Ramallo: *Chaco.* Augusto Céspedes: *Sangre de mestizos.* Augusto Guzmán: *Prisionero de guerra.* APRA gana las elecciones en Perú, pero no es reconocido. Somoza se autoerige presidente de Nicaragua. Contratos fraudulentos en Guatemala con la United Fruit Company. Se inicia la Guerra Civil Española. León Blum encabeza el Frente Popular en Francia.
1937: Vuelve a B. Aires y pronuncia «Valor y calidad de las fuentes de información histórica en los períodos de anormalidad política». Publica en Chile la 3ª y definitiva edición de *Pueblo Enfermo.* Breve visita a París, a la Exposición Universal.	El coronel Germán Busch depone el coronel Toro. Nacionalización del petróleo y enfrentamiento con la Standard Oil Company. Exposición Internacional de Artes y Técnicas de la vida moderna, en París. Trotski llega a México. Cárdenas nacionaliza los ferrocarriles mexicanos. Somoza consolida su poder personal en Nicaragua.
1938: Carta pública al coronel Germán Busch: el incidente de Palacio (4-VIII-1938). Su resonancia.	Tratado de paz, amistad y límites con Paraguay. Jesús Lara: *Repete, diario de un hombre que fue a la Guerra del Chaco.* R. Botelho Gosálvez: *Borrachera verde.*

[1] Esto es lo que se afirma en L'Avant-Propos de la edición francesa de *Raza de bronce*, París, UNESCO-Librairie Plon, 1960: «Au cours de l'anné 1934, le journal du Comité France-Amérique avait déjà publié en feuilleton una première traduction, à la verité incomplète et défectueuse,...» (p. XII).

[2] Con esta novela se inicia lo que se ha dado en llamar «Narrativa de la Guerra del Chaco». Un libro ya clásico y primera aproximación al tema, desde el lado boliviano, es el de SILES SALINAS, Jorge: *La literatura boliviana de la Guerra del Chaco*, La Paz, Edics. de la Universidad Católica Boliviana, 1969.

ALCIDES ARGUEDAS	BOLIVIA Y MUNDO EXTERIOR
1938:	J. Icaza: *Cholos.* Muerte de César Vallejo. Suicidios de Lugones y Alfonsina Storni. Hitler anexiona Austria y los Sudetes Checos.
1939: Oposición frontal al Gobierno Busch. Grupo opositor *Concordancia.* Contratiempos con la policía.	Muerte misteriosa de Germán Busch. Fin de la Guerra Civil Española. Comienzo de la Segunda Guerra Mundial.
1940: Senador electo por La Paz. El gobierno entrante lo nombra Ministro de Agricultura.	Enrique Peñaranda nuevo Presidente de Bolivia.
1941: Dimite de su cargo. El Gobierno Peñaranda lo nombra Embajador en Venezuela.	El Gobierno Peñaranda transige con las exigencias de la Standard Oil Company. Presionado por Estados Unidos lanza «los precios de la democracia» para el estaño nacional. A cambio, recibe el préstamo internacional solicitado. R. Botelho Gosálvez: *Coca.* José Mª Arguedas: *Yawar Fiesta.* Ciro Alegría: *El mundo es ancho y ajeno.*
1943: En diciembre renuncia a su cargo para volver al ruedo político.	Caída del Gobierno Peñaranda por Villarroel y jóvenes militares próximos al M. N. R., y, por tanto, a Germán Busch. R. Botelho Gosálvez: *Surumú.*
1945: A finales de 1944 viaja a B. Aires, donde publica la 3ª y definitiva edición de *Raza de bronce.* Invitado por la *Comisión de Cooperación Intelectual Argentina* pronuncia diversas conferencias en Buenos Aires.	Congreso Indigenal prohijado por el gobierno y fin del pongueaje en Bolivia. Augusto Céspedes: *Metal del diablo.* R. Botelho Gosálvez: *Altiplano.* Bombas atómicas sobre Hiroshima y Nagasaki y fin de la Segunda Guerra Mundial. Conferencias de Yalta, San Francisco y Potsdam. Gabriela Mistral, Premio Nobel de Literatura.
1946: Muere el 6 de mayo, en Chulumani, rodeado de sus hijas.	Linchamiento de Villarroel en La Paz. M. A. Asturias: *El Señor Presidente.*

IV. LECTURAS DEL TEXTO

RAZA DE BRONCE ENTRE LA REIVINDICACIÓN Y LA DISCRIMINACIÓN RACIAL DEL INDÍGENA

Julio Rodríguez Luis

LAS TENSIONES IDEOLÓGICAS DE ARGUEDAS EN *RAZA DE BRONCE*

Teodosio Fernández

ANÁLISIS ESTRUCTURAL Y ESTILÍSTICO DE *RAZA DE BRONCE*

Teodosio Fernández

RAZA DE BRONCE ENTRE LA REIVINDICACIÓN Y LA DISCRIMINACIÓN RACIAL DEL INDÍGENA

Julio Rodríguez-Luis

El tema central de *Raza de bronce*, aquel que domina la historia que desarrollará la narración, es la situación del indígena, y más específicamente la del campesino indígena, en la sociedad boliviana; situación que puede extenderse al resto de los países principalmente andinos con vastas poblaciones indígenas (Perú y Ecuador). La situación del indígena constituye el elemento estructurador alrededor del cual se organizan los materiales de *Raza*.

Desde cualquier ángulo que se la observe, la posición del indígena dentro de la sociedad boliviana es el resultado de la opresión por las clases situadas por encima de él, cuyos representantes más poderosos dentro de *Raza* son los terratenientes que explotan el trabajo indígena. Esa explotación define la situación del campesino indígena, y a su vez guía el propósito de *Raza*, en cuanto la novela se dirigía a revelarla. Tal revelación cree Arguedas que ha resultado una mejora de la situación del indígena: «Este libro ha debido en más de veinte años obrar lentamente en la conciencia nacional, porque de entonces a esta parte y sobre todo en los últimos tiempos, muchos han sido los afanes de los poderes públicos para dictar leyes protectoras del indio», etc. Así dice la nota que cierra la edición definitiva de *Raza*, de 1945, refiriéndose a la primera publicación de la novela, en 1919. Esas palabras reafirman en un tono decididamente optimista lo que decía Arguedas en la edición de 1937 de *Pueblo enfermo* (capítulo II, «Psicología de la raza indígena», sección 4):

> «*En estos últimos años, al fin, pudo notarse un fuerte movimiento de protección hacia la desgraciada raza. El clarinazo fue un pequeño libro, una oscura novelita que por el asunto más que por sus méritos artísticos, y por ser, sobre todo, sola y única en su género, corre la posible contingencia de servir como sillar al movimiento que algún día, fatalmente, ha de levantar la raza a su propia redención, si todavía le dejan tiempo para vivir.*
>
> Raza de bronce *se intitulaba la novelita, y en ella se pinta la esclavitud absurda del indio, su vida de dolor, de miseria y de injusticia bárbara.*
>
> *Hizo el libro su trabajo lento, pero firme; inspiró temas, produjo oscuras reacciones, envidias, inquinas y también sordas protestas, pero nada pudo detener la acción de su fuerte garra sobre la conciencia. [...] Veinte años trabajó el libro para su obra...*

Las sociedades de protección, laicas y religiosas, comenzaron a mostrarse preocupadas por el gran tema racial. Primero la Cámara, después el Senado en seguida el gobierno, y por fin, el clero y la prensa se mezclaron en el asunto, y por algún tiempo, de 1923 a 1926, fue un revuelo de proyectos, leyes, artículos de periódico, conferencias y todo cuanto cabe en materia de publicidad y propaganda; pero luego vino el cansancio, inevitable y fatal, el obligado cansancio, y de la cruzada se salió apenas con unas cuantas sociedades Pro-Indio *y una ley dictada en 1932 prohibiendo alquilar* pongo con taquia. [1]

Es algo ya, sin duda, y esto vale más y tiene mayores alcances que la ocurrencia de ese municipio que votaba una ordenanza obligando al indio a abandonar el traje típico para vestir a la europea, cual si la transformación racial fuera sólo cuestión de ropa.»

Raza queda, pues, categorizada por su propio autor como una novela social de denuncia dentro de la tradición de la novela indigenista. Lo cual resulta sorprendente habida cuenta de la ideología de Alcides Arguedas (problema sobre el que volveremos al final). Esa ideología es básicamente racista y elitista. Arguedas rechaza liberalismo, democracia, igualdad, y afirma desde temprano en su carrera (1909, *Pueblo enfermo*) la necesidad para Bolivia de un líder providencial capaz de *curar* el país extirpando de raíz sus males. Esas creencias lo llevan a celebrar el fascismo y a identificarse con la prédica nazi. [2] A pesar de todo lo cual, Arguedas se va a preocupar seria, sinceramente, por la terrible condición del indígena toda su vida. [3]

De esa preocupación por la suerte del indígena surge la pintura de su explotación en *Raza*, pintura que constituye en sí misma una denuncia, pero que además se expresa como tal, como condena explícita, en varias ocasiones. A pesar de lo cual, *Raza*, en cuanto novela indigenista y política (como lo son todas las indigenistas) no alcanza ni un planteamiento revolucionario, ni tampoco la compenetración con el indígena que caracteriza la obra indigenista de José María Arguedas. Alcides Arguedas acusa la opresión del indígena, y además, la crítica, pero no plantea su remedio, sino que al analizarla, la justifica hasta cierto punto (en cuanto evita plantear su solución), ni tampoco defiende al indígena como grupo humano y racial. La pintura que del indígena presenta *Raza* es fundamentalmente negativa, y muy semejante, por lo tanto a la que *Pueblo enfermo* traza de un pueblo árido de carácter, de poca voluntad, propicio con exceso a la embriaguez, embrutecido, en fin, por efecto de las condiciones en que vive.

Esa caracterización puede sorprender a primera vista como carente de simpatía

[1] *Pongo* es el indio que sirve de criado en casa de su patrón. *Taquia* es la bosta de llama, que se emplea como combustible.

[2] Ver al respecto por Antonio Lorente Medina, «El transfondo ideológico en la obra de Alcides Arguedas. Un intento de comprehensión». En *ALH* (Madrid), t. XV, 1986, pp. 57-73; y también Martin S. Stabb. *In Quest of identity* (Chapel Hill, University of North Carolina, 1967), pp. 19-24.

[3] Ver, p. e., el final del capítulo II de *Pueblo enfermo*, sobre la explotación del indio como soldado en la guerra del Chaco, o el artículo de 1940 (?), «¿Cómo viven los pobres?» (*Obras completas*, ed. Luis Alberto Sánchez, t. I [México, 1959], p. 1204).

y hasta racista —es decir, expresiva de los más acendrados prejuicios de Arguedas, [4] pero no difiere básicamente de la que del mismo indígena andino hace *Huasipungo*, obra decididamente radical en su planteamiento reivindicatorio (en tanto que *Raza* nos deja al final en un callejón de odio eterno y, por lo tanto, sin salida). Ambas pinturas corresponden a una realidad cuyo horror los respectivos autores no quieren mitigar (al modo como tiende a hacerlo Ciro Alegría), sino que, al contrario, subrayan, pues ese procedimiento les parece más apropiado para la denuncia; también porque, al fin y al cabo, no simpatizan con el indígena, no les interesa su cultura sino superficialmente, no intentan en ningún momento adentrarse en su alma. A Alcides Arguedas en particular, el indígena le parece la mayor parte del tiempo un caso perdido irremediable, imposible de integrar dentro de la modernización por la que desearía ver encarrilarse a Bolivia. Esta creencia es consecuencia del doble determinismo que gobierna el pensamiento de Arguedas: las condiciones geográficas, climáticas, raciales, han producido respecto al indígena una estructura de la que su conducta no puede salirse; la sociedad boliviana se ha desarrollado a partir de la independencia de un modo que hace imposible la superación por el indígena de su actual estado. Hay que notar, sin embargo, que en momentos menos pesimitas, Arguedas ve al indígena como educable y adaptable a nuevas condiciones. [5] De cualquier modo el indígena le merece, aparte de la cólera que le provoca su explotación, más respeto y hasta simpatía que el mestizo, al que detesta.

No sorprende, por lo tanto habida cuenta de la pintura del indígena que presenta *Raza,* que Angel Rama no la mencione, ni tampoco a Alcides Arguedas, al tratar del indigenismo literario como un nuevo regionalismo que expresa, al mismo tiempo que una protesta contra el régimen y la ideología centralistas que pretenden imponer a todo el país un modelo internacionalista o europeo, una afirmación «de la conciencia serrana y del sentimiento andino». [6] Más adelante explica Rama cómo el indigenismo utiliza, entre 1920 y 1950, aproximadamente, «el alegato en favor del indígena», [7] para plantear las reivindicaciones a que tiene derecho la clase básicamente mestiza a la que pertenecen la gran mayoría de los cultivadores del género; idealizando, pero también (o por ello mismo) ignorando en gran medida al verdadero indígena y su «reservorio de imprevisible potencialidad» [8] (el que tan eficazmente utilizará José María Arguedas). *Raza* no cabe dentro de ninguna de esas caracterizaciones del indigenismo, sino que la posición de su autor respecto al problema que lo ocupa sirve para aislar la novela respecto al movimiento del cual

---

[4] Sobre el racismo y la posición de Arguedas respecto al indio, ver Pedro Lastra, «Sobre Alcides Arguedas», *Revista de Crítica Literaria Latinoamericana*, VI, 12 (1980), 213-23.

[5] «Fuerza es desarraigar del sentimiento popular el prejuicio de que la raza indígena está irremediablemente perdida y es raza muerta»; el indio «puede ser susceptible no sólo de adaptación, sino de educación sólida», en *Pueblo enfermo* (La Paz: Editorial Juventud, 1982), pp. 237-38 (citado por José Luis Gómez-Martínez, «Hacia una toma de conciencia», *Revista Iberoamericana*, LII, 134 (1986), 74-92; 80). Ver también la descripción inicial de Pantoja y sus amigos, citada más adelante.

[6] Angel Rama, *Transculturación narrativa en América Latina* (México, 1982), p. 24.

[7] Ibid., p. 139.

[8] Ibíd., p. 138. Véase al respecto el resto de esta sección del libro de Rama, «Indigenismo del mesticismo», y sobre José María Arguedas en particular, la Tercera Parte de la obra.

es, sin embargo, pionera, sobre todo si partimos para relacionarla con él de su primera versión, *Wuata Wuara*, de 1904, pero aun si lo hacemos desde la segunda versión, de 1919, pues las primeras novelas indigenistas son de la segunda mitad de la década del veinte (*Plata y bronce*, de 1927, por Fernando Chávez), y el movimiento florece en realidad durante la década siguiente, que es la de *Huasipungo* (1934), culminando en la siguiente, con *Yawar fiesta*, de José María Arguedas, y *El mundo es ancho y ajeno*, de Ciro Alegría, ambas de 1941. [9]

Como bien señala Jean Franco, estas últimas novelas, al igual que muchas otras novelas indigenistas andinas y mexicanas, se centran en el problema de la posesión de la tierra —que el patrón quiere robarle o le ha arrebatado ya al indígena que la trabaja independientemente o como pseudo-arrendatario (pagaban en especie y con su trabajo), de modo de convertirlo en una fuerza de trabajo aun más fácilmente explotable—, reinvindicando esa posesión para su dueño original [10]. Esto es algo que *Raza* no hace, no obstante su vívida pintura de la explotación del indígena.

Raza de bronce constituye una re-escritura de la segunda novela de Arguedas, *Wuata Wuara* de 1904 (su primera novela es *Pisagua*, de 1903). Esa nueva versión aparece en 1919, catorce años después de la publicación de la tercera y última novela de Arguedas, *Vida criolla*, de 1905. Sin embargo, la novela *Raza de bronce* que leemos hoy no es la de 1919, sino una revisión de ésta, pues nuestro autor continuó trabajando en el texto de *Raza* hasta 1944, cuando da a la imprenta la versión definitiva, que se publica en 1945, un año antes de su muerte. [11] Para esa fecha, Arguedas, aunque no era aún demasiado anciano (había nacido en 1879, de modo que no contaba todavía setenta años) había dejado de escribir libros: el quinto tomo de su historia de Bolivia, *Los caudillos bárbaros*, apareció en 1929, varios años después de la versión resumida de la Historia; la selección de sus memorias se publicó en 1934. *Raza* es, pues, la última obra larga en la que trabajó Arguedas.

La revisión sucesiva de *Raza* subraya su importancia dentro de una producción donde no domina la novela, sino la historia (cinco tomos de una historia de Bolivia, más otro que condensa la obra entera, incluyendo otros tres tomos no publicados), la sociología *(Pueblo enfermo)*, la carta pública, la crónica. En una categoría cercana a esta última se sitúa el diario —componente muy importante de la producción de Arguedas—, ya que esos diarios, que éste llevó desde 1901 hasta su

[9] Puesto que el problema indígena continúa siendo una realidad insoslayable en los países andinos, el movimiento indigenista en literatura no ha cesado. El novelista boliviano Jesús Lara escribe en la década siguiente a la de *Yawar* (*Surumi*, de 1950, *Yanacuna*, de 1952, *Yawarninchij*, de 1959) novelas que continúan reclamando la posesión de la tierra para el indígena o la necesidad de una revolución.

[10] Jean Franco, *The Modern Culture of Latin America* (Penguin, 1967), p. 279. Para la crítica, la rebelión final de los indios en *Raza* expresa no sólo un aviso a la clase dominante de que peligra su posición si no reforma su conducta respecto al indígena, sino también cierto temor hacia los «de abajo» (que se manifiesta también en la novela de ese título de Mariano Azuela).

[11] Hay una segunda versión de 1924 (Valencia, con prólogo de Rafael Altamira), de la cual habla Arguedas en la «Advertencia» a la edición de 1945. Aunque estaba hecha en papel periódico (también la presentación de la edición de 1919, hecha en Bolivia, dejaba mucho que desear, pues el autor no pudo corregir las pruebas y los editores tampoco lo hicieron), fue bien recibida inicialmente por la crítica y se tradujo posiblemente al francés para su publicación como folletín. Véase al respecto lo afirmado por A. Lorente en la presente *Nota Filológica Preliminar*.

muerte, tienen que ver fundamentalmente con la vida pública del diarista.[12] La atención concedida por Arguedas a *Raza de bronce* sugiere que no obstante ser pocas las novelas en su obra, *Raza* no constituye un capítulo secundario de ella. No sólo es de toda esa producción el elemento más perdurable, aquél por el que se recuerda hoy día a Arguedas dentro del campo de las literaturas hispánicas y de los estudios latinoamericanos (mientras que el resto de su obra es sólo conocida por el especialista), sino que constituye la expresión más importante de la que era quizá su verdadera vocación, pese a su decisión de cultivar la historia, la sociología y la política por encima de la novela.[13]

El que el texto de *Raza* que leemos date de 1945 no basta, sin embargo, como ya se indicó, para que podamos situar esta novela junto a esas de Icaza, Alegría y José María Arguedas aproximadamente contemporáneas del texto definitivo de *Raza,* y que constituyen el núcleo y cenit de la novela indigenista a la vez que apuntan, a través de *Yawar fiesta,* a la continuación del género que solemos llamar neoindigenismo.[14] Resulta más apropiado considerar a *Raza,* enfocándola desde el punto de vista de su primera versión, como una novela de principios de siglo y correspondiente a los inicios de la carrera de su autor en lugar de a la madurez de ésta (Arguedas tenía al publicar *Wuata Wuara* veinticinco años). Estos factores ayudan a explicarse en *Raza* —dentro de la que sobrevive *Wuata Wuara*— el tono romántico que a veces adquiere la descripción (cuando no trata de la realidad de la vida indígena), cierta exageración en la caracterización, cierta tendencia a la actitud melodramática. Pero también la fecha del texto original en relación a la biografía de Arguedas explica su apasionado interés en el indígena y su rechazo de la crueldad con que se le trataba y de la inicua explotación de que era objeto (véase lo que dice sobre la génesis de *Wuata Wuara,* citado en la nota 28). Esta última posición se va a traducir en la vehemente condena de la explotación del indígena que caracteriza a *Raza;* condena que, sin embargo, nunca apunta a la solución del problema. Por más que a Arguedas continúe preocupándolo hasta la muerte la miserable situación del indio boliviano, la interpretación reaccionaria de la historia y de la realidad social que iría dominando su visión del mundo al aproximarse a la treintena (*Pueblo enfermo,* de 1909, es la obra de sus treinta años), me parece que hubiesen impedido después de esa fecha que la «conmiseración» por el indígena que constituye la inspiración de *Wuata-Wuara* se concretase en una novela cuyo personaje es el indígena explotado, y menos aun en la novela de denuncia que será *Raza de bronce.* Porque aunque Arguedas continúe trabajando en *Wuata-Wuara* por quince años (ver la nota 28), *Raza,* el resultado de ese trabajo, no existiría sin

---

[12] Javier Sanjinés C., en «El control del "ficcional": Alcides Arguedas y Euclides da Cunha» (*Revista Iberoamericana,* Ibíd., pp. 53-74) nota que a los diarios de Arguedas les falta, por razón de su educación positivista, «intimidad, es decir, subjetividad». El crítico cita a propósito a Carlos Medinaceli, *La inactualidad de Alcides Arguedas* (La Paz-Cochabamba: Editorial Los Amigos del Libro, 1972), pp. 60-67.

[13] Así lo cree Luis Alberto Sánchez, quien afirma que fue en la novela que «estuvo el verdadero camino de Arguedas: la sociología era para él demasiado subjetiva y moralizante; la historia, demasiado dura y nada atractiva». Esa «excepción» —*Raza de bronce*— en la carrera de Arguedas es también, agrega el crítico, su libro más depurado estilísticamente (*Obras completas,* ed. cit., p. 17).

[14] Ver Antonio Cornejo Polar, «Sobre el "neoindigenismo" y las novelas de Manuel Scorza», *Revista Iberoamericana,* L, 127 (1984), 549-58.

la semilla implantada por un fervor juvenil a la que la reflexión sobre la historia y las condiciones sociales de la patria hacen luego madurar.

No sólo por el tono de inclinación romántica en que a veces cae, sino también por su negación final a encarar el problema que la mueve, se encuentra *Raza* más cerca de la primera indigenista, *Aves sin nido* (1889), de Clorinda Matto de Turner, que de las obras que constituyen la evolución posterior del género. *Aves sin nido* se halla, a su vez, muy próxima aún de la tradición indianista, la cual idealiza al indígena de modo de poder ignorar más fácilmente lo atroz de su verdadera situación dentro de las sociedades de las repúblicas independientes de Latinoamérica durante el siglo XIX, las que continúan respecto al indígena el régimen de exploración creado por la Conquista e institucionalizado por la Colonización. [15] *Aves sin nido* adopta un enfoque esencialmente sentimental y romántico para desarrollar lo que es al cabo una denuncia muy explícita, basada en hechos de los que fue testigo la autora y que autentifica en la novela, [16] de la explotación del indígena en las sierras peruanas. La novela de Matto concluye escamoteando el problema que le sirve de motor a través de un final melodramático que sitúa en primer plano la explotación sexual en lugar de la económica, final tras el cual se olvida del todo el caso, relativo a la situación del indígena, que puso en marcha la acción de la novela, y con la marcha de los protagonistas a Lima se pospone indefinidamente la reforma de aquella explotación. [17] Como veremos en seguida, *Raza* reproduce en cierta medida, desde otro plano, explícitamente ideológico, las contradicciones y el movimiento auto-destructivo que caracterizan a *Aves sin nido* en cuanto novela indigenista. El parentesco entre ambas novelas no implica en modo alguno que Alcides Arguedas hubiese leído a Clorinda Matto, lo cual es harto improbable. Por una parte, le bastaba con mirar a su alrededor, proviniendo además, como era su caso, de una familia terrateniente, para observar las situaciones que recoge *Raza*. Por la otra, su educación literaria sin duda aun algo romántica, su visión del mundo, su natural conservadurismo, se combinaban para darle a la novela el desenlace tanto de su argumento como de su planteamiento político que, desde la perspectiva de los continuadores del género del que *Raza* es precursora, nos molesta.

Si *Aves sin nido* recuerda bastante de cerca el indianismo de obras como *Tabaré* (1888), de Zorrilla San Martín, o *Cumandá* (1871), de Juan León de Mera, *Raza*, en cambio, ha superado del todo el lastre de esa literatura en cuando a idealizar escenario y personajes: los ríos, secos en invierno, cuando no hay frutos que conducir a la ciudad, y crecidos cuando abundan aquéllos, son enemigos del

---

[15] Para el indianismo, véanse Concha Meléndez, *La novela indianista en Hispanoamérica: 1832-1889* (Río Piedras: Universidad de Puerto Rico, 1961; orig., 1932) y Aída Cometta Manzoni, *El indio en la novela de América* (Buenos Aires, 1960).

[16] El capítulo III de *Aves sin nido* explica en detalle en qué consisten los atropellos que sufren los indígenas, y otros capítulos dan cuenta exacta de precios, contribuciones, la dieta indígena.

[17] La primera parte de *Aves* trata principalmente de los atropellos de que son víctima una pareja indígena, los Yupanqui, a quienes tratan de proteger, infructuosamente, los esposos Marín, con la ayuda de un joven, Manuel hijo del gobernador de Killac. Los Marín adoptan a las hijas de los Yupanqui, y la segunda parte de la novela tiende a concentrarse en los amores de la mayor de las muchachas con Manuel, hasta que se descubre que son hermanos de padre.

hombre; el trabajo es agobiante; las aldeas paupérrimas: los indígenas mismos, ya sean ingenuos o astutos, están vistos en lucha constante contra un medio que no da cabida a actitudes sentimentales y que incluso precluye la honestidad (de modo que los indígenas roban fruta y estafan si pueden en sus transacciones comerciales), y también como víctimas de supersticiones ancestrales que el novelista describe con un criterio puramente occidentalista, revelando su irracionalidad (para contrarrestar la mengua de peces en el lago, explotado sin la protección «de una rudimentaria legislación que resguardase el raro tesoro de su fauna y flora», los indígenas celebran una ceremonia durante la cual el oficiante devuelve al lago, tras introducirles por la boca una hoja de coca y unas gotas de alcohol, de modo que fecunden más grande prole, los peces, que son entonces fácil prez, «ebrios y lastimados», de las aves). Mientras que las indígenas de *Aves sin nido* llevaban nombres europeos reminiscientes de la novela romántica (Marcela, Margarita), la protagonista de *Raza* se llama Wata-Wara, y como corresponde a su situación social, sus manos son apenas algo menos ásperas y callosas que las de su esposo, Agiali. (Sin embargo, en la versión de 1919, los protagonistas se llaman Maruja y Agustín).[18]

Los elementos que constituyen el medio vital de los indígenas no son en *Raza*, como lo eran en *Aves sin nido*, el objeto de una digresión de tipo costumbrista, sino que aparecen integrados de modo mucho más natural con la narración (p. e.; «Y cayó el silencio letal, únicamente interrumpido por el lento masticar de los jóvenes, que yantaban la merienda fría preparada para la pastora, y se componía de *chuño* y maíz cocido con algunos retazos de *charqui* y bolillos de *kispiña*»). Arguedas introduce muy a menudo palabras quechuas y aymaras seguidas o precedidas de su traducción castellana: «servir de *mitani* (sirvienta)»; Ese *khara* (mestizo) es malo»; «por un plato (chúa)» «un cuarto de carnero seco (chalona)». En otras ocasiones, tenemos que ayudarnos de frases anteriores, si no simplemente del contexto (pues la edición de *Raza* no incluye, como es el caso de otras novelas indigenistas, un glosario de voces indígenas) para interpretar éstas (p. e.: «Un poco de pescado y charqui y casi nada de chalonas. Este año tampoco hubo ganado para degollar: el muyumuyu ha acabado con él»). Éste es el procedimiento que utilizará José María Arguedas.

La primera parte de *Raza*, «El valle», narra el viaje del protagonista y de otros dos indígenas desde la sierra hasta el valle y de nuevo de vuelta a su aldea, con el objeto de traer semillas para la hacienda donde trabajan. Ese marco sirve para elaborar estupendas descripciones de la naturaleza, las costumbres locales, y el carácter indígena, pero el propósito de lo narrado en «El valle» no es el de permitir tales descripciones, sino el de revelar en todos sus detalles la explotación del indígena: «¿Cuándo concluirá esta pesada obligación?... Todos están cansados con semejantes correrías», dice un «viejo taciturno» al final del primer capítulo de «El valle», y otro anciano responde que ello no sucederá sino «cuando el hermano del patrón venda sus haciendas del valle [adonde van los indios por semillas], o

[18] Véase al respecto la ADVERTENCIA de Arguedas a la segunda edición de *Raza de bronce*, (Apéndice II).

nosotros nos vayamos todos de ésta». A lo que alguien agrega: «¿Y a dónde iríamos que no tengamos que servir?». Durante su estancia en el valle, Agiali tiene que servir como criado (pongo) en casa del «terrateniente» (es así que se le llama), y casi lo mata una avalancha causada por el hijo de aquél. En el curso del viaje, uno de los indígenas muere ahogado, y otro contrae unas tercianas de las que muere más adelante. A pesar de lo cual, las cinco cargas de semillas que traen los indígenas no parecen bastantes al encargado de la hacienda.

Otro aspecto de la situación de los indígenas que revela «El viaje» es la explotación sexual de sus mujeres por los amos o sus delegados —en este caso el encargado de la hacienda—, a la cual no pueden aquéllas oponer resistencia. Ya al despedirse de su amada, Agiali repara en que el administrador, Troche, quien se ha quejado a la madre de Wata-Wara que ésta no haya cumplido aún con su obligación de servir por un tiempo en su casa, la mira demasiado, así que le advierte que no se quede sola en casa de Troche. tan pronto como se vuelven a reunir, la muchacha le sugiere timídamente a Agiali, al entregarle los ochenta céntimos que recibió de Troche, que sucedió lo que aquél temía. La escena que sigue es totalmente realista con respecto a la situación de los indígenas. Agiali golpea a Wata-Wara, ésta se justifica explicando que fue forzada, y observa para sí que su novio no le ha pedido que le devuelva el anillo ni tampoco la ha golpeado demasiado duramente, señal de que ha aceptado, como parte de la explotación de la que no puede escapar, la violación de su futura esposa.

La segunda parte de *Raza*, «El yermo», sitúa en el primer plano a la contraparte del indígena, su opresor blanco y cholo. Es menester que veamos a éste de cerca para entender la situación que describía la primera parte, la cual resulta directamente de la intervención del blanco en la sociedad indígena. «El yermo» comienza describiendo el «encono» de los indígenas por la muerte de Manuno, quien pereció ahogado como consecuencia de los abusos de esos amos que «por economizar unos céntimos y poner a prueba su mansedumbre, urdían ardides para hacerles caer en faltas y luego, por castigo, enviarlos a esas regiones malditas donde atrapaban dolencias a veces incurables, sin recibir ninguna recompensa y más bien utilizando sus bestias». Por la voz del narrador está aquí hablando la conciencia de los indígenas de esta hacienda. Arguedas retoma entonces la voz tradicional del narrador objetivo —aunque pretendiendo todavía al principio que habla desde los indígenas («En todas las casas, de todas las bocas se elevó, en secreto, un coro de anatemas contra los criollos detentadores de esas tierras, que, por tradición, habían pertenecido a sus antepasados, y de las que fueron desposeídos hace medio siglo»)— para explicar, con datos precisos, la servidumbre de la raza indígena en Bolivia y la de estos indios en particular, remontándose a los tiempos del tirano Melgarejo, [19] cuando so pretexto de que había que poner en manos diligentes la agricultura, fueron destruidas sangrientamente «cosa de cien *comunidades* indígenas». De la descripción de esos atropellos pasamos a la de la personalidad del primer dueño de la hacienda donde se desarrolla la acción, uno de los favoritos del dictador, y de

[19] Mariano Melgarejo gobernó Bolivia de 1864 a 1871. Sus arbitrariedades, megalomanía y desordenada vida lo hacen el prototipo del caudillo bárbaro.

ella a la de su hijo, el actual propietario, el hijo de éste, y, por fin, a la del administrador. La explotación de estos indígenas es, pues, el resultado no sólo de la mezquindad de un dueño circunstancial, sino de todo un proceso histórico que el autor ha investigado. Discurriendo «inútilmente» cómo romper su «esclavitud», los colonos de «Kohahuyo» concluyen «que tamaña falta de equidad se hacía indispensable enmendar por cualesquiera medios, si todavía alentaban el instinto de vivir, elemental en todos los seres...».

En el capítulo III se narra en detalle la frustrada rebelión de los indígenas contra el segundo dueño de la hacienda. Esa descripción resulta de un diálogo donde tres hablantes recuentan sus males, se compara al patrón anterior con el actual, aun más avaro que aquél, y alguien incita el alzamiento, llamando «cobardes» a quienes soportan la servidumbre. La descripción de la rebelión se centra en el discurso del terrateniente increpando a los rebeldes que han sido apresados, y en la respuesta a él del *hilacata* Choquehuanka. Éste, humildemente, enumera los motivos de queja de la comunidad, cuyo peso cae sobre el aspecto económico, y que el líder resume así: «Esto nos apena el corazón, pues pase que nos pegues, que tu mujer y tus hijos nos rompan la cabeza o nos maltraten las espaldas; pero no nos obligues a perder nuestras bestias y a gastar nuestro dinero». La servidumbre del indígena data desde la Conquista, de suerte que no puede a este punto constituir motivo de queja para una comunidad en particular. La rebelión de los indios de Pantoja se debe al agravamiento de su explotación económica por la tacañería del nuevo dueño, la cual resulta a su vez de la nueva situación económica de la oligarquía terrateniente, especialmente en países pobres, cuando ya establecida permantemente en la ciudad, debe hacerle frente al costo creciente del lujo y de la actividad económica en general con rentas más bien estáticas. Aunque no lo declare, Arguedas está consciente, obviamente, de este problema. Porque también la respuesta de Pantoja a los indígenas se concentra en el aspecto económico de su relación en lugar de en el más tradicional, de carácter feudal: los indígenas pretenden no trabajar o hacerlo al mínimo a cambio de la tierra que se les concede. En definitiva, lo que el hacendado quiere es reducir el número de peones, de trescientos, a ciento cincuenta, y aumentar al mismo tiempo los terrenos de la hacienda propiamente dicha, ya que ahora los indígenas ocupan algunas de «las mejores parcelas del fundo».

El hijo del actual dueño de «Kohahuyo», Pablo Pantoja, viene a pasar una temporada a la hacienda en compañía de cuatro amigos, tres de los cuales «se le parecían. Eran, patrones y sus haciendas permanecían en manos jóvenes tal como las habían recibido de las manos perezosas de ociosos padres; pero, eso sí, creíanse, en relación con los indios, seres infinitamente superiores, de esencia distinta, y esto ingenuamente, por atavismo. Nunca se dieron el trabajo de meditar si el indio podía zafarse de su condición de esclavo, instruirse, educarse, sobresalir». Tan pronto como esta pintura se particulariza, vermos cómo algunos de los jóvenes terratenientes no son, al fin y al cabo, tan «ingenuos». Pantoja «no carecía de ingenio, ni se presentaba huérfano de lecturas, pues también había estudiado Derecho y podía discurrir con soltura sobre las cosas que estaban a su alcance, porque era observador por instinto y tenía un talento práctico y de muy fácil asimilación». El amigo de Pantoja a quien se le da más importancia, resulta tan diferente del resto del grupo que choca con el principio de verosimilitud el que los acompañe. Alejandro Suárez era hijo único de un rico minero, había estudiado leyes y «llenaba los ocios de su vida inútil publicando gratis sus versos y sus escritos, sin ambiente ni color».

El punto de vista de Suárez resulta esencial a la estructura ideológica de *Raza*, pues es el de un aprendiz de intelectual que despierta a la explotación del indio. Al escuchar que Troche se queja de que los indígenas no quieren vender manteca al patrón, Suárez comenta que será así porque no se les paga el precio de ese producto en el mercado. Esto da lugar a una animada discusión entre Pantoja y su invitado. Cuando éste declara que de tener una hacienda «sería el primer amigo» de sus colonos, el terrateniente le pregunta si conoce bien al indio, y Suárez responde: «Es un hombre como los demás; pero más rústico, ignorante, humilde como el perro, más miserable y más pobre que el mujik ruso, trabajador, laborioso, económico...». Pantoja continúa sarcásticamente esos elogios, y recuerda a su amigo que no conoce al indígena, pues ni habla su lengua ni es propietario, al igual que todos los defensores del indio, a quienes llama «doctores cholos», y cuyos argumentos en defensa de los oprimidos y de la igualdad y la justicia repite Suárez «como disco de fonógrafo». Pantoja describe al indígena como solapado, hipócrita, ladrón, mentiroso, cruel, vengativo, cerrado a la comprensión y a la simpatía, humilde sólo si se siente indefenso. Todo lo cual es parcialmente cierto, según el texto de *Raza* sugiere o demuestra; cierto, no obstante, porque es por esos medios que el indígena se defiende contra quien lo explota desde hace cuatrocientos años, responde Suárez. Pantoja acepta esta explicación y pasa a tratar del problema actual de «nuestro boliviano». El indio sabe que no puede conseguir nada del blanco, y éste debe entender que si se educa al indio, como quieren sus defensores, los indígenas, que suman dos millones en una población de dos millones y medio de habitantes se transformarán en los amos.

Esto lleva al problema de la posesión de la tierra, pues aun cuando es cierto, como admite el terrateniente, que los propietarios de fundos de la puna nada han hecho por mejorarlos (su afirmación inmediatamente anterior sobre cómo las haciendas han subido de valor «con sucesivas transformaciones» después de haber sido expropiadas a las comunidades indígenas, debe referirse a las haciendas del valle, aunque es claro que la tierra de todas las haciendas habrían subido de valor a casua de un proceso inflacionista normal), [20] es indiscutible que constituyen su propiedad, de acuerdo con un derecho «sagrado aun entre los salvajes». Suárez reconoce que así es en efecto («También yo quiero ceder en esto», dice cuando los demás amigos intervienen en apoyo de Pantoja), pero pregunta entonces por qué no tratan esos propietarios de «mejorar la suerte del indio, de modo de hacer de él

---

[20] El joven Pantoja es menos «indolente» que su padre (contento «con recoger cada año el producto de las cosechas y suplir con desgana los menesteres que su empleado le decía que eran indispensables para mantener la renta de la propiedad en el pie en que la había dejado su padre»), así que desea aumentar los terrenos de la hacienda propiamente dicha a costa de los de los colonos. Esas tierras, «por falta de inteligente actividad, descansan los siete años de rotación estilados en las grandes e incultivadas estancias del yermo».

un aliado y no un siervo», pues de hecho la condición del indígena es aun peor que la del mujik ruso, ya que no puede cambiar nunca. La mención del campesino ruso de la era zarista da lugar a una serie de preguntas respecto a su personalidad, situación, status legal, dirigidas por Pantoja a su invitado, el cual confiesa que no sabe sobre el mujik más que su anfitrión, es decir, lo que ambos han leído al respecto en Gorki, «que aquí, como sabes, leemos mucho», aclara Pantoja. Este posee, en cambio, en cuanto al indígena boliviano, un conocimiento de primera mano. El joven terrateniente comienza defendiendo el «pongueaje» o «servicio personal de los colonos en la casa de un patrón», como justa retribución en forma de servicios «por el suelo que ocupan y cultivan en su propio beneficio», y que es, según él, el mejor de las haciendas; de modo que si los indios no se enriquecen como sus patrones es, dice respondiendo a la pregunta de Suárez sobre por qué no es así, principalmente por su apego a la rutina, que los lleva a rechazar cuantas innovaciones tratan de introducir los dueños (de suerte que el que éstos no usen ni maquinaria ni abonos, según ha observado Suárez, queda justificado por la oposición a ello de los colonos), deseando tan sólo «vivir como vivieron sus padres», aspirando como ideal a tener patrones que «nunca visitan sus fundos y se dan por felices con el *ponguito* y unas cargas de chuño». Es claro que esto no puede contentar a quien ha comprado una hacienda con ahorros arduamente ganados. Si los indígenas son pobres, en fin, es por su desmedida afición a las fiestas en las que son «alcaldes, maestros mayores, alféreces, y en cada uno de estos cargos gastan todos sus ahorros». Para Pantoja, heredero de dos generaciones de terratenientes, no cabe duda alguna que los indios «son terribles», y que hay que tratarlos con la dureza que lo hace él, con odio, de hecho, porque existe entre ellos y él una lucha sorda que «no acabará sino cuando una de las partes se dé por vencida. Ellos me roban, me mienten y me engañan; yo les doy de palos, les persigo... hasta que me coman o ellos revienten». Pantoja apoya esta convicción con el ejemplo del modo como «pagaron» los indígenas a su padre, que era «bueno con ellos».

En la escena que sigue, el terrateniente ordena distribuir entre los peones más ricos de su fundo para que los alimenten, los cerdos propiedad de la hacienda, y como, según le prevenía el administrador que sucedería, el primer peón a quien da la orden trata de negarse a cumplirla mostrando lo flacos que están sus propios cerdos, Pantoja le ordena que se marche de la hacienda, y cuando el indio dice que lo hará, pero llevándose su cosecha, aquél la emprende a golpes de látigo con el peón, según había mandado que se hiciera con quienes desobedecieran su orden. Lo injusto de la conducta de Pantoja resulta tan obvio (el indio vive en una casucha miserable), que Aguirre, otro de sus invitados, tan culto como Suárez, e interesado también en el problema del indígena, respecto al que «tenía ideas originales», detiene el brazo de Pantoja, interviene en favor de golpeado, le da un par de billetes y promete interceder en su favor. Un poco antes, el mismo personaje, Aguirre, le ha dado la razón a su anfitrión (es después de su intervención que Suárez reconoce el derecho de Pantoja a la propiedad de su hacienda) respecto a que en la actualidad cada fundo representa «un precio legítimo», aun y cuando no hayan sido mejorados desde que fueron arrebatados a las comunidades indígenas. Esto basta pues para anular el que, como reconoce el mismo Pantoja, «En un comienzo, cuando las tierras casi no tenían valor y se hicieron expropiaciones por la fuerza, se cometieron abusos y hasta crímenes, ciertamente», e incluso lo que el narrador ha explicado antes en cuanto al origen de las haciendas en Bolivia y de «Kohahuyo» en particular. Si olvidamos ese pasado, la afirmación de Pantoja sobre cómo «al pasar de manos de los indios a las de los blancos, cada uno ha satisfecho un precio estipulado y ahora constituyen un bien legítimo de sus propietarios, que nadie puede arrebatarles sin atacar fundamentalmente el derecho de propiedad» adquiere la apariencia de una verdad incontrovertible, tal y como si estuviésemos tratando de transacciones comerciales perfectamente legales entre personas jurídicas iguales. Es decir, que al aceptarse que la propiedad de la tierra es del dueño de la hacienda, no importa como fuese aquélla adquirida originalmente, en lugar de quien la trabaja como colono, la situación del campesino indígena y los problemas que esa situación implica para el desarrollo de la nación parecen insolubles, y desembocan, por lo tanto, en el planteamiento de Pantoja respecto a que entre el indígena y el hacendado no puede existir sino odio. Lo cual confirma la amenaza que profiere el indio golpeado tan pronto como se marcha el amo: «¡Ya me has de ver, condenado!». Al hombre de bien, quien se indigna, naturalmente, ante el espectáculo de los atropellos de Pantoja, no le queda, si acepta al mismo tiempo lo que afirma el terrateniente como la base de sus conclusiones, sino tomar partido por el indígena al que compadece, deseando secretamente que cumpla su venganza, según hace Suárez («Bien hecho», dice para sí a propósito de la sublevación de los indígenas contra el padre de su anfitrión, [21] y a éste le recuerda que debe temer «el día que te [los indígenas] cojan desprevenido»).

(Paralela de la crítica del terrateniente es en *Raza* la de la Iglesia que también explota al indígena. Cuando Agiali le dice al cura que no puede pagar los cincuenta pesos que le exigen para casarlo, aquél lo amenaza con el infierno. El cura don Hermógenes también explota sexualmente a las indias a quienes obliga a alojarse en su casa para aprender la doctrina. La caracterización de la Iglesia en cuanto institución se redondea con un ejemplo del papel que desempeña dentro del aparato de explotación del indígena: don Hermógenes increpa a los feligreses en un sermón porque no quieren obedecer a los blancos, no obstante que éstos, «formados directamente por Dios, constituían una casta de hombres superiores y eran patrones; los indios, hechos con otra levadura y por manos menos perfectas, llevaban taras desde su origen y forzosamente debían de estar supeditados a aquéllos siempre, eternamente»).

La segunda parte de *Raza* consiste en buena medida en la serie de pasos que llevan a la rebelión indígena cuya explicación proveía la primera parte y «El yermo» no sólo continúa ilustrando, sino que plantea y discute. Cuando una anciana incita al alzamiento («¡Cobardes ustedes que los soportan! ¡Yo ya me habría levantado!», el líder de los indígenas de «Kohahuyo», Choquehuanka, expresa un antiguo pesimismo al responder: «¿Y para qué?» ¿Quieres que nos maten o nos

---

[21] Troche dice que los indígenas han «asesinado» a su patrón (capítulo X), lo que debe entenderse como una referencia al resfriado que agarró aquél huyendo de los indios que le habían prendido fuego a la casa de la hacienda (capítulo III).

pudramos años de años en los calabozos de una cárcel? Nosotros no podemos nada; nuestro destino es sufrir». Más adelante, alguien menciona la conveniencia de matar a un patrón que no respeta sus creencias (Pantoja ha entrado, persiguiendo vizcachas, a una cueva sagrada, destroza las brujerías que halla por los caminos, dispara a las aves posadas sobre las cruces de los tejados), y Choquehuanka sentencia: «¿Para qué? Si se muere éste o lo matamos, vendrá otro y será lo mismo». En el capítulo siguiente al que contiene la discusión entre el hacendado y Suárez, el *hilacata* defiende a la viuda del indio ahogado, a la cual el administrador se propone echar de su *sayaña* para dársela a Agiali, justificando su plan con razones económicas (el beneficio del patrón exige que una viuda con un hijo pequeño desaloje el terreno que no puede trabajar), en tanto que Choquehuanka apoya su defensa de la viuda en la tradición (esa tierra ha sido trabajada por la familia del muerto incluso desde antes de pasar «por la fuerza» a los Pantoja, cuando era del «*ayllu,* que se la daba para que la cultivase»). Los argumentos del viejo van ascendiendo en firmeza, pasando de la solicitud de piedad a recordarle a Troche que el muerto pereció en el servicio de la hacienda; de modo que cuando el administrador va en busca del terrateniente, es reconociendo que Choquehuanka «tenía sobrada razón», aunque es claro que de nada le va a servir. Entretanto, se continúa reafirmando lo justo de la próxima rebelión a través de los atropellos y abusos de Pantoja y alguno de sus amigos contra los indígenas.

Lo que provoca la rebelión final es la muerte de Wata-Wara a consecuencia de un culatazo que le propina Pantoja y que la hace abortar y desangrarse, cuando se resiste a ser violada por él y sus amigos (excepto Suárez, que prefiere quedarse contemplando el lago a participar en la presunta cacería). En esta ocasión los indígenas se preparan mejor que la vez anterior que se rebelaron, cuando tras atrancar la casa de la hacienda y prenderle fuego, se fueron tranquilamente a dormir, en tanto que ahora fingen tranquilidad de modo que el amo no tema nada, y hablan de huir a tiempo. Choquehuanka —quien por momentos aparece como el padre de Wata-Wara— pregunta a los reunidos si vale la pena llevar a cabo lo que se proponen, habida cuenta del castigo que sin duda los aguarda, y como la respuesta es afirmativa, explica melancólicamente los motores e implicaciones de la rebelión: «no tenemos a nadie para dolerse de nuestra miseria y para buscar un poco de justicia [tenemos] que ser nuestros mismos jueces... Somos para ellos menos que bestias... Todo nos quitan ellos... Y así, maltratados y sentidos, nos hacemos viejos y nos morimos llevando una herida viva en el corazón ¿Cuándo ha de acabar esta desgracia? ¿Cómo hemos de librarnos de nuestros verdugos?». El líder ha pensado a veces en la posibilidad de una rebelión conjunta de todos los indios del campo y la ciudad, «pero luego he visto que siempre quedarían soldados, armas y jueces para perseguirnos con rigor, implacablemente, porque alegarían que se defienden, y que es lucha de razas la que justifica sus medidas de sangre y de odio». También ha pensado en las ventajas de que los indios se instruyan, mas recuerda que cuando así lo hacen, los indios «se tornan otros, reniegan hasta de su origen y llegan a servirse de su saber para explotarnos también». La conclusión es que, puesto que nada bueno hay que esperar de los opresores, se les debe castigar cuando sea posible, no obstante los sacrificios que ello entraña, con el objeto de «hacerles ver que no somos todavía bestias, y después abrir entre ellos y nosotros profundos abismos de sangre y muerte, de manera que el odio viva latente en nuestra raza, hasta que sea fuerte y se imponga o sucumba a los males, como la hierba de los campos se extirpa, porque no sirve para nada». Choquehuanka plantea a su pueblo dos alternativas, la primera de las cuales, nótese, imagina un resultado positivo, bien que a largo plazo, para la insurrección: aquellos que «quieren que mañana vivan libres sus hijos, no cierren nunca los ojos a la injusticia y repriman con inexorables castigos la maldad y los abusos; si anhelan la esclavitud, acuérdense entonces, en el momento de la prueba, que tienen bienes y son padres de familia».

Solo en el cerro donde se reunieron, Choquehuanka contempla el incendio de la casa-hacienda (la novela no nos informa de la suerte de sus moradores, dando sólo noticia de disparos, aullidos de perros, gritos humanos, el movimiento de los indígenas, el fuego que devora muros y techos), y más tarde la salida del sol: «El sol...». Esos puntos suspensivos con los que concluye *Raza* posponen indefinidamente el valor positivo de tal amanecer.

Al igual que sucedía en la primera parte, la descripción de las costumbres indígenas desempeña un papel muy importante en «El yermo», en tanto que la intriga sentimental y la caracterización psicológica profunda están del todo ausentes. *Raza* es ante todo una novela social y política, pero también costumbrista. Su interés en las costumbres locales, y más en particular en las indígenas (ceremonias de varias clases, curación de un enfermo, etc.) se expresa siempre tratando de no llamar la atención sobre el valor exótico de tales usos, lo que los independizaría, por así decirlo, de la acción donde aparecen. La objetividad de la descripción costumbrista de Alcides Arguedas recuerda la de Icaza e incluso la de José María Arguedas en cuanto la guía un criterio científico es decir, antropológico. [22]

A pesar de ese realismo de orientación antropológica, algo de la idealización y de la tendencia arquetípica características del romanticismo —las que al verterse sobre el material indigenista dan como resultado el indianismo— alcanzan a *Raza*. Wata-Wara resalta demasiado respecto de las demás indígenas por su belleza (todos los jóvenes blancos se sienten inmediatamente atraídos por ella, y como es Suárez quien primero repara en Wata-Wara, éste sugiere que parece una de las princesas incaicas de su fantasía); su virtud indoblegable a los intentos de Pantoja y compañía por violarla, choca con el modo como cedió ante Troche (¿quizá por no estar aún entonces comprometida oficialmente con Agiali?) y con la afirmación del terrateniente de que «no hay padre indio que no entregue a su hija por un trago de licor o unos cuantos pesos» —algo que la caracterización de los indígenas en *Raza* sugiere que es cierto. Agiali, por su parte, se comporta casi como un enamorado a la manera sentimental, y se diferencia demasiado de los otros indígenas (p. e., ama tanto su tierra que se resiste, no obstante la sequía, «a dejar los pagos»). Choquehuanka, en fin, parece demasiado consciente, habida cuenta de su condición, de las complejas dimensiones del problema indígena en Bolivia. Todo lo cual resulta en cierta dificultad para considerar estos personajes como típicos de sus

---

[22] Véase especialmente la curación y muerte de Quilco (capítulo IV).

circunstancias en lugar de extraordinarios. Lo mismo se aplica a Pantoja, cuya crueldad llega a parecer exagerada en vez de representativa (capítulos VII, X, XI). La efectividad del mensaje de una novela social depende en buena medida de que sus personajes no parezcan únicos, o lo parecerá también el problema que representa la obra, que pasará entonces del plano político al individual. En definitiva, el intento de violación de Wata-Wara por los blancos desvía nuestra atención del factor económico, dominante hasta entonces en la pintura de la explotación del indígena. El hacer que la rebelión final resulte directamente de la muerte de la muchacha, *individualiza* esa sublevación a costa de parte de su contenido social. [23] Que Choquehuanka, el líder de la comunidad, resulte ser casi el padre de la asesinada, subraya esa individualización de las razones para la sublevación, casi trasladándola a otro plano. Nótese, al mismo tiempo, que es a propósito de la resistencia de Wata-Wara a sus presuntos violadores, que se califica a la raza indígena como de «bronce»: «Al verla tan fina, nadie hubiese sospechado que esa salvaje tuviese tanta fuerza. Yo la cogí por la cintura y quise echarla al suelo, pero no pude. Es una raza de bronce —confesó Pantoja».

Hay que hacer hincapié en que el romanticismo o sentimentalismo que queda en *Raza* es efecto de la educación literaria de Arguedas y no de su sensibilidad, la que se orientaba al realismo característico del historiador y del sociólogo con el propósito de desarrollar una pintura científica de la que debería quedar excluida la imaginación, cuya función nuestro autor rechazaba e incluso despreciaba. [24] La posición de Arguedas respecto al romanticismo se expresa principalmente a través del personaje de Suárez, el poeta amigo del dueño de la hacienda, cuyos proyectos literarios sirven para ridiculizar la idealización del pasado precolombino que aparece a veces en obras románticas y modernistas. Suárez se propone componer «un poema, un drama y una novela... amén de algunas leyendas». El poema tendría como escenario «ese período oscuro, caótico y lejanísimo de la fundación del imperio incásico»; el drama trataría de Túpac Amaru, y la novela, de los conquistadores. Para realizar su proyecto, Suárez se propone viajar hasta la isla de Titicaca y el Cuzco, de modo de estudiar sobre el terreno los vestigios de aquella civilización. A medida que describe sus planes a sus amigos, se acentúa la ridiculez del personaje, pues al fin y al cabo lo que quiere es inspirarse con «los elementos desencadenados» o «la agonía del crepúsculo», fenómenos del todo independientes de la historia incaica. Arguedas describe entonces en detalle la leyenda proyectada por Suárez, la cual resulta la más distante de la realidad de las cuatro obras propuestas. [25] Para componerla, a aquél le faltan información (ha hojeado tan sólo,

[23] Señala Jean Franco, tratando de la evolución de la novela indigenista, cómo en obras posteriores a *Aves sin nido* y *Raza de bronce*, el incidente principal no es ya la violación de la joven india, por el patrón blanco o mestizo, sino la expulsión de los indígenas de sus tierras (*The Modern Culture*,... op. cit., p. 280).

[24] En *Pueblo enfermo*, Arguedas observa que en los habitantes de Cochabamba la imaginación tiene una función «desbordante» y excesiva que se aparta de la realidad y se convierte en vicio (citado por Javier Sanjinés, «El control del 'ficcional'»..., art. cit., p. 69).

[25] Cree Richard Ford («La estampa incaica intercalada en *Raza de bronce*», *Romance Notes*, XVIII, 2 [1977], 311-17) que Arguedas simpatiza en realidad con el poeta Suárez, cuya leyenda expresa su «lado prohibido». Brotherston cree que *Wuata-Wuara* debió ser una obra como la que podría haber compuesto Suárez («Alcides Arguedas as a»..., art. cit., p. XXIV).

porque aburren su paladar literario, las crónicas de la Conquista), «hábitos de observación y de análisis, sin los cuales es imposible producir nada con sello verazmente original, y, sobre todo, le faltaba cultura». La literatura modernista había saturado su imaginación de princesas medievales, de modo que «en cada india de rostro agraciado veía la heroína de un cuento azul o versallesco, y a sus personajes les prestaba sentimientos delicados y refinados, un lenguaje pulido y lleno de galas, gestos de suprema y noble elegancia».

Los proyectos de Suárez representan el punto de vista opuesto al de Arguedas, quien rechaza un pasado del que sabemos al cabo muy poco, para concentrarse, en cambio, en el presente, el cual Suárez es incapaz de entender por efecto de sus fantasías respecto al pasado: «Se empeñaba en querer prestar a los seres que le rodeaban los mismos sentimientos, la modalidad de los de esa edad de oro y ya casi definitivamente perdida en más de tres siglos de esclavitud humillante y despiadada. Cojeaba, pues, del mismo pie que todos los defensores del indio, que casi invariablemente se compone de dos categorías de seres: los líricos que no conocen al indio y toman su defensa como un tema fácil de literatura, o los bellacos, que, también sin conocerle, toman la causa del indio como un medio de medrar y crear inquietudes exaltando sus sufrimientos, creando el descontento, sembrando el odio con el fin de medrar a su hora, apoderándose igualmente de sus tierras». Suárez, naturalmente, pertenece al primer grupo, según lo demuestran su sincero interés en las costumbres indígenas (hace constantemente preguntas a los indios sobre sus creencias y hábitos, las que aquellos, recelosos, se niegan a responder, mas juzgando a Suárez como «un loco bueno»), su escándalo ante la brutal explotación de que es objeto el indígena, y el modo como trata de defender a los indios de los atropellos de su anfitrión.

En un ocasión, presenciando la matanza de aves que llevan a cabo sus amigos, Suárez les recuerda que, según el Inca Garcilaso, el lago abundaba en otros tiempos en toda clase de aves, mientras que ahora apenas si ha visto unas cuantas, «pero tan ariscas, que sólo pude adivinar que eran tales por su vuelo raudo, lleno de armonía, poético, si ustedes me consienten la frase». Este comentario provoca la risa de los amigos del poeta: éste lo poetiza todo. Pero Suárez pasa entonces a explicar cómo la falta de períodos de veda para la caza y la pesca está arruinando ese sector de la economía nacional, y acusa a los gobernantes sólo interesados en la política —que entienden como ambición económica («hambre ordinaria de comer»)— de ese estado de cosas. Cuando alguien le pregunta si no tiene pues fe en los hombres públicos, Suárez responde que «nuestros doctores» están «inflados» de lecturas extranjeras, pero no quieren ver la realidad nacional, y concluye acusando a los «doctores cholos» que pretenden ser patriotas y en realidad no son sino «egoístas, tacaños, sucios moral y materialmente». Que Suárez trate ahora de realidades en lugar de fantasías, convirtiéndose en vocero de ideas favoritas de Arguedas, sugiere que éste simpatiza con el personaje, el cual podría representar la voz autorial dentro de *Raza* si no fuese por la ignorancia del «poetilla» (así lo llama Pantoja) respecto al problema indígena (que Arguedas, de familia terrateniente, y además sociólogo e historiador, conoce bien).

Aunque también a él, como a Suárez se le «indigestan» sus lecturas, Aguirre está presentado como personaje más positivo, menos sensiblero, más viril, al fin y al cabo. En tanto que Suárez reacciona a los atropellos y crueldades de su anfitrión rogándole que no las cometa, exaltándose y, en última instancia, marchándose para no ser testigo de ellas, Aguirre, según se dijo antes, interviene en una ocasión para impedir que Pantoja continúe pegando a un indio, propone en dos ocasiones ir a ver qué le ha sucedido a Wata-Wara después que todos huyen de la cueva donde se la ha querido violar, y censura a Pantoja su conducta —mientras que Suárez, aterrado de pensar en las consecuencias que puede provocar la muerta de la indígena, adopta una actitud «recatada y discreta» y trata de calmar a Pantoja, quien está a punto de reñir con Aguirre, diciendo: «a mal que no tiene remedio...». La única preocupación de Suárez a esta altura es huir, lo que se propone hacer al amanecer del día siguiente a aquél cuando tiene lugar el incendio de la casa.

Ambos personajes, Aguirre y Suárez, representan puntos de vista reformistas respecto al problema indígena, bien que los del primero se hallen sólo aludidos. Si a Suárez se le concede más espacio para criticar la explotación del indígena y proponer algún remedio a ella es también por razones de economía narrativa, ya que se le ha dado un papel más importante en la novela de modo de poder repudiar a través de sus proyectos literarios la visión romántica del indio. Esa visión debilita drásticamente el efecto positivo de la defensa del indígena por quien se manifiesta capaz de tales ensueños.

Pero las contradicciones de Suárez reproducen, a la larga, las del propio autor respecto al problema indígena, el cual le *duele*, a causa de la explotación inicua del indio, y quisiera resolver, pero no sabe cómo. Las sensiblerías y proyectos literarios del personaje, de los que se hace tanta burla, representa la convicción de Arguedas de que ha de partirse de una base realista para enfocar el problema indígena. Entretanto, la conducta y personalidad de Aguirre (cuyo apellido recuerda al de Arguedas), puesto que sirven de contrapeso a las de Suárez, afirmando lo positivo del otro personaje, sugieren que éste posee la capacidad de desarrollar tal enfoque, mas, de hecho, no se plantea éste, porque tampoco Arguedas es capaz de hacerlo. Todo lo contrario, nuestro autor permite que sea Pantoja quien concluya la discusión sobre el problema indígena con la afirmación de que es el terrateniente el dueño legítimo de la tierra que fue del indígena y éste cultiva ahora como siervo. Entre las ediciones de 1919 y 1924 de *Raza* ocurre incluso cierto empeoramiento de la pintura de Suárez y un mejoramiento de la de Pantoja. [26] El que ambos perezcan, lo mismo que Aguirre, al final, reafirma, al nivel de la trama, el negativismo con el que concluye la discusión del problema indígena en *Raza*.

La conducta de Pantoja respecto a *sus* indios, la cual crece en crueldad a partir del capítulo que contiene la discusión sobre el problema indígena, lleva sin remedio a la rebelión, cuyos beneficios, si es que tienen lugar, serán sentidos sólo en un

[26] Ver sobre ello el artículo de Brotherston antes citado (aunque no estudie la edición de 1924). El crítico compara las versiones de *Raza* de 1919 y 1945 (la de 1924 continúa el movimiento iniciado por la de 1919: nota 2), notando cómo Suárez aparece descrito en la segunda como más ridículo e «inútil» que en la primera, en tanto que Pantoja gana en importancia como personaje (se le describe como culto y hasta ingenioso) y su discurso, asímismo, en soltura. También Aguirre adquiere importancia en la última versión como aliado de Pantoja (art. cit., pp. 44-45).

futuro lejano. No hay solución para un problema que ha quedado planteado en términos de un odio sin fin.

Si tomamos esa rebelión como punto de vista, resulta que *Raza* parece muy cercana a las novelas, como *Huasipungo* y *El mundo es ancho y ajeno*, que expresan una demanda revolucionaria en cuanto a la reestructuración de la situación del indígena dentro de las sociedades andinas. Sin embargo, según vimos ya, la rebelión indígena no se plantea en *Raza* como el comienzo de un proceso de reinvindicación —para ser lo cual la invalida la aceptación de que la propiedad de la tierra ha pasado definitivamente de los indígenas a sus opresores—, sino como un recordatorio a los opresores por parte de los oprimidos de que no son tan serviles como aparentan ser, y como un medio, además, de acrecentar el odio entre ambos grupos; es decir, de impedir la asimilación del indígena a la sociedad blanca. Es claro que el castigar a los explotadores, aunque sólo sea momentáneamente, es probable que cause, como de hecho sucedió, la implantación de reformas en beneficio de los explotados, pero esta consecuencia de la rebelión no se expone dentro de la novela, sino fuera ya de la narración misma, en la «nota» del autor donde éste se enorgullece de que *Raza* haya contribuido a mejorar la situación del indígena (cuya liberación tuvo lugar unos años después de la aparición de la edición definitiva de la novela y de la muerte de Arguedas, con la abolición del régimen de servidumbre indígena por la revolución de 1952). [27]

De esto se desprende que Arguedas considera a *Raza* como una novela de denuncia, la efectividad de la cual le parece que demuestra el mejoramiento de la situación del indígena que ha tenido lugar tras la aparición de su novela. El propósito denunciatorio, al hacer del indígena (o de cualquier otro sujeto) el vehículo en lugar del objeto intencional de una obra, precluye el tipo de identificación profunda del que la obra de José María Arguedas es paradigmática en relación al indígena; identificación a la que, de cualquier modo, la cultura, personalidad y visión histórica de Alcides Arguedas no se inclinaban. Mas lo que caracteriza a *Raza* es que esa denuncia no aparezca unida a un planteamiento no ya radical de la solución del problema indígena (del tipo del que ofrece *Huasipungo* como parte de una evaluación revolucionaria de la situación del Ecuador), mas ni aun progre-

---

[27] En abril de 1952, una revolución de carácter popular dio el poder al partido principal de la oposición, el «MNR», y consiguió la nacionalización de las minas y la reforma agraria; ésta última impulsada por la ocupación violenta de las tierras por los propios campesinos ese mismo año. A la conclusión de la Guerra del Chaco en 1935, y bajo regímenes militares como el de Germán Busch, crece en Bolivia la presión por reformas nacionalistas. La masacre de mineros en Cataví (1942) produce un nuevo golpe de estado y el gobierno del teniente coronel Gualberto Villarroel, también de orientación nacionalista, el cual decretó la abolición del *pongueaje* y demás servicios gratuitos de los colonos, la creación de escuelas en los centros indígenas y en las haciendas, trató de regular las relaciones entre patrones y colonos, y organizó el congreso indigenista mencionado por Arguedas en la «Nota» epilogal de *Raza*. En julio de 1946 una insurrección puso fin al gobierno de Villarroel, cuyo cadáver fue colgado de un farol en la Plaza Murillo, en La Paz (según nota Luis Alberto Sánchez en una nota a la de Arguedas a propósito del gobierno que «prohijó» el «congreso indigenal»). Arguedas, quien murió en mayo de 1946, se había opuesto tenazmente a Villarroel, acusándolo de rodearse de la indiada para llevar a cabo sus atropellos y crímenes, y había, antes, justificado la masacre de Cataví «por la actitud francamente subversiva de los trabajadores» (*Etapas de la vida de un escritor* [La Paz, 1963], pp. 190, 177). Los gobiernos conservadores que siguieron al de Villarroel no pudieron contener el descontento popular y el clamor por medidas radicales respecto a la estructura económica del país.

sista (como sucede en *El mundo es ancho y ajeno*), o siquiera reformista (el caso de *Aves sin nido*).

La bárbara explotación del indígena que pinta *Raza* no conduce a exigir, en los términos que puede hacerlo el discurso narrativo, imaginándola como una posibilidad futura, aludiendo a ella, describiéndola como si en efecto tuviese lugar, la devolución al indígena de la propiedad de la tierra que, como explica a ese mismo texto, fue suya y ahora trabaja para beneficio de otros. Mencionada como posibilidad esa solución dentro de una discusión teórica entre varios personajes pertenecientes al mundo de los explotadores, se la rechaza explícitamente. La descripción de la explotación del indígena y de los abusos de que es víctima conduce en *Raza*, precisamente a causa del rechazo de la única solución posible a tal explotación, al planteamiento de una situación de enfrentamiento irreconciliable entre explotadores y explotados, blancos e indígenas; enfrentamiento que da lugar a su vez a una rebelión que servirá para ahondar ese odio. La rebelión de los colonos de «Kohahuyo» representa entonces no la solución de un problema sino la única solución posible para la trama, especie de reacción catártica sin la cual una narración cuyo principio conductor es la explotación del indígena (la cual crece, además, en crueldad con el transcurso de la acción), parecería trunca. El aislamiento final de la «raza de bronce», por efecto del odio, respecto de su opresor eterno, acerca la novela de Alcides Arguedas, curiosamente, a la concepción también exclusionaria y también ajena a soluciones de cualquier clase como independientes del objeto que la absorbe, características de la obra indigenista de José María Arguedas.

¿Qué lleva a Arguedas a escribir *Raza*, qué lo hace elaborar esa airada denuncia de una situación que ve, no obstante, como insoluble? Aunque Arguedas comienza su carrera de escritor por la novela, con *Pisagua* (1903), y la continúa con la primera versión de *Raza, Wuata Wuara* (1904), va a desarrollar en seguida la vocación que resulta en realidad la dominante en su carrera, la de sociólogo, historiador y político que se declara firmemente con *Pueblo enfermo*, cuya primera versión es contemporánea de *Wuata Wuara.* [28] La tercera novela de Arguedas, *Vida criolla* (1912) enmarca su burda, melodramática intriga sentimental en un marco de maquinaciones políticas, las cuales quisieran quizá convertirse en el foco intencional de la novela. Entretanto, Arguedas ha publicado nuevas versiones de *Pueblo enfermo* y va a embarcarse en la composición de su Historia de Bolivia. Es desde la perspectiva del historiador y el sociólogo que domina ahora su carrera de escritor, la cual alterna con la política (como diputado) y la diplomacia, que Arguedas regresa a aquel romántico alegato pro-indígena, *Wuata Wuara,* para re-escribirlo en

[28] Según Luis Alberto Sánchez, Arguedas editó en Europa, antes de regresar a Bolivia al final de 1904 (y antes pues de publicar *Wuata Wuara*), «un folletito amargo, de tono apocalíptico, cuyo desarrollo formará el discutido volumen *Pueblo enfermo.* No está muy claro para mí si fue en ese viaje o en el siguiente [en 1905] cuando aquel primer original estuvo listo» (*Obras completas*, p. 12).

los últimos años de la segunda década del siglo.[29] El sociólogo e historiador ve al indígena como una fuerza retrógrada que frena la marcha de Bolivia hacia la modernidad. Esa posición, estrictamente occidentalista, impide cualquier tipo de identificación con la cultura indígena para quien va a describirla. Una vez escogida la novela como vehículo para pintar al indígena, y más específicamente aquel texto primerizo donde nuestro autor, quien conoció al indio de cerca, volcó la piedad que le producía su condición, la ira que le provocaba su explotación por el hacendado, resulta que piedad e ira se transforman en denuncia. Lo mismo podría haber sucedido en un ensayo, sólo que al encarnar la descripción de las condiciones de vida del indígena en personajes, según lo exige la ficción, esa denuncia gana en efectividad, también porque no vemos al indio solo, según podría suceder en el artículo periodístico donde se describe su situación, sino en interacción con su opresor, cuyo carácter (ignorancia, avaricia, crueldad, despreocupación respecto a la mejora del país, lascivia) le importa también al autor retratar en vez de meramente describir. En consecuencia, la denuncia de *Raza* resulta efectivísima, incluso para el lector contemporáneo que lea la novela desde una perspectiva histórica que la sitúa dentro de cierto género y en relación a un problema —el indígena— ya parcialmente resuelto; efectivísima aun y cuando el conservadurismo del autor niegue la solución obvia del problema que describe.

Dada la continuidad de la preocupación de Arguedas por la situación del indio, no sorprende que se enorgullezca del efecto positivo —no importa ahora cuán cierto o duradero haya sido éste— de *Raza* en la situación del indio, que según él ha contribuido a mejorar. Lo que sí llama la atención es que haya vuelto a y continuado trabajando hasta el final de sus días en un texto que era el resultado de un impulso juvenil cuya dirección, bien que la frenase la ideología del autor, era

[29] En la Primera Parte del libro de memorias *La danza de las sombras*, Arguedas explica que se le «ocurrió ser escritor porque era aficionado a las lecturas fáciles de novelas simples y porque encontraba que los hombres de pluma en mi país, es decir, los periodistas, tenían una predilección muy marcada por inspirarse en temas exóticos, en asuntos lejanos y descuidaban abrir los ojos a la realidad de su medio, pues cuando lo hacían tratando de reproducir el paisaje o retratar las costumbres nos daban una impresión falsa y, más todavía, cuando ensayaban explicar las particularidades de nuestro carácter...» (Obras completas, ed. cit., p. 631). Hacia el final de esa sección de *La danza*..., afirma que su pluma «jamás ha escrito una sola línea que no sea sobre la patria», y que en vez de «evocar» leyendas y paisajes extranjeros y mujeres rubias, evocó «la áspera greña de nuestras indias hurañas y fuertes; en vez de los líricos ruiseñores... el vuelo de los cóndores», etc. (p. 681). Respecto a *Wuata-Wuara* y *Raza* dice Arguedas en la misma sección («La faena estéril», fechada en 1922) que compuso el libro «leyendo ese libro raro, *Copacabana de los Incas*», e inspirado también por la atracción que siempre tuvo para él el lago Titicaca; una experiencia de sus tiempos de estudiante, cuando yendo de caza, tropezó «con una india linda y huraña que no quiso darme asilo en su choza», y la historia que le oyó referir a su padre sobre «la crueldad con que los indios costeros castigaron y vengaron las tropelías de unos patrones sin entrañas. Estos tres elementos —belleza, emoción y drama— hicieron la obrita» (p. 634); escrita «casi en su totalidad» en Sevilla; «floja» por la «deficiencia» del autor, y recibida en silencio (pp. 634-35). Dándose cuenta de que «algo faltaba» a una obra que tenía, no obstante, grandes posibilidades, Arguedas se puso a rehacerla, y desde 1904, «en que se publicó el bosquejo», hasta 1919 *(Raza de bronce)*, «no he dejado de pensar en él con una angustia dolorosa que se hizo obsesión en mí y que habría durado todavía si ciertas circunstancias de inoportuna recordación no me hubiesen obligado a publicarlo cuando menos lo pensaba». La novela fue, pues, madurando por quince años, durante los cuales Arguedas la fue «arreglando dentro de un plan de ordenación lógica, encajando en él episodios de los que fui testigo o que me refirieron». Viajando por Europa en las circunstancias más variadas, no dejó de pensar y trabajar en «*Raza de bronce*. Y por eso, «mi cariño hacia ese libro» (p. 636).

radical; tal y como si desease identificarse con los oprimidos y, denunciando a los opresores, renunciar a las prerrogativas de su propia clase y radicalizarse. Creo que la explicación del aspecto denunciatorio de *Raza* y de la novela toda, pues resulta al cabo imposible deslindar el discurso narrativo de su intención, reside en la convicción de Arguedas respecto al cholo, a quien culpa de todos los males de su *enferma* patria. Pantoja, lo mismo que sus amigos los demás hacendados, son en realidad cholos aunque pasen por blancos («eran indios ellos mismos, pero no lo querían creer, y se apresuraban a sacar a lucir rancios y oscuros abolengos, cual si el pasar por descendientes de indios les trajese imborrachable estigma, cuando patente la llevaban del peor y maleado tronco de los mestizos, ya no sólo en la tez cobriza ni en el cabello áspero, sino más bien en el fermento de odios y vilezas de su alma»). De ahí la maldad de esos personajes, cree firmemente Arguedas, su mezquindad, su incapacidad como líderes sociales y empresarios, su falta de visión respecto al país. De modo que el castigo final de los jóvenes terratenientes es más que merecido.

El implícito corolario de esto es que de no existir el cholo como término intermedio entre indígenas y blancos —esa función de mediador la representa a cabalidad el administrador cholo del tipo de Troche—, es decir, de prevalecer todavía la situación original de la Conquista, sería posible el establecimiento de una relación muy diferente entre esos dos grupos; quizá de aquella postulada por las eternamente incumplidas Leyes de Indias. En esa situación ideal el indígena podría desarrollar las potencialidades que su actual condición mantiene cegadas, pues Arguedas cree que el indio es integrable dentro de la sociedad de una nueva Bolivia. [30] Es decir, el verdadero indio, no el cholo, al cual define como el indígena que asciende en la escala social, pasando de *aparapita* (cargador) o *mañazo* (carnicero) a ponerse chaqueta e incluso, al cabo de dos generaciones, a ser «persona decente» merced a la mezcla con blanco. El cholo llega a veces hasta las más altas esferas de la política, pero entonces reniega inmediatamente de su casta «y llama *cholo*, despectivamente, a todo el que odia, porque por atavismo es tenaz y rencoroso en sus odios». Por efecto de la estructura social del país (y lo mismo vale para el Perú y el Ecuador). el indio sólo puede integrarse al movimiento social abandonando su condición de tal. De acuerdo con ese planteamiento, Arguedas vería, pues, la explotación brutal del indígena no como el resultado natural de un proceso histórico y económico dependiente del sistema capitalista del que son parte también las naciones marginales, sino como otra funesta consecuencia más de la frustración del curso de la historia de Bolivia a causa del mestizaje.

De ahí que se sienta libre para denunciar esa explotación de un modo como no lo estaría probablemente de reconocer la parte de culpa que le toca en ella, lo mismo que en el proceso que conduce a esa situación, a la clase a la que pertenece, cuya misión redentora va a defender con razones prestadas de la ideología fascista. Al mismo tiempo, al declarar de entrada que el proceso es irreversible y la situación insoluble, libera a nuestro escritor de cualquier necesidad de ir más allá de la denuncia a plantear soluciones por necesidad radicales, revolucionarias, las

30 Véase la nota 5.

cuales afectarían, por lo tanto, la estructura social que le interesa mantener, bien que *mejorada* de acuerdo con cierto modelo. Las reformas y mejoras de la situación del indígena que finalmente tuvieron lugar en Bolivia después de la aparición de *Raza* (y antes de 1952), ninguna de ellas radical, pues dejaban intacta la cuestión de la posesión de la tierra, son entonces algo que el novelista puede saludar sin comprometer por ello su convicción respecto de la insolubilidad de un problema que ha resultado de la corrupción del país por causa de su cholificación, ni tampoco sus nociones esencialmente conservadoras respecto de la estructura social.

LAS TENSIONES IDEOLÓGICAS DE ARGUEDAS EN *RAZA DE BRONCE*

Teodosio Fernández

Al publicar la tercera y definitiva versión de *Raza de bronce,* en 1945, Alcides Arguedas insertó una nota final para aludir a los cambios experimentados por las condiciones de vida del indígena boliviano desde 1919, y para dejar constancia de su contribución personal a esa evolución favorable: «Este libro —señalaba— ha debido en más de veinte años obrar lentamente en la conciencia nacional, porque de entonces a esta parte y sobre todo en estos últimos tiempos, muchos han sido los afanes de los poderes públicos para dictar leyes protectoras del indio, así como muchos son los terratenientes que han introducido maquinaria agrícola para la labor de sus campos, abolido la prestación gratuita de ciertos servicios y levantado escuelas en sus fundos». [1] Algún tiempo antes, al redactar por última vez *Pueblo enfermo,* había exagerado ya las repercusiones de una novela que pintaba «la esclavitud absurda del indio, su vida de dolor, de miseria y de injusticia bárbara». [2] Entendía su obra, en consecuencia, como un alegato en favor del indígena, opinión mayoritariamente compartida por críticos e historiadores de la literatura, para quienes *Raza de bronce* significa el punto de partida de la narrativa indigenista del presente siglo. Ese juicio, sustancialmente acertado, olvida con frecuencia que el «indigenismo» de Arguedas —sincero, sin duda— constituye apenas una faceta de su acercamiento a la realidad boliviana, en estrecha relación con los planteamientos complejos y a manudo polémicos que dejó explícitos sobre todo en *Pueblo enfermo,*

---

[1] Véase Alcides ARGUEDAS, *Raza de bronce,* Buenos Aires, Losada, 1945, p. 300. Las citas de esta obra, si no se indica otra cosa, pertenecerán siempre a nuestra edición, por lo que me limitaré en adelante a consignar entre paréntesis las siglas RB y el número de página correspondiente.

[2] «...Las sociedades de protección, laicas y religiosas —puntualizaba Arguedas—, comenzaron a mostrarse preocupadas con el gran tema racial. Primero la Cámara, después el Senado, en seguida el gobierno y, por fin, el clero y la prensa se mezclaron en el asunto, y por algún tiempo, de 1923 a 1926, fue un revuelo de proyectos, leyes, artículos de periódico, conferencias y todo cuanto cabe en materia de publicidad y propaganda; pero luego vino el cansancio, inevitable y fatal, el obligado cansancio. Y de la cruzada se salió apenas con unas cuantas sociedades *Pro-Indio* y una ley dictada en 1932 prohibiendo alquilar *pongo con taquia».* Véase *Pueblo enfermo,* en Alcides ARGUEDAS, *Obras Completas,* dos vols., preparación, prólogo y notas de Luis Alberto Sánchez, México, Aguilar, 1959, vol. I, p. 433. Las citas de la obra de Arguedas, con la excepción de *Raza de bronce,* pertenecen en su totalidad a esa edición, por lo que en adelante me limitaré a hacer constar junto a ellas el volumen, la página y el título de la obra a que corresponden, según las siglas siguientes: *Los caudillos bárbaros* = LCB; *Pueblo enfermo* = PE; *La danza de las sombras* = DS.

en los volúmenes dedicados a la historia de su país, y en los recuerdos y reflexiones que integran *La danza de las sombras.* [3] En esas obras, como en todos sus escritos —ficciones incluidas—, se acusa un conflicto permanente entre las pretensiones regeneracionistas del autor y unas tesis tan pesimistas que apenas dejan esperanza para Bolivia y sus habitantes; [4] *Raza de bronce* comparte ese conflicto, y es, sin duda, su manifestación literaria por excelencia. [5]

Como muchos intelectuales hispanoamericanos de su época, Arguedas entendió que la literatura había de servir para indagar en el entorno, hasta convertirse en expresión o manifestación de la realidad propia. En la sumisión a los modelos extraños encontró una de las causas fundamentales de la esterilidad intelectual de su país, y señaló el camino para superarla: «...nuestros poetas y escritores —se lee *Pueblo enfermo*—, si verdaderamente quieren hacer obra original, tienen que *crear* y no *imitar*... Aún más: tienen que *copiar*, pues su error consiste en dejar a la naturaleza intacta, virgen, y sólo fijarse y escudriñar el fondo de sus sentimientos para presentarlos con vigor, aunque desprovistos de espontaneidad. Y así —insisto— no se hace arte ni se engendra una literatura. Su deber es desentrañar la psicología del grupo. La mejor obra literaria será, por lo tanto, aquella que mejor ahonde el análisis del alma nacional y la presente en observación intensa, con todas sus múltiples variaciones» (PE, I, 596). De tales planteamientos se deduce que un espíritu supraindividual reside en la población de un país y constituye su identidad profunda, determinada por factores étnicos, geográficos, históricos o culturales. En opinión de Arguedas, el carácter nacional apenas había podido desarrollarse en Bolivia, impedido por la heterogeneidad y las deficiencias de sus componentes étnicos, y por una geografía adversa para el progreso del país. La constatación de esa limitación inicial condiciona el proyecto nacionalista que Arguedas ofrece: intelectuales y artistas habían de esforzarse por forjar y definir la identidad boliviana, y el cumplimiento de esa función debería concretarse en la observación rigurosa del entorno físico y humano, con el propósito de encontrar remedios para sus deficiencias del presente.

Para esa tarea la novela era un instrumento tan adecuado como el ensayo, y las que escribió Arguedas responden al propósito evidente de indagar en la realidad

---

[3] Los planteamientos de Arguedas sobre la realidad boliviana se enriquecen y matizan con el paso del tiempo, pero no varían esencialmente desde los primeros textos hasta los últimos. Véase sus aspectos fundamentales en Antonio LORENTE MEDINA, «El trasfondo ideológico en la obra de Alcides Arguedas. Un intento de comprehensión», en *ALH* (Madrid), t. XV, 1986, pp. 57-73.

[4] Pedro LASTRA («Sobre Alcides Arguedas», en *Revista Chilena de Literatura*, nº. 16-17, Octubre de 1980-Abril de 1981, pp. 301-313) advirtió «el conflicto vivido y no resuelto por el escritor —cuya honestidad y fervor no se discuten aquí— entre una voluntad regeneracionista consciente y una ideología profunda que inevitablemente la contradecía» (p. 303). Tengo en cuenta esta observación, aunque entiendo que el autor no era menos consciente de su «ideología» —en la que ocupan lugar tan destacado presupuestos deterministas en torno a la raza y el medio geográfico— que de su voluntad regeneracionista.

[5] En «El pensamiento de Alcides Arguedas y la problemática del indio: para una revisión de la novela indigenista» (*ALH*, vol. VIII, nº 9, Madrid 1980, pp. 49-65) traté ya de determinar los planteamientos que subyacen en *Raza de bronce* a la luz de los expuestos por Arguedas en otros escritos. Reconozco desde ahora que aprovecho en adelante ideas desarrolladas en aquel artículo, en la medida en que aún me parecen válidas.

nacional. *Raza de bronce* no es una excepción, y los aspectos que se analizan en ella son mucho más amplios que la mencionada explotación del indígena. Su primera parte, la titulada «El valle», basta para demostrarlo suficientemente, pues la arbitrariedad y el egoísmo del patrón apenas son las razones últimas del viaje que realizan los indios puneños a los valles cercanos a La Paz en busca de la simiente, y son otros los temas que reclaman el interés del autor: las reacciones de los protagonistas ante un medio geográfico y humano que no es el suyo, y sobre todo las peculiaridades de ese medio. Arguedas pretende transformar en relato algunas de sus observaciones de la realidad boliviana, como ésta que puede encontrarse en *Pueblo enfermo:*

> ...En los jocundos valles de los alrededores de Sucre, Cochabamba y La Paz vense peregrinar grupos de indios viajeros en pos de sus caravanas por las playas desiertas y acribilladas de recio pedrusco, buscando un paso por donde vadear las corrientes tumultuosas de los torrentes convertidos en cataratas. Escogen el sitio en que, si no divididas por lo menos se desparraman en grande extensión las aguas y las atraviesan sosteniendo a los borricos cargados de frutas o combustible. Muchas veces se equivocan en calcular la fuerza del caudal y pagan caro su equívoco. Arrástralos la corriente y los arroja un centenar de metros más abajo, con algunos miembros rotos, si no ya cadáveres» (PE, I, 408).

El viaje a los valles es un pretexto de Arguedas para mostrar la carencia de las vías de comunicación que posibilitarían la cohesión nacional y el progreso material de Bolivia, y es también ocasión para describir tipos, costumbres —en especial las prácticas comerciales, que ponen bien de manifiesto el subdesarrollo económico—, productos agrícolas, flora y fauna. Como factor determinante de esa realidad, la naturaleza adquiere una relevancia que a menudo deja a los personajes en segundo término: la montaña y el río se convierten en protagonistas, y el conflicto fundamental no es el que enfrenta al campesino indígena con el hacendado, sino el del hombre en lucha con una naturaleza hostil que amenaza con destruirlo, tema grato a los narradores hispanoamericanos de la época. Arguedas acudió a ese conflicto para poner de relieve los obstáculos insuperables que habían impedido la modernización del país, y aprovechó la oportunidad para mostrar sus emociones ante la desmesurada grandeza de la geografía de los valles.

La naturaleza del altiplano carece de aquella variedad y exuberancia, pero también atrae la atención del autor: en la segunda parte de *Raza de bronce*, «El yermo», se suceden los cuadros o episodios narrativo-descriptivos que muestran al lector la geografía próxima al lago Titicaca, la inclemencia de la climatología, las faenas agrarias, los ritos que tratan de propiciar la abundancia de las cosechas o de la pesca. Las características del medio, también hostil al hombre contribuyen decisivamente a conformar el modo de ser de los habitantes del altiplano, como Arguedas ya había señalado con anterioridad:

> El aspecto físico de la llanura, el género de ocupaciones, la monotonía de éstas, ha moldeado el espíritu de manera extraña. Nótase en el hombre del altiplano la dureza de carácter, la aridez de sentimientos, la absoluta carencia de afecciones estéticas. El ánimo no tiene fuerzas para nada, sino para fijarse en la persistencia del dolor. Llégase a una concepción siniestramente pesimista de la vida. No existe sino el dolor y la lucha. Todo lo que nace con el hombre es pura ficción. La condición

> natural del hombre es ser malo y también de la Naturaleza. Dios es inclemente y vengativo; se complace en enviar toda suerte de calamidades y desgracias... (PE, I, 415).

La pampa y el indio —se asegura en *Pueblo enfermo*— «no forman sino una sola entidad. No se comprende la pampa sin el indio, así como este sentiría nostalgia en otra región que no fuese la pampa» (I, 414). La belleza que muestran algunas descripciones de *Raza de bronce* apenas disimulan las condiciones de una geografía inhóspita, de un suelo «casi estéril por el perenne frío de las alturas» (RB, 12), igual al que se describe en el polémico ensayo de Arguedas. Más problemáticas son las relaciones entre ambos textos en cuanto se refiere a la caracterización de la raza o de la psicología indígenas, pues con frecuencia y precipitación se ha identificado la denuncia de su explotación con una visión positiva del indio, con lo que la novela poco o nada tendría que ver con las duras opiniones vertidas por Arguedas en *Pueblo enfermo*. No es difícil comprobar, sin embargo, que esas discrepancias no existen: Si en el ensayo se asegura que el indio es un «andariego empecinado, la distancia no le acobarda ni para emprender sus viajes toma precauciones; sabe que ha de volver al punto de partida y vuelve, sea cual fuere el tiempo transcurrido. Si no, es que algo le ha sucedido; seguramente el río se lo ha llevado, o un torrente lo ha cogido, o lo ha pulverizado una centella. La familia sólo se preocupa de recobrar los efectos perdidos, recuperar las bestias de carga, las ropas del difunto, su dinero, lo poco que haya podido dejar» (PE, I, 418), *Raza de bronce* incluye el viaje que permite desarrollar esa teoría; si la preocupación fundamental del indígena, como se afirma en *Pueblo enfermo*, «es aplacar, con prácticas curiosas, el enojo de Dios, ofreciéndole sacrificios» (I, 415), en la novela puede encontrarse la referencia al ritual propiciatorio de las divinidades lacustres, exigido por la escasez de la pesca en el Titicaca (RB, 140-145); si mantiene la creencia prehispánica de que «la muerte era una especie de transición a otro estado más perfecto en el que el hombre gozaría de toda clase de bienes. Y de semejante creencia ese su sistema de embalsamiento, algo análogo al de los egipcios, y el afán de proveer al difunto de toda suerte de utensilios y cosas necesarias de regular uso» (PE, I, 415), suficientemente explícito es el pasaje de los funerales de Quilco, quien se va al otro mundo con su mejor ropa, con su bolsa de coca y maíz, herramientas e incluso quena y zampoña, «para que matase la murria modulando los aires aprendidos en la juventud» (RB, p. 177); y si «su vida es parca y dura, hasta lo increíble. No sabe de la comodidad ni del reposo. No gusta placeres, ignora lujos. Para él ser dueño de una ropa llena de bordados con la que pueda presentarse en la fiesta del pueblo o de la parroquia y embriagarse lo mejor que le sea permitido y el mayor tiempo es el colmo de la dicha. Una fiesta le parecerá tanto más lucida cuantos más días se prolongue. Bailar, beber es su sola satisfacción; no conoce otras. Es animal expansivo con los de su especie; fuera de su centro mantiénese reservado y hosco. En su casa huelga la miseria absoluta, el abandono completo» (PE, I, 416), toda la novela señala con insistencia esa vida de privaciones y sufrimiento, alterada de cuando en cuando por celebraciones que irremediablemente concluyen en el más degradante estado de embriaguez colectiva.

Los ejemplos de esa relación podrían multiplicarse, confirmando que las observaciones registradas en *Pueblo enfermo* son las que se desarrollan en *Raza de bronce,* adaptadas a las exigencias de la ficción. Las opiniones de Arguedas sobre el indio aymará tampoco varían sustancialmente, aunque en la novela se diluyen entre peripecias y descripciones, sobre todo en la primera parte. Para comprobarlo basta con detenerse en algunas «intromisiones» del autor, como las que subrayo:

> ...le saludó con la humilde inflexión de voz y con el tono *bajo y servil que emplean los indios cuando se dirigen a un extraño a quien desean pedir favor, cualesquiera que sean su casta y condición.* (RB, 23).
>
> Tan fuerte era la visión del paisaje, que los viajeros, *no obstante su absoluta insensibilidad ante los espectáculos de la Naturaleza,* sintiéronse, más que cautivados, sobrecogidos por el cuadro que se desplegó ante sus ojos atónitos... (RB, 67).

A veces Arguedas parece temer que sus aseveraciones sobre la condición moral del indio pasen desapercibidas, y las reitera con insistencia:

> ...los cuitados iban llorando, *no tanto al muerto como al caudal con el que se perdiera...* (RB, 52).
>
> ...se dieron prisa en cumplir su piadosa e *interesada tarea de buscar a su compañero.* (RB, 55).
>
> ...Estaban atontecidos de dolor, *no tanto por el compañero como por el dinero perdido... ¿Cómo llenarían su misión? ¿Qué responderían a los patrones...?* ,(RB, 56-57).
>
> ...y partieron casi tranquilos y con el corazón más ligero, *pues habían dado con el caudal, lo más precioso para ellos, y ninguno sufrió quebranto de fortuna yendo todo el daño a la cuenta del difunto...* (RB, 60).

Si así reaccionan los compañeros de viaje de Manuno, no es de extrañar, en ocasiones similares, que la familia del indio sólo se preocupe «de recobrar los efectos perdidos, recuperar las bestias de carga, las ropas del difunto, su dinero, lo poco que haya podido dejar» (PE, I, 418). La vida es tan precaria que impide pensar en los muertos. A lo largo de la novela sobran oportunidades para mostrar la dureza de carácter del aymará, la aridez de sus sentimientos, su insensibilidad para la belleza, su pesimismo absoluto, su conservadurismo feroz y todas las características que Arguedas había asignado a la psicología indígena en *Pueblo enfermo.*

Desde luego, en la novela pueden hallarse también personajes que parecen contradecir o matizar esa visión negativa. Los más significativos son la pareja de enamorados, Agiali y Wata-Wara, y el anciano Choquehuanka, modelo de sabiduría indígena. Los unos y el otro proceden de una breve novela anterior, la casi desconocida *Wuata Wuara,* [6] que se inserta sin dificultades en la tradición indianista del siglo anterior. En ella pueden encontrarse también la violación y muerte de la muchacha por los hacendados, y la violenta rebelión de los indígenas. Esa herencia ha de adaptarse en *Raza de bronce* a la visión «realista» del indio que pretende Arguedas, y la primitiva idealización de los personajes se ve contrarrestada por un comportamiento que trata de ajustarse al propio de la raza. Wata-Wara es una india «fuerte y esbelta» (RB, 5), posee un busto de contornos armoniosos, y es

[6] Ese es el título exacto de la edición de Barcelona. Luis Tasso Impresor, 1904. Ese es también el nombre de la heroína de la novela.

indudablemente hermosa —a juzgar por los apetitos que despierta en cholos y blancos;[7] pero también parece insensible a los bellos espectáculos de la naturaleza —el autor la muestra «indiferente a la infinita dulzura con que agonizaba el día» (RB, 7)—, sus manos son ásperas (RB, 13), y se somete como las demás jóvenes de la hacienda a los abusos sexuales del administrador y del cura. Agiali es un mozo alto y fuerte, «tenía expresión inteligente y era gallarda la actitud de su cuerpo» (RB, 9), es capaz de amar y de sentirse celoso, pero eso no lo libra del destino común de los suyos, y el idilio rural se convierte en una historia de sumisión y humillaciones hasta que el odio acumulado estalla en la venganza final.

También Choquehuanka sufrió un proceso de adaptación a la personalidad colectiva, aunque su rostro aún muestre «una gravedad venerable, rasgo nada común en la raza» (RB, 15). En *Wuata Wuara* era realmente un personaje excepcional, y lo era por su condición ilustrada, pues conocía la cultura de los blancos, cuyos libros leía. Sus reflexiones lo mostraban capaz de analizar la situación de los suyos en los términos que entonces podría emplear un intelectual como Arguedas: contrastaba un pasado feliz, cuando los indios eran dueños de la tierra, con el presente infausto, convencido de que sobre el aymará pesaban inexorablemente las leyes biológicas, de que la raza vivía ya las miserias de la vejez, de que la naturaleza terminaría por eliminar, como siempre, a los impotentes y a los débiles, y en esa actitud fatalista se ahogaba la vana esperanza de que la educación permitiese convertir de nuevo al suyo en un pueblo de hombres superiores y fuertes. Despojado de sus conocimientos librescos, en *Raza de bronce* Choquehuanka queda reducido a un compendio de sabiduría campesina. Como los demás miembros de su etnia, es parco, huraño, mañero y supersticioso, y su actuación no siempre se libra de la mirada crítica, sarcástica a veces, con que Arguedas observa las costumbres y creencias de los indígenas. La ceremonia con que se pretende ganar el favor de las divinidades lacustres, en la que el anciano es protagonista destacado, constituye un ejemplo significativo.

Aun teniendo en cuenta los matices que ofrecen personajes como los comentados —matices también exigidos por la construcción novelesca de psicologías y comportamientos individualizados—, resulta evidente que los valores asignados al aymará no varían de *Pueblo enfermo* a *Raza de bronce*. Sus limitaciones raciales y morales hacen del indio un factor negativo para el progreso del país, y si en la novela resulta de algún modo favorecido, no es por sus propios méritos: lo es por la compasión que despierta, sometido a los abusos de quienes muestran una condición moral aún inferior. A este respecto conviene señalar que las deficiencias en el comportamiento de los hacendados nada tiene que ver con la raza blanca, a la que sólo étnicamente pertenecen, y ni siquiera con seguridad. Algunas reflexiones sobre Pantoja y sus amigos, como la que subrayo, merecen especial atención:

> ...con diligencia en que parecía irles vida y honra, se apresuraban en sacar a lucir rancios y oscuros abolengos, *cual si el pasar por descendientes de indios les trajese imborrable estigma, cuando patente la llevaban del peor y maleado tronco de los*

[7] No en vano «parece más blanca que las otras» (RB, 246), según anota Arguedas. La observación es significativa, al menos de las preferencias estéticas del autor.

mestizos, ya no sólo en la tez cobriza ni en el cabello áspero, sino más bien en el fermento de odios y vilezas de su alma... (RB, 221-222).

En *Pueblo enfermo* Arguedas aseguraba que «no se sabría precisar, ni aun deslindar, las diferencias existentes entre las llamadas *raza blanca* y *raza mestiza*. Físicamente ambas se parecen, o mejor, son una. El *cholo* (raza mestiza), en cuanto se encumbra en su medio, ya es *señor*, y, por lo tanto, pertenece a la raza blanca» (I, 412). La cuestión racial en su sentido estricto queda así en segundo término, sustituida por la «psicología del mestizaje», que alcanza por igual a cholos y a blancos, e incluso a los indios capaces de acholarse. Al analizar las causas del atraso de Bolivia, Arguedas encontró siempre una de las fundamentales en el «predominio de la modalidad mestiza, que se ha ido imponiendo a medida que una selección determinada por la necesidad ha venido desplazando, sumergiendo o desnaturalizando el núcleo racial del elemento ibero, que ahogado por el empuje incontenible de la raza mestiza, ha ido perdiendo sus cualidades para heredar las de la raza sometida, menos apta que la otra» (PE, I, 571-572). Y es ese «acholamiento» la razón de la carencia de ética social, sustituida por la desfachatez, la bellaquería, la simulación y el vicio en las clases bajas, y por el abuso, la arbitrariedad, la incuria y la crueldad en quienes detentan el poder. El administrador Tomás Troche es buen representante de las primeras, como el hacendado Pantoja de los últimos, y por tanto el problema indígena puede interpretarse sobre todo como una consecuencia de las deficiencias morales derivadas del mestizaje, que para Arguedas significaba la confluencia de todos los defectos del indio y del blanco.

La cuestión, desde luego, podía abordarse desde otras perspectivas. Arguedas lo sabía, y bien lo demuestran las distintas actitudes hacia el indio que hizo adoptar en la novela al patrón y a sus amigos, o las razones con que los llevó a discutir sobre el tema. Suárez, hijo de un «acaudalado minero», es el único que descubre aspectos positivos en las costumbres y actividades del indígena, pero también es el único que no posee una hacienda, y desconoce por completo los problemas campesinos. Arguedas mantiene hacia él una actitud contradictoria, que se manifiesta sobre todo en las polémicas con que lo enfrenta a Pantoja: si en algunos momentos parece convertirlo en el transmisor directo de su pensamiento, atribuyéndole ideas expuestos en otras ocasiones por el autor —como las relativas a la destrucción inútil de la flora y la fauna del Titicaca, o la defensa de una dictadura austera y moralizadora como solución para los males del país, frente a la palabrería inútil de los políticos cholos—, por lo general se refiere a él en un tono de burla o desdén, cuando no de evidente censura; «Cojeaba, pues, —llega a asegurar el narrador— del mismo pie que todos los defensores del indio, que casi invariablemente se compone de dos categorías de seres: los líricos, que no conocen al indio y toman su defensa como un tema fácil de literatura, o los bellacos que, también sin conocerle, toman la causa del indio como un medio de medrar y crear inquietudes exaltando sus sufrimientos, creando el descontento, sembrando el odio con el fin de medrar a su hora, apoderándose igualmente de sus tierras» (RB, 295). Suárez debe encuadrarse entre los primeros, si se tiene en cuenta que el novelista ha hecho de él un típico representante del rubendarismo, «obsesionado con encantadas princesas de leyendas medievales, gnomos, faunos y sátiros» (RB, 294), heredero de una larga tradición literaria que había idealizado la figura del indígena o la hacía perderse en las brumas del mundo prehispánico: exactamente lo que una novela como *Raza de bronce* trataba de superar, de acuerdo con las preocupaciones literarias de la nueva época. Si resulta malparado al discutir con Pantoja las cualidades del indio del altiplano, no es porque el indio carezca de las virtudes que se le atribuyen —Arguedas no tendría mayor inconveniente en considerarlo también «trabajador, laborioso, económico» (RB, 268), cuando llegó a escribir que, «ayer y hoy, cumple, más que el blanco, la ley del trabajo» (LCB, II, 194)—, sino porque su desconocimiento de la realidad lo lleva a ignorar los aspectos negativos: la raza aymará también es cerrada, perversa, solapada, hipócrita, cruel, vengativa y enemiga de cualquier innovación, como asegura Pantoja. *Raza de bronce* pretende mostrar con objetividad virtudes y defectos.

En la discusión entre Suárez y el dueño de la hacienda hay otros puntos de especial interés, y entre ellos una alusión a los peligros que entraña la educación del indígena: en opinión del terrateniente, equivale a dar al indio las armas del blanco, al que aplastaría por meras razones demográficas; «de dos millones y medio de habitantes que cuenta Bolivia —explica Pantoja—, dos millones por lo menos son indios y ¡ay del día que esos dos millones sepan leer, hojear códigos y redactar periódicos! Ese día invocarán esos tus principios de justicia e igualdad, y en su nombre acabarán con la propiedad rústica y serán los amos...» (RB, 273) La educación, en consecuencia, se revela como un peligro, y de ahí deriva un problema —«este nuestro problema boliviano, el más grande de todos», en palabras del terrateniente (RB, 273)— de difícil solución: en apariencia, el de la supervivencia de la raza blanca, que de pronto parece sólo sustentada en su superioridad cultural; en realidad, el de la posesión de la tierra, que aflora irremediablemente. Frente a los razonamientos de Suárez, que invoca los antiguos derechos del indígena, Pantoja se circunscribe a la realidad del presente: «...hoy cada propiedad representa un precio legítimo, porque día a día, en el curso de muchos años, han ido ganando valor con sucesivas transformaciones»; «...al pasar de manos de los indios a las de los blancos, cada uno ha satisfecho un precio estipulado, y ahora constituyen un bien legítimo de sus propietarios, que nadie puede arrebatarles sin atacar fundamentalmente el derecho de propiedad, sagrado aun entre los salvajes...» (RB, 274).

Hasta Suárez admite la coherencia de estos razonamientos, que cabe suponer los del autor, al menos en parte. En sus escritos teóricos y en sus momentos más optimistas, Arguedas concede sin duda a la educación del indio un papel importante en la regeneración del país, aunque los resultados habían de ser necesariamente limitados: «Mundos enteros de diferencia —asegura— separan (...) a nuestros agricultores indios de los agricultores yanquis, y esos abismos no se nivelarán creo que nunca, porque provienen de factores de raza y morales, que no se nivelan ni se pierden» (DS, I, 1.109). En todo caso, para sacar el mejor partido de sus virtudes, que las tiene y se le reconocen, hay que tener en cuenta que «sus hábitos, su carácter, su mismo atavismo le señalan el campo como el sitio de sus proezas o sea la agricultura» (DS, I, 1.109). La educación bien entendida del indio, en consecuencia, fue siempre para Arguedas la que pudiese mejorar su condición de campesino, aumentando su rendimiento y sus beneficios, no la que tratase de convertirlo en un ciudadano como los demás, y muchos menos en un propietario de la tierra. Tras esa actitud se puede descubrir en el escritor un sentimiento de superioridad racial que no quiere verse amenazado, y también su condición de terrateniente que deseaba seguir siéndolo. La época era fecunda en amenazas de un signo y otro, pues habían empezado a difundirse tesis nativistas que hacían de la raza aymará el núcleo fundamental de la nacionalidad boliviana y predecían su triunfo final, [8] así como credos revolucionarios que pretendían la alteración drástica e inmediata del orden social y económico vigente.

Con tales tesis y credos tienen sin duda que ver las actividades de los «doctores cholos» que, desconociendo la realidad nacional, levantan su voz en defensa de los oprimidos, invocando la igualdad y la justicia, y que provocan las reticencias del hacendado Pantoja en *Raza de bronce*. Esas suspicacias, que son las de Arguedas, se mantendrán siempre, y se advierten incluso en la citada nota final que acompaña a su novela desde 1945, en la cual —tras aludir a las leyes protectoras del indio, a la abolición de ciertos servicios y a las escuelas levantadas en los fundos— el autor se refiere al «congreso indigenal» celebrado en mayo de ese año y «prohijado» por el Gobierno, para advertir que «ha adoptado resoluciones de tal naturaleza que el paria de ayer va en camino de convertirse en señor de mañana...» (RB, 348) Lo que preocupaba a Arguedas, evidentemente, era que la «educación» alentase la posibilidad de un cambio radical en las estructuras socioeconómicas del país, cuando sus pretensiones reformadoras no iban más allá de la «regeneración» de Bolivia, de su equiparación a los países desarrollados del ámbito occidental. Convencido de que la razón lo asistía, quien había de llegar a jefe del Partido Liberal boliviano no dudó en buscar argumentos para la restricción de la libertad de prensa, con el fin de salvaguardar la moral, el orden y las posibilidades de progreso, y adoptó siempre una actitud violentamente anticomunista, que lo llevó a la descalificación ética de los «bellacos» que defendían la causa del indígena para crear «inquietudes» (para alterar el orden) y medrar a su costa. El izquierdismo boliviano fue para él «una simple táctica» de algunos partidos para enfrentarse al descontento de la masa, «la cual es movida y agitada por gentes de poca cultura y poca elevación

---

[8] Franz Tamayo fue tal vez el primero en defender esas tesis con entusiasmo, según se desprende de sus cincuenta y cinco editoriales publicados en *El Diario*, en 1910, y recogidos en *La creación de la pedagogía nacional*. No idealizaba el pasado hasta el punto de pretender recuperarlo: él también estaba por el progreso y por la absorción de lo más selecto de la civilización occidental, pero —invocando el ejemplo del Japón— se inclinaba por la adopción de las técnicas sin menoscabo de la propia identidad. Esta radicaba casi con exclusividad en el indio, verdadero depositario de la energía nacional, superior física y moralmente al blanco, al que Tamayo juzgaba en un proceso de rápida degeneración. Favorecida por su secular adaptación al medio natural, la raza autóctona terminaría por imponer su ley. Con el triunfo de las virtudes del pueblo aymará, y con una adecuada educación del elemento mestizo, un tiempo mejor había de comenzar para Bolivia.

Con ánimo bien distinto al del terrateniente de *Raza de bronce*, Tamayo se había referido también a las consecuencias de la pretensión —que juzgaba irrealizable— de «civilizar» al indio: sería el despertar de la raza, presta a sacudirse los parásitos. El tema y la amenaza estaban, pues, en el ambiente.

moral», [9] como hizo constar en *Pueblo enfermo*, donde recordó en su apoyo las reflexiones de Taine, en *Los orígenes de la Francia contemporánea*, a propósito de los efectos nefastos producidos en las masas populares francesas por las teorías de los enciclopedistas; no eran otros, en su opinión, los que podría causar el marxismo o bolchevismo entre los indios analfabetos, pues los «conceptos de justicia absoluta, de igualdad absoluta, de desinterés absoluto, son meras abstracciones o especulaciones de filántropos y no responden todavía a la esencia de íntima de la naturaleza humana». (PE, I, 602-604).

Tras los planteamientos de Arguedas sobre la educación del indio, en consecuencia, subyacen los relativos a la propiedad de la tierra, y con éstos han de relacionarse también las cuestiones literarias hacia las que deriva rápidamente la conversación de los personajes en *Raza de bronce*. En el transcurso de la discusión sobre las conflictivas relaciones entre colono y patrón, Suárez compara la situación del mujik ruso con la que padece el indio del yermo, y su opinión queda de inmediato desautorizada: como argumenta Pantoja, su conocimiento del mujik es tan literario como el que tiene del indio, y de la lectura de Gorki puede extraerse también una visión negativa del campesino ruso. Una vez más Arguedas parece injusto con el primero, y más si se tiene en cuenta que la comparación que atribuye a su personaje —el indio es «más miserable y más pobre que el mujik ruso»— aparece reiterada en otros textos suyos. [10] Las palabras de Pantoja, por otra parte, describen con claridad las características de las relaciones laborales propias del altiplano boliviano: el hacendado prestaba tierras al campesino a cambio de su trabajo en los campos que el propietario reservaba para sí, a cambio de productos pagados a precios inferiores a los del mercado, y de servicios como el pongueaje, y de cuanto el patrón tuviese a bien exigir. *Raza de bronce* constituye en sí misma un valioso testimonio de los lazos que unían a peones y latifundistas, lazos que en principio entrañaban derechos y obligaciones por ambas partes, y desde luego una dependencia mutua: el campesino, que carece de tierras propias, depende de la hacienda para subsistir, y el propietario depende del trabajo de los indígenas, sin el cual sus propiedades carecerían de valor. Al analizar en la agricultura de la sierra peruana una relación similar, José Carlos Mariátegui encontraría en ella rasgos feudales, y emparentables con los característicos de la Rusia zarista; [11] sin duda Arguedas también observó esas semejanzas en su país y la descalificación de Suárez tiene otro significado: lo que se rechaza no es la equiparación del indio boliviano y del campesino ruso en la miseria y en los sufrimientos, sino la base meramente «literaria» en que la comparación se apoya, y esto sólo en apariencia; no es inocente la actitud de Arguedas al desautorizar una y otra vez a su personaje por las mismas razones, ni al utilizarlo como pretexto para atribuir a

[9] «...y muy especialmente por un agitador criollo de seudónimo ruso», concluye Arguedas (PE, I, 602), refiriéndose a Gustavo Navarro, más conocido como Tristán Marof, quien organizó el partido socialista en 1925.

[10] «...hace más de medio siglo, vivía el indio en iguales o peores condiciones que el *mujik* ruso de esa época, sin parecido en el mundo.

El *mujik* a lo que parece, ha cambiado de suerte. El indio hoy, sigue siendo esclavo». (LCB, II, 969).

[11] Véase *Siete ensayos de interpretación de la realidad peruana*, Caracas, Ayacucho, 1979, pp. 60-61.

todos los defensores del indio una radical limitación: su desconocimiento del indio real. La frontera entre los «líricos» que se limitaban a hacer literatura y los «bellacos» que creaban el descontento y sembraban el odio no era fácil de fijar, y probablemente para Arguedas no existía, al menos en cuanto entraba en juego un tema tan espinoso como el de la propiedad de la tierra. Idealizando al indígena o denunciando la explotación a que se veía sometido, unos y otros olvidaban sus limitaciones raciales, limitaciones que determinaban su papel dentro de la estructura económica y social del país. La acritud con que se rechazan las referencias de Suárez al mujik es buena prueba de que lo que se discute es algo más que una cuestión literaria. Poco importaba que Gorki reflejase o no con fidelidad la situación del campesino ruso, y menos cuando en sus obras se podían comprobar, como asegura Pantoja, «que los tales mujiks, como nuestros indios también, son ladrones perezosos, sucios y mentirosos» (RB, 275): lo que inquietaba a Arguedas era la valoración que con frecuencia se hacía en Hispanoamérica de aquella literatura, y sus implicaciones en el ámbito andino. «El "mujikismo" —escribió José Carlos Mariátegui, recogiendo una opinión extendida— tuvo parentesco estrecho con la primera fase de la agitación social en la cual se preparó e incubó la Revolución Rusa. La Literatura "mujikista" llenó una misión histórica. Constituyó un verdadero proceso del feudalismo ruso, del cual salió éste inapelablemente condenado. La socialización de la tierra actuada por la revolución bolchevique reconoce entre sus pródromos la novela y la poesía "mujikistas"». [12] Los escritores hispanoamericanos de izquierda consideraban que la incipiente literatura indigenista tenía que desempeñar idéntica función en el mundo andino, para llegar a los mismos resultados.

En tales circunstancias las referencias al «mujikismo» y las valoraciones positivas del indígena pueden interpretarse, desde la perspectiva de Arguedas, como posibles gérmenes subversivos, que se conjuran negando sus conexiones con los problemas reales del indio boliviano. Con cuidado de no contribuir a la propagación de tales peligros de la literatura —de una «literatura» con evidentes connotaciones negativas—, *Raza de bronce* pretende ser un análisis objetivo de esos problemas, que, si nos atenemos a los argumentos de Pantoja, no parecen derivar del sistema económico, sino solamente de las deficiencias morales de quienes lo integran: de un lado los peones indígenas, que si mantienen sus miserables condiciones de vida es porque son rutinarios, porque se oponen sistemáticamente a toda innovación aunque signifique una mejora, porque derrochan su escaso dinero en fiestas y alcohol; del otro, sus terratenientes que no se caracterizan precisamente por su preparación intelectual, por su disciplina moral, por la capacidad creadora, por su aptitud para el progreso o por otras cualidades propias de la raza blanca. La relación entre unos y otros constituye un conflicto permanente, que definen con precisión las palabras del hacendado:

> ...Yo, te digo sinceramente, los odio a muerte y ellos me odian a morir. Tiran ellos por su lado y yo del mío, y la lucha no acabará sino cuando una de las partes se dé por vencida. Ellos me roban me mienten y me engañan; yo les doy de palos, les persigo...

---

[12] José Carlos MARIÁTEGUI, op. cit., p. 217.

—Hasta que te coman, como tú dices.
—Sí, hasta que me coman o ellos revienten... (RB, 276).

Justificadas por reflexiones sobre la miseria, las crueldades y la injusticia que padece su pueblo, las conclusiones de Choquehuanka son semejantes:

> ...Nada debemos esperar de las gentes que hoy nos dominan, y es bueno que a raíz de cualquiera de sus crímenes nos levantemos para castigarlos, y con las represalias conseguir dos fines, que pueden servirnos mañana, aunque sea a costa de los más grandes sacrificios: hacerles ver que no somos todavía bestias y después abrir entre ellos y nosotros profundos abismos de sangre y muerte, de manera que el odio viva latente en nuestra raza, hasta que sea fuerte y se imponga o sucumba a los males, como la hierba que de los campos se extirpa porque no sirve para nada. (RB, 344).

Esas convicciones son las de Arguedas, como se desprende del propio desarrollo de la novela: a los abusos constantes de blancos o mestizos responden los indios con sumisión aparente y con resentimiento que ofrece muy diversas manifestaciones, desde el ruidoso recibimiento con que ponen en peligro la integridad física del patrón y de sus amigos (RB, 215-216), hasta el levantamiento final, cuando la «horda» indígena, entre «rugidos», «aullidos» y «alaridos», [13] incendia la casa del terrateniente. A pesar de las remotas esperanzas de libertad que pueda alentar un «hombre justo» como Choquehuanka, es arriesgado suponer que de esa rebelión derivará la liberación de los colonos. Como la sufrida años atrás por el padre de Pantoja, constituye sobre todo una ilustración de las costumbres del altiplano, o una muestra de la capacidad de respuesta sangrienta que caracteriza al aymará, como oportunamente se explica en *Pueblo enfermo:*

> ...su alma es depósito de rencores acumulados de muy atrás desde cuanto enterrada la flor de la raza, contra su voluntad en el fondo de las minas, se agotara rápidamente, sin promover clemencia en nadie. Y este odio ha venido acumulándose conforme perdía la raza sus caracteres y rasgos predominantes y aumentaba en el dominador la confianza en sus facultades dominatrices. Hoy día, ignorante, maltratado, miserable, es objeto de la explotación general y de la general antipatía. Cuando dicha explotación, en su forma agresiva y brutal, llega al colmo y los sufrimientos se extreman hasta el punto de que padecer más sale de los lindes de la humana abnegación, entonces el indio se levanta, olvida su manifiesta inferioridad, pierde el instinto de conservación y, oyendo a su alma repleta de odios, desfoga sus pasiones y roba, mata, asesina con saña atroz. Autoridad, patrón, poder, cura, nada existe para él. La idea de la represalia y el castigo apenas si le atemoriza y obra igual que el tigre de feria escapado de la jaula. Después, cuando ha experimentado ampliamente la voluptuosidad de la venganza, que vengan soldados, curas y jueces que también maten y roben.... ¡no importa! (PE, I, 420).

Obsesivamente, como se puede advertir, el problema termina siempre por plantearse en términos morales, a su vez determinados por factores psicológicos y rciales. Si las deficiencias del país derivan de la heterogeneidad, el antagonismo y las taras de los elementos étnicos que en él habitan —o «vegetan», como escribiría Arguedas—, nada se resolvería con la supresión del latifundismo o de la «legítima»

[13] La selección del léxico pertenece a Arguedas (RB, 346-347), e informa suficientemente sobre la condición humana que se asigna al indio.

propiedad privada. Ni siquiera Choquehuanka, plenamente consciente de las desdichas que aquejan a su pueblo, cuestiona los derechos del hacendado sobre la tierra: todo lo que pide es piedad para quienes las han habitado desde siempre (RB, 285). Y lo que *Raza de bronce* denuncia —con indudable dureza, desde luego— no es otra cosa que la actuación brutal de quienes ningún derecho tienen a despreciar y maltratar a los indios, cuando en su proceder demuestran clara y constantemente su ínfima condición moral de mestizos.

Los mismos textos de Arguedas permiten averiguar sin dificultades las bases teóricas en las que encontró apoyo para sus especulaciones sobre la realidad boliviana. El pensamiento europeo había prodigado las manifestaciones en torno a la superioridad de la raza blanca, a los inconvenientes del mestizaje y a la influencia del medio sobre los habitantes de una determinada geografía, y también los intelectuales hispanoamericanos habían aportado ya una contribución numerosa a la difusión y confirmación de esas conclusiones científicas, apenas cuestionadas en una época que desacreditaba plenamente la fe positivista en el progreso continuado e inevitable. Arguedas se sirvió de esas aportaciones con aprovechamiento, y dibujó un panorama tan sombrío del país que su propio mensaje regeneracionista parecía de antemano condenado al fracaso. No es este el momento de dilucidar sus fuentes o el rigor con que las maneja, ni el de discutir la exactitud de sus observaciones sobre Bolivia, pero sí el de comentar una actitud que, indudablemente, es la de quien observa, desde una posición privilegiada, un entorno que considera inferior. Cabe suponer que el sentimiento de superioridad de Arguedas es el de quien enfrenta su preparación intelectual a un medio ignorante, y es evidente que el narrador de *Raza de bronce* dispensa equitativamente su desdén tanto a las manifestaciones culturales de los indios —creencias, ritos, prácticas agrícolas— como a la precaria formación de los personajes de más elevada condición social: Pantoja no ha conseguido el título de abogado, Aguirre era gran amigo de lecturas «que se le indigestaban a veces» (RB, 274), Suárez «llenaba los ocios de su vida inútil publicando gratis sus versos y sus escritos sin ambiente ni color en los periódicos de Sucre y de La Paz» (RB, 219). Pero, puesto que los planteamientos básicos que rigen el desarrollo de la novela son fundamentalmente otros —morales, psicológicos, étnicos, como se ha visto—, ha de entenderse que quien los sostiene con tanto rigor contra unos y otros es alguien convencido de no compartir tampoco en esos aspectos las limitaciones que observa. Una larga digresión histórica, en apariencia extemporánea, explica el origen de los sufrimientos que padecen los indígenas de *Raza de bronce*, e ilumina a la vez la personalidad del autor y los valores que guían su escritura. Es la que empieza así:

> En todas las casas, de todas las bocas se elevó, en secreto, un coro de anatemas contra los criollos detentadores de esas sus tierras, que, por tradición, habían pertenecido a sus antepasados, y de las que fueron desposeídos, hace medio siglo, cuando sobre el país, indefenso y acobardado pesaba la ignorante brutalidad de Melgarejo.
>
> Entonces, so pretexto de poner en manos diligentes y emprendedoras la gleba, en las suyas infecunda, arrancaron con mendrugos o a balazos, la tierra de su poder, para distribuirla, como gaje de vileza, entre las mancebas y los paniaguados del mandón... (RB, 114-115).

Al analizar en *Los caudillos bárbaros* las hazañas de Mariano Melgarejo, Arguedas tuvo buen cuidado de señalar sus orígenes humildes y los rasgos físicos que delataban su ascendencia mestiza, relacionables con su proceder falso y desleal, pues «la deslealtad, la mentira, la cobardía, el engaño y la simulación son todos los recursos que en su ingenio encuentra el cholo para llegar a donde se propone» (LCB, II, 856). Con él se había elevado hasta la presidencia de la nación el predominio de la plebe, en ascenso desde que en 1849, apoyándose en cholos e indios, Manuel Isidoro Belzú desalojó del poder a José Ballivián, y con éste a la «verdadera aristocracia» del país «las gentes adineradas, los propietarios y terratenientes, los estudiosos y las familias con nombres españoles» (LCB, II, 854). Fue el mestizo Melgarejo quien promulgó, el 28 de Septiembre de 1868, la ley que dejaba la mayor parte de las tierras de las comunidades indígenas en poder del Estado, y el responsable de la subasta pública que siguió, y que puso aquellas tierras en manos de sus colaboradores y familiares. En los más de cuarenta años de vida republicana transcurridos hasta entonces, nadie se había acordado del indio, reducido a un estado de extrema pobreza, pero en adelante su situación iba a ser aún peor, convertido en siervo de los cholos que la venalidad de Melgarejo había transformado en terratenientes. Arguedas atribuye ese origen a las propiedades de la familia Pantoja, con lo que los sufrimientos de Choquehuanka y los suyos se ajustan a los realmente padecidos por el indio del altiplano, y se insertan además en el drama total de Bolivia, entendido como una consecuencia del proceso de mestizaje que constituye la historia del país.

Esa explicación de los males presentes implica la convicción de que las cosas no siempre fueron así, convicción que confirman otros escritos de Arguedas. En ellos no faltan las referencias a un pasado mejor, como el que testimonian las ruinas de Tiahuanacu, obra de un pueblo «mucho más artista que el que las utilizó» y «reliquias santas dejadas por hombres que tenían sus cultos, sus adoraciones, sus pasiones, acaso más puros que nosotros» (PE, I, 592). Cabe deducir que con la colonización española se desencadenó el proceso de degeneración de la raza indígena, luego abandonada a su suerte por los primeros gobiernos republicanos, pero la postración absoluta que muestra la novela se inicia verdaderamente en la época de Melgarejo, cuando los indios se vieron obligados «a consentir el yugo mestizo» y se resignaron a ser, «como en adelante serían, esclavos de esclavos» (RB, 116). Esos años delimitan también, en consecuencia, un antes y un después en la historia del país y el presente aciago lleva a idealizar los valores de otro pasado perdido: «La hidalguía —explica Arguedas— ha venido a menos, se ha mestizado, puede decirse. Se mantuvo todavía fuerte con las primeras generaciones y recién trasplantada a tierras calientes de América. Entonces, las elevadas preocupaciones del bien y recto obrar, de conservar limpio el nombre y de trasmitirlo intachablemente a los hijos; entonces esas costumbres severas y disciplinadas que mantienen vigoroso el cuerpo y templado el ánimo» (PE, I, 440). Con esos valores ha de relacionarse la «fugaz preponderancia» de Bolivia entre las jóvenes repúblicas hispanoamericanas, preponderancia que terminó en cuanto se acusaron los efectos más negativos de la ruptura con la metrópoli: la independencia supuso «una repentina paralización del movimiento migratorio, porque razones políticas apartaron al elemento genuinamente español que con su potencialidad generativa inoculaba incesantemente sangre ibera en la masa de sangre indígena, predominante en el país» (PE, I, 439). Marginado el indio, la historia de Bolivia iba a ser irremediablemente la del cholo «en sus diferentes encarnaciones, bien sea como gobernante, legislador, magistrado, industrial y hombre de empresa». (PE, I, 439).

Las últimas reflexiones citadas están ausentes en la primera edición de *Pueblo enfermo*, la de 1909, y tal vez la idealización de la hidalguía y de los valores ibéricos se acentúe después de esa fecha. Lo cierto es que el escritor sintió en algún momento la necesidad de precisar que sus abuelos, «por ambas ramas, fueron españoles de pura cepa, castellano el uno, navarro el otro» (DS, I, 666). Con la pretensión de acercarse a sus orígenes, viajó a un lugar llamado Arguedas —«un pueblo oscuro, sin historia y creo que sin pasado» (DS, I, 664)—, situado en una región «enclavada entre Aragón, Navarra y Castilla la Vieja»; así pudo entrar en contacto con gentes «famosas por su carácter rudo, su testarudez y su honestidad», y reconoció la voluntad y la decisión que constituían las virtudes de una raza «fuerte, sobria, valerosa y activa» (DS, I, 672). Esa era la raza de sus antepasados, entre los que se contaba el abuelo que había luchado contra Melgarejo, el caudillo mestizo que tanto había contribuido al infortunio de Bolivia.

Heredero de esa sangre y de esos valores, Arguedas afirma así sus lazos con los pioneros que transplantaron a América la civilización, con los propietarios de antaño, con las familias de nombres españoles, con la «verdadera aristocracia» del país. Aquella casta de hombres selectos no se ha extinguido en el degradado presente boliviano, como demuestra «ese núcleo diminuto de gente blanca que (...) se muestra hoy capaz, activa y sobresaliente, tal como se presenta en los medios de donde procede» (PE, I, 439). La regeneración y el progreso futuro de Bolivia dependen de la propagación de las virtudes que ese grupo atesora, y con el que Arguedas parece identificarse al hacer su diagnóstico de los males del país. Defender esos valores equivale a rechazar la historia reciente, la que hicieron Belzú y Melgarejo, y los políticos cholos, y los terratenientes mestizos: la historia que Arguedas y los suyos no han protagonizado, desplazados por un nuevo grupo en el ejercicio del poder político y económico, o al menos obligados a compartirlo con él.

Desde esta perspectiva se aclara sin duda el alcance de la crítica social que implica *Raza de bronce*. Al condenar la expropiación de las tierras pertenecientes a las comunidades indígenas, no se ataca a la clase terrateniente, sino a los grupos nuevos que se incorporan a la posesión de la tierra sin los requisitos exigidos por la casta que hasta entonces detentaba ese privilegio. Consecuentemente, lo que se les reprocha es el procedimiento que han seguido: la compensación económica insuficiente, la violencia con que reprimieron el descontento de los indios, la corrupción manifiesta en la subasta de los terrenos; en suma, una conducta que muestra claramente las carencias morales que luego se traducirán en la explotación brutal de sus colonos. Sin el espíritu emprendedor de los terratenientes de antaño, los nuevos se revelarán incapaces de contribuir al desarrollo del país: las tierras producirán aún menos que cuando pertenecían a las comunidades, lo que invalida también los argumentos que justificaron la expropiación, como Arguedas cuida de hacer constar.[14]

Esas descalificaciones tienen una indudable significación política. La responsabilidad en el fracaso del país no corresponde exclusivamente a los caudillos bárbaros, sino también a todos los que lo han dirigido después, incluidos los gobiernos liberales de principios de este siglo. Si la historia de Bolivia es la del cholo «en sus distintas encarnaciones», todos eran parte de ese sector de la población racial y/o moralmente mestizo. Las críticas de Arguedas, en consecuencia, encierran una significación compleja: derivan tal vez del resentimiento con que se observa el avance de determinados sectores sociales —las clases medias que habían asumido el protagonismo en el país, imponiendo sus valores y disputando el poder y la riqueza a sus poseedores tradicionales—, y manifiesta el malestar de quienes apenas pueden ya esgrimir contra los advenedizos su superioridad moral, el rancio abolengo de sus familias, su condición racial blanca, el mérito de haber sido los primeros. Y ni siquiera es necesario convertir a Arguedas en portavoz de un grupo determinado: bastaba con que él se sintiese como tal, incapacitado para otra acción que la doctrinaria, en un país que había marginado por completo a los hombres de calidad superior. Asignando a otros —tal vez a todos los otros— la responsabilidad en el fracaso de los proyectos de desarrollo, podía asumir el papel del justo que clama en el desierto, la misión de regenerar un entorno degradado, y entregarse a la tarea con el pesimismo de quien abriga escasas esperanzas de ser escuchado y entendido por quienes no comparten su elevada condición moral.

Los proyectos reformadores de Arguedas, salvo exigencias éticas, nada añaden a los que en teoría guiaban la política de los gobiernos liberales; no suponen la liquidación de esos programas, sino su perfeccionamiento, o, lo que es igual, la censura de su realización defectuosa, con la pretensión indudable de contribuir al logro de un futuro mejor para el país. Marginado el escritor de las posiciones que permitían decidir, y muy distante de la masa de «subhombres» en que veía una permanente amenaza revolucionaria, esos proyectos de futuro se impregnan de la nostalgia de un pasado que se imagina feliz, de una época en la que dominaban los valores de ese patriciado al que se siente pertenecer. Esa nostalgia encuentra ocasión de expresarse en *Raza de bronce* a través de los propios indígenas, en cuanto constituyen también un residuo del tiempo perdido. Las reflexiones de Choquehuanka en *Wuata Wuara* constataban que la raza vivía ya las miserias de la vejez, y otros textos de Arguedas también vaticinaban el inevitable final: «En la región llamada *interandina* —Puede leerse en *Pueblo enfermo*— vegeta, desde tiempo inmemorial, el indio aymará, salvaje y huraño como bestia de bosque, entregado a sus ritos gentiles y al cultivo de ese suelo estéril en que, a no dudarlo,

[14] Esos argumentos, los de fomentar la productividad de la tierra, eran los aducidos por Isaac Tamayo Sanjinés, «Thajmara», en *Habla Melgarejo* (1914). Anoto, como curiosidad, que Isaac Tamayo era abogado, como Manuel Pantoja, y también partidario incondicional del caudillo bárbaro, durante cuya presidencia fue subsecretario de gobierno, y luego diputado. A él se debe, probablemente, la primera definición de Bolivia como un país de indios, que debía estudiarse y entenderse como tal si se quería acceder a su realidad profunda. Por su parte, se mostraba orgulloso de su ascendencia indígena principesca, y tal actitud influyó sin duda en su hijo Franz, que también alardeó de esa pureza de sangre, a la vez que disfrutaba de la cultura europea que los latifundios paternos le habían permitido conocer a fondo.

concluirá pronto su raza» (I, 414). Probablemente el autor no mantuvo siempre esa convicción, [15] que la realidad demográfica contradecía y la composición étnico-moral del país desaconsejaba, pues necesariamente el cholo había de ocupar los espacios antes habitados por el indio, con las consecuencias negativas que se puedan deducir. Para expresar la nostalgia del tiempo feliz y perdido, por otra parte, era innecesario colocar al pueblo aymará al borde de la desaparición: bastaba con mostrar la tristeza de una raza vencida, y que esa raza hubiese compartido las bondades del orden antiguo. Choquehuanka demuestra que así fue: Arguedas siempre le asignó unas cualidades excepcionales, pero solo en la última versión de *Raza bronce* logró justificarlas satisfactoriamente, cuando aclaró que «su fama de justo, sabido y prudente la traía por herencia, pues era descendiente directo del cacique que cien años atrás había saludado en Huaraz al Libertador con el discurso que ha quedado como modelo de gallardía y elevación en alabanza de un hombre» (RB, 165). [16] Choquehuanka, en consecuencia, cuenta también con orígenes nobles, y no es sólo un vestigo de la grandeza pasada de su raza: es también un testimonio de que hubo tiempos en los que las relaciones entre blanco y el indio —entre el dominador y el dominado— aún estaban regidas por la rectitud y el bien obrar.

[15] En *Raza de bronce* hay alguna significativa referencia a las teorías que ganaron el interés juvenil de Arguedas, como la que se ofrece cuando el joven cazador de cóndores duda a la hora de dar muerte al asno: «...Seguramente —observa el autor con cierta ironía— dejara con vida al menguado pollino, si por desgracia para él no acudiesen en ese instante a la memoria del colegial las ideas generales de una teoría aprendida en uno de sus libros, y según la cual la vida no era más que un combate rudo e incesante en todos los elementos de la Naturaleza y entre todos los seres vivos de la creación; una cruel y enorme carnicería en que los más fuertes vivían a costa de los menos fuertes...» (RB, 100). El episodio es en alguna medida autobiográfico, de creer a Arguedas (DS, I, 702), quien en su madurez probablemente advirtió que la teórica lucha por la supervivencia no era más que un pretexto de los poderosos —que por el hecho de serlo demostraban ser también los más aptos— para mantener una situación que les favorecía. Es la opinión que manifiesta Choquehuanka, quien acusa a los blancos de justificar con la lucha de razas sus medidas de sangre y odio (RB, 343-344).

[16] Antonio LORENTE MEDINA, «Problemas de crítica textual en la edición de *Raza de bronce*», en *Metodologia e Prática da Edição dos Autores Contemporâneos...*, Seminario Internacional celebrado en Oporto (26-29 de marzo de 1986).

ANÁLISIS ESTRUCTURAL Y ESTILÍSTICO DE *RAZA DE BRONCE*: TEXTURAS, FORMAS Y LENGUAJES

Teodosio Fernández

En alguna ocasión, al comentar las razones que lo habían llevado a iniciar su carrera de escritor, Arguedas recordó que quienes lo eran por entonces en su país «tenían una predilección muy marcada por inspirarse en temas exóticos, en asuntos lejanos y descuidaban abrir los ojos a la realidad de su medio». [1] En *Pueblo enfermo,* desde 1909, constan sus reproches a los que «se entusiasman con los imitadores de los simbolistas franceses y crean obras extrañas y a veces llenas de incoherencia encantadora»; ellos son quienes «con ingenuidad deliciosa y convincente huélganse en entrar en sutilidades psicológicas y describir intrincadas complicaciones sentimentales» (PE, I, 595), derivadas de las «refinadas sensualidades» de sus lecturas. La objeción fundamental es siempre la misma: los escritores bolivianos de comienzos de siglo, como sus predecesores inmediatos, [2] imitan sin remordimientos a los autores europeos, «creen que sólo hay poesía en la exaltación apasionada del mundo afectivo en que se empeñan en vivir y olvidan tender los ojos alrededor de su propia vida cotidiana, de la atmósfera que les envuelve y sacar de allí las fuentes de su inspiración. Y así, loan, verbigracia, las cabelleras blondas y los ojos azules de sus amadas, de cuyos labios beben aromas y mieles, y no se percatan de que por las venas de sus amadas corre pura sangre mestiza y de que sus cabelleras no son blondas, sino negras, y no azules sus ojos, sino pardos o negros» (PE, I, 595). En *Wuata Wuara* Arguedas había incluido, para satirizarlo, un prototipo de esa conducta literaria: Darío Fuenteclara, «el poeta de las estrofas nebulosas y tristes, el de los sonetos baudelarianos (sic), el insigne vate celebrado en los salones del gran mundo, el autor del tomito «*Lacrimarium*», cuya fama había logrado

---

1 *La danza de las sombras,* en Alcides ARGUEDAS, *Obras Completas,* dos vols., preparación, prólogo y notas de Luis Alberto Sánchez, México Aguilar, 1959, vol. I, p. 631. Las citas de *La danza de las sombras y* de *Pueblo enfermo* pertenecen a esa edición, por lo que en adelante me limitaré a hacer constar junto a ellas el volumen, la página y las siglas DS y PE, que corresponden a los títulos de esas dos obras. Las correspondientes a *Raza de bronce* (RB) pertenecen a la presente edición y las de *Wuata Wuara* (WW) a la de Barcelona, Luis Tasso Impresor, 1904.

2 «Los poetas de la generación pasada imitaron el romanticismo de Espronceda, Hugo, Lamartine, Zorrilla, Bécquer...» (PE, I, 595).

atravesar las fronteras y hacerse aplaudir por algunos poetas como él nebulosos e incoherentes». (WW, 60).

Las búsquedas de Arguedas eran de signo bien distinto: «...En lugar de las walkyrias de cabelleras blondas o de diosas de la mitología griega —precisaba—, yo evoqué la áspera greña de nuestras indias hurañas y fuertes; en vez de los líricos ruiseñores, seguí el vuelo de los cóndores; en lugar del vino bohemio de las rondas peninsulares o del *quartier*, abrevé el agua sacudida de nuestros torrentes...» (DS, I, 381) Su obra literaria, en consecuencia, pretendía y significaba un cambio de rumbo, alejándose de las preferencias cosmopolitas dominantes, aunque actitudes como la suya no eran excepcionales en la época: se veían alentadas por las preocupaciones mundonovistas, que entonces daban nuevo impulso a un programa que ya había guiado la actividad de los escritores hispanoamericanos desde la irrupción del romanticismo: la realización de una literatura propia y original, derivada de la observación rigurosa del medio natural, de las costumbres, de las ideas dominantes y de los intereses sociales. El entorno había de proporcionar los temas, y éstos permitirían al novelista y al poeta acceder a la revelación de un ser nacional íntimo y profundo, condicionado por la geografía y la historia. Los nuevos tiempos, desde luego, añaden exigencias inéditas a los proyectos americanistas, relacionadas con los nuevos criterios para el análisis más riguroso de la realidad, y eso lleva a una eliminación progresiva de los rasgos idealizadores que con frecuencia habían lastrado la observación de los románticos, a la vez que se condenaba sin apelación a los modernistas, culpables de sumisión a modelos y gustos foráneos.

Tanto la obra narrativa de Arguedas, como la teoría que la justifica, [3] son muestra destacada de esa pretensión de alcanzar una expresión literaria propia, cada vez más rigurosamente testimonial del medio en que se produce. Las novelas dedicadas al indio aymará, *Wuata Wuara* y *Raza de Bronce*, dan cuenta, incluso, de las distintas etapas de un proceso que pretende sobre todo la precisión en las observaciones y el análisis. En ese proceso, *Wuata Wuara* constituye apenas el primer paso en la ruptura con los programas americanistas del siglo XIX, [4] como puede deducirse de la «Advertencia» que precede al relato:

> En una excursión que hace dos años hice al lago Titicaca y cuyo recuerdo perdura en mí, me fue referida esta historia por uno de los que en ella jugó importante papel. Más tarde, cuando en mi memoria había tomado los contornos de la leyenda, la casualidad puso en mis manos el proceso donde consta, y pensé que con sus incidentes bien podía escribirse una interesante novela de costumbre indígenas. Seducido por la idea, quise darme ese lujo y hasta creo que diseñé la trama que había de hacerla más sugestiva, pero, francamente, sentí miedo. No me conceptuaba, ni me conceptúo, capaz de ahondar en los sufrimientos de la raza aymará, grande en otros tiempos y hoy reducida a la más triste condición. Así que en el presente libro

[3] Al respecto, véase Antonio LORENTE MEDINA, «Alcides Arguedas y la "literatura nacional" boliviana», en *Epos*, II, Madrid, 1986, pp. 177-185.

[4] Un paso sin duda importante, pues en ese relato se encuentra ya esbozada la visión del indio aymará que Arguedas ampliará en *Pueblo enfermo*, y a la que dará forma novelesca definitiva en *Raza de bronce*. Sobre las relaciones entre estos textos, véase Antonio LORENTE MEDINA, «El trasfondo ideológico en la obra de Alcides Arguedas. Un intento de comprehensión» (en *ALH*, t. XV, Madrid, 1986, pp. 57-73) y «Algunas reflexiones en torno a *Raza de bronce*» (en *Castilla*, nos. 2-3, Valladolid, 1981, pp. 121-133).

> solo me he limitado a consignar los hechos tales como constan en el proceso y que, como todos los, de la vida, se precipitan sin desviaciones a su término fatal e irremediable. (WW, 7-8).

De haber optado por la primera solución —la de convertir en novela de «costumbres indígenas» el testimonio oral de unos sucesos, transformados en «leyenda» por el tiempo y el recuerdo—, *Wuata Wuara* respondería a propósitos semejantes a los que habían justificado relatos indigenistas en el pasado.[5] Pero tampoco al decidirse por la «objetividad» que supone atenerse a unos documentos supuestos —recurso utilizado con frecuencia para garantizar la veracidad de los acontecimientos relatados— rompe Arguedas con una tradición romántica en la que se inscriben sin dificultad la idealización de algunos personajes indígenas, la barbarie primitiva de los más, la tierna historia de amor cuyo trágico fin anticipan presagios funestos, la visión de una raza en decadencia que inspira esa reflexión sobre la vida que se precipita «a su término fatal e irremediable.» Significativamente, se reiteran las referencias a la condición transitoria de individuos y razas: los restos del templo prehispánico atestiguan una grandeza perdida, Choquehuanka prevé el infausto destino que aguarda a los suyos, el poeta Fuenteclara constata que la vida de los pueblos es efímera, como la de los hombres. En buena medida, *Wuata Wuara* trataba de ser lo que Arguedas reclamó alguna vez de los escritores bolivianos: una obra inspirada «en las convulsiones agónicas de una raza para cantarle su elegía gallarda y sentimental» (PE, I, 595). Con el desdichado presente aymará se contrasta un antiguo esplendor, el que atestiguaban las ruinas de Tiahuanaco. El relato es una meditación sobre esas ruinas y sobre la del indio contemporáneo.

La época exigía que tal meditación se hiciese en términos objetivos, científicos, razonados. Esa es la novedad más notable que ofrecía *Wuata Wuara*, y en esa novedad radican las grandes limitaciones de la obra: Arguedas fue incapaz de dar una adecuada forma novelesca a su análisis de los problemas del indio, y se limitó a exponer sus observaciones, a través, sobre todo, de las reflexiones que se atribuyen a Choquehuanka. La construcción de *Raza de bronce* había de significar

---

[5] Pienso en la novela indianista por excelencia, *Cumandá o Un drama entre salvajes*, de Juan León Mera: «...Vine a fijarme en una leyenda, años ha trazada en mi mente —aseguraba el escritor ecuatoriano en carta al Director de la Real Academia Española—. Creí hallar en ella algo nuevo, poético e interesante; refresqué la memoria de los cuadros encantadores de las vírgenes selvas del Oriente de esta República; reuní las reminiscencias de las costumbres de las tribus salvajes que por ellas vagan; acudí a las tradiciones de los tiempos en que estas tierras eran de España y escribí *Cumandá;* nombre de una heroína de aquellas desiertas regiones, muchas veces repetido por un ilustrado viajero inglés, amigo mío, cuando me refería una tierna anécdota, de la que fue, en parte, ocular testigo, y cuyos incidentes entran en la urdimbre del presente relato» (Juan León MERA, *Cumandá o Un dramas entre salvajes,* Madrid, Espasa-Calpe, Colección Austral, 3ª. edición, 1967, pp. 39-40). El relato trataba de apoyar su interés en el exotismo de la selva y sus habitantes, pero también en las emociones intensas que derivan del amor, de la barbarie indígena y de una intriga que multiplica las amenazas sobre los protagonistas hasta que cumplen un destino trágico. De ese gusto por las pasiones fuertes nace también *Wuata Wuara,* cuyos elementos fundamentales —«belleza, emoción y drama»— señaló Arguedas años más tarde, al referirse a las fuentes de su relato: «Ya de niño —recordó— me habían atraído las aguas divinamente puras de nuestro legendario lago Titicaca; alguna vez, yendo de expedición cinegética por Aigachi, había tropezado con una india linda y huraña que no quiso darme asilo en su choza; en las veladas del valle le había oído referir a mi padre la crueldad con que los indios costeros castigaron y vengaron las tropelías de unos patrones sin entrañas» (DS, I, 634).

un esfuerzo notable para transformar ese discurso teórico —o el ampliado que se incluye en *Pueblo enfermo*— en otro narrativo, a la vez que se acentuaban las exigencias de una observación rigurosa de la realidad boliviana y de los factores determinantes de la misma: a Darío Fuenteclara se le reprochaba el escapismo de una poesía nebulosa e incoherente; Suárez resultará descalificado por hablar del indio sin conocerlo. Decidido a eliminar el lastre teórico del relato inicial y a mostrar la *realidad* de los indígenas, Arguedas alteró el texto primitivo para introducir nuevas descripciones y secuencias narrativas, con la pretensión evidente de dar cuenta minuciosa y exacta de las peculiaridades de la vida en las haciendas del altiplano. «Quince años —asegurará después— he madurado el plan de esa obra. Durante quince años la he venido arreglando dentro de un plan de ordenación lógica, encajando en él episodios de los que fui testigo o que me refirieron» (DS, I, 636). Durante ese largo período se acusa cada vez más la tendencia a hacer de la obra el testimonio de una experiencia minuciosamente vivida, el fruto de los contactos de Arguedas con indios, patrones y lugares *reales*, y en esa «cabal reproducción de tipos, escenas y personajes» (DS, I, 702) encontrará finalmente el autor las razones y el valor de su novela fundamental.

El texto de *Raza de bronce* muestra las huellas de ese proceso que determina su peculiar estructura definitiva. Sin entrar en su comparación rigurosa con el relato que sirve de base para su desarrollo, cabe señalar que la fábula fundamental se mantiene: es la que cuenta los amores de Agiali y Wata Wara, la muerte de la joven a manos de los blancos y la venganza de los indígenas. En ella se incrustan los nuevos episodios, a veces tan largos como el viaje que los indios puneños realizan a los valles cercanos a La Paz, que ocupa toda la primera parte de la obra, con excepción del capítulo primero. La relación con la trama central de la novela se debilita en ocasiones, demostrando que el autor está menos pendiente de su coherencia que de dar forma narrativa a sus observaciones sobre la geografía y los habitantes de Bolivia. El viaje mencionado es también el mejor ejemplo, pues prácticamente constituye un relato autónomo, a pesar de que obedece a los abusos del patrón y de que en él participa Agiali, cuya condición de enamorado apenas se recuerda —de pasada— en alguna ocasión; es sobre todo un pretexto para incorporar nuevos espacios geográficos, nuevos paisajes, tipos humanos, creencias o supersticiones, costumbre, productos, flora y fauna, y ocasión para mostrar las reacciones del habitante del altiplano ante lo desconocido, sus intercambios comerciales, y su lucha con la enfermedad y con una naturaleza hostil y destructora. El ir y venir de los personajes les permite entrar en contacto con nuevas sitauciones, lo que abre posibilidades ilimitadas a la hora de agregar episodios, y sobre ese soporte argumental que constituye el viaje se intercalan otras historias, aún más ajenas a la que abría la novela: son las que recuerdan la mazamorra que destruyó el pueblo en ruinas (RB, 32-34), las hazañas de Mallcu (RB, 72-78) y las travesuras del estudiante cazador de cóndores (RB, 94-104).

También en la segunda parte se suceden los cuadros o episodios narrativo-descriptivos, por medio de los cuales el etnólogo, el naturalista, el sociólogo Arguedas muestra las peculiaridades del mundo indígena del altiplano. Las secuencias aparecen otra vez ligadas por un hilo narrativo apenas perceptible, que sólo adquiere plena cohesión en los capítulos finales, cuando el brutal comportamiento de los blancos acentúa las tensiones que desembocan en el violento alzamiento de sus víctimas. Del procedimiento seguido para la construcción de la novela pueden derivar ciertos descuidos en la composición y desarrollo de la fábula: tal vez innecesariamente se da el nombre de Manuno a dos personajes distintos, al que penetró —se dice— en la cueva de los espíritus malignos, mereciendo el castigo y quizá la muerte (RB, 9), y el que dirige la expedición a los valles hasta perder la vida en el río; se asegura que ese viaje ha durado dos semanas (RB, 109), cuando el lector puede constatar —las referencias temporales son casi siempre detallistas— que los indios se mueven fuera de sus pagos al menos durante veintidós días; se señala en cierta ocasión que los viajeros optan por descansar «todo el siguiente día» (RB, 58), para luego escribir que, «al día siguiente, Quilco amaneció peor y tuvieron que demorar en casa de Mallcu hasta mediodía» (RB, 80); la viuda de Manuno echa de menos una mula (RB, 111), cuando era un burro lo que se ahogó con su dueño (RB, 50); se afirma que don Manuel Pantoja, el partidario de Melgarejo, fue «el padre del actual poseedor de la hacienda en que servían nuestros maltraídos viajeros» (RB, 116), y ese hijo es Isaac Pantoja en las páginas inmediatas, y Pablo Pantoja cuando interviene en el presente narrativo; [6] se describe al cura del pueblo como «un hombrecillo bajo, rechoncho y enteramente moreno», cuando dos Hermógenes Pizarro «era un hombrote sólido, bien tallado, moreno de frente irregular deprimida, largos los brazos, lampiño, de gruesos y sensuales labios amoratados». [7] Ninguna de esas incoherencias —y alguna ambigüedad— [8] es importante, ninguna afecta especialmente al desarrollo de la novela, pero merecen mención, porque de algún modo ponen en entredicho las protestas de Arguedas sobre su minuciosa dedicación a la elaboración cuidada de la obra: insisten en demostrar la discontinuidad del proceso de su construcción, realizada mediante la inclusión de fragmentos que desarrollaban observaciones diversas y se redactaron en momentos distintos, tal vez sin que el autor llegase a revisar cuidadosamente el resultado final.

Dedicados a ilustrar distintos aspectos de la teoría arguediana sobre Bolivia, el número de esos fragmentos podía haberse multiplicado, pues el propio texto definitvo de *Raza de bronce* ofrece no pocos restos de un discurso teórico aún no adaptado a la condición de relato. Subrayo un ejemplo significativo:

> Choquehuanka marcha en cabeza de los de Kohahuyo. Es de la fiesta, y camina gozoso porque sabe que su alferazgo no ha de engullir su fortuna ni privar de

[6] El lector puede decidir por su cuenta si son tres o dos los Pantoja. Si opta por considerar que son tres —padre, hijo y nieto—, puede suponer que Manuel Pantoja es el fundador de la hacienda, y que Isaac sufrió y reprimió el levantamiento indígena que recuerdan Choquehuanka y Tokorcunki (RB, 150-158); también sería Isaac quien convirtió a Troche en administrador, pero habría muerto con anterioridad a los hechos «actuales» que cuenta *Raza de bronce:* ahora es el turno de Pablo Pantoja.

Si el lector considera que los Pantoja son sólo dos, debe decidir si Manuel Pantoja es igual a Isaac Pantoja (la primera insurrección de los peones lo afectaría), o que Isaac Pantoja es a la vez Pablo Pantoja. La identificación de Manuel con Pablo parece intolerable. y también debe descartarse la hipótesis —irreverente— de que las tres personas sean sólo una.

[7] Véase RB. pp. 190-194. respectivamente. Cabe deducir que son dos curas diferentes.

[8] Una buena pregunta: ¿Es Choquehuanka padre de Wata-Wara, o su mero protector?

cimientos su casa, *como acontece de ordinario a los prestes y alféreces, ya que al ser cogidos por el inevitable acontecimiento, y por salir airosos de él, venden, empeñan y pignoran los suyo y lo ajeno, pagando la imprevisión con la miseria de toda su vida, pues concluidas las fiestas quédanse en tal estado de indigencia, que muchas familias ya no se levantan más y se convierten en esclavos de esclavos, aunque sin olvidar, ni ellos ni los demás, el fausto con que supieron lucirse y del cual se mostrarán eternamente orgullosos, sin arrepentirse nunca de la caída, aunque hubiesen de empezar otra vez...* (RB, 243).

Aunque la digresión es breve, su procedimiento es similar al empleado por Arguedas en *Wuata Wuara* para analizar los problemas del indio. El pretexto es allí unas reflexiones de Choquehuanka, quien, «en visión cinematográfica, hizo que pasara ante su mirada el modo de ser y de vivir de los suyos tan miserables» (WW, 35). En un caso y en otro, la información que luego se ofrece encuentra su justificación inicial en el pensamiento de un personaje o de varios, cuyos puntos de vista se adoptan en apariencia. En otras ocasiones esa misma solución se apoya en lo que los personajes cuentan o ven, y siempre constituye un esfuerzo del narrador para que sean ellos mismos los que se hagan oír, apelando al estilo indirecto libre, como en el fragmento que sigue:

Se encogió de hombros y se puso a maldecir del río, lleno de rencor.
¡Cómo era condenado el maldito! En invierno, cuando no hay nada para conducir a la cuidad y la tierra es yesca seca, apenas unas cuantas gotas para refrescar el casco de las bestias y sólo la playa desnuda y polvorienta. En otoño, rico en frutos y prógido en verdura, diluvios de agua, avenidas, tempestades, el desplome incontenible de los cerros trocados en lodo...

(...)

En los ríos mansos, aunque hondos, se puede flotar, nadar, tocar tierra, asirse a culquier cosa, salvarse; aquí nada es posible. Las aguas, sobre un lecho inclinado de rocalla, corren encrespadas, furiosas, chocando contra peñascos, dando tumbos, y ¡guay del que se deje coger por las cochinas!...
Y Cisco, lleno de rencor, lanzó un escupitajo al lodo.
Caía dulcemente la tarde cuando los viajeros llegaron a la orilla del río. (RB, pp. 47-48).

Dos claras referencias a Cisco enmarcan un texto —lo cito sólo en parte, y lo subrayo— en el que la perspectiva adoptada para el relato o las reflexiones no son, sin duda, las del narrador, sino las de un personaje, las del valluno: lo demuestran el tono enfático con que se comentan las relaciones entre el hombre y el río, el carácter coloquial de alguna expresión —«¡guay del que se deje coger por las cochinas!»—, y hasta la integración en el discurso de una frase en estilo directo: «—¡Y cómo mata el perverso!» (RB, 47). Si el procedimiento, frecuentemente utilizado por Arguedas para dar cuenta de los pensamientos u opiniones de sus personajes, no logra siempre marcar distancias entre ellos y el narrador, es porque con frecuencia la voz del autor termina por hacerse oír, y más cuando esas mismas reflexiones son las que corren a cargo del propio narrador en otras ocasiones, o aparecen reiteradas en *Pueblo enfermo* u otros escritos. Buena muestra son las consideraciones citadas de Choquehuanka, tanto en *Wuata Wuara* como en *Raza de Bronce:* antes o después se desentienden del personaje que las formula o piensa, de modo que a veces es difícil saber si le pertencen o son, sin más, las de

Arguedas. La ambigüedad que ofrecen las opiniones sobre la raza aymará en *Raza de bronce* deriva en parte de esas imprecisiones, de la que es buena muestra el fragmento en que se comenta minuciosamente la actitud de Pantoja y sus amigos hacia el indio. «Por otra parte —se lee, ya avanzada la información sobre la mentalidad de los patrones—, ellos nunca habían visto descollar a un indio, distinguirse, imponerse, dominar, hacerse obedecer de los blancos. Puede, sin duda, cambiar de situación, mejorar y aun enriquecerse; pero sin salir nunca de su escala, ni trocar, de inmediato, el poncho y el calzón partido, patentes signos de su inferioridad, por el sombrero alto y la levita de los señores. (...) ¿Un *sunicho* comerciante, munícipe, diputado, ministro? Jamás nadie se lo imaginaba siquiera. Primero había de verse invertir todas las leyes de la mecánica celeste» (RB, 221). Cabe suponer que Arguedas muestra así, irónicamente, los prejuicios de sus personajes, pero no es fácil atribuirles todas las opiniones que se vierten en el texto: «...la suerte —se asegura— sonrió siempre a los cholos, como lo prueba el cuadro lamentable y vergonzoso de la historia del país, que sólo es una inmensa mancha de lodo y de sangre...» (RB, 221) Esa visión del pasado boliviano pertenece por completo al autor.

Puede deducirse, no sin riesgos, que la irrupción de Arguedas desplaza por momentos a los personajes, y que esa presencia está marcada por la utilización del presente propio de un discurso ensayístico. Con mayor claridad, en otros casos el cambio en los tiempos verbales empleados señala la transición entre el relato o narración propiamente tales y las informaciones u opiniones vertidas directamente por el autor. Buen ejemplo es la larga digresión histórica que lleva al lector al origen de los males que muestra la novela, y que se introduce así:

> En todas las casas, de todas las bocas se elevó, en secreto, un coro de anatemas contra los criollos detentadores de estas tierras, que, por tradición, habían pertenecido a sus antepasados, *y de las que fueron desposeídos, hace medio siglo, cuando sobre el país, indefenso y acobardado, pesaba la ignorante brutalidad de Melgarejo.* (RB, 114-115).

En este caso venía utilizándose el indefinido, tiempo característico del relato omnisciente en tercera persona —*Raza de bronce* lo es—, respecto del cual el pluscuamperfecto «habían pertenecido» ofrece una noción temporalmente anterior a la situación «actual» que se está narrando. En ese tiempo previo se insertan los hechos relatados cuando se vuelve a utilizar el indefinido o aoristo, exigido en esta ocasión por el carácter «histórico» o narrativo de la propia digresión. Esa situación se plantea en escasas ocasiones, y tampoco es corriente que la transición quede diluida, como en el fragmento relativo a las consecuencias del alferazgo, por la confluencia del presente histórico de la narración —«Choquehuanka marcha en cabeza (...) Es de la fiesta, y camina gozoso»— con el presente ahistórico del discurso con que el narrador parece explicar directamente lo que de ordinario acontece con prestes y alféreces. Lo normal es que tiempos verbales apropiados para la relación de los hechos ya ocurridos —pretéritos— dejen paso a un presente ensayístico, apto para formular juicios u ofrecer información adicional al lector:

> ...muchos estaban decididos a marchar a la ciudad para conchabarse como jornaleros y poder reunir algún pequeño caudal, fondo que les permitiese comprar

semillas y subvenir a sus exiguos gastos de vida diaria, *que en el indio sólo se suman por centésimas, dada la mediocridad de sus gustos y la inverosímil parquedad de sus necesidades.* (RB, 138).

Este juego de tiempos verbales compromete también a las descripciones, y los cambios se efectúan con frecuencia sin transición alguna:

> El valluno tenía razón; un repentino cambio había reunido la corriente en un solo brazo. Aún se veía el húmedo lecho de los otros, y las piedras, sin tiempo para secarse todavía, presentaban una capa de fino lodo en su superficie.
> *Estos cambios son rápidos, casi bruscos. Una piedra arrastrada al arranque de dos brazos, un tronco que se cruza, aumenta la presión de las aguas, que al punto se vuelcan del lado que ofrece menor resistencia.*
> La playa seguía desigual y multiforme; pero en partes se ensanchaba, y entonces la luz caía... (RB, 38-39).

Destinadas a informar o convencer, estas interferencias abundan en *Raza de bronce* y acentúan su complejidad. Prueban que no se ha logrado plenamente la pretensión de transformar en un texto narrativo las disquisiciones ensayísticas, y constituyen, en último término, una consecuencia evidente de la poca o ninguna atención que Arguedas prestó a las preocupaciones en materia de técnicas narrativas que se venían acusando en escritores europeos y norteamericanos, y que ya habían empezado a difundirse en Hispanoamérica, al menos en la fecha de la edición última de la obra. Como en tantas novelas de la época, esas deficiencias derivan del escaso rigor con que el autor se atiene a la perspectiva elegida para contar. En este caso es la de un narrador omnisciente que relata los acontecimientos en tercera persona, aunque a veces esa condición parece quedar en entredicho: en alguna ocasión no sabe con certeza lo que piensan los personajes —«acaso repasaban en su imaginación las desdichas que de entonces acá venían padeciendo» (RB, 162)—, o aventura hipótesis sobre lo sucedido, como al anotar que Manuno «probablemente hubo de asirse de alguna arista, porque en la base de la turbia onda aparecía la redonda forma de su cabeza como una bola de lodo, en la que blanqueaban los ojos con expresión de infinito terror...»[9]. En contraste, lo que predomina es la incontinencia a la hora de ofrecer informaciones adicionales —las «intromisiones» a que me he referido—, o de emitir juicios sobre los hechos que relata. Esta debilidad se manifiesta en cualquier ocasión, y a veces sólo necesita de una frase «*Verdad es, y quizás esto fuera lo más significativo,* que ambos tenían los mismos sitios predilectos para divertirse...» (RB, 11)— o de un mero adjetivo.

Al prolongado proceso de elaboración remiten distintos aspectos observables en el texto definitivo de la novela, y no es el de menor interés el que traduce las tensiones, nunca resueltas del todo, entre la herencia literaria recibida y las pretensiones arguedianas de «copiar» la realidad boliviana. Si esa herencia —romántica en buena medida— es la que se concretó en la anécdota de *Wuata Wuara,* es evidente que pervive en *Raza de bronce* a pesar de la transformación a que la obra inicial se vio sometida. El clímax que desemboca en el trágico

[9] RB, p. 51. Probablemente el narrador adopta en este caso la perspectiva de Agiali, que es quien corre playa adentro «con los ojos fijos en su compañero», o la de los que contemplan desde lejos la dramática escena.

desenlace se acentúa gradualmente mediante recursos de distinto signo: unos —los heredados del relato anterior— que ponen el énfasis en el cumplimiento de un destino trágico —el que desencadena Wata-Wara al penetrar en la cueva en que moran los espíritus malignos, cueva en la que será asesinada por los blancos, que también sufrirán el castigo inevitable, víctimas de una venganza que atraerá sobre los indios las represalias sangrientas, cumpliéndose así, a su vez el destino infausto reservado al pueblo aymará—, relacionable con la transgresión inicial de los límites de un espacio sagrado y la cólera consiguiente de sus habitantes; y otros que acentúan la desesperación del indígena enfrentado a los abusos del cura, del administrador de la hacienda y del hacendado, y también a una naturaleza hostil que hace inútil su trabajo y lo condena al hambre con frecuencia. Arguedas, sin duda, buscó en estos últimos factores la justificación «realista» de sus personajes y del acontecer novelesco, y con ese fin diversificó la anécdota y multiplicó los agravios, de modo que la muerte de la joven apenas fuera la agresión última, la que colma la medida de la paciencia y del sufrimiento de un pueblo sometido a las privaciones que derivan de la tierra estéril y de la climatología adversa, y a la crueldad inhumana de quienes consideran inferiores a los indios y los utilizan sin remordimiento para su provecho o placer.

Sin desdeñar la importancia de estos factores en la construcción de la novela, ni la habilidad con que se utilizan para acentuar gradualmente la tensión del relato, tal vez —por menos evidente— merece algún comentario especial la función que desempeñan las frecuentes referencias a la actuación de fuerzas sobrehumanas o sobrenaturales. Arguedas suele mostrarlas como propias de la cosmovisión del indígena, de una mentalidad primitiva en la que la ignorancia deriva en creencias o supersticiones que se observan frecuentemente con desdén. Cuando, preocupados por el descenso de nivel de las aguas del Titicaca y los pobres resultados de sus faenas de pesca, los indios proceden a desagraviar a las divinidades lacustres, se describen con evidente ironía la ceremonia y sus resultados: «Cada especie —concluye el narrador— recibió el estupendo encargo y su ración de coca y alcohol, mientras batía el tambor y se desgañitaba el flautista; mas no bien se retiraron los pescadores rumbo a sus moradas, que *mijis, keullas,* patos y *macamacas* revoloteaban lanzando agudos chillidos alrededor de los pobres peces ebrios y lastimados, y se abatían, con ruido de picos y alas sobadas, a devorar los pescados que llevaban la misión de reproducirse para aplacar el hambre de los «pobrecitos hombres...» (RB, 145) También se constata la inutilidad de los ritos con que los indios, «ignorantes de todo», pretenden conjurar el peligro del granizo, al que ven llegar «tal como se les presenta a su fantasía: un viejo muy viejo, de luengas barbas blancas, perverso y sañudo, que se oculta detrás de las nubes y lanza su metralla allí donde se produjo un aborto...» (RB, 208) Es supersticioso el temor que suscita la presencia de la víbora (RB, 58), o de la lechuza, «ave nocturna y funeral» (RB, 316), o del alkamari, «negro pajarraco de lamentable sino» (RB, 321), o del *kenaya,* viento de desgracias. Así se descubre paulatinamente una cosmovisión sombría, la de un pueblo que sabe que los dioses se complacen en castigar a los hombres, y encuentra por doquier en la naturaleza —que es lo sagrado o sobrenatural— las manifestaciones o los presagios de la crueldad divina.

En la medida en que los temores resultan infundados o las creencias se muestran falaces, esos ingredientes «míticos» son mera información sobre las creencias de los indígenas. Pero el incidente que desencadena la acción narrativa demuestra claramente que no siempre se trata de reflejar supersticiones ajenas a la mentalidad del autor, aunque también aquí se adopte cierta actitud escéptica ante los testimonios «populares» sobre la condición de los habitantes de la caverna: «los *laikas* (brujos) de la región —pueden leerse— habíanla convertido en su manida, para contraer allí pacto con las potencias sobrenaturales o preparar sus brebajes y hechizos, y rara vez asomaban por allí los profanos. Los pocos animosos que por extrañas circunstancias se atrevían a violar sus secretos, juraban por lo más santo haber oído gemidos, sollozos y maldiciones de almas en pena y visto brillar los ojos fosforescentes de los demonios, que danzaban en torno a los condenados...» (RB, 7-8) Nada garantiza la fiabilidad de esos testimonios sobre la presencia de espíritus malignos, cuando la propia Wata-Wara «nunca había visto ni oído lo que otros juraban ver y oír» (RB, 8). Y sin embargo, el narrador insiste en sus referencias al misterio del pavoroso antro, a sus galerías oscuras y también, inevitablemente, misteriosas; se asegura que repetidamente la pastora *había profanado* ese ámbito, y acontecimientos posteriores parecen demostrar que esa transgresión está estrechamente relacionada con su adverso destino. Entran en juego, por tanto, fuerzas extrañas, que implacablemente descargan su furor en los humanos, y otros incidentes confirman esa dependencia de un poder desconocido que se descubre amenazador por medio de presagios funestos que fatalmente se cumplen, y se hace preceder o acompañar por la presencia de la lechuza (a veces la tradición literaria puede dotar de connotaciones precisas a estos emisarios del destino), o del cuervo, o del *alkamari,* o de la cerceta que atrae la mala suerte sobre la protagonista, o del *kenaya* que anuncia desgracias. Las referencias a la mentalidad supersticiosa del indígena ya no desempeñan una mera función «costumbrista»: son elementos estructurantes de primera importancia en la construcción de la novela, con ellos se crea un clima de fatalidad trágica que asegura la inevitabilidad del proceso narrado, cuyo desarrollo hubiera podido prescindir de las justificaciones raciales y sociales que el autor acumuló sobre esta trama profunda, con la pretensión de hacerla «realista».

La condición de esos motivos demuestra también que la naturaleza de los valles o del altiplano no es simplemente el ámbito en que discurren los acontecimientos, o un factor determinante de la vida difícil que padece el indígena. Forma parte de las fuerzas sobrenaturales, o es la fuerza sobrehumana por excelencia; pertenece, en cualquier caso, al ámbito de lo sagrado, de lo desconocido e incontrolable para el hombre, y no sólo en la cosmovisión primitiva del indígena: también para el narrador, consciente a veces de su insignificancia ante una grandeza «que otro día los poetas han de elegir para cantar alguna tremenda tragedia humana» (RB, 69). Esas fuerzas telúricas adquieren con frecuencia especial protagonismo —sobre todo en la primera parte de la novela—, se convierten en el verdadero enemigo de los personajes y exigen la antropormofización o la deificación —el río es *caprichoso, traicionero, veleidoso, implacable* (RB, 47)—, así como un lenguaje exaltado, el adecuado a horizontes *infinitos,* cimas *inaccesibles,* nevados *soberbios,* precipicios *insondables* y grietas *abismales* «que parecían palpitar con una vida vigorosa y que fuera hostil a la vida humana» (RB, 84-85); a un ámbito grandioso sólo apto para los cóndores, que se convierten en su símbolo por excelencia.[10]

Esa condición sagrada y misteriosa de la naturaleza es utilizada hábilmente para crear los climas adecuados a los sucesos más significativos. El que precede y acompaña a la muerte de Wata-Wara es el mejor ejemplo:

> De los lejanos confines del horizonte emergían enormes nubarrones negros, que se copiaban en las temblorosas aguas del lago, dándoles una opacidad de metal pulido, y manchaban el azul profundo de los cielos, que al entenebrecerse imprimían sello de cruel gravedad al enorme paisaje. (RB, 310)
>
> (...)
>
> Las nubes habían cubierto todo el cielo, y se proyectaban, plúmbeas, en el lago, cuyas aguas se alzaban en olas menudas coronadas de espuma blanca. Todo yacía sumido en una claridad borrosa; diríase tendido sobre el cielo un inmenso paño negro que dejase pasar la luz a través del tejido. (RB, 313).

Es el *kenaya,* son las nubes negras que anuncian desgracias. Cuando éstas terminan por cebarse en la muchacha, «hiciéronse más tupidas las gotas de lluvia. El viento silbaba entre los pajonales y aullaba lastimeramente en las hiendas de las rocas. Por las llanura vagaban enormes torbellinos de polvo y un ruido vago que parecía descender del cielo llenaba el horizonte» (RB, 316). La naturaleza, en consecuencia, se ocupa de decorar adecuadamente el ámbito de la tragedia, participa en los sucesos narrados. No siempre es ésa su actitud: con frecuencia se mantiene ajena, insensible al drama que viven los hombres, y también así se carga de significados.

Como el anunciado destino adverso de Wata-Wara, esa utilización literaria de la naturaleza remite a una herencia de cuño romántico no siempre fácil de conciliar con las pretensiones realistas de Arguedas. Esa conflictiva fusión[11] encuentra otras posibilidades de manifestarse en el texto, hasta convertirse en uno de los rasgos que mejor definen la totalidad de la novela. Se advierte en las descripciones y los comportamientos de los personajes, que la tradición, desde *Cumandá* o *Aves sin nido* hasta *Wuata Wuara,* había enfrentado situando de una parte la bondad —la natural de los indígenas, la cristiana de algunos blancos—, y de la otra la crueldad de patrones y capataces, sus abusos y los del clero o las autoridades, y en ocasiones también la barbarie primitiva de los indios salvajes. Sobre esos esquemas Arguedas introduce matizaciones que buscan la verosimilitud, y así puede comprobarse la contraposición —de apariencia mecánica a veces— de aspec-

---

[10] En «Atisbos estéticos y estilísticos en *Raza de bronce*» (*Anales de la Universidad del Norte,* nº 6, Antofagasta, 1967, pp. 29-89), Mauricio OSTRIA GONZÁLEZ señaló con acierto ese significado, acorde con los planteamientos que enfrentaban al habitante de América con una naturaleza hostil, tan difundidos en la época: «Del sentimiento de pequeñez que se apodera de los hombres ante el espectáculo de la Naturaleza y de la conciencia de no poder hacer nada contra las fuerzas que de ella provienen, nace la deificación de los elementos, el otorgamiento de sobrenaturales poderes y el sometimiento fatal a las fuerzas telúricas. Todo esto encuentra un magnífico símbolo en la novela arguediana: el cóndor. La feroz ave de rapiña, por su grandeza majestuosa, por su poder y ferocidad, por su fuerza indomable y orgullosa se constituye en poético símbolo de la potencia telúrica americana y de su dominio sobre el indefenso poblador rural americano». (p. 51).

[11] Véase al respecto Raimundo LAZO. *La novela andina* México. Editorial Porrúa, 1973, pp. 37-40.

tos negativos a los que podrían significar una visión idealizada de los indígenas del altiplano: son humildes pero serviles fuera de su medio, piadosos pero interesados cuando rescatan el cadáver del compañero; Wata Wara, la más expuesta a la idealización por la tradición indianista, conjuga extrañamente la compasión con la indiferencia al saber de la muerte de Manuno, y soporta sin actitudes dramáticas las violaciones del administrador y del cura, o los golpes de Agiali que demuestran su amor, adecuándose al comportamiento común de las mujeres de su raza, con lo cual el idilio entre personajes primitivos en una naturaleza agreste, que parecía repetirse una vez más, trata de aproximarse al que se considera apropiado a la pareja indígena; y Choquehuanka, que conserva los valores más positivos de su pueblo, es como los demás «huraño» y «mañero» (RB, 167), conjuga la sabiduría campesina con las supersticiones —entretenía a los suyos «con sus narraciones de hechos sobrenaturales, en que los espíritus jugaban principal papel» (RB, 167)—, y no siempre se libra de los comentarios irónicos del narrador. A pesar de esos esfuerzos, difícilmente se evita la tentación maniquea de idealizar a los perseguidos y convertir a los perseguidores en seres demoníacos, en símbolos del mal, al menos en lo que se refiere a los principales protagonistas, a los adornados de cualidades «excepcionales»: la belleza de Wata-Wara y las virtudes de su protector destacan entre la mediocridad de los indios, y contrastan violentamente con los valores negativos que se asignan a Pantoja o a Troche, arquetipos de la crueldad y del vicio que resumen la bajeza moral de los mestizos que han accedido al poder. Arguedas también trató de hacer verosímiles a estos últimos: atribuyó al terrateniente afirmaciones que podían ser del autor, e hizo de sus amigos variantes más o menos atenuadas de su perversidad, contribuyendo así —aunque en menor grado y con menos profundidad que los numerosos personajes indígenas— a la amplia gama de psicologías y comportamientos que ofrece *Raza de bronce*.

El prestigio de la tradición literaria parece imponerse con frecuencia a Arguedas, a pesar de sus esfuerzos —al menos aparentes o declarados— por superarla. Las historias menores incrustadas en la trama fundamental son buena muestra de las vacilaciones del escritor. A las que aparecen en la primera parte de la novela, ya mencionadas, hay que añadir tres más en la segunda: la que cuenta los orígenes de la fortuna de los Pantoja, la que recuerda las tremendas consecuencias de la revuelta contra el padre del patrón actual, y la leyenda incaica que se atribuye a Suárez. Las dos primeras son pertinentes a la pretensión fundamental de Arguedas, si se supone que es la de analizar las razones de problema indígena y justificar el levantamiento final con la acumulación de datos sobre el sufrimiento de la raza. Prescindiendo de las imprecisiones que afectan a los miembros de la familia terrateniente, es obvio que esas retrospecciones son razonables, aunque se insertan con acierto distinto en la totalidad del relato: la primera aparece ligada a una larga y frecuentemente criticada intromisión del historiador Arguedes —el texto es en buena medida el mismo que cuenta en *Los caudillos bárbaros* los desmanes cometidos con los indios en la época de Melgarejo—, mientras que la otra, a cargo del narrador omnisciente, se integra adecuadamente en su contexto con la referencia a los recuerdos de Choquehuanka y Tokorcunki que abre y cierra la digresión. La leyenda incásica tiene una función distinta, la que se deduce de las críticas a

Suárez, que «en toda india de rostro agraciado veía la heroína de un cuento azul o versallesco, y a sus personajes les prestaba sentimientos delicados y refinados, un lenguaje pulido y lleno de galas, gestos de suprema y noble elegancia, mostrando así la delectación con que se enfrascaba en la lectura de su libro preferido, *Los incas* de Marmontel, libro falso entre todos los producidos en ese siglo de enciclopedistas, refinado y elegante» (RB, 294). Suárez es el escritor incapaz de ver la realidad del indio, y «La justicia del Inca Huaina-Capac», en consecuencia, es una muestra de la literatura que no debe hacerse, ligada aún a la tradición indianista de románticos y modernistas. Y sin embargo... ese breve relato está escrito con un esmero contraproducente para los efectos que se buscan. Sin dificultad puede entenderse como consecuencia extrema de la herencia literaria recibida, del gusto por las leyendas y el misterio que muestran otros pasajes de *Raza de Bronce*, y de la admiración confesada de Arguedas por el pasado que testimonian las ruinas prehispánicas de Tiahuanaco.

Los relatos insertos en la primera parte de la novela tampoco son pertinentes en el mismo grado. El último, relativo al estudiante cazador de cóndores, corre a cuenta del narrador, que, por única vez en la novela, tiende a usar la primera persona —«esa tarde, *la de nuestra historia*» (RB, 101), llega a decir—, confirmando su declarada condición autobiográfica; podría suprimirse sin que la trama de la obra se resintiese lo más mínimo. Más justificada está la que describe los efectos de la mazamorra, por boca de un valluno, y es difícil pronunciarse sobre la oportunidad de la leyenda del *mallcu,* que dudosamente pudo referir «con torpe frase y media lengua el tonto, cuya vida era simplemente animal, porque no la movían sino los apetitos de la carne» (RB, 78). La condición acusadamente literaria del relato ignora esas limitaciones de su narrador, y las cualidades humanas o diabólicas que se atribuyen al viejo cóndor —acordes con la animización de la naturaleza que con insistencia ofrecen las descripciones de ríos, valles y montañas— acentúan el carácter fantástico de los hechos relatados, tan ajenos al «realismo» que se pretende para la novela como los que se relatan en «La justicia del Inca Huaina-Capac». El americanismo decimonónico no desdeñaría ambas leyendas.

En las antípodas de estos productos de la imaginación, como manifestación máxima de los propósitos de lograr una objetividad absoluta, otros fragmentos de *Raza de bronce* arraigan la ficción en el acontecer real, y no solo al explicar las razones históricas de los problemas que se plantean: el tiempo de la historia narrada tiene una relación evidente con el acaecer, nada literario, de los años 1898 a 1905, cuando las cosechas se perdieron aña tras año, hasta obligar a los habitantes del yermo a emigrar a la ciudad; la falta de lluvias hizo bajar el nivel de las aguas del lago Titicaca, hecho que los indios atribuyeron a «fabulaciones sobrehumanas», y «aun los blancos de cierta categoría dijeron de maldiciones divinas y los curas de las aldeas y pueblos propalaron, entre sus ignorantes feligreses indios, enojos de Dios contra la decaída raza y su deseo de hacerla desaparecer *por inobediente, poco sumisa y poco obsequiosa*» (PE, I, 419). Documentada está también la visión de los abusos del clero y de los patrones, e incluso un detalle anecdótico como el anuncio periodístico del alquiler de pongos con taquia, demostrativo de los escasos escrúpulos del terrateniente, ha sido extraído de la prensa real.[12]

Entre esos dos polos opuestos se mueven los distintos registros lingüísticos derivados de la adaptación de la herencia literaria —romántica y modernista, como habrá podido advertirse— a las nuevas exigencias. La variedad de esos registros depende más de las posibilidades y vacilaciones del narrador, que de otro factor cualquiera. Poco tiene que ver con la diferente extración cultural y social de los personajes, cuando Arguedas ha optado por hacer hablar a todos un castellano correcto, cuando no afectado: «Era una masa compacta que se desgajaba de las alturas —puede decir el valluno Choque, recordando la lluvia que arrasó su aldea—: parecía que allí arriba el cielo eran un lago desfondado y que la masa de agua caía precisamente sobre este pueblo...» (RB, 33) Rara vez aparecen formas coloquiales, y los matices derivan sobre todos de los temas que se abordan o de las preocupaciones que se manifiestan. Los parlamentos se ajustan así a la personalidad de quien los pronuncia, sin desajustes que llamen especialmente la atención del lector. Y en cuanto a los vocablos de procedencia indígena, van en cursiva y normalmente acompañados de su traducción castellana, los unos o la otra entre paréntesis —tanto en los diálogos como en el discurso narrativo o descriptivo—, con lo que queda bien de manifiesto su condición exótica.

La variedad de los registros se aprecia sobre todo en la narración y las descripciones. La actuación inicial de la pareja de enamorados se enmarca en un ambiente eclógico, acentuado por un léxico de extracción culta o literaria, a veces con cierta tendencia arcaizante: mientras Wata-Wara y Agiali conducen el *rebaño* al *aprisco,* la *pastora* entona, *quedo* primero y luego en voz más alta, una canción en la que le acompaña el *mancebo,* y sus voces forman un dúo lento como una *melopea,* cuyas notas se diluyen al pálido *claror* de la *celistia,* hasta que se les reúne un *zagalillo* llegado del *lar,* y a los balidos de las ovejas se oponen los de su *prole,* «y todo junto, coreado por el viento, formaba la armoniosa canción del campo» (RB, 15). Esta idealización, arraigada en la tradición bucólica o geórgica, tiende a manifestarse cuando se describen las faenas del pastoreo o de la labranza, cuando la naturaleza parece al servicio del hombre o en armonía con él; desaparece en cuanto se fija en los personajes y su entorno la mirada objetiva de Arguedas, y también su ironía y a veces su repugnancia o desprecio, como en la relación de la muerte de Quilco y luego de sus grotescos funerales, cuando la negra comitiva ebria «corrió en carrera fantástica por el camino árido y largo, ofreciendo pavoroso espectáculo, pues la cabeza y los pies del muerto sobresalían de las parihuelas, y con el trote de los porteadores balanceaban rígidos los pies y pendía la descoyuntada cabeza mirando de frente al sol» (RB, 179). En la misma medida, con la presentación ennoblecedora de Wata-Wara o de Agiali contrastan otras distanciadas o «realistas» —«llegó junto a ellos un hombre alto, delgado, musculoso, amojamado, de piernas redondas, finas, llenas de nervios» (RB, 49)— y también alguna expresionista y literaria, como la que se ofrece de la *Chulpa:*

---

12 Véase RB, 204, y PE, I, 424.

...Arrugada, seca, enjuta, daba la cabal impresión de una de esas brujas de la Edad Media que la leyenda presenta vagando a medianoche por los cementerios, en busca de cadáveres recién enterrados. Una especie de mantilla rotosa y arrugada cubría su cabeza encanecida y parte de sus espaldas corvas; su pollera deshilachada y corta descubría sus dos pies huesudos, flacos, sarmentosos». (RB, 238).

Minucioso en la observación de ropas y físicos, Arguedas suele atenerse a sus opiniones sobre la realidad étnica y social de Bolivia, y el «feísmo» de sus descripciones se acentúa sobre todo al ocuparse de los indígenas, de sus costumbres o de los espacios que habitan. También es manifiesta cierta tendencia a la «animalización» de los indios, que en repetidas ocasiones *aúllan* o *devoran* o *rugen* como las bestias, en las que se encuentra no pocas veces el segundo término a la hora de las comparaciones. Frente a esta presentación objetiva o degradada de lo humano, la visión de la naturaleza, sin ser ajena a la voluntad realista del autor, es pretexto frecuente para la exaltación lírica, que encuentra algunas de sus manifestaciones más significativas en las descripciones de valles, precipicios y montañas que registra la primera parte de la novela, cuando se pone el énfasis en la desmesura de las fuerzas telúricas que empequeñecen al ser humano. Cierta afectación propende entonces —al dibujar un ámbito de *prodigiosas* alturas, de moles *enormes,* de *hórridos* fragores, de abismos *rugientes*— a recuperar los adjetivos reiterados durante un siglo de entusiasmo ante la grandiosa geografía americana. Y cuando se impone la belleza y la armonía de la naturaleza, es el turno de la herencia modernista: entonces el lago y el cielo —cuando el fondo esmeraldino del primero no da al segundo un matiz turquesa— forman «el connubio de los dos azules» (RB, 245), y los valles y páramos pueblan sus días o sus noches de linfas transparentes, regueros fugitivos de luz, lunas que rielan la rutilante bóveda estrellada, horas de rosa y azul. Estas servidumbres no empañan el mérito sobresaliente de las descripciones de Arguedas realistas o no, ni su excepcional capacidad para la captación de movimientos, colores, perfumes y sonidos, como muestra este breve fragmento:

> La tarde estaba serena y tibia. El viento había cesado y reinaba profunda calma en el follaje. Las aves, por bandadas, revoloteaban en torno a sus madrigueras, gorjeando a plena garganta. Había mirlos canoros de rojo pico, azulejos, gorriones, jilgueros negros, de alas y pecho amarillos, torcazas cenicientas. En la fronda se oía el aleteo de las medianas; el silencio estaba poblado de trinos, y la tierra exhalaba vaho tibio y perfumado. En el éter triunfaba el azahar. (RB, 58)

Piedras y metales preciosos, junto a otros símbolos o aderezos de la belleza y el lujo —púrpuras, terciopelos y armiños, oro y plata, esmeraldas, ópalos, turquesas o diamantes—, proveen frecuentemente de adjetivos e imágenes a estas descripciones, en las que encuentra excelente ocasión para manifestarse la voluntad de estilo del autor, opacada a veces por el realismo del relato. Le sirven sobre todo para plasmar su pasión por el color, aunque no los necesita: Arguedas siempre sobresale en la captación de los efectos de la luz y de las sombras, enriquecidos a menudo con ruidos o silencios, y ese es uno de los grandes atractivos de su novela. De sus aciertos constituye buena muestra esta visión inicial del lago Titicaca y de los campos próximos:

> El lago, desde esa altura, parecía una enorme brasa viva. En medio de la hoguera saltaban las islas como manchas negras, dibujando admirablemente los más pequeños detalles de sus contornos; y el estrecho de Tiquina, encajonado al fondo entre dos cerros que a esa distancia fingían muros de un negro azulado, daba la impresión de un río de fuego viniendo a alimentar el ardiente caudal de la encendida linfa. La llanura, escueta de árboles, desnuda, alargábase negra y gris en su totalidad. Algunos sombríos de cebada, ya amarillentos por la madurez, ponían manchas de color sobre la nota triste y opaca de ese suelo casi estéril por el perenne frío de las alturas. Acá y allá, en las hondonadas, fulgían de rojo los charcos formados por las pasadas lluvias, como los restos de un colosal espejo roto en la llanura. (RB, 6-7).

Descripciones como ésta —y otras más abundantes en la utilización de un léxico culto— contrastan por su refinada belleza con la sordidez de la historia narrada, como las gracias de Wata-Wara o las virtudes Choquehuanka destacan frente a la degradación de su pueblo. Concebida como un testimonio de la realidad boliviana, *Raza de bronce* lo es sobre todo del pensamiento de Arguedas, y también de los gustos literarios que confluyeron en una época.

V. DOSSIER

EXPLICACIÓN DE LUGARES GEOGRÁFICOS

Antonio Lorente Medina

ACHACACHI O HACHACACHI. Población de Bolivia, departamento de La Paz, a orillas del lago Titicaca. Su puerto está en una bahía con fondo suficiente para barcos de vapor. Su altura es de 3.960 m. sobre el nivel del mar. Es capital de la provincia de Omasuyos y de uno de los quince cantones que la componen.

AIGACHI O AYGACHI. Es otra capital de uno de los cantones de la provincia de Omasuyos con puerto franco sobre el lago Titicaca.

ISLA DE AMPURA O PATAPANI. Es una de las muchas islas e islotes del lago Titicaca, pero no la he podido localizar ni en los atlas geográficos bolivianos.

ANCORAIMES. Población que, como las anteriores, tiene puerto franco sobre el lago Titicaca.

ARACA. Capital del cantón de su nombre en la provincia de Loaiza, departamento de La Paz, bañada por el río Araca.

ARANJUEZ. Es uno de los alrededores de La Paz descritos en *Raza de bronce*.

BATALLAS (RIOS DE). Son diversos riachuelos que bajan de la Cordillera Real boliviana, bañan la llanura de Huarina y desaguan en el Titicaca.

CARABUCO. Lugar y cantón de Bolivia con puerto franco en el lago Titicaca, perteneciente también al departamento de La Paz.

CARACATO. Población de Bolivia de la provincia de Loaiza, departamento de La Paz, cabecera de su cantón, situada en un hermoso valle regado por el río Caracato.

COHONI. Cantón de Bolivia, provincia del Cercado de la Paz, cuyos habitantes viven esparcidos por el campo. Dista de La Paz sesenta Km. y está situada en las faldas del Illimani.

COLORADO (RIO). Hay varios ríos Colorado, tributarios respectivamente de lago Titicaca, (La Paz), de los ríos Morachaca (Potosí), Ichile (Cochabamba), etc. Por el contexto, hay que pensar en el primero.

COLLANA. Aunque hay diferentes Collana en Bolivia, se refiere al pueblo y vicecantón de la provincia del Cercado de la Paz.

COPACABANA. Constituye una de las dos penínsulas que dividen el lago Titicaca en dos partes iguales (la otra es la de Huato), separada por la península de Huato por el estrecho de Tiquina, tantas veces descrito en *Raza de bronce*. La capital y puerto franco sobre el lago Titicaca pertenece a la provincia de Omasuyos, departamento de La Paz.

CULLUCACHI. No me ha sido posible identificar ni situar este lugar.

CUMANA. (Cumaná). Es la mayor isla del archipiélago de Aigachi, en el lago.

CUSIPATA (CERRO). No me ha sido posible identificar este lugar, tan importante en el escenario de la novela, pero que, a buen seguro, debe estar aledaño al estrecho de Tiquina (en la península de Copacabana).

CUTUSANI (CERRO). No me ha sido posible situar ni identificar este lugar.

CUZCO (EL). Resulta innecesario hablar de la mítica capital del imperio del Tawantinsuyo o aducir los numerosos testimonios histórico-literarios que la describen.

CHAYANTA. Provincia del departamento de Potosí, bañada por el río del mismo nombre, que constituye una región montañosa, de clima frío en las alturas y templado en sus valles. En 1780 tuvo lugar en ella la sublevación de los hermanos Catari.

CHILILAYA (PUERTO PÉREZ). «Puerto de Bolivia, en el dep. de La Paz, prov. de Omasuyos, cantón de Chililaya, cuyo nombre también lleva. Está sit. en la costa del lago Titicaca; (...) y es uno de los más importantes de la República....»

CHUQUISACA. Departamento de Bolivia situado al sureste de la República, donde está la capital de la misma, Sucre.

DESAGUADERO. (RIO). Río de Bolivia que nace en la parte meridional del lago Titicaca (departamento de La Paz) y muere en el lago de Pampa-Aullagas, (departamento de Oruro) tras recorrer más de 350 km. con rumbo dominante NO/SE. En la provincia de Pacajes (departamento de La Paz) se encuentran una población y vicecantón bañados por el río, que les confiere su nombre.

FONTAINEBLEAU (LITOGRAFÍAS DE). Imagino que estas litografías harían referencia al famoso castillo de Fontainebleau o a su no menos famoso bosque.

GUAQUI (HUAQUI). En la provincia de Pacajes, departamento de La Paz, se encuentran sucesivamente el río de Huaqui, la ciudad de Huaqui y el vicecantón de Huaqui, bañados por el primero.

GUARICANA (HUARICANA). Es otro de los alredores de la ciudad de La Paz, descritos por Arguedas en *Raza de bronce*.

GUAYCHO (HUAICHO). Cantón de la provincia de Omasuyos, departamento de La Paz.

HUANUNI. Cantón de la provincia del Cercado, departamento de Oruro, que produce buen estaño.

HUARAZ (O HUARÁS). Capital del departamento de Ancash, de la provincia del mismo nombre, con sede episcopal. (Perú).

HUARINA. Población del mismo cantón, departamento de La Paz (provincia de Omasuyos), situada a orillas del lago Titicaca, de donde fuera originario el mariscal Santa Cruz. No hay que confundirla con su homónima peruana, situada en la orilla oriental del Titicaca, donde Gonzalo Pizarro venció a las fuerzas reales de Centeno.

ILLAMPU. Llamado también *Sorata*, pico que se levanta al este del lago Titicaca y al noroeste de La Paz. Con sus más de 6.617 m. constituye el segundo eslabón boliviano de la cordillera de Los Andes, denominada cordillera del Illampu o Ancohuma.

ILLIMANI. Es el mayor macizo montañoso granítico de Bolivia. Pertenece a la cordillera de Sorata, que forma parte de la Cordillera real u Oriental de Los Andes. Se encuentra en el departamento de La Paz, a 41 km. al SE. de la capital y domina con su figura imponente la vista de esta ciudad. Consta de tres picos cubiertos perennemente de nieve: El Cóndor Blanco, al N., que es el pico principal; el Pico de París y el Achoccpaya, que es el más meridional. Jorge Juan y Antonio de Ulloa al contemplar el Illimani y el Illampu comentaron extasiados:
«los más hermosos nevados que indudablemente existen en el mundo». Características de esta tierras bolivianas son sus frecuentes y profundos valles, que reciben particular denominación de *yungas*, como ya tuvimos ocasión de explicar en su nota oportuna.

JANKOAMAYA. No he podido localizar con exactitud el lugar descrito.

LAS JUNTAS. Callejón donde desemboca el río Luribay en el río de La Paz.

KACHILAYA. No he podido localizar el lugar descrito.

KARAHANI (CUESTA DE). Es un lugar aledaño a la ciudad de La Paz, pero no sé con exactitud a dónde corresponde.

KOHAHUYO (COMUNIDAD DE). Está reseñada por ser la comunidad a la que pertenecen todos los personajes importantes de *Raza de bronce*. Pero no es claro que se pueda identificar con un territorio concreto, aunque sea evidente su proximidad al lago Titicaca.

LAJA. Cantón de la provincia de Omasuyos, en el departamento de La Paz.

LIPARI. No he podido localizar a qué lugar pueda referirse.

LURIBAY. Capital de la provincia de Loayza, enclavada en el valle situado a la derecha del río Luribay, con abundantes viñedos, trigo, cebada y caña dulce. Dista de La Paz 150 Km.

LLUJRATA. No he podido localizar el lugar.

MALLASA (PAMPA DE). Meseta próxima a la ciudad de La Paz, a la que se llega desde ésta por la cuesta de Aranjuez.

MACAPACA. Población perteneciente a la provincia del Cercado, en el departamento de La Paz.

MERCEDES Y MILLOCATO. No he podido localizar los lugares exactos con ese nombre.

MIRAFLORES. Población de la provincia de Frías, departamento de Potosí, famosa por sus aguas termales.

OBRAJES (CANTÓN DE). Está en la provincia del Cercado, departamento de La Paz, bañada por el río de Obrajes, que desemboca en el de Paria.

OMASUYOS (PROVINCIA DE). Provincia del departamento de La Paz, bañada por los ríos Keka y Aigachi, enclavada en la Cordillera Real, con el Illampu como pico más elevado. Su capital es Achacachi, y de ella dependen los diez cantones que la componen. Limita al oeste con Perú por el Titicaca.

PACO (ISLA DE). Isla del lago Titicaca, perteneciente al grupo de Aigachi, provincia de Omasuyos, departamento de La Paz.

PAKAWI O PATAPANI. Otra isla del lago Titicaca.

PALCA (CIUDAD, RIO DE...). Se encuentran todos en la provincia del Cercado, departamento de La Paz.

PARIA (QUESO DE). Cabecera del cantón del mismo nombre, provincia del Cercado, departamento de Oruro, sita entre el departamento de La Paz y el cantón de Caracollo al Norte. Es de aspecto triste y clima frío. En sus alrededores hay aguas termales. En cuanto al queso de Paria debe ser de fama muy local, porque no he encontrado ninguna referencia a él fuera de *Raza de bronce*.

LA PAZ (CIUDAD Y RÍO). Es la ciudad más importante de Bolivia y sede del gobierno. Se llamó La Paz de Chuquiapo porque está atravesada por este río de Oeste a Este. Concolorcorvo la describe en su libro *El lazarillo de ciegos caminantes* e indica una etimología pintoresca.

PEÑAS. Población y cantón de la provincia de Omasuyos, departamento de La Paz. Abundante en ganado lanar y productos de la puna. Clima frío.

PUCARANI (PUCARANÍ). Capital de la segunda sección del cantón de Pucaraní, provincia de Omasuyos, departamento de La Paz.

QUEVAYA. Uno de los múltiples islotes del lago Titicaca.

QUILIHUAYA. No he podido localizar a qué lugar exacto corresponde.

SAJAMA. Volcán de figura cónica, que con sus 6.546 m. se yergue como el nevado de altitud máxima en ese ramal de la Cordillera.

SEHUENKA (SEWENKA). Río de Bolivia que nace en los nevados de Condoiri y desemboca en el lago Titicaca.

SICOYA Y SOJATA. Dos islas del lago Titicaca.

SORATA. Nombre colonial de la actual Villa de Esquivel, ciudad situada al pie del Illampu (o Sorata), levantada al este del lago Titicaca y al noroeste de La Paz. Pertenece administrativamente a la provincia de Larecaja (de la que es su capital), en el departamento de La Paz. Tupac Amaru la destruyó conteniendo las aguas del Illampu y soltándolas luego. Se llama actualmente Villa de Esquivel en recuerdo del patriota Juan Crisóstomo Esquivel.

SOTALAYA. No he podido localizarlo.

SUANI (ISLA DE). Otra de las numerosas islas del lago Titicaca.

SUCRE. Parece ocioso hablar de esta ciudad, como ocurrió con la de La Paz. Es la capital oficial de Bolivia, aunque el poder ejecutivo y el legislativo residen en La Paz. Fue fundada en 1538 por Pedro Anzúrez, marqués de Campo Redondo, por orden de Francisco Pizarro. Durante la Colonia se le llamó la ciudad de La Plata. (Véase *El lazarillo de ciegos caminantes)*.

TACACHIA Y TAMIPATA. No he podido localizarlos, pero deben estar próximos al lago Titicaca.

TAQUIRI (¿ISLA?). Tampoco me ha sido posible localizarla.

TARACO. Cantón de la provincia de Pacajes, departamento de La Paz. De él sale el río Desaguadero.

TIQUINA (ESTRECHO DE). Estrecho de

apenas 40 m. de ancho, que separa las penínsulas de Copacabana y Huato, como especificamos al hablar de Copacabana.

TIRATA. No he podido localizar esta población que debe estar al SO. de La Paz.

TITICACA. También parece ocioso hablar del mayor lago del mundo (y el más alto) Etimológicamente procede de los vocablos «titi», «plomo» y «caca», «roca». Sirve de frontera natural entre Perú y Bolivia. De él salieron, según la leyenda incaica, los fundadores del Imperio del Tawantinsuyo. Y en torno a él Arguedas hace discurrir toda la segunda parte de *Raza de bronce*.

USI. No he podido encontrar en Bolivia ninguna aldea con ese nombre. La que conozco pertenece al Perú, departamento del Cuzco, provincia de Quispicanchi, distrito de Quiquijana, y tiene alrededor de 160 habitantes.

WATAJATA (ISLA DE). Es otra de las numerosas islitas del lago Titicaca.

WIÑAYMARCA (HUINAMARCA). Parte meridional de las dos en que se divide el lago Titicaca con las penínsulas de Copacabana y Huato. De él sale el río Desaguadero.

ÍNDICE DE LUGARES GEOGRÁFICOS

Páginas

ÍNDICE DE PERSONAJES HISTÓRICOS O LEGENDARIOS

ALCIDES ARGUEDAS

¡Tonto!

Ella, Elvira, sentada indolentemente en la frágil mecedora, reclinada la cabecita rubia en el respaldo, le escuchaba desapacible y sonriendo con ironía. Sus ojos de un azul muy obscuro, estaban fijos allá, en un tira del cielo negro salpicado de estrellas pálidas y que se descubría por entre los rojos cortinajes del balcón.

Él, Roberto, de pie en su delante, estrujando la gorra entre sus dedos enflaquecidos, marchito el rostro y la mirada turbia de borracho, hablaba rápida, incoherentemente: hablaba en voz baja, tan baja que casi no se le oía:

—No haga tal, Elvira, porque entre nosotros hay toda una historia de amor donde los actos de sacrificio abundan, historia que abarca una serie de años y en los que perdimos energías y fuerzas, es decir, todo el patrimonio de la juventud... No haga tal, Elvira; el pasado en un espectro rencoroso que no respeta nada y que se cuela aún en medio de las caricias que hacemos a nuestros hijos... ¿Sabe usted? Dice que cuando al tálamo no se llevan las primicias de nuestra adolescencia se cierne encima del alma la sombra de una tristeza muy honda... ¿Sabe usted? Yo soy un vencido, o mejor, yo no soy nada. Hubo un tiempo, —a usted le consta ¿no es verdad?— en que yo era todo porque tenía mucho dinero. Hoy (¡cómo pasan los años!) ya no le tengo: los hombres, citando no sé qué leyes, me lo han quitado... Mire, Elvira; no se case. Esto lo digo por usted y por mí... ¡oh!¿cuánto me duele el corazón?

Y llevándose las manos al pecho, se lo estrujó como si realmente le doliese, en tanto que una sonrisa triste daba á sus labios de muerto una expresión extraña. Cualquiera, al ver su rostro de enfermizo, surcado de arrugas antes de tiempo, habría sentido piedad para ese pobre soñador, para ese mísero que en su época alentaba creencias muertas. La joven siempre riendo, irónica siempre, le oía abanicándose con el pañuelo su carita rubia, picaresca, de diablillo juguetón.

Roberto, limpiándose el sudor que escarchaba su frente, prosiguió:

—Comprendo que la diferencia que á ambos nos divide, es mucha. Usted, de cinco años á esta parte, ha ganado en todo, en posición, en fortuna, en el aprecio de las gentes. Yo, todo lo he perdido; pero ¿qué importa eso? ¡La amo!...

Elvira le interrumpió haciendo un gesto y enderezando su busto con un movimiento de gata joven, le dijo extendiendo el brazo hacia la puerta:

—¡Basta! Me ha cansado escuchar sus ridículas frases de un lirismo trasnochado, sus lamentaciones de un pretérito que ya no existe para mí. ¿Ha logrado usted aspirar alguna vez el perfume de una flor seca? De seguro que no. Pues, el pasado, es así: ni más ni menos. Cuando pasa, pasa para nunca más volver.

Y dando a sus palabras un tono de convicción, a su rostro un aspecto de seriedad, añadió:

—Nada de lo que ha sido merece recordarse. Encima los cadáveres se echa tierra, y, el pasado, cuando no logra producirnos una sensación, es un cadáver...¡sépalo usted!

El rostro del joven se contrajo con un gesto de estupor. Dio un paso adelante, otro atrás, y haciendo una reverencia, doblegado como si soportara un gran peso, salió dando traspiés.

—¿Qué se ha figurado este imbécil? ¿Es que ha creído...

Elvira no pudo continuar. Una detonación seca y que repercutió lúgubre en el silencio de la casa, la hizo palidecer. Al oírla, corrieron los inquilinos en dirección donde se la había escuchado y vieron a favor de las luces á un hombre que con el cráneo partido yacía en el suelo, agitándose en las ansias de la agonía. Por su rostro ensangrentado, vuelto hacia el salón, rodaban dos lágrimas lenta, lentamente.

Un alarido de espanto salió de todas las gargantas que, como un eco, fue contestado por una carcajada nerviosa, llena de inflexiones sarcásticas, terrible y que galopó lúgubre en la negrura de esa noche.

Cuando espantados volvieron la mirada los inquilinos, distinguieron a una mujer vestida de blanco que avanzaba pálida pero soberbia: era Elvira. Con los brazos extendidos, la cabellera color oro desparramada por el escote, temblorosos los labios rojos por el carmín, estaba hermosa, ¡hermosa como nunca!

Se acercó al cadáver: en su mirada había fulguraciones sombrías. Y, pausada, lentamente, dijo con acento vibrante:

—¡Tonto!

* * *

Es la misma frase que la humanidad pronuncia, en frente del caído, sólo que la pronuncia en voz muy baja, para sí misma casi. Y, francamente, nosotros preferiríamos un ¡tonto! como el de Elvira, y no la mentirosa compasión de los más que dicen sentir hondo, pero que, en realidad, ríen.

La Paz, (Bolivia)
De Pluma y Lápiz, Barcelona, 1903, nº 159, p. 15.

Prólogo de Rafael Altamira

Todavía recuerdo la honda impresión que me produjo la primera lectura de este libro de Alcides Arguedas. Fue, de una parte, la impresión que siempre nos causan las obras literarias «fuertes», es decir, las que nos transmiten una imagen vigorosa, profundamente tallada en la carne viva de una realidad humana, cualesquiera que ésta sea: las intimidades, tan despreciables e insignificantes para el mundo, de un corazón paternal, en *Papa Goriot*, o la grandiosidad épica del *Poema del Cid*. De otra parte, recibí en mi alma el choque de una de esas miserias sociales que a la vez indignan y aplanan, porque acusan la persistencia de un mal gravemente sufrido por hermanos nuestros, y nos rebajan con la comprobación de que aún no ha podido ser evitado por los hombres, no obstante todo el progreso moderno y a despecho de todas nuestras vanidades democráticas.

Y esto es, en resumen, la novela de Arguedas que ahora se reimprime en España con un texto depurado equivalente a una primera edición. No es poco, ciertamente.

La considerable producción novelística que desde fines del siglo XVIII ha hecho de esa forma literaria el pasto intelectual más corriente de los lectores de libros (y de muchos de los lectores de periódicos, para quienes el folletín es lo primero), ha traído consigo, necesariamente, una desproporción grandísima entre el número y la calidad. En un mismo autor —cuando ha sido fecundo— la desigualdad es segura. Aun los que tienen garras de león, no siempre aciertan con un punto vivo, de esos que palpitan ante el escalpelo y duelen al menor roce, o nos dejan contemplar algún remanso de serena alegría y tranquilo goce del vivir. Así, en el atormentado producir de nuestros tiempos (tormento de problemas humanos que hacen vibrar las plumas, y también tormento de originalidad y novedad buscadas por todos los caminos, aun los más absurdos), sólo de vez en cuando aparece una obra de esas que no se olvidan, porque causó en nuestra alma el efecto de un golpe brusco, productor de emociones profundas.

Arguedas ha acertado con ese golpe, y ha sido, a mi ver, porque no ha escrito su libro como literato que «busca» un asunto y lo prepara para causar determinado efecto, sino como historiador y como hombre de acción que ve la realidad y de ella recibe un impulso de creación artística; y todavía más, tal vez, como patriota a quien los dolores y las deficiencias del vivir nacional hacen verter lágrimas de amargura que, como tantas otras veces, piden ser expresadas en forma que la emoción de que derivan se comunique a los demás hombres, ignorantes de aquel trozo de realidad amarga o no percatados de su gravedad.

El caciquismo social que pinta Arguedas, expresa uno de los defectos más generales de nuestra vida presente en casi todos los países. Es más agudo, por causas fáciles de advertir, en naciones de economía elemental y donde existe una masa popular de raza distinta e inferior, educada secularmente en la obediencia y el servilismo. Contra él —y eso es lo más amargo de todo lo que revelan libros como éste— nada han podido, como dije antes, todos nuestros esfuerzos por hacer reinar en el mundo la democracia y la justicia. Las leyes han proclamado los principios que a ese anhelo corresponden; pero los hombres han continuado viviendo en la doble miseria de su condición antigua, unos; de su mezquino y anticristiano corazón, otros.

Es dolorosa esa comprobación según la cual, en tantos pueblos de la tierra, el indio (o quien equivalga al indio) no ha ganado casi nada con la libertad y la vida política moderna de los hombres superiores. Todavía, por el contrario, hay miles de éstos en cuya mentalidad el valor de un prójimo de color y cráneo diferente al suyo, es poco menos que nulo, en todo lo que no sea aprovecharlo como elemento de ganancia; y para vergüenza de nuestros tiempos, es problema hoy, que seriamente y con apariencias científicas plantean algunos, el de si es posible civilizar (a nuestra manera) a esas gentes extrañas, y de no serlo, si gana algo la humanidad conservándolas en el seno de una sociedad que lleva otros rumbos. Es vergüenza, digo, porque una de dos: o el problema tiene solución en un sentido humano (y entonces no dársela es dureza de alma y egoísmo repugnante), o si no la tiene, hay que llorar sobre esta triste condición nuestra que no «sabe» mejorar a todos los seres de su especie o que se estrella ante límites infranqueables de la posibilidad espiritual en grandes masas de prójimos.

Arguedas no da solución, porque en este libro no es más, en cuanto a la forma, que el literato creador de una imagen de realidad vista y sentida. Esa realidad muéstrase igualmente inepta en los explotadores que en los explotados, y por ello ambos no conocen más que un solo e ineficaz camino: el de la violencia. Pero la visión de inhumanidad y de sangre que Arguedas nos ofrece hace pensar necesariamente en aquella política de tutela perpetua del indio que fue la substancia de todo nuestro pensamiento colonial, y en la posibilidad que descubre de un término medio entre la quizá imposible asimilación al tipo de vida occidental blanca, y el abandono total o la destrucción de los inasimilables. No se percibe ningún argumento serio contra la estimación de que, aun siendo absolutamente cierta e invencible la inadaptación de ciertas razas no blancas a la civilización que los blancos han creado, sea menospreciable e ineficaz otra civilización adaptada a las condiciones de aquéllas, sin violentarlas ni arrancarlas de su cauce natural, haciendo que sirvan a la humanidad (y en primer término a si mismas) conforme a sus propias condiciones, y sin añadir a éstas mas que aquellas cosas de nuestra modalidad que, por ser profundamente humanas, son comunes a todas las razas y pueden ser entendidas y vividas por todos los hombres.

Pero en el drama que Arguedas pinta aquí hay, no sólo este problema de relación de razas, sino un ejemplo más —entre tanto conocidos— de explotación de los inferiores por los superiores, de los pobres por los ricos, y consiguientemente, un episodio también de la lucha social que ha producido en los siglos pasados tantas lágrimas y tanta sangre de los de abajo, y ahora se venga (con igual incomprensión del verdadero camino) haciéndolas verter a los de arriba. Y lo interesante es, por tratarse de una obra literaria, que, véase como se vea la realidad inspiradora, produce el mismo efecto de vibración espiritual en el lector de este libro.

Que ese efecto procede de las condiciones de visión artística y de expresión literaria (estilo y técnica de presentación escénica) que Arguedas posee, nos lo demuestra el hecho de encontrar las mismas cualidades en las páginas de la novela donde no es visible el drama social. El mismo vigor, la misma capacidad plástica, igual sentido poético de la Naturaleza hallamos en todo el libro. El viaje de los labriegos de la meseta a los llanos bajos, con sus penalidades de todo género y sus contrastes de grupos sociales diferentes; la implacable y épica fatalidad de las inundaciones torrenciales, que ponen infranqueables valla[s] a la comunicación entre las regiones y cada año cobran su tributo de vidas sin que nadie piense en vencer el obstáculo, ni quizá crea que está el hacerlo en las posibilidades humanas; el espectáculo del lago, la precaria vida de los pescadores y su melancólica resignación ante las invencibles leyes naturales; la solemnidad y poderío de la montaña y de sus aves semidiosas: todo lo que es paisaje y choque de vida humana con vida de Naturaleza, tiene en la pluma de Arguedas una expresión fuerte e íntimamente emocionada, que deja en los lectores huella imborrable. Es RAZA DE BRONCE libro de los que se vuelven a leer; y nada mejor creo que puede decirse de un libro.

A lo cual añado que quienes apetezcan recibir a través de la literatura una impresión de vida y paisaje sudamericanos distinta de la que constituye un tópico vulgar en las gentes (y son muchas) para las cuales toda América es una misma cosa, podrán satisfacer su deseo en este libro. En él se conserva todo el sabor regional puro y sin mezcla de postizos refinados que, por exceso de «civilización» y de «urbanismo» exótico, tanto daño suelen hacer a la fresca y espontánea manifestación del espíritu de aquellos países hermanos nuestros: espíritu más cercano de nuestra gran literatura del siglo XVI que de muchas exquisiteces modernas, no obstante la acción persistente de influencias extrañas.

RAFAEL ALTAMIRA

Junio 1923.

Advertencia

Armando Chirvechez, uno de los mejores novelistas de América y que en Bolivia comparte con Jaime Mendoza los favores del público, me hizo una vez el honor de invitarme a disputar con él un premio que ciertos editores de triste memoria señalaron para recompensar en concurso una novela nacional calificada por el Círculo de Bellas Artes.

—Yo sólo iría si usted se presentase— me dijo frente a los amigos reunidos en su casa, y recordando que de tiempo atrás yo me jactaba de venir preparando una obra en el género en que Armando había conseguido exitos no superados todavía.

La fina invitación la tomé yo, ligeramente, como un reto; y acepté medirme con el inimitable autor de La candidatura de Rojas.

Y presenté al concurso de la casa González y Medina esta RAZA DE BRONCE*, moldeada en un trabajo de la primera juventud; pero para que el jurado calificador no pudiera conocer al autor, me vi precisado a cambiar los nombres de los principales personajes, algo difundidos merced a ese primer trabajo de la precoz adolescencia. Armando presentó* La virgen del lago, *y quedamos los dos a la ansiosa expectativa de los sucesos.*

Una misión oficial me trajo ese mismo año de 1919 a Europa, y yo aproveché la coyuntura para retirar mi obra del concurso antes de que la conociese el jurado. Chirvechez, al conocer mi huida, retiró también la suya, con gesto elegante; mas los editores no quisieron conformarse con nuestra actitud y adquirieron el derecho de la primera edición, abonándonos a cada uno el valor íntegro del apreciable premio.

Y apareció RAZA DE BRONCE *en mi ausencia y tal como había sido presentada al concurso, es decir, con los nombres cambiados de dos de sus principales personajes. La edición, deplorable por sus condiciones tipográficas y sus errores, se agotó pronto en la tierra y* RAZA DE BRONCE *no fue conocida fuera, a no ser por muy contados amigos, muchos de los cuales no supieron callar sus elogios...*

Hoy esos personajes vuelven a tomar sus primitivos nombres, genuinamente aimarás, y, cara desnuda, se lanzan otra vez a correr su aventura por el mundo...

ALCIDES ARGUEDAS

París, 1923.
(Tomados ambos de *Raza de bronce*, Valencia Editorial Prometeo, 1924).

1. BIBLIOGRAFÍA GENERAL DE ALCIDES ARGUEDAS

Juan Albarracín Millán

1. *Pisagua,* Ensayo de novela, La Paz, Imp. Artística de Velarde, Aldazoza y Cía., 1903.
2. *Wuata Wuara,* Barcelona, Impresor Luis Tasso, s. a. (1904).
3. *Vida criolla* (La novela de la ciudad), La Paz, Editor E. Córdova, 1905.
   — 2ª edición: París, Librería Ollendorf, 1912.
4. *Pueblo Enfermo,* Contribución a la psicología de los pueblos hispanoamericanos, Barcelona, Editor Vda. de Tasso, 1909.
   — 2ª edición: Barcelona, Vda. de Tasso, 1910.
   — 3ª edición: Santiago de Chile, Edit. Ercilla, 1937.
5. *Raza de Bronce,* Novela, La Paz, Editores González y Medina, 1919.
   — 2ª edición: Valencia, Editorial Prometeo, 1924.
   — 3ª edición: Buenos Aires, Editorial Losada, 1945.
6. *Historia General de Bolivia.* El proceso de la nacionalidad. (1809-1921) La Paz, Arnó Hnos., Bolivia, 1922.
7. *Los caudillos Letrados. La Confederación Perú-Boliviana. Ingavia.* Barcelona, Sobrinos de López Robert y Cía., 1923.
8. *La Plebe en acción (1848-1857),* Barcelona, Editores, Sobrinos de López Robert y Cía., 1924.
9. *La dictadura y la anarquía,* Barcelona, Editores, Sobrinos de López Robert y Cía., 1926.
10. *Los Caudillos bárbaros. Historia, Resurrección. La tragedia de un pueblo,* (Melgarejo-Morales) 1864-1872. Barcelona, Editores Vda. de L. Tasso, 1929.
11. *La Danza de las Sombras.* Primera Parte. (Literatura y viajes). Barcelona, Edit. Sobrinos de López Robert y Cía., 1934.
12. *La Danza de las Sombras.* Segunda parte. Barcelona, Edit. Sobrinos de López Robert y Cía., 1934.
13. *Etapas de la vida de un escritor.* Prólogo y notas de Moisés Alcázar. La Paz, Talleres Gráficos Bolivianos, Tomo L., 1963, publicación póstuma.
14. *Epistolario de Alcides Arguedas. La generación de la amargura.* La Paz, Bolivia, Fundación «Manuel Vicente Ballivián», 1979.

2. HEMEROGRAFÍA DE ALCIDES ARGUEDAS

Juan Albarracín Millán

1. «Era un sueño no más», *El Comercio de Bolivia*, 9-VIII-1898, La Paz, Bolivia.
2. «Mariposas», *El Comercio de Bolivia*, La Paz, 28-XI-1902, 29-XI-1902 y 2-XII-1902.
3. «El periodismo y la crítica», *El Comercio de Bolivia*, La Paz 14-VI-1902.
4. «Pupilas y Cabelleras», *El Diario*, 22-VIII-1904.
5. «A Vuela Pluma», *El Diario*, 25-X-1904.
6. ” ” ” 12-XI-1904.
7. ” ” ” 14-XI-1904.
8. ” ” ” 27-XI-1904.
9. ” ” ” 26-XII-1904.
10. «Entradas triunfales», *El Diario*, 31-I-1905.
11. «Sol y hielo», *El Diario*, 11-II-1905.
12. «Devaneos», *El Diario*, 17-II-1905.
13. «Fantasías y Devaneos», *El Diario*, 6-IV-1905.
14. ” ” Suscriptores morosos, *El Diario*, 11-IV-1905.
15. ” ” *El Diario*, «Celeste» de A. Chirveches, 16-IV-1905.
16. ” ” A fuerza de arrastrarse», *El Diario*, 29-IV-1905.
17. «Un Drama», *El Comercio*, 10-V-1905.
18. «Fantasías y Devaneos», «El Folleto de un Honorable», *El Diario*, 10-V-1905.
19. ” ” ” ” ” 11-V-1905.
20. ” ” ” ” ” 12-V-1905.
21. ” ” ” ” ” 13-V-1905.
22. ” ” ” ” ” 14-V-1905.
23. ” ” ” ” Del Montón, 17-V-1905.
24. «Palabras Libres. Nuestro Ideal», *El Diario*, 24-V-1905.
25. «Enfermedad social», *El Diario*, 31-V-1905.
26. «Cosas del momento», *El Diario*, 7-VI-1905.
27. «Despertar social», *El Diario*, 13-VI-1905.
28. «Puntos de vista», *El Diario*, 21-VI-1905.
29. «Fantasías y Devaneos», *El Comercio*, 11-VII-1905.
30. «Puntos de Vista», *El Diario*, 5-VII-1905.
31. «Fantasías y Devaneos: Un cuento», *El Comercio*, 6-V-1905.
32. «Trajes de papel», *El Diario*, 12-VII-1905.
33. «De mi libro de viajes», *El Comercio*, 3-VII-1905.
34. «Malos augurios», *El Diario*, 16-VII-1905.
35. «Fechas gloriosas», *El Diario*, 19-VII-1905.
36. «Criminales y alcohólicos», *El Diario*, 26-VII-1905.
37. «Una carta a Brocha Gorda», *El Comercio*, 3-VIII-1905.
38. «En el día de la Patria», *El Diario*, 6-VIII-1905.
39. «Contrapropuesta», *El Diario*, 15-VIII-1905.
40. «Labores parlamentarias», *El Diario*, 23-VIII-1905.

41. «Periódicos y periodistas», *El Diario,* 30-VIII-1905.
42. «Alma en flor», *El Diario,* 6-IX-1905.
43. «Hablemos de arte», *El Diario,* 13-IX-1905.
44. «Del día», *El Diario,* 15-IX-1905.
45. «Cabos sueltos», *El Diario,* 27-IX-1905.
46. «Manifiesto de despedida», *El Diario,* 4-X-1905.
47. «Carnet mundano», *El Diario,* 26-VIII-1906.
48. " " " 30-VIII-1906.
49. " " " 26-II-1907.
50. " " " 4-IV-1907.
51. " " " 11-IV-1907.
52. " " " 16-IV-1907.
53. " " " 17-IV-1907.
54. " " " 16-VII-1907.
55. " " " 3-VIII-1907.
56. " " " 14-VIII-1907.
57. " " " 18-VIII-1907.
58. " " " 5-IX-1907.
59. " " " 8-IX-1907.
60. " " " 24-IX-1907.
61. " " " 25-IX-1907.
62. " " " 6-X-1907.
63. " " " 29-X-1907.
64. " " " 1-XI-1907.
65. " " " 20-XI-1907.
66. " " " 15-XII-1907.
67. " " " 8-XII-1907.
68. " " " 9-XII-1907.
69. " " " 25-XII-1907.
70. " " " 30-XII-1907.
71. " " " 11-X-1908.
72. " " " 14-X-1908.
73. " " " 22-XI-1908.
74. " " " 28-XI-1908.
75. " " " 3-V-1909.
76. " " " 7-I-1910.
77. «La política liberal», *El Diario,* 28-II-1910.
78. «La política liberal», *El Diario,* 1-III-1910.
79. «Tribulaciones de un hombre simple», *El Diario,* 1909.
80. «Tribulaciones de un hombre simple», *El Diario,* 1909.
81. «La política liberal», *El Diario,* 28-II-1913.
82. La nacionalización de la minería, *El Diario,* 16-III-1916.
83. «La creación de Bolivia» *El Diario,* 12-VIII-1917.
84. «A. Arguedas habla con «El Hombre Libre», 3-VIII-1918.
85. «Tartufería colectiva», «El Hombre Libre», La Paz, 9-XII-1919.
86. «El proceso de la nacionalidad», *El Diario,* 7-III-1922.
87. «Flaubert como educador de escritores y artistas», *El Figaro,* 19-V/ 20-V y 21-V-1922.
88. «La faena esteril». *El Diario,* 2-VII-1922.
89. «Historia General de Bolivia» *El Diario.* 7-IV-1922.
90. «Cómo se hace respetar el honor nacional», *El Diario,* 19-IV-1922.
91. «Historia general de Bolivia», 7-V-1922.
92. «Yo, y el consulado», *El Diario,* 10-V-1922.
93. «Fértiles múltiples», *El Diario,* 28-IX-1922.

94. «El derecho de Bolivia sobre América», *El Tiempo,* La Paz, 29-I-1920.
95. " " " " " 30-I-1920.
96. " " " " " 31-I-1920.
97. " " " " " 1-II-1920.
98. " " " " " 3-II-1920.
99. " " " " " 4-II-1920.
100. " " " " " 5-II-1920.
101. " " " " " 6-II-1920.
102. " " " " " 7-II-1920.
103. " " " " " 8-II-1920.
104. " " " " " 9-II-1920.
105. " " " " " 10-II-1920.
106. " " " " " 11-II-1920.
107. Convención liberal de Bolivia. Bases del Programa 12-II-1920.
108. «De los libros, La literatura y sus autores», *La Razón,* 8-XII-1924.
109. «El problema del Pacífico», *La Razón,* 12-V-1926.
110. «El 6 de Agosto de», *El Diario,* 6-VIII-1927.
111. «Palabras libres», *La Razón,* 1-I-1928.
112. " " «El Potentado y el escritor», *La Razón* 27-IV-1928.
113. " " «El caudillo y el escritor», *La Razón,* 29-IV-1928.
114. " " «El caudillo y el escritor, II», *La Razón,* 13-V-1928.
115. " " «Una reunión electoral», *La Razón,* 3-VI-1928.
116. " " «El eco de las elecciones», *La Razón,* 17-VI-1928.
117. " " «Elecciones en Alemania», *La Razón,* 16-VII-1928.
118. " " «El Caudillo y el escritor», *La Razón,* 21-XII-1928.
119. " " " " *La Razón,* 3-I-1929.
120. " " " " IV, *La Razón,* 18-I-1929.
121. " " " " V, *La Razón,* 19-II-1929.
122. " " " " 19-III-1929.
123. " " " " VI, *La Razón,* 26-III-1929.
124. ¿Sirvieron de veras a la patria o se sirvieron de ella para medrar? *La Razón,* La Paz, 15-II-1929.
125. «Arguedas habla de Colombia sobre literatura y política», *La Razón,* 7-IX-1929.
126. «La tristeza hecha tierra», 8-IX-1929.
127. «Una carta internacional de A. Arguedas», 25-XII-1929.
128. «Discurso pronunciado en la universidad con motivo de la entrega del premio «Roma», *La Razón,* 24-V-1935.
129. «Cosas de nuestra tierra. Conversaciones de ayer y hoy». *La Razón,* La Paz, 15-IX-1938.
130. «A los electores», La Paz, *La Razón,* 6-III-1940.
131. Manifiesto, *La Razón,* 26-III-1940.
132. «De cara a la realidad», *La Razón de La Paz,* 20-VII-1944.
133. «La cadena fatal», *La Razón,* 20-VII-1944.
134. «De cara a la realidad. Sobre el manoseado tema del indio», 24-VII-1944.
135. «Lo que en Bolivia se ha hecho por el indio», 14-IX-1944.
136. «Lo que en el Perú se ha hecho por el indio» 16-IX-1944.
137. «Lo que en Mejico se ha hecho por el indio», *La Razón,* 29-IX-1944.
138. «Lo que los yankis han hecho por el indio», *La Razón,* 5-IX-1944.
139. «Lo que otros han hecho por el indio», *La Razón,* 12-X-1944.
140. «Lo que en Bolivia podría hacerse por el indio», *La Razón,* 19-X-1944.

3. ESTUDIOS SOBRE ALCIDES ARGUEDAS

Alcides Arguedas y *Raza de bronce: BIBLIOGRAFÍA.* (Julio Rodríguez-Luis)

A) Libros

ALBARRACÍN MILLÁN, Juan: *Alcides Arguedas: la conciencia crítica de una época* La Paz, Edics. Universo, 1979.
BAPTISTA GUMUCIO, Mariano (editor): *Alcides Arguedas: juicios bolivianos sobre el autor de «Pueblo Enfermo»*, La Paz-Cochabamba, Editorial Los Amigos del Libro, 1979.
BARNADAS, Josep M. y COY, Juan José: *Alcides Arguedas: «Raza de bronce»: esquema metodológico de aproximación a la narrativa boliviana,* Cochabamba, Editorial Los Amigos del Libro, 1977.
DÍAZ ARGUEDAS, Julio: *Paceños célebres: esbozos biográficos,* La Paz, Edics. Isla, 1974.
—Alcides Arguedas, el incomprendido, La Paz, Edics. Isla, 1978.
FRANCOVICH, Guillermo: *Alcides Arguedas y otros ensayos sobre la historia,* La Paz, Librería Editorial Juventud, 1979.
LAZO, Raimundo: *La novela andina,* México, Porrúa, 1971, pp. 27-42.
MEDINACELI, Carlos: *La inactualidad de Alcides Arguedas y otros estudios biográficos,* La Paz, Edit. Los Amigos del Libro, 1972. («La inactualidad de Alcides Arguedas», en *Universidad de Potosí,* nº 28, (1949, pp. 74-80).
REINAGA, Fausto: *Alcides Arguedas,* La Paz, Talleres Gráficos Gutemberg, 1960.
RODRÍGUEZ-LUIS, Julio: *Hermenéutica y praxis del indigenismo. La novela indigenista, de Clorinda Matto a José María Arguedas,* México, F.C.E., 1980. (pp. 56-87).
VILELA, Hugo: *Alcides Arguedas y otros nombres en la literatura de Bolivia.* Buenos Aires, Kier, 1945.

B) Artículos

BELLINI, Giuseppe: «Alcides Arguedas en la novela moderna», *Revista Hispánica Moderna,* 26 (1960), 133-35.
BERTINI, Giovanni M.: «La imagen en la literatura hispanoamericana: Algunos ejemplos de *Cumandá* y de *Raza de bronce*», Chevalier, Maxime, et al., eds., *Actas del Quinto Congreso Internacional de Hispanistas,* Bordeaux: PU Bordeaux, 1977, 2 vols, pp. 185-97.
BORELLO, Rodolfo A.: «*Raza de bronce*», *Cuadernos Hispanoamericanos,* núm. 417 (1985), pp. 112-27. (También en *Ottawa Hispánica,* Ottawa, Ontarlo, Canadá [1983], pp. 59-88.
BROTHERSTON, Gordon: «Alcides Arguedas as a 'Defender of Indians' in the First and Later Editions of *Raza de bronce*», *Romance Notes,* 13 (1971), 41-47.
CARRIÓN, Benjamín: «Alcides Arguedas», en *Los creadores de la nueva América* Madrid, Sociedad General Española de Librería, 1948, (pp. 165-217).

FERNÁNDEZ, Teodosio: «El pensamiento de Alcides Arguedas y la problemática del indio: para una revisión de la novela indigenista», *Anales de Literatura Hispanoamericana, (ALH)*, Madrid núm. 9 (1980). pp 49-64.

FORD, Richard: «La estampa incaica intercalada en *Raza de bronce*,» *Romance de Notes*, 18 (1977), 311-17.

FOSTER, David William: «Bibliografía del indigenismo hispanoamericano», *Revista Iberoamericana*, L, núm. 127 (1984), 587-620 (600-601).

GHIANO, Juan Carlos: «La *raza de bronce* de Alcides Arguedas», *Cursos y Conferencias*, núm. 172 (1946), 266-69.

GÓMEZ-MARTÍNEZ, José Luis: «Bolivia: 1900-1932: Hacia una toma de conciencia», *Revista Iberoamericana*, LII, núm. 134 (1986), 75-92.

JULIO, Sylvio: «Os indios bolivianos num romance de Alcides Arguedas», en *Idéas e combates*, Río de Janeiro: Revista de Lingua Portuguesa, 1927 (pp. 203-312).

LACOSTA, Francisco C.: «El indigenismo literario de Alcides Arguedas», *Cultura Boliviana* (Universidad Técnica de Oruro), 2 (1965), 4-5, 18.

LASTRA, Pedro: «Sobre Alcides Arguedas», *Revista de Crítica Literaria Latinoamericana*, 6, núm. 12 (1980), 213-23.

LIJERON ALBERDI, Hugo: »*Raza de bronce*», *Hispania*, 46 (1963), 530-32.

LORENTE MEDINA, Antonio: «Algunas reflexiones en torno a *Raza de bronce*», en *Castilla* (Boletín del Departamento de Literatura española), Univ. de Valladolid, nº 2-3, (1981), pp. 121-133.

— «El trasfondo ideológico en la obra de Alcides Arguedas. Un intento de comprehensión», en *ALH (Anales de la Literatura Hispanoamericana)*, Madrid, t. XV, (1986), pp. 57-73.

— «Alcides Arguedas y la 'literatura nacional' boliviana», en *Epos*, Madrid, t. II (1986), pp. 177-185.

— «Problemas de crítica textual en la edición de *Raza de bronce*,» en *Boletín de la Academia Puertorriqueña de la Lengua*, t. XIV, 2 (1986), pp. 69-78.

LORENZO-RIVERO, Luis: «Amistad y crítica del boliviano Alcides Arguedas con Unamuno», *Estudios Ibero-Americanos* (Porto Alegre, Brasil), 1 (1985), pp. 11-38.

MAROF, Tristán: «Proceso de un escritor: Alcides Arguedas», en *La verdad socialista en Bolivia*, La Paz (1938), pp. 73-88.

MORETIC, Yerko: «*Raza de bronce*», *Atenea*, núm. 304 (1950), pp. 131-40.

OSTRIA GONZÁLEZ, Mauricio: «Atisbos estéticos y estilísticos en *Raza de bronce*», *Anales de la Universidad del Norte*, núm. 6 (1967), pp. 29-89. «Dos aspectos del yo ensayista en los escritos de Alcides Arguedas», *Chasqui: Revista de Literatura Latinoamericana*, 3, 1 (1973), 17-25.

OTERO, Gustavo A.: «Temperamento, cultura y obra de Alcides Arguedas», *Casa de la Cultura Ecuatoriana*, 2, 4 (1947), 164-93.

«Alcides Arguedas», en *Figuras de la cultura boliviana*, Quito: Casa de la Cultura Ecuatoriana, 1952 (pp. 323-53).

PLEVICH, Mary: «El origen del arguedismo», *Universidad de Antioquía*, núm. 134 (1958), pp. 407-13.

«Unamuno y Arguedas», *Cuadernos Hispanoamericanos*, núms. 208-210 (1967), pp. 140-47.

SALAMANCA LAFUENTE, Rodolfo: «Vigencia del arguedismo en Bolivia», *Kollasuyo*, núm. 65 (1947), pp. 42-51.

SÁNCHEZ. Luis Alberto: «Alcides Arguedas», en *Escritores representativos de América, 2ª. serie*, Madrid: Gredos, 1964, II (pp. 92-106).

SANJINÉS, Javier C.: «El control del 'ficcional' en Alcides Arguedas y Euclides da Cunha, *Revista Iberoamericana*, LII, núm. 134 (1986), 53-74.

SE ACABÓ DE IMPRIMIR ESTE LIBRO, *RAZA DE BRONCE*, DE ALCIDES ARGUEDAS, TOMO 11 DE LA COLECCION ARCHIVOS, EN MADRID, EL DÍA 20 DE SEPTIEMBRE DE 1988. LA EDICIÓN CONSTA DE 3.000 EJEMPLARES, DE LOS CUALES 100 HAN SIDO NUMERADOS A MANO CON MOTIVO DE LA PRESENTACIÓN DE LA COLECCIÓN EL DÍA 5 DE AGOSTO DE 1988 EN ROMA